BASTEI
LÜBBE
TASCHENBUCH

Weitere Titel des Autors:

Bd. 2: KALYPTO – Die Magierin der Tausend Inseln

Titel in der Regel auch als E-Book erhältlich

Über den Autor

Tom Jacuba ist das Pseudonym eines deutschen Autors. Jacuba war bis Mitte der 90er-Jahre Diakon und Sozialpädagoge und schrieb vorwiegend Satiren, Kurzgeschichten und Kinderbücher. Seither ist er freier Autor und verfasst Fantasyromane, historische Romane, Spannungs- und Science-Fiction-Geschichten. Er erhielt 2001 den Deutschen Phantastik-Preis als Autor des Jahres.

TOM JACUBA

KALYPTO

DIE HERREN DER WÄLDER

Roman

BASTEI LÜBBE TASCHENBUCH
Band 20791

Dieser Titel ist auch als E-Book erschienen

Die Veröffentlichung dieses Werkes erfolgt auf die Vermittlung der literarischen Agentur Peter Molden, Köln

Originalausgabe

Textredaktion: Friederike Haller, Wortspiel
Karte: © Markus Weber, Guter Punkt, München
Titelillustration: © Rainer Kalwitz, Recklinghausen
Umschlaggestaltung: Guter Punkt, München
Satz: two-up, Düsseldorf
Gesetzt aus der Garamond
Druck und Verarbeitung: CPI books GmbH, Leck – Germany
Printed in Germany
ISBN 978-3-404-20791-6

3 5 7 6 4 2

Doch eh ein Mensch vermag zu sagen: »Schaut!«,
Schlingt gierig ihn die Finsternis hinab:
So schnell verdunkelt sich des Glückes Schein!

W. Shakespeare, »Ein Sommernachtstraum«, I, 1

PROLOG

Irgendwann, irgendwo

Licht. Wohin sie sich auch wandte, überall leuchtete es: warmes, meerblaues Licht.

Jemand rief ein Wort.

Obwohl es sich vertraut anhörte, erkannte sie es nicht; das Wort hallte durch das klare blaue Licht, und ihr wollte einfach nicht einfallen, was es bedeutete.

So trieb sie im warmen Wasser des Südmeeres, spürte die sanften Wogen über Schenkel und Brüste bis zur Kehle perlen und lauschte dem verklingenden Echo des fremden und doch so vertrauten Ausdrucks. Delfine sprangen neben ihr, Seeschwalben kreisten über ihr oder stürzten mit angelegten Schwingen pfeilgleich in die Fluten, und der warme Wind blies ihr in die geblähten Nasenflügel. Als das Wort erneut gerufen wurde, war ihr, als leuchtete das ERSTE MORGENLICHT im Himmel über ihr auf.

Das mochte sie am liebsten: Unter blauem Licht neben springenden Delfinen, unter kreisenden oder stürzenden Seevögeln im Meer treiben und Wind und Wasser auf der Haut spüren. Wie viele Sonnenwenden hatte sie so schon verbracht? Schwebend, schauend, selbstvergessen. Doch hatte sie jemals während all der Zeit dieses unbegreifliche Wort gehört?

Sie schloss die Augen, um ihre Aufmerksamkeit ganz und gar darauf zu richten – und jetzt erkannte sie eine spezielle Lautfolge: CA-TO-LIS …

Plötzlich wusste sie, dass so ein Name klang; ein Name, den sie kannte.

Das Wasser wurde auf einmal kälter, die Wogen unruhiger; und als sie erschrocken die Augen aufriss, blickte sie in düsteres Nachtblau. Keine Seeschwalbe kreiste oder stürzte, kein Delfin sprang mehr – verflogen war er, der schöne Traum.

Und dann wieder – und lauter diesmal – der Name: CATOLIS! Noch ehe sie begriff, wer da gerufen wurde, erkannte sie die Stimme des Rufenden: Sie gehörte dem Wächter des Schlafes.

Kalt war das Meer jetzt, die Wogen wild und der Himmel dunkel wie vor einem Gewittersturm; sie ließ Beine, Becken und Oberkörper sinken und begann mit den Armen zu rudern, um sich über Wasser zu halten. Verwirrt spähte sie in alle Himmelsrichtungen. Was geschah hier?

Im Westen entdeckte sie ein Schiff. Es glitt durch die Wogen und kam rasch näher. Sie erschrak. Wer störte ihr friedliches Schweben? Und wieder rief der Wächter des Schlafes: »Catolis!« Er stand am Bug des Schiffes – eine Gestalt ganz in Blau – und winkte. »Catolis!«

Wem winkte er denn? Wen rief er da?

Wieder blickte sie sich um, ruderte mit den Armen, fror auf einmal, versuchte zu verstehen. Endlich fiel es ihr wie eine schwarze Binde von den Augen: *Ihr* winkte der Wächter des Schlafes zu. Und jetzt erinnerte sie sich auch: *Ihr* Name war es, den er rief.

Schmerz und Schrecken durchzuckten sie – es war vorbei. Sie spürte, dass sie erwachte.

Tausende Sonnenwenden Schlaf: vorbei.

Zehntausende Träume: vorbei.

Catolis hörte auf, mit den Armen zu rudern und versank in eisigem Wasser. Das ERSTE MORGENLICHT erlosch. Eine Hand griff nach ihrer Hand, hielt sie fest, zog sie hoch.

»Catolis, erwache!«

ERSTES BUCH

KEIN ANFANG OHNE ENDE

I

Der Mann watete knietief im Wasser. Seine Haltung und die Hast, mit der er sich bewegte, erinnerten an ein Wildtier in der Falle. Er kaute auf seiner Unterlippe herum, schabte über seinen Bart, knabberte am Daumennagel, verscheuchte den Kolk, der schon wieder auf seiner Schulter zu landen versuchte. Warmer Regen nieselte aus dem Blätterdach des Waldes auf ihn herab, überall um ihn herum gurgelte schlammiges Wasser zwischen den Bäumen. Der Mann drehte Runde um Runde um den mächtigen Stamm seines Hausbaumes, schon seit der vorletzten Nachtstunde.

Das Gejammer seiner Frau hallte plötzlich wieder lauter durch den morgendlichen Wald. Der Mann blieb stehen und spähte hinüber zum Ufer des Hochwasserarmes, wo drei alte Weiber seine geliebte Gefährtin in der Strömung festhielten und auf sie einredeten. Über ihm, auf der unteren Veranda des Baumhauses, murmelten der Wettermann und sein Gehilfe ihre Gebete in den Regen. Hoch oben, im dunklen Rot der Laubkrone, hockte der beleidigte Kolk und schimpfte raunzend. Und in den Bäumen ringsum versammelten sich die Waldleute von Stommfurt auf ihren Veranden und Hausdächern. Grüße flogen hin und her, Gelächter und Gesang wurden laut.

Vogler hieß der Mann, der da im Wasser unter der Blutbuche seine Kreise zog, ein großer kräftiger Jäger von etwas mehr als dreißig Sommern; lange braune Locken rahmten sein vernarbtes, bärtiges Gesicht. Für ihn gab es an diesem Morgen nichts zu lachen und zu singen. Noch nicht.

Jeder hier in Stommfurt hörte auf Voglers Wort. Seit neun Sommern bereits zog er den Jagdkerlen der Waldsiedlung als Eichgraf auf ihren Jagdzügen voran, und zu beiden Ufern des Stomms wusste man allerhand Geschichten von seinem Mut und seiner Klugheit zu erzählen. Es gab Stommfurter Jäger, die schworen, mit eigenen Augen gesehen zu haben, wie ihr Eichgraf selbst dem gefräßigen Flussparder oder dem massigen Sumpfbären kalten Blutes und nur mit der Lanze in den Fäusten gegenübergetreten war.

Eine Lüge, zu behaupten, Vogler wäre am heutigen Morgen kaltblütig – sein Mund war trocken, das Herz schlug ihm bis zum Hals, und in seiner Brust tobte ein Aufruhr. Hatte er Angst? Darüber dachte er lieber nicht nach. Doch eines spürte er mit jeder Faser seines Leibes: Auf den Kampf, den er heute zu bestehen hatte, war er nicht vorbereitet.

Vogler wurde Vater. Zum ersten Mal.

Die Begegnung mit einem Sumpfbären wäre ihm lieber gewesen, als zur Tatenlosigkeit verdammt um seinen Hausbaum herumlaufen und warten zu müssen.

Das Gejammer seiner Frau ging allmählich wieder in keuchende Atemzüge über. Vogler sog tief die Luft ein und fuhr fort, durch das Wurzelgeflecht der Blutbuche zu waten. Es hörte auf zu nieseln, und die Morgensonne bohrte erste Lichtbalken durch das Laubdach ins überflutete Unterholz.

Wie jedes Frühjahr mäanderte Hochwasser in tausend Flussarmen durch die Wälder von Strömenholz, und Stommfurt, die größte der Strömenholzer Siedlungen, hatte es wieder besonders schlimm erwischt: Die meisten Bäume und Büsche standen in Teichen und Tümpeln, nur hier und da ragten kleine Inseln höher gelegenen Unterholzes aus der Flut heraus; der Bach, an dem die Waldleute sonst ihre Wäsche wuschen, badeten oder Trinkwasser schöpften, war zu einem breiten Fluss mit gefährlich starker Strömung angeschwollen. Unter Stommfurts Bewohnern hörte man dennoch keinen über das Hochwasser schimpfen. Sie lebten damit, seit Generationen schon, und machten auch in diesem Frühjahr das Beste daraus.

Während Vogler seine Kreise um die Blutbuche zog, begannen die Waldleute um ihn herum auf ihre Weise den neuen Tag. Frauen kletterten aus den Kronenhäusern, um ihre Wäsche direkt vor ihren Hausbäumen zu waschen. Andere sammelten brauchbares

Treibgut ein: hölzernen Hausrat, Pfeile, Vogelnester mit Jungvögeln, Samenzapfen und Blütendolden, die der Gewittersturm der vergangenen Nacht aus den Baumkronen gerissen hatte. Männer wateten mit Stangennetzen oder zum Stoß erhobenen Jagdlanzen durch das Wasser, um ins Unterholz verirrte Aale und Flusskarpfen aufzustören. Andere kauerten dicht am Stamm ihres Hausbaumes, spähten ins Wasser und hielten ihren Jagdbogen bereit.

Von den unteren Schlafplätzen der Hausbäume aus sprangen nackte Kinder und Halbwüchsige ins Wasser. Auf den Veranden der Kronenhütten warfen einige ihre Angeln aus, veranstalteten Wettpinkeln oder schossen mit Schleudern nach Schwänen oder Enten, die sich auf über Nacht entstandenen Flussarmen in die Waldsiedlung verirrt hatten.

All das nahm Vogler nur beiläufig wahr.

Seine Frau schrie schon wieder, diesmal gellend und schrecklich lang gezogen; und überall in den Bäumen und im Wasser hoben die Waldleute die Köpfe und spähten zu ihr hinüber. Auf ein Holzgestell gebunden und von zwei Hebammen gehalten, schaukelte sie im Uferwasser, brüllte und presste die Hände auf ihren riesigen Kugelbauch. Vogler stand wie festgewachsen im Tümpel unter seiner Blutbuche und lauschte wieder mit angehaltenem Atem. Ihr Geschrei fuhr ihm tief in die Knochen. Wie eine Sterbende hörte sie sich an.

Einen halben Lanzenwurf weit entfernt tauchte die dritte Hebamme zwischen den Schenkeln seiner Frau auf, beugte sich über die Schreiende und redete auf sie ein. War es denn jetzt endlich so weit? Doch die Wehe schien nachzulassen, immer noch kein Kind, das Geschrei verebbte nach und nach. Zuerst ging es in Stöhnen über, dann in Gewimmer. Die Hebamme äugte zu ihm herüber und winkte ab. Nein, es war immer noch nicht so weit … Vogler seufzte und blinzelte ins Geäst seiner Blutbuche hinauf. Zwei Männer hockten dort oben auf seiner Veranda.

»Da muss sie durch«, sagte Bux, der alte Wettermann. »Es kann ihr keiner helfen, da muss sie ganz allein durch.« Er rauchte irgendeines seiner stinkenden Kräuter und blies den Qualm in einen Strauß aus jungen Farnwedeln, den er mal hinauf zur Kronenhütte von Voglers Hausbaum, mal hinüber in Richtung der Gebärenden ausstreckte. Manchmal warf er eine Handvoll Tannensamen auf Vogler herab. All das tat er langsam und mit demselben Gleichmut, mit dem er morgens sein Nachtgeschirr zu leeren oder abends seinen Fisch zu schlachten pflegte.

Hinter Bux hockte mit gekreuzten Beinen Kauzer, sein jüngerer Gehilfe, neben einem rauchenden Topf und reichte dem Wettermann, was der so brauchte, um Wolkengötter, Waldgeister und die Seele des Stomms zu beschwören, des Großen Stromes: Pfeifenkräuter, Pilzpulver, brennende Fettholzspäne, frischen Farn und Tannensamen und immer wieder den Eisenkrug mit dem Heiligen Trank. Vor allem Letzterer half dem alten Wettermann mit Göttern und Geistern in Verbindung zu bleiben, das wusste Vogler. So eine Geburt konnte sich über ganze Tage hinziehen, länger oft als ein Todeskampf – ohne den Heiligen Trank gingen einem Wettermann da leicht mal die Worte aus, die es brauchte, um die Unsichtbaren der Anderen Welt zu Heil und Segen für Mutter und Kind zu überreden. Beide, Bux und Kauzer, beteten um die Wette und einer lauter als der andere.

Der monotone Singsang beruhigte Vogler ein wenig. Er drehte die nächste Runde im Hochwassertümpel über dem Wurzelgeflecht seines Hausbaumes. Es wuchsen nicht viele Blutbuchen in den Flusswäldern entlang des Stomms, und die wenigen waren nur selten bewohnt. Die Waldleute glaubten nämlich, dass ein eigensinniger und zum Zorn neigender Waldgeist im Wurzelwerk der roten Bäume hauste, dem kaum einer zu nahe kommen wollte.

Voglers Großvater hatte sein Haus vor vielen Sommern dennoch in die Krone der Blutbuche gebaut und sich der Freundschaft mit ihrem Geist gerühmt. Weil er viele Jäger und Mütter gezeugt und sein Leben lang reiche Beute gemacht hatte, glaubten ihm die Waldleute. Am Ende seiner Tage bewunderten die Strömenholzer ihn für seinen Mut, mit einem Blutbuchengeist im selben Baum zu hausen. Einen seiner Söhne, Voglers Vater, wählten sie sogar zu ihrem Waldfürsten. Bis zum heutigen Tag sprach man mit Hochachtung von Voglers Großvater und seiner Sippe.

Auch von Vogler sprach man mit Hochachtung. Jedenfalls an diesem Morgen noch. Später allerdings, als all das Unglück seinen Lauf nahm, hieß es: *Selber schuld*; und: *Niemand fordert ungestraft einen Waldgeist heraus, von dem doch jeder Grünsprössling weiß, dass er ungeheuer böse werden kann, wenn man ihn nicht allein und ungestört in seiner Blutbuche hausen lässt.*

Ein Kolk segelte heran und ließ sich auf Voglers Schulter nieder. Nicht Schrat, der große Rabenvogel mit dem weißen Fleck im Brustgefieder, sondern Tekla, Schrats kleinere Gefährtin. Ihr Gefieder schillerte schwarzblau wie siedendes Pech.

Die Wolkendecke riss weiter auf, und viele Lichtbalken der Vormittagssonne flirrten auf einmal zwischen Baumkronen und Unterholz. Im Geäst der Blutbuche krähte Schrat seine Eifersucht in den Wald, flatterte schließlich herab und landete auf Voglers freier Schulter. Der ließ ihn diesmal gewähren, nahm ihn kaum wahr.

Kinder und Halbwüchsige riefen aufgeregt und deuteten zum Himmel hinauf – gleich drei Regenbogen strahlten über dem Laubdach des Flusswaldes. Überall auf Dächern, Leitern, Veranden und im seichten Wasser zwischen den Baumstämmen legten Waldleute die Köpfe in den Nacken, um einen Blick auf das farbige Lichtspektakel zu erhaschen.

Der Eichgraf sah keinen einzigen Regenbogen. Er stand schon wieder still und schielte zu den Frauen am nahen Ufer des Flussarmes hinüber. Jetzt schrien sie alle vier, und am lautesten schrie seine Frau. Mehr Spektakel brauchte Vogler nicht.

Seine Frau wand sich auf dem Holzgestell, an das man sie gebunden hatte. In der sanften Strömung des Uferwassers schaukelte sie auf und ab. Die Wehen kamen jetzt immer öfter, und bei jeder brüllte sie wie eine Wasserkuh, der die Alligatoren das Fleisch bei lebendigem Leib aus den Flanken fraßen. Die Hebammen schrien mit ihr. Am liebsten hätte auch Vogler geschrien; lange würde er das Weibergebrüll nicht mehr ertragen.

Keinen halben Lanzenwurf entfernt von den Frauen trieben vier an Hausbaumstämmen befestigte Kähne in der Strömung. Jäger standen breitbeinig in ihnen oder knieten darin und belauerten das Wasser. Manche sangen, andere plauderten, doch jeder von ihnen hielt sich bereit, seinen Jagdbogen zu spannen oder seine Lanze zum Wurf über die Schulter zu stemmen.

Der Anblick seiner kampfbereiten Jagdkerle beruhigte Vogler überhaupt nicht. Im Gegenteil: Er erinnerte ihn daran, dass das Frühjahrshochwasser leider nicht nur leckeres und hoch willkommenes Federvieh und Fischzeug in unmittelbare Nähe der Hausbäume brachte, sondern auch Raubtiere, die selbst nichts anderes als Jagen und Fressen im Sinn hatten. Alligatoren etwa oder Flussparder. Der Anblick der Geburtswächter drohte Voglers Unruhe zur Panik zu steigern.

Er riss sich zusammen. Schließlich war er nicht irgendjemand, schließlich war er der Eichgraf von Stommfurt. Er blieb stehen, atmete tief, stimmte für ein paar Takte in den Gebetssingsang der Wettermänner ein. Bux bewarf ihn einmal mehr mit Tannensamen und wedelte süßlich duftenden Rauch von der Veranda auf ihn herab. Und wahrhaftig: Das half dem Eichgrafen, die aufbrandende Panik zu überwinden.

Ein Kind oben im Hausbaum zu gebären – oder wenigstens im noch nicht vom Hochwasser überschwemmten Unterholz – wäre ungefährlicher gewesen, sicher; doch wer sich, wie Vogler, einen starken Jäger als Sohn oder eine zähe, fruchtbare Mutter als Tochter wünschte, musste schon ins Wasser des Stroms steigen, wenn die Wehen einsetzten. So war es nun einmal Sitte in Strömenholz und den anderen Waldgauen im Mündungsdelta des Stomms. Immerhin ersparten die Hochwasserzeiten einer Gebärenden und ihrer Sippe die beiden Wegstunden durchs Unterholz bis zum Stromufer – die Fluten des Stomms strömten dann nahe der Hausbäume durch den Wald.

Die Wolkendecke über dem Laubdach schloss sich, und erneut schien das Licht in den Hausbaumkronen und auf den Flussarmen zu erlöschen. Der Nieselregen setzte wieder ein. Auf allen Veranden, Stammleitern und Hausbaumveranden rund um Voglers Blutbuche hatten sich inzwischen Waldleute versammelt, um Voglers Frau beim Gebären zuzuschauen, vor allem Mütter und Jungweiber. Von einer Kronenhütte aus stimmten die Frauen in ihr Geschrei mit ein, wenn wieder eine Wehe kam, von einer anderen riefen sie ihr Durchhalteparolen zu, und vom Rundhaus einer Eiche aus sangen sie mehrstimmige Lieder zu ihr hinunter.

Sie gebar zum ersten Mal, und bei allen Wolkengöttern, es war nicht zu überhören: Ihr Gebrüll klang jetzt so laut und durchdringend, dass es Vogler schier das Hirn aus den Ohren zerrte. Er hielt es nicht länger aus unter seiner Blutbuche und den rauchenden und betenden Wettermännern – er scheuchte die Kolks von seinen Schultern, watete zum Hochwasserarm hinüber und näherte sich seiner schreienden Frau.

Flehend sah sie ihm entgegen und streckte die Arme nach ihm aus. Zwischen ihren Schenkeln stiegen Blasen und Blut an die Wasseroberfläche. Eine der drei Hebammen, die Voglers Frau auf dem Holzgestell festhielten, schrie: »Atmen!«, »Drücken!«, »Pressen!«, und solches Zeug. Die zweite rief den Geist der Blutbuche an, und die älteste fuchtelte mit den Armen, um Vogler zu bedeuten, dass er zu verschwinden hatte. Doch das Gekreische seiner geliebten Frau schnürte Vogler das Herz zusammen. Sie tat ihm leid und, ja, er hing an ihr; also vergaß er die Regeln und guten Sitten, überwand die letzten Meter und ergriff ihre ausgestreckte Hand.

»Ich sterbe!«, schrie sie und klammerte sich an ihn. »Ich sterbe!«

Vogler hatte schon früher Gebärende wie in Todesnot schreien gehört, ohne dass eine von ihnen wirklich gestorben wäre; dennoch bekam er es mit der Angst zu tun. Er hielt ihren Kopf fest, beugte sich über sie, presste seine vernarbte Wange an ihre heiße und weiche Wange. War sie vom Wasser so nass oder vom Schweiß?

Zwischen ihren Schenkeln blubberten jetzt besonders große Blasen, und das Wasser färbte sich noch dunkler. Er erschrak.

»Pressen!«, krähte der Chor der Hebammen, von den Hausbäumen aus sangen sie es mehrstimmig: »Pressen!« Und dann bäumte seine Frau sich auf dem Holzgestell auf, stimmte einen Schrei an, der gar nicht mehr aufhören wollte, und ihre schwarzen Fingernägel bohrten sich tief in die Haut von Voglers haarigen Armen. Inmitten des blutigen Flusswassers schimmerte nun etwas Fahles, Rundes und trieb Richtung Wasseroberfläche: ein Kinderkopf.

In diesem Augenblick riss die Wolkendecke einmal mehr auf, und die Sonne streute ihr Licht über Baumkronen, Teiche und Hochwasserarme. Die älteste Hebamme griff zu und zog das Neugeborene an den Beinchen aus dem Fluss, eine andere setzte eine Kupferklinge an und zerschnitt die Nabelschnur; Blut spritzte. Die dritte holte aus, es machte *Klatsch!*, und das zappelnde Kind begann zu quäken.

Aus allen Hausbäumen und von allen Kähnen jubelte es nun. Die beiden Kolks kreisten krächzend über der jungen Mutter und ihrem Neugeborenen, und Vogler wurde es ganz schwarz vor Augen. Er blinzelte und hielt sich an einer Hebamme und dem Holzgestell fest, auf dem seine Frau lag. Dann sah er in ihr erschöpftes, aber glückliches Gesicht, sah das Kleine an ihrer Brust, sah Zwergbarsche um die Nabelschnur und das blutige Etwas streiten, das da noch neben den schlaffen Beinen seiner Frau im Wasser schaukelte. Ein Lachen stieg ihm aus der Brust die Kehle hoch, und Tränen traten ihm in die Augen. Er spürte, wie die Hebammen ihm auf Schultern und Rücken klopften.

»Es ist alles dran an euerm Grünsprössling«, krähte die älteste. »Freu dich, Vogler! Ein kleiner Waldmann wird bald in deinem Hausbaum herumklettern! Freue dich und danke dem großen Waldgeist!« Dann sah sie zu den Hausbäumen hinauf und rief es so laut, dass auch die Schwerhörigen unter den Morschen – so nannten die Waldleute ihre Greise – es hören konnten: »Alles dran! Ein neuer Waldmann ist da!« Und sofort stimmte jemand ein Jubellied an. Vogler aber wischte sich über die Augen, strahlte, küsste Mutter und Kind und stapfte durchs Wasser zurück zu seiner Blutbuche.

Der Gehilfe des Wettermannes, ein Kerlchen mit großem Schädel, kurzen weißblonden Locken und Kindergesicht, sprang von der unteren Veranda und watete ihm entgegen. »Wie soll er denn heißen?« Er sprach mit heiserer Stimme, wie immer; im Grunde röchelte er mehr, als dass er sprach.

»Lasnic«, murmelte Vogler und kicherte. »Lasnic soll er heißen.«

»Wie?!« Kauzer blieb stehen und hielt die Hand ans Ohr.

»Lasnic!«, rief Vogler. Plötzlich platzte es aus ihm heraus, und er lachte laut und wie von Sinnen. Oben in den Baumkronen jubelten sie wieder, und der Name ging von Mund zu Mund: »Lasnic heißt Voglers Sohn! Habt ihr's gehört? Lasnic! Lasnic ...«

Kauzer taumelte plötzlich rückwärts ins überflutete Wurzelgeflecht, erstarrte nach drei Schritten, riss Mund und Augen auf und stierte an Vogler vorbei zum Hochwasserarm. Vogler hörte auf zu lachen und runzelte die Stirn. Von einem Atemzug auf den anderen schlugen Gesang und Jubel aus den Bäumen in Angstgeschrei um. Die Rabenvögel in der Blutbuche lärmten, als wäre ein Baumgreif unter sie gefahren.

»Schlammwelse!«, brüllten die Jagdkerle in den Kähnen. Die alten Hebammen schrien wieder, jedoch anders als zuvor; und Warnrufe gellten hin und her.

Vogler fuhr herum. Er sah sofort das, was jedem Jäger den Angriff eines Schlammwelses verriet: eine große Bugwelle schlammigen Wassers. Sie trieb zwischen zwei Kähnen hindurch, einige Jagdkerle schossen bereits ihre Pfeile ab, einer schleuderte seine Lanze. Die meisten trafen, doch die Bugwelle rollte immer weiter dem Ufer entgegen, wo die schreienden Hebammen zu fliehen versuchten und das Gestell mit Mutter und Kind durchs aufgewühlte Wasser zogen. Hinter der Bugwelle sah Vogler zwei Pfeile und einen Lanzenschaft erst aus den braunen Fluten und dann aus einem Welsrücken ragen. Er warf sich in den Flussarm und schwamm den Hebammen entgegen.

Nicht ungefährlich, denn die Jäger in den Flößen zielten schon wieder mit ihren Waffen, zögerten jedoch – nicht wegen Vogler oder der Hebammen, sondern wegen des Neugeborenen und seiner Mutter. Im nächsten Augenblick hob sich das Heck des linken

Kahns, und einen Atemzug lang sah Vogler den breiten schwarzbraunen Rücken eines großen Schlammwelses aufragen. Die Jäger stürzten aus dem Kahn in den Hochwasserarm.

Hinter dem Nachbarkahn schäumte und spritzte das Wasser und teilte sich. Zwei junge Schlammwelse warfen sich auf das Boot. Vogler sah stachlige Rachen, spitze Zähne, schillernde Brustflossen. Die zwei Lanzenlängen großen Raubfische schnappten nach Beinen und Armen der Jäger oder fegten sie mit den Schwanzflossen aus den Kähnen.

Von den Kronenhütten aus begannen die Schützen von Stommfurt auf die Großfische zu zielen. Ein alter schwerer Wels hatte sich auf den dritten Kahn gewälzt, der vierte kippte gerade um, und das Geschrei der Waldleute war nun allgegenwärtig.

Auch Vogler schrie, denn die schlammige Bugwelle schwappte über das Gestell mit Mutter und Neugeborenem, und er begriff, dass er Frau und Kind verlieren würde. Zwei der Hebammen verschwanden unter Wasser, und nichts als Haare, Fleischfetzen und Blutschlieren tauchten wieder auf. Die dritte Hebamme ließ das Holzgerüst los und floh.

Das Gebärgestell mit Voglers Frau und ihrem neugeborenen Sohn hob und senkte sich, bis es halb unter rötlichem Schaum und schmutzigen Wasserwirbeln verschwand. Vogler sah eine Schwanzflosse; und dann sah er, wie das Gestell mit Mutter und Kind zwischen den leeren Kähnen hindurch, an im Wasser treibenden Leichen vorbei in die Mitte des Hochwasserarmes gezogen wurde. Voglers Frau gab keinen Ton von sich, den neugeborenen Sohn des Eichgrafen aber konnte jeder plärren hören.

»Tötet den verfluchten Wels!« Vogler brüllte. »Haltet ihn auf!« Doch aus Angst, das Kind zu treffen, schoss niemand mehr einen Pfeil ab. So verlor sich das dünne Stimmchen des Neugeborenen rasch, und die vor seiner Mutter und ihm aus dem Wasser ragenden Pfeile und der Lanzenschaft verschwammen mit dem Gehölz rechts und links des Hochwasserarms.

2

Irgendwann, irgendwo

Ein Gesicht beugte sich über sie, knochig, haarlos, schneeweiß: der Wächter des Schlafes. Nicht jener, der vor langer Zeit den Glasdeckel über ihre Mondsteinkuhle geschoben hatte – der war jung, braun gebrannt und schwarzhaarig gewesen –, dieser hier war viel älter. Unzählige haarfeine Linien durchzogen sein Gesicht, verdichteten sich um Mund und Augen zu netzartigen Maserungen, stiegen von den haarlosen Brauenbogen und der Nasenwurzel wie Fontänen hinauf in die Venengeflechte seines kahlen Schädels. Vielleicht ein Enkel derer, die vor Urzeiten das Einschlafen und das ERSTE MORGENLICHT hüteten, vielleicht ihr Urenkel. Und dennoch – hatte sie nicht im Traum die Stimme des Wächters des Schlafes erkannt?

»Endlich ist es so weit.« Er lächelte. »Willkommen, Catolis. Willkommen an der Schwelle zum Zweiten Reich von Kalypto.«

Sie ahnte mehr, was er meinte, als dass sie es wirklich verstand. Vieles von dem, was er in den ersten Tagen sagte, erschien ihr rätselhaft. Doch in den folgenden Monden änderte sich das nach und nach, denn während er sie fütterte – erst mit flüssiger, später mit fester Speise –, pflegte er zu erzählen: die ganze Geschichte des Ersten Kalyptischen Reiches. Wie der Orden der Kalyptiker entstand, wie er das ERSTE MORGENLICHT bändigte, wie er Macht gewann, wie er sich die Welt untertan machte, wie er ein vollkommenes Reich schuf. Und wie das Ende kam. Wie die Welt erst verbrannte, dann ersoff, dann gefror.

Der Wächter des Schlafes erzählte, während er sie wusch, er erzählte, während er sie ankleidete, er erzählte, während er ihr aus dem Mondsteinsarkophag half und sie bei den ersten Schritten stützte.

Den ersten Schritten seit Tausenden von Sonnenwenden.

Er führte sie vor einen ovalen Kristallspiegel, der bis an die Granitdecke reichte. Darin sah sie neben ihm eine gleich große, aber deutlich dürrere Frau stehen, jung, mit dunkelroten Haaren und kantigem, faltenlosem Gesicht, aus dem helle kupferfarbene Augen leuchteten.

»Ja«, murmelte sie, »das ist Catolis.« Die Frau im Spiegel bewegte die Lippen und lehnte sich gegen den fahlen Greis im blauen Mantel. »Ja, das bin ich.«

Später las der Wächter des Schlafes oft aus der Chronik von Kalypto vor, und als die süße Schwere des langen Schlafes auch die letzten Fasern ihrer Nerven verlassen hatte, begann sie Fragen zu stellen. Geduldig beantwortete er sie alle.

In immer deutlicheren Bildern sah sie nun vor sich, was während des Endes geschehen war. Sah, wie die Meister der Zeit diejenigen auswählten, die überleben sollten, um später das Zweite Reich zu gründen; sah siebentausend auserwählte Magier – die meisten blutjung – in die unterirdische Stadt hinabsteigen; sah auch, wie Sarkophage aus Mondstein geöffnet wurden; sah sogar, wie das ERSTE MORGENLICHT zu pulsieren begann.

So kehrte nach und nach die Erinnerung zurück, und bald waren ihr sämtliche Namen und Gesichter derer wieder gegenwärtig, die mit ihr in die letzte Bastion von Kalypto hinuntergegangen und wie sie in Mondsteinsarkophage gestiegen waren, um im ERSTEN MORGENLICHT einer möglichen Zukunft entgegenzuschlafen.

Mit der Erinnerung kamen neue Fragen.

»Warum bist du allein?«, fragte sie irgendwann im dritten Mond nach ihrem Erwachen; sie stemmte gerade Bleihämmer, um ihre Muskeln zu stärken. »Zwei Wächter des Schlafes sollten doch das ERSTE MORGENLICHT und den Schlaf der Kalyptiker hüten.«

»Meine Gefährtin starb vor zwölf Sonnenwenden«, antwortete der Wächter, »und auch meine Lebenskraft geht zur Neige. In wenigen Monden wollte ich meine Nachfolger wecken, doch dann sah ich, dass die Zeit reif ist, vier Magier in die Welt hinaufzuschicken.« Er lächelte, und seine Augen wurden feucht. »Ich bin so glücklich, den Beginn des Zweiten Reiches von Kalypto noch erleben zu dürfen.«

»Woher weißt du, dass die Zeit reif ist?« Die Lust am Zweifel hatte seit jeher zu Catolis' Wesen gehört.

Der Wächter des Schlafes führte sie aus der Granitkammer in die von blauem Licht durchflutete Mittelhalle. Das Licht strahlte aus einzelnen Sarkophagen in der Rundwand, doch vor allem aus der gläsernen Säule, um die herum eine Wendeltreppe hinauf in die höheren Ebenen von Kalypto führte.

Es war das ERSTE MORGENLICHT, das in der Glassäule pulsierte, über unzählige große und kleinste Lichtschächte in die Mondsteinsarkophage hineinstrahlte und die Schläfer von Kalypto seit dem Augenblick lebendig hielt, seit sie vor Tausenden Sonnenwenden eingeschlafen waren. Nur die Wächter des Schlafes alterten hier unten. Oder diejenigen Schläfer, zu denen das ERSTE MORGENLICHT nicht mehr hindurchdrang.

Vorbei an der Lichtsäule stiegen sie zwei Ebenen höher. In einem mit Harz ausgegossenen Kuppelraum führte der Wächter des Schlafes Catolis an einen runden Felstisch. Dutzende Gegenstände, teilweise zerbrochen und verrostet, lagen darauf.

»Eine Auswahl dessen, was die Eismöwen uns in den letzten vierhundert Sonnenwenden gebracht haben«, erklärte der Wächter.

Catolis ließ ihren Blick über die Fundstücke wandern: rostige Pfeilspitzen, eine Sandale, ein Stirnreif aus Horn, der Stiel eines Glases, eine Brosche, Messerklingen, eine Haarbürste, Silbermünzen, kunstvoll bemalte Keramikscherben und vieles mehr.

»Horden scheinen sich wieder zu Stämmen und Völkern zusammengefunden zu haben«, sagte der Wächter des Schlafes. »Die Menschen schmieden wieder Metall, treiben Handel, gießen Glas, fertigen Kleider, Schuhe, sogar Schmuck.«

Catolis griff nach einem kleinen Taschenspiegel und entdeckte eingravierte Lettern auf seiner Rückseite. Ein Name? Sie hob ein kleines rostiges Werkzeug hoch, eine Säge mit winzigen Zähnen auf dem schmalen Blatt. Eine Metallsäge wahrscheinlich. Sie klaubte runde Eisenstücke aus einem Haufen kleiner angerosteter Gegenstände und drehte sie zwischen den Fingern: Zahnräder. Manche kleiner als der Nagel ihres kleinen Zehs, andere von der Größe ihres Handtellers.

»Ja, du hast recht.« Sie legte die Zahnräder zurück auf den Felstisch. »Magier sollten nach oben gehen und in die vier Himmelsrichtungen wandern. Die Zeit ist reif für das Zweite Reich von Kalypto.« Sie sah dem Wächter des Schlafes ins uralte Gesicht. »Warum aber weckst du mich und nicht einen Meister der Zeit? Nur ihm steht es zu, die Magier auszuwählen, die mit ihm zu den wilden Völkern wandern sollen.«

Der Wächter des Schlafes nickte stumm und bedeutete ihr, ihm zu folgen. Wieder tauchten sie in das flirrende Licht der blau strahlenden Säule ein, wieder stiegen sie zwei Ebenen weiter nach oben. Dort winkte er sie an die Rundwand, und sofort fiel es Catolis auf: Weniger Sarkophage als in den unteren Ebenen erfüllte das ERSTE MORGENLICHT hier mit seinem Leuchten. Der Wächter des Schlafes blieb vor der Rundwand stehen und streckte Arme und Finger zu einem dieser lichtlosen Mondsteinsarkophage aus. Das blaue Behältnis schwebte erst aus der Wand und dann langsam zu ihnen herab; schließlich setzte es auf dem Granitboden auf.

»Sieh hinein.«

Catolis beugte sich über den Glasdeckel. Staub lag im Sarkophag; in einer Form, dass sie noch die Umrisse von Gliedern, Rumpf und Kopf des Magiers erahnen konnte, der hier alterslos geruht hatte – bis er jäh zu Staub zerfallen war.

»Der Großmeister der Zeit«, sagte der Wächter des Schlafes mit hohler Stimme. »Der letzte von sieben Meistern der Zeit, die mit uns herabgestiegen sind.«

Unter den Kalyptikern hatte es auf jeder Stufe der Meisterschaft einen höchsten Magier gegeben, einen Großmeister. Der Großmeister der Zeit stand über allen anderen. Seit jeher galt er als der Magierfürst von Kalypto.

»Wie konnte das nur geschehen?« Tief erschrocken blickte Catolis zu den anderen Wandnischen, in denen lichtlose Sarkophage standen. »Und er ist nicht der einzige, sagst du?« Sie verstand noch immer nicht.

»Weit über tausend Magier sind aus dem ERSTEN MORGENLICHT gefallen und gestorben.« Der Wächter des Schlafes seufzte tief. »Vulkanausbrüche in der Nähe, zwei Erdbeben in den letzten dreitausend Sonnenwenden …« Er zuckte mit den Schultern. »… vielleicht auch der Druck der Gesteinsmassen oder erodierende Wasseradern – irgendwann sind die Lichtschächte zwischen ihren Ruhetruhen und der Säule mit dem ERSTEN MORGENLICHT zusammengebrochen – was auch immer der Grund dafür gewesen sein mag.«

»Das heißt, es gibt keine Meister der Zeit mehr …?« Catolis wandte sich ab, begann zwischen den Treppenabsätzen vor der blau leuchtenden Säule hin und her zu laufen und versuchte zu begreifen, was sie gesehen und gehört hatte. Der Wächter des Schlafes ließ ihr Zeit. »Das bedeutet …« Irgendwann blieb sie stehen, fuhr herum und sah ihm ins fahle Gesicht. »Warum weckst du ausgerechnet mich? Ich verstehe das nicht …«

»Du verstehst sehr gut, Catolis.« Der bleiche, haarlose Greis lächelte. »Wir Wächter des Schlafes müssen in Kalypto bleiben, um den Schlaf der anderen zu hüten und das ERSTE MORGENLICHT, das sie am Leben erhält. Meine Gefährtin und ich haben das Testament der Mütter und Väter von Kalypto geöffnet, um nachzulesen, wen sie als Großmeister der Zeit für den Fall vorgesehen haben, dass kein Meister der Zeit den Epochenschlaf überleben sollte.« Er verstummte, blickte sie erwartungsvoll an.

»Und?« Catolis schluckte. Das Herz schlug ihr plötzlich in der Kehle.

»Dich, Catolis, haben sie vorgesehen. Du bist jetzt die Großmeisterin der Zeit.«

»Ich …?« Catolis presste die Hände auf die Brust und schüttelte den Kopf, als traute sie ihren Sinnen nicht. »Aber, wieso …?«

»Ja, du bist auserwählt, Catolis.« Strenger Ernst lag jetzt auf den Zügen des Wächters des Schlafes. »Du bist die Erste Magierfürstin des Zweiten Reiches von Kalypto. Du wirst hinaufsteigen. Und zuvor wirst du drei Kalyptiker auswählen, die mit dir gehen.«

3

Noch keine sieben Winter alt war Ayrin, da musste sie ihrer Mutter schon als Königin des Bergreiches Garona nachfolgen.

Die sechs Winter davor lebte sie ein verträumtes, behütetes und verspieltes Kinderleben in der Königsburg von Garonada, der Hauptstadt des Reiches. Sechs Winter lang war sie weiter nichts als ein kleines Mädchen, sechs Winter lang schienen die hohen Berggipfel, die mit starken Wehrmauern befestigten Felsstädte, die leuchtenden Gletscher, die schäumenden Flüsse und die tiefen Schluchten nur um ihretwillen zu existieren. Sonne, Mond und Sterne zogen allein für sie durch den Himmel, und es gab keinen Tag, an dem sie nicht mindestens einmal in den Armen ihrer Mutter, der Königin Belice, lag, auf ihrem Schoß kauerte und in ihr gütiges und schönes Gesicht blickte.

Nach sechs Wintern dann musste sie lernen, dass jeder Ebene ein Abhang folgte und niemand sein Leben lang nur aus dem Becher des Glücks schlürfen durfte. Vorzeichen des nahenden Abhangs entdeckte sie ausgerechnet im Haar ihrer Mutter.

Das erste Mal fiel es ihr im Badehaus auf, am Tag vor der Ritterweihe. Königin Belice hatte sie zu sich in den Zuber gehoben, wie sonst auch. Da saß Ayrin nun bis zum Hals in heißem Wasser, häufte Schaum auf ihrem Kopf, fächelte die Dampfschwaden zur Seite und betrachtete ihre schöne Mutter, während zwei Diener der Innenburg ihnen das Haar und die Rücken wuschen. Zufrieden war Ayrin, vollkommen zufrieden.

Und dann sah sie es.

Zuerst hielt sie es für Schaum. Doch der Diener leerte einen Holzkübel mit klarem Wasser über Mutters Kopf, und das, was Ayrin für Schaum gehalten hatte, schimmerte noch immer im kastanienroten Haar über der Stirn ihrer Mutter.

»Dein Haar wird ja weiß«, sagte sie, stand im Zuber auf und

berührte die Stelle. »Hier vorn am Scheitel, und hier, eine ganze Strähne.« Mit den Fingern fuhr sie der nassen weißen Strähne nach. Die reichte bis über die von der Sonne gebräunte Schulter ihrer Mutter. Und jetzt sah Ayrin auch, dass die Stirn ihrer Mutter seltsam schuppig und von mehr feinen Furchen durchzogen war, als sie damals zählen konnte.

»Wirst du schon alt, Belice?«

»Jeden Tag werden wir älter, mein Herz. Alle.«

Ayrin fiel auf, wie müde die Stimme ihrer Mutter klang. »Selbst eine Königin?« Ihre Mutter nickte, und Ayrin entdeckte einen traurigen Schimmer in ihren Augen, den sie dort zuvor noch nie gesehen hatte. »Arme Belice!« Erschrocken fiel Ayrin ihrer Mutter um den nassen Hals. »Wirst du denn krank?«

Ihre Mutter schüttelte den Kopf, küsste sie und schob sie von sich. Dann streifte sie den Schaum von Brüsten und Armen und erhob sich, damit der Diener sie abtrocknen konnte.

Ayrin sah ihm dabei zu und betrachtete den schönen, sehnigen Leib ihrer Mutter. Achtundzwanzig Winter hatte Belice erst gesehen, ihrem Bauch sah man zu jener Zeit noch kaum etwas an. Ayrin legte die Hand auf ihn.

»Liegt es daran? Ist das Baby schuld?«

»Niemand ist schuld, an gar nichts.« Belices Lächeln war seltsam starr. »Es wird alles gut, Prinzessin.«

Nach dem Baden rieben die Diener sie mit Duftölen ein, bürsteten und flochten ihnen das Haar und halfen ihnen beim Ankleiden.

Was schon gut ist, kann nur besser werden, dachte Ayrin. *Wenn also alles* gut werden *soll, dann muss es jetzt schlechter sein, als es sein sollte, oder?*

Ihre Mutter stand vor dem Spiegel, während Ayrin das dachte, und sie wollte sie eigentlich fragen, was sie von dem Gedanken hielt. Doch dann sah sie, wie sorgfältig ihre Mutter sich das Haar mit einem silbergrauen Seidentuch bedeckte, und Ayrin fragte lieber nichts mehr. Seit wann verhüllte denn die Königin Belice von Garona ihr wunderschönes kastanienrotes Haar?

So fing es an. So begannen die Vorboten des Unglücks ihre schlimme Botschaft in Ayrins Mädchenkopf zu raunen.

Und es ging weiter, gleich am nächsten Tag.

Im ersten Morgengrauen senkte sich die Zugbrücke der Königsburg über die Schlucht. Auf ihr überquerte Ayrin inmitten des mütterlichen Trosses den schäumenden Glacis, den Gletscherfluss. Die königliche Prozession stieg die große Felstreppe zum Mutterhaus hinauf. Dort sollten die Jungritter eine Stunde nach Sonnenaufgang ihren Eid auf die Große Mutter und das Reich ablegen. Unterhalb der Königsburg bedeckte noch Morgendunst die meisten Türme und Dächer von Garonada; nur Teile der Westmauer und der Zirkuskuppel ragten aus dem weißen Schleier.

Das Mutterhaus lag auf einem Felsplateau knapp unterhalb des Grates, auf dem ein guter Wanderer in einem Tag zum Schneegipfel des Garonits gelangen konnte. Von jeder Felsstadt des Bergreiches aus konnte man es sehen: zwei mächtige, durch einen viel kleineren, schotenförmigen Portalbau verbundene Kuppeln, auf deren Zenit je ein Turm aufragte. Kein Bauwerk im Reich lag höher.

Auf Ayrins Frage nach dem Grund dafür hatte Runja, die Priesterin, einmal geantwortet, es sei gut, dem Mond so nahe wie möglich zu sein, wenn man die Große Mutter rief.

Sieben königliche Throngardistinnen schritten voran, Schwertdamen mit Langschwertern in den Rückenscheiden. Ihre roten Prachtmäntel wehten im kühlen Wind, und im ersten Licht der Morgensonne schimmerten ihre Helme und Brustharnische wie pures Silber und die Bernsteinknäufe ihrer Schwerter wie der Blütenhonig aus den Flusstälern.

Direkt hinter ihnen stiegen die Priesterin Runja, die Königin und ihr Vertrauter, der Harlekin Mauritz, die Stufen hinauf. Mehr hatten auf der Treppenbreite keinen Platz, denn Runja war groß und sehr dick. Ayrin konnte sie schnaufen hören während des Aufstiegs. Und obwohl die Priesterin nach Luft rang, hin und her schaukelte und sich ständig mit einem Tuch den Schweiß von der breiten Stirn wischte, hielt sie Belice doch am Ellenbogen fest, als müsste sie die Königin stützen. Sonst tat sie das nie, und der Anblick bedrückte Ayrin.

Stimmte es also: Ihre Mutter war krank.

Sie selbst lief mit den anderen Mädchen hinter den Frauen und dem Harlekin, Hand in Hand mit ihren besten Freundinnen Petrona und Loryane. Ihnen folgte die so gar nicht festlich gekleidete Burgmeisterin Hildrun, eine große dürre Frau mit bleicher und strenger Miene. Wie immer trug sie ihren abgewetzten Ledermantel über ihrem braunen abgewetzten Harnisch, und wie immer ragte ihr der abgegriffene Knauf ihres alten Langschwertes aus der Rückenscheide über die Schulter. In den Städten des Reiches ging die Rede, dass Hildrun sich nicht einmal zum Schlafen von ihrem Schwert trennte.

Die Burgmeisterin schritt allein von Stufe zu Stufe, gefolgt von ihren drei königlichen Schwertmeisterinnen und dem ersten Diener der Außenburg, allesamt in Festtagskleidung. Den Abschluss der Prozession bildeten wiederum sieben Leibgardistinnen in Prachtmänteln und blank geputzten Harnischen.

Oben, am hohen Spitzportal des Mutterhauses, warteten bereits die sechs Herzoginnen der anderen Felsstädte mit ihren Burg- und Kriegsmeisterinnen. Sie schlossen sich dem königlichen Tross an. Im Inneren des Portalbaus, an den Stufen zum Mondaltar, verneigten sich die vierzehn Erzritter und ihre etwa zwei Dutzend flaumbärtigen Weihritter, als Ayrins Mutter mit ihrem Gefolge eintrat.

Mauritz und die Reichs- und Thronritter betraten mit vielen anderen Männern die Ostkuppel, Ayrin ging mit ihrer Mutter und den Frauen in die Westkuppel. Einige setzten sich vorn auf die gehobelten Pappelstämme oder einen der Quadersteine; die meisten blieben stehen.

Beide Kuppeln waren zum Altar hin offen, und Ayrin und ihre Freundinnen kletterten auf einen der erhöhten Steinquader, um den Altar mit Runja und ihren Altarjungfrauen besser sehen zu können.

Damals liebte Ayrin die Zeit vor dem eigentlichen Beginn einer

Anrufung der Großen Mutter fast noch mehr als die Feier selbst: die Augenblicke, wenn draußen die Morgensonne zwischen den Schneegipfeln aufstieg und ihr Licht sich in den bunten Glassteinfenstern der Kuppel brach; wenn Runja endlich die Öllampen auf den Altarstufen anzündete, wenn ihre Jungfrauen rauchende Duftschalen in die Kuppeln trugen, wenn noch Hunderte Hochdamen, Schwertdamen und Mädchen durch die Seiteneingänge in die Westkuppel strömten, wenn sie tuschelten, lachten oder einander Segensgrüße zuriefen.

Beinahe zwanzigtausend Menschen fassten Kuppeln und Zwischenbau des Mutterhauses, die Vorhöfe sogar noch mehr. Doch die füllten sich nur zum höchsten Fest des Jahres, zur Mutterweihe, und auch da nur selten vollständig.

Auf der Männerseite herrschte dagegen fast immer großes Gedränge; zur Ritterweihe sowieso. Viel mehr Männer als Frauen lebten im Bergreich Garona, und wären nicht etliche Ritter auf Jagdzügen und Kriegsfahrten unterwegs, hätten sie wohl gar nicht alle Platz gefunden.

Endlich packte Runja den wuchtigen Schlegel, und sofort legte sich das Stimmengewirr. Sie holte aus und schlug sieben Mal gegen den Gong neben dem Altar. Die Kupferscheibe war noch größer als die hünenhafte Priesterin, und eine goldene Mondsichel glänzte auf ihr. Die Klangwellen hallten durch die Kuppeln. Nachdem die letzte verhallt war, herrschte vollkommene Stille. Es war, als würde jeder den Atem anhalten – bis Runja die Hymne der Großen Mutter anstimmte. Nacheinander fielen die Altarjungfrauen ein, danach die Schwertdamen und Mädchen, zum Schluss die Ritter. Bald erfüllte vielstimmiger Gesang das Mutterhaus.

Das Loblied pries die Große Mutter und dankte ihr für die Erwählung der Frauen von Garona zu ihren Schwestern und ihrem Volk für die Gründung des unbesiegbaren Bergreiches, für die uneinnehmbaren Felsstädte von Garona und für die Söhne des Reiches, die sich nun anschickten, ihr Leben und ihre Kraft der Großen Mutter, ihren Schwestern und ihrem auserwählten Reich zu weihen.

Die meisten sangen mit geschlossenen Augen; dabei streckten viele die Arme dem Kuppelgewölbe entgegen und schwankten hin und her wie die Birken in den Hängen der Flusstäler. Auch Ayrin versank in eine Art Trance. Gesänge, Gebetsrufe, Ansprachen rauschten an ihr vorbei. Zu sich kam sie erst wieder, als die Erzritter die Namen der jungen Weihritter verlasen und ein flaumbärtiger Bursche nach dem anderen an den Altar trat, wo der oberste Ritter – der Erzritter der Stadtmauer von Garonada – und die Priesterin zwischen zwei Bronzekesseln voller Schwertklingen warteten. Die Weihe begann.

Wer zum Ritter geweiht wurde, galt als kriegstüchtig und konnte fortan zur Vaterschaft zugelassen werden – vorausgesetzt, eine Frau sah einen Grund, ihn zu erwählen.

Ganz ergriffen beobachtete Ayrin, wie die Altarjungfrauen jeden Weihritter einzeln zu Runja auf die oberste Altarstufe hinaufführten, wo er seinen Ritterschwur sprach, sein geweihtes Schwert aus den Händen der Priesterin empfing und als stolzer Jungritter die Stufen des Altars wieder herunterstieg.

Und dann geschah es.

»Ihr seid verloren!«, tönte eine Stimme. »Ihr seid alle verloren!« Köpfe reckten sich, ein Ruck ging durch die Menge, Raunen erhob sich, und von einem Augenblick auf den anderen war die feierliche Stimmung dahin. »Blut! Blut! Blut!« Ayrin hielt den Atem an. »Nichts von euch wird bleiben!« Eisfinger krallten sich in ihr Herz, als sie die Stimme ihrer Mutter erkannte. »Nichts wird bleiben, wie es ist! Leer, die Häuser! Leer, die Brücken! Leer, die Wehrmauern!«

Ayrin sprang auf den Sitzquader, presste die Hand auf den Mund, reckte den Kopf. Sie sah die Burgmeisterin und die Schwertmeisterinnen, wie sie versuchten, ihre Mutter festzuhalten – die riss an ihren Kleidern, zerkratzte sich das Gesicht, raufte sich das Haar und schrie. Ihre Stimme klang wie die einer Berauschten, die man zu Boden geschlagen hatte; entsetzlich hallte sie durch beide Kuppeln.

»Ihr seid verloren! Nichts bleibt, gar nichts …!«

Ayrin sprang vom Stein und drängte sich durch die Menge. Wie die Stimme einer Fremden dröhnte Belices Stimme durch das Mutterhaus, und dieser kalte, fremde Klang erschreckte Ayrin.

»Gräber! Gräber! Das Mutterhaus: für immer leer! Nichts wird bleiben, vorbei, vorbei …!«

Schlagartig war es still geworden unter der Doppelkuppel, und zwei Atemzüge lang hörte Ayrin weiter nichts als ihr eigenes Keuchen und den Lärm ihrer Schritte. Dann erhob sich Geflüster in der Männerkuppel, und in der Menge der Frauen wurden Rufe laut. Ayrin blieb vor ihrer Mutter stehen, starrte zu ihr hinauf. Sie hätte schreien mögen, heulen, am dunkelblauen Mantel der Königin zerren – doch nichts davon tat sie, stand nur und starrte.

Die Augen ihrer Mutter rollten, Schleim troff aus ihren Mundwinkeln, sie zitterte, zerriss ihr Haartuch, schlug nach der Burgmeisterin Hildrun. Die rührte sich nicht, wirkte wie versteinert.

Plötzlich schob sich die massige Gestalt Runjas zwischen Ayrin und ihre Mutter. Die Priesterin schob die zu Tode erschrockene Hildrun zur Seite und schloss die rasende Königin in ihre langen, starken Arme. »Ruhig, Belice, ganz ruhig.« Sie rieb ihre dicken Wangen am bleichen Gesicht der Königin und flüsterte ihr zu. »Ich bin bei dir, ganz ruhig, ich bin da …«

Die Königin hörte auf zu schreien, bohrte die Stirn in die breite Schulter der Priesterin. »Nach Hause«, schluchzte sie. »Bringt mich nach Hause. Bringt mich zu Lukar.«

Ayrin glaubte, die Granitfliesen unter ihren Füßen wanken zu spüren. Hatte sie denn richtig gehört?

»Zu Lukar …« Wie ein krankes Kind klammerte Belice sich an Runja. »Bringt mich zu Lukar …«

Ayrin hatte ihren Bruder Lukar nie kennengelernt. Ein Adler hatte den kleinen Jungen kurz nach ihrer Geburt von der Burgmauer gekrallt und in seinem Horst an seine Brut verfüttert.

Wie ein großes krankes Mädchen hing ihre Mutter, die Königin, an Runjas Hals, zitterte und flüsterte wieder und wieder: »Ich will zu Lukar, ich will zu Lukar …«

Von einem Atemzug zum anderen wusste Ayrin, dass nun nichts mehr so sein würde, wie es bisher gewesen war. Und auch wenn sie es zu jener Zeit noch nicht hätte in Worte fassen können, spürte sie doch, dass ihre Kindheit vorbei war.

Etwas gefror in ihrer Brust.

4

Irgendwann, irgendwo

Vier Magier geleitete der Wächter des Schlafes hinauf zum Obertor von Kalypto. Catolis schritt hinter dem Alten, und hinter ihr die drei, die sie vor zwei Sonnenwenden ausgewählt hatte. Feierlich war ihr zumute, und sie ahnte, dass sie diesen Aufstieg zum Tor nie nicht vergessen würde. Fiebrige Erregung erfasste sie – wohin würde das Schicksal sie führen? Gleichzeitig schnürten Angst und Zweifel ihr das Herz zusammen – was, wenn sie scheiterte?

Der Alte, als spürte er ihre Furcht, fing an zu reden. Er sprach ihr und den anderen Mut zu. »Vergesst niemals, wer ihr seid«, schärfte er ihnen ein, während sie der Erdoberfläche entgegenstiegen. »Meister der höchsten Magierstufen seid ihr, Meister aller Wesen und Dinge, Meister auch eurer eigenen Herzen und Gefühle. Für euch steht nichts und niemand über euerm höchsten Ziel: Kalypto und seinem zweiten Reich.« Er blieb stehen, drehte sich um und blickte auf Catolis und ihre Gefährten herunter. »Hütet euch jedoch, den Irdischen zu nahe zu kommen.« Mahnend hob er die Rechte. »Wer immer sich den Menschlichen in Freundschaft oder gar in Liebe verbindet, verleugnet seinen Meistergrad und muss scheitern. Und sterben.«

Jedem der vier jungen Magier sah er in die Augen, und jeder der vier nickte stumm. Dann erst wandte der Wächter des Schlafes sich ab und ging weiter.

Einen Schläfer aus jeder Stufe der magischen Meisterschaft hatte Catolis ausgewählt und wecken lassen, damit er mit ihr nach oben stieg. Der Meister des Willens sollte nach Osten ziehen, der Meister des Lichts nach Westen, die Meisterin des Lebens noch weiter hinauf nach Norden, und sie selbst, Catolis, die Großmeisterin der Zeit, wollte nach Süden aufbrechen.

Jeder von ihnen trug einen Mantel in der Farbe seines Meistergrades. Catolis' Mantel war blau wie der Umhang des Wächters des Schlafes, hatte aber silberne Säume und Knopfleisten.

Endlich erreichten sie das Obertor. »An der Küste werdet ihr euch trennen und allein weitergehen«, sagte der Wächter des Schlafes beim Abschied. »Doch keiner von euch wird für immer allein sein müssen. Im ERSTEN MORGENLICHT könnt ihr einander begegnen und miteinander sprechen, wann immer ihr wollt. Früher, in den Anfangszeiten des ersten Reiches, gingen immer drei in eine Himmelsrichtung, wenn es galt, neue Schüler zu suchen und Kalyptos Macht und Vollkommenheit in die Welt hinauszutragen und zu festigen. Doch damals hatten wir gerade erst begonnen, das ERSTE MORGENLICHT zu beherrschen, und damals wurden wir nicht wesentlich älter als gewöhnliche Menschen.«

Catolis hatte drei besonders starke Magier ausgewählt, ähnlich schön wie sie selbst und ähnlich jung. Ein ganzes Leben voller Schaffenskraft lag vor ihnen, viele Hundert Sonnenwenden Zeit, um zu tun, was getan werden musste. Doch Catolis gab sich keiner Täuschung hin: Wer von ihnen einst zurückkehrte, um die anderen zu wecken, würde es als Greis tun. Oder als Greisin.

»Es ist ein Wettkampf, zu dem Kalypto euch aussendet«, sagte der Wächter des Schlafes. »Ernst, blutig und langwierig. Jeder von euch suche ein Volk, das er für fähig hält, uns beim Aufbau des Zweiten Kalyptischen Reiches zu dienen. Und dann möge sie beginnen, die blutige Prüfung, dann schickt eure Völker auf die Waage des Schicksals und des Kampfes. Mögen die untergehen, die sich als zu leicht erweisen! Vergesst es niemals: Kalypto braucht das stärkste, tapferste und klügste aller Menschenvölker, um erneut zu erblühen und die Welt mit dem Glanz seiner vollkommenen Schönheit zu erfüllen!«

Jedem der vier Magier überreichte er zwei Mondsteinringe – Schlüssel zum ERSTEN MORGENLICHT –, und jedem legte er die Hände auf den Scheitel und sprach ihm den uralten Segen zu, mit dem schon die Großmeister des Ersten Kalyptischen Reiches ihre Jungmagier in den Kampf geschickt hatten.

»Und nun geht und bereitet dem Zweiten Reich den Weg. Die Wächter des Schlafes werden auf euch warten.«

Er öffnete das Tor nach draußen.

5

Gegen Mittag trafen Kähne voller Jagdkerle aus allen Siedlungen von Strömenholz ein. Am Nachmittag auch aus dem Nachbargau Blutbuch und sogar aus Düsterholz, dem Gau, der tief im Südwesten an den Südufern des Stromdeltas lag. Zu der Zeit stand Vogler noch aufrecht, konnte noch eine Lanze halten und einigermaßen klar denken.

Er sprach nur wenige Sätze mit Gundloch, dem Waldfürsten von Strömenholz, und mit den Eichgrafen der anderen Siedlungen. Dann wussten alle, wie Vogler sich die Jagd auf die gefräßigen Schlammwelse und die Suche nach Mutter und Kind vorstellte.

Drei Dutzend Großkähne schwärmten aus. Die Jäger hatten die Spitzen ihrer Pfeile und Lanzen mit Gift bestrichen, schwangen die Fäuste, fluchten im Chor oder grölten Jagdlieder. Viele paddelten, der kräftigste stand am Heck und stakte.

Mit dem Frühlingshochwasser gelangten Alligatoren und Schlammwelse aus dem Stromdelta beinahe regelmäßig bis in die Siedlungen hinein – nichts Besonderes, so ging das eben. Gewöhnlich fuhren die jüngsten Jäger ins überflutete Gehölz, um ihren Mut zu beweisen. Und es kam schon mal vor, dass nicht alle lebend zurückkehrten.

Hin und wieder jedoch geschah es auch umgekehrt, und die Schlammwelse rotteten sich zu Rudeln zusammen und machten Jagd auf die Waldleute; so wie an diesem Tag. Solche Überfälle pflegte man am Mündungsdelta des Stomms mit ausgedehnten Jagdzügen zu rächen.

Gegen Abend gellten Pfiffe von Jagdkerlen durchs Gehölz. Sie hatten zwei Welse erlegt. Doch neben den beiden Hebammen und den vier Waldmännern, die am Mittag umgekommen waren, hatte inzwischen noch ein weiterer Jäger sein Leben eingebüßt. Düstere Stimmung bedrückte die Waldmänner.

Vogler und seine Kahngefährten lauschten den gepfiffenen Neuigkeiten – man hatte seine Frau gefunden, an der Uferböschung der großen Bärenlichtung. Vogler gab den Waldmännern hinter sich ein Zeichen, und sie steuerten den Großkahn dorthin.

Dutzende Kähne drängten sich in den Hochwasserarmen vor dem See, der sich auf der Lichtung zwischen dem Hauptlauf des Stomms und der kleinsten Siedlung von Strömenholz gebildet hatte. Vogler blickte zu Gundloch, dem jungen Waldfürsten, in seinem Fürstenkahn. Er stand seltsam reglos inmitten seiner Jagdkerle, und Vogler war es, als bohrte ein Eiszapfen sich durch seine Brust.

Plötzlich hörte er das dünne Stimmchen seines neugeborenen Sohnes, das aus einiger Entfernung zu ihm drang. Es übertönte das Rauschen der Wipfel und das Krächzen und Zetern von Elstern und Kolks.

»Vorwärts!« Voglers Herz tat einen Sprung, und Zuversicht vertrieb die Kälte aus seiner Brust. Seine Jagdkerle stießen die Paddel schneller und kräftiger ins Wasser. Die anderen Kähne machten ihm Platz, der Waldfürst winkte. Und dann sah Vogler Mutter und Kind in den Wogen schaukeln. Einen Atemzug lang loderte heiß die Hoffnung in seinem Blut.

Doch nur, um gleich wieder stummem Entsetzen zu weichen: Seine Frau hing reglos auf dem Gebärgestell, ihre fahlgrauen Arme schienen sich um das Neugeborene zwischen ihren Brüsten verkrampft zu haben. Der Grünspross plärrte, und mindestens sechs Schlammwelse umkreisten ihn. Einem ragten Lanzenschaft und Pfeile aus dem Rücken. Sechs Lanzenlängen etwa trennten das Welsrudel von dem Gestell mit dem schreienden Kind und seiner Mutter. Raben und Elstern kreisten über ihnen und dicht neben ihnen schwamm ein Kormoranpaar.

Vogler umklammerte den Kahnrand, beugte sich weit über den Bug und blinzelte zu Mutter und Kind. Schwer zu glauben, was er da sah. Warum pflückten die Raubfische sich den Schreihals samt seiner Mutter nicht einfach vom Gebärgestell? Auch viele Sommer später noch wollte niemandem eine Erklärung dafür einfallen.

Gundloch sah fragend zu Vogler herüber. Der nickte, und der Waldfürst gab das Zeichen zum Angriff. Die Jäger spannten die Bogensehnen und hoben die Lanzen. Pfeile sirrten, Lanzen zischten durch die Luft. Die beiden Kormorane tauchten ab, Kolks und Elstern flüchteten sich in die Baumkronen.

Vier Schlammwelse konnten die Waldmänner töten, zwei flohen vor der Übermacht der Jäger; unter ihnen der, dem Lanze und Pfeile aus dem Rücken ragten. Der Kampf ging so schnell vorüber und erwies sich als so leicht, dass die meisten Jäger verstummten vor ehrfürchtigem Staunen. Gundloch, der das Danklied anstimmte, musste beinahe die ganze erste Strophe allein singen, so zögerlich fielen die anderen Jäger mit ein.

Es dämmerte bereits, als Voglers Kahn sich dem Gebärgestell mit Mutter und Kind näherte. Dennoch sah er sofort, dass seine geliebte Frau tot war. Schrat, der alte Kolk, hockte neben ihrem schlaffen graublauen Leib und quorkste kläglich. Die Schlammwelse hatten ihr die Beine oberhalb der Knie abgebissen. Das Kind hingegen schien unversehrt; es plärrte nur jämmerlich.

Vogler hob das quäkende und zitternde Bündel vom Leib seiner toten Frau und drückte es an sich. Seine Knie gaben nach, er stützte sich auf zwei seiner Jäger. Ein Weinkrampf schüttelte ihn. Die Gefährten hielten ihn fest.

*

»Tatsächlich, Lasnic also, aha.« Bux, der Wettermann, trank, setzte den Eisenkrug ab und wischte sich die Lippen mit dem Ärmel trocken. »Lasnic, hm.« So einen Namen hatte er noch nicht gehört, und er hatte schon ziemlich viel gehört in seinem langen Leben. »Und da bist du dir auch ganz sicher?« Kauzer nahm ihm den Krug ab, und Bux blinzelte Vogler ins bleiche, von vielen Narben gezeichnete Gesicht; die hatte er dem Kampf mit einem Flussparder zu verdanken. Fünfzehn Sommer her.

»Lasnic, richtig.« Der Eichgraf nickte und fing schon wieder an zu heulen. Gundloch, der junge Waldfürst von Strömenholz, klopfte ihm auf die Schulter, und dessen Hauptfrau – sie stillte das Kind seit seiner Rettung vor zwölf Tagen – legte den Kleinen in Voglers Arme.

Kauzer reichte seinem Lehrer Pfeife und Farnwedel. Bux, der Wettermann, blies den Rauch über den Leib des schlafenden Grünsprosses und wedelte mit den Farnzweigen herum.

Sie hatten sich im großen Gemeinschaftshaus auf der Grenze zwischen Strömenholz und Blutbuch versammelt. Selbst der alte Waldfürst von Blutbuch war gekommen, ein hinkender, graubärtiger Riese namens Hirscher. Aus jedem der vier Waldgaue hatten sich außerdem je zwei Älteste mit ihren Rotten eingefunden, dazu die Eichgrafen sämtlicher Siedlungen von Blutbuch und Strömenholz. Auch die Waldleute aus den Hausbäumen in der Nachbarschaft von Voglers Blutbuche waren gekommen. An die zweihundert Jagdkerle, Flaumbärte, Mütter und Jungweiber drängten sich im Gemeinschaftshaus. Gundloch hatte die Obersten seiner Jäger und knapp die Hälfte seiner Sippe mitgebracht.

Von Voglers Vater und Großvater sprach man in allen vier Gauen voller Bewunderung und Respekt. Deswegen hatte sich sein Unglück auch so schnell herumgesprochen, und deswegen nahmen so viele Waldleute Anteil an seiner Trauer. Manch einer hatte einen weiten Weg auf sich genommen, um ihm beizustehen.

Hirscher und seine Ältesten etwa stammten aus abgelegenen Siedlungen Blutbuchs, eines Gaues, der zum größten Teil am Südufer des Stomms lag und sich weit nach Südosten erstreckte. Die Männer waren vier Tage auf ihren Waldelefanten geritten, um überhaupt erst das Ufer des Hauptstroms zu erreichen.

Von den äußersten Küstensiedlungen des Gaues Düsterholz aus wanderte man gut sieben Tage, um an die Strommündung zu gelangen. Von dort aus brauchte man noch etwa einen Tag bis zum Gemeinschaftshaus, vorausgesetzt, man fand gleich einen Fährmann oder ein paar Fischer, die bereit waren, einen ans Nordufer zu bringen.

Nordöstlich grenzte Wildan an Strömenholz, der ausgedehnteste aller vier Gaue. Er erstreckte sich bis hinauf an den gleichnamigen Fluss, der angeblich in der Großen Wildnis entsprang, und war reich an Sümpfen und Seen.

Von der großen Küstensiedlung Lichtern im äußersten Südwesten von Düsterholz bis hinauf zur befestigen Siedlung Seefurt im äußersten Nordosten Wildans wanderte man gut und gern drei Monde. Wegen des dichten Gehölzes, der ständig wechselnden Flussläufe und der ausgedehnten Sümpfe gelangten auch Reiter mit zahmen Elchen oder Waldelefanten nicht wesentlich schneller ans Ziel.

Wie viele Waldsiedlungen es insgesamt in den schier unendlichen Wäldern aller vier Gaue gab, wusste niemand genau. Bux sprach von Hunderten, der alte Hirscher sprach von mindestens zweihundert.

In jedem Gau lebte ein Wettermann, und in Notzeiten bestimmten die vier Wettermänner einen obersten Waldfürsten, der dann alle vier Gaue anführte. Die Eichgrafen, Ältesten und die anderen Waldfürsten mussten diesen sogenannten »Großen Waldfürsten« durch eine Wahl bestätigen. Das geschah etwa, wenn ausgedehnte Waldbrände wüteten; oder wenn ein Hochwasser gar nicht mehr enden wollte; oder wenn wilde Tiere zur mörderischen Plage wurden, die das Leben ganzer Siedlungen bedrohte; oder auch in Kriegszeiten. Die letzte Kriegszeit lag allerdings so lange zurück, dass keiner mehr lebte, der eine Mutter oder einen Jäger kannte, die aus eigener Erfahrung davon berichten könnten.

Gundloch war der jüngste unter den vier Waldfürsten. Zehn Sommer zuvor, als Voglers Vater noch Waldfürst war, und Gundloch gerade der erste Bartflaum spross, hatte Vogler ihn auf seine Jagdzüge mitgenommen und dem halbwüchsigen Jäger gezeigt, wie man Sumpfbären und Mammutschweine in den Hinterhalt lockt oder Elche beschleicht oder den Kampf mit Flusspardern, Alligatoren oder Schlammwelsen überlebt.

Deinem Herzen näher als Vater und Bruder ist dir der Jäger, mit dem du den Sumpfbären und den Schlammwels gejagt hast, pflegte man bei den Waldleuten am Mündungsdelta des Stomms zu sagen oder zu singen.

»Lasnic also«, krächzte der alte Wettermann schon wieder. »Lasnic, Sohn Voglers, des Eichgrafen von Stommfurt, nun gut.« Bux reichte Pfeife und Farnwedel an seinen Gehilfen und bedeutete Kauzer, ihm noch einmal den Eisenkrug mit dem Heiligen Trank zu geben. Er setzte das Gefäß an die Lippen und gönnte sich einen letzten kräftigen Schluck. Kreiste der Heilige Trank erst einmal im Blut, machte er die Glieder stark, das Herz heiß, den Kopf kalt und die Wand zwischen dieser und der Anderen Welt durchsichtig. Das jedenfalls behauptete der Wettermann. Angeblich sah er dann Wolkengötter, Waldgeister, sogar die Seele des Stroms und was sonst nicht alles. Das Rezept für den Heiligen Trank kannte Bux von seinem Vorgänger. Und zu gegebener Zeit würde er es an seinen Nachfolger weitergeben, an Kauzer.

Der Wettermann setzte den Krug ab und reichte ihn seinem Schüler. Dann rülpste er und streckte die Arme aus. Vogler legte ihm das Kind hinein, und Bux hob es, so hoch er konnte.

»Willkommen im Gehölz, Sohn Voglers! Willkommen, Lasnic, den wir den Schlammwelsen entrissen haben!« Irgendwo in den Baumwipfeln über der Gemeinschaftshütte hörte man einen Kolk krächzen. »Willkommen unter den Völkern des Waldes, Lasnic, der du lebst, obwohl du tot sein solltest!«

Vogler holte tief Luft und wiederholte seine Worte singend und mit zitternder Stimme: »Willkommen im Gehölz, Lasnic!« Die anderen stimmten mit ein und übertönten gnädig seinen jämmerlichen Gesang. »Willkommen unter den Völkern des Waldes!«

»Sommer für Sommer werde dir Beute zuteil, Lasnic!«, sang der Wettermann, und wegen seiner krächzenden Greisenstimme klang das eher lustig als feierlich. »Und mögest du viele Frauen beglücken und ihnen zur Mutterschaft verhelfen!«

Die anderen wiederholten singend jede Segnung, und so riefen und sangen sie den Hymnus zum Namensfest: »Möge die Kraft deiner Lenden viele künftige Jäger und Mütter das Himmelslicht über den Laubkronen schauen lassen! Mögen deine Feinde sich in die Hosen machen, wenn sie deinen Namen hören! Möge die

Waldfurie niemals deine Witterung aufnehmen! Fern sei es von dir, ins Vorjahrslaub zu sinken, bevor du Enkel und Urenkel gesehen hast! Und mögen der Große Wolkengott und der Große Geist des Waldes sich am Ende deines langen Lebens glücklich schätzen, einen wie dich, Lasnic, Sohn Voglers, aus dem Nichts ins Dasein gerufen zu haben!«

Die letzten Segnungen konnte Vogler nicht mehr mitsingen, weil die Tränen seine Stimme endgültig erstickten. Seine Augen waren schon ganz entzündet vom vielen Heulen, kaum konnte er sich noch auf den Beinen halten. Seit er seiner verstümmelten Frau in die gebrochenen Augen hatte sehen müssen, war nichts mehr mit ihm anzufangen. Die meiste Zeit lag er auf seinem Laubsack unter dem Dach seiner Kronenhütte und starrte die Decke an. Vom Wettermann hatte er ein Pulver aus Rauschpilzen bekommen, das seinen Seelenschmerz wenigstens zeitweise betäubte.

Während Gundloch, Hirscher und die anderen den Segen mehrstimmig wiederholten, führten Bux und Kauzer die Beschauung des Neugeborenen durch: Sie hoben seine Lider, um die Augäpfel zu betrachten, sahen sich die Daumen genau an und studierten die Linien der Handteller und Fußsohlen. Der alte Wettermann rauchte dabei und blies den Rauch unter Beschwörungen der Waldgeister und Wolkengötter gegen Glieder und Kopf des Kleinen, und Lasnic riss die Augen auf und begann zu schreien.

Als die letzten Töne des Gesangs verebbten, legte Bux dem heulenden Vogler das schreiende Kind in die Arme; der reichte es sofort an die Frau des Waldfürsten weiter, und die stopfte ihm den Schlund mit ihrer großen schwarzbraunen Brustwarze.

»Lasnic, Voglers Sohn, war so gut wie tot«, wandte der greise Wettermann sich nun an die Versammelten, um ihnen das Ergebnis der Beschauung zu verkünden. »Aus irgendeinem Grund wollten die Geister des Waldes jedoch, dass er lebt. Behandelt ihr ihn schlecht, wird er nicht einmal zu einem brauchbaren Jäger heranwachsen. Behandelt ihr Lasnic jedoch mit Liebe und Sorgfalt, wird er das Lied des Lebens einst mit kraftvoller Stimme singen, und nicht nur ein großer und starker Jäger wird aus dem Sohne Voglers werden, sondern ein Fürst.«

Vogler horchte auf. »Wirklich?«, schluchzte er. »Ein Fürst des Waldes?«

»Mindestens«, krächzte der Wettermann.

6

Schnell sprach es sich in den Felsstädten herum: Die Königin sei krank. Von Tag zu Tag versammelten sich mehr Männer und Frauen vor dem Burgtor; einige schlugen sogar ihr Nachtlager dort auf. Jeden Abend und jeden Morgen musste die Burgmeisterin Hildrun an die Torzinnen treten und den wartenden Garonesen berichten, wie es ihrer Königin ging.

Einmal hörte Ayrin den Ersten Diener der Außenburg zu Hildrun sagen: »Belice ist wahnsinnig.« Dieses Wort hatte Ayrin noch nie gehört: *wahnsinnig*. Hildrun sorgte dafür, dass der Erste Diener der Außenburg verprügelt und in den Kerker geworfen wurde, weil er die Königin so genannt hatte. Das Wort jedoch blieb für immer in Ayrins Kopf haften.

Sie sah ihre Mutter nur noch selten nach dem Vorfall während der Ritterweihe, und wenn die Priesterin Runja sie einmal zur Königin mitnahm, sprach die kein Wort mit ihr. Ayrin hockte dann meist neben Belice auf deren Bett oder in deren Sessel, versuchte, sich an sie zu schmiegen, versuchte mit dünnem Stimmchen, dies und das zu erzählen, doch ihre Mutter reagierte kaum. Nur ihr Bauch wuchs und wuchs.

Belices Haut war fahl geworden, immer neue weiße Haarsträhnen zogen sich durch ihr früher so schönes kastanienrotes Haar, und sie wirkte seltsam leblos. Und sehr traurig. So traurig, dass nicht einmal Ayrins Lehrer Mauritz die Königin noch mit seinen Späßen aufheitern konnte; und der Harlekin gab sich wirklich große Mühe, wieder und wieder. Bis zu seinem letzten Auftritt vor Belices Thron.

Viele Winter später erzählte er Ayrin davon.

Es geschah zwei Monate vor Belices Niederkunft. Mauritz holte schöne Jungmänner aus allen Felsstädten zusammen, verpasste ihnen Kopfschmuck aus Hahnenfedern und ein gefiedertes Lendentuch. So, fast nackt, ließ er sie im großen Speisesaal vor der Königin tanzen, krähen und singen. Er selbst stülpte sich das Federkostüm eines Huhns über, stolzierte während des Hahnenkonzertes mit gespreizten Flügeln umher, gackerte, krähte und sprang die Sänger und Tänzer von hinten an, so wie es sonst Hähne taten, wenn sie ihre Hühner besprangen. Fast alle im Thronsaal Anwesenden krähten ebenfalls: vor Vergnügen. Die dicke Priesterin habe wie immer am lautesten gelacht, erzählte Mauritz. Sogar die bunten Butzenscheiben der Saalfenster seien unter Runjas brüllendem Gelächter erbebt.

Die Königin lachte nicht.

Die Burgmeisterin auch nicht, doch das erstaunte weiter niemanden: Hildruns strenger und ziemlich prüder Ernst war im ganzen Reich bekannt. Ayrins Mutter Belice dagegen hatte derartige Scherze – Runja nannte sie »schlüpfrig« – immer sehr vergnüglich gefunden und genossen.

Diesmal nicht, so erzählte Mauritz. Diesmal fing die Königin an zu schreien und entriss einer ihrer Leibgardistinnen das Langschwert. Sie raste, schlug um sich, tötete einen Tänzer und verletzte zwei weitere schwer. Schließlich ging sie auf den Wandspiegel neben dem Saalportal los und drosch auf ihr eigenes Spiegelbild ein. Da erst gelang es Runja, Hildrun und den königlichen Leibgardistinnen, sie zu bändigen.

Zu dieser Zeit wölbte sich ihr Bauch schon prall unter jedem noch so weiten Kleid, und Ayrin hatte das bestimmte Gefühl, dass der Zustand ihrer Mutter mit dem heranwachsenden Ding darin zusammenhing.

Dieses Gefühl sollte sie ihr Leben lang nicht mehr loswerden.

Das letzte Mal hörte sie die Stimme ihrer Mutter, als Belice niederkam. Zwei Tage und Nächte zog sich die Geburt hin, und die Königin schrie zwei Tage und Nächte lang so laut, dass man es auch in der Außenburg hörte, ja sogar unten in der Stadt. Im Lager vor dem Burgtor wachten sie stumm.

Als es vorbei war, herrschte ein paar Stunden lang gedämpfte

Freude in der Burg und bald auch in der ganzen Stadt: Die Königin hatte ein Mädchen geboren.

Ayrin freute sich nicht.

Wer der Vater des Mädchens war, wusste keiner. Ayrins Mutter gab seinen Namen nicht preis; nicht einmal Runja und Hildrun gegenüber. Möglich, dass ihr Schweigen mit ihrer Krankheit zu tun hatte, mit ihrem *Wahnsinn*. Ungewöhnlich war jedoch, dass kein Mann sich meldete, um die Vaterschaft für sich in Anspruch zu nehmen. Ungewöhnlich, weil Männer, die ein Mädchen gezeugt hatten, großes Ansehen genossen und ranghohe Stellungen in der Reichsverwaltung und den Bergstreitkräften erreichen konnten.

Ein Mann hatte ein Mädchen, ja, eine Prinzessin gezeugt und verzichtete freiwillig auf die Belohnung? Verrückt, sagten die Leute auf den Märkten und in den Schenken des Reiches, der Mann musste verrückt sein. Oder tot.

Das neugeborene Mädchen erhielt den Namen Lauka; die Königin, so hieß es, habe es kurz nach der Geburt so genannt.

Der Freude über die neugeborene Prinzessin folgte rasch die Bestürzung: Die Königin sei gestorben, hieß es auf einmal.

Aus allen Felsstädten kamen sie, um Abschied zu nehmen. Runja und Hildrun jedoch verzichteten auf eine Aufbahrung im Mutterhaus und ließen nur die engsten Freundinnen zur toten Königin hinein. Und wer den Leichnam sah, wusste warum: Königin Belice war kaum wiederzuerkennen.

Ayrin erfasste damals noch nicht, was das bedeutete – »tot«. Erst als sie auf dem Sterbebett ihrer Mutter saß und die weder auf ihre Zärtlichkeiten noch auf ihre Liebesbeteuerungen reagierte, begann sie es zu ahnen. Sie betrachtete ihre Mutter genauer: Der Mund der Toten war eckig, unzählige weiße Strähnen durchzogen ihr brüchiges Haar; ihre zerkratzte Gesichtshaut spannte sich straff über die Wangenknochen und erinnerte Ayrin an halb durchsichtiges Pergament. Etwas wie Frost kroch ihr bis ins Innerste ihres kleinen Herzens.

Jemand habe die Königin vergiftet, tuschelte man nach der Bestattung; erst hinter vorgehaltener Hand, bald in den Gassen von Garonada und dann auf den Märkten aller sieben Felsstädte.

Jemand habe ihre Mutter vergiftet? Ayrin glaubte, es besser zu wissen. Sie verschloss diese Gewissheit tief in ihrem Herzen, gestand sich ihre Überzeugung auch vor sich selbst kaum ein. Bevor sie viele Jahre später dem Waldmann begegnete, sprach sie niemals aus, was sie insgeheim dachte: Lauka hatte ihre Mutter umgebracht, das neugeborene Mädchen.

Deswegen hasste Ayrin ihre Halbschwester.

Sie hasste Lauka von Anfang an. Und sie hasste sie bis zum Ende.

7

Irgendwann, im Reich der Tausend Inseln

Die See war ruhig. So ruhig wie Catolis' Geist. Auf dem Bugkastell ihres Flaggschiffes lehnte sie in ihrem Priesterthron. Einen ganzen Mond lang hatte sie gefastet, einen ganzen Mond lang Nacht für Nacht im magischen Glanz des ERSTEN MORGENLICHTS ihre Kräfte gesammelt. Siegesgewissheit erfüllte sie. Hinter ihr schrien Möwen, tönten Befehle über das Außendeck, blähte Nordwestwind die Segel. Den dritten Tag waren sie unterwegs; sie kamen schnell voran. Ihr Ziel: die Hauptinsel. Genauer: eine Massenhinrichtung auf der Hauptinsel.

Zu beiden Seiten des Schiffes glitten die Küsten unzähliger Inseln vorüber, großer und kleiner, bewohnter und unbewohnter. Bald 70 Wintersonnenwenden war es her, dass Catolis die erste betreten hatte. Die wenigsten, die in jenen Tagen auf einer dieser Inseln geboren worden waren, lebten heute noch.

Genau tausend Inseln seien es, behaupteten die Menschen in diesem Teil des Südmeeres. Catolis glaubte, dass es mehr waren; sie hatte aber nur die bewohnten Inseln besucht und gezählt: 144. Auf allen verehrten sie den Gott Tarkartos, auf vielen auch schon sie, die sich zur Hohepriesterin dieses Gottes erklärt hatte. Leider noch lange nicht auf allen. Damit sich das änderte – möglichst schnell änderte –, hatte sie vor vier Tagen dieses Schiff beladen lassen, war sie vor drei Tagen an Bord gegangen.

Die kommende Nacht würde über die Zukunft der 144 bewohnten Inseln entscheiden. Und damit wohl auch über die Zukunft des Zweiten Kalyptischen Reiches. Ruhe und tiefe Gewissheit erfüllten Catolis. Siegesgewissheit.

»Tarka!« Der Bursche im Ausguck am Vordermast fing an zu rufen. »Tarka! Tarka in Sicht!« Und dann ging es wie ein Lauffeuer durchs Schiff: »Tarka in Sicht! Wir sind bald da!« Kurz darauf wussten es auch die Krieger, die sich auf den Unterdecks verborgen hielten.

So hieß die größte der Tausend Inseln – Tarka. Auch Catolis hatte schon den schier endlosen Landstreifen zwischen dem hellblauen Himmel und dem himmelblauen Meer entdeckt. Bald konnte sie die Kette der Schneegipfel im Südwesten der Insel erkennen. Und schließlich die Silhouette der Hauptstadt Taruk.

Lange hatte sie dort gelebt. Ab der zwanzigsten Wintersonnenwende, nachdem sie die erste Insel betreten hatte; jene kleine Dschungelinsel ganz im Norden, auf der sie auch jetzt wieder residierte. Dort hatte sie schnell gelernt, welchen Gott die wilden Menschen hier fürchteten und wie man sie beherrschen konnte. Und die Menschen im Dschungel und auf den Nachbarinseln hatten gelernt, Catolis als Gesandte ihres Gottes gleichsam zu fürchten und zu ehren. Schon nach zwanzig Sonnenwenden segelte sie mit einer kleinen Flotte und Hunderten Getreuen zur Hauptinsel Tarka.

Von Tarkas Hauptstadt Taruk aus hatte Catolis begonnen, die Tausend Inseln zu einem einzigen Reich zu vereinigen. Eine schwierige Aufgabe, selbst für eine Magierin. Sie hatte Taruk befestigen und der Stadt einen neuen Tempel bauen lassen. Es war ihre Stadt, es war ihre Insel. Doch die eifersüchtige Priesterschaft dort hatte den Bullo von Taruk – ihren Anführer – davon überzeugt, dass nur ein Mann als Hohepriester zwischen den Menschen und ihrem Gott vermitteln konnte.

Daraufhin hatte Catolis Tempelthron und Stadt geräumt. Nach mehr als zwanzig Wintersonnenwenden. Kampflos. Die Zeit war noch nicht reif gewesen damals. Jetzt, beinahe dreißig Sonnenwenden später, jetzt hatte der gealterte Bullo eine Gesandtschaft geschickt und zu einem Versöhnungsfest geladen. Jetzt war die Zeit reif.

Und der Bullo von Tarka gewährte Catolis und der Gesandtschaft ihrer Insel eine wahrhaft großzügige Gunst: Sie sollten an der Hinrichtung seiner ärgsten Feinde teilnehmen dürfen. Als Zeugen.

Catolis' Pläne sahen anders aus.

Der alte Bullo hatte viele Inseln auf seine eigene Weise befriedet, zahllose Dörfer verbrennen, tausende Männer erschlagen lassen und die Anführer unter den Rebellen gefangen genommen. Sogar der berüchtigtste aller Krieger der Tausend Inseln war ihm ins Netz gegangen: ein tollkühner Bursche, der einige Sonnenwenden lang Insel um Insel erobert hatte. Zlatan. Ein wilder Schlagetot. »Tornado« nannten sie ihn. Er achtete niemanden, hieß es, er fürchtete nichts. Nur seinen Gott.

Catolis glaubte, dass er der Richtige war. Sie brannte darauf, ihn kennenzulernen. Und ihn zu prüfen.

Stimmen näherten sich, Schritte wurden laut. Sieben braunhäutige Männer stiegen zu ihr auf das Bugkastell herauf: ihr eigener Bullo, zwei seiner Hauptleute, zwei Gardisten, zwei Priester. Vor Catolis' Priesterthron fielen sie auf die Knie und beugten die Köpfe, bis ihre Stirnen die Planken berührten.

Sie waren nicht besonders groß, diese Insulaner, viele sogar kleiner als Catolis selbst. Kaum fettleibige oder auch nur gedrungene Gestalten fand man unter den Männern, fast nur schmale, drahtige Körper. Die im Gebirge zu Hause waren, ritten auf gezähmten Steinböcken, die Steppenbewohner auf kleinen Mustangs. Ihre besten Läufer legten zwischen Sonnenaufgang und Sonnenuntergang 200 Meilen zurück, ihre geschicktesten Kletterer bestiegen die steilsten Schneegipfel. Die Zähigkeit und Ausdauer der Insulaner erstaunte selbst Catolis.

Abgesehen von den Gebirgsregionen herrschten hohe Temperaturen in dieser Weltgegend, und wie die meisten Insulaner trugen auch die sieben, die jetzt vor ihrem Thron knieten, nur wenig Kleidung. Der Bullo und seine Hauptleute steckten in kurzen Pluderhosen, bunten Westen über nackter Haut und in Schnürsandalen. Sie trugen Krummsäbel in den Rückenscheiden. Die Gardisten verhüllten ihre Blöße lediglich mit schwarzen Lendenschurzen und gingen barfuß wie die Priester. Die waren mit weißen Röcken und Umhängen bekleidet. Als Zeichen seiner Führerwürde trug der Bullo Federschmuck aus den Schwanzfedern eines Papageien auf dem schwarzen Krauskopf und eine Schärpe aus Papageiengefieder über den nackten Schultern.

»Erhebt euch«, gebot Catolis, und einer nach dem anderen stand auf. Unbändige und grausame Männer waren es, die nun so ehrfürchtig den Blick vor ihr senkten. Wenn sie Krieg führten, und sie führten eigentlich immer Krieg, schlachteten sie ihre Gefangenen und aßen sie auf. Diese Männer fürchteten nur den Gott, seine Dämonen und gewisse Seeungeheuer. Und natürlich sie, Catolis, die sie für eine Priesterin und Prophetin des Gottes hielten.

Lange hatte es gedauert, bis die Magierin ihnen ohne Abscheu gegenübertreten konnte. Um der Zukunft Kalyptos willen jedoch hatte sie irgendwann ihren Ekel überwunden. Darum ging es – um Kalypto und das Zweite Reich, nicht um ihre persönlichen Empfindungen. Sie brauchte nun einmal Männer wie diese, um dem Zweiten Reich den Weg zu bahnen. Und sie regierte ihre Stämme und Inselhorden mit harter Hand und nach den gnadenlosen, selbst gewählten Gesetzen der barbarischen Religion des Tarkatos.

»Wir werden bald im Hafen von Taruk vor Anker gehen«, eröffnete sie das Gespräch.

»In zwei Stunden«, sagte der Bullo. Er lugte verstohlen zu ihr herauf. Verstohlen und sorgenvoll – die lange Fastenzeit hatte Catolis noch knochiger und bleicher gemacht. »Wie viele von uns sollen dich in die Festung begleiten?«

»Du, die Priester und vierzig deiner Gardisten«, antwortete sie. »Alle anderen Krieger bleiben unter Deck, bis sie das Leuchtfeuer auf dem Turm der Festung erlöschen sehen.«

Der Bullo, ein schmächtiger Mann mit zerfurchtem Gesicht, trat näher an den Thron und senkte die Stimme. »Willst du denn wirklich von Bord und in die Festung gehen, Herrin? Wir sorgen uns um dein Leben.«

Catolis betrachtete ihn forschend. Seit sie wieder auf seiner

Dschungelinsel residierte, diente er ihr mit Treue und Hingabe. Als Dank hatte sie ihm die Ehre erwiesen, seinen drei Söhnen je ein Schiff zu übergeben und sie als Kundschafter nach Nordwesten und nach Osten zu senden. Dorthin, wo ihre Gefährten Völker entdeckt hatten, die sie für fähig hielten, Kalypto zu dienen.

Der Vater der drei Kundschafter, der Bullo, war selbst nicht geeignet für das große Werk, das Catolis vorschwebte – zu willensschwach, zu sehr auf Ausgleich und Frieden bedacht. Darin ähnelte er dem Bullo von Tarka, der auf seine alten Tage plötzlich Versöhnung suchte. Streit und Krieg hieß die Zukunft, nicht Ausgleich und Frieden. Oder gar Versöhnung.

Und jetzt sorgte er sich also um ihr Leben. Das passte zu seinem wankelmütigen Wesen.

»Mein Leben liegt in den Händen des Gottes«, sagte Catolis. »Genau wie euer Leben. Außerdem fürchtet der Herrscher von Tarka den Gott und wird sich hüten, Tarkartos' Priesterin anzutasten. Niemand muss sich also Sorgen machen.«

»Verzeih meinen Unglauben, Herrin.« Der Bullo neigte den Kopf. Er hatte dafür gesorgt, dass man ihr den Bernsteinthron aus der Priesterburg geschleppt und aufs Schiff geschafft hatte. Dreißig kräftige Männer hatte es gebraucht, um den Thronsessel aus der Burg auf einen Wagen zu tragen, zehn Steinbockgespanne, um den Thronwagen zum Hafen zu ziehen. Dort hievten sie das schwere Stück mit einem neuen Kran auf das Bugkastell des Flaggschiffes. Zehn Urwaldriesen hatte Catolis fällen lassen, um den Kran nach ihren Plänen zu bauen. Nie zuvor hatten die Insulaner ein derart gewaltiges Hebewerk gesehen. Tarkartos selbst habe ihr den Bauplan im Traum gezeigt, hatte sie ihnen erklärt. Jetzt lagen die Einzelteile des Krans zwölf Fuß unter ihr im Laderaum. Im Tempel von Taruk sollte der Priesterthron künftig stehen. Möglichst schon morgen Abend. Catolis hatte nicht vor, die Stadt ein zweites Mal zu verlassen.

Sie blickte in den Himmel. Die Zahl der Möwen, die schreiend das Schiff umkreisten, hatte sich inzwischen verdreifacht. Über die Köpfe der Männer hinweg spähte Catolis zur Küste. Deutlich sah man mittlerweile die Vierkanttürme rechts und links der Hafeneinfahrt. Auch die Stadtmauer, die Felswand darunter und der gewaltige Rundturm der Festung waren schon zu erkennen. Sogar die Tempelpyramide vor dem Berghang am anderen Ende der Stadt.

»Liegen die Geschenke bereit?«

»Die Käfige mit den Papageien und Affen lassen wir erst kurz vor der Hafeneinfahrt entlang der Reling aufstellen«, antwortete einer der Hauptleute. »Ebenso die Sklavinnen. Die Weinfässer heben die Krieger bereits aus dem Laderaum.«

»Gut.« Catolis dachte an die zweihundert Bewaffneten unter Deck. Jede noch so kleine Nische im Schiff nutzten sie, um sich und ihre Waffen zu verbergen. »Und deine Gardisten wissen, dass sie keinen Wein trinken dürfen?«

»Ich habe es bei Todesstrafe verboten«, antwortete der Bullo.

»Und die Stirnbänder?«

»Jeder, der nachher von Bord geht, wird das rote Band tragen.«

Catolis streckte die Rechte aus. »Das Gift.« Einer der beiden Priester trat vor den Thron und reichte ihr ein kleines Ledersäckchen hinauf. Catolis steckte es unter ihr blaues Gewand. »Irgendwann nach dem Festmahl, wenn das Gelage begonnen hat, werde ich auf die Empore des Festsaals treten und einen Weinkrug über das Geländer werfen. Wenn ihr ihn auf den Fliesen zerschellen hört, schlagt los.«

Zwei Stunden später gingen sie im Hafen von Taruk vor Anker. Seite an Seite mit ihrem Bullo und an der Spitze seiner vierzig Gardisten und einer Handvoll Priester verließ Catolis das Schiff. Der Bullo von Tarka empfing sie mit Fanfarenklängen und Segensgrüßen. Kurz sah sie den Schrecken in seinen Augen auflodern, als er sie begrüßte und ihr ins Gesicht blickte – Catolis' Gestalt mochte sehniger, ihre Miene knochiger und härter geworden sein, doch wirklich älter hatte die lange Zeit seit dem Abschied von Taruk sie nicht gemacht. Den Bullo dagegen schon.

Sein Hohepriester stand neben ihm. Catolis verneigte sich vor ihm. Da erst entspannte sich die Miene des Priesters und er erwiderte ihr Lächeln. Beinahe erleichtert kam er ihr vor. Gut so. Viel hing davon ab, dass sich vor allem ihre Erzfeinde, die Priester von Taruk, in Sicherheit wähnten.

Der alte Bullo der Hauptinsel forderte sie auf, zu sich auf seinen Streitwagen zu steigen. An dessen Rückseite ragte eine Fahne mit dem Wahrzeichen Tarkas auf: ein Bocksschädel über einem Kreuz aus Axt und Säbel. Er fuhr sie persönlich in die Stadt hinauf und in seine Festung hinein. Tausende standen auf den Dächern, saßen auf den Balkonen, säumten die Straßen und jubelten ihr zu. Catolis winkte in die Menge. Ruhig fühlte sie sich, ruhig und voller Siegesgewissheit.

*

Drei Stunden später schlossen die Saalwächter die Türflügel hinter ihr. Stimmengewirr, Gelächter und das Klirren vieler Weinkelche – alles klang schlagartig leiser. Drinnen im Saal nahm das Festmahl seinen Lauf; bald würden die Sklavinnen zum zweiten Mal auftragen. Bei der Gelegenheit würde der Mundschenk auch die Weinkelche neu füllen lassen.

Zwei Speermänner und zwei Säbelmänner des Bullos von Taruk eskortierten Catolis zum Ausgangsportal, dazu zwei Diener des Hohepriesters. Sie spüre den Ruf des Gottes, hatte sie dem Bullo von Taruk erklärt, sie müsse in den Tempel hinauf, um Zwiesprache mit Tarkartos zu halten – unter diesem Vorwand hatte Catolis den Gastgeber gebeten, sie bis zum Beginn des Gelages zu entschuldigen. Der Bullo, schon reichlich berauscht, hatte sie gnädig entlassen. Über die Miene des Hohepriesters allerdings war der Schatten des Misstrauens geflogen. Mit höflichem Lächeln hatte er zwei seiner Priester beauftragt, Catolis in den Tempel zu führen.

Ihre bewaffnete Eskorte bestand aus vier Söhnen von Männern, die seit bald dreißig Wintersonnenwenden auf die Rückkehr der Hohepriesterin ihres Gottes warteten. Verbündete innerhalb der Festung hatten dafür gesorgt, dass diese vier als Leibwächter für ihren persönlichen Schutz abkommandiert worden waren.

Zehn Schritte vor dem Ausgangsportal bog Catolis unerwartet in einen schmalen Gang ab. Die Männer folgten ihr, die beiden Priester allerdings nur zögernd und mit verblüfften Mienen.

»Wohin, Herrin?«, erkundigte sich der ranghöhere.

»Zu einem stillen Ort.« Catolis kannte jeden Winkel der Festung, keine Tür war ihr fremd. Vor der Latrine blieb sie stehen und trat zur Seite. Ein Speermann stieß die Tür auf, die beiden Priester zogen fragend die Brauen hoch. Die Säbelmänner packten sie von hinten, hielten ihnen den Mund zu und drängten sie in den stinkenden Raum. Dort stießen sie ihnen die Klingen in die Kehlen.

»Verriegelt die Tür.« Catolis reichte den Bewaffneten rote Stirnbänder. »Bindet euch das um den Kopf.«

Ihr Blick fiel auf die beiden Toten. Das Blut pulsierte aus ihren offenen Gurgeln, eine rote, dampfende Lache breitete sich um ihre Schädel aus. Kein schöner Anblick. Catolis wandte sich ab. Von einem blutigen Wettkampf hatte der Wächter des Schlafes vor langer Zeit gesprochen. Und das hier war noch nicht einmal der Anfang.

»Wenn ihr einen trefft, der auf meiner Seite steht, sagt ihm, er soll ein rotes Band anlegen.« Mit diesem Auftrag schickte die Magierin einen Säbel- und einen Speermann in die oberen Stockwerke der Festung. Die anderen beiden Bewaffneten begleiteten sie bis in die Küche. Dort ließ der Mundschenk gerade das zweite Weinfass anstechen und den Wein in Krüge füllen. Von allen Seiten trafen Catolis verstohlene Blicke, als sie vor dem Mann stehen blieb. Sie hatte viele Anhänger in der Festung, auch hier in der Festungsküche. Der Mundschenk gehörte nicht dazu. Diesen höchsten seiner Diener wechselte der Bullo von Tarka alle zwölf Monde aus. Jeder Bullo auf jeder bewohnten Insel hatte Feinde. Und der Mundschenk war der erste, den seine Feinde zu kaufen versuchten.

»Bist du für mich oder gegen mich?« Catolis sah dem Mundschenk in die schwarzbraunen Augen. Ihr Geist tastete nach seinem Geist, der Ring an ihrer Rechten begann zu leuchten.

»Ich verstehe nicht, Herrin … gegen Euch …?« Der Mundschenk begann zu stammeln, wich ihrem Blick aus.

Sie packte ihn bei den Ohren, hielt seinen Kopf fest. »Du wirst tun, was ich dir gebiete, nicht wahr?«, raunte sie.

Sein Wille zerbröselte unter dem Druck ihres Willens. Er nickte, wollte vor ihr auf die Knie sinken. Catolis hielt ihn fest. »Für dieses Mal gibt es einen besseren Weg, mir und Tarkartos Ehre zu erweisen.« Sie drückte ihm das Säckchen mit dem Gift in die Hand; es machte die Glieder schwer und den Kopf schläfrig. »Das Pulver reicht für die nächsten zwanzig Krüge. Streu es hinein und verrühre es sorgfältig. Sofort.« Sie ließ ihn los, und der Mundschenk stelzte wie benommen zu dem steinernen Podest, auf dem die gefüllten Krüge darauf warteten, in den Festsaal getragen zu werden.

Ein alter Küchensklave kam herbei. Sie kannte ihn von früher. Scheu lächelte er Catolis zu, verneigte sich und griff dann zu einem Kupferlöffel. Mit ihm rührte er den Wein in jedem Tonkrug herum, in den der Mundschenk eine Prise des bräunlichen Pflanzenpulvers gestreut hatte. Die Magierin prägte sich das Gesicht des Alten ein. Niemand, der auf ihrer Seite kämpfte, tat es ohne Lohn.

Überzeugt, dass in der Festungsküche alles seinen geplanten Lauf nehmen würde, winkte sie den Speermann und den Säbelmann hinter sich her und zu einem Hinterausgang. Draußen war es längst dunkel. Ein Rudel Wachwölfe umzingelte sie, knurrte und kläffte. Catolis zischte sie an und jagte ihnen einen mentalen Befehl in die Hirne – die Tiere jaulten auf, zogen die Schwänze ein und trollten sich winselnd.

An Abfallhaufen und leeren Fässern vorbei eilten sie weiter über den Hof zum Hauptturm der Festung. Auf halbem Weg blieb Catolis stehen und legte den Kopf in den Nacken – hundertfünfzig Fuß über ihr, auf der Spitze des Rundturmes, loderte das Leuchtfeuer von Taruk.

Sie huschten zum Turm, der Säbelmann schlug den Klopfring gegen die schwere Tür. Zwei Bewaffnete öffneten.

»Bringt mich ins Kerkerverlies hinunter«, verlangte Catolis. Die Blicke der Wächter flogen zwischen ihr und den Bewaffneten hin und her. Sie wirkten verwirrt.

»Tut, was die Herrin fordert!«, sagte der Schwertmann. »Der Bullo will es so.«

Die Männer ließen sie in den Turm. Über eine breite Wendeltreppe stiegen sie Catolis und ihren Begleitern voran ins Verlies hinab. Dort erkannte der alte Kerkermeister Catolis sofort wieder. Früher war er der Hauptmann ihrer Leibgarde gewesen, und wessen Herz die Magierin einmal gewonnen, wessen Geist sie einmal beschlagnahmt hatte, der blieb ihr sein Leben lang treu.

Der Alte sperrte Mund und Augen auf, und kein Wort wollte zunächst über seine Lippen. Dass seine Hohepriesterin noch ähnlich jung aussah wie dreißig Wintersonnenwenden zuvor, erschreckte ihn zutiefst – er schnappte nach Luft und fiel vor ihr auf die Knie. »So lange haben wir gewartet, Herrin. Ist denn der Tag endlich doch noch gekommen?«

»Du treuer Mann.« Catolis bedeutete ihm, aufzustehen. »Hat man dich hier herunter ins Halbdunkle verbannt, weil du für mich warst? Ja, der Tag ist gekommen, und er wird dich ans Licht und an die Spitze von Taruk bringen. Ich will den Todgeweihten sehen, und alle anderen auch, die morgen sterben sollen.«

Der Alte zog zwei Fackeln aus Wandhalterungen. Die beiden Wächter protestierten, doch Catolis' Begleiter entwaffneten sie und zwangen sie, hinter dem Kerkermeister das düstere Gewölbe zu betreten, das sich unter Turm und Hof ausdehnte. Bald standen sie vor dem Kerker, in dem man den wilden Zlatan gefangen hielt, den Tornado.

Der Kerkermeister streckte eine Fackel durch die Gitterstäbe der Kerkertür, ihr Schein fiel auf einen halb nackten, zerschundenen Mann. Angekettet hockte er im Schmutz einer Kerkerecke. Sein Haar war ein dunkles Gestrüpp aus Zöpfen. Er hatte breite Schultern und wirkte größer als die meisten Insulaner, die Catolis kannte. Nach allem, was man sich von ihm erzählte, war er nur wenig älter als zwanzig Wintersonnenwenden. Jetzt hob er den

Blick, und im Weiß seiner Augäpfel spiegelte sich die Flamme der Fackel.

»Wie heißt du?«, sprach Catolis ihn an.

»Zlatan.« Seine Stimme klang müde.

»Nicht Zlatan, der Tornado?«

»Vorbei«, kam es heiser aus dem Halbdunkeln.

»Wo sind deine Frauen und deine Kinder, Zlatan?«

»In den Betten des Bullos und seiner Hauptleute. Und meine beiden Söhne werden morgen mit mir sterben.«

»Wo sind deine Brüder, Zlatan?« Ringsum in den dunklen Kerkern klirrten auf einmal Ketten. »Wo deine Eltern und all deine Waffengefährten?«

»In den Kerkern hinter dir. In Ketten. Sie werden morgen mit mir verbrennen oder von Schlangen und Krokodilen gefressen werden – wie es dem verfluchten Tyrannen von Tarka gerade in den Sinn kommt.« Der Mann stand auf, tat zwei Schritte auf die Kerkertür zu; so weit es seine Ketten eben zuließen. »Wer bist du?«

»Ich bin Catolis, die einzige Hohepriesterin deines Gottes. Tarkartos schickt mich zu dir und will wissen, was du ihm opfern wirst, wenn er deine Sippe und deine Waffengefährten rettet.«

»Was er verlangt!«, platzte es aus dem zerschlagenen Gefangenen heraus. »Alles!« Die braune Männergestalt im Kerker straffte sich und zerrte an ihren Ketten. »Mein Herz, meinen Willen, mein Blut, meine Kraft, mein Leben!« Überall aus der Dunkelheit hörte man es nun flüstern und tuscheln. »Alles will ich ihm geben, wenn er sie rettet!«

Die Magierin nickte dem Kerkermeister zu. Der schloss die Kerkertür auf, ging ins Halbdunkle, öffnete auch das Kettenschloss des Gefangenen.

»Ich will, dass du alle seine Verwandten und Gefährten befreist«, sagte Catolis zum alten Kerkermeister. Sie nahm dem Speermann die von den Wächtern erbeuteten Säbel ab und trat in die Zelle. »Tarkartos und ich wollen alles«, sagte sie. Der Krieger, den sie den Tornado nannten, sank vor ihr auf die Knie. »Dein

Herz, dein Leben, deine Kraft. Alles und für immer. Hast du das verstanden?«

Er stierte zu ihr herauf, seine Unterlippe zitterte, seine Augen füllten sich mit Wasser. Schließlich nickte er. »Alles und für immer. So soll es sein.«

»Dann nimm diese Krummschwerter.« Sie reichte ihm die Klingen. »Deine Richter und Henker saufen oben im Festsaal. Nimm ihnen weg, was sie dir und den Deinen morgen rauben wollen – Leben und Blut. Vergiss auch die Priester nicht. Schone jedoch alle, die ein rotes Stirnband tragen. Sie werden an deiner Seite kämpfen.«

Er stand auf, nickte wieder, sein Atem flog. Die Erschütterung riss ihn hin und her, kaum konnte er fassen, was ihm widerfuhr.

Catolis griff in sein verfilztes Haar und riss sein Ohr an ihre Lippen. »So spricht Tarkartos«, zischte sie. »Wenn die Sonne aufgeht, gehören Tempel, Stadt und Hauptinsel uns. Danach sollst du mir sämtliche Inseln erobern, die noch Widerstand leisten, und danach die Reiche dieser Welt. Hast du das verstanden?«

»Ja, Herrin«, flüsterte er. »Erst Tarka, dann die Inseln, dann die ganze Welt. Dein Diener hat verstanden.«

»Schon habe ich Späher in alle Himmelsrichtungen geschickt, um die Wälder am Großen Strom auszukundschaften und das Königreich im Gebirgsland des Nordwestens. All das wird Tarkartos in deine Hand geben. Und nun geh, lebe und tu, was ich dir geboten habe.«

Catolis schob ihn zur Kerkertür. Rückwärts taumelte er in den Gang hinaus, kaum konnte er den Blick von ihr losreißen. Weil raue Stimmen von überall her aus der Dunkelheit seinen Namen riefen, fuhr er endlich herum und stieß einen Kampfschrei aus. Befreite Gefährten sammelten sich um ihn, eine Gittertür nach der anderen sprang auf, Ketten fielen klirrend auf den Boden.

Vor mehr als dreißig Todgeweihten stand Catolis schließlich, erklärte ihnen, was sie zu tun hatten. Kurz darauf führte Zlatan, der Tornado, seine mörderische Horde aus dem Verlies und die Wendeltreppe hinauf in Turm und Festung.

Catolis schickte den Säbelmann und den Speermann zum Festungsturm hinauf, um das Leuchtfeuer zu löschen. Sie selbst eilte zurück in den Festsaal.

Gesang, Musik und das Geschrei von Betrunkenen schlugen ihr entgegen, als sie die Saaltür öffnete. Sie griff sich einen leeren Weinkrug, drängte sich durch eine Schar nackter Tänzerinnen und stieg zur Empore hinauf. Zu diesem Zeitpunkt hatten Zlatan und seine befreiten Kampfgefährten schon die Wachen im Turm niedergemacht und die Waffenkammern dort erobert.

Catolis trat ans Geländer der Empore, hob den Krug und schleuderte ihn nach unten. Klirrend zersprang er auf den Fliesen. Einen Wimpernschlag lang herrschte Totenstille. Dann fuhren die Schwerter ihres Bullos und seiner Gardisten aus den Scheiden.

8

Wie starb Vogler? Keiner wusste es. Auch Lasnic nicht. Mit zugeschnürter Kehle und tief unten im Bauch pochendem Herzen stand er am Ufer des Bärensees, und die nackten Jäger im seichten Uferwasser kamen ihm wie Mammutkröten vor, die fette Beute gemacht hatten: Sie krochen die Böschung herauf und zerrten eine aufgequollene Leiche hinter sich her.

Lasnics linkes Auge zuckte, er konnte nichts dagegen tun. Von links legte ihm Gundloch, der Waldfürst, die Hand auf den Kopf. Lasnic kämpfte gegen die aufsteigende Tränenflut, er röchelte wie ein Erstickender. Von rechts umarmte ihn Kauzer, der Wettermann. Lasnics Gedärm krampfte sich zusammen.

Zwei Monde zuvor war Lasnic acht Sommer alt geworden. Jetzt fühlte er sich, als wäre er hundert, als fiele er bereits ins Vorjahrslaub. Er starrte auf den vernarbten grüngrauen, von Fäulnis geblähten und von Hechten und Krebsen angefressenen Körper seines Vaters, und ein Abgrund tat sich vor ihm auf, ein gewaltiges, finsteres Loch. Wohin denn jetzt?

Draußen auf dem See schwamm ein Kormoranpaar, auf dem Bootshaus im Schilf hockten Kolks und veranstalteten ein klagendes Gekreisch und Gekrächze. Die Männer versammelten sich um den Toten und versperrten dem zitternden Lasnic den Blick. Wahrscheinlich taten sie das absichtlich.

»Ersoffen«, sagte einer der nackten Schwimmer, ein blutjunger Jäger von nicht einmal zwanzig Sommern. »Ich glaub's nicht.« Seine Stimme bebte.

»Wieso sollte ein guter Schwimmer wie Vogler ertrinken?« Gundloch schüttelte den Kopf. »Der Eichgraf machte im Wasser mehr Beute als du im Gehölz, Kerlchen!« Der andere senkte den Blick und streifte sich schweigend das Wasser von der Haut.

»Vielleicht hatte er wieder einmal zu viele Rauschpilze auf

einmal geschluckt«, sagte Uschom, einer der älteren Jäger; nach Voglers Verschwinden hatte man ihn zum neuen Eichgrafen von Stommfurt gewählt. »Und mit dem Schädel voller Träume ist er dann auf den Bärensee hinausgeschwommen. Bis die Kraft ihn verlassen hat …«

»Du plapperst dümmer als ein Grünspross«, fiel ihm Kauzer ins Wort. Seit ein Sumpfbär ihn und Bux angegriffen hatte, klang seine Stimme noch heiserer. Herrisch winkte er ab. Natürlich hatte er die verstohlenen Blicke der anderen bemerkt. »Der Pilz macht hellwach im Kopf! Außerdem konnte Vogler an einem einzigen Tag zum Nordufer und zurück schwimmen, wenn es drauf ankam.«

Was in Stommfurt nur hinter vorgehaltener Hand getuschelt wurde, wusste Lasnic ganz genau: Sein Vater nahm regelmäßig das Pilzpulver ein, dessen Rezept nur ein Wettermann kannte. Schon Bux hatte es Vogler verabreicht; gegen die Trauer um seine tote Frau, wie es hieß. Und seit der Sumpfbär den alten Bux gefressen hatte und Kauzer Wettermann von Strömenholz geworden war, gab der ihm das schmerzlindernde Rauschpulver.

»Und wenn er nun freiwillig in den See gegangen ist?« Der kleine und trotz seines blühenden Alters schon weißhaarige Birk blinzelte in die Runde. Jagdkerle aus Blutbuch hatten ihn vor vielen Sommern halbtot im Wald gefunden; inzwischen war er Eichgraf einer großen Siedlung und galt als Nachfolger des alten Waldfürsten Hirscher. »Die Sehnsucht nach Lasnics Mutter«, sagte er. »Er hat sie nicht mehr ausgehalten.« Ein ungeheuerlicher Gedanke; er tat Lasnic weh.

»Acht Sommer her.« Gundloch winkte ab. »Acht Sommer, und einer wie Vogler quält sich immer noch? Schwachsinn!«

»Er hat nie eine andere angerührt seitdem«, gab Kauzer zu bedenken, »nicht einmal angeguckt hat er eine andere.«

»Du glaubst also auch, dass er freiwillig ins Vorjahrslaub gefallen ist?« Gundloch schüttelte den Kopf und deutete auf den Toten. »Sieh dir die Kehle an, Wettermann, sieh dir seinen ganzen Körper an – jemand hat ihn übel rangenommen.«

»Beim letzten Neumond haben sich am Ostufer die Sumpfbären gepaart.« Kauzer wiegte den Kopf. »Vielleicht haben die Vogler erwischt.« Als würde eine getrocknete Saublase reißen, so klang seine Stimme.

»Die Wunden sehen eher nach Fischen und Wasservögeln aus«, widersprach einer der Schwimmer.

Die Stimmen der Männer klangen für Lasnic, als würden sie aus dem Bootshaus drüben im Schilf kommen. Oder aus einem Traum, den er gleich wieder vergessen würde. Was redeten sie denn da? Was geschah hier überhaupt? Fauliger Gestank quälte ihn. Haut und Muskeln rund um sein linkes Auge wollten gar nicht mehr aufhören zu zucken. Das Innere seiner Brust fühlte sich an, als hätte er einen Haufen spitzer Steine eingeatmet.

»Ist er am Ende der Waldfurie über den Weg gelaufen?«, fragte Tajosch, der Eichgraf von Stommbösch, ein hagerer, sehniger Mann mit wilder schwarzer Mähne. »Er wäre nicht der Erste, der danach so endet.« Keine schöne Vorstellung, und eine Zeit lang schwiegen alle betreten. Die Schwimmer stiegen in ihre wildledernen Hosen und schlüpften in ihre Lederwesten, die anderen starrten den Toten an.

»Glaubt mir.« Der weißhaarige Birk ergriff wieder das Wort. »Es war die Trauer um sein Weib, die Vogler ins Wasser getrieben hat.« Er sog scharf die Luft durch die Nase ein. »Die Trauer und der Schmerz.«

»Vielleicht, vielleicht auch nicht.« Der neue Eichgraf von Stommfurt deutete mit seinem Biberfellschuh auf die schwarzen Knöchel des Toten. »Ich weiß nur eins: Sollte ich mich jemals freiwillig und in einem See vom Vorjahrslaub küssen lassen, was der Große Waldgeist verhüten möge, dann würde ich mir einen schweren Stein oder eine Baumaxt ans Bein binden, damit ich untergehe. Seht ihr irgendwo einen Stein oder eine Axt?«

Weil keiner Derartiges an der Leiche erkennen konnte, schwiegen sie wieder. Lasnic starrte hinaus auf den Bärensee zu den Kormoranen. Er dachte an den Wintermorgen zurück, als er aufgewacht war, weil sein Vater ihn umarmte und küsste.

»Muss weg«, hatte Vogler gesagt, »der Waldfürst schickt mich über den Strom. Bin bald zurück.« Sein Vater hatte ihm in die Augen geschaut, ihn ein letztes Mal geküsst und war dann aufgestanden und aus dem Baumhaus in den Regen hinausgeklettert.

Am Fenster, durch die noch kahlen Äste der Blutbuche hindurch, hatte Lasnic ihn von der Veranda aus durchs nasse Unterholz Richtung Stomm laufen sehen. Eine Rotte Jäger schloss sich ihm an; alle trugen sie Lanzen, Jagdbogen und Schwerter. Zwei Monde später setzte das Hochwasser ein, und Lasnic musste sein achtes Namensfest ohne seinen Vater feiern. Die Kormorane draußen auf dem See verschwammen hinter einem Tränenschleier. Sie schienen zu ihm herüberzuäugen.

»Nix da ›freiwillig‹ …« Gundloch schüttelte schon wieder den Kopf. »Ihm ist etwas zugestoßen, ich schwör's euch. Er hat mir doch eine Botschaft geschickt! Er wollt mich doch treffen!« Die Blicke aller hefteten sich nun an den Waldfürsten. Auch Lasnic hörte zum ersten Mal davon. »Sein Kolk brachte mir Botschaft – am Nordufer wollt er mich treffen, am Fels, wo der Bärenfluss aus dem See austritt. Sollte niemandem was sagen. Bin hin, hab vorsichtshalber ein paar Kerle mitgenommen. Drei Tage haben wir gewartet – von Vogler keine Spur.« Gundlochs Blick suchte zwei seiner Jäger. Die nickten und bestätigten murmelnd. »Einen halben Mond her ist das jetzt.« Gundloch zog den Rotz hoch und spuckte ins Schilf.

Wut packte Lasnic. Warum hatte Gundloch ihm nichts davon erzählt? Kauzer, der Wettermann, spürte seine Anspannung, zog ihn an sich, hielt ihn fest.

»Vogler ist lebend von der Küste zurückgekehrt?«, staunte Tajosch.

»Ganz allein?« Fassungslos schüttelte Birk seinen weißen Schopf.

Die Männer wechselten erschrockene Blicke. Palaver erhob sich, alle redeten plötzlich durcheinander. Lasnic verstand immerhin so viel, dass Gundloch selbst seinen Vater mit einer Schar Jagdkerle über den Stomm auf die andere Seite des Deltas geschickt hatte.

Vor sechs Monden, also um die Zeit, als sein Vater ihn morgens wachgeküsst hatte. Er lauschte atemlos, versuchte sich einen Reim aus dem Wirrwarr der hin und her fliegenden Sätze zu machen.

Auf der anderen Seite des Mündungsdeltas war ein Schiff mit Fremden vor Anker gegangen – davon hatte er schon gehört –, braunes mordgieriges Pack vom Ende der Welt. Hatten Hausboote überfallen, hatten Fischer getötet, hatten Frauen geschändet. Während Vogler und seine Rotte sie ausspähen sollten, sandte Gundloch Boten in alle Waldgaue und -siedlungen, um eine schlagkräftige Horde zusammenzutrommeln.

Wenn Lasnic alles richtig verstand, musste es zum Kampf zwischen Voglers Spähern und den Bräunlingen gekommen sein, ehe auch nur ein Jagdkerl von Gundlochs Horde das andere Stromufer und die Küste erreichte.

»Es hieß doch, sie hätten nur Tote gefunden!«, rief Birk. »Und den fremden Segler ohne eine lebende Seele an Bord! Nur an Ruderbänke gekettete Leichen, verhungert und verdurstet.«

»Richtig.« Gundloch schnitt eine finstere Miene. »Einen Haufen Leichen, ein Geisterschiff mit einem Bocksbild auf der Mastflagge und ein paar Morsche, die aussahen, als würde der Wilde Axtmann sie gerade ins Vorjahrslaub fällen.«

Er sprach von den braunhäutigen, weißhaarigen Greisen, die man sterbend an der Küste gefunden hatte, mitten unter Voglers erschlagenen Spähern. Jeder hatte davon gehört, und jedem war die Nachricht in die Knochen gefahren. Lasnic hatte nächtelang nicht geschlafen, nachdem Kauzer ihm den wahrscheinlichen Tod seines Vaters beigebracht hatte.

»Ich dachte, Vogler verrottet längst«, sagte Gundloch leise, »da bringt mir sein Kolk diese Botschaft von ihm. Ich dachte, mich küsst die Waldschlampe.« So nannten einige Hartgesottene die Waldfurie, eine in den Wäldern entlang des Stomms gefürchtete Dämonin.

»Wie lautete die Botschaft?«, wollte Tajosch wissen.

»Was von großer Gefahr krächzte Voglers Kolk.« Gundloch schabte sich seinen Stoppelbart. »Der Schartan selbst sei aus seinem Feuerlabyrinth heraufgestiegen. Und ich soll gleich ans Nordufer zu den Felsen am Flussaustritt kommen. Klang nicht gut, klang gar nicht gut.«

»Schwachsinn!«, entfuhr es dem Jungjäger. »Bei einer Gefahr für Strömenholz wäre Vogler doch auf dem kürzesten Pfad zu deinem Baumhaus gelaufen! Schwachsinn!«

»Vorsicht, Flaumbart!« Gundloch hob drohend die Faust. »Glaubst du, ich erzähl euch Märchen? Er ist nicht persönlich gekommen, sag ich, er hat seinen Kolk mit einer Botschaft geschickt, sag ich. Weiß der Schartan warum!«

Lasnic machte sich von Kauzer los, drängte sich durch die Männer, kniete vor der Leiche nieder. Schlimm sah sie aus und übel roch sie. Doch immer noch erkannte er die geliebten Züge seines Vaters in dem verwüsteten Gesicht.

»Angst«, sagte Birk. »Etwas muss ihm mächtig Angst eingejagt haben. So viel Angst, dass er sich nicht weiter nach Strömenholz hineinwagte als nur bis zum Nordufer des Sees.«

»Das glaubst du doch selbst nicht, Eichgraf!« Dem Jungjäger platzte der Kragen. »Vogler und Angst! Ich lach gleich!«

Wieder brach Palaver los. Die Männer gestikulierten und stritten über die Frage, ob einem eichenharten Jäger wie Vogler tatsächlich etwas derart viel Angst hätte einjagen können, dass er sich nicht in die Siedlungen hineintraute, und was Vogler wohl meinte, als er seinem Kolk die Botschaft vom Schartan eintrichterte, der aus seinem Feuerlabyrinth heraufgestiegen sei.

Lasnic hörte nicht mehr zu. Er atmete durch den nur leicht geöffneten Mund und beugte sich über das geliebte, verfaulende, so lange vermisste Gesicht.

»Warum?«, flüsterte er. »Warum hast du mich verlassen?« Er sah seinem Vater in die toten Augen. »Jetzt bin ich ja ganz allein.«

Die Männer beachteten ihn nicht, redeten sich in Hitze. Den Jungjägern, allesamt Verehrer des toten Eichgrafen, schmeckte der Gedanke gar nicht, einer wie Vogler könnte sich vor irgendetwas gefürchtet haben. Ein Waldmann fürchtete sich vor gar nichts, und ein Eichgraf zweimal nicht.

Der graublaue Mund des Toten stand weit offen. Seegras und Froschlaich hing zwischen Voglers schlammigen Zähnen, füllte die halbe Mundhöhle. Etwas glänzte darin. Lasnic beugte sich tiefer hinunter. Weil er versehentlich durch die Nase atmete, schlug ihm entsetzlicher Gestank entgegen. Er hielt die Luft an, griff in den Mund des Toten und erwischte etwas Rundes, Warmes. Er pulte es heraus und schloss es in seine Faust. Danach stand er auf, ließ die streitenden Männer stehen und lief Richtung Stommfurt davon. Niemand achtete auf ihn.

Der Waldrand lag schon hinter ihm, die Stimmen der Männer gingen im Vogelgezwitscher und im Rauschen der Wipfel unter, da blieb Lasnic stehen und öffnete die Faust – ein Ring.

Ein Ring? Nie hatte Lasnic seinen Vater einen Ring tragen sehen.

Er betrachtete ihn. Der auffallend breite Reif war aus einem seltsam gemaserten Metall geschmiedet, das in seiner Färbung an Kupfer erinnerte, aber schwerer wirkte und edler aussah. In einer kronenartigen Fassung saß ein großer halbkugelförmiger Stein. Er leuchtete in einem hellen Blau, das an manchen Stellen türkisfarben und violett schillerte. Feinste Drahtbügel hielten ihn zusätzlich in seiner Ringfassung fest. Er duftete nach einer Mischung aus Tränen und Krötenlaich.

Warum bloß hatte Vogler sich diesen Ring in den Mund gesteckt? Einen Ring trug man doch am Finger!

Lasnic ging ein paar Schritte weiter und hielt an einer Stelle an, wo ein Lichtstrahl der Mittagssonne aus einer Lücke zwischen den Baumkronen bis in den Waldboden herunterragte. Dort hielt er den Ring ins flirrende Licht. Der Stein strahlte auf, glitzerte plötzlich in allen denkbaren Blautönen. Und sah es nicht sogar aus, als pulsierte blaues Feuer in seinem Inneren? Und fühlte der unheimliche Ring sich nicht auch eigenartig warm an?

Beklemmung und Scheu beschlichen Lasnic. Er schloss die Faust um das Schmuckstück, ging weiter. Plötzlich war ihm, als strömte ihm etwas durch seinen traurigen Schädel, etwas Kühles, Starkes. Es erinnerte Lasnic an die Wirkung des Heiligen Trankes.

Seit er denken konnte, gaben ihm Bux und nach dessen Tod auch Kauzer davon zu trinken, wenn Anfälle von Jähzorn ihn packten und er gar nicht mehr aufhören konnte zu schreien und zu rasen. Im Laufe seiner frühen Kindheit war das häufiger geschehen als in den letzten beiden Sommern.

Er dachte an den Abschied von seinem Vater, spürte seine letzte Umarmung, roch seinen herben Duft, sah Vogler durch Regen und Morgendunst ins Unterholz eintauchen. Lasnic biss sich auf die Unterlippe. Trauer und Schmerz füllten ihm wieder Brust und Schädel, und nichts blieb übrig von Kühle und Stärke.

Er steckte den Ring in die Tasche seiner Elchlederhose, blickte zurück, sah in der Ferne die Männer im Ufergras stehen. Zwei hatten sich aus der Gruppe gelöst und kamen ihm hinterher. Gundloch und der Wettermann; Lasnic erkannte sie am Gang. Er lief schneller. Über ihm, irgendwo im Laubdach, krächzte ein Kolk.

Die Erinnerung an sein letztes Namensfest überfiel Lasnic mit der Wucht eines herabstürzenden Astes.

Sein achtes Namensfest – die ganze Nacht davor hatte er geheult und die ganze Nacht danach sowieso. Tagsüber war er mit Gundloch am Stomm gewesen; der Waldfürst hatte ihm gezeigt, wie man ein Kanu durch die Stromschnellen der Seitenarme lenkte und wie man den Hecht mit der Lanze spießte und die Forelle mit dem Jagdbogen erlegte.

Der gemeinsame Tag sollte Lasnics Geschenk zum Namenfest sein. Vielleicht auch ein Trost, weil er es ganz ohne Eltern feiern musste. Seine Großväter lebten schon lange nicht mehr, und vor drei Sommern waren nacheinander auch seine Großmütter gestorben.

Unter den Waldleuten galt es als große Ehre, vom Waldfürsten selbst lernen zu dürfen, noch dazu in derart jungen Jahren. Also hatte Lasnic sich an jenem Tag nichts anmerken lassen von seiner Trauer – und musste doch die ganze Zeit an seinen Vater denken; an den geliebten Vogler, der nicht mehr da, seit zwei Monden einfach weg war. Und nun würde er nie mehr da sein.

Ganz allein …

Wieder zuckte es rund um sein Auge, die ganze linke Gesichtshälfte schien zu zucken. Tränen strömten ihm über die Wangen. Lasnic merkte kaum, wie er rannte, spürte nicht, wie ihm die Äste um den Kopf peitschten, hörte nicht die Kolks über sich krächzen. Mit der Entfernung vom See und vom Toten wuchs auch seine Verzweiflung.

»Ganz allein!«, rief er. Der Grasboden unter seinen nackten Fußsohlen schien nachzugeben, das Gefühl zu stürzen, bereitete ihm Übelkeit. Sein Leben zerfiel, so kam es ihm vor, seine Zukunft zersplitterte in tausend Trümmer. »Ganz allein!«

Als er in Stommfurt ankam und von fern die Rotbuche sah, unter der er geboren wurde und in der er mit seinem Vater gelebt hatte, riss ihn ein Orkan von Empfindungen mit sich: Wut, Trauer, Ohnmacht und Verzweiflung überfluteten ihn.

»Ganz allein!« Schreiend rannte er zur Buche des Wettermanns. Aus den Kronenhäusern links und rechts lehnten sich Waldleute. Lasnic kletterte zu Kauzers Baumhaus hinauf. Seit sechs Monden – und früher schon immer dann, wenn sein Vater auf Jagdzügen unterwegs war – lebte er mit dem Wettermann im selben Baum, unter demselben Dach.

Oben angekommen, kletterte er aufs Dach und vom Dach aus über eine Strickleiter noch ein Stück in die Krone hinauf – bis zu jener großen Asthöhle, an der er den Wettermann schon in so mancher Morgendämmerung beobachtet hatte. Er ließ sich auf dem Ast daneben nieder, klemmte ihn zwischen die Schenkel und griff in die Öffnung. Zwei Amphoren aus Ton standen in der Baumhöhle, jede so groß wie der Unterarm eines kräftigen Jagdkerls. Eine zog Lasnic heraus und entkorkte sie. Der bittersüße Geruch stieg ihm in die empfindliche Nase.

Er schluchzte noch ein paarmal, wischte sich Rotz und Tränen aus dem Gesicht, packte die Henkel und setzte die Amphore an die Lippen. Gierig trank er. Über sich im Geäst erkannte er Schrat, den Lieblingskolk seines Vaters, den Alten mit dem weißen Brustgefieder. Der raunzte leise und äugte mit schief gelegtem Kopf auf Lasnic herunter.

Lasnic trank, bis er den ersten Brechreiz spürte; da war die Amphore schon halb leer. Er stellte sie zurück in die Baumhöhle. Dann wartete er.

Er wartete darauf, dass die Tränen versiegten, dass sein Auge aufhörte zu zucken, dass Verzweiflung und Angst sein Hirn und seine Brust räumten, dass er wieder klar denken konnte. Als ihm die erste Kühle durch Nacken und Kopf strömte, machte er sich an den Abstieg.

Unten, auf dem Dach von Kauzers Baumhaus, fühlte er sich schon erheblich stärker. Nichts zuckte mehr, keine Tränen stiegen mehr aus der Brust. Er spähte durchs dichte Geäst zum Waldboden hinab – zwanzig Schritte unter ihm stand ein Jäger im Unterholz und rief ihm etwas zu. Er hatte sich seine schwere Axt auf die rechte Schulter gewuchtet und auf dem Rücken hing ein Korb voller Fettholz und Reisig.

Der Wilde Axtmann!

Lasnic begriff nicht, was er rief, doch er zweifelte keinen Augenblick daran, dass ER dort unten stand, der Feind allen Lebens; ER, den sie den Wilden Axtmann nannten, ER, der schon bei seiner Geburt begonnen hatte, sein Dasein zu verwüsten.

Lasnic fluchte und drohte ihm mit der Faust. Er fühlte sich stark und immer stärker, zugleich jedoch wüteten die Flammen der Verzweiflung und der Wut in seiner Brust und seinem Schädel. Wut auf das Schicksal, auf den Großen Wolkengott, auf die Waldgeister und auf den Wilden Axtmann, weil der ihm erst die Mutter und jetzt auch noch den Vater genommen hatte. Das Innere seiner Brust schien aus einer einzigen großen Wunde zu bestehen.

»Drecksack!«, schrie er. Zwei Kolks hüpften neben ihm über das Dach, Schrat und Tekla. Lasnic trat an den Dachrand und spielte mit dem Gedanken abzuspringen. »Verfluchter Drecksack!« Müsste er nicht fliegen können, so stark, wie er sich fühlte? Müsste er ihn nicht besiegen können, den Wilden Axtmann dort unten? Den Schwarzen Fäuler? Den Großen Umhauer? Und wie man den Tod sonst noch zu nennen pflegte rechts und links des

Stomms. »Ich komm runter und hau dich weg, verfluchter Drecksack!«

Fliegen und siegen, was denn sonst! Lasnic sprang ab.

Singvögel flatterten auf, Kolks krähten in wilder Aufregung. Lasnic schlug im Geäst ein, rauschte durch Laub und Gezweig, bekam einen Ast zu fassen, und als der sich bog und unter der jähen Last schließlich splitterte, den nächsten und gleich wieder einen. So brach er durch das Geäst und stürzte dem Wilden Axtmann entgegen.

Er landete im Gestrüpp, rollte sich ab und sprang die vor Entsetzen erstarrte Männergestalt an. Es war nicht der Wilde Axtmann, es war ein Großcousin Voglers. Gleichgültig. Lasnic entriss ihm die Axt, rannte zur väterlichen Blutbuche, schleifte das schwere Werkzeug hinter sich her. Der Axtstiel war beinahe länger als er selbst. Über ihm flatterte krächzend ein Kolk.

An der Blutbuche angekommen, packte er das Werkzeug und hievte es über den Kopf, als wäre es ein morscher Prügel. Krachend fuhr die Axtklinge in die dunkle Buchenrinde. Lasnic riss sie heraus, holte erneut aus, brüllte wie von Sinnen, schlug wieder zu, und noch einmal, und wieder und wieder. Der Duft nach gespaltener Blutbuchenrinde und heißer Axtklinge hüllte ihn ein, Kienholz, Feuerstein und Hirschpisse.

Er sah nicht die Schatten der Männer, die sich hinter ihm versammelten, hörte nicht ihre Rufe, spürte nicht den Schmerz in Armen und Handgelenken. Immer wieder wuchtete er die schwere Axt hoch und schlug zu und schlug zu und schlug zu.

Weil sie merkten, dass er raste – jeder wusste ja, dass ein zorniger Dämon Voglers Sohn hin und wieder besetzte –, weil sie diese Zustände von ihm kannten, trauten die Männer sich zunächst nicht an ihn heran; erst recht nicht, als sie erfuhren, dass er vom Heiligen Trank gesoffen hatte. Bis Gundloch und Kauzer eintrafen.

»Lasnic, mein Lasnic, halt ein!« Die krächzende Stimme des Wettermannes. »Weißt du denn nicht, dass deine Mutter in dieser Buche kreist?«

»Wirst du wohl die Axt sinken lassen, Wahnsinniger?«, brüllte der Waldfürst. »Die Frau, die dich geboren hat, ist im Wurzelwerk eurer Blutbuche begraben! Deine Mutter!«

Mutter – dieses Wort drang endlich zu Lasnic durch, und für einen Augenblick zögerte er, ließ sogar die Axt sinken, atmete schwer. Diesen einen Augenblick nutzten Gundloch und Birk, warfen ein Fischnetz über ihn, das irgendwer aus seinem Baumhaus zu ihnen heruntergeworfen hatte, und rissen ihn um. Sechs Jagdkerle stürzten sich auf Lasnic. Sie schnürten den Rasenden ins Netz ein und hielten ihn fest.

Kauzer redete ihm gut zu, krächzte Geister und Götter an, ließ ihm mit Gewalt ein Gegenmittel gegen den Heiligen Trank einflößen. Doch es nützte alles nichts – Lasnic schrie und tobte, dass selbst der abgebrühte Gundloch es mit der Angst bekam.

Die ganze Nacht wagten er und die Jäger nicht, den Jungen aus dem Netz zu befreien. Noch im Morgengrauen gellte Lasnics Gebrüll durch Siedlung und Wald. Da erst traute sich eines der Kinder zu ihm – Arga, Lasnics beste Freundin und kaum älter als er. Sie umarmte den schreienden und zuckenden Jungen, sie hielt ihn fest und flüsterte ihm ins Ohr.

Lasnics Geschrei ging erst in Stöhnen, dann in Wimmern über. Schließlich bohrte er schluchzend sein ins Netz eingeschnürtes Gesicht in Argas Schoß.

9

Eis und Schnee, so weit das Auge reichte. Immer steiler stieg der Pfad an. Die meisten Schwertdamen waren in weiße oder braune Pelzmäntel gehüllt, die Ritter in schwarzes Lederzeug und graue Wollmäntel. Ayrin schritt neben Mauritz her; bis weit über die Knöchel versanken ihre Ziegenlederstiefel im Schnee. Das Atmen tat weh, so kalt war die Luft. Kaum ein Wölkchen schwebte durch den Mittagshimmel. Über ihr, auf Mauritz' Schultern, thronte Lauka.

Der Harlekin erzählte Geschichten. Erfundene Geschichten, wahre Geschichten – wer wusste das schon? Manchmal lachten die Schwert- und Hochdamen, manchmal hakten sie nach, weil sie es genauer wissen wollten, und manchmal schimpfte Hildrun, die Burgmeisterin, weil sie sich auf den Arm genommen fühlte. Dann lachten die anderen erst recht, und Hildrun verstummte beleidigt und verhüllte Mund und Nase mit ihrem alten Wollschal.

Lauka lachte immer am lautesten. Obwohl sie gar nichts verstand. Davon jedenfalls war Ayrin überzeugt.

Noch eine Stunde bis zum Hohen Grat; von ihm aus konnte man bei klarer Sicht wie heute alle sieben Städte des Reiches sehen, dazu die Hälfte der Felsburgen. Und eine halbe Stunde noch bis zum Gletscher, bei dem man acht Winter zuvor Belices Asche verstreut und ihren Schädel bestattet hatte. Der Eishang hieß Glacis; wie der Fluss, der unter ihm entsprang. Ayrin war oft dort oben gewesen. Lauka noch nie.

Zur Bestattung ihrer Mutter acht Winter zuvor allerdings hatten sie Ayrin nicht mit ins Garonit-Massiv genommen.

»Wir dachten damals, du seist noch zu klein für den Aufstieg«, hatte Hildrun behauptet, als Ayrin ihr einmal deswegen Vorwürfe machte.

Die Erklärung der Priesterin Runja lautete so: »Nach dem Tod deiner Mutter hast du wochenlang keine Nahrung bei dir behalten. Du hättest dich vor Schwäche kaum auf den Beinen halten können.«

Den Harlekin hatte Ayrin nur einmal darauf angesprochen. Mauritz' Antwort: »Du hättest den Aufstieg nicht überlebt.«

Die Wahrheit war: Ayrin wanderte kurz nach Belices Bestattung zum Gletscher hinauf. Wenige Tage, nachdem die Erwachsenen zurückgekehrt waren. Ganz allein. Vier Tage und drei Nächte lang hatte man in Burg und Stadt nach ihr gesucht. Vier Tage und drei Nächte lang hatte sie beim Glacis geweint und nach ihrer Mutter geschrien. Am Ende der dritten Nacht schwor sie unter dem Schädel ihrer Mutter, eine gute und starke Königin zu werden. Und Belices Mörder zu finden und zu töten.

Ganz allein war sie dann nach Garonada in die Königsburg zurückgekehrt. Und hatte überlebt.

Erzählte sie jemals irgendjemandem, wo sie gewesen war und was sie getan hatte? Nie. Hatte sie jemals wieder geweint seit jenen Tagen und Nächten am Gletscher? Niemals.

Auf der anderen Seite der Schlucht ging eine Lawine nieder. Lauka unterdrückte einen Schrei. Mauritz unterbrach seine Geschichte. Hildrun und ihre junge Dienerin, die direkt vor ihnen gingen, schlangen die Arme umeinander und machten erschrockene Gesichter. Der Boden bebte unter Ayrins Sohlen, alle drängten sich an die Felswand links des Pfades. Ein breiter Rücken schob sich vor Ayrin, ein hochgewachsener blonder Jungritter. Breitbeinig blieb er dicht vor ihr stehen, ein lebendiger Schutzschild.

Es donnerte wie bei einem Gewitter, ein paar Atemzüge lang hüllte eine Schneewolke den gegenüberliegenden Hang ein. Männer und Frauen verharrten schweigend, nur Lauka wimmerte unter ihrer weißen Fellkapuze – sie rief die Große Mutter an. Über der Schlucht lichtete sich die Wolke aus Schnee, und das Donnern der Lawine verebbte.

»Weiter geht's!«, befahl Runja irgendwo hinter Ayrin. So schnell wie er aufgetaucht war, verschwand der blonde Ritter wieder und reihte sich hinter der Priesterin ein. Ayrin blieb nicht einmal Zeit, sich zu bedanken. Die Kolonne setzte sich wieder in Bewegung.

»Jetzt wird Romboc dich tragen.« Mauritz griff über sich und stemmte die zeternde Lauka von seinen Schultern. Er trug einen Anzug aus gelbem Leder und darüber einen schwarzen Kapuzenmantel aus Filz. Obwohl Lauka für eine Achtjährige ziemlich klein und schmächtig war, bewunderte Ayrin ihren nicht gerade kräftig gebauten Lehrer: Seit bald zwei Stunden trug er ihre Halbschwester bergauf, seit sie die Schneegrenze hinter sich gelassen hatten; und kein Zeichen der Erschöpfung war dem Harlekin anzumerken.

Von der Spitze der Kolonne eilte Romboc herbei. »Kletter auf meine Schultern, los.« Er ging vor Lauka in die Hocke, ein untersetzter Ritter in schwarzem Lederzeug, grauem Wollmantel und mit langen schwarzen Zöpfen. »Mach schon!«

»Will aber nicht!« Lauka rammte den Absatz in den Schnee. »Will auf Mauritz reiten!« Eine steile Falte grub sich zwischen Ayrins schwarzen Brauen ein. Voller Verachtung musterte sie ihre heulende Halbschwester.

»Quatsch nicht!« Romboc packte die Strampelnde, hievte sie kurzerhand auf seine breiten Schultern und stapfte zurück zu den beiden alten Bergführerinnen an der Spitze der Kolonne. Lauka schimpfte und heulte, Ayrin grinste ihnen hinterher.

»Ruhe da oben!« Romboc langte über seine Schulter und klapste dem zeternden Mädchen auf den Hintern. »Sonst läufst du! Groß genug bist du nämlich!«

Kein Mann im Reich außer Romboc, dem mächtigsten unter den vierzehn Erzrittern, durfte sich das erlauben, und Lauka gab auch sofort Ruhe. Schade – Ayrin hätte sie gern auf eigenen Beinen zum Grab der Mutter hinaufsteigen sehen. Sie hoffte, ihre Schwester würde bald wieder anfangen zu strampeln und zu nörgeln. Der strenge und mürrische Romboc nämlich pflegte nicht lange zu fackeln, wenn jemand nicht spurte. Ayrin hatte das schon am eigenen Leib erfahren müssen – der bullige und von zahllosen Narben entstellte Ritter war ihr Fechtlehrer.

Romboc hatte wenige Freunde im Reich, kaum einer mochte ihn. Ayrin schon. Zwar fürchtete sie seine Strenge und verabscheute seine harten und oft unflätigen Redensarten, doch zugleich schätzte sie seine ehrliche Art und freute sich jedes Mal auf die Fechtstunden bei ihm. Nach den Schwertkampfübungen nämlich erzählte der Erzritter ihr oft von seinen Kriegszügen und Entdeckungsfahrten in ferne Länder.

Niemand im Reich war so oft auf Fahrt gegangen und hatte so viel von der Welt gesehen wie der furchtlose Romboc. Er hatte gegen die Eiswilden im hohen Norden gekämpft, wo der Schnee niemals taute und das Eis nicht schmolz. Er hatte Karawanen über viele Monde hinweg an der Küste entlang weit nach Osten ins Reich Baldor geführt, um mit den Baldoren Güter zu tauschen. Und seit Belices Schwester vor mehr als zwanzig Wintern die Trochauer besiegt und ihre Häfen erobert hatte, war Romboc schon vier Mal über den Ozean gefahren.

Auf hoher See hatte er gegen die schwarzen Krieger aus Kalmul gekämpft und später sogar eine ihrer Burgen erobert. Fern im Osten war er ins Mündungsdelta eines gewaltigen Stromes gesegelt und hatte die unendlichen Wälder gesehen, in denen Wilde hausten, die in Baumhütten wohnten und die Romboc »Herren der Wälder« nannte. Selbst ins Grenzgebiet jenes unwirtlichen Berglandes am Ende der Welt, das bei allen Völkern nur die »Große Wildnis« hieß, hatte er sich gewagt. Und einen hohen Preis dafür bezahlt.

Zwei wilde Waldmänner hatten den Erzritter, seine Krieger und seine Trochauer Seeleute den Strom hinaufgelotst und über einen Nebenfluss bis an den Rand der Großen Wildnis geführt. Dort, gleich am zweiten Tag, waren katzenartige Wesen mit Äxten, Speeren, Feuerpfeilen und mit dressierten Kriegswölfen über sie hergefallen. Mit nur noch sechs Männern war Romboc drei Winter später nach Garona zurückgekehrt, alle verwundet und alle schwer krank. Bis auf Romboc starben die Heimkehrer innerhalb weniger Wochen. Vier oder fünf Winter war das her.

Daran erinnerte sich Ayrin, während sie den bulligen Erzritter mit Lauka auf der Schulter beobachtete. Und daran, dass Romboc seitdem nie wieder auf Fahrt gegangen war.

Auf der anderen Seite der Schlucht senkten sich die letzten Schleier der Schneewolke. Mauritz ergriff wieder das Wort, erzählte von dem Steinbock, den er vor zwei Monden als Beute aus dem Kampf gegen fremde Kundschafter mit in die Königsburg gebracht hatte. »Ich habe ihn ›Ritter Braun‹ genannt. Er frisst mir schon aus der Hand, und gestern bin ich zum ersten Mal mit ihm über den Markt von Garonada geritten.«

»Die ganze Stadt spricht von nichts anderem!«, tönte Runja hinter ihnen. »Die Hälfte der Stände hat das Vieh umgerissen, und du hättest die Hornstangen umarmt wie Sicherungsbügel in der Steilwand. Gezittert hättest du und fahl wie ein fiebernder Eiswilder wärst du gewesen!« Wieder ging Gelächter durch die Kolonne. Lauka lachte diesmal nicht.

»Ich hatte Angst um Ritter Braun«, erklärte Mauritz leichthin. »Der Fischhändler, dieser Schwachkopf, spannte doch bereits seine Armbrust! Hätte er geschossen, wären zwei Monde Dressurarbeit vergeblich gewesen, stellt euch doch das einmal vor …!«

»Viele fragen sich, wer den Schaden bezahlen wird!«, rief die Burgmeisterin mit ihrer krähenden und immer irgendwie tadelnden Stimme. »Was wirst du ihnen antworten, Mauritz?« Hildrun hinkte ein wenig.

»Bis jetzt hat noch kein Garonese irgendwelche Forderungen gestellt.«

Garonesen – so nannte man die Bewohner des Reiches bis hinunter ins Hügelland und zur Mündung des Trochaus und bis hinauf in den hohen Norden, wo die Eiswilden hausten; und sie selbst nannten sich auch so.

»Sollte doch noch einer die Unverschämtheit besitzen, wird man ihn an unsere junge Königin verweisen.« Mauritz, offensichtlich dankbar für den Themenwechsel, legte den Arm um Ayrin und zwinkerte ihr zu. »Unsere Königin wird ihn dann …«

»Ayrin ist noch keine Königin!« Auf Rombocs Schultern fuhr Lauka herum und krähte dazwischen. Sie schoss einen derart giftigen Blick auf den Harlekin ab, dass man hätte meinen können, er habe sie persönlich beleidigt. »Sie hat ja noch nicht einmal den Thron bestiegen!«

»Königin ist deine Schwester, seit wir sie dazu bestimmt haben«, blaffte die Burgmeisterin. Mit »wir« meinte sie die Herzoginnen, Erzkriegerinnen, Erzritter und sich selbst. »Die Thronbesteigung ist reine Formsache, das weißt du genau.«

Lauka schob schmollend die Unterlippe nach vorn, und Ayrin zeigte eine obszöne Geste, die sie die Weihritter während der Schwertübungen manchmal hinter Rombocs Rücken machen sah. Lauka schnitt eine empörte Grimasse und beschwerte sich bei Romboc; der tat, als hörte er ihr Gezeter gar nicht.

»Unsere Königin also wird einen möglichen Beschwerdeführer dann wohl an mich verweisen«, fuhr Mauritz fort, »und ich werde jedem einen viertel Taler abknöpfen, der das Vergnügen hatte, mir beim ersten Ritt auf Ritter Braun zuzuschauen. Das war nämlich ein äußerst unterhaltsames Spektakel, musst du wissen, Verehrteste!«

Die meisten lachten, und Mauritz, nie um ein Wort verlegen, lobte den unschätzbaren Wert seiner öffentlichen Auftritte, verkündete, dass nur ein gut unterhaltenes Volk ein gut regierbares Volk sei, und schwärmte von Ritter Braun, seinem Steinbock. »Darf ich mir erlauben, dich zu einem kleinen Ausritt einzuladen, verehrteste Burgmeisterin?« Feixend drängte er sich zwischen Hildrun und ihre junge Dienerin. »Dann kannst du dich endlich einmal nach Herzenslust an einem Mann festhalten.«

Hildrun stieß ihm den Ellenbogen vor die Brust. Ihre Verwünschungen hallten von den Schneehängen wider und gingen bald im Gelächter der anderen unter. Niemand konnte sich die Burgmeisterin an einen Mann geklammert vorstellen. Auch Ayrin nicht, die über viele Winter von Hildrun erzogen worden war.

Der Harlekin tat beleidigt, seufzte wie ein zurückgewiesener Liebhaber und schwadronierte über gnadenlose Frauen, die einem empfindsamen Künstler wie ihm das Herz zu brechen drohten.

Ayrin hörte kaum noch zu. Mauritz' Hinweis auf ihre Thronbesteigung trübte ihre Freude über den Aufstieg.

Es machte ihr nichts aus, an die bevorstehende Gletscherüberquerung zu denken; an den Weg durch die Wand, der nicht ohne Seil zu bewältigen war, an den schmalen Pfad entlang des Hohen Grats danach und an den letzten Aufstieg zum eigentlichen Gipfel. Auch der Gedanke an den Abstieg morgen bereitete ihr keine Sorgen. Was sie jedoch beunruhigte, war der Ausblick auf den Abend nach dem Abstieg: Der Vollmond würde aufgehen, inmitten ihrer Erzieher und Gardisten würde sie zum Mutterhaus hinaufschreiten und dort ihre Mutterweihe feiern. Danach würde sie zum ersten Mal offiziell den Thron besteigen – und zum ersten Mal offiziell als Königin zu den Frauen von Garona sprechen.

Ihr Mund wurde trocken, wenn sie daran dachte. Sie musste sich zwingen, nicht auf ihrer Unterlippe herumzukauen, und in ihrem Gedärm rumorte es mächtig. Doch sie ließ sich nichts anmerken und schritt mit ausdrucksloser Miene neben ihrem Lehrer her den Bergpfad hinauf.

Sie kannte diese Unruhe bereits, denn eigentlich hätten ihre Mutterweihe und Thronbesteigung schon vor zwei Monden gefeiert werden sollen. Schon da hatte Ayrin nicht mehr schlafen können vor Aufregung. Zwei Tage vor dem Fest jedoch tauchten am Südhang des Dunkelhorns Fremde auf. Feindliche Kundschafter hieß es, kleine braunhäutige Männer in gelblicher und rötlicher Lederkleidung und auf gesattelten Steinböcken. Keiner wusste, woher sie kamen, was sie wollten, wer sie waren.

Runja, Mauritz und die Burgmeisterin – das Trio regierte seit Belices Tod für Ayrin das Reich – setzten ein kleines Heer in Marsch, um sie zu verjagen. Mauritz selbst ritt an der Seite Monas, der Kriegerin, die das Kommando führte; so wie er früher neben Königin Belice geritten war. An der neuen Brücke über den Glacis war es zum Kampf gekommen, kaum einer der Fremden überlebte. Die braunhäutigen Kundschafter hatten sogar ihre eigenen Verwundeten umgebracht, damit sie nicht in Gefangenschaft gerieten. Nur wenige Fremde konnten fliehen.

Auf Garoneser Seite fielen sechs Ritter und drei Kriegerinnen. Und besonders schmerzlich: Seit diesen Tagen vermisste man die Kommandantin Mona und ihren Waffenträger und Liebesgefährten.

Kurz nach der Schlacht nahm der Mond wieder ab, und Ayrins Mutterweihe und Thronbesteigung mussten verschoben werden. Doch nun war es so weit. In drei Tagen schon.

Verharschter Schnee knirschte unter Ayrins Stiefelsohlen. Ihre Atemfahne schlug sich im wulstigen Rand ihrer Pelzkapuze nieder. Eine Schicht weißer Kristalle wuchs auf dem weißen Haar des Fuchsfells. Mauritz, neben ihr, erzählte von seiner Reise an die Küste und ins liebliche Hügelland der Trochauer.

Er machte sich lustig über die Frauen dort, wie niedlich und einfältig sie seien. Jede, die ihm gefiel, hatte er angeblich zu sich ins Bett locken können. Er erzählte, wie sie gepiepst hatten, wenn er sie beglückte, und hingebungsvoll imitierte er ihr Quieken und Hecheln. Alle, die ihm zuhörten, lachten und kicherten, dabei merkte sogar Ayrin, dass der Harlekin log oder wenigstens maßlos übertrieb. Aus irgendeinem Grund gefiel ihr das nicht. Und dass Lauka, die doch gar nicht verstand, worum es ging, dass ihre Halbschwester sich vor Lachen bog auf Rombocs Schultern, machte sie wütend.

Ayrin wandte den Kopf. Runja, hinter ihr, lachte nicht. Die massige Priesterin brauchte den Weg in seiner ganzen Breite, und sie schnaufte schwer und hatte kaum Luft übrig, um lachen zu können.

Auch die Burgmeisterin lachte nicht. Hildrun konnte den Harlekin und seine Späße nicht leiden. Manchmal wandte sie den Kopf, um ihn mit Blicken zu tadeln. Dann sah Ayrin ihr griesgrämiges Gesicht. Vielleicht lag es auch einfach nur an dem Dauerschmerz in Hildruns Knien, dass sie so finster über den Rand ihres Schals lugte. Die Burgmeisterin war nicht mehr die Jüngste.

Die alten Bergführerinnen an der Spitze des Trosses fragten Mauritz, ob er auch mitbekommen habe, wie die Männer von Trochau machten, wenn ihre Frauen sie beglückten.

»Verlasst euch drauf«, versicherte der Harlekin und röchelte und stöhnte derart komisch, dass hinter Ayrin nun sogar Runja ein tiefes Grunzen ausstieß, das entfernt nach einem Feixen klang. Weil sie dabei stehen blieb und nach Luft schnappte, stießen andere gegen ihren gewaltigen Rücken, woraufhin auch weiter hinten irgendjemand ins Stolpern und dann der ganze Tross ins Stocken geriet. Als schließlich die Lastziegen am Ende der Kolonne zu meckern und die Bergesel zu blöken begannen, klang das ein wenig wie die von Mauritz zum Besten gegebenen Töne der beglückten Trochauerinnen, und der Spaß war perfekt: Die Felswände und Schneehänge hallten vom Gelächter der Männer und Frauen wider. Romboc, mit der kichernden Lauka auf der Schulter, drehte sich um und warf dem Harlekin einen todernsten und grimmigen Blick zu.

Eine Zeit lang vergaß Ayrin ihre Sorgen und grübelte darüber nach, wie dieses gegenseitige Beglücken zwischen Frau und Mann vor sich gehen mochte und warum es einen Menschen veranlassen könnte, Töne auszustoßen, wie Mauritz sie auf Bitten Runjas nun bereits zum dritten Mal nachmachte. Schwierige Fragen waren das, und Ayrin fand keine befriedigende Antwort.

Das lag zum einen an ihrer nur vagen Vorstellung von der Liebeslust, zum anderen an der spröden Burgmeisterin, die mit Mauritz und Runja für Ayrins Erziehung zuständig war. Hildrun hatte ihr versichert, man berufe einen Mann ausschließlich deswegen in sein Bett, um sich seinen Samen einzuverleiben. Dass diese »Einverleibung« Spaß machen konnte, hatte Ayrin zwar von weniger verschämten Naturen – etwa von Runja – gehört, konnte es aber nicht recht glauben. Die Erklärung der Burgmeisterin dagegen klang irgendwie einleuchtend.

Die Erinnerung an die Worte ihrer Lehrerin führten Ayrins Gedanken unweigerlich zurück zur bevorstehenden Mutterweihe und ihrer ersten Thronrede. Erneut rumorte es in ihrem Gedärm, erneut musste sie sich beherrschen, um nicht auf der Unterlippe herumzukauen. Ihre Gestalt straffte sich, sie blickte in den blauen Himmel und befahl sich zu lächeln.

Finger in gefütterten Lederhandschuhen schlossen sich um ihre Finger, die ebenfalls in Handschuhen steckten. Mauritz nahm ihre Hand. Der Harlekin wandte den Kopf und sah sie forschend an; Ayrin reichte ihrem Lehrer inzwischen schon bis zu den Ohren. Sein glitzernder Blick schien ihre Stirn durchdringen zu können. Endlich zwinkerte er, und sein bleiches, knochiges Gesicht verzog sich zu einem heiteren Grinsen.

Erriet er etwa ihre Gedanken? Gleichgültig – Mauritz' Lächeln tat ihr gut. Das war schon immer so gewesen. Abgesehen von seinem lauten Benehmen und seiner scharfen Zunge war der Harlekin ein unauffälliger Mann: nicht allzu groß, eher schmächtig und mit kahlem Schädel, den er gewöhnlich mit schwarzgelben Kappen bedeckte oder mit einer seiner Perücken. Ayrin wusste, dass er unzählige solcher Kopfbedeckungen besaß. Sie hatte alle schon einmal aufgesetzt, denn von Kindesbeinen an gehörte sie zu dem kleinen Kreis von Menschen, die Mauritz auch in seinen Privatgemächern im Hauptturm der Königsburg besuchen durften.

Der Harlekin war weit entfernt von der Schönheit und Stattlichkeit des durchschnittlichen Mannes im Bergreich Garona, und vermutlich hätte niemand ihn beachtet, wenn er nicht so ein geschickter Schwertkämpfer und seit jeher der einzige Mann im Thronrat gewesen wäre; und wenn er nicht ständig schlüpfrige Witze gerissen oder irgendjemanden beleidigt hätte.

Und noch etwas fiel auf an ihm: seine tief in den Höhlen liegenden Augen. Hellwach waren die und schimmerten wie flüssiger Bernstein. Seit Ayrin denken konnte, faszinierten sie diese Augen.

Sie entspannte sich ein wenig und erwiderte sein Lächeln. Plötzlich schien es ihr nur noch halb so schlimm, in ein paar Tagen Mutterweihe feiern, auf den Thron steigen und eine Rede vor den mächtigsten Frauen des Reiches halten zu müssen. Mauritz würde ihr beistehen, ganz gewiss. Sie war froh, den Harlekin an ihrer Seite zu wissen.

Der Pfad stieg bald noch steiler an. Nur wenige Worte wurden jetzt noch gewechselt. Weiß glitzerten die Berggipfel in der Morgensonne. Ayrins Atem gefror zu lauter kleinen Kristallwölkchen. Hinter ihr schnaufte Runja wie eine gebärende Bergziege. Hildrun, vor ihr, hinkte stärker und stützte sich auf ihre Dienerin.

»Ich brauche einen verdammten Esel«, hörte Ayrin sie zischen. Die Dienerin drehte sich um, winkte und gab ein Zeichen ans Ende der Kolonne. Ayrin bewunderte die hochgewachsene Frau wegen ihrer schönen Gestalt und ihres weißblonden Haares; sie hieß Martai und hatte selbst erst zwei Winter zuvor ihre Mutterweihe gefeiert.

Wenig später drängte sich Ayrin neben Mauritz an die Felswand, um den Eselführer mit einem weißgrauen Bergesel vorbeizulassen. Die zähen Tiere waren kleiner und leichter als die massigen Bergziegen, die im Reich vorwiegend als Last- und Zugtiere verwendet wurden. So ein Bergesel ließ sich noch auf den schmalsten Pfaden der Gipfellagen reiten. Hildrun schob die helfenden Arme ihrer Dienerin zur Seite und stieg aus eigener Kraft in den Sattel. Weiter ging es.

Schweigend trottete Ayrin neben Mauritz her. Alle schwiegen sie jetzt, in der gesamten Kolonne. Es war, als würde der Schatten der Gletschergrabstätten bereits auf sie fallen und Ehrfurcht und Stille gebieten. Nur die Esel und Ziegen am Schluss der Kolonne vernahm Ayrin hin und wieder. Und Lauka – sie traute ihren Ohren kaum, als sie ihre Halbschwester auf Rombocs Schultern eine muntere Melodie summen hörte.

Romboc knurrte das Mädchen an, und bald verstummte Laukas Summen; stattdessen begann sie wieder zu nörgeln. Sie verlangte von Mauritz, sie auf die Schulter zu nehmen oder ihr wenigstens eine lustige Geschichte zu erzählen. Romboc fluchte leise, und als das Mädchen auf seiner Schulter sich Hilfe suchend nach dem Harlekin umdrehte, brachte der es mit einem einzigen brennenden Blick zum Schweigen.

Der Pfad machte eine scharfe Biegung nach links, die Westflanke des Garonits wurde sichtbar, und wenig später, am Ende der Biegung, erhob sich der Gipfel in seiner ganzen Pracht wie eine spitze Pyramide aus Eis. Bald darauf erreichten sie das durch eine Holzbrüstung gesicherte Felsplateau, an dessen Rand man acht Winter zuvor Belices Asche über dem Gletscher verstreut hatte.

Die Männer im Tross packten Beile und Hacken aus und befreiten die Felswand gegenüber der Brüstung von Schnee und Eis. Rechteckige, mit Eis gefüllte Felsnischen kamen zum Vorschein. Hier und da erkannte Ayrin Umrisse von Schädeln hinter dem Eis. Unter den Nischen bürsteten Jungkriegerinnen den Schnee von Kupferplatten, die man in den Stein genagelt hatte; Namen und Ziffern wurden sichtbar – erst einzelne, dann Dutzende, dann Hunderte.

Seit 1012 Wintern bestatteten die Menschen von Garona die Schädel ihrer Toten hier in der Felswand über dem Gletscher. Und genauso lange verstreuten sie die Asche verstorbener Garonesen über dem Glacis; seit sie die alte Königsburg von einem wilden Bergstamm erobert hatten. Damals, nach jenem Sieg, begannen die Garonesen, die Winter zu zählen.

Ayrin trat an die freigelegte Wand. *Belice*, las sie, *Tochter der Selena, angekommen am 21. Tag des 4. Mondes 976, Königin von Garona seit 991, heimgekehrt zur Großen Mutter am 12. Tag des 7. Mondes 1004*. Beklemmung machte ihr das Atmen schwer. Runja und Hildrun traten neben sie, legten ihr die Arme um die Schultern. Die Erinnerung an ihre Mutter und ihr Sterben schmerzte wie eine schlecht heilende Wunde. Die Wangenknochen ihres Jungmädchengesichtes traten hervor, ihre Augen wurden schmal, ihre Kaumuskeln bebten. Sie schob die Arme der Frauen von ihren Schultern. Niemand musste sie trösten.

Ayrin trat einen Schritt zur Seite, um die Kupfertafel unter der Schädelnische ihrer Großmutter zu lesen. *Selena*, stand da, *angekommen am 5. Tag des 1. Mondes 935, Königin von Garona seit 951, heimgekehrt zur Großen Mutter am 26. Tag des neunten Mondes 991.* So viele Winter hatte ihre Großmutter als Königin regiert?

Lauka lenkte Hildruns Esel heran; auf dem hockte sie inzwischen. Dicht vor der Felswand hielt sie das Tier an, stellte sich in den Steigbügeln auf, und streckte den Arm aus, um das Eis vor Belices Schädel zu berühren. Von der Seite sah Ayrin ihre Halbschwester lächeln; es gab so vieles, wofür sie Lauka hasste.

Sie machte ihr Gesicht hart und undurchdringlich, richtete ihren Blick an der Halbschwester vorbei auf die Felswand und las plötzlich den Namen ihres Bruders: *Lukar*. Sie spürte ihr Herz stolpern. An ihn hatte sie lange nicht gedacht.

Man hatte den Adler getötet, der ihn geschlagen hatte, sein Nest zerstört und die sterblichen Überreste des Jungen verbrannt. Auch seine Asche hatte sich längst mit dem ewigen Eis des Gletschers vermischt. Ayrin hatte keinerlei Erinnerung an Lukar, und im selben Augenblick, als ihr das bewusst wurde, schwoll ihr ein Kloß im Hals, und wie ein großer Schmerz fiel die Einsicht in die eigene Sterblichkeit über sie her: Eines Tages würde man auch ihren Namen und ihr Todesdatum in eine Kupferplatte gravieren und in diese Wand nageln; und viele Winter später würden Menschen ihn lesen, die sich nicht mehr an sie erinnerten.

Wann? Sie las die Ziffern auf der Kupferplatte unter der Schädelnische ihrer Mutter – 28 Winter nur hatte Belice gesehen. Ayrin erschrak: 14 Winter hatte sie selbst bereits gelebt, die Hälfte davon. Und wie schnell waren diese 14 Winter vergangen! Sie schluckte, die Ziffern und Lettern verschwammen vor ihren Augen. Wie viel Lebenszeit hatte die Große Mutter ihr bestimmt?

Als ahnte er ihre Gedanken, schob Mauritz Lauka und den Esel zur Seite und deutete auf den Fels neben Belices Namen. »So lange dein Name nicht in diesen Stein genagelt wird, ist noch alles möglich«, sagte er und lächelte sein rätselhaftes Lächeln. »So lange bleibt dir Zeit zu genießen, was das Leben dir schenkt, und zu tun, was das Leben dir gebietet. Darin bist du selbst dem niedrigsten Kloakenknecht in den Kerkergewölben von Garonada gleich.«

Für ein paar Augenblicke lang vergaß Ayrin zu atmen. Mit halb geöffneten Mund sah sie in die glitzernden Augen des Harlekins. Sehr still war es plötzlich auf dem kleinen Platz zwischen Gletscher und Schädelwand. Ayrin schluckte und äugte nach allen Seiten. Einige Schwertdamen entdeckte sie, die benagten ihre Unterlippe; die meisten aber starrten einfach nur die Wand an. Die Ritter guckten grimmig und ernst. Manche traten verlegen von einem Fuß auf den anderen. Runjas dickes Gesicht kam Ayrin vor wie eine steinerne Maske. Die Miene der alten Burgmeisterin dagegen wirkte so entspannt und zufrieden wie all die Stunden während des Aufstiegs nicht.

»Mein Name wird da auch mal stehen, stimmt's?«, krähte Lauka vergnügt in die Stille hinein. »Doch sicher stirbt Ayrin vor mir, und dann werde ich Königin sein.« Ihr schmales, hellhäutiges Gesicht verzog sich zu einem zufriedenen Lächeln; sie deutete auf die Schädelwand. »›Königin Lauka‹ wird dann da stehen.« Sie klatschte in die Hände und kicherte. »›Königin Lauka‹ – das klingt schön!«

Ayrin glaubte zu spüren, wie eine heiße Nadel sich in ihr Herz bohrte. Eine Bewegung ging durch die Männer und Frauen zwischen Gletscher und Schädelwand; einige senkten die Blicke und betrachteten ihre Stiefelspitzen. Jemand zischte, jemand flüsterte, und Romboc murmelte: »Davor möge die Große Mutter uns behüten.«

Lauka warf ihren Kopf herum und beäugte den Erzritter mit zornig gerunzelten Brauen.

»Wie Mauritz gerade sagte – alles ist noch möglich.« Runja lächelte müde. »Auch dass der Esel gleich mit dir durchgeht und dich über die Brüstung auf den Gletscher wirft, weil dein Geplapper ihm auf die Nerven geht. Dann wird's nichts mit der Königin Lauka, dann müssen wir bald wieder hier heraufsteigen und dein dummes Köpfchen in eine neue Felsnische schieben.«

Raunen und Tuscheln erhob sich, viele Männer und Frauen feixten. Dankbar sah Ayrin erst zu ihrem Fechtlehrer und dann zur Priesterin. Lauka aber zog die Schultern hoch, schnitt eine weinerliche Miene und hatte es auf einmal sehr eilig, aus dem Sattel zu klettern. Mauritz half ihr.

Für Runja war die Angelegenheit damit erledigt; sie drehte sich um, trat an die Brüstung vor dem Gletscherrand und hob die Arme. Zwei junge Ritter von höchstens 17 Wintern huschten zu ihr. Jeder nahm einen Arm der großen und massigen Priesterin. Ayrin erkannte den wieder, der sie vorhin, als auf der anderen Hangseite die Lawine niederging, mit seinem Körper geschützt hatte. Der hochgewachsene Bursche mit dem langen Blondhaar und den breiten Schultern fiel ihr schon länger auf, ein schöner Mann. Auf dem Markt und in der Burg suchte er ihre Nähe, und während des Aufstiegs hatte er ihr manchmal zugelächelt. Jetzt erst wurde es ihr bewusst. Hieß er nicht Starian? Und hatte seine Mutter Dakmar nicht zu Belices engsten Vertrauten gezählt?

Runjas dunkle, kräftige Stimme ertönte. Sie rief die Große Mutter an und befahl ihr die Seelen der Verstorbenen an. Danach intonierte sie die Totenhymne von Garona. Nach und nach stimmten alle ein, mit heiserer Stimme auch Ayrin. Aus dem Augenwinkel nahm sie wahr, dass Lauka sie beobachtete. Sie wandte den Kopf – Lauka sang nicht mit; ihr Mund war ein Strich, ihr Blick feindselig.

Niemals durfte so eine Königin des Reiches werden!

»Deine Schwester ist noch klein«, sagte Mauritz, als sie später den Gletscher überquerten. »Sie meint es nicht so.«

»Sie ist nicht meine Schwester!«, zischte Ayrin. »Sie ist nur meine Halbschwester. Und wirklich klein ist sie auch nicht mehr – als ich so alt war wie sie, war ich schon Königin.«

Der Harlekin antwortete nicht, und Ayrin blickte zurück; nicht zu Lauka, die mit Runja und einigen Rittern am Beginn des Gletscherpfades zurückgeblieben war und nun der Kolonne hinterherschaute, sondern zur Brüstung vor dem Plateau unter dem Schädelfelsen. Nicht weit darunter begann der Gletscher. Und fiel über mehr als fünftausend Fuß steil abwärts, bis er tief unter ihnen in einer schmalen Eiszunge vor einer Felsenge endete. Darunter sprudelte an mehreren Stellen der Gletscherfluss aus Eis und Fels, der Glacis, sammelte sich in einem Steinbecken und stürzte über mehrere Felsstufen dem eigentlichen Wasserfall entgegen.

Man sah ihn nicht, man hörte ihn nicht – zu weit entfernt lag die Stelle, an der er unter dem Gletscherrand austrat. Doch am

Vormittag, noch unterhalb der Schneegrenze, hatte Ayrin unter dem tausend Fuß hohen Wasserfall gestanden.

Ihr Blick wanderte zwischen Brüstung und Gletscherende hin und her. Im Geist sah sie den Bergesel mit Lauka über das Felsplateau galoppieren, sah ihn vor der Brüstung bocken und das Hinterteil hochwerfen. Und sie sah Lauka in hohem Bogen über die Brüstung fliegen. In Ayrins Fantasie prallte ihre Halbschwester auf dem Eis auf, schlidderte mit gebrochenem Genick den weißen Steilhang hinunter und stürzte tief unten zwischen den Felswänden über den Gletscherrand dem Fluss und dem Wasserfall entgegen. Und verschwand. Verschwand für immer.

Schade, dachte sie und spähte jetzt doch zurück zu ihrer Halbschwester; immer noch reglos stand Lauka vor der ersten Zeltreihe des Nachtlagers, das die Ritter dort nach Rombocs Anweisungen aufbauten. *Schade, dass sie noch zu unerfahren ist für den Aufstieg zum Hohen Grat. Wer weiß, was alles passieren könnte auf dem Weg dorthin …*

»Träum nicht, meine junge Königin.« Mauritz' Stimme riss sie aus ihrer Fantasie. »Träumen kann tödlich sein hier oben.«

Ayrin nickte hastig und konzentrierte sich auf ihre Schritte und den Gletscherpfad. Zugleich lauschte sie in sich hinein: Nein, ihre feindseligen Gedanken erschreckten sie nicht. Nein, sie empfand weder Schuldgefühle noch Bedauern bei der Vorstellung, Lauka könnte in den Tod stürzen. Im Gegenteil: Der Gedanke gefiel ihr. Er erfüllte sie sogar mit grimmiger Freude.

10

Gundlochs Schatten fiel auf Lasnic. Die Linke um den starken Ast neben seinem Kopf geklammert, beugte der Waldfürst sich zu ihm herunter und legte ihm die Hand auf die Schulter. Kein Laub raschelte, kein Zweig brach.

»Er gehört dir«, flüsterte er. Mit einer Kopfbewegung deutete er auf den Flussparder unter ihnen zwischen den Bäumen. »Voglers Geist sei mit dir.«

Lasnic nickte, packte seinen Jagdbogen und griff kurz über die Schulter, um seine Jagdlanze im Rückengurt zu lockern und nach den gefiederten Schäften seiner Pfeile zu tasten; die Federn zu spüren tat gut, flößte ihm Zuversicht ein.

Er machte sich daran, aus der Eichenkrone zu klettern. Ast für Ast und so lautlos, wie Gundloch es ihm beigebracht hatte. Auch das gehörte zur Prüfung. Wie ein Schatten musste ein Jäger sich bewegen können, wie ein körperloser Geist. Das Herz klopfte Lasnic in der Kehle.

Der Flussparder presste sich keine zehn Lanzenlängen entfernt in einem Orchideenfeld auf den Boden. Den langen Schwanz und den kräftigen Hals ausgestreckt und die kurzen, buschigen Ohren nach vorn gerichtet, belauerte er ein Elchrudel, das am nahen Flussufer Birkenspross und junges Schilfgras abweidete. Zwei Kälber standen breitbeinig unter ihren Müttern und stießen ihnen die Schnauzen gegen die Zitzen. Der Bulle mit seinem kolossalen Schaufelgehörn äugte unruhig nach allen Seiten. Selbst für eine große Raubkatze wie den Parder war es nicht ungefährlich, sich mit einem derart wehrhaften Riesen anzulegen.

Lasnic ging auf dem untersten starken Ast der Eiche in die Hocke. Der im Hosenbund versteckte Ring drückte ihm in die Bauchhaut. Seit zwei Tagen trug er ihn am Körper; seit er glaubte, dass jemand hinter dem Schmuckstück her war. Damit es sich nicht mehr in seinen Leib bohrte, schob er es unter dem Hosenleder ein wenig zur Seite. Dann fasste er wieder den Flussparder ins Auge.

Der war schlank und sehnig, seine kantigen Schulterblätter wölbten sich unter ockerfarbenem, braun getüpfeltem Fell. Seine gelblichen Reißzähne bogen sich wie Sicheln aus den schwarzen Lefzen. Jetzt richtete er sich ein wenig auf, huschte in geduckter Haltung aus dem Orchideenfeld, drückte sich hinter einem entwurzelten Baum in jungen Farn. Ein halber Lanzenwurf trennte ihn noch von den Elchen, zwölf Lanzenlängen von Lasnics Eiche.

Die Raubkatze hatte es auf eines der Kälber abgesehen, Lasnic zweifelte nicht daran. Ihre Gier, ihre ganz und gar von bebendem Elchkalbfleisch gefesselte Aufmerksamkeit war Lasnics Chance. Und dass sie ihm Schwanz und Hinterteil zuwandte.

Er umklammerte den Ast, spähte hinüber zu der Weide, in deren Krone die Eichgrafen Birk und Uschom lauerten, und wartete, bis die Raubkatze sich das nächste Mal erhob, um erneut ein Stück näher an ihre Beute heranzuschleichen. Lasnic musste nicht lange warten, und als es schließlich geschah, hangelte er sich vom Ast und ließ sich ins hohe Gras fallen. Er berührte kaum den Boden, da riss er schon einen Pfeil aus dem Köcher. Und als er sich aufrichtete, spannte er bereits den Bogen und zielte auf den Flussparder. Der fuhr herum, erspähte ihn sofort und bleckte fauchend die Zähne.

»Wir wollen dich kämpfen sehen«, hatten Gundloch und die Eichgrafen gesagt, und jetzt war es so weit. Die Katze duckte sich zum Sprung.

Lasnic trug schwarze Wildlederhosen und schwarze Stiefel aus Maulwurfsfell, die kaum Spuren hinterließen. Eine lange, dicht mit Eulengefieder besetzte Elchlederjacke hüllte seinen Oberkörper ein; ein engmaschiges und kunstvoll geknüpftes Netz aus Spinnenseide schnürte das Gefieder ans Jackenleder. Das schulterlange haselnussbraune Haar hatte er sich mit einem schwarzen Lederband aus der Stirn gebunden.

Vor einem halben Mond hatte Lasnic sein fünfzehntes Namensfest gefeiert. Noch kein Flaum wuchs ihm am Kinn, und dennoch wollten sie ihn schon aufnehmen unter die Jungjäger, einen Sommer früher als üblich. Weil er mehr Mut zeigte als andere, weil er schneller und höher in die Bäume klettern konnte als die kleinen Jungen, weil er geschickter mit Bogen und Lanze umging als die meisten Flaumbärte. Doch zuvor wollten sie ihn kämpfen sehen. Und siegen. Aus vier Bäumen beobachteten sie ihn. Das Parderfell stand seinem Lehrer zu, also Gundloch, dem Waldfürsten.

Lasnics Auge zuckte, Übelkeit wühlte in seinem Gedärm. Er sah dem Flussparder in die Augen, zielte erst zwischen sie, atmete tief durch, zielte zwei Fingerbreiten höher. Nichts zuckte mehr, nichts rumorte mehr, ganz ruhig wurde er nun.

Am Fluss raschelte Laub und splitterten Äste, weil die Elche flohen. Die Katze brüllte, dass es ihm in alle Knochen fuhr. Dann sprang sie, schoss durch die Luft und landete keine sieben Schritte vor Lasnic im Unterholz. Ihr scharfer, leicht fleischiger Geruch traf ihn wie ein Fausthieb.

Von der feuchten schwarzen Schnauze bis zum Steiß maß der Parder gut und gern anderthalb Lanzenlängen, und als er sich aufrichtete, sah Lasnic, dass die Schultern des Tieres ihm bis zu den Hüften reichten. Die Vorderpranken waren breiter als seine Hand, wenn er sie spreizte; zwischen den Krallen konnte er die Schwimmhäute erkennen.

Das Bild seines Vaters schoss Lasnic durchs Hirn – hatte nicht auch Vogler so dicht vor einem Parder gestanden? Irgendwo in seinem Gesicht zuckte es schon wieder. Lasnic kümmerte sich nicht darum, riss lieber die Bogensehne zurück, bis die Federn im Pfeilschaft seinen Unterkiefer berührten und das Flachholz in seiner Faust sich bis zum Anschlag bog. Der Flussparder fauchte, duckte sich zum nächsten Sprung, zum letzten.

Der erste Pfeil musste treffen. MUSSTE, und möglichst genau in die Stirn. Sonst würde es ihm wie seinem Vater ergehen. Leder, Eulengefieder und Spinnenseide schützten zwar seinen Oberkörper, doch durch das Hosenleder drang so eine Katzenkralle wie durch Schlamm. Und durch die Haut von Hals und Gesicht sowieso. Und diese spitzen Reißzähne erst!

Der erste Pfeil muss treffen.

Auf einmal schloss der Flussparder den Rachen.

»Schieß den Pfeil ab«, murmelte Lasnic, »schieß schon.« Die Raubkatze hob den Schädel und beäugte ihn, als hätte sie etwas in seinem Gesicht entdeckt, das ihre Aufmerksamkeit erregte. Statt näher zu pirschen, statt abzuspringen, richtete sie sich ein wenig auf und knurrte. Und täuschte Lasnic sich oder entspannten sich Rücken und Schultern der Bestie? Beim Schartan – so stand kein Flussparder herum, der im Begriff war, seine Beute zu packen!

Umso besser, umso genauer konnte er zielen! Und jetzt die Sehne loslassen, jetzt ins Ziel mit dem Pfeil! In die ockergelbe Stirn damit! Los!

Lasnic schoss nicht, Lasnic nahm sogar Spannung von der Bogensehne. Beim höchsten aller Waldgeister – was für Augen dieses Tier hatte! Schön wie die Sonne am Morgen! Und diese langen Läufe, dieser herrliche Schwanz, dieses samtene Ockerfell! Er senkte den Bogen ein wenig, und statt auf die Stirn zu zielen, betrachtete er das Geflecht der Muskelstränge unter dem Rücken- und Flankenfell des Flussparders. Was für ein herrliches Tier!

Der Ring drückte ihn in die Bauchhaut. Sein Magen war ein schwerer Stein. In seinem Gesicht zuckte es, kalter Schweiß tropfte ihm von der Stirn, rann ihm in den Jackenkragen, und sein Herz hämmerte wie verrückt. Doch er konnte den Pfeil nicht abschießen. Er konnte es einfach nicht tun.

Die Bestie zog noch einmal die Lefzen nach hinten, bleckte die Zähne ein wenig und raunzte. Es war, als wollte sie ihm etwas mitteilen. Und hatte sie nicht ein richtiges Gesicht? Konnte er nicht in ihren Zügen lesen, was sie ihm sagen wollte, was sie empfand?

Lasnic entspannte die Bogensehne endgültig und ließ den Jagdbogen sinken. Das Raubtier beäugte ihn erst und warf dann den Kopf in den Nacken. Als hätte es eine Entscheidung getroffen.

Lasnic ließ die Lanze, wo sie war, in der Rückenschlaufe. Was, bei allen Geistern des Waldes, machte ihn so sicher, dass dieses gefräßige Biest ihn nicht anspringen würde? Er hätte es nicht sagen können, er wusste einfach, dass der Parder es nicht tun würde.

»Lauf!«, zischte er. »Da hocken noch andere Jagdkerle in den Bäumen ringsum. Hau schon ab!«

Der Flussparder warf sich herum, huschte dem dichteren Gehölz entgegen. Die Luft sirrte plötzlich, Pfeile schlugen im Unterholz ein. Einer zitterte in der Hinterflanke der Raubkatze. Die brüllte auf, duckte sich unter dem umgestürzten Baumstamm weg, brach dabei den Pfeil ab und sprang auf der anderen Seite des Stammes zwischen die Büsche. Noch einmal sah Lasnic ihre schwarze Schwanzspitze, noch einmal den Haarbusch ihrer Ohrspitzen, dann hörte er, wie sie in den Fluss sprang, und dann nichts mehr.

In den Bäumen links und rechts raschelte und knackte es. Jemand fluchte, jemand zog den Rotz hoch, jemand spuckte aus. Dann sprangen sie aus der Krone: Gundloch, Tajosch, Birk, Uschom und ein knappes Dutzend Jagdkerle aus allen Strömenholzer Siedlungen. »Verfluchte Marderscheiße!«, brüllte Uschom.

Lasnics Knie fühlten sich an wie mit heißem Fischöl gefüllt. Er zitterte am ganzen Körper. Am liebsten hätte er gekotzt, schluckte aber wieder hinunter, was ihm so gallig aufstieg. Sich ja keine Blöße geben! Angst war jetzt das Letzte, was er zeigen durfte. Kopfschüttelnd und schimpfend stapften die Männer zu ihm. Lasnic konnte ihre Wut riechen.

»Hat denn der Schartan dir ins Hirn geschissen?« Gundloch schlug ihm ins Gesicht. »Du hätt'st jetzt tot sein können, Kerl!« Noch einmal schlug er zu, und heißer als auf den Wangen, brannten seine Schläge in Lasnics Herz.

»Warum hast du nicht geschossen, Schwachkopf!« Uschom packte Lasnic bei der Federjacke; er war außer sich, wie alle. »So ein Vieh hat deinem Vater fast das Gesicht weggefetzt!« Uschom schüttelte ihn. »Warum hast du den verdammten Flussparder nicht getötet? Sag's mir, Bursche!«

»Ich konnte es einfach nicht.« Lasnic schob die Hände seines Eichgrafen von sich. »Er war doch so schön.«

*

Sieben Tage später, am frühen Vormittag, traf er Arga in ihrem gemeinsamen Versteck im Uferschilf des Bärensees. Lasnic hörte es rascheln, als ihr Kanu ins Schilf eindrang. Heiß schoss ihm die Erregung ins Blut, als er das Wasser unter ihren Schritten gurgeln hörte. Kaum tauchte sie zwischen den Halmen auf, riss er sie an sich und küsste sie. Wie immer. Und wie immer zog er sie auf das Fell, das er wie immer schon ausgebreitet hatte.

Doch anders als sonst, wehrte Arga sich, schob ihn weg, richtete sich auf den Knien auf, blitzte ihn an. »Wo hast du gesteckt, Lasnic?« Eine Zornesfalte stand zwischen ihren dunklen Brauen. »Vor vier Tagen wollten wir uns sehen! Hier. Ich habe auf dich gewartet, jeden Tag.« Er senkte den Blick. Arga packte sein Kinn und riss es hoch. »Ich hab mir solche Sorgen gemacht! Warum bist du nicht gekommen?«

»War weg.«

»Wo?« Sie schüttelte ihn.

»Am Wasserfall.« Warum nur mussten alle ihn immer schütteln?

»Am Wasserfall?« Sie ließ ihn los und staunte ihn an. »So nahe? So nahe bei mir?« Ein wilder Mammuteber hatte Argas Vater zerrissen. Im Sommer danach hatte ihre Mutter einen Jagdkerl aus Bärstein zum Liebesgefährten genommen. Dort lebte sie jetzt mit Arga und ihren Geschwistern. »Was hast du gemacht am Wasserfall?«

»Rumgeschrien. Am Wasserfall kann's keiner hören.«

»Rumgeschrien?« Sie nahm sein Gesicht zwischen ihre warmen Hände. »Aber warum denn?«

»Weil Gundloch mich geschlagen hat. Und weil sie mich nun doch erst nach meinem nächsten Namensfest unter die Jungjäger aufnehmen wollen. Wegen des Flussparders.«

»Wegen eines Parders …?« Aschfahl wurde Arga und stieß ihre Stirn gegen seine. »Bei der Güte des Großen Wolkengottes – was hast du schon wieder angestellt? Ich beschwöre dich, Lasnic, erzähl endlich!«

Und Lasnic erzählte. Erst stockend und in Satzfetzen, doch bald packte ihn die Leidenschaft, und die Worte stürzten nur so aus ihm heraus.

»Da stand er und hat geraunzt und mich angeglotzt«, schloss er. »›Versuch das nie wieder, du vorwitzige Nackthaut‹, wollt er mir sagen, ›geh mir bloß aus dem Weg in Zukunft‹! Er war sauer, weil ich ihm die Jagd vermasselt hab, hat doch solchen Appetit auf ein Elchkalb gehabt, und ich verscheuch ihm das Fleisch. Wär auch sauer gewesen an seiner Stelle.« Er zuckte mit den Schultern. »Dann hab ich ihn weggeschickt, weil doch die anderen in den Baumkronen lauerten.«

»Du hast den Pfeil nicht abgeschossen?« Arga beäugte ihn, als hätte sie seinen Namen vergessen. »Du hast den Raubpelz gar nicht getötet?«

»Du hättest seine Augen sehen sollen, Arga. Glühten wie flüssiges Erz! Und dann sein herrlicher Körper! So stark, so lebendig! Ich hab's einfach nicht hingekriegt. Er war so schön, weißt du? So wunderschön.«

Arga öffnete den Mund, als wollte sie rufen. Sie rief aber nichts, seufzte nur und sank auf ihre Fersen. Dann schüttelte sie den Kopf und seufzte noch einmal. Und dann schloss sie Lasnic in die Arme und sagte: »Ich hab dich so lieb.«

Und jetzt endlich ließ sie sich seine Küsse gefallen. Wild und hungrig waren die und fachten ihren eigenen Hunger an. Er durfte ihr die Weste aufschnüren, und sie zog ihm die Jacke aus. Argas Haut duftete nach Hirschmilch und Honig. Er durfte ihre sprießenden Brüstchen küssen, und sie küsste seinen noch haarlosen Bauch. Er durfte ihr das Kleid aufschnüren, ihren Hüftschurz öffnen und ihr flaumiges Dreieck streicheln und die Stelle zwischen ihren Schoßlippen, von der aus es ihr jedes Mal heiß durch den ganzen Leib strömte, wenn Lasnic sie dort berührte. Er half ihr, die Bänder seiner Hose zu lösen, damit sie ihn dort festhalten und drücken konnte, wo es ihm hart und heiß gegen das Hosenleder scheuerte, seit er ihre Schritte im Schilf gehört hatte.

Vor wenigen Wochen erst, als die Kastanien gerade blühten, hatten sie entdeckt, dass man es so machen konnte; und dass es sehr guttat, es so zu machen. Beide begannen ja erst zu ahnen, was alles möglich war mit ihren Körpern und wie viel Lust darin fieberte.

Später fütterte Lasnic seine Freundin mit den Fischen, die von seinem Frühstück noch übrig waren. Und noch später führte er sie an der Hand in den Wald am Westufer des Bärensees.

»Was hast du vor?«, wollte Arga wissen. Sie musterte ihn misstrauisch, wusste doch, dass er immer für eine Überraschung gut war.

»Ich muss auf diesen Baum dort klettern.« Lasnic deutete auf ein paar Kiefern, die zwei Lanzenwürfe entfernt aus den Felssäulen ragten, darunter ein uralter Baum. »Und du schwörst mir, dass du niemals jemandem davon erzählst.«

»Auf diesen hohen Baum?« Arga erschrak. »Bloß nicht! Der Stamm hat ja kaum Äste unterhalb der Krone!«

»Frag nicht, ich muss. Und du steigst hier hinauf.« Er schob sie zum Hang einer felsigen Anhöhe. »Von dort oben kannst du die Umgebung der Kiefer überblicken. Wenn du jemanden siehst, pfeifst du wie ein Schwarzvogel. Aber erst schwöre.«

»Jetzt schnappst du wieder über, oder?« Arga tippte sich an die Schläfe. Sie schwor aber dennoch, für alle Zeiten über Lasnics angekündigte Kletterpartie zu schweigen. In ihrer Miene las er, dass sie noch nicht recht an seinen Plan glauben mochte. Dabei wusste sie, dass er auf Bäume stieg, auf die sich sonst keiner traute.

Er wartete, bis Arga sich oben auf dem Felsen aufrichtete, und machte sich dann auf den Weg zur alten Kiefer. Irgendwo krächzte ein Kolkrabe. Schrat. Dieses knarzige, gurgelnde immer irgendwie mürrisch klingende Rufen brachte nur Voglers alter Kolk zustande.

Lasnic kletterte nicht zum ersten Mal auf diese Kiefer, natürlich nicht. Doch er hatte großen Respekt vor ihr, und jedes Mal, wenn er vor ihr stand und zur Krone hinaufblickte, fühlte er sich, als würde er einem hungrigen Sumpfbären auf einem völlig unbekannten Pfad hinterherschleichen wollen.

Vogler hatte ihm beigebracht, astlose Stämme zu ersteigen, als Lasnic noch ein Grünspross gewesen war. Er umrundete den Baum zweimal, um seine Erinnerung aufzufrischen und wieder die günstigste Route für seinen Aufstieg zu finden. Drei Kerle hätte es gebraucht, um den alten Riesen zu umarmen, und seine duftende und großschuppige Rinde war von Schrunden und Rissen übersät, in die man an manchen Stellen die Handkante bis zum Mittelfingerknöchel versenken konnte.

Lasnic zog Fellstiefel und Federjacke aus und versteckte sie im Gestrüpp, sodass man sie auch aus zwei Schritten Entfernung nicht sehen konnte. Den Ring pulte er aus dem Hosenbund und legte ihn sich unter die Zunge. Danach streckte er die Arme aus, suchte nach Halt in der Rinde, nach dem Einstieg, den er ausgeguckt hatte. Er fand ihn, kletterte los.

Mit Fingern und Zehen ertastete er sich seinen Weg zur Krone hinauf. Der Stamm roch nach Kienholz und Kormorangefieder. Lasnic nutzte jede Rindenschrunde, jeden Riss, jedes Astloch, jede Spechthöhle, den kleinsten Stumpf eines abgebrochenen Astes. Mit Schenkeln und Knien klammerte er sich fest, wenn er die Rechte auf die Suche nach dem nächsten Halt schickte. Er verschmolz mit Rinde und Stamm, so wie er zuvor unter Argas Küssen mit ihrem Körper verschmolzen war. Nichts anderes hatte mehr Platz in seinem Schädel – nur der Baum, nur die Rinde, nur ihre Kerben, Risse, Vorsprünge und Höhlen. Vogler wäre stolz auf ihn gewesen.

Dauerte es tausend Atemzüge, bis er den ersten stärkeren Ast der Kiefernkrone zu greifen bekam? Oder nur ein paar Dutzend? Lasnic wusste es nicht, hatte jedes Zeitgefühl ausgeblendet. Das bisschen Kraft, das nach dem Aufstieg noch in seinen Knochen steckte, reichte gerade so, um sich auf den Ast zu ziehen. Die

Muskeln seiner Arme und Beine zitterten, seine Gelenke schmerzten, sein Atem flog.

Er griff nach dem nächsten Ast, hielt sich fest, lehnte sich gegen den Stamm, verschnaufte. Seine Finger und Zehen fühlten sich taub an, seine Knie wund. Der Ring unter seiner Zunge füllte seinen Mund mit metallenem Geschmack.

Er spähte zum Fels hinüber, auf dem tief unter ihm Arga stand. Sie drückte die Hände gegen die Wangen, blickte zu ihm herauf. Er lächelte. Tiefe Befriedigung erfüllte ihn und betäubte seine Schmerzen. War er nicht doch unsterblich? Er atmete tief, schob den Ring auf seine Zunge, wartete, bis sein Herzschlag sich nach und nach beruhigte.

Ganz sicher war sich Lasnic nicht, dass jemand hinter dem Ring her war. Vielleicht wollte er sich auch nicht sicher sein; vielleicht wagte er es nur nicht, ein für alle Mal die richtigen Schlüsse zu ziehen aus dem Durcheinander in seinem Baumhaus.

Zweimal bereits hatte alles kreuz und quer auf dem Boden gelegen, was er besaß: Felle, Waffen, Werkzeug, Kleider, Hausrat. Vielleicht ein Tier, hatte er sich beim ersten Mal gesagt, vielleicht einer der großen Rotaffen, die in harten Wintern manchmal aus den Sümpfen in die Siedlung schlichen und in die Baumhütten einbrachen. Der Winter war aber gar nicht hart gewesen, nicht einmal geschneit hatte es.

Dann war es eben ein Flughund, hatte er sich gesagt. Oder ein Marder? Oder ein diebischer Vogel? Kolks und Elstern suchten ja manchmal nach Leckerbissen und angeblich sogar nach glänzendem Zeug. Mit eigenen Augen allerdings hatte Lasnic das noch nie beobachtet.

Wie auch immer: All das hätte Lasnic gern geglaubt, doch als er vor ein paar Tagen von einer langen Jagdübung zurückgekehrt war und erneut ein großes Durcheinander in seinem Baumhaus sehen musste, fiel es ihm schon schwerer, an ein harmloses Tier zu glauben. Der Topf mit dem Bucheckermehl war umgekippt, und der Abdruck im Mehl sah verdächtig nach einem menschlichen Fußballen aus.

Ein Blick hinunter zu Arga: Sie stand reglos und spähte in den Wald hinein. Alles ruhig dort unten also. Lasnic zog sich hoch, kletterte auf den nächsten Ast und dann auf die andere Seite der Krone. Dort wusste er eine tiefe Kuhle im wulstigen Stamm.

Die lästige Frage schoss ihm wieder durchs Hirn, die Frage, die er seit dem ersten Einbruch in sein Baumhaus am liebsten ganz schnell wieder vergessen hätte: Wer könnte es abgesehen haben auf den Ring?

Der Kreis der Verdächtigen war klein – eigentlich kam nur einer der Jagdkerle in Betracht, die damals, vor sieben Sommern, seinen toten Vater aus dem Bärensee gefischt hatten. Nur einer von denen konnte doch gesehen haben, wie er, Lasnic, den Ring aus der Mundhöhle der Leiche gefischt hatte.

Tajosch etwa, der Eichgraf von Stommbösch? Schon möglich. Gundloch jedenfalls, den Waldfürsten von Strömenholz, schloss Lasnic von vornherein aus. Übel, dass er ihn geschlagen hatte, ganz übel, jawohl! Aber einen Ring klauen, der Vogler gehört hatte und folglich dessen einzigem Sohn zustand? Niemals!

Dem Eichgrafen seiner eigenen Siedlung traute Lasnic so etwas schon eher zu. Wer wusste schon, was hinter Uschoms zerfurchter Stirn vor sich ging? Andererseits achtete Uschom peinlich genau darauf, nichts zu tun, was gegen die Regeln der Waldmänner verstieß. Deswegen hatten sie ihn ja zum Eichgrafen gemacht.

Oder einer aus dem Gau Blutbuch? Der umtriebige Birk vielleicht, der so ehrgeizige Eichgraf von Tannenbusch, der größten Blutbucher Siedlung am Südufer des Stomms. Ja, gut möglich; der weißhaarige Birk war Lasnic noch nie ganz geheuer gewesen.

Auf der anderen Seite des Kiefernstammes angekommen, klemmte er sich zwischen Ast und Stamm, rutschte ein Stück in die Hocke und tastete nach der Mulde im Stamm. Das wulstige Holz wölbte sich ein Stück über ihren Eingang und schützte sie so zumindest grob vor Regen. Das hielt wohl auch irgendein Waldvogel für gut, denn Lasnic zog erst einmal ein Nest aus der Mulde. Drei blaue Eier lagen darin, der brütende Vogel schien vor ihm geflohen zu sein. Behutsam setzte Lasnic das Nest in einer Astgabel ab.

Mit dem zweiten Griff in die Mulde zog er eine kleine Schatulle aus Birkenholz ans Tageslicht. Vorsichtig öffnete er Verschluss und Deckel: Ein paar Milchzähne lagen darin, eine Haarsträhne von Arga, ein Zopf seiner Mutter, ihre kupfernen Ohrringe, eine Gürtelschnalle seines Vaters und zusammengefaltet ein Plan vom Mündungsdelta des Stomms, den Vogler ihm einmal gezeichnet hatte.

Lasnic nahm den Ring aus dem Mund und trocknete ihn am Leder seines Hosenbeins. Jetzt bloß das gute Stück nicht fallen lassen! Bloß nicht noch einmal hier heraufsteigen müssen! Allein beim Gedanken an den unausweichlichen Abstieg brach ihm ja schon der Schweiß aus.

Er hob den Ring ins Licht der Mittagssonne. Bei allen guten Geistern des Waldes – wie der Stein aufleuchtete! Wie er sein blaues Licht verströmte! Konnte es denn wahr sein, dass blaues Feuer in einem Edelstein leuchtete?

Lasnic wollte es lieber nicht so genau wissen; der Ring war ihm irgendwie unheimlich. Er legte ihn zu seinen anderen Schätzen in die Schatulle, verschloss den Deckel und schob das gute Stück wieder in die Mulde des Kiefernstammes. Behutsam langte er nach dem Vogelnest und bettete es über der kleinen Birkenkiste.

Jetzt war ihm wohler in seiner Haut. Warum? Er wusste es selbst nicht. Es roch nach Kolk.

Helles Gezwitscher erhob sich irgendwo unter ihm im Wald. Lasnic lauschte – ein Schwarzvogel! Er richtete sich auf seinem Ast auf und spähte am Stamm vorbei zu den äußeren Felsen. Arga. Wieder ahmte sie das Lied des Schwarzvogels nach; und winkte dabei. Jemand hielt sich in der Nähe auf, jemand näherte sich sogar den Felsen.

Lasnic winkte zurück und bedeutete Arga mit ein paar Gesten, sich zu verstecken. Als ihre Gestalt zwischen den Felsbrocken verschwunden war, kletterte er tiefer in die Kiefernkrone hinein und kauerte sich in einer Astgabel dicht an den Stamm.

Stimmen näherten sich, Männerstimmen. Lasnic lugte zu den Felsen und Bäumen hinunter. Da kamen sie, sieben Männer in braunem und schwarzem Lederzeug. Lasnic erkannte vier Jagdkerle aus Strömenholzer Siedlungen. Auch drei aus Blutbuch drüben waren darunter. Sogar der kleine Eichgraf von Tannenbusch; Birk konnte man gar nicht übersehen mit seiner seltsam weißen Mähne.

Sie palaverten, deuteten nach rechts und links. Was hatten sie hier verloren? Mit Jagd hatte das jedenfalls nichts zu tun, bei dem Lärm, den die Jäger veranstalteten.

Lasnic erinnerte sich, dass Birk den Waldfürsten sämtlicher Gaue seit Längerem in den Ohren lag, endlich Patrouillen einzurichten, die von Sonnenaufgang bis Sonnenuntergang die Wälder südlich und nördlich des Mündungsdeltas auf festgelegten Wegen durchstreiften. Und das Tag für Tag. Aus irgendeinem Grund fürchtete der Weißhaarige, die kleinen braunhäutigen Eindringlinge – die »Bräunlinge«, wie seit Voglers Tod jeder sie nannte – könnten eines Tages zurückkehren, und dann mit einer großen Kriegsschar. Sogar Wachhütten wollte Birk bauen lassen, in ausgesuchten Bäumen an der Küste und am Strom selbst.

Lasnic beobachtete die vorüberziehende Rotte. Wahrscheinlich schritten sie einen der künftigen Patrouillenwege ab. Schwachsinn! Er selbst dachte ähnlich wie Gundloch: Noch nie hatten kriegerische Fremde es geschafft, den Waldvölkern ernsthaft zu schaden. Viel zu undurchdringlich waren ihre Siedlungsgebiete in den Wäldern und Sümpfen, und bisher hatten sie noch jeden feindlichen Eindringling in eine Falle gelockt und an Sumpfbären, Schlammwelse oder Flussparder verfüttert.

Bald konnte Lasnic nicht einmal mehr Birks weißblonden Schopf zwischen den Bäumen erkennen, und die Stimmen der Jagdkerle entfernten sich nach und nach. Er wartete noch ein Weilchen, und als Arga wieder auf der Anhöhe zwischen den Felsen auftauchte und Entwarnung winkte, machte er sich an den Abstieg.

Er stand auf dem letzten sicheren Ast, als er hoch über sich plötzlich den großen Kolk mit dem weißen Fleck im Brustgefieder entdeckte. Schrat. Er hockte im Wipfel der Kiefer und gab keinen Ton von sich. Lasnic erschrak. Nicht vor dem Kolk, sondern weil er ihn nicht heranfliegen und landen gehört hatte. Hockte Schrat etwa schon die ganze Zeit dort oben? Hatte er etwa beobachtet, wie er seinen Ring versteckt hatte? Und wie er seine Schatztruhe in der Stammmulde versenkte?

11

Wind kam auf, es war elend kalt. Fern im Norden ragten die schneebedeckten Spitzen der Bergketten in eine graue Wolkendecke, doch der Himmel über den Gipfeln rund um das Garonitmassiv strahlte noch in hellem Blau. Die Nachmittagssonne bedeckte die Südwestflanken der Berge mit einem dicht geknüpften Netz aus Lichtpünktchen, die an manchen Stellen so grell aufleuchteten, dass Ayrin geblendet die Lider zusammenkneifen musste. Sie stand zwischen ihren Freundinnen, der schönen Loryane und der burschikosen Petrona, die einmal ihrer Mutter als Herzogin von Schluchternburg nachfolgen sollte.

»Dort seht ihr den südlichsten Gipfel von Garona.« Hildrun deutete nach Süden. »Den Violant. Und die Berge westlich davon sind die Blutberge, wie einige von euch wohl schon vermutet haben.« Die Burgmeisterin stand auf der obersten Stufe eines gut acht Fuß hohen Felspodestes, damit alle sie sehen und hören konnten. Ihr sonst so bleiches Gesicht war rot von der Kälte, und die Schöße ihres schwarzen Ledermantels und ihr alter Wollschal flatterten im eisigen Wind. »Hinter den Blutbergen mäandert der Gletscherfluss in acht Armen durch die Hochebene des Vorgebirges, bevor er dann über die Silberfelsen hinunter in das Hügelland von Trochau stürzt. Einen Tagesmarsch weiter mündet der Glacis schließlich in den Troch, wie ihr wisst.«

Obwohl sie den Bergesel unten im Lager zurücklassen musste und trotz ihrer schmerzenden Knie, hatte Hildrun darauf bestanden, mit knapp der Hälfte der Bergwanderer bis herauf zum Hohen Grat zu steigen. Denn auch sich selbst gegenüber pflegte sie unerbittlich streng zu sein. Dafür bewunderte Ayrin sie.

Sie blickte in die Runde. Vor allem junge Garonesen waren es, die mit ihr Gletscher und Wand durchquert hatten und nun zur Burgmeisterin hinaufblickten. Nicht wenige standen an diesem

Nachmittag zum ersten Mal hier oben auf dem Hohen Grat. Auch Loryane und Petrona, die, wie Ayrin, morgen ihre Mutterweihe feiern würden. Vor den Ritter- und Mutterweihfesten war es üblich, mit den Jungfrauen und Jungburschen zum Hohen Grat hinaufzusteigen, von wo aus man fast das gesamte Reich überblickte.

»Zwischen dem Violant und den Blutbergen kann man bei klarer Sicht manchmal den Ozean sehen«, erklärte die Burgmeisterin.

Ayrin schirmte die Augen gegen die Sonne ab und spähte nach Süden – zwischen dem kegelförmigen Gipfel des Violants und den Blutbergen erkannte sie nichts als flirrende Luft. Von rechts beugte sich jemand an ihr Ohr und flüsterte: »Man sieht den Ozean nur, wenn man es sich ganz fest eingebildet.« Sie blickte auf – und in das grinsende Gesicht des blonden Starians. »Sagt Romboc.« Starian zuckte mit den Schultern. »Und der war schon oft hier oben.«

Ayrin roch den Duft seines Haares und sah seine schmalen Lippen und den blonden Bartflaum um sein kantiges Kinn so dicht vor ihrem Mund, dass ihr kurz der Atem stockte. Zum ersten Mal nahm sie wahr, in welch hellem Blau Starians Augen leuchteten. Ihn auf einmal so nahe neben sich zu sehen und zu spüren, ließ ihr Herz höher schlagen. Das ärgerte sie. Starian zwinkerte ihr zu, und das ärgerte sie erst recht.

»Im Westhang des Violants liegt Violadum!« Hildrun bedachte Starian mit einem grimmigen Blick. »Die südlichste Stadt von Garona ist zugleich die größte des Reiches!« Als wollte sie Aufmerksamkeit fordern, erhob die Burgmeisterin ihre Stimme und ließ Starian und Ayrin nicht mehr aus den Augen. »Niemand kann die beiden Pässe ins Reich hinein überqueren, ohne von Violadums Festungstürmen aus gesehen zu werden.«

Mauritz lehnte mit verschränkten Armen gegen den Fels unterhalb von Hildruns natürlichem Podest. Er schien zu frieren, jedenfalls hatte er sich die Kapuze weit über die Ohren gezogen und den schwarzen Filzmantel eng um seinen dürren, in gelbes Leder gehüllten Körper gerafft. Der aufmerksame Blick seiner glitzernden Augen wanderte unablässig über die Schar der jungen Garonesen. Er war es, der Lauka verboten hatte, den Gletscher und die Steilwand zu durchqueren. Ayrin fühlte sich von ihm beobachtet und rückte einen halben Schritt von Starian ab.

»Unsere Städte wird euch nun Joscun erklären. Schließlich studiert er sie ja bereits seit vier Wintern, nicht wahr, Joscun?« Mit herrischer Geste winkte Hildrun einen mittelgroßen, drahtigen Mann von etwa 25 Wintern heran. Der löste sich aus der Gruppe der Zuhörer, nickte und stieg zu ihr auf das Felspodest.

»Ihr müsst euch Violadum als Tor ins Reich vorstellen«, begann er mit kräftiger und tiefer Stimme. »Weil sie genau das ist, haben unsere Vorfahren die Stadt besonders stark befestigt. Sie besteht aus einer zentralen Festung und fünf Außenburgen.« Aus wachen Augen schaute der schnurrbärtige und ganz in Hellblau gekleidete Mann auf Ayrin und die Bergwanderer herab; er trat auf wie einer, der es gewohnt war, vor vielen Menschen zu sprechen. »Die Stadtanlagen ziehen sich praktisch über den gesamten Südhang des Violants und sind durch eine starke Wehrmauer und ein unterirdisches Höhlensystem miteinander verbunden. Seit vier Wintern lässt Sigrun, die Herzogin von Violadum, eine sechste Außenburg bauen. Die liegt am Westhang des Berges und wird die neue Straße nach Seebergen und Rothern sichern.«

So jung Ayrin auch noch sein mochte, als Königin kannte sie alle wichtigen Frauen und Männer von Garona. Und alle, die einmal wichtig für das Reich werden konnten. Zu denen gehörte ohne Zweifel Joscun aus Blauen. Der Kahlkopf – hier oben bedeckte eine braune Pelzkappe seine Glatze – war ein Schwertloser, was man schon an seiner hellblauen Kleidung erkannte. Schwertlose Frauen und Männer in Garona widmeten sich in erster Linie der Baukunst und den Wissenschaften statt des Schwertkampfes und der Kriegskunst. Diese hoch geachteten Garonesen bevorzugten Grün und Hellblau als Kleiderfarben. Joscun war ein Schüler und Gehilfe der Erzbaumeisterin, und zwar ihr bester, wie diese immer wieder versicherte. Seine Mutter Tanjassin, eine Tochter Rombocs, regierte seine Heimatstadt Blauen als Herzogin.

»Machen wir im Westen weiter«, sagte Joscun und deutete zu einem Gipfel westlich der Blutberge. »Dort seht ihr den flachen Sattelberg. An seinem Fuß, am Ufer des Glacissees, liegt Seebergen, die Stadt der Fischer, Glasmacher und Ziegenzüchter.«

Er schilderte die 48 Winter währende Baugeschichte des Dammes, mit dem die Garonesen vor erst sieben Generationen den Glacis zwischen dem Sattelberg und dem Rothonit zu einem tiefen und ausgedehnten See aufgestaut hatten. Aus diesem großen Gewässer versorgten die Seeberger Fischer ganz Garona mit Fisch und dem Fleisch von Wasservögeln. »Gegenüber von Seebergen, auf der anderen Seite des Stausees, könnt ihr den Rauch aus den Schloten einer Großschmiede erkennen und vielleicht auch den Hauptturm der Zitadelle von Rothern.«

Ayrin erkannte Turm und Rauchsäule sofort, trotzdem meinte Starian, dicht neben ihr den Arm ausstrecken und ihr beides zeigen zu müssen. Mit kühlem Blick gab sie ihm zu verstehen, dass er ihr auf die Nerven ging.

»Auf dem Landweg braucht man von Garonada aus länger als zwölf Stunden bis nach Rothern«, sagte Joscun, »auf dem Glacis weniger als fünf. Über der Stadt, in den Hängen des Rothonits, liegt eine unserer wichtigsten Erzminen.« Sein ausgestreckter Arm beschrieb einen Bogen Richtung Nordwesten. »Diese lang gezogene Bergkette dort, hinter dem Rothonit, nennen wir Löwenberge, wie ihr wisst, weil viele Berglöwen in ihnen hausen. Die wichtigsten Pässe der Löwenberge haben unsere Mütter und Väter schon vor mehr als fünfhundert Wintern durch drei starke Burgen gesichert. An die Löwenberge schließt sich die Große Brotebene an, das Hochplateau, auf dem der größte Teil unseres Weizens angebaut wird. Und der zerklüftete Gipfel, der sich in ihrem äußersten Nordwesten erhebt, ist der Blauphir.« Ein Leuchten ging auf einmal über Joscuns schmales Gesicht. »Auf seiner Nordseite liegt die nördlichste und die, wie jeder weiß, zugleich schönste Felsstadt von Garona.« Er machte eine Kunstpause, blickte stolz auf seine Zuhörer herab, breitete die Arme aus und rief dann: »Meine Heimat, das unvergleichliche Blauen!«

Loryane kicherte. »Du kennst Schluchternburg nicht!«, rief Petrona. Gelächter ging durch die Reihen der Jungfrauen und Jungburschen; auch einige Weihritter widersprachen scherzhaft. Mauritz schmunzelte vergnügt – er schätzte selbstbewusste Menschen –, stieß sich vom Fels ab und blickte zu dem Redner hinauf. Selbst Martai, die junge Dienerin der Burgmeisterin, lächelte scheu. Nur Hildrun selbst zeigte keine Spur von Heiterkeit; im Gegenteil: Ihre Miene wurde noch strenger.

Joscun kümmerte das alles nicht. Er pries die Schönheit seiner Heimatstadt Blauen wie ein Händler seine Waren, schilderte die kluge Architektur der Brunnen, Wehrmauern, Markthallen und vor allem der Burg seiner Mutter und schwärmte von den Terrassengärten der Stadt, in denen die Blauener Gärtner dem Boden sogar knapp unterhalb der Schneegrenze noch Früchte und Gemüse abtrotzten.

Ayrin wusste, dass Joscun nicht übertrieb – gemeinsam mit Loryane und Petrona hatte sie Blauen schon dreimal besucht und seine weitläufigen Terrassengärten mit eigenen Augen gesehen: Mächtige Spiegel in den Berghängen lenkten das Sonnenlicht auf die Mauern und steinernen Einfriedungen, in die Beete und Obsthaine gebettet waren; ein Netz von Bewässerungsgräben durchzog diese und versorgte ihre Böden mit warmem Wasser; und überall erhoben sich gläserne Gewächshäuser.

Sicher: Auch in Garonada, Weihschroff oder Seebergen bewirtschaftete man auf diese Weise Gärten und Felder, jedoch in viel bescheidenerem Ausmaß und ohne das Geschick und die Erträge der Blauener Gärtner zu erreichen.

»Neun bis zehn Stunden braucht ein geübter Läufer von Blauen hierher an den Garonit«, sagte Joscun. »Der Weg ist durch eine Außenburg gesichert.« Joscun machte eine halbe Drehung. »Und nun wenden wir uns dem Osten zu, und damit unserer geliebten Hauptstadt.« Als er den Gipfel des Garonits im Rücken hatte, deutete er auf ein kleines Felsplateau am Bergrücken des Südgipfels, weit unterhalb des Hohen Grates. »Dort unten, am Oberlauf des Glacis und gerade noch zu sehen, liegt Garonada.«

Ayrin erkannte nur die Männerkuppel des Mutterhauses und die Ostmauer der Königinnenburg mit ihren wuchtigen Türmen. Die große Felstreppe hinauf zum Mutterhaus und die Dächer, Erker und Türme einiger höher gelegener Häuser ahnte sie mehr, als dass sie die Gebäude wirklich sah.

Joscun schilderte die Bauweise von Mutterhaus und Burg und hielt sich dann lange mit der Baugeschichte der Kanäle auf, die Garonada – übrigens auch Seebergen und Rothern – durchzogen wie die Spangen eines Fächers. Offenbar bewunderte Joscun die Ingenieurskunst des Wasserbaus mehr als alles andere; in vielen Einzelheiten nämlich beschrieb er die Mechanik der vielen Zugbrücken und Stauwehre in der Hauptstadt, die dafür sorgten, dass der Glacis bis zum Wasserfall im Südgipfel schiffbar blieb.

Neben sich hörte Ayrin ihre Freundinnen flüstern und den blonden Starian seufzen. Als sie zu ihm aufsah, verdrehte er die Augen. Mauritz schien sich ebenfalls zu langweilen, denn er hatte angefangen, Joscuns Vortrag in Gesten und Grimassen zu übersetzen, warf sich etwa auf die Knie und richtete langsam Oberkörper und ausgestreckte Arme aus, als wäre er eine Zugbrücke, oder mimte das von qualvollen Mühen verzerrte Gesicht und die Bewegungen eines Mannes, der einen Lastkahn voller Erz in die Hauptstadt staken musste.

Weil er seine Späße dicht am Fels trieb, also außerhalb von Joscuns Blickfeld, bemerkte der es erst, als die Burgmeisterin auf die grinsenden Zuschauer aufmerksam wurde und sich über die Kante des Podestes beugte. Da ahmte Mauritz gerade einen Mann nach, der gegen den Schlaf kämpfte. Hildrun zischte empört, der Harlekin tat erschrocken, und Joscuns Miene schien zu gefrieren.

»Zwei Städte fehlen noch!«, rief sie. »So lange reißt ihr euch gefälligst zusammen!« Mit diesem Befehl wandte sie sich zwar an all die jungen Garonesen unter sich, doch Ayrin spürte deutlich, dass sie vor allem Mauritz meinte. »Und du fasst dich ein wenig kürzer!«, blaffte sie den Schüler der Baumeisterin an. Mauritz klatschte ihr Beifall und unterstrich seinen Applaus mit einer obszönen Geste, was einige junge Männer und Frauen zu einem lautstarken Heiterkeitsausbruch veranlasste. Petrona lachte am lautesten.

Joscuns hagere Gestalt aber straffte sich, und er deutete nach Südwesten auf einen Gipfel, den man in Garona das Dunkelhorn nannte. »An seiner Südwestseite, kaum fünf Wegstunden entfernt von Garonada, liegt Schluchternburg.« Mit wenigen knappen Worten und in leicht angesäuertem Tonfall berichtete er von dem Fluss und der zweitausend Fuß tiefen Schlucht, welche die eigentliche Stadt von der gleichnamigen, in den Fels gehauenen Burg der Herzogin trennten. Er hütete sich, die Hängebrücke allzu ausführlich zu schildern, die Stadt und Burg miteinander verband. Auch das von Menschenhand ausgebaute Höhlen- und Stollensystem, das von den Fundamenten und Kellern des Mutterhauses in Garonada bis zu den Kerkergewölben unter der Schluchternburg führte, handelte er in zwei Sätzen ab.

Ayrin bedauerte das, denn darüber hätte sie gern mehr erfahren. Sie nahm sich vor, Joscun in den Wochen nach der Thronbesteigung in die Königinnenburg einzuladen, um sich dieses gefährliche und sagenumwobene Labyrinth erklären und ein Stück hineinführen zu lassen.

Weihschroff, der siebten Felsstadt von Garona, widmete der künftige Baumeister noch weniger Worte als Schluchternburg. Sie sei zwölf Wegstunden von Garonada und sieben vom Tor zum Reich, von Violadum, entfernt und liege zwischen den beiden Gipfeln des höchsten Berges des Reiches, des Weiphirs. Mehr war von Joscun nicht zu erfahren.

In ihrer Kindheit hatte Ayrin in Weihschroff ein paarmal ihren Vater besucht. Er kommandierte dort die Burggarde. Seit fünf Wintern, seit er eine Strafexpedition gegen die Eiswilden in den hohen Norden geführt hatte, galt er als verschollen. Seitdem war Ayrin nicht mehr in Weihschroff gewesen. In den Bildern ihrer Erinnerung stand ihr eine dunkle Stadt mit engen Gassen vor Augen, eine Stadt voller lärmender Menschen, hoher, mehrstöckiger Häuser und tief in den Fels getriebener Gänge und Wohnkuppeln.

Mit schmalen Lippen und unter höflichem Beifall stieg Joscun vom Felspodest. Starian klatschte besonders laut und rief: »Gut gemacht!«, »Bravo!« und ähnliches Zeug. Auch andere bedankten sich eine Spur zu überschwänglich.

Joscun reagierte nicht, überhörte es einfach. Hoch erhobenen Hauptes stelzte er an Mauritz vorbei. Der spähte in den Himmel, als würde er die von Norden her aufziehenden Wolken zählen. Für einen Moment begegnete Ayrin Joscuns Blick. Stolz wirkte der Mann in Hellblau und ganz so, als fühle er sich den meisten Männern und Frauen hier vor dem Felspodest überlegen. Das gefiel Ayrin. Der Schwertlose deutete eine kurze Verneigung in ihre Richtung an und zwang sich zu einem Lächeln. Ayrin nickte ihm zu; auf einmal spürte sie, dass sie ihn mochte.

»Ein Unwetter!« Hildrun entdeckte jetzt ebenfalls die aufziehenden Wolken. »Der Nordwind treibt es zu uns!« Die Burgmeisterin fuhr herum und winkte aufgeregt. »Zurück zum Lager! Marsch, Marsch!«

*

Wie schwarzes Tuch hatte die Nacht sich auf Berghänge, Gletscher und Lager gelegt. Die Vollkommenheit der plötzlichen Finsternis überraschte Ayrin. Unten, in der Burg und in Garonada, brannten auch nachts immer irgendwo ein Kienholzspan, ein Lagerfeuer oder ein Talglicht. Der Wind rüttelte am Zelt, pfiff durch Felsspalten, heulte durch Schluchten. Sie lag schlaflos und fror. Und versuchte, die aufsteigende Angst zu unterdrücken.

Nur ein kurzer Schneeschauer war über das Lager niedergegangen. Zum Glück. Der Sturm hatte die dunklen Wolken über Gletscher und Zelte hinweg nach Süden gejagt, wo sie sich an den tiefer gelegenen Hängen des Garonits als Regen entleerten.

Neben Ayrin schnarchte Runja, und an Runjas linker Seite seufzte Lauka im Schlaf.

Ayrin verabscheute es, mit ihrer Schwester unter derselben Zeltplane zu schlafen. Sie hatte Hildrun gebeten, bei ihr und Martai übernachten zu dürfen. Doch die Burgmeisterin hatte abgelehnt. Ihr Zelt sei zu klein für drei Frauen. Dabei war es nicht kleiner als dieses hier. Und die dicke Priesterin neben Ayrin beanspruchte doppelt so viel Platz wie Hildrun.

Ayrin dachte zurück an die Stunde auf dem Hohen Grat. Die Gipfel des Reiches Garona zogen vor ihrem inneren Auge vorbei, die Städte und Burgen, und sie beschwor Joscuns Stimme herauf: *Ihr müsst euch Violadum als Tor ins Reich vorstellen; am Ufer des Glacissees liegt Seebergen, die Stadt der Fischer, Glasmacher und Ziegenzüchter; die schönste Felsstadt von Garona, meine Heimat, das unvergleichliche Blauen …*

Sie rief sich ins Bewusstsein, was sie gehört hatte über die Bergstädte des Reiches und dass sie Königin dieses Reiches und seiner Menschen war; und dass sie übermorgen zum ersten Mal zu den wichtigsten Frauen dieses Reiches vom Königinnenthron aus sprechen würde. Sie erschauerte – vor Stolz, vor Angst, vor Freude, vor fiebriger Unruhe.

Sie musste an Joscun denken, wie er neben Hildrun auf dem Felspodest gestanden und in alle Himmelrichtungen gedeutet hatte, und an seine glückliche Miene, als er auf seine geliebte Heimatstadt Blauen zu sprechen kam; sie erinnerte sich an seine kräftige Stimme und an die Bewunderung und Zuneigung, die sie ihm gegenüber empfand.

Sie dachte an Starian und wie heiß es ihr durch die Glieder geschossen war, als sie ihn plötzlich so dicht neben sich gespürt und den Duft seines Körpers gerochen hatte. Im Geist sah sie sein hübsches Gesicht vor sich, seine kräftigen Schultern und Arme, und etwas kribbelte in ihrem Bauch. Sie warf sich auf die Seite und verbot sich diese aufgeregten Empfindungen. Weg mit dem allzu schönen Bild des allzu selbstgefälligen Starians! Der Jungritter weckte eine Sehnsucht in ihr, die sie nicht kannte. Und die sie ärgerte.

Ayrin lauschte dem Heulen des Windes, Runjas Schnarchen und Laukas hastigen, manchmal seufzenden Atemzügen, und irgendwann fand sie sich in einem Traum wieder. Allein mit Lauka stieg sie auf einem schmalen Felspfad in den Garonit hinein. Ein Orkan tobte, Platzregen klatschte ihr ins Gesicht. Sie rutschte aus, stolperte und stürzte. Im nächsten Traumbild lag sie in einer Schlucht auf dem Rücken. Ausgeschlossen, Beine oder Arme zu rühren. Kein Finger gehorchte ihr mehr, kein Augenlid; nicht einmal schreien konnte sie. Hoch über ihr auf dem Felspfad stand ihre Halbschwester. Lauka stemmte einen Felsbrocken über den Kopf, der mehr als dreimal so groß war wie sie selbst, und schleuderte ihn auf sie herab. Der Fels zermalmte Ayrin zu Staub, sie spürte es nicht, wusste es aber. Und während sie starb, hörte sie Laukas triumphierende Stimme. Die riss sie schließlich aus Traum und Schlaf.

Ayrin fuhr hoch. Stockfinster war es, sie rang nach Luft, war schweißnass. Die Brust tat ihr weh. Neben der schnarchenden Runja plapperte Lauka im Schlaf.

Bei der Güte der Großen Mutter – warum musste sie mit diesem Gör im gleichen Zelt schlafen? Warum hatte das Schicksal ihr dieses Biest, das ihr die Mutter genommen hatte, überhaupt als Halbschwester in den Weg gestellt? Um sie zu quälen? Ayrin tat kein Auge mehr zu in dieser Nacht.

Im ersten Morgengrauen ließ Romboc das Lager abbrechen. Nur wenig Neuschnee war gefallen. Dennoch befahl der Erzritter, Schneesohlen zu verteilen. Jeder musste sich die in ovale Rahmen aus Weidenholz gespannten Netze aus Tiersehnen unter die Stiefel schnallen. Ayrin fühlte sich müde und krank. Das Traumbild zerrte an ihren Nerven – der Absturz, der sie zermalmende Felsbrocken, Laukas Triumphgeschrei.

Bis in den Nachmittag hinein wanderten sie durch Eis und Schnee, dann erst ließen sie die Schneegrenze hinter sich und konnten die Schneesohlen ausziehen. Es regnete. Sie setzten ihren Weg fort, über in Fels gehauene Stufen und steile Serpentinenpfade, durch den Hof der kleinen Wachburg am unteren Gletscherweg hindurch und vorbei am Austritt des Glacis, und immer weiter hinunter dem Wasserfall entgegen. Schon hörte Ayrin die stürzenden Wassermassen rauschen und brausen.

Der Abstieg über die regennassen Wege und Pfade gestaltete sich schwieriger und gefährlicher als der Aufstieg. In der Nacht hatte Starkregen Geröll und Moos aus den Felsen und Berghängen gerissen und auf den Weg gespült, und wer seine Schritte nicht aufmerksam setzte, lief Gefahr zu stolpern oder auszurutschen. Romboc mahnte ständig zur Vorsicht. Er und Mauritz trugen abwechselnd Lauka auf den Schultern. Ayrin knirschte innerlich mit den Zähnen.

Am frühen Abend führte ein Felspfad die Bergwanderer bis dicht an den in die Tiefe stürzenden Gletscherfluss. Sein Donnern und Tosen füllte Ayrins Kopf; sie hielt sich die Ohren zu.

Der Weg wurde etwas breiter und verlief über eine längere Strecke nicht mehr ganz so steil. Unter breiten Rinnen aus geteertem Eichenholz, die Wasser aus dem Glacis leiteten, an Sonnenspiegeln vorbeiführten und dann erwärmt in die ersten, hoch gelegenen Gartenterrassen sickern ließen, marschierte die Kolonne der Bergwanderer der Hauptstadt entgegen. Hier konnte man streckenweise wieder zu zweit nebeneinander auf dem Weg laufen. Romboc stemmte die zeternde Lauka von seiner Schulter und setzte sie ab.

Schimpfend drückte sie sich dicht an die Felswand. Ayrin, hinter ihr, beobachtete sie mit düsterer Miene. Links des Weges rauschte der Glacis aus inzwischen dreihundert Fuß Höhe vom Gletscher herab in die Tiefe. In siebenhundert Fuß Tiefe schlugen die Wassermassen donnernd auf Felsen auf oder stürzten brausend direkt in den Schluchtseekessel. Das urweltliche Dröhnen und Donnern verschlang jedes Geräusch, und Ayrin hörte ihre eigenen Schritte nicht mehr; nicht einmal das Blöken und Meckern der Tiere am Ende der Kolonne hörte sie noch. Vor ihr wich Lauka Geröll und einem großen Grasbüschel aus. Sie zog die Schultern hoch und äugte zum kaum zwei Schritte entfernten Abgrund und dann hinter sich, zu den herabstürzenden Wassermassen. Ayrin sah ihre ängstliche, weinerliche Miene. *Geschieht dir recht,* dachte sie und stieg über Steine und Dreck hinweg.

Der Wasserfall blieb zurück, der donnernde Lärm ebbte nach

und nach ab, bald konnte man wieder sein eigenes Wort verstehen. Der Weg führte auf eine scharfe Rechtsbiegung zu, wo er von der Schlucht weg zu den Steilufern eines Gebirgsbaches führte. Dort überspannte ein Aquädukt die Schlucht, auf dem Weg und Wasserleitungen verliefen.

Vor der Biegung und der Treppe zum Aquädukt hinauf verengte der Weg sich über ein kurzes Stück zu seinem Pfad. Lauka bettelte Romboc an, sie wieder auf die Schulter zu nehmen und musste einen großen Schritt über Geröll und Schlamm hinweg machen, weil der Pfad zu schmal und die Schlucht zu nah war, um auszuweichen. Romboc tat, als hörte er sie nicht.

Ayrin, vier Schritte hinter ihrer Schwester, fasste deren Beine ins Auge. Als sie das Hindernis erreichte, holte sie mit dem Fuß aus und trat mit aller Kraft nach einem der Steine im Schlamm. Der Felsbrocken schoss schräg auf Laukas Waden zu, prallte rechts neben Ayrins Schwester gegen die Felswand, sprang ab und traf Lauka am Knie. Die schrie auf, wollte in ihrem Schrecken nach links ausweichen, trat ins Leere und stürzte in die Schlucht.

Ayrin stand still und wie festgefroren. Den Mund weit offen, vergaß sie zu atmen. Sie starrte die leere Stelle an, wo eben noch ihre verhasste Halbschwester gestanden hatte.

Romboc fuhr herum, warf sich am Rand des Abgrunds auf den Bauch, spähte in die Tiefe. Mauritz stieß Ayrin von hinten zur Seite, sprang zu dem Erzritter, ging neben ihm in die Knie. Hildrun jammerte, Runja brüllte wie eine Verstörte, Männer und Frauen lagen plötzlich auf Bäuchen und Knien, robbten oder krochen zur Schlucht und äugten über ihren Rand.

Auch Ayrin ging in die Hocke, ließ sich auf Hände und Knie sinken und krabbelte auf allen vieren zum Abgrund. Hatte etwa jemand gesehen, wie sie den Stein nach ihrer Schwester trat? Vorsichtig reckte sie den Hals, lugte über die Felskante in die Schlucht. Etwa 400 Fuß unter ihr tobte, stürzte und schäumte der Glacis durch die schmale Felsschneise sein immer noch steiles Bett hinab, der Königinnenburg und der Hauptstadt entgegen. Den abgestürzten Körper ihrer Halbschwester konnte sie nirgends entdecken. Wie auch? Die gewaltige Kraft des abwärts rauschenden Wassers hatte ihn längst mitgerissen.

Nun war es also geschehen.

Nein, sie empfand kein Entsetzen, keine Reue. Im Gegenteil: Erleichterung machte sich in ihrer Brust breit, sogar klammheimliche Freude. Endlich. Endlich war es vorbei. Endlich hatte sie den Tod ihrer Mutter gerächt. Ganz leicht wurde Ayrin zumute. Sie presste die Lippen zu einem schmalen, fahlen Strich zusammen, damit das Lächeln, das sich in ihrer Kehle sammelte, nicht den Weg in ihre Gesichtszüge fand.

»Da!«, brüllte jemand. Ayrin erkannte Starians Stimme. »Da! Unter der Erle!« Er winkte aufgeregt und deutete über den Abgrund in die Schlucht hinunter.

»Seile!« Romboc sprang auf und schrie in Richtung des Kolonnenendes. »Wir brauchen Seile hier vorn!« Sein vernarbtes Gesicht war eine von Entsetzen verzerrte Grimasse.

Was denn für eine Erle? Aus schmalen Augen spähte Ayrin wieder in die Schlucht hinunter. Schließlich erkannte sie den kleinen, verkrüppelten Busch etwa zwanzig Fuß tiefer in der Felswand. Konnte das wahr sein? Konnte in diesem düsteren Spalt Leben keimen? Und da! Unter dem Geäst! Schimmerte es da nicht weißlich? Laukas Pelz, tatsächlich! Er schien auf einem Felsvorsprung hängen geblieben zu sein. Wollten sie den Mantel tatsächlich bergen?

Jemand rannte vom Ende der Kolonne heran – Joscun. Er warf dem Erzritter ein aufgewickeltes Seil zu. Der entrollte es, knüpfte gemeinsam mit Starian und Martai drei Seile zu einem zusammen.

»Ich klettere hinunter«, entschied Starian und wand sich das Seilende um Hüften, Handgelenke und Schultern.

Joscun, Martai, Runja und Romboc packten das andere Ende, wichen zurück an die Felswand, stemmten die Absätze in den Pfad und schlangen sich das Seil um Handgelenke und Ellenbogen. Mit dem Rücken voran ließ der blonde Jungritter sich über den Abgrund kippen – Ayrin hielt den Atem an.

Die Stiefelsohlen gegen die Wand gestemmt, kletterte Starian etwa zehn Fuß abwärts. Dann ging ihm das Seil aus, und er schrie hinauf, damit sie ihn weiter hinunterließen. Wer einen Platz an der Schlucht gefunden hatte, beobachtete ihn, auch Ayrin. Beiläufig nahm sie wahr, dass sie auf einmal zitterte.

Im Geäst der Erle, über Laukas Pelz, bewegte sich etwas. Etwas Helles. Eine Hand? Steckte denn Lauka noch in ihrem Pelz? Lebte sie etwa noch?

Als Starian den verkrüppelten Erlbusch erreichte, sah Ayrin Laukas Haar aus dem weißen Pelz rutschen, kastanienrotes Haar. Das hatte sie von ihrer Mutter Belice geerbt. Wie oft hatte Ayrin das kleine Biest um ihr schönes, lockiges Mutterhaar beneidet. Und jetzt würde sie es weiter beneiden müssen. Die Enttäuschung schmerzte bei jedem Atemzug.

»Ein Wunder!«, rief Runja kurze Zeit später und stimmte ein lautes Geheule an. »Ein Wunder!« Wie ein Echo setzte sich das Geschrei entlang des Abgrunds fort, während Starian das abgestürzte Mädchen barg und man beide nach oben zog: »Ein Wunder, ein Wunder, ein Wunder!« Ayrin gellten die Ohren.

Runja, Mauritz und Romboc nahmen dem Jungritter die blutüberströmte Lauka ab. Sie hatte sich Gesicht, Schädel und Hände aufgeschürft und mindestens ein Bein gebrochen.

Mauritz und Runja beugten sich über den kleinen, zitternden Körper. Ayrin richtete sich auf und zwang sich, zu ihnen zu gehen; sie glaubte, dass man genau das von der Halbschwester einer verunglückten Prinzessin erwartete. Sie lief wie über brechendes Eis. Mauritz hob den Kopf, und ihr war, als würde sein brennender Blick durch ihre Stirn dringen und tief hinein in ihr Hirn.

*

Den nächsten Tag verbrachte sie wie in Trance: die Zeremonie im Mutterhaus, das anschließende Fest im Burghof, die vielen Gäste, all die Glückwünsche, das Festmahl, die anderen Mädchen, die ihre Mutterweihe feierten. Gesichter, Reden, Hymnen, Gelächter und die Blicke der Jungritter rauschten an Ayrin vorbei, als hätte sie mit all dem nichts zu tun.

Niemand sprach sie wegen Laukas Absturz und Rettung an. Es hatte also tatsächlich niemand beobachtet, wie sie den Stein nach ihrer Halbschwester trat!

Dann endlich der Abend und der Höhepunkt des Tages im Thronsaal. Oben im Mutterhaus verstummte der letzte Gongschlag. Diener schlossen die Türflügel des Thronsaals hinter Wilmis, der jungen Herzogin von Rothern. Mit ihr und ihren Hochdamen waren die letzten noch fehlenden Gäste eingetroffen, die zu Ayrins Thronbesteigung geladen waren. Hildrun winkte, und Martai ging den Frauen ein Stück entgegen, um sie ganz nach vorn zu führen, wo nah am Thronsessel in zwei Halbkreisen die Herzoginnen und ihr Gefolge standen.

Die ganz in Schwarz gekleidete Greisin an Wilmis' Seite fiel Ayrin sofort auf. Die Frau ging aufrecht und mit erhobenem Kopf, ihr breites Gesicht schien aus dunklem Stein gemeißelt zu sein, und der wuchtige Griff eines Zweihandschwertes ragte schräg über ihre linke Schulter. Jemand brachte ihr einen Hocker – wohl wegen ihres Alters –, doch sie lehnte es ab, sich zu setzen.

Ayrin stand rechts des Thronsessels zwischen Mauritz und Runja. Sie ließ ihren Blick über die knapp zweihundert Hochdamen, vierzehn Erzritter und sieben schwertlosen Männer im Thronsaal wandern. Es überraschte sie selbst, wie ruhig sie sich fühlte; es gelang ihr, jedem noch so prüfenden Blick standzuhalten. Sie erwiderte sogar das Lächeln jener, die ihr aufmunternd zunickten.

Die alte Schwertdame in Schwarz lächelte nicht. Ihr zerfurchtes Gesicht glich einer starren Maske, die schweren Lider hingen ihr tief in die Augen. Schattige Kerben zogen sich von ihren herabhängenden Mundwinkeln bis an den Unterkiefer. Müde sah sie aus, müde und bitter.

»Es ist so weit«, raunte Runja zu Ayrins Rechten und fasste nach ihrer Hand. Mauritz ergriff ihre Linke, und zu dritt stiegen sie die beiden Stufen zum Thronsessel hinauf. Die große Hand der Priesterin fühlte sich feucht und kalt an, Mauritz' Finger knochig und heiß. Oben wandten sie sich den Gästen zu, und Runja rief in den Saal hinein: »Seht her, ihr Edlen von Garona – hier steht Ayrin, eure Königin!«

Rascheln und Scharren erfüllte den Saal, alle verbeugten sich, alle hoben die Rechte, alle riefen: »Hoch lebe unsere Königin Ayrin! Glück unserer Königin, Frieden unseren Städten, Segen dem Reich.«

Unter den Hochrufen ihrer Hochdamen und Erzritter nahm Ayrin im Thronsessel Platz. Kalter Schauer rieselte ihr in diesem Moment über Nacken und Rücken, und sie amtete tief gegen ihre aufbrandende Erregung an. Ihr war übel, und ihr Gedärm rumorte auf einmal, dass sie fürchtete, man könnte es unten in der ersten Reihe knurren hören.

Runja hielt eine kleine Rede, dankte den Gästen fürs Kommen, lobte das gelungene Fest anlässlich von Ayrins Mutterweihe und pries die Große Mutter für den Beistand während der Winter, in denen sie, Hildrun und Mauritz für die heranwachsende Königin das Reich regiert hatten.

Ayrin hätte es lieber gesehen, wenn die Burgmeisterin oder der Harlekin diese Rede gehalten hätten, denn Runja hatte am Nachmittag während des Festes schon reichlich dem Trochauer Wein zugesprochen. Sie redete viel zu laut und mit ein wenig schwerer Zunge. Doch Hildrun weigerte sich hartnäckig, vor größeren Menschenmengen zu sprechen, und einen Mann als Redner lehnten die Hochdamen des Reiches ab. Wenn er Mauritz hieß sowieso. Vor allem aber galt Runja bis zu diesem Augenblick noch als die mächtigste Frau im Reich.

Ayrin wusste es besser – Hildrun und Mauritz trafen die meisten Entscheidungen. Und das würde sich so schnell auch nicht ändern.

Glücklicherweise fasste Runja sich kurz. Nach nur wenigen Sätzen nahm sie Ayrin den Eid auf das Reich ab, sprach den Thronsegen und erteilte ihr dann das Wort. Mauritz stand die ganze Zeit stumm und reglos an der linken Thronseite. Kaum drei Sätze hatte Ayrin mit ihm gewechselt seit Laukas Absturz und Rettung.

Ayrins Halbschwester hielt sich nicht unter den Gästen im Thronsaal auf. Insgeheim dankte Ayrin der Großen Mutter dafür. Lauka lag fiebernd und mit gebrochenem Bein in ihrer Schlafkammer. Der Schrecken steckte ihr noch in allen Gliedern. Eine Ärztin und zwei Diener kümmerten sich Tag und Nacht um sie.

Die Priesterin und der Harlekin stiegen die beiden Stufen hinunter, blieben aber rechts und links des Thrones stehen. Ayrin räusperte sich.

»Ein großer Tag für Garona, meine Schwestern«, begann sie, »ein großer Tag für euch und für mich, die Königin.« Mauritz' Rat befolgend atmete sie langsam und tief. »Heute verspreche ich euch, was ich nach Belices Tod schon der Großen Mutter geschworen habe: Ich werde euch eine gute und gerechte Königin sein und das Reich mit starker Hand führen, so wie es meine Mutter getan hat, die vor mir eure Königin gewesen ist.«

Sie pries das Regierungstrio, das ihr heute die Macht in die Hände legte und das über acht Winter so weise und entschlossen geherrscht hatte. Sie sprach von den guten Ernteerträgen der vergangenen Winter, den neu entdeckten Erzvorkommen im Rothern und im Weihschroff, lobte die Herzoginnen für die Weisheit und Stärke, mit der sie die Kriege seit Belices Tod geführt, ihre Städte regiert und die Gärtner, Schmiede, Fischer, Händler und Minenarbeiter des Reiches zu guter Arbeit ermuntert hatten.

Mauritz und die Burgmeisterin hatten die Rede in der Nacht zuvor geschrieben, und Ayrin hatte sie auswendig gelernt. Natürlich lobten ihre Lehrer darin auch den Mut und die Kampfkraft der Erzritter und ihrer Ritter. Diese Passage sprach Ayrin mit besonderer Inbrunst und vergaß auch nicht, den Kampf gegen die fremden Kundschafter im Mond zuvor zu schildern und den schnellen Sieg der Garoneser Kriegerinnen und Ritter zu preisen.

Sie war aufgeregt, sicher, verhaspelte sich jedoch kaum. Ab dem zehnten Satz etwa sprach sie frei und gestikulierte dabei, als wären es ihre eigenen Worte, die sie sagte. Und tatsächlich hatte sie sich die Worte ihrer Lehrer zu eigen gemacht.

Die Hochdamen des Reiches, die Schwertlosen und die Erz- und Reichsritter lauschten aufmerksam, das sah Ayrin ihren konzentrierten Mienen an. In der linken vorderen Reihe, bei ihren Müttern, den Herzoginnen von Weihschroff und Seebergen, standen Ayrins beste Freundinnen Petrona und Loryane. Beide waren rot vor Aufregung und strahlten Ayrin jedes Mal an, wenn ihre Blicke sich trafen.

»Möge das Reich blühen und Garona stärker werden als je zuvor«, schloss Ayrin ihre Rede, »mögen unsere Töchter einmal mit Stolz und Hochachtung von uns und unseren Leistungen sprechen! Ich danke euch, meine Schwestern!«

Beifall erhob sich, Hochrufe wurden wieder laut. Ayrin erhob sich und verneigte sich vor den Edlen des Reiches; ganz so, wie das Ritual es vorsah. Danach gingen alle im Saal auf die Knie und huldigten ihrer Königin. Anschließend standen die Frauen Schlange vor dem Thron, um Ayrin zu umarmen und zu küssen. Die Erzritter und die Männer unter den Schwertlosen küssten ihr lediglich die Hand; so verlangte es die gute Sitte.

Während die Diener Tische mit Brot, Wein, Ziegenkäse und getrockneten Früchten hereintrugen, trat jede Hochdame und jede Schwertlose, die im Reich Verantwortung trug, vor Ayrin, sprach ihr persönliche Segenswünsche zu und überreichte ihr ein Geschenk. Die Stufen rechts und links des Throns füllten sich nach und nach mit Schmuckstücken, kostbaren Tüchern, reich verzierten Schwertern und Dolchen, Kleidern, Sattelzeug, Wandteppichen und vielem mehr. Die Diener mussten einen leeren Tisch holen und zum Thron schleppen, auf dem sie die vielen Geschenke ausbreiten konnten.

Irgendwann stand auch die Greisin in Schwarz vor Ayrins Thron. Wie von Mondlicht beschienenes Eis leuchteten ihre hellgrauen Augen aus ihrem verwitterten und sonnenverbrannten Gesicht. Eine hässliche Narbe zog sich von ihrer linken Halsseite hinauf zu ihrem Ohr. Ihr Mantel war aus schwerem Samtstoff, ihre Ohrringe und Armreifen aus baldorischem Gold, und Bernstein schmückte den Knauf ihres Langschwertes.

Ayrin wurde es heiß und kalt, so gründlich fühlte sie sich gemustert. Was war los mit dieser alten Frau? Warum schien alles Leben in ihren Gesichtszügen erloschen zu sein?

»Das ist Serpane von Violadum«, flüsterte ihr die Burgmeisterin zu. »Du kennst sie, Ayrin. Serpane begleitete jeden Kriegszug deiner Mutter als Ärztin und Obristdame. Jetzt dient sie der Herzogin Wilmis als Ärztin.«

Endlich erkannte Ayrin die Alte wieder. Bei der Güte der Großen Mutter – wie sehr das Alter die Menschen doch verändern konnte!

»Du hast uns in der Burg besucht.« Ayrin streckte die Arme aus. »Ich erinnere mich an zwei Besuche. Einmal hast du mir eine Fellweste mitgebracht.«

»Aus dem Fell eines Trochauer Lammes, jawohl.« Die alte Ärztin stieg die zwei Stufen hinauf und umarmte Ayrin. »Und jetzt wünsche ich dir Glück, einen kühlen Kopf und ein eisernes Herz.« Ihre welken Lippen berührten Ayrins Wangen. »Und ich wünsche dir, dass du und wir vorbereitet sein werden, wenn sie wiederkommen.« Sie richtete sich auf und stieg vom Thronpodest. »Ja, das wünsche ich dir und uns von ganzem Herzen.«

»Wenn sie wiederkommen …?« Ayrin verstand nicht.

»Sie spricht von den feindlichen Kundschaftern, die wir an der neuen Brücke geschlagen haben«, flüsterte Mauritz. Er hatte sich zu ihr herabgebeugt. »Mona, die Kommandantin unseres Heeres, war ihre Tochter.«

Jetzt fiel es Ayrin wie eine schwarze Binde von den Augen: Die Mutter einer der kühnsten Kriegerinnen des Reiches stand vor ihr und zugleich eine Mutter, deren Tochter als verschollen galt, ja, die man samt ihrem Waffenträger wohl für immer verloren geben musste.

»Es tut mir leid.« Ayrin schluckte den Kloß im Hals hinunter. »Es tut mir so leid, meine arme Serpane.«

Serpane ging nicht auf Ayrins Worte ein. »Ja, sie werden wiederkommen, und dann nicht mit nur einem Schiff.« Die Alte winkte der Gruppe um die Herzogin von Rothern zu und schnippte mit den Fingern. Eine junge Kriegerin eilte herbei und reichte ihr einen Helm aus Bronze und mit Nacken- und Nasenschutz. »Den hat meine Tochter Mona getragen, als sie in die Schlacht zog.« Serpane legte den Helm zu Ayrins Füßen vor den Thron. »Möge er dich an ihr Opfer erinnern, wenn sie wiederkommen.«

»Wir wissen nicht, ob Mona und ihr Waffenträger tot sind«, sagte Mauritz.

»Mögen beide nach ihrer Gefangennahme einen Weg gefunden haben, ihr Leben schnell zu beenden.« Keine Regung zeigte sich im versteinerten Gesicht der alten Kriegerin. »Lebend in den Händen dieser Fremden zu sein, ist ganz gewiss schlimmer als der Tod. Vor allem für eine Frau.«

»Woher willst du das wissen?« Die Burgmeisterin brauste auf. »Und woher willst du wissen, dass sie wiederkommen?«

»Wisst ihr es denn nicht?« Serpane blickte von Hildrun zu Ayrin und von Ayrin zu Mauritz. »Habt ihr denn Belices Orakel vergessen?« Sie legte die Hände auf den Kopf und senkte die Stimme. »›Ihr seid alle verloren. Nichts von euch wird bleiben. Leer, die Häuser. Leer, die Brücken. Leer, die Wehrmauern.‹«

Still war es auf einmal im Thronsaal. Ayrin zog die Schultern hoch. Ihre Brust fühlte sich an wie eingeschnürt, das Atmen fiel ihr schwer.

»Hör auf mit dem Unsinn, Serpane!« Runjas Stimme dröhnte durch das Schweigen. »Belice war krank! Sie wusste nicht, was sie sagte.«

»Eben. Etwas Größeres als sie selbst sprach aus ihr.« Die Alte in Schwarz schritt ein Stück in den Thronsaal hinein. »Habt ihr nicht gesehen, wie diese grausamen Krieger ihre eigenen Verwundeten töteten? Ich habe die toten Fremden untersucht. Ich habe ihre schwieligen Hintern und Hände gesehen, ihre Zähne, ihre Muskeln, ihre Füße. Es sind zähe Reiter, es sind ausdauernde Kämpfer. Sie ernähren sich ausschließlich von Fleisch. Und sie sind listig.«

»Gerede«, sagte Runja und winkte ab, doch es klang halbherzig. Alle anderen schwiegen und hingen an den Lippen der Alten.

»Du hältst sie für listig?« Ayrin fühlte sich unsicher der erfahrenen Frau gegenüber; doch anders als Runja hatte sie Vertrauen zu ihr gefasst. »Erkläre uns das. Bitte.«

»Ich habe mir den Kampf schildern lassen, und ich habe die Toten gesehen. Glaubt ihr denn wirklich, dass Krieger wie diese mit einem derart kleinen Heer ein Reich wie unseres angreifen?« Sie schüttelte den Kopf, und ihr Doppelkinn pendelte hin und her. »Niemals. Sie wollten uns zu sich locken. Sie wollten einer unserer Heerführerinnen eine Falle stellen. Sie wollten Gefangene machen. Und genau das ist ihnen gelungen.«

Totenstille herrschte jetzt im Thronsaal. Selbst Runja stand wie erstarrt. Ayrin blickte zu Mauritz. Er hatte die Arme vor der Brust verschränkt, neigte den Kopf und beobachtete die alte Hochdame aus seinen glitzernden Augen. »Du meinst …?« Ayrin suchte nach Worten. »Du glaubst, sie hatten von Anfang an nichts anderes vor, als Gefangene zu machen, die sie verhören können?«

»Und zwar möglichst hochrangige Gefangene.« Serpane nickte langsam. »Und wenn sie wiederkommen – vielleicht schon im nächsten Winter, vielleicht auch erst in zehn Wintern –, wenn sie wiederkommen, werden sie alles über uns wissen. Sie werden unsere Städte kennen, unsere Burgen, unsere Straßen, unsere Wasserleitungen, unsere Brücken, die Zahl unserer waffenfähigen Frauen und Männer und unsere Art zu kämpfen.« Sie blickte von Gesicht zu Gesicht. »Und glaubt mir: Sie werden zu Zehntausenden kommen. Und wehe uns, wenn wir dann nicht vorbereitet sind!«

Wieder folgte langes Schweigen. Nur ganz allmählich begannen einzelne Frauen und Erzritter miteinander zu tuscheln. Schließlich ergriff Mauritz das Wort: »Serpane spricht mir aus dem Herzen. Schon bei der nächsten Zusammenkunft des Thronrates wollte ich diese Gefahr ansprechen.«

»Was schlagt ihr vor?«, wollte Ayrin wissen.

»Wir sollten das Reich dieser Braunhäutigen finden«, sagte

Mauritz. »Wir sollten eine Expedition auf den Ozean hinausschicken und nach ihnen suchen.«

»Ich war schon im Reich der Kalmulen.« Der Erzritter Romboc trat vor. »Wir eroberten eine ihrer Burgen und befreiten die Gefangenen aus dem Kerker dort. Unter ihnen fand ich einen Seefahrer aus einem unbekannten Land an den Westküsten des Großen Ozeans. Der Mann erzählte mir von einem Inselreich, auf dem klein gewachsene braunhäutige Menschen leben.«

»Willst du meinen Rat hören, meine Königin?« Die alte Ärztin trat wieder vor den Thron.

»Sprich.«

»Rüste eine Flotte aus mindesten drei Schiffen aus, damit sie nach diesem Reich suchen. Vielleicht können wir ihnen zuvorkommen.« Aus dem Augenwinkel sah Ayrin, wie Mauritz neben ihr nickte. »Und für mich, meine Königin«, sagte Serpane, »für mich erbitte ich das Kommando über diese Flotte.«

12

Sie stiegen zu ihr herauf, zwei Priester, ein Kundschafter, zwei Gefangene – ein Mann und eine Frau –, sieben Krieger. Und er: Zlatan, der Tornado. Wer die 140 Stufen der Tempelpyramide zu ihr heraufkam, gehörte entweder zu den Gesegneten und Hochgeehrten von Tarka oder er war dem Tod geweiht.

Der Tarbullo – diesen höchsten aller Herrschertitel hatte Zlatan sich selbst verliehen –, der Tarbullo der Tausend Inseln ging vorweg, nahm mit jedem Schritt zwei Stufen auf einmal und strahlte zu ihr herauf, dankbar und ergeben wie am ersten Tag. Nie würde Catolis seinen ehrfürchtigen Blick vergessen, als er damals vor ihr kniete, sie ihm die Ketten abnehmen ließ und zwei Säbel in die Hände legte, damit er seine Henker und Richter erschlagen konnte.

Zwölf Wintersonnenwenden waren seit dem Blutbad ins Land gegangen; oder zwölf Schneeschmelzen – so teilten sie hier auf den Inseln lange Zeiträume ein. Zlatan, der Tornado, hatte sämtliche 144 bewohnte Inseln erobert. Jeder Inselbullo hatte ihm und Catolis Treue geschworen. Zlatan war nun der uneingeschränkte Herrscher von Tarkatan, wie er sein Reich der Tausend Inseln nannte. Nur eine stand über ihm – sie, Catolis.

Sie erwiderte sein Lächeln nicht, nickte ihm nicht einmal zu, beobachtete ihn nur. Er trug schwarzes Mustangleder und Bocksfell und bewegte sich wie ein Sieger, wie ein Bote, der gute Nachrichten brachte. In seinen Gesichtszügen las sie, dass er es kaum erwarten konnte, ihr die Füße zu küssen. Mit keiner Geste und keinem Mienenspiel zeigte sie, wie zufrieden sein Anblick sie stimmte.

Sie erhob sich von ihrem Bernsteinthron, als die Männer und die Frau die Mitte der Pyramidentreppe erreichten, die siebzigste Stufe. Der Tarbullo stand bereits zehn Stufen über den anderen, trieb sie mit herrischen Gesten zur Eile an. Er war sehnig und muskulös und größer als die meisten Insulaner. Nur die beiden Gefangenen überragten ihn um fast einen Kopf. Er hatte breite Schultern und tiefbraune Haut; sein blauschwarzes Haar war ein Busch aus Dutzenden geflochtenen Zöpfen.

Catolis stieg die sieben Stufen ihres Thrones hinunter und schritt auf dem steinernen Thronpodest zur großen Statue des Tarkartos, einer etwa sieben Meter hohen Figur aus Bronze, halb Bock, halb Mensch. Rauch quoll aus dem aufgerissenen Rachen des Gottes. Zwischen der Statue und der Treppe, die zum Podest heraufführte, wartete sie.

Von hier oben, vom höchsten Punkt der Tempelpyramide aus, überblickte Catolis die gesamte Hauptstadt. Zur Steppe und zur Küste hin erschien Taruk als geordnetes Muster von breiten Straßenzügen, die gesäumt von Kuppeln, Rundhäusern und Türmen fächerartig und mit leichtem Gefälle vom Tempel aus bis zur Stadtmauer verliefen. Im Norden schloss die Wehrmauer die Festung des Tarbullos mit ihrem hohen Rundturm ein, auf dem nachts das Leuchtfeuer von Taruk einlaufenden Schiffen den Weg wies. Nach Osten hin reichte die Mauer bis an die Felshänge, die steil zum Meer und zum Hafen abfielen.

Nach Westen hin grenzte das Mauerwerk mit seinen zahllosen klobigen Wehrtürmen an ausgedehnte Gartenterrassen, über die man bis ans Flussufer hinuntersteigen konnte. Die breite Flussmündung, kaum drei Meilen entfernt, lag im Dunst heute, doch die Umrisse der Werftanlagen an ihren Ufern waren deutlich zu sehen; sogar den Wald aus den Mastspitzen der dort entstehenden Kriegsflotte konnte Catolis erkennen. In manchen Stunden trug der Nordwind den Lärm unzähliger Sägen und Hämmer bis zu ihr herauf. Sie hörte das gern.

Jenseits des Flusses breiteten sich zwischen einzelnen Gehöften, Garnisonsbaracken und kleinen Kiefernwäldern die Koppeln aus. Riesige Mustangherden bedeckten sie wie Moorflächen. Dort, wo diese knochigen, meist schwarzen Reittiere grasten, begann schon das Grasland, das fern im Westen in die Steppe überging.

Im Südwesten stieg das Gebirge an. Bei klarer Sicht konnte man von Catolis' Tempelpyramide aus die Kette der schneebedeckten Vulkankegel an der Südwestküste aufragen sehen. Heute jedoch war die Luft feucht, und dunkle Wolken kündigten Regen an.

Catolis wandte den Kopf, blickte hinter sich nach Süden. Nur eine Viertelmeile hinter dem Bildnis des Tarkartos ging die Tempelanlage in Fels über. Mit schmalen Stufen befestigte und überdachte Serpentinen führten an drei Stellen den Steilhang hinauf, durch kleine Wehrburgen hindurch und an Wachhöhlen vorbei in den Berg hinein. Neben den Burgen und Höhlen hatte man die Stallungen der Steinböcke in den Fels gehauen. Trampelpfade führten davon weg und in die Wände und Hänge. An vier Stellen erkannte Catolis dort einige der großen, domestizierten Tiere. Ihr Pelz war schwarz-weiß gefleckt und ihr langes Gehörn steinfarben.

Schrittlärm, keuchende Atemzüge und das Klirren von Ketten rückten näher. Catolis wandte sich wieder um und betrachtete die zu ihr heraufsteigenden Männer und die Frau. Inzwischen waren sie nahe genug, um in ihren Gesichtszügen lesen zu können.

Der Kundschafter wirkte ausgelaugt und verwahrlost. Nach langer Zeit war er aus dem Waldland im fernen Osten zurückgekehrt. Catolis erkannte ihn kaum wieder. Zwei Krieger stützten ihn. Ein schmutziges Stirntuch hielt ihm das lange graue Haar aus dem Gesicht. Sollte er wirklich der Einzige sein, der die Expedition überlebt hatte?

Die Krieger, hochrangige Hauptleute des Tarbullos, bewegten sich kraftvoll, breitbeinig und mit geschwellter Brust. Wie Jagdbeute zerrten sie das gefesselte Paar mit sich. Beiden Gefangenen hingen Fetzen dunkler, zerschlissener Lederkleidung vom halb nackten Leib. Wenn einer von ihnen stolperte, rissen sie ihn an seinen Ketten wieder auf die Füße.

Die Gefangenen blinzelten zu Catolis herauf, die Frau misstrauisch, der Mann ängstlich. Der war bleich und dürr und von Wundschorf bedeckt. Wenn die Krieger ihn hochzerrten oder mit Schlägen bedrohten, zog er jedes Mal den Kopf ein oder hob schützend die gefesselten Arme.

Ganz anders die Frau: Auch ihren Körper bedeckten schlecht verheilte oder eiternde Wunden, doch würdevoll und stolz nahm sie Stufe um Stufe. Und als ihr Leidensgenosse stolperte und damit auch sie straucheln ließ, riss sie einfach an den Ketten und brachte so beinahe den viel kleineren und leichteren Krieger zu Fall, der sie auf die Beine zerren wollte. Der zögerte nicht lange, schlug ihr sofort ins Gesicht. Doch statt sich zu unterwerfen, zischte die Gefangene etwas, das nach einem Fluch klang. Dann spuckte sie den Schläger an und schnitt eine harte und verächtliche Miene. Der Krieger holte zum nächsten Schlag aus.

Schon sprang der Tarbullo die Stufen wieder hinunter und knurrte einen Befehl. Sein Krieger wich zur Seite, und der Tarbullo trat der Gefangenen in den Leib und rammte ihr, als sie sich krümmte, die Faust ins Gesicht. Sie stürzte nach hinten und blieb rücklings auf den Stufen liegen. Auf einen weiteren Befehl des Tarbullos hin packten zwei Krieger die reglose Frau an den Knöcheln und schleiften sie weiter Stufe um Stufe nach oben. Das kostete die Männer große Mühe, denn die Gefangene war schwer und kräftig gebaut. Auch fürchtete Catolis, ihren Geist nicht mehr erforschen zu können, wenn man sie wie waidwunde Jagdbeute die letzten 30 Stufen heraufschleifte.

»Nicht!« Catolis hob die Rechte. »Tragt sie herauf! Tarkartos und ich wollen sie lebend und bei Bewusstsein.«

Vier Krieger ergriffen die Gefangene nun an Knöcheln und Armen und schleppten sie so zu Catolis empor. Unter ihr, vor dem Podest, ließen sie die Frau fallen, warfen sich nieder und huldigten Catolis, ihrer Hohepriesterin.

»Bringt sie vor Tarkartos.« Catolis deutete zur Bocksstatue. Die Krieger sprangen auf, trugen die Gefangene die schmale Podesttreppe hinauf und an Catolis vorbei zum Bronzebock. Dort ließen sie die stöhnende Frau wieder fallen und warfen sich erneut auf die Steinfliesen. Diesmal vor dem Gott.

Der Tarbullo und die anderen Männer lagen bereits vor Catolis'

Thronpodest auf dem Bauch. Sie rief sie herauf zu sich. Auch den männlichen Gefangenen stießen zwei Krieger nun zum Götterbild und dort neben seine Leidensgefährtin auf den Boden. Er atmete schwer, als er an Catolis vorbeistolperte, und traute sich kaum, den Blick zu heben.

Einer nach dem anderen stieg die sieben Stufen zum Thronpodest herauf, einer nach dem anderen warf sich ein zweites Mal vor ihr nieder. Doch nur der Tarbullo wagte es, kroch zu ihr und hauchte ihr einen Kuss auf die Fußzehen. »Hier ist Zlatan, meine Herrin, dein ergebener Diener, solange er atmen wird.«

Wer ihr die Füße küssen durfte, galt in Tarkatan als Erwählter des Gottes. Diese Gunst gewährte Catolis nur sehr sparsam.

»Steht auf«, gebot sie. Die Männer gehorchten. Der ältere der beiden Priester nannte ihre Namen. Schweigend ließ sie ihren Blick von Gesicht zu Gesicht wandern. Die dunklen Augen des Tarbullos leuchteten, sein wuchtiges Kinn schob er weit nach vorn. Seine Krieger senkten scheu die Köpfe, der Kundschafter blinzelte unsicher. Catolis wusste, dass er erst vor vier Tagen ins Inselreich Tarkatan zurückgekehrt war. In der Festung einer kleinen Insel, weit draußen im Meer, war er unverhofft aufgetaucht. Gestern hatte eine kleine Flotte ihn in den Hafen der Hauptinsel gebracht.

Kriegerische Männer standen da vor ihr, wild und grausam. Und auf jeder der 144 bewohnten Inseln hatte Catolis dasselbe rohe Volk getroffen. Man musste mit eiserner Hand über diese Wilden herrschen, damit sie ihre Kraft nicht damit vergeudeten, einander auszurotten. Menschenleere Ruinen auf zahlreichen unbewohnten Inseln bezeugten, wie gründlich sie in dieser Hinsicht vorzugehen pflegten.

Catolis Blick blieb an dem Kundschafter mit dem schmutzigen Stirntuch hängen. Dunkel erinnerte sie sich an ihn: Als Schiffsjunge und noch ohne Bartwuchs war er vor siebzehn Wintersonnenwenden an Bord eines Dreimasters gegangen, des ersten Expeditionsschiffes, das sie ausgesandt hatte. Da war sein Stirntuch noch rot gewesen und sein Haar so blauschwarz wie das des

Tarbullos. Konnte in siebzehn Wintersonnenwenden aus einem Halbwüchsigen ein grauhaariger Mann werden?

Sie trat zu ihm. »Du bist der Einzige, der aus dem Osten zurückkehrt?«

»Ja, Herrin. Der Einzige, den Tarkartos retten wollte.« Er verneigte sich in Richtung des Götterbildes. »Siebzehn Schneeschmelzen lang war ich unterwegs. Ich trieb im Meer, ich lag krank in der Wildnis, ich wanderte an fremden Küsten entlang, ich darbte in Kerkern. Zuletzt ritt ich auf einem Esel, den ich als Jungtier einfangen und zähmen konnte. Vor der letzten Schneeschmelze gelangte ich schließlich zu einer Burg im Reich der Kalmulen. Die Unsrigen hatten sie erobert und zerstört. So fand ich bald zwei Schiffe unserer Südflotte und konnte vor vier Tagen den Boden unserer Heimat küssen.«

»Von den wilden Flusswäldern im fernen Osten bis zu den Kalmulen im Süden hast du dich durchgeschlagen?« Catolis konnte kaum glauben, was sie da hörte. »Während so vieler Schneeschmelzen?«

Das kleine Reich Kalmul lag an der nördlichsten Küste einer großen Landzunge, die von einem eisbedeckten Kontinent aus tief ins Südmeer hineinragte. In früheren Zeiten hatten einige Stämme der Insulaner den schwarzen Leuten dort Erz geliefert und gegen Waltran und Robbenfelle eingetauscht.

»Wie heißt du?«, fragte sie den Kundschafter.

»Kaikan.«

»Schaut euch diesen tapferen Tarkaner an!«, rief sie in die Runde. »Über siebzehn Schneeschmelzen hinweg erkämpfte er sich den Weg zurück nach Tarkatan, um seiner Herrin zu berichten, was er gesehen hat!« Sie wandte sich an Zlatan, den Tarbullo. »Ich will, dass Kaikan künftig als Hauptmann eine eigene Kriegsschar führt.« Der Tarbullo nickte, und Catolis sprach wieder den zurückgekehrten Kundschafter an. »Was ist aus den anderen geworden?«

»Alle tot. Hundertdreißig Tagesreisen weit im Osten gingen wir in der Mündung eines großen Stromes vor Anker. Die dort hausen, nennen ihn ›Stomm‹. Es stimmt, was die Legenden der Alten überliefern: Unendliche Flusswälder dehnen sich zu beiden Seiten seines Ufers aus. Die Leute dort leben auf Hausbooten, in Pfahlhütten und tiefer in den Wäldern sogar auf Bäumen. Ein widerspenstiges Pack, doch ohne jede Ordnung, und so hatten wir leichtes Spiel zunächst, brannten Hausboote und Dörfer nieder, machten viele Gefangene, die wir mit nach Tarkatan bringen wollten.«

»Gefangene? Allein dich sehe ich hier vor mir stehen. Wo sind die Gefangenen? Was ist geschehen?«

»Die Waldmänner schickten nur eine Handvoll Krieger über die Strommündung. Späher vermutlich. Wir lockten sie in einen Hinterhalt, glaubten, sie im Handumdrehen totschlagen zu können, doch ein Zauberer führte sie an. Der konnte töten, ohne dass ich ihn eine Waffe gebrauchen sah. Nur grelles bläuliches Licht sah ich, das brachte die Gefährten um. Einige verwandelte es in sterbende Greise, andere in Staubhaufen. Auch unsere Wölfe starben. Nur ich konnte fliehen. Und ein Gefangener aus Garona, dessen Schiff wir auf dem Weg ins Ostland versenkt hatten.«

»Wie sah er aus, dieser Zauberer?«

»Sehr groß und kräftig. Er hatte langes braunes Haar, auch sein Gesicht war haarig.« Der Kundschafter überlegte. »Und narbig.« Er nickte. »Ja – lange, hässliche Narben durchzogen sein Gesicht.«

»Weißt du, wie er das Licht erzeugt hat? Versuche, dich zu erinnern, Kaikan!«

Der Kundschafter schüttelte müde den Kopf. »Das weiß ich nicht, Herrin. Ich lag einen halben Speerwurf weit entfernt vom Kampfplatz in Deckung. Ich weiß nur, dass ich mich Monde lang krank fühlte hinterher, und dass mein Haar grau war am Morgen nach dem Kampf.«

Catolis drang in den Kundschafter, zwang ihn, genauer zu erzählen, was er beobachtet hatte, wollte jede Einzelheit wissen. Doch sie erfuhr nur, dass der Waldmann, den er für einen Zauberer hielt, gleich nach dem Kampf geflüchtet war, und zwar allein und Hals über Kopf.

»Nicht mal die Verwundeten unter seinen Leuten hat er mitgenommen, geschweige denn seine Toten begraben«, schloss der Grauhaarige seinen Bericht. »Es kam mir vor, als wäre er vor seinem eigenen Zauber erschrocken. Als ich mich später aus meinem Versteck wagte und die verletzten Waldmänner abstach, die noch atmeten, merkte ich, dass er seine eigenen Leute geschwächt hatte durch seinen Zauber.«

Catolis sah ihm in die Augen. Der Stein des Ringes an ihrer Rechten glühte auf. Sie betrachtete Kaikan lange, auch dann noch, als er ihrem Blick längst ausgewichen war. Doch selbst in den verborgensten Nischen seines Geistes konnte sie kein brauchbares Bild des angeblichen Zauberers finden, auch keinen Hinweis auf die Quelle des Lichtes, das der Kundschafter geschildert hatte. Doch brauchte sie überhaupt noch einen Hinweis? Der Kundschafter war Zeuge einer tödlichen Entladung des ERSTEN MORGENLICHTS geworden, daran gab es überhaupt keinen Zweifel. Und wer sollte es ausgelöst haben, wenn nicht ein Ringträger? Doch wer war dieser Ringträger gewesen?

»Wie viele Kundschafter fuhren mit dir auf dem Schiff?«, fragte sie den Heimkehrer.

»Nicht ganz dreißig. Und nur ich bin übrig geblieben.«

»Ruhe dich aus, du braver Mann. Meine Priester werden dir zu essen und neue Kleider geben. Und ein neues rotes Stirntuch. Du sollst wieder kräftig und ganz gesund werden.« Gestützt von den Männern des Tarbullos verneigte sich der Kundschafter. Catolis deutete nach Norden. »Hörst du den Lärm der Schiffsbauer aus den Werften, Kaikan? Dort entsteht Tarkatans Flotte. Nur noch wenige Schneeschmelzen, dann werde ich drei Schiffe nach Osten schicken. Jedes soll sechzig Kundschafter tragen. Und du sollst ihr Hauptmann sein. Wir brauchen lebende Gefangene, bevor wir eine größere Kriegsflotte an den Stomm schicken.«

Er stammelte einen Dank, und mit einer Geste gestattete Catolis ihm, ihr die Füße zu küssen. Die Priester halfen ihm wieder auf die Beine, und einer führte ihn vom Podest und die Pyramidentreppe abwärts dem Tempeltor entgegen.

Catolis sah ihm eine Zeit lang hinterher, dachte über seinen Bericht nach und beschloss, gleich morgen den Schiffsbaumeister zu sich in den Tempel zu rufen. Wenn der Meister des Willens sich aus den Waldstämmen bereits einen Ringträger erwählt hatte, durfte sie keine Zeit mehr verlieren, dann musste sie handeln. In spätestens zwei Wintersonnenwenden mussten die Schiffe in den fernen Osten auslaufen.

Sie wandte sich an den Tarbullo. Weil die schon vor langer Zeit ausgesandte Expedition verschollen war, hatte sie ihn und sein Schiff vor drei Sonnenwenden nach Nordwesten geschickt, um das Bergreich im Hochgebirge dort auszukundschaften.

»Deine Expedition stand unter einem glücklicheren Stern, wie ich sehe.« Sie deutete zum Götterbild, wo zwei Krieger den noch immer am Boden liegenden Gefangenen ihre rechten Stiefelabsätze auf die Brust und ihre Säbelspitzen in die Kehle gesetzt hatten. »Wer sind die beiden?«

»Eine Kriegerin des mächtigen Königreiches Garona. Stell dir vor, Herrin – sie hat das Heer geführt, das uns vertreiben sollte. Und der Kerl ist ihr Knecht.« Zlatan spähte zu den Gefangenen und schüttelte den Kopf, als könnte er es nicht fassen. »Zum ersten Mal habe ich einen Mann einer Frau dienen sehen.« Seine Empörung erheiterte Catolis. Wem diente denn er? Offenbar betrachtete der Tarbullo sie, die Hohepriesterin, als geschlechtsloses Wesen. »Der Kerl hat ihr die Lanzen und Pfeile und den Ersatzschild getragen. Außerdem scheint er für ihre Reittiere zuständig gewesen zu sein. Sie reiten auf kleinen Eseln und schweren Ziegen dort. Die können niemals mithalten mit unseren Mustangs und Steinböcken!«

Die Gefangene schien zu spüren, dass Catolis und der Tarbullo über sie sprachen, denn trotz der Schwertspitze an ihrer Kehle bewegte sie den Kopf ein wenig und äugte zu ihnen herüber.

»Was habt ihr über das Königreich Garona herausgefunden?«

»Es liegt tatsächlich in einem Hochgebirge jenseits des Meeres und weit im Nordwesten. Drei Monde segelten wir bis zur Küste. Ein Hügelland erstreckt sich dort zwischen Ozean und Hochgebirge. Dessen Bewohner sind harmlos und flohen, als sie uns sahen. Am Ufer eines Stromes ritten wir durch ihr Land und dann hinauf ins Gebirge. Nach einem halben Mond trafen wir auf den ersten Vorposten von Garona, eine kleine Burg. Die Städte sind stark befestigt und zwischen Berggipfeln in Felshänge hineingebaut. Eine Königin regiert über das Reich. Überhaupt scheinen die Weiber dort das Sagen zu haben. Wir ließen die Besatzung der Burg laufen, damit die Königin einen hochrangigen Krieger mit einem Heer gegen uns schickte. An einer Brücke stellten wir uns der Schlacht und erkannten, dass ein Weib das Heer befehligte. Wie geplant konnten wir diese Hauptfrau in eine Falle locken und gefangen nehmen.«

»Und die Bergmenschen? Nahmen sie Krieger aus deinen Reihen gefangen?«

»Nicht einen!«, prahlte er. »Wer verwundet war und zu schwach für den schnellen Rückzug, der starb noch auf dem Schlachtfeld durch die Hand seiner Waffengenossen.«

»Sehr gut!« Hochzufrieden hatte Catolis dem Bericht gelauscht. »Es ist sehr wichtig, dass du das Land dieser Kriegerinnen mit eigenen Augen gesehen hast, denn nicht mehr lange, dann wirst du mit einem großen Kriegsheer in ihr Gebirge einfallen.«

»Ich brenne darauf, meine Herrin.« Zlatan verneigte sich. »Es wird mir eine Ehre sein, die Städte dieser Weiber niederzureißen und dir den Kopf ihrer Königin zu Füßen zu legen!«

Sie musterte ihn aufmerksam. Ja, ihm traute sie es zu. Als er den Kopf hob, sah sie ihm tief in die schwarzbraunen Augen. Bei allen Mächten des Universums: Welch ein Feuer brannte darin! Wahrhaftig, ihm traute sie zu, Garona zu erobern! Ihm traute sie zu, dem Zweiten Reich von Kalypto die ganze Welt zu unterwerfen. Er war der kriegerischste unter all den Insulanern, er war der grausamste und stärkste. Sonst hätten sie sich ihm nicht unterworfen, die zahllosen wilden Stämme, Völker und Banden der Inseln, sonst hätten sie ihn nicht als Tarbullo akzeptiert, als »großen und einzigen Führer«, wie Catolis die Bezeichnung der Insulaner für sich ins Kalyptische übersetzte.

»Das Schiff, das wir in den hohen Norden geschickt haben, ist noch nicht zurückgekehrt«, sagte Catolis. »Warten wir noch zwei Schneeschmelzen ab, wenn wir dann noch nichts von den Kundschaftern gehört haben, rüsten wir eine neue Nordexpedition aus. Doch die wird mit drei Schiffen in See stechen. Und jetzt kümmere ich mich um die Gefangene.«

An der Seite des Tarbullos schritt sie zum Bild des Gottes. Dem gefangenen Mann tanzte der Adamsapfel auf und ab; er wagte nicht, sich zu rühren, sein Brustkorb hob und senkte sich im Rhythmus seiner fliegenden Atemzüge. Der Kriegerin dagegen mahlten die Kaumuskeln, ihre zusammengepressten Lippen waren ein Strich. Mit hasserfülltem Blick belauerte sie Catolis.

»Sie ist aufsässig und gefährlich«, raunte der Tarbullo. »Besser, du bleibst keinen Atemzug lang allein mit ihr, meine Herrin.«

Einen Schritt vor der Gefangenen stand Catolis still. Sie sah ihr in die Augen und tastete nach ihrem Geist. Ein starker Wille stemmte sich ihr entgegen. Nein, diese Frau war noch lange nicht gebrochen. Dennoch gelang es Catolis, ein wenig in ihre Gedankenwelt einzudringen. Dass sie die Sprache der Garonesin nicht sprach – noch nicht sprach –, hinderte sie nicht, Einzelheiten ihres Bewusstseins zu erfassen. Die Hand mit dem Ring verbarg sie unter ihrem Gewand, damit die Gefangene ihn nicht leuchten sah. Sie spürte, dass der Tarbullo sie beobachtete.

»Mona«, sagte Catolis leise. »Mona also.« Die Gefangene zuckte mit dem Kopf und runzelte die Brauen. Ihre Augen waren plötzlich nur noch Schlitze, aus denen es feindselig funkelte.

»Mona?« Zlatan sah sie fragend an.

»Das ist ihr Name.«

»Du kannst ihre Gedanken rauben?« Der Tarbullo wich zurück, ehrfürchtiges Staunen stand in seinen Zügen.

»Mit Tarkatos' Hilfe kann ich ihren Geist erforschen, ja. Deswegen verbindet ihr die Wunden, legt sie hier im Tempel in Ketten, gebt ihr Wasser, doch verweigert ihr Nahrung. Ich will sie mit Hilfe des Gottes erforschen, ich will alles über Garona erfahren, was sie weiß.«

Zlatan gab den Befehl weiter. Zwei Krieger und zwei Priester schleppten die Gefangene weg. »Und er?« Der Tarbullo deutete auf den Mann.

»Morgen feiern wir ein Dankopfer für die Rückkehr deines Schiffes und Kaikans Rettung. Auf dem Höhepunkt des Festes nehmt ihm das Herz und übergebt es Tarkatos. Die Frau soll zusehen. Bis dahin werft ihn in den Festungskerker.« Drei Krieger schleppten den Gefangenen vom Thronpodest und zerrten ihn die Pyramidentreppe hinab.

Catolis wartete, bis sie außer Hörweite waren. »Hast du gut zugehört, was Kaikan über diesen Waldmann erzählt hat?«, fragte sie dann.

»Ein Zauberer.« Zlatan zog eine grimmige Miene. »Sein starker Zauber hat unsere Krieger getötet und sogar seine eigenen Gefährten verwundet. Doch ich fürchte mich vor keinem noch so starken Zauber.« Er schlug sich an die Brust. »Zlatan, der Tarbullo, wird dir diesen Zauberer fangen und töten, meine Herrin.«

»Kein Zauber, eine Waffe.« Catolis senkte die Stimme. Sie trat so dicht an ihn heran, dass er scheu den Blick senkte. »Eine Waffe, die ich kenne und die ich dir geben werde. Sie ist gefährlicher als jeder Kriegsbogen, tödlicher als jedes Schwert. Doch es braucht viel Zeit, bis man lernt, mit ihr umzugehen. Was geschehen kann, wenn man sie nicht beherrscht, hast du vorhin von Kaikan gehört.«

*

Priester zogen den Vorhang zurück, schwerer Stoff und von derart tiefem Blau, dass es ihr vorkam, als überschattete es die weißen Gewänder der Priester. Zwei weitere Priester öffneten das Portal zum heiligsten Ort des Tempels, einer großen Felskammer ganz oben auf der Pyramide hinter dem Tarkartos. An die hundert Priester in Weiß warfen sich rechts und links des Götterbildes nieder. Catolis betrachtete sie. Als würde Schnee ein altes Lavafeld bedecken, so sah der Boden rechts und links der Tarkatos-Statue aus mit den vielen hingestreckten Männern in ihren weißen Gewändern und meist dunklen Haarschöpfen.

»Eure Hohepriesterin geht nun ins Allerheiligste!«, rief sie. »Um mit Tarkatos zu sprechen! Betet, dass der Gott mir antworten wird!« Sie wandte sich ab und trat an den vier Portalhütern vorbei, ohne sie eines Blickes zu würdigen. Sie schritt über die Schwelle und in den Saal, den außer ihr niemand betreten durfte. In ganz Tarkatan nicht.

Hinter ihr schlossen sie das Portal. Catolis verriegelte es selbst. Sie hörte, wie auf der anderen Seite der schwere Vorhang vorgezogen wurde. Wegen des Lichtes hatte sie ihn dort anbringen lassen, damit kein Strahl durch einen Türspalt nach außen sickern konnte. Sicher, sie würden es für ein Zeichen der Gegenwart des Gottes halten. Sie glaubten ja auch, dass ihre Hohepriesterin hier im Allerheiligsten mit dem Gott Zwiesprache hielt. Diesmal über den geplanten Kriegszug. Doch der eine oder andere könnte dennoch zu Tode erschrecken.

Doch Catolis stand nicht der Sinn danach, mit irgendeinem Gott zu sprechen; sie wusste jetzt schon, was sie ihnen verkünden würde, wenn sie diesen Saal wieder verließ: »Tarkatos will, dass wir das Bergkönigreich Garona erobern!«, würde sie rufen. »Der Gott hat beschlossen, es in unsere Hand zu geben!«

In der Mitte des Saales stand ein Kuppelzelt, das mit Teppichen bespannt war – in den Farben einer Großmeisterin der Zeit –, tiefblau mit silbernen Säumen und Fransen. Sie bückte sich hinein, schlug sorgfältig den Eingangsteppich vor den Zugang. Ganz und gar dunkel war es jetzt. Mit den Zehenspitzen tastete sie sich in die Mitte der Zeltkuppel voran, stieß gegen das Sitzkissen, ließ sich mit gekreuzten Beinen darauf nieder.

Einige Atemzüge lang wartete sie. Sie wartete bis Stille und Dunkelheit ihr selbstverständlich wurden. Irgendwann berührte sie den Mondsteinring. Sie betastete ihn mit den Fingern, drückte ihn gegen die Stirn, richtete ihre Aufmerksamkeit vollkommen auf ihn.

Die Hitze aus dem Stein strömte in ihre Hand, in ihren Arm, in ihre Stirn. Der Mondstein begann zu leuchten. In hundert blauen Schattierungen nahm ihre Umgebung Gestalt an – der Eingangsteppich, die gebogenen Zeltstangen, ihr Gewand, ihre Knie darunter, ihre Hände, der Teppichboden. Blaues Licht flutete die Zeltkuppel, blaues Licht füllte sie vollkommen aus.

Das ERSTE MORGENLICHT.

Es war bereits das zwölfte Mal seit ihrem Aufbruch aus Kalypto, dass Catolis sich anschickte, den Gefährten im ERSTEN MORGENLICHT zu begegnen. Das erste Mal hatten sie die Schwelle zur Anderen Welt und zueinander genau am Tag der hundertsten Sommersonnenwende nach dem Aufbruch aus Kalypto übertreten.

Die Bläue des Lichts durchdrang Catolis' Kleider, sättigte ihr Haar, ihre Nägel, ihre Haut, drang in die Zeltkuppel ein. Die Fasern der Teppiche leuchteten auf. Catolis' Bewusstsein verschmolz mit dem allgegenwärtigen Licht. Hitze durchströmte ihren Körper, staute sich in Brust und Kopf. Die Zeltteppiche wurden ganz und gar durchsichtig, ihre Gitterstruktur schimmerte wie glühende Fäden eines Spinnennetzes. Rund um das nun vollkommen durchsichtige Zelt flutete das Licht den Saal mit allen denkbaren Blautönen.

Catolis tauchte tiefer ein in das ERSTE MORGENLICHT, verschmolz mit ihm; seine Wärme erfüllte sie von den Haarwurzeln bis in die Zehenspitzen, seine Kraft erfrischte ihre Glieder, ihr Gehirn. Wie neugeboren fühlte sie sich. So ging es ihr jedes Mal.

Sie vergaß das Zelt, den Saal, den Tempel, die Stadt, sie vergaß ihren Körper. Und dann war es auf einmal, als würde ein Tor aufspringen, unsichtbar und gewaltig, und ein warmer, sanfter Hauch umwehte sie. Vielleicht Sonnenwind. Vielleicht der Atem des Universums. Catolis hatte keine Worte dafür.

Sie vergaß die Zeit, sie vergaß sich selbst, und die vollkommene Gegenwart eines großen Hier und Jetzt hob sie in unbekannte Räume hinein und in ungeahnte Höhen hinauf.

»Seid ihr da?« Waren es ihre Gedanken, die sie da hallen hörte?

Strömte Luft durch ihre Stimmbänder? Bewegte sie Lippen und Zunge? Sie wusste es nicht, sie kümmerte sich nicht darum. »Catolis ruft euch! Seid ihr hier?«

»Ich bin hier.« Ein Schatten winkte irgendwo in der blau schillernden Lichtwelt, eine Stimme klang auf, als wollte sie singen. Catolis spürte die Meisterin des Lebens, die Magierin, die in den hohen Norden gezogen war. Der Schatten verdichtete sich, verwandelte sich in einen Wirbel aus rötlichem Licht; der Lichtwirbel nahm eine Gestalt an, die entfernt an einen menschlichen Körper erinnerte. Doch Gestalt spielte keine Rolle in dieser Welt. »Hier ist Violis. Gut, dir wieder zu begegnen.«

»Bist du vorangekommen mit deinen Eiswilden?«, rief eine zweite dunklere Stimme. Catolis entdeckte einen zweiten Lichtwirbel, einen matteren, ockerfarbenen – den Meister des Willens. »Sind sie endlich bereit, ihre Kräfte mit unseren Völkern zu messen? Ich warte schon so lange vergeblich auf deine pelzvermummten Riesen. Und wer kommt? Das braune Wildpack der Großmeisterin der Zeit.«

»Dir wird der Spott noch vergehen«, raunte Catolis in die Lichtwelt.

»Ein sturer und wilder Stamm, meine Eisbewohner.« Wieder Violis' Stimme; Catolis spürte etwas wie Mühe und Erschöpfung in ihr vibrieren. »Ich fürchte, es wird noch ein langer Weg.«

»Gib dieses Volk auf«, kam es nun aus einem dritten Lichtwirbel. Der leuchtete sehr hell, beinahe grell, und die Stimme aus ihm tönte klar und gebieterisch – der Meister des Lichts. »Diese Wilden aus dem ewigen Eis mögen zäh und klug sein, doch sie passen nicht zu Kalypto. Was sollen wir mit Menschenwesen, die es in die Kälte zieht? Davon abgesehen wird mein Bergvolk kurzen Prozess mit ihnen machen. Du hast doch erlebt, wie sie vor den Waffen meiner Kämpfer kapitulierten!«

»Sie kapitulierten nicht«, widersprach die Meisterin des Lebens. »Sie haben sich zurückgezogen und ihren Verfolgern einen Hinterhalt gestellt. Weit mehr deiner Bergritter kamen ums Leben als Jäger meiner Eiswilden.«

»Gib sie auf, Violis, suche ein anderes Volk, um es unserer Prüfung zu unterziehen.« Der Meister des Lichts beharrte auf seinem Standpunkt; Catolis fand das bezeichnend für ihn. »Es ist vergeblich, so viel Arbeit in dieses arktische Volk zu stecken. Die hochkultivierten Bewohner meiner Städte werden sie so oder so ausrotten.« Alles an den grellen Lichtkonturen und der kräftigen Stimme des Meisters des Lichtes wirkte zuversichtlich und siegesgewiss.

»Dazu müssen deine Bergkriegerinnen erst einmal meine Insulaner besiegen!« Catolis ergriff wieder das Wort.

»Was soll das heißen?« Der Lichtwirbel des Magiers, der Kalypto im nordwestlichen Hochgebirge diente, zog sich zusammen, wurde matter. Auch die Stimme hallte plötzlich nicht mehr ganz so triumphierend durch das blaue Leuchten.

»Du bist doch sonst nicht so schwer von Begriff«, erhob der Meister des Willens die Stimme. »Das heißt nichts anderes, als dass unsere Großmeisterin der Zeit das Spiel eröffnen will.«

»Ist das wahr, Catolis?«, kam es vom Meister des Lichts. »Du willst zuerst mich angreifen?«

»Du sprichst mir entschieden zu oft von ›mein‹ und ›mich‹!« Der hundertblaue Lichthof rund um Catolis' Lichtwirbel loderte auf; sie gab sich keine Mühe, ihren Zorn zu verbergen. »Es geht nicht um dich und mich, es geht um das Zweite Reich von Kalypto! Nicht dich werde ich angreifen, sondern dein Volk.«

»Hast du etwas anderes erwartet, verehrter Lichtmagier?« Etwas wie Schadenfreude hörte Catolis aus der Stimme des Magiers heraus, der Kalypto in den Flusswäldern im fernen Osten diente.

»ICH habe etwas anderes erwartet!« Wie Flammen schoss es aus dem blauen Schillern rund um Catolis, und ihre laute Stimme erfüllte den gesamten Lichtraum. »Und zwar von dir, Meister des Willens! Ich habe von dir erwartet, dass du deinen Ringträger sorgfältiger auswählst!«

Der ockerfarbene Lichtwirbel verdunkelte sich. Der Meister des Willens zog es vor zu schweigen. Dafür leuchteten die anderen beiden Gestalten auf.

»Was ist geschehen?«, wollte Violis, die Magierin im hohen Norden, wissen.

»Ist unser Willensmeister wieder einmal vorgeprescht, ohne zuvor nachzudenken?«, tönte es aus der hellsten Lichtgestalt. Es klang gehässig.

»Schweig still, Lichtmeister!« Der ockerfarbene Lichtwirbel loderte auf. »Ich hatte einen der Waldleute erwählt, den besten, den ich fand. Doch er konnte das ERSTE MORGENLICHT nicht beherrschen. Versuch und Irrtum. Gehört das nicht zum Spiel?«

Catolis erschrak – der Verlust eines Ringes gehörte zu den schwerwiegendsten Fehlern, die einem Magier unterlaufen konnten. »Hast du ihm den Ring wieder abgenommen?«

»Ich bin ihm auf der Spur. Es ist nur eine Frage der Zeit. Während ich den Ring zurückhole, beobachte ich, wie ihr beide eure Völker in die Waagschalen werft.«

»Wir beobachten euch und lernen, wie eure Völker zu kämpfen pflegen«, kam es aus der Lichtsilhouette der Meisterin des Lebens. »Das erhöht die Wahrscheinlichkeit für den Sieg unserer Völker.«

»Wir sehen dem Untergang eurer Völker zu und machen die Sache dann zwischen uns aus«, tönte es wieder kräftiger aus dem Lichtwirbel des Meisters des Willens.

»Ohne zweiten Ring wirst du gar nichts ausmachen!« Zornig glühte Catolis' Lichtaura wieder auf. »Ohne zweiten Ring wirst du es sein, der untergeht! Du hast das ERSTE MORGENLICHT einem Unwürdigen anvertraut! Wenn du unseren Auftrag weiterhin auf die leichte Schulter nimmst, wirst du auch ein weiteres Mal einen Unwürdigen erwählen!«

»Vielleicht, vielleicht auch nicht«, tönte es leise durch die Lichtwelt.

»Und du, Catolis?« Auch der Meister des Lichts leuchtete heller und tönte nun lauter. »Sind es etwa würdige Menschenwesen, die du zu mir in die Berge schicken willst?«

»Nicht zu dir, zu deinem Volk …«

»Sind etwa diese grausamen Totschläger würdige Diener des Zweiten Reiches?«

»Das werden sie mit deinen Bergkriegerinnen aushandeln«, entgegnete Catolis, »und zwar auf ihre Weise.«

»Ruhig, ganz ruhig«, beschwichtigte der Meister des Willens. »Bedenkt doch – es ist nur ein Spiel«.

»Es ist mehr als ein Spiel, es ist eine Prüfung«, klang es aus dem Lichtwirbel der Magierin Violis. »Eine wichtige Prüfung. Es geht um die Zukunft des Zweiten Kalyptischen Reiches.«

»Prüfung oder Spiel – mein Volk ist bereit«, verkündete Catolis. »Die Prüfung beginnt, das Spiel ist eröffnet.«

ZWEITES BUCH

KEINE EBENE OHNE ABHANG

I

Jemand lachte.

Hörte sich gut an, und Lasnic glaubte, das Lachen seines Vaters zu erkennen. Hörte sich fantastisch an, wild und laut, und zwischen Schilfrohr meinte er jetzt auch, das lachende Narbengesicht des geliebten Voglers zu erkennen. Vertraut sah das aus, ja: vertraut und mächtig gut, und Lasnics Herz schwoll an.

Doch dann mischte sich Schmerz in die aufbrandende Freude, ein dumpfer, bohrender Schmerz, der ihm die Magensäure in die Kehle drückte.

Die Schilfhalme verblassten, Voglers zernarbtes Gesicht zerfiel in graues Geflimmer, und Lasnic begriff, dass er geträumt hatte, dass er im Halbdunkel auf Wurzelstrünken lag, dass seine Knochen sich schwer wie Eichenprügel anfühlten und dass er nicht allein war.

Der Schmerz klopfte im Kopf, bohrte im Nacken, stach in den Rippen. Lasnic riss die Augen auf und blinzelte in geflochtenes Astwerk, Netzmaschen und welkes Laub. Er wollte sich aufrichten, konnte aber seine Arme nicht bewegen. Und warum hörte das Gelächter nicht auf? Doch kein Traum?

Es roch nach Schwein. Eine Lichtlanze bohrte sich durch das Astgeflecht über ihm. Er drehte den schmerzenden Kopf nach rechts – sachte und ächzend – und blinzelte auch dort in geflochtenes Astwerk, Netzmaschen und Laub. Irgendein Unterstand, irgendeine Bude aus Gehölz. Hinter der Wand lachte einer. Und das klang gar nicht gut. Nein, zwei lachten da. Vielleicht auch mehr als zwei, Männer mit hohen, gepressten Stimmen. Schlimmes Gelächter war das, dreckig und höhnisch.

Lasnic lauschte mit wachsendem Ekel, während sein Schädel pochte und die Wurzelstrünke sich in seinen Rücken bohrten, und nach und nach kehrte die Erinnerung zurück: Bräunlinge.

Dutzende. Das Gehölz rund um den Bibertümpel hatte plötzlich von ihnen gewimmelt. Und von ihren Speeren, Schleudern und Äxten. Jetzt lachten sie draußen hinter der Laubwand.

»Drecksäcke ...!« Er verstummte gleich wieder, weil das Fluchen den Schmerz anheizte. Er drehte den pochenden Kopf zur anderen Seite, blickte wiederum in geflochtenes Astwerk, Netzmaschen, Laub. Und in Kauzers zerknautschtes Kindergesicht.

Der kleine Wettermann sah ihn an, traurig und zugleich so ruhig, wie Lasnic ihn selten erlebte. Kauzers trübsinniger Blick wanderte hinunter zu seiner rechten Hand. Er hob sie ein wenig aus Erde und Laub, einen halben Fuß weit etwa, mehr nicht. Das reichte Lasnic, um die Schelle daran und die Kette zu sehen.

Gefangen!

»Verfluchte Marderscheiße!« Lasnic fuhr hoch – jedenfalls so hoch er konnte, einen halben Fuß höchstens. Ketten klirrten. Er wollte die Knie anziehen – einen halben Fuß weit bekam er sie angehoben, bevor auch unten an seinen Knöcheln Ketten klirrten.

Gefangen, beide.

»Wer hat das getan?« Panik schnürte ihm den Atem ab. Er riss an Hand- und Fußfesseln, bis ihm die Schellen die Haut wund scheuerten. Er konnte nicht um sich schlagen, konnte nicht die verdammte Astwand eintreten, konnte nicht aufstehen und laufen – nichts Schlimmeres gab es für einen Waldmann.

»Wieso bin ich hier? Wer hat mich umgehauen?« Die Panik betäubte den Druck im Rücken und das Brennen im Schädel. Der Schmerz, der ihn jetzt quälte, brannte hinter dem Brustbein. Besiegt? Lasnic? Der großartigste aller großartigen Waldmänner? Gefangen? »Wer hat das getan, verflucht ...?« Er keuchte, sein Atem flog.

»Beruhige dich, Bursche.« Die heisere Raschelstimme des Wettermanns. »Nicht einer hat's getan, sechs hat's gebraucht, um dich zu fällen. Falls dir das ein Trost ist.« Der Alte seufzte rasselnd.

Zehn Sommer waren über die Wälder an den Ufern des Stomms gegangen seit der vermasselten Jungjägerprüfung, seit Lasnic den

Flussparder ziehen ließ. Hochwasser kamen und gingen, neun gewöhnliche, ein verheerendes. Arga, Lasnics Weib, hatten die Fluten mit sich gerissen und mit ihr viel zu viele Waldleute in Strömenholz, Blutbuch und Düsterholz; und so manchen holten der Alligator und der Schlammwels.

Zehn Sommer, und Lasnic war zum Mann geworden, zu einem starken Jäger, den mancher beneidete und viele bewunderten, nicht zuletzt er selbst. Jetzt trugen die Baumkronen die Farben des Spätsommers und es war geschehen, was Birk, der Weißschopf, immer vorhergesagt hatte: Die Bräunlinge waren zurückgekommen. Irgendwo im Mündungsdelta des Stomms lagen sie mit drei Schiffen vor Anker.

»Wir beide haben den Überfall von der Mitte des Biberteiches aus gesehen«, krächzte Kauzer. Lasnic hörte es, sah die Bilder dazu, erinnerte sich dunkel. »Wie aus dem Nichts sprangen sie unsere Jäger an. Als wir beide unsere Jagdbogen anlegten, sind sie aus dem Schilf gesprungen und schwangen schon die Keulen.«

Dazu wollte kein Bild in Lasnics Kopf entstehen. »Warum weiß ich's nicht mehr, warum kann ich mich nicht dran erinnern …?« Wieder riss er an den Ketten, bis die wunde Haut brannte. Sein Schädel verwandelte sich in einen Paukenkessel und der Schmerz in einen zur Axtklinge gewetzten Schlegel. Lasnic atmete gegen die Panik an. Gefangen-, Angebundensein war das Schlimmste; nicht aufspringen, nicht angreifen oder weglaufen können – das ertrug einer wie Lasnic nicht. Ganz still hielt er, bis das Dröhnen im Schädel abebbte. Währenddessen lachten draußen die Bräunlinge. Er hasste dieses Lachen.

Nach und nach stiegen in ihm weitere Bilder der Erinnerung auf. Die meisten wollten keine deutlichen Umrisse annehmen, doch eines traf ihn mit greller Klarheit: Rauch und der hustende Gundloch mit dem Kopf im Jagdnetz, und braune sehnige Körper, fast nackt, die den Waldfürsten umzingelten; lauter flinke Kerlchen mit lauter scharfen Äxtchen und in der Sonne blinkenden Speerchen und Säbelchen.

»Marderscheiße …« Nur flüstern konnte er, der Schock schnürte ihm die Luft ab. Wann war das alles gewesen? Gerade eben? Vor einem Morgen? Vor sieben?

Der penetrante Schweinegeruch trieb ihm Übelkeit in den Rachen. Vielleicht war es auch der Schmerz. Stöhnend hob er den Schädel und äugte an sich hinunter: Seine eichbraune Lederhose war am Knie zerrissen, Blut und Dreck klebten an den Fetzen; sein fuchsbraunes Wildlederhemd war über und über mit Krusten vertrockneten Blutes bedeckt. Und wie er stank! Hatte er etwa in die Hosen gepisst? Sah so aus. »Scheiße …«

Er ließ den Kopf fallen. »Aua …« Wenn er jetzt einem Mädchen begegnete … Kein hässlicher Gedanke an sich. Erneut drehte er den Schädel und blickte in Kauzers verwelktes Kindergesicht. »Wo sind die anderen?«

»Tot.« Die Stimme des Wettermanns klang wie ein Tritt ins Vorjahreslaub, wenn es lange nicht geregnet hatte.

»Warum erzählst du mir Märchen?« Lasnic fauchte Kauzer an. »Wir waren acht! Ein unbesiegbarer Waldfürst mit sechs gut bewaffneten Jägern und einem kleinen schlauen Wettermann! Sag, dass du Eulenscheiße redest!«

Kauzer blickte ihn aus seinen roten traurigen Augen an und sagte überhaupt nichts.

Lasnic schloss die Augen und stöhnte auf. »Sieben Jäger …! Wie, beim stinkenden Arsch des Schartans, sollen sie das denn hingekriegt haben, die verdammten Bräunlinge?«

»Waldfeuer. Haben einfach das Buschwerk angezündet, in dem unsere Jäger in Deckung lagen.«

»Wassis?« Lasnic sperrte Mund und Augen auf. Der Schreck dämpfte einen Atemzug lang den pochenden Schädelschmerz. Waldfeuer war ganz übel! Waldfeuer war eine Strafe der Wolkengötter, Waldfeuer war das Letzte, was ein Waldmann sehen, hören und riechen wollte. »Alle verbrannt?«

»Verbrannt, erstickt, erschlagen. Fast alle.« Mit einer eckigen Bewegung seines großen Kinderschädels deutete Kauzer über Lasnic hinweg zur rechten Laubwand. »Hör doch.«

Lasnic lauschte dem schlimmen Gelächter. Mindestens vier kicherten und gluckten und prusteten da draußen. Zwei, drei Lanzenwürfe entfernt kläfften Wölfe und riefen Stimmen, quäkend und scheinbar ohne Sinn. Geäst brach, ein Schwein grunzte, und plötzlich hörte er es auch: Jemand röchelte ganz dicht neben ihrer Astbude. Dann ein Laut wie von einem Schlag, und das Röcheln ging in wimmerndes Stöhnen über; bis prustendes und wieherndes Gelächter es wieder übertönte.

»Wer ist das, verflucht?« Lasnics Stimme brach, in seinem Gesicht zuckte es; er wusste genau, wen sie da draußen quälten.

»Der Waldfürst.« Kauzer flüsterte. »Gundloch ist der einzige außer uns, der noch atmet. Die anderen fünf sind schon den Weg allen Laubs gegangen.«

Lasnic lag wie von Bruchholz getroffen. Mit offenem Mund starrte er in den Winkel der zusammengebundenen Stützäste über ihm und konnte es nicht glauben. Den Kampf verloren, fünf Jäger gefallen, er selbst gefangen. Sogar der Waldfürst gefangen. Draußen stöhnte Gundloch in diesem Augenblick auf, fluchte sogar, und die Bräunlinge wieherten vor Vergnügen.

Lasnic zerrte wieder an seinen Ketten. Das Wasser stieg ihm in die Augen. Er liebte seinen Waldfürsten, wie ein kleines Kind hing er an ihm! Ja, verdammt noch mal, so war das eben! Ein Vorbild war Gundloch ihm, ein starker Freund, ein Vater, seit Vogler gestorben war. Lasnic wandte sich ab, damit der Wettermann sein zuckendes Gesicht nicht sehen konnte. Er kniff die Augenlider zusammen und knirschte mit den Zähnen.

»Wenn sie mit Gundloch fertig sind, werden sie einen von uns rannehmen«, flüsterte Kauzer.

Lasnic schluckte die Tränen hinunter. »Um ihn auszuquetschen?«

»Oder um zu spielen.« Kauzer stieß ein bitteres Lachen aus; es klang, als würde er Rotz hochwürgen.

»Noch atme ich, noch habe ich Zorn für drei im Bauch!« Lasnic straffte die Ketten an den Händen – es blieb dabei: Nur einen halben Fuß weit konnte er die Fäuste heben. Er beäugte die Kette an der Linken: Das letzte Glied ragte aus dem Waldboden. Den

Pflock hatten die verdammten Bräunlinge so tief in der Erde versenkt, dass Lasnic ihn nicht sehen konnte. Er zog und zerrte. Vergeblich. Seufzend ließ er den Kopf sinken. Er spürte, wie Kauzer ihn beobachtete. »Was glotzt du, Wettermann!«, zischte er.

»Hast du geheult?«

»Schwachsinn! Lass dir was einfallen, du hast doch sonst immer einen Zauber im Beutel.«

»Nur, wenn's um Wind oder Regen oder Sonnenschein geht.«

Das stimmte nicht. Man konnte auch zum Wettermann hinaufklettern, wenn es um einen gefährlichen Jagdpfad ging, um Beute, um einen Hasser, der einem den Hausbaum fällen wollte, sogar wenn es um Mädchen ging. Kauzer konnte immer etwas drehen, wenn er wollte, und nur der Schartan wusste, wie er das anstellte.

Lasnic hatte es selbst schon erlebt. Nicht wegen Mädchen, er hatte ja Arga gehabt, und seit sie vor vier Sommern ertrunken war, kriegte er jedes Weib, das er wollte, dazu brauchte er keine Tricks eines Wettermanns. Aber im Frühjahr manchmal, wenn mit dem Hochwasser die gefräßigen Schlammwelse bis in die Siedlungen vordrangen, wenn jeder Jäger, der etwas auf sich hielt, Lanze und Netz schnappte und mit seinem Jagdbruder ins Kanu stieg – ja, dann war auch er schon zum Wettermann hinaufgeklettert. Bis jetzt schien es geholfen zu haben; jedenfalls lebte er noch.

Wieder stöhnte und fluchte der Waldfürst draußen, und die kichernden Bräunlinge hatten ihren Spaß. Durch und durch ging es Lasnic. »Tu was, Kauzer, verflucht noch mal, tu was!«

»Kann nicht. Tu doch selbst was, Bursche.«

Das Schwein grunzte schon wieder, es blökte sogar. Lasnic fragte sich, was sie mit dem armen Tier anstellen mochten. Wölfe heulten, kläfften und jaulten. Das mussten gezähmte Wölfe sein. Sah den Bräunlingen ähnlich, sich mit solchem Viehzeug zu umgeben.

Verfluchte Bräunlinge! Bis auf Birk und seine Ältesten hatten die meisten Waldleute sie längst vergessen gehabt. Die Wachbäume waren immer häufiger unbesetzt geblieben, die Patrouillen fielen immer öfter aus. Und dann fanden Frauen eines Tages beim Pilzsammeln zwei blutige Köpfe – an Buchen aufgehängt und ganz in der Nähe von Stommfurt. Zwei erfahrene Jäger! Die Bräunlinge hatten sie auf dem Hauptjagdpfad gefällt. Ein Axthieb, ein Albtraum, ein Stoß in sämtliche Feuerhörner! Schlimmer als Hochwasser, fast so übel wie Waldfeuer.

Boten waren ausgeschwärmt, und am nächsten Tag hatte man in ganz Strömenholz von nichts anderem mehr gesprochen. Und wohl auch in Blutbuch, Wildan und Düsterholz. Seitdem suchten alle vier Waldfürsten rechts und links des Stomms mit ihren besten Jägern nach den verfluchten Schlächtern.

Es geschah selten genug, dass Fremde – »Aushölzer« wie Lasnic und seinesgleichen sie nannten – sich in die Flusswälder verirrten. Und wenn, kümmerte es die Jäger nicht groß. Der wilde Wald, seine Sümpfe und sein gefräßiges Raubzeug wurden auf ihre Weise mit solchen Eindringlingen fertig.

Die Imhölzer – so nannten Lasnic und seinesgleichen sich selbst, wenn es darum ging, sich von Fremden zu unterscheiden –, die Imhölzer wollten möglichst wenig zu schaffen haben mit dem Pack von außerhalb des Wildgehölzes. Nur wenn Aushölzer auf einmal anfingen, Stämme zu schlagen wie die Baldoren aus dem Grasland im fernen Norden vor fast vierzig Sommern, oder wenn sie von einem Tag auf den anderen mit Riesenkähnen im Mündungsdelta des Stomm auftauchten und die Fischgründe leer fischten wie die Trochauer von der anderen Seite des Ozeans vor zwanzig Sommern – dann musste man sich natürlich mit den Aushölzern beschäftigen, und dann gab es auch schon mal Prügel.

So zuletzt vor sechzehn Sommern, als Vogler mit seinen Spähern zum ersten Mal auf Bräunlinge gestoßen war. Schlimme Prügel waren das gewesen, allerdings für beide Seiten: Der Kampf hatte sowohl die Eindringlinge als auch Voglers Späher ums Leben gebracht. Und auf rätselhafte Weise zuletzt auch Vogler selbst.

Bei Baldoren und Trochauern hatten die Prügel Früchte getragen: Die kamen nur noch alle drei Sommer und zahlten dann artig mit Klingen und Stoffen für Stämme und Fisch. Die verfluchten Bräunlinge jedoch führten sich auf wie ausgehungerte Alligatoren. Kein Mensch wusste, was sie hier im Holz zu suchen hatten. Und woher sie kamen, erst recht nicht. Mochten doch sämtliche Waldfurien sich zusammenrotten und ihnen weiß der Schartan was abbeißen!

»Was ist jetzt los da draußen?«, krächzte Kauzer. Lasnic hörte die verdammte Angst in der Stimme des Wettermanns schwingen, und das befeuerte seine eigene Furcht. Gar nicht gut.

Draußen tat sich wirklich etwas Neues: Die Schreie klangen anders, viele Bräunlinge riefen durcheinander, Zahmwölfe kläfften und jaulten, irgendwo prasselte Geröll über Gestein, das Schwein quiekte rau und heiser. Ein Keiler, ganz bestimmt. Lasnic roch das. Und jetzt stimmten die Bräunlinge einen Lärm an, der nach Jubel klang.

Was beim Schartan ging da draußen vor sich?

Schließlich verstummte das Gelächter vor der Astbude, stattdessen palaverten sie nun. Ihre Sprache klang wie das Grunzen der Dachse, nur härter und seltsam meckernd.

Eine fette Erdhummel brummte über Lasnics Gesicht hinweg und landete zwischen ihm und dem Wettermann. Er wandte den Kopf nach dem Tier. Das dicke Pelzklößchen krabbelte über Laub und Gezweig in Reichweite von Kauzers angekettetet Hand. Der ballte die Faust und hob sie, soweit die Kette es zuließ.

»Bloß nicht!« Lasnic winkelte den Arm an, so gut er konnte, und brachte gerade noch den Ellenbogen unter Kauzers zuschlagende Faust. Er mochte Hummeln. Der schwarzgelbe Pelzkloß erhob sich und brummte ins geflochtene Geäst zwischen die Netzmaschen. »Hat dich die Waldschlampe geküsst? Man schlägt doch keine Hummel tot!«

»Ich hab Hunger«, krächzte Kauzer. Sie starrten einander wütend an. »Wann werd ich schlau aus dir, Bursche? Scheinst's mit Viechern besser zu können als mit Menschen.«

»Wundert's dich wirklich, Wettermann?« Mit einer vorsichtigen

Kopfbewegung deutete Lasnic neben sich zur Laubwand, hinter der man Gundloch seine Schmerzen herausstöhnen hörte. Die Bräunlinge lachten nicht mehr.

Plötzlich raschelte Laub, es quietschte und wurde hell. Jemand hatte den Astkerker geöffnet, Lasnic blinzelte in die hereinprallende Morgensonne. Draußen standen Bräunlinge und glotzten, mindestens fünf. Zwei streckten Speere herein. Spitzes Metall bohrte sich über Lasnics Adamsapfel in seinen Bart. Er drückte den schmerzenden Hinterkopf in den Boden, hielt still und wagte nicht zu fluchen, zu schimpfen, zu beten, zu atmen. Dem gurgelnden Krächzen von links entnahm er, dass es dem Wettermann um keine Spur besser erging.

Ein ganzer Schwung kleiner, sehniger Körper drängte sich in den Astkerker. Sie plapperten in ihrer raunzenden, schmatzenden, flötenden Dachssprache. Griffkreuze von Krummschwertern ragten über ihre Schultern. Das lange Schwarzhaar auf ihren spitzen Köpfen war zu dicken Zöpfen geflochten, ihre Zähne kamen Lasnic unverhältnismäßig groß vor und unglaublich weiß. Viele hatten sich fleckige Lederfetzen unbestimmbarer Farbe um die Hüften geknotet und schmutzige Tücher um die Schultern gebunden, andere trugen graue Lederjacken und Pumphosen. Hauptkerle wahrscheinlich. An einem erkannte Lasnic seinen eigenen Brustgurt und daran sein baldorisches Kurzschwert, das Vogler mal von einer Wanderung in den Norden mitgebracht hatte; auch die Lanze, die dem Bräunling vom Rücken über die Schulter ragte, gehörte ihm. Lasnic zischte einen Fluch und prägte sich das Gesicht des Jackenkerls ein.

Vor dem Eingang wartete einer in schwarzem Ledermantel und mit rotem Tuch um die Stirn. Neben ihm ein zahmer Wolf mit fast weißem Fell. Beide betrachteten ihn, das Tier gleichmütig, der Mann lauernd und als würde er angestrengt nachdenken. Sein Haar war hellgrau wie das Fell seines Wolfes, beinahe weiß, und sein langes Gesicht schien aus braunem Sandstein gemeißelt. Ein Anführer, was sonst.

»Drecksack!« Lasnic wollte spucken, doch einer packte sein

Haar und hielt seinen Schädel am Boden, jeweils zwei knieten ihm auf Armen und Beinen. Andere machten sich an seinen Fuß- und Handschellen zu schaffen. Wieder brandete die Panik auf, und Lasnic zuckte und furzte vor Angst; die braunen Kerle feixten. Einer hielt sich kichernd die Nase zu, ein anderer deutete auf Lasnics zuckendes Auge, ein dritter schlug ihm ins Gesicht.

Sie arbeiteten, wie sie kämpften: flink und mit allen Gliedern auf einmal. Ihre Augen rollten hin und her dabei; die waren noch brauner als ihre Haut, bei manchen fast schwarz. Es ging ruck, zuck, und Lasnic fand sich in ein grobes Jagdnetz eingeschnürt.

»Weg mit dem Netz!« Wenn er etwas nicht leiden konnte, dann Enge und die Unfähigkeit, sich zu bewegen. »Weg damit!« Er brüllte wie von Sinnen, versuchte sich aufzubäumen.

Sie erhoben sich von seinen Gliedern, hängten Haken mit Riemen in die Maschen zwischen seinen Füßen und zerrten ihn aus dem geflochtenen Astkerker. Die Luft war gesättigt mit schnatternden Stimmen, Wolfsgekläff und Schweineduft.

»Ihr müsst das Netz aufschnüren!« Lasnic warf sich hin und her, brüllte, heulte. »Weg mit dem verfluchten Netz!« Er krümmte sich, spuckte, schrie und wälzte sich im Unterholz.

»Ruhig, Bursche, ganz ruhig.« Die heisere Stimme des Wettermanns irgendwo hinter ihm. »Tief atmen, still halten und tief atmen, Bursche. Hörst du, was ich dir sage?«

Lasnic riss sich zusammen, zwang sich, still zu liegen, holte tief Luft, wieder und wieder. »Was ist bloß in die Wolkengötter gefahren …« Er stieß zischend den Atem aus, die Panik ging, die Wut kam. »Verdammte Bräunlinge! Irgendwann kriege ich euch, ihr stinkenden Marderschwänze!« Der Zorn überschwemmte Lasnics Blut mit glühender Hitze. »Irgendwann kriege ich euch in die Finger!« Unerträglich war das, wie lächerlich er sich vorkam, er musste drohen und spucken. »Irgendwann breche ich euch jeden Zahn einzeln aus euern schnatternden Fressen! Irgendwann …!« Fluchend warf er sich hin und her. »Was ist in euch gefahren, ihr bescheuerten Götter? Warum helft ihr uns nicht?«

»Gib endlich Ruhe, Bursche!«, raunzte Kauzer ihn an. Das Netz mit seinem zierlichen Körper plumpste neben Lasnic ins Unterholz. »Du lästerst das Schicksal!«

»Na und, Wettermann?« Lasnic richtete sich auf, fletschte die Zähne. »Ich verfluche das Schicksal sogar! Hat es denn was anderes verdient?«

»Nicht wie ein Jäger, wie ein Grünspross schwatzt du in der Hitze deines Blutes!«

»Ich rede, wie ich will, alter Mann!«

»Nur wer sein Schicksal als Freund begrüßt, kann es überwinden«, verkündete Kauzer.

Neben Lasnics rechtem Ohr knurrte es, fauliger Atem wehte ihn an. Er blinzelte nach rechts, sah Reißzähne, sah eine lange Schnauze mit feuchter schwarzer Spitze, sah gelbe Augen. Noch ein gezähmter Wolf! Das Biest schnappte nach Lasnics Nase – Lasnic drehte den Kopf zur Seite, fluchte und kämpfte schon wieder gegen die Panik. Der Wolf schnappte nach Lasnics Ohr – der schrie das Tier an und wälzte sich auf den Bauch. Auch an Lasnics Beinen sprangen zwei der Biester auf und ab und versuchten, seine Zehen und Knie zu fassen. Sie sahen aus wie dürre, geschorene Wasserböcke ohne Gehörn, fleckig, räudig und braun wie Lehm. Nur wenig an ihnen erinnerte an die freien, schönen Wölfe in den Flusswäldern von Strömenholz. Scheinwölfe waren das, kaum verdienten sie den Namen »Wolf«.

Auch Kauzer umringten und bekläfften sie, doch dem taten sie nichts. Wahrscheinlich packte sie das Erbarmen beim Anblick des jämmerlichen Kinderkörpers. Sogar noch kleiner als die Bräunlinge war der Wettermann.

Ein Pfiff gellte, und das knurrende Viehzeug wich von Lasnic und dem Wettermann zurück. Vier Scheinwölfen zogen die Braunen nun Ledergeschirr über die Schädel und befestigten die Riemen daran, die sie in die Netzmaschen gehängt hatten. Wieder ein Pfiff, und die Scheinwölfe zogen an. Sie zerrten die Netze mit Lasnic und dem alten Wettermann durch Farn, Unterholz und Geröll. Bald nur noch durch Geröll, und Lasnics Schädel verwandelte sich wieder in einen Paukenkessel, der auf

Steinen und Aststrünken aufschlug. Der Waldmann ächzte und stöhnte.

»Wohin?«, quetschte er hervor. »Wohin schleppen sie uns?« Sein Mund war trocken, sein Herzschlag ein Trommelwirbel.

»Wirst's abwarten können«, krächzte links von ihm Kauzer, der gute Freund des Schicksals.

Eine Ahnung beschlich Lasnic, eine Ahnung, in welche Gegend man sie verschleppt hatte: die Felskessel am Parderfluss. Acht Tagesmärsche von Strömenholz' Hauptsiedlung Stommfurt entfernt. Auf früheren Jagdzügen hatte er hier schon gelagert.

Er hörte die Wölfe hecheln und die Bräunlinge palavern. Irgendwo außerhalb seines Sichtfeldes grunzte das Schwein. Sein Lederhemd war bis zu den Schulterblättern heraufgerutscht, und das Geröll scheuerte seinen Rücken wund. Zwischen den Bäumen weideten gesattelte Tiere, die erinnerten ihn an eine Mischung aus Elchkühen und Wasserantilopen. Andere waren gehörnt, massig und bockartig. Aus dem Augenwinkel sah er, dass Kauzer über ihn hinweg in die wenigen Kiefern starrte, die hier herumstanden.

»Was ist los, Freund des Schicksals?« Lasnic folgte dem Blick des Wettermannes und hielt die Luft an: Schädel hingen an den hellbraunen Stämmen. Aufgespießt auf abgeschlagene Äste starrten fünf blaugraue Gesichter aus toten Augen von fünf Kiefernstämmen herab. Die toten Gesichter von zwei Jagdkerlen und drei Jungjägern. Die toten Gesichter der Gefährten. An jedem Kiefernstamm eines.

Lasnic sperrte den Mund auf, kein Ton wollte ihm über die Lippen. Einer der Jagdkerle hatte ihm das Bogenschießen beigebracht. Mit den Jungjägern war er aufgewachsen. Die hatten im Nachbarbaum gewohnt. Als Flaumbärte hatten sie gemeinsam zwei Hirsche und einen Sumpfbären erlegt – sieben Sommer her –, danach hatten Gundloch und seine Eichgrafen sie endlich zu tauglichen Jungjägern erklärt.

Und jetzt stierten ihre toten Augen aus ihren abgeschlagenen Köpfen von diesen Kiefern da herab. Es kam Lasnic vor, als zerrten die Wölfe sein Netz besonders langsam unter ihnen vorbei.

Nicht einmal einen Fluch brachte er zustande. Jede Regung in ihm erstarrte, jeder Gedanke. Das Geröll unter seinem wunden Rücken schien in seine Brust einzudringen und sie vollständig auszufüllen.

Den nächsten Pfiff hörte er kaum. Die zahmen Wölfe blieben stehen und setzten sich auf die Hinterläufe. Endlich lag Lasnic still. Die Netzmaschen schnitten in seine Haut, engten seine Brust und seinen Hals ein. Er fürchtete zu ersticken, gab sich redlich Mühe, diese Furcht mit vernünftigen Erklärungen zu bändigen: Man erstickt in keinem Jagdnetz, man erstickt höchstens an seiner Kotze, wenn man nämlich auf dem Rücken liegt beim Kotzen. Hundert neue Ängste überfielen ihn: die Angst, dem Brechreiz nachgeben zu müssen; die Angst, sie könnten ihm den Schädel abschneiden; die Angst, sie könnten ihn in ein Feuer werfen …

Die Bräunlinge rotteten sich in zwei großen Gruppen zusammen. Dazwischen der mit dem Schwarzmantel und dem roten Stirntuch. Neben ihm sein Wolf. Der hatte ein buschigeres Fell als die anderen ähnelte mehr einem wilden Wolf. Sein Herr deutete über irgendeinen Abhang in irgendeine Tiefe, blaffte nach rechts und links. Vermutlich standen sie vor einem der Felskessel, die es hier gab.

Lasnic versuchte, die Angst und den Schmerz in Schädel und Nacken wegzuatmen. Als er wieder Augen für seine Umgebung hatte, entdeckte er plötzlich auch rechts von sich einen in Netzmaschen eingeschnürten Körper.

Gundloch, seinen Waldfürsten!

Wie ein schlaffer Rindensack lag er da, atmete hechelnd, blutete aus vielen Wunden. Barthaar und Haupthaar waren vollständig versengt, kräuselten sich wie ausgedörrte Walnussschalenfasern. Und so ähnlich stank er auch: nach verfaulten Nüssen, Pisse und verbranntem Haar. Und seine Haut! Lasnic erschrak bis ins Knochenmark – Gundlochs Haut hatte die Farbe einer schon verrottenden Wasserleiche.

»Gundloch«, flüsterte er. »Kannst du noch?«

»Vorbei …«, röchelte der Waldfürst von Strömenholz.

»Du musst durchhalten, Waldfürst.«

»Nix da ›durchhalten‹ …« Gundloch wandte sich zu ihm. Sein linkes Auge war zugeschwollen, seine Lippen aufgeplatzt. »Heute geht's zurück …« Er verzerrte seine geschundene Miene zu etwas, das wohl ein Lächeln sein sollte; kaum Zähne ragten noch aus seinem blutigen Kiefer. »Zurück ins Vorjahrslaub …«

»Bloß nicht! Verdammte Marderscheiße, mein Waldfürst – du darfst uns doch nicht verlassen!« Jetzt erst wurde Lasnic klar, wie ernst ihre Lage war: tödlich ernst. »Bitte!« Vergeblich versuchte er, die Tränen zu unterdrücken. Einer der Bräunlinge fuhr herum, schnalzte mit der Zunge und trat ihm in die Nieren. Lasnic heulte auf wie ein zahmer Wolf.

»Wen soll ich … um Erlaubnis fragen?«, stöhnte Gundloch. »Dich etwa? Hör auf zu flennen … und stirb wie ein Waldmann …« Er zischte einen Fluch, spuckte blutigen Schleim aus, hustete. Dann stammelte er: »Verflucht schade um dich, Kleiner …« Er riss das noch nicht zugeschwollene Auge auf, und sein Blick schien sich direkt in Lasnics Hirn zu bohren. »Viele haben wir nicht mehr … von deiner Sorte … ich dachte immer, du wirst einmal mein …« Ein Hustenanfall erstickte seine Stimme.

»Einer hat geredet«, flüsterte Kauzer.

»Woher weißt du das?«, fragte Lasnic.

»Ich höre es aus ihrem Palaver heraus – sie wissen, wo unsere Siedlungen liegen, sie kennen die Stellen, wo wir unsere Großkähne in den Schilffeldern am Strom versteckt haben.«

»Du verstehst ihre Sprache?«

»Ein paar Brocken nur.«

»Farner überlebte am längsten …«, keuchte der Waldfürst. »Sie haben ihn fürchterlich rangenommen … er muss es gewesen sein … ja, er hat geredet …« Zwei Bräunlinge rissen Gundloch hoch. Das blutige Netzbündel, das er noch war, krümmte sich und röchelte.

»Wir müssen die anderen warnen«, flüsterte Lasnic. »Die Waldfürsten, die Eichgrafen …« Er hatte keine Ahnung, was als Nächstes kam, wollte es auch gar nicht wissen.

»Wir müssen zum Vorjahreslaub fallen«, erklärte Kauzer in größter Ruhe. »Es ist vorbei.«

»Wir müssen überleben, verflucht noch mal!«

Während sie stritten, packten die Bräunlinge den Waldfürsten und stießen ihn über die Kante des Felskessels. Einfach so. Lasnic glaubte, in einen Albtraum zu stürzen. Doch er hörte den Aufprall, er hörte Geröll prasseln, er hörte das Schwein, wie es grunzte und schnaubte. Es war kein Traum.

Die Bräunlinge grienten, bückten sich nach Lasnic und dem Wettermann und rissen an den Maschen ihrer Netze.

2

Ayrin lauschte dem brodelnden Lärm jenseits der Zirkusfassade und des Tores. Mit jedem Schritt darauf zu wuchs ihre Erregung. Sie hörte metallenes Klirren, rhythmisches Klatschen und Stampfen, Anfeuerungsrufe und immer wieder Kampfschreie: wild, gellend, zornig. Sie fragte sich, ob Starian ähnlich schrie, wenn er auf seine Gegner losging. Noch eine Stunde höchstens, dann würde sie es wissen.

Romboc blieb stehen, und der ganze Tross hielt an. Getuschel, Geplapper und Gelächter hinter Ayrin verstummten. Romboc nickte flüchtig, und vier Thronritter zogen die Flügel des hohen Zirkustores auseinander. Romboc deutete zu den Trompetern auf den Zinnen hinauf, winkte dann nach links und rechts, gab schließlich, ohne sich umzudrehen, Handzeichen nach hinten. Seine Throngardisten formierten sich für den Einzug: Vier flankierten Ayrin, Mauritz und die Priesterin, vier Prinzessin Lauka und ihre Freundinnen, zehn den ihnen folgenden Tross aus Herzoginnen, Kriegsmeisterinnen, Erzrittern und einer Schar von Dienerinnen und Pagen. Romboc blieb mit seinen beiden Thronrittern an der Spitze.

Seine bloße Gegenwart wirkte ähnlich beruhigend auf Ayrin wie die vertrauten Räume und Zimmerfluchten in ihrer Burg, wie Belices altes Langschwert, wenn sie dessen Knauf fasste, oder wie der zuverlässige Anbruch des neuen Tages.

Sie reagieren auf eine Bewegung seines kleinen Fingers, dachte Ayrin, *sie lesen in seiner Miene, was er von ihnen verlangt. Ein Zauberer, er hat alles im Griff. Wie könnte ich jemals auf ihn verzichten?*

Aber genau darauf drängten nicht wenige am Königinnenhof von Garonada. Hildrun, Mauritz, so manche Obristdame und einige Herzoginnen sowieso. Zu eigensinnig sei der alternde Erzritter, zu hart, zu respektlos den führenden Frauen von Garona gegenüber, den Hochdamen. Außerdem zu mächtig. Er trage den Geist der Rebellion in die Erzritterschaft und Ayrin möge ihn zum Stadtmeister der besetzten Hauptstadt und des Haupthafens von Trochau machen; oder ihm wenigstens das Kommando über die neue Außenburg von Violadum übertragen, damit er weit weg von Garonada die Straßen nach Seebergen und Rothern und die Pässe ins Reich bewachen könne.

Mauritz trat als Wortführer von Rombocs Kritikern auf. Ausgerechnet Mauritz, der unter den Hochdamen zwar nicht ganz so viele Gegnerinnen hatte wie Romboc, dafür weitaus schärfere.

Die Trompeten ertönten. Ihre vierstimmigen Klänge rauschten durch die Zirkusarena wie tönende Schwerthiebe. Ayrin rieselten kalte Schauer über Nacken und Rücken. Das würde wohl immer so sein, wenn sie das triumphale Schmettern dieser herrlichen Instrumente hörte.

Hinter Romboc und zwischen Runja und Mauritz trat sie über die Schwelle des Westtores. Statt ihres hellblauen goldbestickten Königsmantels trug Ayrin ein anthrazitfarbenes Wollkleid, darüber eine Stola aus blutroter Seide und um Stirn und Haar ein Seidentuch von gleicher Farbe. Sie war unbewaffnet, wie eigentlich immer, wenn sie den Zirkus besuchte.

In der Arena ließen die Kämpfer die Klingen sinken, nahmen die Helme ab und verneigten sich. Auf allen Rängen standen die Zuschauer auf, hoben die Rechte, und dann klang es vielstimmig und jubelnd aus mehr als zwölftausend Kehlen: »Glück unserer Königin, Frieden unseren Städten, Segen dem Reich.«

Ayrin grüßte verhalten, achtete jedoch darauf, es nach allen Seiten zu tun; Runja winkte grinsend und mit beiden Armen, drehte sich dabei sogar um sich selbst. Ihr dunkelblaues, mit Silberfäden gesäumtes und besticktes Gewand sah an ihrem großen massigen Körper aus wie ein kleines Zelt. Wenigstens hielt sie sich aufrecht und ging mit sicherem Schritt; sie hatte erst wenig Wein zu sich genommen an diesem Vormittag.

Ayrin gab dem Ritter des Zirkus das Zeichen fortzufahren – auf den Rängen setzten sie sich, die zehn Kämpfer in der Arena stülpten die Helme über und fuhren fort, aufeinander einzuschlagen. Kleiderrascheln, Sohlenscharren, Geraune, Rufe und das Klirren von Klingen erfüllten wieder das weite Rund.

Romboc und seine beiden obersten Thronritter führten Ayrin und ihre Berater zur königlichen Loge hinauf, einem aus dem unteren Tribünenrang in die Arena hineinragenden Balkon mit zwanzig Plätzen. Petrona, Ayrins Vertraute und Herzogin von Schluchternburg, saß bereits rechts des noch leeren Sessels der Königin. Aus dem Sessel links davon winkte Loryane ihr zu, die neue Kriegsmeisterin von Garonada. Der Stuhl der Burgmeisterin dahinter war leer. Ayrin wunderte das nicht: Hildrun hasste das »Geprügel um Weibergunst«, wie sie die Ritterduelle nannte; dass sie sich allerdings den Kampf Starians gegen den gefährlichsten aller Gefangenen Garonas, einen Eiswilden, entgehen ließ, verstimmte Ayrin doch ein wenig. Immerhin bewarb der blonde Ritter sich um einen der wichtigsten Plätze im Reich – um den in Ayrins Bett. Und sollte er dort eine Prinzessin zeugen, waren ihm Ruhm und Aufstieg in die höchsten Ritterränge gewiss. Mindestens zum Reichsritter würde er es bringen, wahrscheinlich sogar zum Erzritter. Halb Garonada hatte sich im Zirkus versammelt, um den Kampf zu sehen, dazu Hunderte Hochdamen aus den anderen sechs Städten. Und die Burgmeisterin blieb zu Hause. Schade.

Kurz bevor sie ihre Loge erreichten, drängte Lauka sich an Ayrins Seite und Ohr. »Du hast mir nichts zum Geburtstag geschenkt«, flüsterte sie.

»Stimmt.« In der Woche zuvor war Ayrins Halbschwester achtzehn geworden. Ihr ein Geschenk zu machen, gehörte sich einfach. Doch Ayrin hatte es nicht über sich gebracht. »Die Feiern zum Todestag unserer Mutter haben mich beschlagnahmt.« Sie umarmte und küsste Loryane und Petrona und setzte sich dann zwischen sie. »Ich kam einfach nicht dazu, mir Gedanken über ein Geschenk für dich zu machen.«

Lauka ließ nicht locker, drängte sich an Loryane vorbei, beugte sich zu ihr herunter. »Du willst mir gar nichts schenken?« Wie so oft trug sie ein moosgrünes Kleid und darüber einen langen gelben Mantel aus Trochauer Leinen. Beides passte farblich vollkommen zu ihrem kastanienroten Haar, wie Ayrin widerwillig anerkennen musste. Ein schmaler Brustgurt verlief zwischen Laukas üppigem Busen und betonte ihn zugleich. Ein schwarzer Lederbeutel und ein baldorischer Krummdolch hingen am Gurt. Die Dolchscheide war mit weißen Halbedelsteinen besetzt. »Wirklich nicht?«

»Wünsch dir was.« Ayrin ärgerte sich über Laukas Hartnäckigkeit, blieb aber höflich.

»Ich will einen Ritter.« Lauka trug ihre Armbrust auf dem Rücken. Seit Monden schon ging sie niemals ohne ihre Waffe aus der Burg, seit sie Schützenmeisterin von Garonada geworden war.

»Wie stellst du dir das vor?« Jetzt brauste Ayrin doch auf, und Petrona, Romboc, Mauritz und die anderen zogen neugierig die Brauen hoch. »Auch wenn sie mir Treue und Gehorsam geschworen haben, gehören sie doch sich selbst!«, zischte Ayrin flüsternd. »Ich kann nicht einfach einen in deine Arme befehlen.«

»Wenn ich mir einen aussuche, wird er mich schon wollen. Ich bin schließlich die Prinzessin von Garona. Doch als jüngere Schwester brauche ich, wie du weißt, deine Erlaubnis.«

»Ich wünschte, du würdest öfter um Erlaubnis fragen.« Ayrin unterdrückte ihren Zorn. »Doch betrachten wir deine Frage als Zeichen deiner unerwartet guten Entwicklung als Prinzessin.« In der Königinnenburg redete man bereits unter den Stallknechten über Laukas zügelloses Liebesleben. Ayrin hatte es aufgegeben, ihre Halbschwester zu maßregeln. »Also gut.« Sie nickte, wollte Lauka endlich loswerden. »Such dir einen aus, und er gehört dir, wenn er das will.«

Zufrieden lächelnd richtete Lauka sich auf, ihre grünen Mandelaugen funkelten. Ohne ein weiteres Wort zu verlieren, huschte sie aus der königlichen Loge und lief an der Brüstung entlang zum nächsten, den Hochdamen vorbehaltenen Tribünenbalkon, wo ihre Freundinnen schon auf sie warteten. Mauritz sah ihr nach, Sorgenfalten türmten sich auf seiner Stirn. Loryane schürzte nur die Lippen, und Petrona fragte unwirsch: »Was wollte sie jetzt schon wieder?«

Ayrin winkte ab. »Überhaupt nicht der Rede wert.« Ihre Augen waren Schlitze, ihre Wangenmuskeln bebten, doch sie lächelte. Um sie herum setzten sich alle und richteten ihre Aufmerksamkeit auf das Geschehen in der Arena. Dort erklärte der Zirkusmeister, ein alter Reichsritter, gerade den ersten Kämpfer zum Sieger. Beifall brandete auf, am lautesten auf den ersten Tribünenrängen. Dort, auf den besten Plätzen, saßen ausschließlich Frauen. Viele waren aufgesprungen, um den Sieger noch besser sehen zu können.

Es war ein hochgewachsener Stadtritter aus Violadum von höchstens fünfundzwanzig Wintern. Während der Zirkusmeister seinen Namen nach allen Seiten ausrief – Boras –, zog der Mann den Helm ab und verbeugte sich in Richtung seiner Herzogin. Er hatte einen schwarzen Stoppelbart und einen kahl geschorenen Schädel. Sigrun, seine Herzogin, saß in der dritten Reihe hinter Ayrin. Die knochige Frau mit den kurzen dunklen Locken und dem harten, kantigen Gesicht stand auf und applaudierte ihm. Herzogin Sigrun war eine Tochter Rombocs.

Der Unterlegene, ein blutjunger Weihritter, gratulierte dem Sieger mit gesenktem Kopf und sichtbar widerwillig. Fünf rote Flecken bedeckten seinen Harnisch und seine Beinkleidung, Markierungen von der gefärbten Klinge des Gegners. Wen fünf Hiebe oder Stöße trafen, der galt als besiegt. Der junge Bursche hatte es eilig, die Waffenkammern unter der Tribüne zu erreichen, und verschwand rasch aus Ayrins Blickfeld. Keine Frau würde ihn im Laufe der nächsten Tage zu einem Mahl, einer Kahnfahrt oder einem Ausritt einladen. Ganz anders der Kahlkopf aus Violadum: Mit seinem Sieg hatte Boras sich den Weg ins Bett einer Frau geebnet.

Die nächsten beiden Kämpfe endeten mit Verletzungen, wie sie bei den Zirkusduellen häufig vorkamen. Einen Kämpfer musste man bewusstlos aus der Arena tragen, weil die stumpfe Klinge seines Gegners ihm den Helm zerschlagen hatte. Ein zweiter Ritter gab wegen eines gebrochenen Arms auf. Ayrin kam es vor, als würden die Frauen ihren Bezwingern lauter zujubeln als dem Sieger des ersten Kampfes. Lauka, auf dem Nachbarbalkon, kreischte vor Begeisterung, riss immer wieder die Arme über den Kopf und hüpfte auf und ab.

Ayrin zog verächtlich den Mundwinkel hoch. Entweder hatte ihre Halbschwester auf einen der Sieger gewettet oder sie hatte ihren erträumten Ritter entdeckt und ihre Wahl getroffen. Ayrin beschloss, keinen weiteren Gedanken daran zu verschwenden.

»Das kann ja noch ein fröhliches Schlachtfest werden, meine Verehrtesten!«, tönte hinter ihr der Harlekin. Er trug ein schwarzes Barett auf gelber Perücke und einen weiten, schwarz-gelb gestreiften Sommermantel. »Und bei der Großen Mutter: Mögen die künftigen Erzeuger künftiger Heldinnen sich nur jenes edle Männerteil nicht verletzten, auf das es die Damen hier in erster Linie abgesehen haben!«

Die wenigen Männer, die es hörten, feixten und tuschelten. Runja griente trocken. Andere Frauen lächelten kühl, manche auch verlegen. Einige aber zischten Mauritz an und bedachten ihn mit verächtlichen oder obszönen Gesten. Vor allem in deren Richtung zelebrierte der spitzzüngige Harlekin tiefe Verbeugungen.

»Möge es dir gleich nach deiner Zunge abfaulen, dein edles Männerteil, du haarloser Geifermeister!«, schimpfte Petrona neben Ayrin. Sie streckte die Rechte und Zeigefinger und Mittelfinger nach ihm aus und spreizte und schloss sie, um eine Schere zu mimen. Ihr wütender Blick traf Ayrin von der Seite. *Wie lange muss ich diesen Giftzwerg noch ertragen?*, fragte sie.

Ayrin blieb stumm und ihre Miene undurchdringlich. Sie wusste, dass Petrona ihren Lehrer und Ratgeber nicht gerade liebte. Jeder wusste das. Die junge Herzogin von Schluchternburg, eine stämmige Blondine mit quadratischem Gesicht, hatte es sich zur Gewohnheit gemacht, Seitenhiebe des Harlekins umgehend und möglichst laut zu kontern. Leider gelangen ihr dabei nicht halb so scharfsinnige Beleidigungen wie Mauritz, und ihrem polternden Temperament entsprechend fielen sie meist ziemlich derb aus.

Ayrin schätzte das nicht besonders, doch sie respektierte und liebte ihre Freundin zu sehr, um sie dafür zurechtzuweisen. Mauritz dagegen würde sie wohl ein weiteres Mal bitten müssen, wenigstens bei öffentlichen Äußerungen die Große Mutter aus dem Spiel zu lassen. Hinter vorgehaltener Hand warf ihm manch eine bereits Gotteslästerung vor.

Inzwischen entschieden sich unten in der Arena auch die letzten beiden Kämpfe. Der Zirkusmeister rief die Sieger aus, die Zuschauer jubelten. Die Verlierer schlichen vom Kampfplatz. Ayrin prägte sich die Gesichter der Sieger ein. Aus dem Augenwinkel sah sie einen Grenzritter in die Königinnenloge treten, einen Läufer und Boten der Wachburg im Südgipfel des Garonits. Er übergab Romboc eine kleine Pergamentrolle; der reichte sie an Mauritz weiter, und der an die Königin.

Ayrin brach das Siegel und las. In der Arena unten öffneten sie das Gitterportal zum Kerkergewölbe. Das erstreckte sich unterirdisch von der Südtribüne bis hin zur Schlucht, durch die der Glacis an der Königinnenburg vorbeiströmte. Der Zirkusmeister kündigte den gefangenen Eiswilden an, und Raunen und Tuscheln erhob sich.

Die Nachricht aus der Wachburg berichtete von einem Tross aus Eseln, Wagen und drei Dutzend Menschen, die am frühen Morgen kurz vor dem unteren Wasserfall am Ufer des Glacis mit zwei Schiffen festgemacht hatten. Sie bewegten sich, als wären sie erschöpft oder als hätten sie Kranke oder Verletzte dabei, hieß es auf dem Pergament, und sie wären zum unteren Tor im Südosthang aufgebrochen, wo die Straße vom unteren Flusslauf nach Garonada heraufführte.

Ayrin gab die Botschaft an Romboc zurück. Der überflog sie, winkte einen seiner beiden Thronritter zu sich und flüsterte ihm Befehle zu. Romboc kümmerte sich um alles, Ayrin konnte sich wieder dem Schauspiel in der Arena widmen.

An vier Ketten führten sie den Eiswilden unter dem eisernen

Torbogen des Kerkerausgangs in die Arena heraus. Einen Wimpernschlag lang verstummte jede Stimme im Zirkusrund, nur das hohle Atmen des Eiswilden und das Rasseln seiner Ketten hörte Ayrin noch. Dann gingen Ausrufe der Abscheu durch die Ränge. Frauen schlugen die Hände vors Gesicht, Kinder begannen zu weinen, Männer verfluchten den Angeketteten.

Romboc hatte Ayrin sechs Winter zuvor von der Gefangennahme des feindlichen Kundschafters berichtet; gesehen hatte sie den Mann noch nie, und seine fremdartige Erscheinung erschreckte auch sie. Er war groß, größer als Hildrun, viel größer sogar noch als der größte Ritter von Garona. Und vor allem war er dick und unglaublich breit gebaut. Fettiges Schwarzhaar bedeckte wie ein glänzender Helm seinen gewaltigen Rundschädel über die Ohren bis hinunter an den mächtigen Unterkiefer. Von den Jochbeinen abwärts wuchs ihm dichtes, glattes Barthaar, wucherte ihm vom Kinn auf die Brust, glänzte wie frisch gewachstes Leder. Seine auffallend großen Füße steckten in durchgelaufenen Pelzstiefeln, ein offener, zerschlissener Pelzmantel hing an ihm herab; beides war vermutlich irgendwann einmal weiß gewesen. Dichtes Schwarzhaar bedeckte auch seine Brust, seine Handrücken, seine turmartigen Oberschenkel, seine keulenförmigen Waden. Wucherte ihm ein derartiger Pelz etwa auf dem ganzen Körper? Ayrin blinzelte, um ganz genau hinsehen zu können.

Fünf junge Weihritter führten den Gefangenen, zwei an Fuß-, zwei an Handketten, der fünfte an einem Strick, den man dem pelzigen Hünen um den Hals geschlungen hatte. Wenige Schritte nach dem Kerkerausgang bildeten sie einen Halbkreis hinter ihm und gaben den Ketten und dem Strick Spielraum, sodass der Eiswilde weiter in die Arena hineinstapfen und seine Arme und Beine zum Kampf gebrauchen konnte. Im Duell mit Gefangenen wurde niemals mit gefärbten und stumpfen Klingen gekämpft, da ging es um Leben und Tod.

Der Eiswilde blieb nach zehn Schritten stehen, ließ Schultern und Arme hängen, äugte aus halb geschlossenen Augen erst zum Zirkusmeister hinüber, dann zur Südtribüne hinauf.

Die Zuschauer gestikulierten und grölten in seine Richtung, manche warfen Steine und faule Früchte nach ihm. Doch der fremdartige Mann blinzelte nur müde und rührte sich sonst nicht. Sein Blick traf sich mit dem Ayrins, und plötzlich glaubte sie, seine Einsamkeit und Trauer zu spüren; sie empfand Mitleid mit ihm. Zugleich flammte die Empörung in ihrer Brust auf – mit einem angeketteten und erschöpften Gefangenen wollte Starian kämpfen? Mit dem Sieg über diesen längst geschlagenen Trauerkloß wollte er sich den Platz in ihren Armen verdienen? Und einen Rang unter den Thronrittern, wie es Mauritz vorschwebte?

»Hier seht ihr Gumpen, einen Krieger aus dem höchsten Norden!«, rief der Zirkusmeister. Rufe und Stimmengewirr ebbten ab. »›Eiswilde‹ nennen die meisten von euch das rätselhafte Nordvolk. Wir Ritter jedoch, die wir schon gegen diese haarigen Riesen gekämpft haben, nennen sie ›Eisschatten‹; denn so träge und langsam sie auch wirken mögen, so blitzschnell und ungreifbar bewegen sie sich in Wahrheit, und so geschickt sind sie darin, sich zu tarnen und sich ihren Gegnern zu entziehen.« Der Zirkusmeister deutete zur Tribüne hinauf. »Und nun Obacht, ihr Damen!« Er wies zur Südseite der Arena, von der aus nun ein Ritter in Harnisch und Helm den Kampfplatz betrat. »Dieser Ritter hier ist mutig genug, gegen Gumpen, den Eisschatten, anzutreten!«

Jubel brandete auf, Ayrin hörte Hochrufe von links und rechts. Lauka sprang schon wieder an der Brüstung ihres Tribünenbalkons herum und klatschte jubelnd in die über den Kopf erhobenen Hände. Ayrin aber stutzte, denn der Ritter dort unten in der Arena wirkte untersetzter als Starian und bewegte sich nicht halb so geschmeidig. Hatte der blonde Schönling etwa im letzten Moment einen Rückzieher gemacht?

»Nicht der Stadtritter Starian von Garonada wird gegen den Eisschatten antreten, wie ursprünglich vorgesehen«, verkündete der Zirkusmeister im selben Augenblick, »sondern der Grenzritter Lutar von Weihschroff!« In der Ritterhierarchie des Reiches war der Grenzritter den Stadt- und Weihrittern übergeordnet; er selbst unterstand den Thronrittern. »Lutar dient in der westlichsten Burg der Löwenberge und stand noch nie einem Eisschatten gegenüber. Er kämpft heute um die Gunst einer Hochdame! Viel Glück!« Und wieder Jubel und Applaus.

Aus schmalen Augen spähte Ayrin in die Arena hinab. Was erlaubte sich Starian? Wie konnte er es wagen, sie, die Königin, derart zu enttäuschen? Rechts von sich sah sie Runja und Mauritz die Köpfe zusammenstecken und tuscheln; von links beugte Petrona sich herüber zur ihr. »Was ist los mit diesem blonden Glattarsch? Kneift er etwa?«

»Nicht, dass ihr glaubt, Starian hätte Angst vor diesem haarigen Koloss!«, tönte der Zirkusmeister in der Arena, als ahnte er die Empörung, die in der königlichen Loge pulsierte. »Er würde Gumpen genau so schnell töten, wie es Lutar gleich tun wird. Doch Starian hat sich entschlossen, draußen vor der Stadt um die Gunst unserer Königin zu kämpfen! Gegen einen Gegner, den noch nie eine Dame oder ein Ritter besiegt hat! Doch jetzt mag erst einmal Lutar sich Ruhm und Frauengunst erobern!« Mit einem Zeichen eröffnete er den Zweikampf.

»Ich will, dass der Kampf sofort abgebrochen wird!«, zischte Ayrin nach links. Runja zog die Brauen hoch, gab den Befehl nur zögernd an Romboc weiter. Während der einen Thronritter zu sich winkte, warf unten in der Arena der Zirkusmeister dem Eiswilden bereits eine Waffe vor die Füße, einen Dreizack mit kurzem, kräftigem Stil.

Die Zuschauer standen auf, gingen auf die Zehenspitzen und reckten die Hälse, um die Waffe besser sehen zu können. »Er kämpft mit einer Mistgabel!«, rief jemand, und auf allen Rängen erhob sich Gelächter. Der Gefangene aber dachte gar nicht daran, sich nach dem Dreizack zu bücken, er beachtete ihn überhaupt nicht, blinzelte nur müde dem Ritter entgegen, der ihm schon mit gezücktem Langschwert entgegenstürmte. Selbst diesen Angriff schien der fremdartige Hüne zu ignorieren; fast schien es, als hätte er mit dem Leben abgeschlossen.

Ein Thronritter erschien unten plötzlich in Ayrins Blickfeld. Winkend lief er auf den Zirkusmeister zu. In diesem Moment bewegte der Eiswilde seine Rechte – ganz kurz nur, und dennoch kräftig genug, um wie Peitschenriemen zwei Kettenschlingen gegen Brust und Gesicht des Angreifers zu schleudern. Lutar strauchelte, stürzte in den Staub und verlor sein Schwert. Ein einziger Sprung, und der Hüne stand über ihm, bückte sich nach dem Langschwert und holte trotz der schweren Kette so schnell aus, dass Ayrins Augen seiner Bewegung kaum folgen konnten.

Doch der junge Ritter, der die rechte Armkette des Gefangenen festhielt, reagierte rechtzeitig – er sprang zurück, ließ sich auf den Rücken fallen und riss an der Fessel. Die straffte sich und hielt den erhobenen Schwertarm des Hünen fest, sodass er den tödlichen Streich nicht ausführen konnte. Und weil die anderen Weihritter längst auch an Ketten und Seil zerrten, strauchelte der Mann aus dem ewigen Eis und stürzte zu Boden. Sie rissen an seinen Ketten, sein Gebrüll dröhnte durch die ganze Arena. Mit abgespreizten Armen und Beinen wand er sich im Staub, bis das Seil um seinen Hals ihm den Atem abschnürte.

Wie ein Tier, dachte Ayrin. *Besser man tötet ihn, denn sollte er jemals in Freiheit kommen, wird er wie ein Tier unter den Garonesen wüten.*

Der Eisschatten bäumte sich auf, röchelte, erschlaffte schon fast, als endlich der von Romboc geschickte Thronritter sich Gehör verschaffen konnte und der Zirkusmeister den Kampf abbrach. Die Weihritter gaben Ketten und Seil frei, der zu Boden gerissene Gefangene griff zu seinem Hals und befreite sich selbst aus der würgenden Schlinge. Der Zirkusmeister lief zu ihm, packte den Dreizack mit beiden Händen und hob ihn hoch, um dem gefällten Hünen den Todesstoß zu versetzen.

»Nein!« Ayrin sprang auf. »Er soll leben!« Sie wandte sich an Romboc und deutete zum Grenzritter Lutar hinunter; der stemmte sich gerade auf den Knien hoch. »Und dieser Ritter soll zwei Winter lang im Kupferbergwerk arbeiten!« Einige Zuschauer klatschten, viele tuschelten und raunten, die meisten wirkten verwirrt. Ayrin verließ die Königinnenloge. Mit harter, kantiger Miene wandte sie sich an Runja, Petrona und die anderen. »Und wir gehen jetzt und schauen uns an, welchen Gegner Starian diesem starken Nordmann vorgezogen hat.«

*

»Ich werde fliegen!« Starian schrie tatsächlich, doch ganz anders als Ayrin sich das vorgestellt hatte. »Ich werde der erste Garonese sein, der sich wie ein Vogel in die Luft schwingt!«, schrie er. Seine Stimme tönte von der Steilwand herab über Schlucht und Gletscherfluss. Ayrin konnte ihn gut erkennen, sah auch, wie sein langes Blondhaar dort oben im Wind flatterte, und dennoch traute sie ihren Sinnen nicht: Was hatte Starian dort oben verloren?

Tausende waren aus dem Zirkus geströmt und drängten sich nun auf der Treppe zwischen Burg und Mutterhaus, auf dem Platz vor den Kuppeln des Mutterhauses selbst und am Rand der Glacisschlucht. Dort und auf dem ersten Abschnitt des Weges, der am Abgrund entlang zum Gletscher und zum Hohen Grat hinaufführte, hatten sich die meisten Garonesen versammelt. Hier nämlich war man dem Felsplateau oberhalb der Steilwand am nächsten, und von hier aus konnte man Starian am besten sehen. Auch Ayrin und ihr Gefolge standen an dieser leicht erhöhten Stelle zwischen Hang und Schlucht. Sie rang um ihre Fassung. »Was, bei allen Rätseln des Himmels, ist das für ein Gerüst, das er da mit sich schleppt?«

»Das ist kein Gerüst«, sagte Mauritz. Aus schmalen Augen und mit gerunzelter Stirn spähte er über die Glacisschlucht hinweg und zur Steilwand hinauf, die auf der anderen Seite über 500 Fuß hoch aufragte. Dort oben, auf dem Felsplateau, bewegte Starian sich auf den Abgrund zu. Seine seitlich abgespreizten Arme hingen links und rechts in einem mindestens 18 Fuß langen und vier Fuß breiten Gestell, das sich über seinem Schädel spannte wie ein lang gestrecktes Dach und das er mit sich zum Abgrund schleppte. »Das sind künstliche Schwingen.«

»Künstliche was …?« Ayrin begriff nicht oder wollte nicht begreifen.

»Übergeschnappt.« Petrona hatte die Fäuste in die Hüften gestemmt. »Schwingen, glaubst du?« Sie wollte gar nicht mehr aufhören, den Kopf zu schütteln. »Vollkommen übergeschnappt.«

»Schwingen aus irgendeinem Stoff, den er in einen Holzrahmen gespannt hat.« Mauritz hielt seinen Blick unverwandt auf die Steilwand gerichtet, wo Starian nun nahe an der Felskante stehen blieb. »Vielleicht Leinen.« Der Harlekin wirkte ratlos, fast ein wenig erschrocken. Das machte Ayrin Angst, denn ratlos oder gar erschrocken erlebte sie ihren Lehrer und Berater sonst nie.

»Er wird doch nicht etwa von da oben runterspringen wollen?« Die schwere Runja stützte sich auf zwei Weihritter. So unablässig nach oben zu starren, fiel ihr nicht leicht. »Er wird doch die Güte der Großen Mutter nicht herausfordern und springen wollen?«

»Unsinn!« Ayrin suchte nach einer Erklärung für das, was Starian dort oben auf dem Felsplateau trieb. Ihr fiel keine ein. »Niemand, der bei Sinnen ist, würde so etwas tun.« Sie warf einen flüchtigen Blick nach links – ein paar Schritte weiter und von zwei Freundinnen umarmt, stand dort Lauka an der Brüstung vor der Schlucht und staunte aus großen Augen und mit offenem Mund zu Starian hinauf. Der warme Südwind aus der Stadt zerwühlte das Haar ihres Hinterkopfes und blies ihr kastanienrote Strähnen über Ohren und Wangen.

»Wieso drückt er sich vor dem Kampf und schleppt, statt gegen den Eiswilden anzutreten, dort oben dieses Gestell übers Plateau?« Ayrin äugte nach rechts. Nicht weit entfernt entdeckte sie einen Kahlkopf in hellblauem Gewand unter den Schaulustigen. Joscun. Er wirkte weder erschüttert noch ratlos. Mit angespannten Gesichtszügen zwar, doch aufmerksam und sogar ein wenig amüsiert beobachtete er Starians Tun.

»Ich werde fliegen, meine Königin!«, schrie der vom Felsplateau herab. »Für dich, Ayrin, werde ich jetzt fliegen! Und dieser Abgrund da und die Kraft, die alle Dinge zur Erde stürzen lässt, werden meine Gegner sein!«

»Sag ich's nicht?« Petrona wandte sich erschüttert ab und blickte kopfschüttelnd zum Mutterhaus hinunter. »Vollkommen übergeschnappt!« Misstrauisch äugte sie zur Seite, wo Mauritz stand und Hut und Perücke festhielt. »Oder müssen wir uns hier etwa eine besonders schräge Nummer unseres königlichen Obernarren angucken?«

Mauritz reagierte nicht, rührte sich auch nicht, hielt nur Hut und Perücke fest und starrte zur Steilwand hinauf. Sein Gesicht hatte die Farbe von Neuschnee.

Oben entfernte Starian sich wieder vom Abgrund und schritt ein leicht ansteigendes Geröllfeld hinauf. Seine Körperhaltung war die eines Mannes, der eine schwere Last zu tragen hatte.

»Er soll runterkommen!« Ayrin schwankte zwischen Wut, Neugier und tiefem Schrecken. »Jemand muss ihn da runterholen!« Sie schaute sich nach Romboc um. Der zog nur die buschigen grauen Brauen hoch, zuckte mit den Schultern, und sein Blick sagte: *zu spät, schade um ihn.*

»Er nimmt Anlauf!«, schrie Runja plötzlich. »Der Wahnsinnige nimmt Anlauf …!«

Tatsächlich hatte sich Starian, 500 Fuß über dem Glacis, inzwischen samt seines Gestells umgedreht und lief nun das Geröllfeld herunter. Ayrin war sicher, dass er stolpern und stürzen würde, sie hoffte es sogar. Doch der blonde Ritter stolperte nicht, lief immer schneller dem Abgrund entgegen, beugte sich immer weiter nach vorn, wie einer, der sich gleich in die Tiefe stürzen würde. Und genau das tat Starian – er sprang ab, seine Beine traten ins Leere, das Schwingengestell sackte einige Fuß tief nach unten, sodass die Menschenmenge um Ayrin herum erschrocken aufschrie. Die Oberfläche des Gestells wölbte sich, und Starian streckte die Beine nach hinten weg und hängte seine Füße in eine Schlinge, die vom hinteren Rand des Gestells herabbaumelte. Die künstlichen Schwingen hörten auf zu wackeln und zu zittern, der Sinkflug ging in ein sanftes Gleiten über – und Starian schwebte vor der Steilwand über der Schlucht.

»Ich fliege!« Seine Stimme hallte von der Wand wider, war jetzt deutlicher zu hören, und ihr Echo klang dreifach aus den Hängen des Südgipfels zurück. »Ich fliege, meine Königin! Ich fliege für dich!«

Helle Aufregung herrschte unter den Tausenden an der Schlucht, auf der Burgtreppe und oben beim Mutterhaus. Die deuteten zu Starian hinauf, schilderten einander atemlos, was doch jeder selbst sehen konnte, etliche schüttelten ungläubig die Köpfe, manche empörten sich lautstark über Starians Leichtsinn, doch auf vielen Gesichtern entdeckte Ayrin staunende Anerkennung und Bewunderung. Lauka etwa stand kerzengerade zwischen ihren Freundinnen und dem nahen Abgrund und presste die gefalteten Hände an Lippen und Kinn. Aus glänzenden Augen sah sie zu dem fliegenden Ritter hinauf, und Ayrin kam es vor, als würde ihre Halbschwester zu ihm beten.

Die Wut packte sie. Doch was sollte sie tun? Er war wirklich abgesprungen, der Wahnsinnige! Er schwebte nun unerreichbar über ihr in der Luft, zog weite Kreise über der Schlucht, der Treppe und dem Mutterhaus, und ihr blieb weiter nichts, als zu hoffen, dass er möglichst schnell und möglichst heil wieder festen Boden unter die Füße bekam.

»Ich habe den Abgrund besiegt, meine Königin!« Starian schwebte in mittlerweile nur noch 300 Fuß Höhe über sie hinweg. »Ich habe die Kraft besiegt, die alles, was fällt, zur Erde stürzen lässt! Für meine Königin Ayrin!« Er schwebte zur Steilwand, legte sich in seinem Schwingengestell nach links und beschrieb eine Schleife, die ihn zurück über die Schlucht zu Ayrin brachte. Wieder flog er ein ganzes Stück niedriger als eben noch. »Ich fliege für dich, meine Königin! Und wenn ich das nächste Mal von der Wand zurückkehre, schwebe ich zum Mutterhaus und werde auf dem Platz vor den Kuppeln landen!«

Er glitt über sie hinweg, und Ayrin wurde es ganz schwindlig vom Zuschauen. Die Menschen jubelten und winkten zu ihm hoch, Lauka und ihre Freundinnen kreischten ihm Hochrufe hinterher, und Ayrin grübelte darüber nach, wie sie auf dieses eigensinnige und lebensgefährliche Kunststück reagieren sollte. Noch überwog die Wut ihre heimliche Bewunderung.

Neben Mauritz ging Runja stöhnend in die Knie. Der Schwindel zwang sie zu Boden. Einer ihrer jungen Weihritter riss sich den Mantel vom Leib, rollte ihn zusammen und schob ihn der Priesterin unter den Hintern. »Wasser.« Sie seufzte und winkte. »Ich brauch Wasser.« Ihr zweiter Ritter reichte ihr eine mit Ziegenfall bezogene Flasche. Runja schraubte sie auf und setzte sie an die Lippen. Rote Flüssigkeit rann ihr aus dem Mundwinkel und tropfte auf ihr nachtblaues Priestergewand. Wein.

Peinlich berührt wandte Ayrin sich ab und sah Joscuns zufriedene Miene. Er lächelte in den Himmel zu Starian hinauf, und sein Lächeln war das Lächeln eines Mannes, der über seinen Gegner triumphierte oder sonst einen Sieg errungen hatte.

Von einem Wimpernschlag auf den anderen begriff Ayrin: Ihm, dem Schwertlosen, hatten sie Starians Sprung und Flug zu verdanken. Joscun hatte das Schwingengestell gebaut. Für Starian. Damit der sie beeindrucken konnte. Damit der von ihr ins königliche Nachtlager berufen wurde. Das fachte ihre Wut an. Kaum vierzig Fuß über ihr glitt der tollkühne Starian hinweg. Er hing so entspannt in seinem Schwingengestell, dass man hätte meinen können, es sei ein Teil von ihm. Er strahlte und rief etwas zu ihr herunter, was Ayrin nicht verstehen wollte. Sie beschloss, ihn zu bestrafen.

Ihr Blick wanderte von dem fliegenden Ritter weg zu Joscun. Der lächelte in sich hinein und wirkte durch und durch zufrieden. Sein Fluggerät blieb in der Luft, Starian flog – mehr interessierte ihn offenbar nicht. Jetzt streckte er die Rechte über den Kopf, um den Wind zu prüfen.

Und er?, fragte sich Ayrin. *Müsste ich nicht auch ihn bestrafen?*

Eine große schlanke Frauengestalt drängte sich vom Zirkus her durch die Menge auf dem Schluchtweg. Ayrin erkannte sie an den weißblonden Zöpfen: Martai. Sie schien es eilig zu haben. Als sie sah, dass Ayrin sie beobachtete, winkte sie. Eine Botschaft?

Joscun hob auf einmal die Hände und drückte sie auf den Mund. Ayrin runzelte die Stirn, denn er sah erschrocken aus. Plötzlich schrie die Menge auf wie ein Mann, und Ayrin fuhr herum: Starians Fluggestell war nirgends mehr zu sehen! Heißer Schrecken durchzuckte sie.

»Dieser Schwachkopf!« Petrona sprang zur Brüstung vor der Schlucht. »Das hat er jetzt davon!« Sie beugte sich über das Geländer, blickte in den Abgrund hinunter. Mauritz stand wie erstarrt, Petrona heulte die Große Mutter an, Männer fluchten, Frauen rauften sich das Haar. Viele lehnten sich nun weit über die Brüstung, auch Joscun.

Starians Fluggestell war plötzlich abgesackt, erfuhr Ayrin, gleich nachdem er die letzte Schleife vor der Wand gedreht hatte. Das Herz schlug ihr in der Kehle. Neben Petrona beugte jetzt auch sie sich über das Holzgeländer.

»Weg von der Brüstung!«, schrie Joscun auf einmal. »Ein Aufwind trägt ihn hoch!« Mit fuchtelnden Gesten versuchte er die vor Schreck starren Menschen zu vertreiben. »Weg hier! Schnell!«

Von einem Augenblick auf den anderen tauchte Starians Fluggestell wenige Schritte von Ayrin entfernt aus der Schlucht auf. Das Gesicht des blonden Ritters war eine totenbleiche Grimasse. Starian schrie irgendetwas, winkte hektisch, zerrte an irgendwelchen Riemen. Da krachte sein Gestell auch schon in die Brüstung, riss sie mit sich und stürzte in die Menge auf dem Weg und vor dem Hang. Menschen schrien, Romboc brüllte Befehle, Lauka kreischte gellend und diesmal nicht aus Begeisterung. Ein großes Durcheinander brach aus.

Rombocs Thronritter trieben die verstörten Menschen vom Abgrund weg, Petrona und eine Kriegsmeisterin riefen beruhigende Parolen, um eine Panik zu verhindern. Joscun, drei Hochdamen und ein paar Ritter zerrten die zertrümmerten Schwingen von Starian und den Menschen weg, die sie unter sich begraben hatten. Verletzte kamen zum Vorschein; einigen bluteten die Köpfe, andere hielten sich jammernd die Glieder, wieder andere lagen still und wie ohnmächtig auf dem Weg. Joscun schälte den benommen wirkenden Starian aus seinen Schlaufen und Bügeln.

»Seide«, hörte Ayrin den Harlekin sagen. »Trochauer Seide.«

Mauritz strich über den Stoff, der nun schlaff im zerbrochenen Holzrahmen des Schwingengestells hing. »Er hat seinen künstlichen Vogel mit wachsgetränktem Seidentuch bespannt.«

Auf einmal stand Martai neben Ayrin. »Botschaft von Hildrun«, flüsterte sie. Täuschte Ayrin sich oder zitterte ihre Stimme? »Du sollst kommen. Gleich. Serpane ist zurück.«

Ayrins Lider verengten sich, denn sie blickte in ein aschfahles und von Entsetzen gezeichnetes Frauengesicht. »Bringt denn Serpanes Expedition derart schlechte Nachrichten, dass man erzittern muss?«, fragte sie streng. Martai nickte stumm.

Ayrin wandte sich wieder den Trümmern und den Verletzten zu. Starian stand schon wieder auf eigenen Beinen. Er schien den Absturz ohne ernsthafte Verletzungen überstanden zu haben. In seiner Miene spiegelte sich eine Mischung aus Stolz und Verlegenheit.

»Ins Gewölbe mit ihm!« Ayrin deutete auf ihn. »In den Kerker neben dem Eiswilden!« Und dann zeigte sie auf Joscun. »Und du gehst ins Haus der Baumeisterin! Und wartest dort, bis ich dich rufen lasse!«

*

Vier große Wagen standen im Burghof, vor jedem Gespanne aus sechs Eseln. Ein halbes Dutzend schwarzhaariger, braun gebrannter Männer lehnten plaudernd daneben, nicht besonders groß, aber auffallend hübsch. Trochauer Männer. Auch Wagen und Gespanne stammten aus Trochau.

Außer den Trochauer Kutschern entdeckte Ayrin noch andere Fremde, etwa zwanzig alte Männer und Frauen, die sie nicht kannte. Sie hockten mit hängenden Schultern und Köpfen auf den Stufen der breiten Treppe, die zum Richtsaal hinaufführte, oder lagen vor der Fassade des Richtsaals im Staub. Einigen half man gerade, von den Wagen zu steigen.

Von den Rittern und Schwertdamen, die sie fünf Winter zuvor mit drei Schiffen auf die Suche nach dem Reich der Braunhäutigen geschickt hatte, entdeckte Ayrin auf den ersten Blick nicht mehr als acht oder neun. Alle wirkten müde, grau und hohlwangig; ihr Haar schien dünn und spröde, und die zerschlissenen Kleider hingen an ihren dürren Körpern wie Lumpen an verhungernden Bettlern. Kaum einer, der nicht gebückt umherschlich.

»Bei der Güte der Großen Mutter«, flüsterte Runja. Sie streckte die Arme nach den Heimkehrern aus und wusste wohl nicht, zu wem sie zuerst gehen sollte. Mauritz stand wie festgewachsen, und bereits zum zweiten Mal an diesem Tag jagte seine Miene Ayrin Angst ein – er schien tief erschüttert.

»Was, verdammt noch mal, ist hier los?« Petrona belauerte die fremden Greise wie eine feindliche Armee. Martai fasste Ayrin am Arm und deutete auf den Wagen, der dem Eingang zur Innenburg am nächsten stand. An seinem Heckverschlag entdeckte Ayrin die Burgmeisterin und Serpane. Sie ging zu ihnen. Mauritz und Petrona folgten ihr.

»Was ist geschehen?«, rief sie schon von Weitem. »Wer sind diese Alten? Und wo sind die anderen?« Vor Serpane blieb sie stehen. »Noch bei den Schiffen?«

»Es gibt nur noch ein Schiff.« Wie einen Säugling hielt Serpane eine Greisin auf den Armen, die sie gerade von der Ladefläche des Wagens gehoben hatte. »Meines. Und diese hier sind alle, die mit mir entkommen konnten.« Mit einer Kopfbewegung deutete sie auf die Menschen bei den Wagen und auf der Treppe.

»Was sagst du da …?« Nur ein Flüstern brachte Ayrin zustande. »Die anderen sind alle …« Die Stimme brach ihr.

»Tot. Ja.« Weiße Strähnen durchzogen Serpanes graues Haar. Weit mehr Furchen als früher zerrunzelten ihr maskenhaftes Gesicht. So viel Bitterkeit und Härte lag in ihrem Blick, dass Ayrin unwillkürlich einen halben Schritt zurücktrat. »Die anderen beiden Schiffe haben die Tarkaner versenkt.«

Petrona stieß einen derben Fluch aus. Hildrun stand still, starrte die Greisin auf Serpanes Armen an und rührte sich nicht. Nicht einmal ihre Wimpern zuckten. Eine Frau, die gerade ihr Todesurteil hörte, hätte nicht grauer und steinerner aussehen können.

»Tarkaner?« Ayrin fürchtete sich plötzlich vor dem Bericht der alten Kriegerin. »Von wem sprichst du?«

»So nennen sich die Braunhäutigen.« Serpane drückte die Greisin an ihre Brust. »Tarkaner, ja.« An ihr vorbei sah Ayrin zur Burgmeisterin. Hildrun stand immer noch wie gefroren, starrte immer noch die Greisin auf Serpanes Armen an. Nur zogen jetzt Tränen feuchte Spuren durch ihr Gesicht.

Ayrin betrachtete die Greisin genauer. Das wenige Haar auf ihrem beinahe kahlen Schädel war schlohweiß. Ihre entzündeten Augen lagen tief in den Höhlen. Ihre grauen Lippen waren trocken und rissig, ihre Zunge ein schmutziger Stein. Braune und schwarze Flecken bedeckten Gesicht und Brust. Die Haut hing an ihrem dürren Leib wie brüchiges, von viel zu viel Sonne vernichtetes Leder. Darunter sah man jeden Knochen. Dass sie noch lebte, erkannte sie nur am Beben ihres Brustkorbes und am Zittern ihrer Arme.

Ayrin hob den Blick, schaute in den schmutzigen, abweisenden Granit von Serpanes Gesicht. »Wer ist das?«

»Das ist mein Kind«, sagte sie. »Das ist Mona.«

3

Zwei Lanzenlängen tief war der Felskessel, an manchen Stellen sogar drei. Rötlich schimmerte die Steilwand, rötlich das Wasser in der Mitte der beinahe kreisförmigen Felssenke. Das Schwein stieg aus dem Morast am Ufer des Tümpels dort – schwarz, langpelzig, mächtig groß und mit gewaltigen Hauern.

Es schüttelte sich, Schlamm spritzte nach allen Seiten, dann schaukelte es auf den Kesselrand zu. Bräunlinge standen dort über der Steilwand, an der Stelle, wo sie den Waldfürsten hinabgestoßen hatten. Sie ruderten mit den Armen, die verfluchten Bräunlinge, sie stießen Grunz- und Quieklaute aus und deuteten nach unten. Dort drückte sich vermutlich Gundloch an die Wand; falls er noch lebte.

Lasnic konnte ihn nicht sehen, der geliebte Waldfürst lag außerhalb seines Blickfeldes. Überhaupt sah Lasnic nur wenig in diesen Augenblicken: Ihm war schwindlig; die Bräunlinge, die das Netz mit seinem eingeschnürten Körper hinter sich herzerrten, verschwammen vor seinen Augen, und ihre geifernden Zahmwölfe auch. Lasnics Lippen zitterten, das Herz tobte ihm im Brustkorb herum wie ein gefangener Waldelefant in der Erdfalle.

Schwindelerregend die jähe Erleichterung, als er begriff, dass sie gar nicht vorhatten, ihn ebenfalls in den Felskessel zu stürzen; unerträglicher noch das wachsende Gewicht der Frage, die sich daraus zwangsläufig ergab: Was hatten sie stattdessen mit ihm vor? Mit ihm und dem Wettermann?

Noch Schlimmeres, raunte eine Stimme in seinem schmerzenden Schädel. *Verlass dich darauf: noch viel Schlimmeres.*

Lasnic verließ sich darauf. »Drecksäcke!«, zischte er.

Sie zerrten ihn am Rand des Felskessels entlang. Geröll scheuerte seinen wunden Rücken. Zwei Jackenmänner gingen voran. Der mit Lasnics Schwert und Lanze plapperte ununterbrochen und winkte die anderen hinter sich her. Lasnic hasste ihn. Das ganze braune Pack hasste er.

Einen halben Lanzenwurf entfernt lag die Stelle, an der sie seinen geliebten Waldfürsten hinabgestoßen hatten. Und kaum eine Lanzenlänge entfernt schleifte das Netz mit dem Körper des Wettermanns über Geröll; irgendwo hinter sich konnte Lasnic es hören, und Kauzers Gemurmel und Geächze hörte er auch. Ganz nah klang es, und doch fühlte er sich allein. Entsetzlich allein.

Er hätte gern geschrien, wahrhaftig!, er hätte gern getreten, gestampft, mit den Armen gerudert. Nichts tat er – das verdammte Netz hielt ihn fest. Und noch schlimmer – das verdammte Entsetzen lähmte ihn.

Bis zu einer mehr als mannshohen Palisadenwand schleppten sie ihn. Lasnic traute seinen Augen kaum: Sie hatten allen Ernstes eine etwa sieben Schritte breite Wand aus Kieferstämmen zwischen den Felsen vor dem einzigen Weg errichtet, der in den Kessel hinabführte. Und das Schwein hatten sie dahinter eingesperrt.

»Drecksäcke, kranke!« Ein wenig Wut regte sich wieder unter seinem Zwerchfell, stieg ihm in die Brust, lockerte den Panzer des Entsetzens. Er versuchte, tief durchzuatmen. Wenn sie ihm bloß das scheußliche Netz abnehmen würden! Dessen Maschen schnitten ihm bei jedem Atemzug in Rippen und Brustmuskeln.

Der Schwert- und Lanzendieb in den Pluderhosen fuchtelte und rief etwas, das nach einem Namen klang: »Kaikan! Kaikan!«

Ein Schatten fiel auf Lasnic, und dann erschien über ihm das versteinerte Gesicht des Schwarzledermantels mit dem roten Stirntuch. Hart sah es aus. Erbarmungslos, kantig und hart. Sein weißer Wolf beschnüffelte Lasnics Haar und Bart. Der Schwarzmantel winkte kurz mit der Rechten, deutete zur Palisade hinauf.

Ein halb nackter Bräunling und der Jackenkerl in den Pluderhosen packten Lasnic. »Drecksäcke!« Lasnic schielte auf den Griff seines Schwertes an der Hüfte des Hauptkerls. Heft und Knauf der baldorischen Klinge hatte Vogler eigenhändig verziert – mit Leder und Horn des Waldbocks, den er viele Sommer vor Lasnics Geburt erlegt hatte, um sich den Rang eines Jungjägers zu verdienen. Lasnic spuckte nach dem Schwerträuber. »Der Schartan soll dich holen, verfluchter Drecksack!« Die Spucke blieb in einer Netzmasche hängen.

Eine Rampe aus zusammengebundenen Birkenstämmen führte hinauf zur Palisadenkrone. Auf die wälzten sie jetzt das Netz mit Lasnics stinkendem, blutendem, schwitzendem Körper. Die Riemen warfen sie Bräunlingen zu, die sich von der Palisadenkrone aus nach dem Netz ausstreckten.

Einen Atemzug lang konnte er Kauzers verwelktes Kindergesicht unter den Netzmaschen sehen. Der Alte war noch bleicher als sonst. Seine zerfurchte Haut sah weißgrau und durchsichtig aus wie ein dichtes Spinnennetz, tausende blaue Äderchen konnte Lasnic darin sehen. Kauzer hatte die Augen geschlossen und murmelte unverständliches Zeug.

Vielleicht sprach er mit seiner Mutter – das taten ja manche, wenn's ans Fallen ging –, vielleicht betete er auch zu einem Gott, vielleicht beschwor er den großen Waldgeist oder irgendeinen Dämonen; womöglich sogar den Schartan selbst. Wusste man denn, mit wem der Wettermann so alles Umgang pflegte oben im Wipfelhaus seiner Eiche?

Ruckartig bewegte sich Lasnics Netz, und er sah nur noch Fels, braune Grimassen und Himmel. Er hörte Knochen splittern und das Schwein schmatzen, als sie ihn die Birkenrampe hinaufzerrten. Das grässliche Geräusch ging ihm durch und durch.

Mindestens drei Dutzend Bräunlinge hockten auf der Palisade und an der Felskante oberhalb des Felskessels und hatten ihren Spaß. Vier nahmen ihn in Empfang, ließen ihn sofort wieder kopfüber auf der anderen Seite der Palisade hinunter – Lasnic riss die Augen auf, Angst vor dem Absturz knebelte ihm die Kehle. Doch sie hielten ihn auf halber Höhe fest, zersäbelten das Netz an seinen Füßen und Beinen und ließen ihn dann erst los.

Es gelang Lasnic, sich irgendwie zu krümmen, dennoch stürzte er hart auf die Seite. Er rollte sich ab, streifte so schnell er konnte die zerschnittenen Maschen ab, befreite sich aus ihnen. »Verdammtes Netz!« Endlich wieder durchatmen, endlich wieder auf den Beinen stehen! Die Erleichterung trieb ihm das Wasser in die Augen. »Verdammtes Netz! Verdammte Drecksäcke!« Er nahm Anlauf, warf sich gegen die Palisade und riss die Arme über den Kopf. Endlich wieder die Knochen bewegen!

Oben, auf der Rampe vor der Palisadenkrone, tauchten nun die beiden Lederjackenkerle mit den Pumphosen auf, auch der verdammte Schwerträuber; der stellte sich auf die Birkenrampe und verschränkte die Arme vor der Brust. Den Grauhaarigen im schwarzen Ledermantel, den Anführer, entdeckte Lasnic ebenfalls unter den Bräunlingen an der Felskante oberhalb der Kesselwand. Auf dem Rücken trug er einen großen Säbel. Wie hatten sie ihn genannt? Kaikan, genau. »Drecksack!« Lasnic schüttelte die Faust in seine Richtung.

Der Mantelmann mit dem roten Stirntuch stützte sich auf seinen Speer und belauerte Lasnic mit regloser Miene und feindseligem Blick. Sein Wolf tänzelte neben ihm auf und ab. Lasnic spuckte aus, drehte sich um und spähte zum Schwein.

Ein Keiler war es, größer als ein großes Flusspferd. Er stand mit gespreizten Vorderläufen über dem armen Waldfürsten, wühlte mit blutigem Rüssel in zerbissenen Netzmaschen und zerrissenem Fleisch. Gundlochs geschundener Leib bebte von der stoppelbärtigen Kinnspitze bis zu den Stiefeln, wann immer der Keiler seinen Rüssel in ihn stieß oder ein Stück Fleisch aus ihm riss.

Schlimmer als ein Keulenhieb, dieser Anblick! So schlimm beinahe wie ein Pfeil mitten ins Herz. Die eben erst frisch aufgeloderte Wut erlosch schon wieder, und alle Kraft wich aus Lasnics Gliedern.

Hinter ihm scheuerte Holz über Fels, er fuhr herum. Die Palisade öffnete sich einen Spalt, sie stießen ein in Netzmaschen eingeschnürtes Bündel herein. Kauzer. Er prallte ins Geröll.

Die Bräunlinge auf der Palisade und an der Steilwand lachten. Und Lasnic begriff endlich: Den Wettermann von der Palisadenkrone zu stoßen, hätte ihm wohl den Hals gebrochen. Sie wollten aber, dass der Keiler Beute jagte, die noch lebte, die sich noch wehren, die noch schreien konnte. Sie wollten ihren Spaß.

»Drecksäcke!« Die Wut brannte wieder. Wenigstens das. Er kniete neben Kauzer und versuchte, den Knoten aufzufummeln, mit dem sie sein Netz verschlossen hatten. Der Wettermann schien halb betäubt vom Sturz.

»Wach auf, du elend guter Freund des Schicksals!« Endlich löste sich der Knoten. »Denk nach, du! Wir haben es mit einem ausgehungerten Keiler zu tun!« Lasnic schälte den stöhnenden Wettermann aus seinem Netz. »Weiß der Schartan, wie lange sie dem Burschen nichts zu fressen gegeben haben! Hast du einen Zauberspruch? Fällt dir ein Trick ein?«

Lasnic richtete sich auf und half Kauzer auf die Beine. Der kleine Wettermann taumelte, antwortete mit keinem Wort. Hinter ihnen auf der Palisade klatschten sie in die Hände, rechts und links oberhalb der Steilwand ahmten sie schon wieder das Grunzen und Quieken eines Schweins nach. Lasnic spuckte in ihre Richtung, traf nicht einmal die rötliche Wand. Das machte ihn nur noch wütender.

Steine prasselten plötzlich auf sie herab. Lasnic packte Kauzers knochige Hand und zog den viel Kleineren weg von der Palisade und hinter sich her in den Felskessel hinein. Dort riss der Keiler noch immer Fleischfetzen aus dem Leib des toten Waldfürsten. »Mistvieh! Weg von Gundloch! Weg! Weg!« Er wollte zu dem Tier und dem Toten rennen, doch Kauzer hielt ihn fest.

»Gundloch ist längst tot. Und so lange der Keiler sein Fleisch frisst, lässt er uns in Ruhe.«

Ein abscheulicher Gedanke. Lasnic heulte auf. Ein widerlicher, ein hassenswerter Gedanke! Und dennoch der einzig richtige in diesem Moment. Lasnic warf sich auf die Knie, schrie, zerraufte sich das Haar. Über ihnen auf der Palisade und an der Felskante jaulten und grölten die Bräunlinge. Viele klatschten in die Hände, manche pfiffen durch die Finger.

Lasnic griff ins Geröll und schleuderte Steine zu ihnen hinauf. Einen traf er sogar. Der schrie auf vor Schmerz, stemmte seinen Speer über die Schulter und zielte auf Lasnic. Doch der Schwarzmantel mit dem rotem Stirnband bellte einen Befehl, und zwei andere hielten den Getroffenen fest und redeten auf ihn ein.

Der Keiler hob den Schädel und blinzelte zu den beiden ungleichen Waldmännern herüber. Blutige Fetzen schaukelten an seinen Hauern. Sein schwarzes Zottelfell reichte ihm beinahe bis zu den Hufen. Dem linken Hauer fehlte die Spitze, und als er die Pinselohren aufstellte, sah Lasnic, dass sein linkes Ohr zerfleddert war wie ein von Maikäfern angefressenes Eichenblatt.

Ein schwarzer Mammutkeiler? Abgebrochene Hauerspitze und zerfleddertes Ohr? »Bei der giftigsten aller Waldschlampen«, murmelte Lasnic. »Mit diesem stinkenden Koloss hatte ich schon zu schaffen!«

»Was redest du, Bursche?«, zischte der Wettermann. Das Tier hob schnüffelnd den blutigen Rüssel. »Jetzt hat er uns entdeckt.« Kauzer drängte sich an Lasnics Hüfte. »Jetzt ist es vorbei.«

Lasnic pumpte den Brustkorb auf, richtete seinen lauernden Blick auf den Keiler und machte ein paar Schritte auf ihn zu.

»Bist du wahnsinnig?« Kauzer tänzelte hinter ihm her. »Was hast du denn vor?«

»Ich kenne ihn, sag ich doch.«

»Ja, und?« Kauzer hielt ihn am Hosenbund fest und stemmte sich mit den Absätzen ins Geröll. »Glaubst du, das verdirbt ihm den Appetit, du Größenwahnsinniger, du?«

»Finger weg.« Lasnic musste stehen bleiben, so entschlossen hielt der kleine Wettermann ihn fest. Er packte Kauzer am Handgelenk, doch der wollte nicht lockerlassen.

Auf der Palisade und oberhalb der Steilwand war es inzwischen merkwürdig ruhig geworden. Die Bräunlinge tuschelten nur noch, zeigten einander Waffen, Gürtel und für sie viel zu große Jacken und Haartücher. Zuerst erkannte Lasnic seinen Dolch, dann sein schwarzes Haartuch, dann den Gürtel des Waldfürsten und nach und nach die Waffen, Kleider und Haartücher der toten Gefährten.

»Was treiben sie dort oben mit unserem Zeug?« Aus schmalen Augen äugte Lasnic zu den Bräunlingen hinauf.

»Sie benutzen es als Wetteinsatz.«

»Red mit mir nicht wie mit einem Schwachkopf!«

»Es ist, wie ich's sage, Jagdkerl – sie schließen Wetten ab. ›Wen wird der Keiler zuerst fressen? Wird er seine Beute totbeißen oder zerstampfen? Wie lange wird der zweite danach noch durchhalten?‹ Lauter solches Zeug.«

Lasnic starrte den Wettermann an, wie man eine nächtliche Erscheinung anstarrt. »Wieso, beim Schartan, verstehst du ihre beschissene Sprache?«

»Habe ich gesagt, dass ich sie verstehe? Ich habe Augen im Kopf, bin ein guter Beobachter.« Kauzer deutete zu den Bräunlingen hinauf. »Sieh doch selbst hin, auch du kannst ihre Gesten und ihre Mienen deuten. Ist nicht so schwierig.«

Lasnic spähte zum Palisadentor und zum Rand des Felskessels. Der Wettermann hatte recht. Das erbitterte ihn. »Du bist ein Geheimniskrämer!« Lasnic schlug Kauzers knochigen Hände von seinem Hosenbund weg. »Ein verträumter alter Spinner bist du!«

»Ich bin der Wettermann von Strömenholz!« Kauzers Miene war kantig und eckig plötzlich, und seine rötlichen Augen funkelten gefährlich. »Und du zeigst gefälligst Respekt vor mir!«

»Respekt habe ich im Augenblick nur vor diesem Koloss dort.« Lasnic schob Kauzer zur Seite, fasste den Keiler ins Auge und schritt auf ihn zu.

»Um Himmels willen, Jagdkerl, was tust du denn bloß?« Kauzer gestikulierte wild. »Beim höchsten aller Wolkengötter, ich beschwöre dich …!« Der Keiler grunzte, Lasnic blieb stehen. Kauzer verstummte und schlug die Hände auf den Kopf.

»Er ist mir mal in eine Erdfalle für Waldelefanten gestürzt.« Lasnic ging weiter, langsamer und mit ausgebreiteten Armen; als würde er auf einem jungen Birkenstamm über eine Schlucht balancieren. »Noch gar nicht so lange her.«

»Na und?«, krächzte Kauzer. Die Bräunlinge beobachteten Lasnic wie gebannt. Manche drückten die Fäuste gegen die Wangenknochen, einige gingen auf die Knie und kauten auf ihren Unterlippen herum. Nach dem Spaß am grausamen Ende des wehrlosen Gundlochs gierten die kleinen blutrünstigen Kerle nun danach, dass der Keiler endlich auf lebende Beute losging.

»Ich hätte ihn töten können.« Lasnic setzte einen Fuß vor den anderen. »Er trug damals schon Fleisch auf den Knochen, das für einen ganzen Mond gereicht hätte.« Der Keiler schnaubte, senkte den Schädel und scharrte mit dem Vorderhuf. »Für einen ganzen Mond und eine halbe Siedlung.« Lasnic blieb stehen.

Der Keiler ließ die zerrissene Leiche des Waldfürsten hinter sich und tänzelte drei Schritte auf Lasnic zu. Der wich zurück, stolperte, plumpste auf den Hintern. Die Bräunlinge wieherten und prusteten.

»Ruhig doch, Schwarzer.« Lasnic ließ seinen tiefsten Bass brummen, während er wieder aufstand. »Ganz ruhig, mein schwarzer Freund.« Der Keiler hob und senkte den schweren Schädel, als würde er heftig nicken. Blutige Fetzen flogen von seinen Hauern. Eine Drohung oder eine Begrüßung?

»Du hast ihn laufen lassen, dummer Bursche, du?« Kauzers krächzende Stimme klang weinerlich. »Laufen lassen wie den Flussparder damals?«

»Es gab wenig Keiler zu jener Zeit, am rechten Stromufer jedenfalls.« Breitbeinig und mit gebeugten Knien stand Lasnic da und ließ den Keiler nicht aus den Augen. »Nur wenige gesunde Tiere, die für Nachwuchs hätten sorgen können.« Er setzte sich wieder in Bewegung. »Außerdem gefiel er mir.« Im Gehen wies er auf das Tier. »Schau dir doch den Prachtburschen an.«

»Sag ich nicht, du bist wahnsinnig?« Kauzer schlug die Hände über dem Kopf zusammen. »Sag ich nicht, du bist übergeschnappt? Die anderen hätten dich verdroschen, hätten sie's erfahren!«

»Haben sie aber nicht.« Der Keiler schnaubte und machte einen Satz nach vorn. Lasnic wich einen Schritt zurück. »Denkst du noch dran, Schwarzer?« Der Keiler äugte, drehte die Ohren, galoppierte ein paar Schritte vorwärts. Die Bräunlinge über dem Felskessel jubelten, Lasnic wich zurück. »Entsinn dich, du Fleischberg – ich hatte dich schon!« Er belauerte jede Bewegung des schwarzen Riesenschweins, hielt die Hände seitlich ausgestreckt und sprach mit rauer, beschwörender Stimme. »Erinnerst du dich, ja?«

»Hör auf mit dem Schwachsinn, Bursche, ich flehe dich an!« Kauzer geriet außer sich, was Lasnic nur selten erlebte. Die Stimme des Wettermannes überschlug sich, er kam näher, machte Anstalten, nach Lasnic zu greifen.

»Weg!«, zischte der. »Aus dem Weg, Schicksalsfreund! Zieh dich zur Kesselwand zurück, mach schon!« Jammernd stolperte der Wettermann rückwärts auf die Wand neben der Palisade zu. Die Bräunlinge grunzten, quiekten und pfiffen, um das Tier anzufeuern. Das duckte sich, sprang los, blieb zehn Schritte vor Lasnic stehen, senkte die blutigen Hauer, grunzte.

»Du erinnerst dich doch?« Diesmal war Lasnic stehen geblieben, doch das Herz klopfte ihm in den Schläfen. »Wie viele Fasaneneier hast du geschlürft seitdem?« Lasnic presste allen Atem in seine Stimme, damit sie ihm nicht brach. »Wie viele Eicheln und Bucheckern weggeputzt? Wie viel Aas hast du gefressen inzwischen, wie viele Bachen besprungen? Hast du alles mir zu verdanken, Schwarzer.« Er klopfte sich an die Brust. »Mir! Mir!« Das Tier warf den Kopf in seine Richtung, Lasnic zuckte zurück. »Ich hätte dich töten können!«

Der Keiler wandte den Schädel ein wenig, äugte an ihm vorbei zu Kauzer. Einen halben Lanzenwurf etwa trennten ihn und den Wettermann. Der stelzte jammernd durch den Rand des Schlammfeldes am Tümpelufer. Lasnic schwante Böses.

Und dann geschah es auch schon: Das Mammutschwein warf sich herum und schaukelte grunzend auf Kauzer zu. Schlamm schmatzte unter seinen Hufen, Schmutzfontänen spritzten auf. »Wirst du wohl stehen bleiben, Schwarzer?« Lasnic spurtete los, die Bräunlinge grölten, schwangen Keulen oder ihre Wetteinsätze. Es gelang ihm, begnadeter Läufer vor den Wolkengöttern, der er war, noch vor dem Keiler beim Wettermann anzukommen. Schützend sprang er vor ihn, und der Keiler hielt knapp fünf Schritte vor beiden an. Sein haariger Nacken mochte Lasnic bis zu den Schultern reichen, und der junge Waldmann war groß.

»Ich hab was gut bei dir! Gieriger Fleischberg!« Er schrie das Tier an in seiner Angst. »Du schuldest mir dein verdammtes Leben!«

»Übergeschnappt bist du, Bursche«, keuchte der Wettermann hinter ihm. »Doch für diese Tat werden die Götter dich küssen. Es nützt zwar nichts mehr, es ist zwar vorbei, aber für diese Tat kriegst du einen Ehrenplatz an der Sternentafel der Wolkengötter, du verrückter Bursche, du …«

»Halt dein welkes Maul, Wetterschwätzer!«, brüllte Lasnic außer sich vor Erregung, und dann leiser und wieder an den Keiler gewandt: »Komm schon, lass uns zusammenhalten. Wir sitzen doch in der gleichen Falle …«

»Übergeschnappt, vollkommen übergeschnappt«, flüsterte Kauzer wieder und wieder, und das massige Tier blinzelte, warf den Kopf hin und her, blinzelte erneut und wirkte verwirrt.

Geschrei erhob sich jetzt oberhalb der Kesselwand und auf der vielleicht einen Lanzenwurf entfernten Palisade. Der Schwertdieb auf der Birkenrampe kreischte etwas – einen Befehl, wie es sich anhörte. Die Bräunlinge bückten sich, lasen Steine auf, holten aus. Lasnic barg den Schädel in den Armen, drehte sich um und beugte sich schützend über den kleineren Wettermann. Ein Steinhagel prasselte um sie herum in Schlamm und Geröll. Das Schwein quiekte; auch Lasnic erwischten zwei Brocken am Rücken. Er brüllte auf, mehr aus Wut als aus Schmerz.

Und dann bückte er sich, griff sich drei Steine und rannte auf die Palisade zu. »Drecksäcke, verfluchte!« Noch im Laufen schleuderte er den ersten Stein. »Stinkende Kotzknochen, ihr!«

»Warte doch!« Kauzer tippelte hinter ihm her. »Lass mich doch nicht allein!«

Auf der Palisade wichen sie Lasnics erstem Stein aus, hinter sich hörte er den Hufschlag des Keilers. Die Wut machte ihn blind und taub. Er blieb stehen, zielte, warf den zweiten Stein und ließ den dritten sofort folgen.

Dem zweiten Stein konnte der in der grauen Lederjacke auf dem Palisadentor gerade so ausweichen. Und das tat er, indem er sich auf den warf, der rechts neben ihm hockte. Den wiederum traf der dritte Stein am Kopf – der Bräunling krümmte sich, verlor das Gleichgewicht, stürzte und riss den in der Lederjacke mit sich von der Zaunkrone in den Kessel herab.

Lasnic sperrte Mund und Augen auf, konnte es selbst kaum glauben.

»Hinter dir, Lasnic!«, hörte er den Wettermann heulen; Kauzers krächzende Stimme überschlug sich.

Der Schatten des Keilers fiel auf Lasnic, und instinktiv warf er sich zur Seite. Er rollte sich ab, sprang auf, schielte nach dem Tier. Das preschte an ihm vorbei, hielt auf die Palisade zu.

Dort halfen sich die beiden herabgestürzten Bräunlinge einander auf die Beine. Von oben streckten andere ihnen Speere hinab. Der in der Jacke packte einen der Speerschäfte, zog sich hoch, benutzte den anderen dabei als Leiter. Dieser aber geriet völlig außer sich angesichts des herangaloppierenden Keilers, hielt sich an der Pluderhose seines Anführers fest, griff nach dessen Jacke, wollte über ihn hinwegklettern. Der Schwarzmantel am Kesselrand fuchtelte mit dem Speer herum, schrie Befehle. Sein Wolf kläffte.

Lasnic verfolgte die überraschende Entwicklung dort vorn an der Kiefernbarrikade mit grimmiger Freude. Und endlich erreichte das von den Steinwürfen gereizte Mammutschwein die Palisade. Mit dem linken Hauer durchbohrte es den unteren der beiden Bräunlinge und rammte die Holzsperre mit voller Wucht. Die zusammengebundenen Kiefernstämme erzitterten unter dem Anprall des massigen Körpers.

Der mit der grauen Jacke fiel samt Speer zurück in den Felskessel; alle stürzten jetzt von der Palisadenkrone, die dort oben gehockt hatten – die meisten nach außen, einige aber auch nach innen. Die Rampe hinter der Kiefernwand kippte um, der Schwertdieb verschwand aus Lasnics Blickfeld.

Der Hauptkerl mit der Lederjacke wollte den Speer gegen das Schwein richten, doch das stand schon so nahe bei ihm, dass er die Waffe nicht mehr senken, geschweige denn seinen Säbel aus der Rückenscheide ziehen konnte. Der Keiler warf sich seitlich auf ihn, wieder und wieder. Die Palisade erzitterte erneut. Erst hörte man den Speerschaft splittern, dann die Knochen des Bräunlings. Der Schwarzmantel schrie am Rand des Felskessels herum, schlug nach seinen eigenen Leuten, hetzte sie zum Palisadentor.

Plötzlich merkte Lasnic, dass die Kiefernwand schief zwischen den rötlichen Felswänden hing. Bei jedem neuen Anprall des Keilers sprang sie zwei Handbreit nach außen hin auf, um gleich wieder zugedrückt zu werden.

»Her zu mir, Wettermann!« Lasnic rannte los. »Komm zu mir, sag ich!« Er spurtete zum Tor, wo der Keiler die herabgestürzten Bräunlinge zertrat. Ihn fröstelte: Viel zu deutlich hörte er ihre Knochen brechen und die letzten Atemzüge in ihren Kehlen gurgeln.

Den Bräunlingen oberhalb der Steilwand war das Lachen und Jubeln nun ganz und gar vergangen. Kaum einen Schrei hörte man noch von ihnen, von Gelächter sowieso keine Spur mehr. Nur das Gekläff ihrer Zahmwölfe hallte über den Felskessel. Die meisten Bräunlinge rannten schon zum Tor – wahrscheinlich, um sich mit ihren Gefährten dort dagegenzustemmen oder um es von außen mit einer Barrikade zu sichern. Andere schleuderten Steine auf das Schwein, manche auch ihren Speer. Ein solches Wurfgeschoss blieb im Hinterteil des Keilers stecken. Das Tier quiekte und schnaubte, der Schmerz machte es noch rasender.

Lasnic bückte sich nach dem zerrissenen Netz, in dem er gesteckt hatte. Er rannte auf den tobenden Keiler zu, achtete nicht auf Kauzers warnendes Krächzen, achtete weder auf das Gehämmer seines Herzens noch auf die Angstflammen in seiner Brust. Einen Schritt vor dem Mammutschwein duckte er sich, um ihm ins Rückenfell zu springen, doch genau in diesem Moment traf ein Steinhagel das Tier. Grunzend und quiekend warf es sich zur Seite, erwischte Lasnic mit der Hinterflanke, schleuderte ihn ins Geröll.

Der Aufprall presste ihm die Luft aus der Lunge. Zwei Atemzüge lang blitzten ihm Sterne durch sein Waldmannhirn. Er überschlug sich ein paarmal, richtete sich auf den Knien auf, schüttelte sich. Quiekend vor Wut rammte der Keiler die Palisade erneut.

Kein klarer Gedanke mehr wollte sich in Lasnics Schädel formen. Gleichgültig. Leben wollte er, sonst gar nichts. Bloß noch nicht fallen, bloß noch nicht zum Vorjahrslaub! Kaum wusste er, was er tat, als er nach dem Speer des Jackenmanns griff, als er aufstand und Anlauf nahm.

Er sprang, und diesmal landete er im Fell des Keilers. Drahtig und fettig fühlte es sich an. Er krallte sich darin fest, hielt Netz und Speerstiel fest, schwang sich schließlich auf den Rücken des massigen Tieres. Es stank noch strenger als er selbst.

Lasnic kroch zu den Schweineohren, hörte Holz über Stein scheuern, und als er es wagte, den Kopf ein wenig zu heben, sah er die Palisadenwand nach außen kippen. Staub stieg auf, Warnrufe erfüllten die Luft. »Kauzer!« Er blinzelte und guckte ein zweites und drittes Mal hin: Die Palisade lag flach. »Ich glaub es nicht, Kauzer …!«

Das Mammutschwein kletterte auf die zusammengebundenen Stämme. Die bebten und schaukelten, weil Bräunlinge und Zahmwölfe darunter lagen. Lasnic konnte ihr jämmerliches Kreischen und Jaulen hören.

Aus den Augenwinkeln sah er den Wettermann – zaudernd und gestikulierend näherte er sich dem mächtigen Schwarzschwein mit kleinen Schritten. »Herauf mit dir, allerbester Freund des Schicksals!« Lasnic ließ das Netz hinunter, und Kauzer kletterte daran zu ihm auf den Schweinerücken. Schwer atmend klammerte er sich hinter dem so viel Jüngeren im schwarzen Zottelfell fest. Rechts und links der umgestürzten Kiefernwand stemmte sich ein halbes Dutzend Bräunlinge aus Geröll und Staub. Die noch laufen konnten, suchten ihr Heil in der Flucht und ließen diejenigen liegen, die es nicht mehr konnten. Ihre Zahmwölfe hechelten hinter ihnen her.

Der Keiler stampfte über die umgestürzte Palisade, blieb stehen, legte den Kopf schief, drehte ihn, so weit er konnte, und versuchte auf seinen Rücken zu äugen.

»Lauf einfach zu, Schwarzer!« Lasnic wickelte den abgebrochenen Speerschaft in die Netzmaschen. »Gut gemacht, Schwarzer. Jetzt lauf zu, mach schon.« Mit den Schenkeln klemmte er die Schultern des Keilers ein.

»Vorsicht, Bursche«, jammerte Kauzer, »reize ihn bloß nicht.«

»Still, Wettermann! Halt dich fest, statt zu schwätzen!« Der Keiler warf grunzend den Kopf in den Nacken. Von rechts schlichen drei Bräunlinge mit Speeren am Rand des Felskessels heran. Lasnic hielt den eingewickelten Speer waagrecht und zielte, und als der Keiler das nächste Mal den Schädel hob und den Rachen aufriss, warf er den in Maschen eingeschlagenen Speerschaft auf seine Hauer, ohne dabei die Netzenden loszulassen. Mit beiden Fäusten riss er das Netz samt Speerschaft in den Rachen und zwischen die Zähne des Keilers. »Hab ich dich, Schwarzer!« Lasnic triumphierte. »Hab ich dich! Festhalten, Wettermann!«

Ein Speer zischte über ihn hinweg, ein zweiter fuhr dicht vor seinem rechten Schenkel in den Rücken des Keilers. Das Tier quiekte schrill, ein Zittern durchlief seinen massigen Pelzkörper. Es senkte den Kopf und preschte los.

An der Oberkante der umgestürzten Palisade entdeckte Lasnic den Lederjackenkerl, der sein Schwert geraubt hatte – der versuchte, sich unter den zusammengebundenen Stämmen herauszuschieben. Lasnic rammte dem Keiler die Fersen in die Rippen, und das Tier trampelte über den Hauptkerl hinweg. Der Waldmann zerrte am Netz, zerrte nach links und rechts, nutzte Netz und Speerschaft wie bei einem zugerittenen Elch als Zügel und Gebissstange. Das gelang ihm immerhin gut genug, um das Tier hinauf in das Gelände vor dem Felskessel zu lenken und es auf die Speerwerfer zu hetzen. Dem Schwarzmantel hinterher flohen sie schreiend, doch der Keiler trat fast alle nieder.

»Ich krieg dich, Kaikan, ich reiß dich in Stücke!« Brüllend verfolgte Lasnic die restlichen Bräunlinge und ihren Anführer bis zum Waldrand. Dort schwangen sie sich auf ihre Reittiere und preschten in wilder Flucht ins Unterholz. Lasnic riss am Netz und zwang den Keiler, zuerst stehen zu bleiben und dann kehrt zu machen. Er trieb ihn zurück zum Felskessel. Dort hielt er den schnaubenden Koloss an.

Lasnic blickte sich um. Mehr als ein Dutzend tote oder verletzte Bräunlinge lagen im Geröll. Fünf oder sechs weitere mochte die Palisade begraben haben. Unter den zusammengebundenen Stämmen hörte er einige stöhnen und rufen. Auch der halb von der Holzwand begrabene Schwertdieb regte sich noch. Lasnic schnitt eine grimmige Miene, trieb den Keiler auf die umgestürzte Palisade. Das Ächzen und Stöhnen unter den Stämmen schwoll an.

»Steig ab, Wettermann, und nimm dem Drecksack mein Schwert und meine Lanze ab.«

»Eher lasse ich mich von der giftigsten aller Waldschlampen vögeln.«

Selten hatte Lasnic gehört, dass Kauzer sich derart klar ausdrückte. »Habe ich dir eben dein abgewelktes Leben gerettet oder nicht?«

»Ein Grund mehr, es jetzt nicht gleich wieder aufs Spiel zu setzen.« Das Fistelstimmchen des Wettermannes klang, als würde man durch abgestorbenen Farn stolpern. »Bring das Biest dazu, uns zum Biberteich zu tragen. Mach schon, Bursche.«

»Den Schartan werd ich tun!« Über die Schulter hinweg blitzte Lasnic den Wettermann an. »Du steigst jetzt ab oder du läufst zurück nach Stommfurt.«

»Respektloser Bursche!« Kauzer ließ das Fell des Schweins los und glitt auf die Palisade hinunter. »Unglaubliche Frechheit, was du dir mir gegenüber herausnimmst.« Er wischte sich die fettigen Hände an seinem Bastmantel ab. »Ich werde mich beim Eichgrafen über dich beschweren!« Er stierte zu Lasnic herauf, seine Augen funkelten böse. »Und jetzt?«

»Jetzt nimmst du dem Drecksack mein Schwert ab.«

Schimpfend balancierte der Wettermann über die blutverschmierten Stämme zu dem eingeklemmten Bräunling in der grauen Lederjacke. Der röchelte und blinzelte in die Mittagssonne.

Kauzer kniete sich neben ihn, streckte die Arme unter die Palisade und tastete nach dem Schwert. »Ich find es nicht, ich kann es einfach nicht finden …«

»Dann suche ein bisschen gründlicher!«

»Da!« Kauzers Miene hellte sich auf. »Ich kann es fühlen!«

»Ziehe es raus!« Der Keiler unter Lasnic grunzte und tänzelte. Lange konnte Lasnic ihn nicht mehr still halten. »Und die Lanze auch!«

Nach ein paar vergeblichen Anläufen gelang Kauzer endlich zu tun, was Lasnic verlangte. Schnaufend stelzte er zurück zum Keiler, Schwert und Lanze schleifte er hinter sich her. »Hilf mir herauf.«

»Erst schlägst du sie tot.«

»Wassis?« Kauzer sperrte erschrocken die roten Augen und den zahnlosen Mund auf.

»Totschlagen! Alle! Kann es nicht selbst tun, muss ja das Vieh festhalten!« Mit einer heftigen Kopfbewegung deutete Lasnic auf den Schwertdieb. »Mit dem Hauptdrecksack fängst du an, los!«

Der Wettermann weigerte sich erneut, und alles Fluchen nützte Lasnic nichts, denn diesmal blieb Kauzer hartnäckig. Lasnic musste ihm auf den Keiler helfen und drückte ihm das Netz in die Hände. »Festhalten!« Jedem noch lebenden Bräunling am Eingang des Felskessels und weiter oben im Wald rammte er die Lanze in die Brust und zerschlug ihm den Schädel. Und bei jedem Stoß und jedem Hieb brüllte er den Namen eines der getöteten Jagdbrüder.

»Vorsicht, Lasnic!« Plötzlich gellte Kauzers Warnschrei von der zerstörten Palisade. »Da! Am Waldrand!«

Lasnic wirbelte herum: Der Grauschopf im schwarzen Ledermantel war zurückgekommen, Kaikan; er hockte auf einem riesigen Bock und seine Bräunlinge auf den elchähnlichen Tieren. Sie standen zwischen den Eichen am Waldrand. Einer seiner Krieger schleuderte einen Speer, Lasnic wich aus, schleuderte seine Lanze und traf den links des Anführers. Da aber hatte der bereits ausgeholt und eine Axt nach Lasnic geworfen.

Einen Wimpernschlag lang sah Lasnic das wirbelnde Mordgerät durch die Luft rauschen. Er wollte zur Seite springen, doch zu spät: Die Axt traf ihn, und die Wucht des Aufpralls streckte ihn zu Boden. Sein schmerzender Schädel prallte hart auf. Im nächsten Moment hüllte Finsternis ihn ein.

4

Wieder ritten Frauen und Männer auf Eseln aus dem Burghof, wieder lenkte ein Kutscher einen Ziegenkarren durch das Tor und auf die Zugbrücke, wieder lag ein Greis darauf; oder eine Greisin – das Geschlecht der verkrümmten Bündel mit den verwitterten Gesichtern war auf die Entfernung schwer einzuschätzen. Ayrin beobachtete Reiter und Gespann vom großen Fenster des Ratszimmers aus. Diesmal schloss sich das Tor hinter Mitgliedern einer Sippe aus Rothern. Wie so viele vor ihnen hatten auch sie eine Tochter oder einen Sohn abgeholt. Als junge Frau, als junger Mann vor fünf Wintern auf einem Schiff nach Süden in See gestochen, jetzt zurückgekehrt als Greisin oder als Greis. Manche lagen schon im Sterben, als sie abgeholt wurden.

Wäre es für diese Bedauernswerten nicht besser gewesen, mit einem der anderen beiden Schiffe gesunken und ertrunken zu sein?, fragte sich Ayrin. *Sind die nicht glücklicher dran, die im Kampf gegen die Tarkaner ihr Leben gaben?*

Hinter ihr hatte sich der Reichsrat versammelt; die Mitglieder des Thronrates also und die Edlen und Mächtigen des Reiches. Serpane berichtete in knappen Sätzen. Ihre Stimme klang hohl und dunkel. Manchmal spuckte sie nur Halbsätze oder einzelne Worte aus.

»Inseln, wohin du guckst. Inseln bis zum Horizont. Angeblich sind es mehr als tausend. In der Bucht einer bewohnten gehen wir vor Anker. Kämpfe. Kriegerisches Pack. Gieren nach Blut, geben nie auf. Trotzdem. Wir haben den Inselhäuptling getötet. Beide Häfen erobert, beide Siedlungen. Gefangene gemacht. Hab sie selbst verhört. Tarkatan nennen sie ihr Reich. Die Hauptinsel heißt Tarka, die Hauptstadt Taruk. Auch von einer Kriegerin in Ketten hören wir, einer Frau aus dem Norden. Groß und stark und stolz. Mona.«

Weil die greise Ärztin nicht weitersprach, drehte Ayrin sich um und ging zurück zu ihrem Platz an der runden Ratstafel. Serpane hielt ihre Augen mit der Rechten bedeckt. Der Atem der alten Obristdame bebte, ihr großer knochiger Körper zuckte.

Mehr als fünfzig Frauen und ungefähr vierzig Männer hatten sich im großen Ratssaal versammelt. Saßen an der runden Tafel, lehnten gegen Schränke und Türen, saßen auf den Bänken entlang der Wand. Alle führenden Garonesen aus allen sieben Städten, aus allen Burgen und Weilern: sechs Herzoginnen, sieben Burgmeisterinnen, sieben Kriegsmeisterinnen, vierzehn Obristdamen, dazu einige Schwertlose, Hochdamen und Majordamen. Die vierzehn Erzritter vertraten die Männer des Reiches, dazu etwa zwanzig Reichsritter und eine Handvoll Schwertloser. Und natürlich Mauritz.

Vier Tage her, dass Starian über die Schlucht flog und Serpane die Überlebenden heimführte. Mona war kurz nach der Rückkehr gestorben. Ayrin hatte ihre Mutter gebeten, noch einmal ausführlich zu berichten – und zwar vor allen, die Verantwortung trugen im Reich.

»Sie lebt, hörten wir, liegt im Tempelkerker von Taruk.« Die alte Kriegerin sprach weiter. »Wir suchen uns also zehn ihrer eigenen Schiffe aus, die wendigsten. Verstecken uns unter Deck, zwingen sie, nach Tarka zu segeln. Vier Tage unterwegs. Bei Nacht gehen wir an Land. In einer Flussmündung, direkt bei der Hauptstadt.«

»Wie groß ist diese Stadt?«, wollte Hildrun wissen. Martai saß zu ihrer Rechten an der Ratstafel. Nie sah man die Burgmeisterin von Garonada ohne sie. Erst kürzlich hatte Hildrun Martais Beförderung zur Majordame durchgesetzt. »Wie viele leben dort?«

»Mehr als in Garonada. Mehr sogar als in Violadum. Dreißigtausend? Vierzigtausend? Die wir gefragt haben, wussten's selbst nicht genau. Und wir haben Taruk nur bei Nacht gesehen. Eine Stadt mit starken Wehrmauern, soviel kann ich sagen. Zum Meer hin sehr hoch. Eine Festung gleich hinter dem Haupttor. Fühlen sich sicher dort, die Blutsäufer, haben wenige Wachen aufgestellt. Eine Werft grenzt an den Hafen. Schiffe ohne Ende. Alle neu.«

»Wie viele genau?«, erkundigte sich Loryane, die junge Kriegsmeisterin von Garonada. Sie trug einen schwarzen Mantel aus Ziegenfell. Mehr noch als für ihre Schönheit bewunderte Ayrin die Freundin für ihre Scharfsinnigkeit und ihre Entschlusskraft.

»Ich habe zweihundertachtzig gezählt. Viele Galeeren darunter. Lauter Dreimaster. Die meisten schon geteert, viele bereits betakelt, die Hälfte schon zu Wasser gelassen. Brannten gut.«

»Sie brannten?« Ayrin blickte in die Runde an der Ratstafel; keiner, der nicht begriffsstutzig oder fragend die Brauen runzelte. »Wieso brannten die Schiffe?«

»Weil ich es gewollt hab.« In einer schwerfälligen Geste faltete Serpane die Hände vor sich auf dem Tisch; knochige, lederhäutige Hände mit schmutzigen Nägeln. Die alte Ärztin und Obristdame starrte sie an, als wären sie ein Fenster in die Vergangenheit, als könnte sie in ihnen die Schiffe in der Werft von Taruk brennen sehen. »›Zündet die Schiffe an‹, hab ich gesagt. ›Wenn sie dann kommen und löschen, dringe ich in die Stadt ein. Gehe in den Tempel. Meine Mona holen. Wer will, kann mitgehen.‹« Sie hob den Blick, etwas wie Stolz lag plötzlich in ihren verbitterten Zügen. »Alle wollen mitgehen. Ich such vierundzwanzig aus, die anderen schleichen zu den Schiffen. Als die ersten brennen, gehen Tore auf. Die Blutsäufer stürmen Hafen und Werft. Wir in die Stadt. Durch das kleinste Tor.«

»Mit wie vielen Schwertdamen und Rittern bist du in die Werft eingedrungen?«, fragte Ayrin.

»Mit neunzig. Zwanzig hab ich bei den zehn Tarkanerkähnen zurückgelassen, dreißig auf der eroberten Insel bei unseren eigenen Schiffen. Musste doch den Rückzug sichern.«

Viele nickten. Sie hätten genauso gehandelt wie die alte Obristdame. Und dennoch waren kaum dreißig nach Garona zurückgekehrt? Ayrin schloss die Augen, versuchte sich an einzelne Gesichter unter den hundertvierzig zu erinnern, die sie mit drei Schiffen nach Süden geschickt hatte. Eines nach dem anderen bekam deutliche Züge. Junge Männer und Frauen waren darunter, die sie von klein auf gekannt hatte. Tränen stiegen ihr in die Kehle.

Nur dreißig von hundertvierzig waren zurückgekehrt. Und mehr als die Hälfte davon als Greise. Sie schluckte die Tränen hinunter.

»Und dann?«, drängte Loryane. Sie war noch blasser als sonst; ihr blondes Haar trug sie heute zu einem Dutt geflochten. »Was geschah weiter?«

»Nichts weiter.« Serpane lehnte sich zurück. »Zum Tempel. Zwei Dutzend Priester im Schlaf überrascht. Ein einziger liebt sein Leben mehr als seinen Gott. Der öffnet uns Monas Kerker. Da war sie noch jünger als ich …« Ihre Stimme brach, sie fuhr sich mit der Hand über die Augen, fing sich wieder. »Dann zurück zum Hafen. Dort sind sie mit dem Feuer beschäftigt.« Ein grimmiges Lächeln verzog ihr zerfurchtes Gesicht. »Ihre Schiffe brannten wirklich gut.«

»Wie sah der Tempel aus?«, wollte Mauritz wissen. »Kannst du ihn beschreiben?«

Serpane konnte und schilderte eine gewaltige Pyramide, ein Götterbild, halb Mensch, halb Steinbock, und ein in Fels hineingebautes Labyrinth aus Sälen, Hallen, Gängen und Kammern. »Eine Priesterin herrscht dort, fragt nicht, eine Halbgöttin. So jedenfalls reden sie von ihr. Hexe!« Die alte Kriegerin schnitt eine hasserfüllte Grimasse. »Und unter ihr ein Kerl. Tarbullo. Oder Zlatan. Fragt nicht. Der zweite in Tarkatan, kommt gleich nach der Hexe. Und von all den Blutsäufern dort der schlimmste.« Sie lehnte sich wieder über ihre auf dem Tisch gefalteten Hände und verfiel in brütendes Schweigen.

Eine Zeit lang hörte man nur Serpanes rasselnden Atem und das Kratzen der Feder, mit der Martai auf Papier notierte, was die alte Obristdame berichtete. Hildrun beugte sich zu Runja hinüber und flüsterte mit ihr.

»Erzähl doch weiter, Serpane«, sagte Ayrin mit sanfter Stimme. »Bitte. Erzähl uns, wie ihr so viele Kämpferinnen verlieren konntet und die beiden Schiffe.«

»Riesenfeuer in der Werft, wie gesagt.« Die alte Obristdame seufzte tief. »Sechzig oder siebzig ihrer Schiffe brennen. Mindestens. Im Tempel verlieren wir nur zwei Schwertdamen, im Hafen vier Ritter. Mit allen anderen schwimm ich über den Strom. In kleinen Fischerkähnen dann zurück zur Mündung. Dort alles ruhig. Wir stechen in See. Noch vor dem ersten Morgengrauen. Alles gut. Nach zwei Tagen die Insel. Als wir an Land gehen, sind sie schon da. Dieser Oberblutsäufer, dieser Zlatan. Mit fünfhundert Mann. Hat unsere Schiffe besetzt. Zwei erobern wir zurück. Doch er kämpft mit …« In einer Geste der Ratlosigkeit hob die alte Ärztin und Kriegerin die knochigen Hände. »… mit einer Zauberwaffe, mit Hexerei, mit magischem Licht. Was weiß denn ich!« Wie fassungslos schüttelte sie den Kopf, ihre Augen wurden feucht. »Plötzlich strahlt Licht! Blau. Violett. Türkis. Strahlt wie ein böser Stern! Und die gegen ihn stürmen, werden schwach, werden krank, werden alt – von einem Atemzug auf den anderen! Und manche zerfallen sogar zu Staub, junge Frauen, junge Männer …« Sie ließ die Hände auf den Tisch und die Stirn auf die Handrücken sinken und weinte bitterlich. Runja, die neben ihr saß, legte den Arm um sie.

Ayrin saß auf der Kante ihres Sessels, ganz steif, als hätte jemand ihr einen Eiszapfen in Hirn und Rückenmark gebohrt. In Gedanken wiederholte sie Serpanes Worte – *werden schwach, werden krank, werden alt, zerfallen zu Staub*. Sie wiederholte sie wieder und wieder, konnte sie dennoch nicht fassen. »Ein violettes Licht, sagst du?« Ihre Stimme klang sehr heiser, drohte zu brechen beim nächsten Wort.

Serpane stemmte den Oberkörper vom Tisch hoch, wischte sich mit dem Handrücken die Tränen aus dem Gesicht, nickte. »Blau, weiß, türkis – was weiß ich. Grell jedenfalls. Hexerei jedenfalls. Irgendwie haben wir es zurück auf die beiden eroberten Schiffe geschafft. ›Raus aus der Bucht!‹, habe ich geschrien. ›Aufs offene Meer!‹ Wir lichten die Anker, hissen die Segel, das zweite Schiff segelt drei Bogenschüsse hinter meinem. Doch er verfolgt uns in einer wendigen Galeere, der verfluchte Zlatan. Und wieder das böse Licht! Es hüllt das andere Schiff ein. Vom Heck aus sehe ich lauter weiße Häupter plötzlich, lauter Staubwolken! Bei der Großen Mutter, ich schwöre es euch! Und die Segel hängen in grauen Fetzen, die Takelage reißt und splittert, und der Rumpf fällt zusammen wie eine morsche Hütte! Und dann sinkt das Schiff! Im nächsten Moment ist es weg! Nur noch morsche Trümmer schaukeln auf den Wellen! Hexerei!«

Die greise Ärztin zitterte. Tränen stürzten ihr wieder aus den Augen, sie ballte die Fäuste, biss sich auf die Lippen. Runja hielt sie fest, zog sie an sich, barg ihr weißes Haupt in ihrer Halsbeuge. Serpane schluchzte und heulte hemmungslos wie ein kleines Mädchen.

»Und dann?«, fragte Ayrin behutsam, nachdem sich die Alte ein wenig beruhigt hatte. »Was geschah dann?«

»Raus aus der Bucht«, flüsterte Serpane. »Er verfolgt uns. Ich lass die Katapulte fertig machen. Ans Heck damit. Mona unter den Schützen. Wir treffen sein Ruderhaus. Doch er steht am Bug und hebt die Faust. Und wieder böses Licht. Ein Ring leuchtete an der Faust, hat Mona später erzählt. Hexerei! Böse, gemeine Hexerei. Ich will sie töten, diese Hexe und ihren Blutsäufer!« Diesmal erstickten Tränen der Wut ihre Stimme. Schluchzend erzählte sie, wie sie nach Westen auswichen und nach einer Irrfahrt von drei Wintern die Trochauer Küste erreichten.

Schweigen folgte. Serpane lehnte gegen Runja und konnte nicht mehr aufhören zu weinen. Erschöpfung und Entsetzen überwältigten sie, ihre Nerven schienen völlig zerrüttet. Hildrun schickte nach einer Ärztin. Runja ließ ihre Weihritter rufen. Zusammen mit ihnen geleitete sie die gebrochene Kriegerin zu einer Schlafkammer.

»Was richten wir schon gegen Hexerei aus?«, fragte ein Reichsritter in die Runde. »Gar nichts.«

»Wir müssen ihre Schiffe versenken, bevor sie an Trochaus Küste landen können.« Hildrun dachte laut.

»Hübscher Gedanke.« Loryane schlug einen sarkastischen Ton an. Ein herber Zug hatte sich in ihr schmales Gesicht eingegraben, seit Ayrin sie vor drei Wintern zur Kriegsmeisterin von Garonada ernannt hatte. »Wie willst du dreihundert Schiffe versenken?«

»Ein Drittel hat Serpanes Feuer schon gefressen.« Hildrun ballte die Fäuste.

»Tapfere Serpane«, sagte Ayrin, »doch sie werden neue bauen. Mehr als einen Aufschub von drei oder vier Wintern hat uns das nicht verschafft.«

»Immerhin.« Die Burgmeisterin blickte in die Runde. »Ab sofort herrscht Krieg. Der Reichsrat muss alle Garonesen auf eine große Schlacht vorbereiten. Jeder von uns. Überall.«

»Und wenn es uns gelänge, diese Zauberwaffe zu erobern?« Ayrin erschauerte selbst bei diesem Gedanken, und in vielen Gesichtern um sich herum sah sie dieselbe Angst, dasselbe Entsetzen, das nach ihrem Herzen griff. »Wenn es uns gelingen könnte, ihren Anführer zu überwinden und seine Waffe zu rauben …«

»Es gibt da einen Mann im Reich«, ergriff Romboc das Wort, »der hat einmal etwas Ähnliches erzählt.« Alle Blicke richteten sich auf den Erzritter. »Lorban von Seebergen, einige kennen ihn. Früher bereiste er als Kartograf die Ströme und Meere, jetzt bewacht er als alter Grenzritter die Pässe bei Violadum.«

»Was hat er denn erzählt?«, fragte Ayrin

»Vor vierzehn oder fünfzehn Wintern ist sein Schiff von Fremden geentert und versenkt worden. Seine Beschreibung der Seeräuber passt auf die Tarkaner. Jedenfalls geriet Lorban in Gefangenschaft. An einer Strommündung im fernen Osten haben die Seeräuber Siedlungen der Waldmänner überfallen. Bis ein einzelner Mann sie alle tötete. Mit Licht aus einem Ring, wenn man Lorban glauben will.«

Zuerst ging ein Tuscheln und Raunen durch die Reihen der Männer und Frauen des Reichsrates. Schnell wurde Stimmengewirr laut, und einer fragte den anderen nach dem alten Grenzritter, von dem Romboc berichtet hatte.

Ayrin sprang auf, forderte Ruhe. »Schickt noch heute Boten zur Außenburg an den Südpässen«, befahl sie. »Schafft diesen Lorban zu mir hierher in die Burg.«

*

Zwei Thronritter rissen am Riegel, ein dritter stemmte seine Schwertklinge in die Metalllasche und lockerte die verrostete Zunge. Endlich sprang sie aus der Sperre, und der vierte Thronritter, ein grauhaariger, bärtiger Mann namens Ekbar, konnte die alte Tür öffnen. Er war klein und von rundlicher Gestalt. Er ging voraus, prüfte Planken, Streben und Taue der Hängebrücke, spähte auch zu Burgtor und Zugbrücke hinauf und winkte Ayrin und die anderen drei Gardisten hinter sich her, als er dort oben niemanden sah und die Brücke für noch tragfähig befand.

Von Planke zu Planke balancierte Ayrin auf der schmalen, schwankenden Verbindung über den schäumenden Glacis hinweg und zur Gittertür in der gegenüberliegenden Felswand. Sie trug ein hellrotes Seidenkleid unter einem schwarzen Wollmantel. Zart und eng umfloss es ihre schöne Gestalt. Es stammte aus einer Trochauer Schneiderwerkstatt. Bewusst hatte sie ausgerechnet dieses Kleid für den Besuch bei Starian gewählt, bewusst die Ösen seines Dekolletés bis zu den Ansätzen ihrer Brüste offen gelassen. Ihr glattes schwarzes Haar lag ungeflochten und wie ein Schleier auf ihren Schultern.

Drei Zugänge führten in das weitläufige Kerkergewölbe von Garonada: Einer lag unter der Südtribüne des Zirkus', der zweite im Garnisonshaus der Stadtritterschaft, der dritte in der Steilwand über dem Gletscherfluss.

Zwei Winter nach dem Tod ihrer Mutter hatte Ayrin Hildrun gebeten, das Burgverlies zu räumen. Der Gedanke, mit Häftlingen in denselben Mauern zu leben, ängstigte sie damals. Die Burgmeisterin ließ die Häftlinge ins Garnisonshaus bringen und von dort in den Kerker des großen unterirdischen Gewölbes. Seitdem wurden die Tür in der Außenmauer des alten Burgverlieses und die schmale Hängebrücke nicht mehr benutzt. Die verlief so dicht über dem Fluss, dass Hochwasser sie hin und wieder überspülte.

Der älteste Thronritter öffnete das Gitter, Ayrin und die anderen drei Gardisten schlüpften von der Brücke ins Halbdunkle einer Grotte und von dort in das Gangsystem des Gewölbes. Es roch modrig und feucht. Ekbar befahl, zwei Fackeln zu entzünden. Als sie brannten, führte er Ayrin und seine jungen Gardisten in den zirkusnahen Bereich des Kerkergewölbes. Genau wie seinen Bart trug Ekbar auch sein langes Haar zu einem Zopf geflochten. Weil der rundliche Thronritter sich in kleinen schaukelnden Schritten bewegte, pendelte der Haarstrang bei jedem Schritt hin und her.

Erst ein einziges Mal hatte Ayrin einen Kerker von innen gesehen – das Burgverlies; kurz nachdem Hildrun es hatte räumen lassen. Damals hatte Romboc ihrem Drängen nachgegeben und ihr die verlassenen Kerkerzellen und leeren Ketten gezeigt. Die Vorstellung, dass Menschen jahrelang angekettet in derart dunklen, dreckigen und feuchten Löchern darbten, hatte sie tief erschüttert an jenem Tag.

Seit zwei Nächten quälte sie nun der Gedanke an den bedauernswerten Starian, den ihr Befehl in solche Kälte und Dunkelheit verbannt hatte. Sie wollte mit ihm sprechen, und ihm – falls er Reue zeigte – einen anderen Kerker zuweisen, einen in ihrer Nähe; und auch den nur vorübergehend. Sie sann längst auf eine Möglichkeit, ihn zu begnadigen. Damit niemand sie beobachten konnte, hatte Ayrin darauf bestanden, den alten Weg über das Burgverlies und die Hängebrücke zu benutzen.

Ihre Gedanken wollten nicht aufhören, um diesen schönen Mann zu kreisen. Lange hatte sie zwischen ihm und Joscun geschwankt. Viel zu lange. Fünfundzwanzig Winter alt war sie bereits. Höchste Zeit für die erste Nacht mit einem Mann; man redete schon auf dem Markt über sie, verglich sie sogar mit der prüden Hildrun. Höchste Zeit für die Liebe und für ein Kind; so bange ihr vor beidem auch sein mochte.

Der Schein der Fackeln tanzte über feuchte Wände. In der Nähe von Zellen, die unter schmalen Gitterfenstern lagen, sah Ayrin manchmal Pilze in Mauernischen und an der Decke wuchern. Große Käfer flitzten in die Ritzen zwischen den Steinen, wenn Ekbars Schatten auf sie fiel. Ständig huschten Mäuse und Ratten über den Gang und verschwanden unter Gitterwänden oder in Löchern neben schweren Eisentüren. Ayrin musste alle

Selbstbeherrschung aufbieten, um sich ihren Abscheu nicht anmerken zu lassen.

»Hier ist es«, sagte Ekbar und deutete auf eine Gittertür.

Ayrin fasste die Stäbe und spähte ins Zwielicht. Wenigstens hatten sie Starian eine Zelle zugewiesen, die unter einem Fenster lag. Ein Lichtstrahl der Vormittagssonne fiel auf sein Blondhaar. Er hockte auf dem Boden und verbarg das Gesicht in den angeketteten Händen. Seine Gestalt wirkte gebeugt und eigenartig gedrungen.

»Starian?« Er reagierte nicht. »Wie geht es dir, Starian?« Keine Antwort. Ayrin räusperte sich, denn ihre Stimme kam ihr gar zu mädchenhaft und besorgt vor. »Rede mit mir, Ritter Starian von Garonada! Vielleicht sehe ich eine Möglichkeit, deine Lage zu erleichtern.« Nichts. Er rührte sich nicht einmal. Ayrin stieß sich vom Gitter ab, deutete in die Zelle. »Leuchtet hinein.« Die Fackelträger steckten die Fackeln durch die Gitter. Lichtschein riss Starians Gestalt aus dem Zwielicht. Er hatte stämmige Oberschenkel und fleischige, kräftige Hände. »Holt den Kerkermeister.« Einer der Fackelträger lief los.

»Stimmt etwas nicht, meine Königin?«, fragte Ekbar und musterte sie mit besorgter Miene. Ayrin antwortete nicht, ging ein paar Schritte weiter, hatte Mühe, ihre Wut und ihre Unruhe zu unterdrücken.

Auf einmal stand sie vor der Zelle des Eisschattens. Darauf war sie nicht gefasst gewesen. Und weil der Hüne trotz seiner Ketten nahe am Gitter stand, wich sie erschrocken zurück. Sofort eilten die Thronritter herbei. Fackelschein fiel auf das breite und runde Gesicht des Gefangenen, den der Zirkusmeister Gumpen genannt hatte. Das Licht spiegelte sich im Weiß seiner Augäpfel. Und dann, als er seine wulstigen Lippen öffnete, im Weiß seiner Zähne. Er lächelte.

Ayrin hielt den Atem an, traute ihren Augen nicht. Abrupt wandte sie sich ab, lief zurück zu Starians Zelle. Das Herz schlug ihr in der Kehle, Bilder aus der Arena schossen ihr durch den Kopf. Sie atmete tief durch, beherrschte sich.

Schritte und Stimmen näherten sich. Der Kerkermeister hörte sich mürrisch an, wusste wohl nicht, wer ihn erwartete – und schnappte nach Luft, als er unverhofft seiner Königin gegenüberstand.

»Schließ auf.« Ayrin deutete auf Starians Zelle.

»Aber ...« Im Fackelschein sah Ayrin alle Farbe aus seinem Gesicht weichen. »Er könnte fliehen ...«

»Rede keinen Unsinn und tu, was die Königin verlangt!«, blaffte der kleine Ekbar. Der Kerkermeister beeilte sich, die Gittertür aufzuschließen; Ayrin sah seine Hände zittern. An ihm vorbei drängte sie sich in die Zelle, blieb vor dem Blondschopf stehen, winkte den Thronrittern. »Ich will sein Gesicht sehen.«

Der Fackelträger und Ekbar kamen zu ihr. Der kleine Thronritter griff ins Haar des Gefangenen und riss ihm den Kopf in den Nacken. Der Mann war erheblich älter als Starian. Ayrin hatte ihn nie zuvor gesehen.

Sie fuhr herum, blitzte den Kerkermeister an. »Wo ist Starian von Garonada?« Der Mann schluckte, rang um Atem, schielte von einem zum anderen.

Ekbar packte ihn am Kragen. »Wo?!«

»Gnade, meine Königin!« Der Kerkermeister sank auf die Knie; Ekbar ließ ihn los. »Sie hat gesagt, es sei ein Befehl von dir, sie hat gesagt ...«

»Wer?«, zischte Ayrin.

»Die Prinzessin.«

»Wie viel hat sich euch gezahlt?« Der Kerkermeister senkte den Kopf. »Wie viel?«

»Jedem zwei Goldtaler«, sagte der Angekettete; er wirkte schuldbewusst.

»Sperrt sie zusammen in eines dieser Löcher hier unten. In eines ohne Fenster. Die Burgmeisterin wird Gericht über sie halten.« Ayrin rauschte aus der Zelle, winkte den Graubart hinter sich her. »Führ mich auf dem Weg über die Stadtgarnison zurück in die Burg.«

Ekbar nickte, murmelte Befehle und beorderte einen der Fackelträger an Ayrins Seite. Über eine Wendeltreppe stiegen sie in ein höher gelegenes Geschoss. Auch hier: eine Zelle neben der anderen. Doch der Gang war heller und es roch nicht ganz so modrig und feucht.

Mit sicherem Schritt und in aufrechter Haltung schritt Ayrin hinter Ekbars pendelndem Zopf und neben dem Fackelträger her. Keine Unsicherheit war ihr anzumerken, ihren Händen kein Zittern, ihrer Miene nicht die winzigste Regung. In ihr jedoch tobte der Aufruhr: Hass, Enttäuschung, Schmerz.

Der Gang führte in einen Vorratsraum des Garnisonshauses und von dort in die Küche. Zwei alte, in Schürzen gekleidete Stadtritter standen am Herd, schürten Feuer, rührten in Töpfen. Es roch nach Ziegenmilch und Weizenbrei.

»Ich brauche einen Wagen«, sagte Ayrin, »einen mit Plane.« Niemand musste sie sehen, wenn sie aus dem Garnisonshaus zur Burg hinauffuhr.

Wenig später hockte sie zusammengesunken und allein unter der Plane. Ekbar und sein Gardist saßen draußen auf dem Kutschbock und lenkten das Ziegengespann der Zugbrücke entgegen. Tränen schossen Ayrin aus den Augen – Wut und Enttäuschung brannten noch immer in ihrer Brust.

Das Gesicht Starians schwebte vor ihrem inneren Auge, seine kantigen Züge, sein kräftiger Unterkiefer, seine lachenden Blauaugen, seine goldblonden Locken. Der Wagen holperte über die Zugbrücke, und Ayrin sah den tollkühnen Starian über die Glacisschlucht gleiten, hörte ihn seine Liebesgrüße und Ergebenheitsadressen aus der Luft zu ihr herunterrufen: *Ich habe den Abgrund besiegt, meine Königin! Ich fliege für dich, meine Königin!*

»Scheißkerl!«

Sie verfluchte Lauka. Hass auf ihre Halbschwester zerwühlte ihr Hirn. Warum musste die Große Mutter sie mit solch einem Biest strafen? Warum war sie nicht zu Tode gestürzt damals? Und schließlich die Wut auf sich selbst: Sie hatte Starian zappeln lassen, hatte sich geziert, hatte sich prüde wie Hildrun gezeigt, wollte, dass er das Außerordentliche für sie wagte. Und als er es dann tat, hatte sie ihn in den Kerker geschickt.

Und jetzt das. Und jetzt Lauka. Und sie selbst würde auch morgen früh wieder als Jungfrau aufstehen. »Selbst schuld, du dumme Ziege!«, zischte sie.

»Alles in Ordnung, meine Königin?«, rief Ekbar vom Kutschbock.

»Danke, Thronritter.« Ayrin riss sich zusammen, lächelte. »Alles in bester Ordnung.«

Der Wagen hielt, Ayrin stieg aus. An den Rittern und dem Gespann vorbei rauschte sie die Treppe zur Empfangshalle hinauf. »Ich brauche euch nicht mehr.« Von der Halle aus rannte sie die Galerietreppe zu ihren Gemächern hinauf; drei Stufen auf einmal nahm sie mit jedem Schritt. Oben angekommen zog sie eine brennende Fackel aus einem Wandhalter.

Sie schloss die Tür hinter sich ab, huschte zum Kamin, griff hinein und zog den geheimen Schlüssel aus einer Nische in der Vorderwand. Mit Fackel und Schlüssel lief sie zur Loggia, lehnte mit der Schulter gegen den Waffenschrank neben dem Durchgang und rollte ihn zur Seite. Die Fugen einer Geheimtür wurden sichtbar.

Ayrin beugte sich in die Loggia, griff in eine Wandnische, in der ein Bildnis der Großen Mutter stand und fasste einen kleinen Hebel. Als sie daran zog, öffnete sich die Geheimtür. Ayrin bückte sich in den Gang dahinter, lief auf leisen Sohlen, bis der Schein ihrer Fackel auf eine gusseiserne Gittertür fiel. Sie nahm den Schlüssel und schloss sie auf.

Romboc hatte ihr die Geheimgänge der Burg gezeigt, als sie noch ein Mädchen gewesen war. Ein ganzes Netz schmaler und unsichtbarer Gänge verband sämtliche Stockwerke und die meisten Räume der Königinnenburg. Den Gang zu ihren Gemächern hatte Ayrin daraufhin mit dieser Tür verschließen lassen. Rombocs Waffenschmied hatte sie geschmiedet.

Leise öffnete sie das filigrane Gitter, schlich durch den schmalen Gang und dann die steile und enge Stiege ins dritte Obergeschoss hinauf. Schon von Weitem hörte sie das Stöhnen und Gurren von Menschen, die in Liebeslust schwelgten. Der Hass flammte ihr bis in die Kehle herauf.

Auf Zehenspitzen tastete sie sich bis zur Wand, hinter der Laukas Schlafkammer lag. Ein Bettgestell knarrte, und ganz deutlich konnte sie ihre Halbschwester stöhnen hören. Ayrin zitterte vor Wut. Sie hob die Fackel, ließ den Schein über den Seilzug zwischen Wandnische und Geheimtür gleiten und prägte sich die Lage beider ein. Dann steckte sie die Fackel in den schmalen Hals eines halb mit Sand gefüllten Kruges, wie sie überall in der Burg standen, auch hier im Geheimgang. Stockfinster wurde es.

»Oh ja, mein Ritter«, stöhnte Lauka jenseits der Wand. »Oh ja, das tut gut, das tut so gut …«

Ayrin biss die Zähne zusammen, atmete gegen Hass und Schmerz an, tastete sich bis zur Wandnische zurück und schob die Blende davor zur Seite. Spärliches Tageslicht fiel nun in den Geheimgang. An der Statue der Großen Mutter vorbei spähte sie in die Schlafkammer der Prinzessin hinein. Die war kleiner als ihre eigene. Laukas Bett stand an der Fensterseite und so, dass man es von der Wandnische aus fast vollständig sehen konnte.

Sehen musste.

Sie waren nackt. Beide.

Starian kniete zwischen Laukas gespreizten und angewinkelten Beinen. Er beugte sich über ihre Scham, griff unter ihr Gesäß und zog ihr Becken hoch wie eine Schüssel, aus der er trinken wollte. Mit ihren weißen Beinen umklammerte Lauka seinen Nacken. Starians Kopf drängte sich zwischen ihre Schenkel, bewegte sich plötzlich auf und ab, stoßartig und kräftig, und Lauka wand sich stöhnend in den Laken, schloss die Augen, hielt ihre drallen Brüste fest.

Ayrin stand atemlos und wie festgefroren. Konnte das wirklich wahr sein? Täuschten ihre Sinne sie wirklich nicht? Nie hatte sie etwas Derartiges gesehen!

Hildrun hatte ihr nur in Andeutungen geschildert, was zu geschehen hatte, wenn man sich den Samen eines Mannes »einverleiben« wollte, wie sie das nannte. Runja war da schon ein wenig deutlicher gewesen, doch eine Szene wie diese hatte Ayrin sich auch nach den durchaus lustvollen Beschreibungen der Priesterin niemals vorstellen können. Ein Mann küsst den Schoß einer Frau? Und eine Frau genießt diese Art des Kusses auch noch?

Dass Lauka es genoss, war nicht zu übersehen, geschweige denn zu überhören. Stöhnend und seufzend stützte sie sich auf der Matratze ab und stieß dem Ritter ihr Becken entgegen, als hätte sie die Beherrschung darüber verloren.

Der Hass überflutete Ayrin von den Zehenspitzen bis ins Hirn. Der Hass auf Lauka und, ja, jetzt auch auf Starian. War das nicht treulos und schäbig, was er da tat? Auf einmal schossen ihr die schlimmen Szenen durch den Kopf, die Serpane berichtet hatte: das böse Licht, in grellblaues Leuchten gehüllte Menschen, Greise, die eben noch junge und kräftige Ritter und Schwertdamen gewesen waren. In diesem Augenblick hinter der Wandnische, als sie zusehen musste, wie Starian nicht sie, sondern Lauka liebte, in diesem Moment wünschte Ayrin, sie besäße so eine magische Lichtquelle und könnte Lauka und Starian in schlaffe, zitternde und zerfurchte Tattergreise verwandeln.

Im Bett ihrer Halbschwester löste Starian sich von Laukas Schoß, schob sich über sie, nahm ihre Hände und streckte ihre weißen Arme aus. Er küsste ihre Brüste, ihre Kehle, ihre Lippen. Treuloser! Warum tat er das? Heuchler! Er hätte sich Lauka verweigern können, wenn er wirklich sie gewollt hätte! Sie, die Königin!

Stattdessen richtete er sich nun auf, fasste Laukas Knöchel und stemmte ihre Knie bis zu ihrem Gesicht. Lauka ließ sich gern in die Laken pressen, das sah Ayrin sehr deutlich, und wie gierig sie ihn anschmachtete, sah sie auch. Es hatte etwas Widerwärtiges, wie sie die Beine anwinkelte, wie sie ihren kleinen Hintern herausstreckte. Nein, Lauka tat so etwas nicht zum ersten Mal! Und als Starian ihre Fesseln festhielt, sie spreizte und näher zu ihr rückte, konnte Ayrin einen Wimpernschlag lang sein großes

Männerglied wippen sehen. Was jetzt geschehen würde, wusste sie; Runja hatte es ihr genau genug geschildert.

Die Flammen des Hasses loderten durch ihr Hirn, brannten den letzten vernünftigen Gedanken nieder. Sie griff in die Mauernische, riss am Hebel für den Seilzug, rannte zur Geheimtür. Schreiend warf sie sich dagegen, wieder und wieder – bis der Schrank dahinter umkippte.

Ayrin stürzte in die Schlafkammer, sah Starians Kleider und Schwert auf dem Sessel liegen, sah den Ritter selbst nackt vor Laukas Bett stehen und ihre Halbschwester hinter ihm auf der Matratze knien und ihre Blöße mit dem Leintuch verhüllen. Sie schielte nach ihrer Armbrust, die über dem Kopfende des Bettes an der Wand hing.

Schreiend stürzte Ayrin zum Sessel. Sie war außer sich, sah nur noch Glut, fühlte nur noch Hitze und Hass. Sie riss das Schwert aus der Scheide und ging auf ihre Halbschwester los.

5

Er lag im Sommergras am Ufer des Bärensees; zum letzten Mal, und er wusste es nicht.

Die Sonne brannte im Zenit. Er hielt die Augen geschlossen, lauschte den Geräuschen um sich herum. Das Schilf hörte sich hölzern an, wenn eine Böe es durchschüttelte; als würden Mäuse über morsche Rinde tippeln. Das Blätterdach des Waldes rauschte wie ein ferner Wasserfall oder wie die Brandung an der Strommündung. Eine Hummel summte vorbei, Bienen, Fliegen, Libellen. Von irgendwoher sirrte der Flügelschlag eines Vogelschwarms – Sperlinge vermutlich –, rückte näher, entfernte sich wieder. Und immer da und immer gleich: das Plätschern des Seewassers, wenn der Wind es aufwühlte und gegen Schilfhalme und Böschung trieb; als würden Menschen ihre Füße hineintunken und prüfen, ob es warm genug zum Baden war. Die Mädchen zum Beispiel, auf die er schon seit dem frühen Vormittag wartete.

Es roch mal strohig, mal modrig, mal nach Gänsescheiße. Je nachdem, woher der Wind wehte. Und plötzlich roch es auch nach Verwesung. Lasnic riss die Augen auf, hob den Kopf, blickte ins Schilf. Zu der Stelle, an der sie vor so langer Zeit Voglers Leiche aus dem See gezogen hatten. Wahrscheinlich kroch der Gestank von innen in seine Nase; aus seinem Hirn, aus seiner Erinnerung.

Er schaute sich um. Niemand am Ufer. Kein Schwimmer auf dem See, kein Fischer. Nur Gänse und ein Kormoranpaar. Auf dem Bootshaus saßen zwei Kolks. Niemand zeigte sich am Waldrand. Wo blieben bloß die Mädchen? Sonst kamen sie immer an den Vormittagen, um zu baden. Er sah ihnen zu, plauderte, scherzte mit ihnen. Er hatte ja Zeit, musste ja nicht jagen, musste nur wieder ganz gesund werden.

Einige Mädchen gefielen ihm, und vielen gefiel er. Das merkte er ihren Augen an. Die glänzten so, wenn sie ihn ansahen; als zöge Dunst durch ihren Blick. Merkwürdig, diese Frauen. Und dass es einen so nach ihnen verlangte – wirklich merkwürdig. Nach zweien verlangte es ihn besonders. Es roch nach Regen.

Eine Schmeißfliege setzte sich auf sein Gesicht, auf die schlecht verheilte Wunde. Er schlug zu, traf aber nicht. Traf nur die vernarbende Wunde. Tat weh, und er stieß einen Fluch aus. Irgendwas war heute, irgendwas Wichtiges.

Vom Meer her, von Westen, zogen Wolken heran. Er stand auf, nahm Lanze, Bogen, Köcher und Voglers Schwert, ging zum Ufer. Nach ein paar Schritten blieb er stehen, starrte ins Gras. Hier hatten sie ihn abgelegt; hier hatte er den Ring aus seinem verfaulenden Mund gefischt. Und da, neben Birk und vor Kauzer, hatte Gundloch gestanden. Gundloch, der Waldfürst. Gundloch, sein zweiter Vater. Jetzt war auch er ins Vorjahreslaub gefallen. Lasnic trottete ins Schilf und zum Kanu.

Hatten die Mädchen gestern nicht gesagt, heute sei Waschtag, heute würden sie ganz bestimmt kommen? Oder war das vorgestern gewesen? Sein Gedächtnis ließ ihn manchmal im Stich, seit die verdammte Axt seinen Schädel erwischt hatte. Und war das ein Wunder? Einen halben Mond hatte er ohne Bewusstsein gelegen, danach kaum aus dem Baumhaus klettern können – geschweige denn hinauf –, und bis vor ein paar Tagen Schädelbrummen ohne Ende. Doch er lebte noch, also Schluss mit dem Gejammer. Er legte die Waffen ins Kanu, zog sich aus, warf die Kleider dazu.

Frösche sprangen zur Seite, als er das Kanu ins Wasser schob, Schwärme winziger Fische stoben in allen Richtungen davon. Er schwamm zum Bug, angelte das lange Tau aus dem Bootsrumpf, knotete es sich um die Hüften. Auf dem Rücken schwamm er dem Westufer entgegen und zog das Kanu mit seinen Sachen hinter sich her. Die Sonne verschwand hinter den Wolken, der Westwind frischte auf. Ein Kolk glitt über ihn hinweg, und gleich noch einer. Schrat und Tekla. Sie war zutraulicher geworden in den letzten Sommern, brachte schon mehr menschliche Worte zustande als der alte Schrat. Es fing an zu regnen. Das Wasser schien wärmer plötzlich.

Warm wie im Mutterbauch. Lasnic ließ sich treiben, bewegte kaum Arme und Beine. Gundloch hatte das manchmal gesagt, wenn sie bei Regen hinausgeschwommen waren – *warm wie im Mutterbauch*. Lasnic erinnerte sich nicht, ob es warm gewesen war im Mutterbauch; er erinnerte sich ja nicht einmal an seine Mutter. Doch Argas Bauchhaut und Schoß waren warm gewesen und die Bäuche und Schöße der Mädchen auch. Also wird es wohl auch tiefer drin im Mutterbauch warm gewesen sein.

»Warm wie im Mutterbauch«, murmelte er und schloss die Augen. Etwas trug ihn, er fühlte es, etwas, das größer war als er selbst. Der Große Waldgeist? Der Wolkengott? Gleichgültig, wie es hieß – es würde ihn immer tragen, dieses Große, Starke. Bis es ihn eines Tages losließ und er ins Vorjahreslaub fiel. Wie Gundloch.

Tat weh, an den toten Waldfürsten zu denken, nagte wie Wundschmerz in seiner Brust. Irgendwas war heute, irgendwas, das mit Gundloch zu tun hatte.

Mit kräftigeren Schwimmzügen pflügte er durch den See, und immer auf dem Rücken. Wenn er den Kopf hob, sah er die Kolks auf dem Bugrand sitzen – den großen angebleichten Schrat, die kleinere Tekla; sie schillerte wie schwarzes Blut. »Könnt ihr mir nicht sagen, was heute los ist? Mein Kopf spielt noch nicht richtig mit.«

Vier Reiter hatte der Schwarzmantel auf ihn gehetzt, nachdem die Axt ihn getroffen hatte. Die sollten ihm den Rest geben. »Dabei hast du nicht ausgesehen, als bräuchtest du noch einen Rest«, hatte Kauzer erzählt. »Und plötzlich geht das Vieh mit mir durch und auf die Kerle los.« Er meinte natürlich den Mammutkeiler – der warf den Wettermann ab, walzte die vier Bräunlinge und ihre Böcke und Reitelche nieder. Der Rest sei hinter dem Schwarzmantel her geflohen, die meisten direkt vor die Jagdbögen von Hirscher, Birk und ihren Jägern. Übles Gemetzel soll's gewesen sein. Auch die aus Blutbuch hatten mächtig Federn lassen müssen. Der Weißschopf hatte es ihm erzählt, Birk, doch Lasnic hatte die Einzelheiten vergessen. So vieles hatte er vergessen. Er wusste auch nicht mehr, dass er auf dem Rücken des Mammutkeilers das Palisadentor und einen Haufen Bräunlinge niedergeritten hatte.

Dafür wusste er, dass er noch lebte, dass er noch atmete, dass er die Bräunlinge hasste und dass er noch Hunger und Durst hatte. Und Verlangen nach den beiden Mädchen. Das war nicht wenig. Weiß der Wolkengott – das war genug!

Er schwamm ans Westufer, zog das Kanu ins Schilf, blickte sich um. Wo war er gelandet? Richtig: an der Stelle, an der er sich immer mit Arga getroffen hatte. Schon wieder eine Tote. Erst erschrak Lasnic, dann freute er sich. Er streckte sich aus, dachte an sein Weib. Schön war's gewesen mit ihr, wunderschön. Auch später, als sie sich in Stommfurt das Baumhaus in der Blutbuche teilten. Richtig schön. Dann kam das große Wasser, und ab dann war es traurig geworden. Und jetzt war's vorbei.

Sehnsucht packte ihn, ein tiefes Verlangen nach etwas, für das ihm kein Name einfallen wollte. Er schlief ein. Im Traum fuhr er zum ersten Mal in seinem Leben auf einem Schiff über den Ozean. Er und ein Toter; ein Mann, den jemand erwürgt hatte. Sein Vater. Vogler sprach mit ihm. Laut und eindringlich und viel – und nichts davon kam bei Lasnic an. Er verstand Voglers Worte einfach nicht.

Als er aufwachte, hatte es aufgehört zu regnen. Er zog sich an, schnallte Bogen und Lanze um, gürtete Voglers baldorisches Kurzschwert um die Hüfte. Er ging in die Hocke, bückte sich über das Seeufer, schöpfte Wasser mit der hohlen Hand. Sein Spiegelbild verschwamm, nahm wieder Umrisse an, verschwamm, wurde wieder deutlich. Sah nicht schön aus, seine linke Gesichtshälfte, sah mächtig geschunden aus, würde eine fette Narbe geben. Wie bei Vogler, der mit dem Flussparder gekämpft hatte. »Jetzt weiß man erst recht, wessen Sohn du bist«, hatte der alte Hirscher gesagt.

Lasnic stapfte in den Uferwald, lief zu den Felsnadeln, stand schließlich vor der alten Kiefer. Schon vier Sommer her, dass er zuletzt dort oben gewesen war. Hatte Argas Lieblingshaartuch in seine Schatztruhe gesteckt. Und eine Haarsträhne, die er ihr lange vor ihrem Tod einmal abgeschnitten hatte.

Alles war noch da gewesen. Auch der Ring.

Ob die Kraft schon wieder reichte, um in die Krone zu klettern? Er legte die Waffen ab, probierte es aus. Als er zwei Drittel des Stammes hinter sich hatte, tat ihm der Schädel weh. Doch er wusste: Ich schaff's auch bis ganz oben.

Das zu wissen, reichte ihm. Vorerst. Er kletterte wieder hinunter, nahm den Pfad Richtung Mündung und Meer. Etwas zog ihn dorthin. Irgendeine Sehnsucht, irgendeine Verlockung. Die Kolks flogen hoch über ihm, warteten manchmal in einer Baumkrone.

Fernweh? Kannte Lasnic sonst nicht. Doch vielleicht wär's das ja, einfach umdrehen und weggehen. Musste ja nicht für immer sein. Einfach alles vergessen – die Bräunlinge, die Mädchen, den Ring, die Toten, die Blutbuche, in der die Mutter kreiste.

Er wanderte unter den dichten Eichkronen hindurch, in die Birk Wachhäuser hatte bauen lassen. Birk? Lasnic stutzte, blieb stehen, starrte grübelnd ins Unterholz. Irgendwas sollte heute geschehen, ganz bestimmt. Etwas, das mit Gundloch und dem Weißschopf Birk zu tun hatte. Er fluchte, weil es ihm nicht einfallen wollte, ging weiter.

Die Wachhütten waren seit dem Überfall der braunen Drecksäcke unbesetzt, stattdessen hatten der Weißschopf und die anderen Eichgrafen an der Küste Hochstände für Wachen bauen lassen. Rechts und links der Strommündung und gleich am Tag, nachdem das dritte Schiff mit dem Schwarzmantel entkommen war. Sein Name schoss Lasnic plötzlich durch den Kopf. »Kaikan!«, zischte er.

Bald erreichte er den Bärenfluss und später am Nachmittag dessen Mündung in den Strom. Der Stomm sah hier aus wie ein zerrissener See. An der Brücke – sechs Buchenstämme und ein Geländer aus starken Ästen –, an der Brücke über den Bärenfluss sah Lasnic in der Ferne die Mastspitzen am Ufer der Strommündung. Drei Schiffe hatten sie den Bräunlingen inzwischen abgenommen, fast schon eine kleine Flusssiedlung. Mit nur einem hatten ein paar von ihnen entkommen können. Schade, dass auch der Schwarzmantel fliehen konnte. Zu allem Überfluss hatte der Drecksack Uschoms Neffen und drei Frauen seiner Sippe mitgenommen. Der verdammte Schartan hatte es zugelassen.

»Kaikan!« Wie bitteren Rotz spuckte Lasnic den Namen aus. Er hätte dem graumähnigen Anführer der Bräunlinge gern persönlich den Hals gebrochen.

Auf der anderen Seite der Bärenflussbrücke traten Jäger aus dem Dickicht. Sie kamen von der Küste, stiegen auf die Brücke, kamen ihm entgegen. Männer aus Düsterholz. Sie winkten und riefen ihm Grüße zu: »Fette Beute, fette Beute!« Lasnic grüßte zurück, ließ sie vorbei, betrat selbst die Brücke. Etwas zog ihn weiter zum Meer.

»Fette Beute wünsche ich dir auch, Lasnic«, rief ein Düsterholzer Eichgraf. »Für morgen oder übermorgen. Doch heute, schätze ich, gehst du in die falsche Richtung!«

»Was?« Lasnic glaubte erst, der Jäger wolle sich über ihn lustig machen.

»Du musst da lang.« Der Eichgraf deutete nach Westen; er hieß Rulf. »Da lang geht's zum Gemeinschaftshaus.« Völlig ernst sagte er das.

»Gemeinschaftshaus?« Lasnic begriff immer noch nicht.

»Hey, Lasnic!« Ein Jungjäger drehte sich nach ihm um. »Hat dich ein Elch geküsst, oder was? Heute wählen wir doch Birk zum Großen Waldfürsten!«, und Lasnic rutschte es wie eine schwarze Binde von den Augen. Das war es! Das war es, was heute geschehen sollte! Er hatte es vergessen, einfach vergessen.

»Komm schon, Lasnic, schließ dich uns an!« Rulf, der Eichgraf, winkte ihn zu sich. »Komm schon her und erzähl ein bisschen!«

Lasnic machte kehrt, stieg wieder von der Brücke und stapfte hinter den Jägern her. Er schüttelte den Kopf über sich selbst – die Wahl des Großen Waldfürsten, wie hatte er das nur vergessen können? Eines Tages würde er noch seinen Namen vergessen. Verfluchte Axt! Verfluchter Schwarzmantel!

Sie wanderten stromaufwärts. Lasnic erzählte – alles, was er Neues wusste über die Sippen von Stommfurt, was er eben so gehört hatte aus den Baumhäusern dort. Auch, dass er Spuren von Hirschen zwischen dem Bärensee und den Felsen gesehen hatte und dass die Brombeeren am Seeufer schon dunkler und süßer waren als die im Flusswald am Strom.

»Schön und gut, Lasnic«, sagte Rulf, »aber jetzt erzählst du uns endlich, wie du den Keiler gebändigt und mit ihm die Bräunlinge erledigt hast. Man kann die Geschichten ja kaum glauben, die im Wald von Siedlung zu Siedlungen gehen!«

Lasnic druckste ein bisschen herum, sagte, dass er vieles vergessen habe und die Männer lieber Kauzer fragen sollten, der wisse alles ganz genau, habe übrigens einige Hauptbräunlinge eigenhändig erschlagen. Doch die Jäger gaben keine Ruhe, bedrängten ihn, also erzählte er, woran er sich noch erinnern konnte. Berichtete auch von Gundloch und wie der arme Waldfürst starb und was die letzten Worte waren, die Lasnic von ihm gehört hatte. Er vermisse ihn, sagte er, und irgendwann würde er den Schwarzmantel namens Kaikan in die Finger kriegen, und dann Gnade ihm der Große Wolkengott.

Sie schimpften über die Bräunlinge, über ihre Feigheit, Niedertracht und Grausamkeit, verfluchten sie gemeinsam und waren sich einig darin, dass jetzt Kriegszeit herrschte und endlich ein Großer Waldfürst für alle Gaue hermusste. Und die meisten hielten Birk für den Richtigen. Auf diese Weise palavernd, wanderten sie in die Abenddämmerung hinein.

Als sie ankamen, brannten rund um das Gemeinschaftshaus etliche Feuer. Mehr als zweitausend Waldleute aus allen vier Gauen hatten sich auf der großen Lichtung versammelt. Grünsprosse krabbelten durchs Gras, weißbärtige Morsche grüßten aus Sänften herab, Flaumbärte wälzten sich ringend im Gras, Mütter und Jungweiber reichten den Neuankömmlingen zur Begrüßung gebratene Vögel und Fische und geröstete Käfer und Larven. Und natürlich Wasser.

Lasnic erkannte einige Mädchen, mit denen er in den letzten

Tagen am Bärensee geplaudert hatte; auch eine von seinen beiden Lieblingen entdeckte er unter ihnen. Wegen der großen Wahlversammlung also waren sie nicht zum Schwimmen und Waschen gekommen. Dass er so etwas vergessen konnte!

Im letzten Tageslicht bauten die Jäger Unterstände und Tipis auf der Lichtung und besserten die Häuser in den Bäumen ringsum aus. Vom Gemeinschaftshaus entfernte man den größten Teil der Außenwände, damit es nach allen Seiten hin offen war.

Immer noch strömten aus allen Himmelsrichtungen Waldleute herbei, jede Siedlung hatte mindestens drei Jäger zu schicken, den Eichgrafen und zwei Älteste; drei Männer nämlich durften pro Siedlung ihre Stimme abgeben. Doch je näher eine Siedlung am Gemeinschaftshaus lag, desto mehr Bewohner zog es zu der großen Versammlung. Aus einigen weit abgelegenen Siedlungen in den Wildaner Sümpfen und an der südlichen Küste von Düsterholz kam dagegen niemand. Die Nachricht vom Einfall der Bräunlinge war wohl noch nicht bis dorthin durchgedrungen.

Viele aus Düsterholz waren auf Ruderbooten den Strom heraufgefahren, und drüben in Blutbuch benutzten sie Flöße oder Kanus, um überzusetzen. Als die Sonne unterging, ritten der Waldfürst von Wildan, seine Eichgrafen und Ältesten auf sieben Waldelefanten und ungefähr fünfzig Elchen auf die Lichtung. Sie waren die letzten von nicht ganz dreitausend Waldbewohnern, die sich an diesem Abend zur Berufung des Großen Waldfürsten einfanden.

Als alle satt waren und ausgeruht genug, rief Hirscher, der älteste Waldfürst, die Eichgrafen einer jeden Siedlung ins Gemeinschaftshaus; unter dessen Flachdach wurde es mächtig eng. Hirschers wichtigster Eichgraf, der Weißschopf Birk, sorgte dafür, dass alle anderen Waldleute sich rund um das große Haus im Gras niederließen.

Eigentlich hätten die Wettermänner von Blutbuch und Strömenholz die Versammlung leiten müssen, weil der Versammlungsplatz auf der Grenze beider Gaue lag; doch Kauzers Stimme war zu heiser, um sich bei so vielen Menschen Gehör zu verschaffen, und der Wettermann von Blutbuch, ein alter Hexer namens Ulmer, hatte sich in eines der Baumhäuser zum Schlafen zurückgezogen; niemand wusste, in welches, doch sie suchten schon nach ihm.

Lasnic ließ sich in einer der vorderen Reihen vor dem Gemeinschaftshaus nieder. Jaga, ein alter Jäger aus Stommbösch, saß dort, Birks Weib Ulmara mit ihrem neugeborenen Grünspross an der Brust und zwei Flaumbärte aus Lasnics Siedlung. Die machten Witze über Lasnics vernarbtes Gesicht – ob er versucht habe, eine Sumpfbärin zu besteigen und solches Zeug – und boxten ihn aufmunternd gegen die Schulter. Und ehe er sich versah, ließen ein paar Mädchen und Jungweiber sich bei ihnen nieder; wie der Zufall so spielte, auch eines von denen, an die Lasnic besonders gern dachte. Und bei der Güte des Wolkengottes – ihre Augen glühten wie Lichter aus der Anderen Welt!

Nachdem jeder seinen Platz gefunden hatte, stiegen Kauzer, Hirscher und vier Jäger mit Fackeln über die kleine Innentreppe aufs Dach des Gemeinschaftshauses. Ein Stich ging Lasnic durchs Herz, denn auch der Waldfürst von Strömenholz gehörte jetzt eigentlich dort oben hin. Doch Gundloch lag beim Vorjahreslaub, und bislang hatten sie noch keinen neuen Waldfürsten gewählt.

Alle erhoben sich, die vier Fackelträger umringten Kauzer und Hirscher, und der Wettermann rief den Wolkengott an und den Großen Waldgeist. Er leierte Gebete herunter und rief Segenssprüche in alle vier Himmelsrichtungen. Das alles klang mehr nach krankem Husten und Röcheln, und Lasnic verstand kaum ein Wort. Es handelte sich wohl um ein Gebet für Gundlochs Seele und um den Segen dafür, nachher den richtigen Jagdkerl zum Großen Waldfürsten zu wählen. Eine bescheuerte Bitte, dachte Lasnic, wo doch nur einer zur Wahl stand. Schließlich ließ Kauzer einen krächzenden Singsang erklingen, ein Danklied an die Waldgeister für die fette Beute und den reichen Sammelertrag des sich neigenden Sommers. Alle stimmten mit ein. Wie ein gewaltiger Baum wuchs der Gesang in den Nachthimmel hinauf.

Vom Rand der Lichtung her mischten sich Flüche in den Gesang. Jemand drängte sich von hinten durch die Reihen, ein kleiner, beinahe kugelrunder Mann in schwarzem Bärenfellmantel – Ulmer, der Wettermann von Blutbuch. Auch sein Schädel war kugelrund, und stachelartig stand sein weißes fettiges Haar davon ab. Ulmer schimpfte so laut, dass man seine Flüche trotz des Gesangs verstehen konnte. Er war wütend, weil man ihn nicht rechtzeitig geweckt hatte. Lasnic staunte, dass ein derart kleiner Kerl so viel Lärm machen konnte. Der dicke Wettermann schaukelte ins Gemeinschaftshaus hinein und ließ sich von den Jägern auf die Innenstiege helfen.

Lasnics Schädel brummte; er fühlte sich ein wenig schwindlig. War er überhaupt schon einmal so weit gelaufen und geschwommen, seit er sich wieder aus seiner Blutbuche gewagt hatte? Das Mädchen, das er wollte, merkte, wie er sich die Schläfen rieb und wie er seufzte. Sie fasste seinen Arm, zog ihn erst zu sich und dann auf ihren Schoß hinunter.

»Ruh dich aus, mein tapferer Jäger.«

Lasnic blickte in ein zärtlich lächelndes Gesicht; wie Dunst zog etwas durch den Blick ihrer schwarzen Glutaugen, und er wusste nicht, wie ihm geschah. Machte nichts – so war es gut. Und besser hätte er nicht liegen können.

Der Gesang ebbte ab, Ulmer trat zwischen Kauzer und Hirscher. Wütend lugte er nach allen Seiten. Aus dem Schoß des Mädchens spähte Lasnic zu ihm hinauf – und musste grinsen: So unwirsch der Blutbucher Wettermann auch aus seinem fetten Gesicht lauerte und so sehr er sich auch bemühte, seine Kugelgestalt zu einer würdigen Haltung zu straffen, er sah doch immer ein wenig witzig aus.

Hirscher ergriff das Wort. »Ich brauche euch nicht erzählen, warum wir uns hier versammeln. Fremde sind in unsere Siedlungsgebiete eingedrungen. Blutdurstige, grausame Drecksäcke. Ihr wisst es alle, sonst wärt ihr nicht hier. Sie kamen auf drei Schiffen. Hundert Mann ungefähr, mit vielleicht fünfzig Böcken und elchartigen Reittieren. Viele Häuser haben sie verbrannt, fünf Hausboote versenkt, Morsche und Grünsprösslinge ermordet, Frauen und Mädchen geschändet und getötet. Wir haben die meisten dieser Rotzlöcher erledigt und den Rest verjagt, dem Großen Waldgeist sei Dank! Doch achtzehn unserer Jäger sind dabei ins Vorjahreslaub gefallen. Darunter unser geliebter Waldfürst Gundloch.«

Seufzen und Murmeln erhob sich, denn einige, die von weit her stammten, hatten die schlimme Nachricht bisher nur als Gerücht oder noch gar nicht gehört.

»Einen Jungjäger und zwei Frauen haben die Drecksäcke verschleppt«, berichtete Hirscher. »Sie wissen schon viel zu viel über Strömenholz und Blutbuch, bald werden sie alles über alle vier Gaue wissen. Wenn sie zurückkehren – und glaubt mir, sie werden zurückkehren! –, dann werden sie mit mehr als nur drei Schiffen in die Stommmündung segeln. Und selbst wenn sie nur mit zwanzig Schiffen vor Anker gehen sollten – jeder von euch kann sich ausrechnen, wie viele Drecksäcke mit wie vielen Reittieren dann in unsere Siedlungsgebiete einfallen werden.«

Ulmer stand breitbeinig und mit vor der Brust verschränkten Armen neben Hirscher und nickte bei jedem Satz, den der alte Waldfürst von sich gab. In seinem schwarzen Bärenpelz wirkte er wie eine Riesenhummel.

Kauzer dagegen – er trug einen braunen Hirschledermantel – verharrte merkwürdig reglos und mit gefalteten Händen. Und die ganze Zeit äugte er zu Lasnic herunter. Der fühlte sich unbehaglich unter Kauzers forschendem Blick, konnte ihn nicht recht einordnen, versuchte ihn zu übersehen. Das fiel ihm leicht: Er brauchte seine Aufmerksamkeit nur ganz und gar auf die warmen Schenkel des Mädchens richten, die er unter dem Stoff ihres Hanfkleides spürte.

»Kurz: Wir müssen eine Kriegszeit ausrufen«, erklärte der alte Hirscher. »In einer Kriegszeit, das weiß jeder hier, brauchen wir einen starken Waldfürsten für alle vier Gaue. Einen Großen Waldfürsten, der uns im Kampf gegen die Bräunlinge anführt. Den werden unsere Wettermänner euch gleich vorschlagen, damit ihr ihn noch heute Nacht berufen könnt.«

Er nickte Ulmer und Kauzer zu und trat einen Schritt zurück. Ulmer stemmte die Fäuste in die Hüften und spähte zur Stiege hinunter. »Zwei Wettermänner fehlen noch!« Der Hexer, wie sie ihn in Blutbuch nannten, schaukelte am Dachrand auf und ab, spähte missmutig über die Menge. »Holder! Grahn!« Er bellte die Namen der Wettermänner von Wildan und Düsterholz heraus. »Wo steckt ihr? Kommt endlich zu mir hoch!«

Alle reckten gespannt die Hälse. Im Gemeinschaftshaus rückten sie auseinander und bildeten eine Gasse. Lasnic sah, wie die beiden Gerufenen von der anderen Seite des Hauses die drei Stufen zum offenen Innenraum hinaufstiegen. Die Eichgrafen begrüßten sie respektvoll und gaben den Weg zur Stiege frei. Die beiden Wettermänner kletterten zum Dach hinauf.

»Na endlich!«, sagte Ulmer unwillig. »Dann wollen wir es hinter uns bringen.« Er wandte sich an die auf der Lichtung Versammelten. »Ich schlage Birk vor, den Eichgrafen aus der Blutbucher Siedlung Tannenbusch.«

Aus dem Schoß des Mädchens heraus beobachtete Lasnic, wie der Rücken von Birks Frau sich straffte und wie sie stolz nach allen Seiten blickte.

»Die Gründe für diese Wahl kennt ihr alle!«, rief Ulmer. »Seit vielen Sommern warnt Birk vor den braunen Drecksäcken. Er war es, der die Wachhäuser überall im Küsten- und Uferwald bauen ließ. Er war es, der dafür sorgte, dass die Jäger von Blutbuch, Düsterholz und Strömenholz Tag und Nacht ihre Wachrunden zogen.« Ulmer räusperte sich und murmelte: »Jedenfalls für ziemlich lange Zeit.« Und dann wieder lauter: »Er war es auch, der mit seinen Blutbucher Jägern elf Bräunlinge erledigte, als sie vom Parderfluss zu ihren Schiffen zurückkehren wollten. Kurz: Birk aus der Siedlung Tannenbusch im Gau Blutbuch ist nicht nur ein vorsichtiger und vorausschauender Jäger, sondern auch ein kluger und tatkräftiger. Darum muss er unser Großer Waldfürst sein! Darum soll er uns durch diese verdammte Kriegszeit führen!«

Viele Jäger auf der Lichtung klatschten in die Hände und riefen

Birks Namen. Ulmara strahlte und streichelte das Bäckchen ihres saugenden Grünsprosses, und fast bedauerte Lasnic die beiden ein wenig: Ein Großer Waldfürst in einer Kriegszeit hatte gute Aussichten, jung zu sterben.

Die Eichgrafen im Gemeinschaftshaus steckten die Köpfe zusammen, tuschelten, zuckten mit den Schultern, wiegten die Köpfe hin und her. Lasnic fand das lächerlich, denn der Name des Großen Waldfürsten stand längst fest: Außer Birk gab es niemanden, der infrage kam. Er schloss die Augen, kuschelte seine Wange gegen den Bauch der Glutäugigen, die ihn so willig auf ihren Schenkeln ruhen ließ. Auch sonst war sie willig, das spürte er genau, und erregende Vorfreude kribbelte ihm schon durch die Glieder. Er sehnte das Ende der Wahl herbei.

Grahn, der Wettermann von Wildan, wandte sich nun an die Menge, ein hochgewachsener, stattlicher Mann, grauhaarig, in langem Eulenfedermantel über Lederhemd und Lederhose und mit zerknautschten grauen Stiefeln bis zu den Knien. »Boten aus Düsterholz und Blutbuch kamen vor zwei Monden zu uns nach Wildan und berichteten, was hier, an der Stommmündung, geschehen ist. So erfuhren wir auch von den Taten des Eichgrafen Birks. Er scheint auch mir der richtige Jäger zu sein, der uns als Großer Waldfürst anführen soll.« Er verneigte den Kopf in alle Richtungen. »Ich danke euch.« Wieder Beifall und zustimmende Rufe aus der Menge.

»Was soll ich sagen?« Ein dürres Männchen, mit langem Weißhaar und in viel zu weiten dunkelgrünen Kleidern erhob seine überraschend kräftige Stimme; Holder, der Wettermann von Düsterholz. »Birk!«, rief er. »Wer sonst?« Weiter nichts, und diesmal begleitete Gelächter das Klatschen und die Rufe nach Birk. Ulmara lachte so herzhaft, dass ihrem Grünspross die Brust aus dem Mäulchen glitt und er zu plärren begann. Schnell stopfte sie ihm wieder den Schlund.

Alle Augen richteten sich nun auf Kauzer. »Wahrhaftig, der Eichgraf Birk wäre der Richtige«, krächzte der, »er ist klug, weitblickend, und ja: Er warnt seit Langem vor den Bräunlingen. Hätten wir doch gründlicher auf ihn gehört! Birk aus Tannenbusch ist wohl genau der richtige Jäger, um Blutbuch als Waldfürst zu führen, wenn der gute Hirscher einst zum Vorjahreslaub fällt, und das mögen der Wolkengott und der Große Waldgeist noch viele Sommer lang verhüten.«

Ein Rascheln, Zischen und Scharren ging durch die Menge. Lasnic hatte nur noch mit einem Ohr zugehört, dabei waren seine Sinne hellwach: Er roch den Duft von Honig und Rehmilch, den das Mädchen verströmte, er lauschte ihren Atemzügen, und er spürte der Wärme nach, die aus dem Frauenbauch und den Frauenbeinen immer tiefer in ihn eindrang. Erst als die Jäger und die anderen Mädchen um ihn herum zu flüstern begannen, schlug er die Augen auf. Ulmara runzelte die Stirn. Jaga und die Flaumbärte tuschelten. Die Leute ringsum schüttelten die Köpfe, wirkten verwirrt. Was geschah hier gerade? Er äugte zum Dach hinauf – Kauzer war noch nicht am Ende, wie es schien.

»Um jedoch der Große Waldfürst zu sein, der uns durch die neue Kriegszeit führt, brauchen wir einen Jäger mit ganz besonderen Eigenschaften«, sagte Kauzer. »Einen, der eichenhart und zum Äußersten entschlossen sein kann. Einen mit jenem zornigen Willen im Bauch, der um jeden Preis siegen will. Einen mit dem Mut, der den Tod verachtet. Einen, der bereit ist, Außergewöhnliches zu denken und zu tun.«

Es blieb zunächst ruhig, wenigstens ein paar Atemzüge lang. Nach und nach jedoch dämmerte es den Waldleuten, was Kauzer da gerade gesagt hatte. Ulmara zischte. Im Gemeinschaftshaus schabten sie sich Bärte und Kopfhaut und schielten ratlos zur Decke. Auf der Lichtung flüsterten sie miteinander oder legten die Köpfe schief und äugten zu Kauzer hinauf. Alle fragten sich, warum Kauzer nicht einfach Birk vorschlug und worauf er hinauswollte. Auch Lasnic fragte sich das. Er saß inzwischen aufrecht neben dem willigen Mädchen und wartete darauf, dass Kauzer weiterredete. Stattdessen erhob sich großes Palaver auf der gesamten Lichtung. Lasnic hörte empörte Proteste. Ulmara zischte nun nach allen Seiten, und ständig verlor ihr Kleines die Brust und quäkte, dass einem die Ohren pfiffen. Im Gemeinschaftshaus unten schüttelten sie die Köpfe und umringten Birk.

»Was erzählt Kauzer da?«, sagte der alte Jaga. »Warum beleidigt er Birk?«

Auf dem Dach stemmte Ulmer schon wieder die Fäuste in die Hüften. Er redete auf Kauzer ein und hatte sich so weit vorgebeugt, dass seine Stirn beinahe die des Strömenholzer Wettermanns berührte. Sein Gesicht wirkte dunkler als vorhin noch; wahrscheinlich war es rot vor Zorn, doch das war im Fackelschein nicht so genau zu erkennen.

Kauzer schob ihn von sich. »Hört mir doch zu!«, krächzte er, doch seine Stimme ging kläglich unter in all dem Tumult.

Hirscher trat an den Dachrand, fuchtelte mit den Armen und brüllte: »Hört ihm doch erst einmal zu!«

Das Stimmengewirr legte sich, alle Blicke hingen an Kauzer. »Wir haben einen Jäger unter uns, der all diese Voraussetzungen mit sich bringt!«, rief der Strömenholzer Wettermann. »Und nicht wenige von euch wissen genau, von wem ich spreche!« Lasnic runzelte die Stirn, um ihn herum reckten die Leute die Hälse, um ja kein Wort zu verpassen. »Ich rede von Lasnic, dem Sohn Voglers!«

Wie eine Windböe ging es nun durch die Reihen, alle Köpfe flogen herum, alle Blicke suchten Lasnic. Wer ihn entdeckte, streckte den Arm aus und deutete auf ihn, wer ihn im Halbdunkeln nicht erkannte, fragte seinen Nebenmann nach ihm oder die, die hinter ihm saßen. Lasnic selbst war ziemlich sicher, sich verhört zu haben. Warum aber starrte Ulmara ihn dann an, als hätte er ihr weiß der Schartan wohin gegriffen?

»Was ist in dich gefahren, Kauzer?« Ulmer stand dicht vor Kauzer und schüttelte die Fäuste; beinahe verzweifelt sah das aus. »So etwas habe ich noch nie erlebt!«, brüllte er. »Weder mein Vater noch mein Großvater haben je so etwas erlebt!«

»Es ist ungewöhnlich, ich weiß.« Kauzer blieb erstaunlich ruhig. »Doch ich schlage Lasnic vor.«

Lasnic zuckte zusammen.

»So geht das aber nicht«, krähte Ulmer. »Wir Wettermänner können nur einstimmig jemanden vorschlagen!«

»Ich schlage Lasnic vor.« Endlich begriff Lasnic, was Kauzer da oben gesagt und gemeint hatte. Seine linke Gesichtshälfte begann zu zucken; das tat weh.

»Wir waren uns einig, dass Birk Großer Waldfürst wird!« Ulmer geriet außer sich. »Völlig einig waren wir uns! Und jetzt ...!«

»Ihr ward euch einig. Ich schlage Lasnic vor.«

»›Ich schlage Lasnic vor, ich schlage Lasnic vor‹!« Ulmer ahmte Kauzer nach, fuchtelte, stampfte. »Er ist jähzornig seit seinen Grünsprosszeiten, jeder weiß das!« Der Blutbucher Wettermann sah jetzt aus wie ein dicker schwarzer Käfer, der sich von einem Waldelefanten beleidigt fühlte und nun überlegte, ob er den Elefanten totzwicken oder lieber zertreten sollte. »Seine Sippe haust seit drei Generationen in einer Blutbuche! Der Blutbuchengeist hat seine Mutter bei seiner Geburt ins Vorjahreslaub geschickt, und seinen Vater, als er acht Sommer alt war! So einem Unglücksvogel willst du das Schicksal der Waldstämme anvertrauen? So einem vaterlosen Wutknochen? Das kann nicht dein Ernst sein!«

»Bei seinem Namensfest hat der Große Waldgeist Bux und mir gezeigt, dass einmal ein Fürst aus ihm werden wird«, erklärte Kauzer vollkommen ruhig. Dann wandte er sich an die auf der nächtlichen Lichtung Versammelten. »Ihr hättet ihn kämpfen sehen sollen! Ich war mit ihm im Felskessel am Parderfluss, als der Keiler unseren Waldfürsten Gundloch tötete. Ich habe gesehen, wie Lasnic das wilde Schwein gebändigt und geritten hat. Ich war dabei, als er mindestens zwanzig Bräunlinge erledigte. Ich schlage Lasnic vor.«

Ulmer schnappte nach Luft, pumpte sich auf, wusste aber nichts zu entgegnen. Die anderen beiden Wettermänner standen dicht beieinander, und Holder deutete vom Dach zu Lasnic herab; offenbar erklärte er Grahn aus Wildan, von wem überhaupt die Rede war.

Ulmer aber wandte sich von Kauzer ab und rief in die Menge vor dem Gemeinschaftshaus: »Ich wollte es verschweigen, wollte es sorgsam für mich behalten! Aber nun bin ich gezwungen, meine Bescheidenheit aufzugeben und es euch zu verraten: Ein geflügelter Bote des Großen Waldgeistes erschien mir im Traum!« Er schaukelte von Dachrand zu Dachrand, seine Stimme bebte vor Ergriffenheit. »Der Geflügelte nahm mich mit in die Zukunft und ließ mich sehen, wie die Bräunlinge in unsere Gaue einfielen! Wie die Blattkäfer über unsere Bäume, wenn es zu lange trocken gewesen ist, so fielen sie über unsere Waldsiedlungen her, Abertausende. Wir kämpften gegen sie, und wer zog uns voran im Traum, den mir der Große Waldgeist geschenkt hat? Niemand anderes als Birk, der Eichgraf von Tannenbusch!«

Wieder Raunen und Tuscheln, viele staunten zum Dach hinauf. Lasnic sah Ulmaras glänzende Augen, sah die Bewunderung in den Blicken einiger Flaumbärte, sah aber auch den Zweifel in der Miene des alten Jaga. Er selbst fühlte sich, als wäre er aus seinem Baumhaus in einen kalten Tümpel gestürzt – sein Schädel brummte, das Blut rauschte ihm in den Schläfen, und das Gefühl, pissen zu müssen, plagte ihn.

Hirscher sorgte für Ruhe und erteilte Kauzer das Wort.

»Träume sind wie die Gischt auf den Wogen des Wasserfalls, wenn sie auf dem Fels aufschlagen!«, rief der, und für seine Verhältnisse klang seine Krächzstimme erstaunlich fest. »In einem Augenblick spritzen sie dir durchs Hirn und kommen dir bedeutungsvoll vor, im nächsten Augenblick zerstäuben sie schon, und es ist, als wären sie nie gewesen. Lasnic aber sitzt hier unter euch, dabei müsste er schon sechsmal ins Vorjahreslaub gefallen sein: Schlammwelse fraßen seine Mutter gleich nach seiner Geburt, während sie ihn, den Neugeborenen, verschonten! Er stürzte vom Baum, als er acht Sommer alt war, und er lebt! Wie sein Vater stand er dem Flussparder Aug' in Aug' gegenüber und seht doch: Er lebt! Er kämpfte gegen die Bräunlinge, tötete drei, bevor sie ihn in einem Jagdnetz fingen, und Lasnic lebt!« Ganz still war es plötzlich, alle staunten aus großen Augen mit offenen Mündern zu Kauzer hinauf. Sogar Ulmara hörte aufmerksam zu. »Die Drecksäcke warfen Lasnic in den Felskessel am Parderfluss zu einem wilden Mammuteber, und er hat nicht nur überlebt, sondern den Keiler gebändigt, mich gerettet und viele Bräunlinge getötet! Dessen war ich Zeuge! Und schließlich: Der Anführer der Drecksäcke schleuderte eine Axt auf ihn, traf ihn am Schädel, und Lasnic lebt immer noch! Wie viele Leben hat denn Lasnic, Voglers Sohn? Ist er am Ende unsterblich? Dass er sechsmal tot sein müsste und immer noch lebt, ist das nicht ein Zeichen, dass der Große Waldgeist und der Wolkengott ihn auserwählt haben, das zu sein, was mein Lehrer und Meister Bux einst prophezeit hat? Ich schlage vor, Lasnic zum Großen Waldfürsten zu wählen!«

Ulmer wusste nicht gleich etwas zu sagen. Dafür ergriff jetzt Krahn aus Wildan das Wort: »Ich habe von Vogler gehört, natürlich, und auch von seinem Sohn Lasnic. Doch ich wusste ja nicht, zu welch einem tüchtigen Jäger er herangewachsen ist und dass er sich so tapfer mit den Bräunlingen geprügelt hat. Und die Weissagung zum Namensfest, und der wilde Mammutkeiler …« Er schüttelte den Kopf, schien ganz fassungslos. »Liegt es nicht offen zutage wie der Steinpilz im Licht der Sommersonne, dass der Große Waldgeist und der Wolkengott diesen Jäger erwählt haben? Ich schließe mich Kauzer an und schlage Lasnic vor!«

Lasnic konnte beobachten, wie Ulmers Gesichtszüge erschlafften und seine Schultern herabsanken. Still und bleich stand er auf dem Dach. Dabei wünschte Lasnic, der dicke Wettermann würde alles das entkräften, was Kauzer vorgetragen hatte, würde ihn niederschreien. Sein Mund war trocken, das Herz schlug ihm im Bauch, er musste immer dringender pissen. Und danach nichts wie weg hier, zurück nach Strömenholz, so schnell wie möglich. Er stand auf. Zum ersten Mal, seit er auf der Lichtung angekommen war, begegnete sein Blick dem des Weißschopfes. Birk kochte vor Wut, das war nicht zu übersehen. Lasnic wurde himmelangst.

»Was sagst du, Holder?«, wandte Hirscher sich an den Wettermann von Düsterholz.

»Nun, was soll ich sagen?« Das kleine weißhaarige Männchen breitete die Arme aus, schien völlig ratlos. »Hört sich gut an, sicher doch, nur: Wir hatten Birk vereinbart.« Er zuckte mit den

Schultern, als wollte er sich entschuldigen. »Ist halt so …« Wie Hilfe suchend blickte er zu Ulmer. Der trat wieder an den Dachrand, holte tief Luft und setzte zu einer Wutrede an.

Doch Hirscher zog ihn zur Seite. »Genug geredet! Wenn die Wettermänner sich nicht einigen können, wird jetzt gewählt!« Er stampfte mit der Ferse auf dem Dach auf. »Habt ihr gehört, ihr Eichgrafen?« Er deutete auf Lasnic herunter. »Hier geblieben, Sohn Voglers!«

Lasnic fuhr herum, alle Blicke richteten sich plötzlich auf ihn. Ihm wurde heiß und kalt. »Du stellst dich hier hin!« Hirscher deutete unter sich vor das Gemeinschaftshaus. Dann ging er zur anderen Seite des Daches und deutete dort hinunter. »Tritt aus dem Haus, Birk! Du stellst dich da hin!« Lasnic spürte, wie Hände ihn berührten und ihn zurück zum Gemeinschaftshaus schoben. Jaga lächelte ihm zu, wirkte irgendwie stolz; Ulmara stierte zu ihm herauf, als würde sie ihm am liebsten die Kehle durchbeißen.

Lasnic blieb gar nichts anderes übrig, als zehn Schritte vor dem offenen Gemeinschaftshaus still zu stehen und zu hoffen, dass sie Birk wählen würden. Er starrte hinauf zu Kauzer, der sich über den Dachrand beugte. »Marderscheiße«, zischte er zu ihm hinauf. »Warum beim Schartan tust du mir das an? Ich bin gerade erst dem Wilden Axtmann davongelaufen! Warum?«

Kauzer antwortete nicht, machte nur ein todernstes Gesicht. Tausend Stimmen schwirrten hinter Lasnic über die Lichtung, im Gemeinschaftshaus stritten sie sich – die einen lästerten über Kauzer, die anderen lobten seinen Vorschlag. Immer wieder hörte Lasnic den Namen des Wettermannes. Jäger schleppten zwei Säcke voller Kiefernzapfen ins Gemeinschaftshaus. Birk konnte Lasnic jetzt nicht mehr sehen, doch ganz bestimmt hatte er längst auf der anderen Seite des Hauses Stellung bezogen.

Die Eichgrafen im Gemeinschaftshaus griffen in die Säcke, jeder schnappte sich einen Kiefernzapfen. Lasnic äugte wieder zum Dach hinauf. Gern hätte er Kauzer einen Fluch nach oben geschickt, doch der Wettermann stand mit verschränkten Armen und geschlossenen Augen. Seine Lippen bewegten sich.

»Jetzt betet er auch noch zu seinen unberechenbaren Göttern, dass sie mich zum Großen Waldfürsten machen«, murmelte Lasnic. Ihm war schlecht, er musste jetzt wirklich ganz dringend pissen, sein Gesicht zuckte, und zwar dort, wo es wehtat. Er dachte an Vogler, er dachte an Bux, er dachte an Arga und fragte sich, was die Toten wohl sagen würden, wenn sie ihn jetzt hier stehen sehen könnten.

Im Gemeinschaftshaus palaverten die Eichgrafen noch ein wenig, doch es wurde merklich stiller unter dem Dach. Hirscher kam herabgestiegen, griff sich ebenfalls einen Kiefernzapfen. Schritte scharrten, Leder knarrte, Tuch raschelte – die Männer verteilten sich auf beide Hälften des Hauses. Und dann flogen die Kiefernzapfen.

Lasnic spürte, wie sie ihn trafen, hörte sie rund um sich auf dem Boden aufschlagen. Die Ältesten stapften an ihm vorbei ins Gemeinschaftshaus, zwei pro Siedlung, griffen ebenfalls in die Säcke. Und wieder flogen Kiefernzapfen. Nach ein paar Atemzügen war auch das vorbei, und Hirscher und die Wettermänner kamen heraus und lasen die Kiefernzapfen zusammen und zählten sie; erst die rund um Lasnic, dann die auf der anderen Seite des Hauses, die Birk getroffen hatten. Lasnic machte sich fast in die Hosen.

Wieder auf dem Dach, verkündete Hirscher das Ergebnis der Wahl. »Zweihundertdrei Zapfen für Birk, dreihundertzwölf für Lasnic.« Er deutete auf Lasnic hinunter: »Dort steht euer Großer Waldfürst, Lasnic, der Sohn Voglers!« Von allen Seiten ertönten nun Hochrufe, von überall her drang Lasnic der eigene Name ans Ohr.

»Schwachsinn!«, rief Lasnic, seine Knie zitterten plötzlich. »Ich bin doch viel zu jung!« Doch sein Protest ging in Jubelgeschrei und Händeklatschen unter. »Ich hab doch keine Ahnung!« Wieder spürte er viele Hände auf dem Rücken. Die schoben ihn erst ins Gemeinschaftshaus und dann zur Stiege hinauf. Oben auf dem Dach fand er sich schließlich zwischen Kauzer und Hirscher wieder.

»Was hast du mir da eingebrockt, du verdammter Wetterschwätzer!«, zischte Lasnic dem kleinen Kauzer zu. »Dafür bestreiche ich dich mit Honig und pflocke dich in einem Ameisenhaufen fest!«

In Kauzers verwittertem Kindergesicht zuckte keine Wimper, kein Mundwinkel. Er tat einfach, als habe er die Drohung gar nicht gehört. Überaus zufrieden blickte er an Lasnic vorbei auf die jubelnde Menschenmenge. »Knie nieder«, befahl er, und Lasnic gab dem Druck seiner Hände nach und ging auf dem Dach in die Knie. Er wusste kaum, wie ihm geschah. Kauzer murmelte unverständliches Zeug, irgendeinen Segen, irgendeinen Zauberspruch. Dann fasste der Wettermann Lasnics linken Arm und zog ihn wieder hoch. Von der anderen Seite schob Hirscher seine Hand unter Lasnics Arm. Der alte Waldfürst von Blutbuch und der Wettermann von Strömenholz schoben Lasnic von Dachrand zu Dachrand. Die Mütter, Jungweiber, Jäger, Morsche und Flaumbärte auf der Lichtung jubelten ihm zu.

Lasnic riss Hirscher an sich. »Ich bin zu jung!«, zischte er ihm ins Ohr. »Ich kann nicht euer Großer Waldfürst sein. Für so was taug ich einfach nicht!«

»Zu spät«, raunte Hirscher. »Gewählt ist gewählt. Du bist jetzt Großer Waldfürst und fertig. Und du wirst es sein, bis diese beschissene Kriegszeit ausgestanden ist!«

6

Die Zugbrücke senkte sich. Die Ketten rasselten, das Scharnier quietschte. Ayrin, am Fenster, schreckte aus ihren Grübeleien hoch. Endlich geschah etwas, endlich kam jemand. Romboc? Sie grübelte ständig, seit sie Lauka und Starian im Bett erwischt hatte, seit dem Kampf in der Schlafkammer ihrer Schwester. Ob Romboc unterwegs von der Sache gehört hatte? Wahrscheinlich nicht. Wer hätte es ihm denn erzählen sollen? Der Schmerz hinter ihrem Brustbein fühlte sich an wie eine entzündete Schnittwunde.

»Gekränkte Eitelkeit«, hatte Runja gesagt.

Hufschlag wurde laut. Rombocs zweiter Leibritter preschte auf einer dürren Bergziege über die Zugbrücke. Der bullige Romboc folgte auf seinem weißen Esel; das braune Griffkreuz seines Langschwerts ragte hinter seiner Schulter auf. An seiner Seite ritt ein weißhaariger Mann auf einem großen schwarzen Ziegenbock. Lorban von Seebergen. Seine Armbrust trug er auf dem Rücken, ein kurzes Schwert hing an seinem Brustgurt. Zwei weitere Esel trugen Speere, Äxte, verrußte Töpfe und Bündel aus Decken und Mänteln. Die Männer lenkten ihre Tiere in den Burghof herein und zur großen Treppe vor der Eingangshalle.

Romboc war selbst nach Violadum gereist, wo der alte Grenzritter Lorban auf einer Außenburg Dienst tat. Ein Lastkahn hatte den Erzritter, seine beiden Leibritter und ihre Reittiere bis zum Stausee mitgenommen. Von Seebergen aus waren sie über steile Bergpfade, durch Flusstäler und über den südwestlichen Höhenweg in die große Stadt am Südhang des Violants geritten. Heute, schon sieben Tage später, kehrten sie zurück.

Weil Romboc einen seiner Leibritter als Boten vorausgeschickt und der ihn drei Stunden zuvor angekündigt hatte, wartete Ayrin bereits am Fenster der Empfangshalle. Und grübelte.

»Sie kommen!«, rief sie in die Halle hinein, wo einige Herzoginnen, Obristdamen und Reichsritter sich die Zeit mit Brettspielen vertrieben. Die düsteren Bilder in Ayrins Hirn verblassten, der brennende Schmerz in der Brust trat in den Hintergrund. Endlich nicht mehr an Starians blutigen Schädel denken, endlich eine Aufgabe, endlich Ablenkung.

Nach Ankunft des Boten hatte sie sofort die führenden Frauen und Männer des Reiches benachrichtigt. Alle waren in Garonada bei Verwandten geblieben oder auf der Burg, um mit ihr auf Lorban zu warten. Eine Entscheidung musste getroffen werden, eine gemeinsame Entscheidung. Bald.

Mit einigen Hochdamen ging sie nach draußen, um die Heimkehrer und Lorban zu begrüßen. Sie lächelte; und wusste, dass man ihr die schlaflosen Nächte dennoch ansah. Sigrun, die Herzogin von Violadum, eilte Lorban vor allen anderen entgegen.

»Hat man dich also gleich gefunden, mein treuer Alter!«, rief sie. »Wie gut, dich bei Kräften zu sehen!«

Lorban stieg von seinem massigen Bock und verneigte sich vor seiner Herzogin. Obwohl er schon mehr als siebzig Winter gesehen haben musste, wirkten seine Bewegungen geschmeidig. »Möge die Kraft mich nicht verlassen, solange du meine Dienste brauchst, meine Herzogin!«

»Das ist er.« An Ayrin gewandt, wies Sigrun auf den großen breitschultrigen Mann. »Das ist Lorban, ein Prachtstück von einem Ritter!« Lorban trug dunkelgraue Lederkluft. Sein weißer Bart war kurz geschoren, dichte weiße Locken bedeckten seinen quadratischen Schädel. »Er befehligt die östlichste meiner Außenburgen!«

Lorban verneigte sich tief. »Niemand überquert unseren Ostpass, ohne dass ich ihm in die Augen sehe, meine Königin.«

»Davon bin ich überzeugt, mein Ritter.« Ayrin erinnerte sich, ihn bei den Feiern zum zehnten Todestag Belices gesehen zu haben. Bei Laukas Mutterweihfest vor drei Wintern hatte er ebenfalls mitgefeiert. Und stammte nicht die Landkarte von ihm, die Sigrun ihr zur Thronbesteigung geschenkt hatte? Eine Karte von Garona mit allen Städten, Burgen, Bergwerken und Weilern und sämtlichen bekannten Straßen, Wegen und Pfaden. Ayrin hütete sie wie ihren Augapfel.

Hildrun begrüßte den weißhaarigen Grenzritter, wie sie jeden rangniedrigeren Fremden und sogar die meisten ihr bekannten Ritter begrüßte: mit einem steifen Nicken und einem förmlichen Satz ohne jede Wärme.

»Ihr seid sicher halb verhungert!«, rief Runja. »Und verdurstet sowieso! Kommt, die Königin hat ein paar Seeberger Gänse schlachten lassen. Der Wein atmet bereits, und die Tafel ist auch schon gedeckt!«

Beides stimmte, doch Romboc und Lorban wollten vor dem Essen noch ein wenig in einem heißen Bad ruhen. Auch daran hatte Ayrin gedacht, und die Burgmeisterin befahl vier Dienern, die Ritter ins Badehaus zu führen, wo die Zuber bereits mit heißem Wasser gefüllt wurden.

»Er hat gütige Augen, dieser alte Grenzritter«, sagte Ayrin, während sie und Runja den Männern hinterherblickten.

»Wahrscheinlich, weil sie schon so viel Böses haben sehen müssen«, antwortete Runja.

Nach und nach trafen auch die letzten Hochdamen und Ritter ein, die im Reich Verantwortung trugen, und zwei Stunden später setzte man sich im großen Burgsaal an der Tafel nieder. Es duftete nach gebratenem Gänsefleisch, gerösteten Weizenfladen und gedünstetem Rosenkohl. Der stammte aus dem Anbau der Gärtner von Blauen.

Ayrin stand auf und sagte ein paar Sätze, um ihre Edlen noch einmal zu begrüßen, und stellte ihnen dann den Grenzritter Lorban vor, den eigentlichen Anlass für die Versammlung des Reichsrates. Runja sprach zuerst eine Danksagung an die Große Mutter und hob danach ihren Weinkelch, um einen Toast auf das Reich und die Königin auszubringen. Damit war das Mahl eröffnet.

Sofort erfüllten Stimmengewirr, Gelächter und das Klingen der Glaskelche den Saal. Man prostete einander zu, man stieß miteinander an, man hatte sich allerhand zu erzählen. Runja saß bei Romboc und Serpane, nicht weit von Ayrin entfernt. Wie meist hatten neben ihr Petrona und die Burgmeisterin Platz genommen. Serpane aß schweigend, trank wie Ayrin Wasser und verzog auch dann keine Miene, wenn Runja neben ihr lachte. Das geschah nicht selten, und die tiefe und raue Stimme der Priesterin übertönte dann jedes Mal alle anderen Geräusche.

Man aß mit den Fingern und mit kurzen Spießen. Immer zwei Speisende teilten sich kleine Näpfe mit warmem Wasser, um die vom Gänsefleisch fettigen Finger zu säubern. Abgenagte Knochen flogen zielsicher in große Schüsseln, die innerhalb des Tafelrundes aufgestellt waren. Einige Hochdamen und Ritter machten sich ein Vergnügen daraus, diejenige Schüssel zu treffen, die am weitesten von ihnen entfernt stand. Später, nach dem zweiten oder dritten Kelch Wein, würde das zu einem Wettkampf ausarten; Ayrin kannte das schon. Und irgendwann würde Hildrun einschreiten und das Knochenwerfen verbieten. Die Burgmeisterin dankte Ayrin bis zum heutigen Tag dafür, dass sie schon bald nach Belices Tod die Sitte abgeschafft hatte, Knochen einfach auf den Boden oder durchs offene Fenster zum Burghof hinauszuwerfen.

Ayrin spießte lustlos in ihrem Rosenkohl herum. Sie hatte keinen Appetit. Der Lärm im Saal ging ihr auf die Nerven, doch sie lächelte tapfer in die Runde, mied allerdings jeden Blickkontakt mit Lauka. Die saß auf der anderen Seite des Tafelrunds, auf dem Stuhl, der Ayrins am fernsten stand. Mauritz, neben der Prinzessin, lauschte dem Redeschwall seines Nachbarn, einem Reichsritter aus Weihschroff. Der Harlekin trug einen eng anliegenden Anzug aus schwarzem Eselleder, eine gelbe Perücke, deren aufgebauschtes Haar ihm weit über Rücken und Schultern fiel, und einen kleinen schwarzen Hut mit üppigem, gelb gefärbtem Schwanengefieder. Er gab sich wortkarg in den letzten Tagen; seit er Serpanes Bericht gehört und in die vergreisten Gesichter der Rückkehrer geschaut hatte, schien ihm die Lust auf Zoten vergangen zu sein.

Es wollte Ayrin scheinen, als seien ihre Gäste besonders laut und übermütig heute. Dabei steckten auch ihnen noch die erschütternden Eindrücke von Serpanes vergreisten Heimkehrern und ihrem späteren Bericht in den Gliedern. Und natürlich der Vorfall in der Schlafkammer der Prinzessin; darüber sprach man inzwischen schon auf dem Markplatz von Garonada.

Ayrin nahm an, dass die Mitglieder des Reichsrates ihre Angst und ihr Entsetzen durch all das Gelächter und Geschwätz zu überspielen suchten. Und mit mehr Wein als sonst. Sie beugte sich zu Hildrun und gab Anweisungen, vorläufig nur zweimal nachzuschenken. Sie brauchte Frauen und Männer mit leidlich klaren Köpfen, wenn Lorban später von seiner Gefangenschaft und Flucht berichten würde.

Als sie wieder in die Runde lächelte, sah sie, wie Romboc unter gerunzelten Brauen zu Lauka hinüberspähte, sie misstrauisch musterte und gleich darauf zu ihr schaute, zu Ayrin; jetzt wirkte sein Blick sehr ernst und seine Miene besorgt.

Wusste er also Bescheid? Natürlich wusste er Bescheid – keiner konnte in Runjas Nähe sitzen, ohne die neuesten Liebes- und Bettgeschichten aus Garonada zu erfahren. Da es von ihr, der Königin, in dieser Hinsicht nicht viel zu tratschen gab – leider gar nichts, um ehrlich zu sein –, stürzte man sich mit umso größerer Neugier auf jedes neue Gerücht, das sich um Lauka und ihre Männergeschichten rankte. Das zügellose Liebesleben der jungen Prinzessin war sowieso schon in aller Munde. Und dass sie nun ausgerechnet den Ritter verführte, der seit Langem um ihre Schwester, die Königin, warb, war ein Skandal, den so schnell kein neuer überbieten würde. Und auf den alle insgeheim gewartet hatten.

Beinahe als noch skandalöser galt die Reaktion der Königin: Sie hatte versucht, ihre Halbschwester zu töten. Nicht heimlich, nicht durch einen ihr ergebenen Ritter, sondern ganz offen und mit eigener Hand.

Ayrin dachte zurück an den Augenblick in Laukas Schlafkammer, und Wut und Bitterkeit traten an die Stelle des Schmerzes hinter dem Brustbein. Ja, sie hatte Lauka töten wollen. Mit Starians Schwert. Sie war auf ihre Halbschwester losgegangen, hatte das Schwert schon zum tödlichen Hieb erhoben – Lauka, nackt in ihrem Bett, schrie und hob Leintuch und Arme, als hätte sie das schützen können –, da warf der nackte Starian sich in die Klinge. Ayrin traf ihn mit voller Wucht am Schädel. Er stürzte aufs Bett und auf das nackte Biest, und als Ayrin all das Blut sah, packte sie sofort die Reue und ihre Wut wich großer Bestürzung. Außerdem brachen Thronritter die Schlafkammertür auf und stürmten herein. Ayrin ließ Starians Schwert fallen und floh.

Die vier Tage danach erlaubte sie nur Hildrun, ihre Gemächer zu betreten. Und die vier Nächte danach lag sie schlaflos und weinte.

Und jetzt blickte sie doch zu Lauka hinüber. Die tat, als merkte sie es nicht. Eine Spur Genugtuung mischte sich in Ayrins Wut und ihren Schmerz. Nach dem Ritter Lorban war ihre Halbschwester heute die wichtigste Person hier an der Tafel; nur wusste sie es noch nicht. Nach allem, was vorgefallen war, hatte Lauka wahrscheinlich auch nicht gewusst, wie ihr geschah, als Ayrin ausgerechnet sie zur Tafel geladen hatte. Sie würde den Grund bald erfahren.

Ayrin äugte nach links und rechts, um zu sehen, ob man die Tafel nicht bald aufheben und hinauf in den Ratssaal gehen könne, da merkte sie, dass nicht nur Romboc, sondern auch Mauritz sie beobachtete. Sie prüfte ihr Lächeln und nickte ihnen zu. Hatte man ihr etwa die Genugtuung angesehen, die sie sich für einen kleinen Augenblick gegönnt hatte?

Wenig später hörte sie Runja mit einem jungen Thronritter schimpfen, der in der Burg als Mundschenk diente. Die Priesterin beschwerte sich, weil er ihr keinen vierten Kelch Wein einschenken wollte. Der Ritter deutete über die Tafel hinweg zu ihr, Ayrin; er berief sich wohl auf ihren Befehl. Mit unwillig gerunzelter Stirn musterte Runja sie; ihr großporiges Gesicht war rot angelaufen.

Ayrin stand auf und nutzte die Gelegenheit, das Mahl zu beenden. Wein könne später noch getrunken werden, erklärte sie, jetzt mochten die Hochdamen und Ritter des Reichsrates und Prinzessin Lauka sich nach oben in den Ratssaal begeben, um den

Bericht des Grenzritters Lorban zu hören. Danach seien ernste Dinge zu besprechen und zu entscheiden, und man brauche einen klaren Kopf.

Von der anderen Seite der Tafel aus staunte Lauka sie an. Die Einladung zum Mahl mochte ihr noch geschmeichelt haben, doch jetzt in den Ratssaal gebeten zu werden, konnte sie eigentlich nur beunruhigen. Ayrin genoss die verblüffte Miene ihrer Halbschwester, drehte sich um und rauschte aus dem Burgsaal. Zwischen Sigrun und Petrona stieg sie die Galerietreppe hoch. *Schick sie weg aus Garonada*, hatte Sigrun ihr geraten, *schick das Luder so weit weg, wie nur irgend möglich.*

Genau das würde sie tun. Und noch weiter, als die Herzogin von Violadum es für möglich hielt. Starian jedenfalls würde Lauka nicht begleiten können. Er lebte noch, doch er lag im Wundfieber. Ayrins Schwerthieb hatte ihm die Kopfschwarte auf der rechten Schädelseite abgeschält, das rechte Ohr abgeschlagen und das Schlüsselbein gebrochen. Die Stadtritter pflegten ihn im Garnisonshaus. Die Ärztin, die seine grässliche Wunde versorgt hatte, wollte sich nicht dafür verbürgen, dass Starian, sollte er das Wundfieber überleben, mit dem rechten Arm jemals wieder ein Schwert führen konnte. Ayrins Hieb hatte wichtige Stränge seiner Schultermuskulatur durchtrennt.

Oben nahm Ayrin auf ihrem Sessel an der Ratstafel Platz. Den Stuhl neben sich hatte sie für Lorban reserviert. Lauka saß gegenüber zwischen Runja und Hildrun. Das hatte die Burgmeisterin so arrangiert. Nur diese beiden Frauen waren eingeweiht in Ayrins Plan.

Nach und nach füllte sich der Saal. Als die Thronritter hinter der letzten Hochdame die Saaltür schlossen, erteilte Ayrin Lorban das Wort.

Der weißhaarige Ritter erhob sich, trat in die Mitte des Saals und blickte in die Runde. »Wie ihr alle wisst, war ich einst ein Schwertloser. Die Welt zu erforschen und ihr Wesen zu durchschauen, reizte mich von Jugend an mehr als die Kunst des Kampfes und des Krieges. Königin Belice und vorher ihre Mutter schickten mich nach Norden und Westen, um das Land des Eises und unser ausgedehntes Hochgebirge zu erkunden. Ich fuhr auf den Garoneser Schiffen mit, um die Steppen und das Grasland von Baldor und die Küstenregionen fern im Nordosten zu sehen. Alles, was ich sah, notierte ich, und überall zeichnete ich Karten von den Landschaften, die ich erkunden konnte. Der Erzritter Romboc ist mein Zeuge.«

»Viermal segelten wir gemeinsam über den großen Ozean«, bestätigte Romboc. »Und einmal zogen wir zusammen die verdammte Karawanenstraße nach Osten an der Küste entlang bis nach Baldor. Die Kunst des Kartenzeichnens ist noch jung, und die meisten Karten, die ihr benutzt, stammen aus Lorbans Feder, das schwör ich euch.«

»Was ich nicht selbst gesehen habe, ließ ich mir von Rittern und Hochdamen schildern, die weit herumgekommen sind. Von Romboc zum Beispiel. Auf seinem Bericht fußt die Karte von den unendlichen Wäldern im fernen Osten und vom Verlauf des großen Stromes, den die Waldleute ›Stomm‹ nennen. Sogar, wie am Ende der Welt die Grenze der Großen Wildnis verläuft, konnte ich durch Rombocs Schilderungen aufzeichnen. Vor beinahe siebzehn Wintern nun segelte ich auf einem Schiff über den Großen Ozean, das mich nach Kalmul und dem Kontinent tief im Süden bringen sollte. Doch schon im zweiten Mond unserer Reise kreuzten wir den Kurs einer Galeere. Deren Kapitän griff unser Schiff an und zerstörte Heck und Ruder mit einem Rammdorn.«

»Wie viele Masten hatte diese Galeere?«, wollte die Baumeisterin wissen. »Und erinnerst du dich an die Zahl der Ruderer?«

»Drei Masten und vierzig Ruderplätze. Lauter Sklaven aus fernen Reichen. Auch viele Kamulen darunter. Die Seeleute auf der Galeere, etwa dreißig Mann, waren klein gewachsene, sehnige Männer mit brauner Haut. Ich musste sofort an sie denken, als ich im Jahre deiner Thronbesteigung von dem Kampf an der Glacisbrücke hörte, meine Königin.« Er deutete eine Verneigung in Ayrins Richtung an. »Diese Männer sahen zu, wie unser Schiff sank und wir uns in die Beiboote retteten. Danach rammten sie nacheinander auch alle drei Beiboote. Die meisten derer, die sich schwimmend zur Bordwand der Galeere retten konnten, flehten vergebens, an Bord genommen zu werden. Nur drei Männer und einige Frauen zogen sie aus dem Wasser. Was sie mit den Frauen trieben, werde ich euch nicht schildern, doch glaubt mir – diese Männer waren überaus grausam und ließen keine Schandtat aus.«

Ayrin musste an Mona denken und spähte hinüber zu Serpane. Die hockte stocksteif auf einer Wandbank und starrte durch Lorban hindurch.

»Uns Männer wollten sie in ihr Reich bringen, wo jemand uns nach unserer Heimat ausfragen sollte; jemand, von dem sie mit überaus großer Ehrfurcht sprachen. Zunächst jedoch nahmen sie uns mit nach Osten, wohin sie unterwegs waren, um die Wälder am Stomm auszuspähen.«

»Woher weißt du das alles?«, erkundigte sich Mauritz. »Du kanntest doch ihre Sprache nicht.«

»Zunächst nicht, das stimmt. Doch während meine beiden männlichen Gefährten unter Deck zwei verstorbene Rudersklaven ersetzen mussten, ließen sie mich auf dem Außendeck arbeiten. Ich beobachtete sie und hörte ihnen genau zu. So kam es, dass ich sie mit der Zeit immer besser verstand. Vom Schiffsjungen, an den sie mich später fesselten, lernte ich ihre Sprache dann noch genauer.«

»Das ist gut.« Zu Ayrins Überraschung meldete Serpane sich zu Wort. Die alte Ärztin nickte anerkennend. »Wir werden bald jemanden brauchen, der ihre Sprache versteht.«

»Das möge die Große Mutter verhüten!«, entfuhr es Hildrun. Mit einem Nicken bedeutete Ayrin dem alten Grenzritter fortzufahren.

»Die Frauen erlagen eine nach der anderen ihren schrecklichen Martern. Meine beiden Leidensgenossen starben kurz nacheinander. Auf einen hetzten sie die zahmen Wölfe, die mit ihnen auf dem Schiff lebten, der andere starb an Auszehrung. Auch ich war bereits sehr schwach, als wir nach vielen Monden schließlich das Mündungsdelta des Stomms erreichten. Dort fielen die Braunen sofort über die Hausboote und Pfahlhüttensiedlungen der Waldmänner her. Sie wüteten wie entfesselte Bestien. Die Waldmänner verteidigten sich tapfer, sie starben lieber, als sich gefangen nehmen zu lassen. Ich sah starke Jäger ihre eigenen Frauen und Kinder töten, um sie nicht in die Hände dieser grausamen Schlächter fallen zu lassen. Und die gequälten Schreie der wenigen, die dennoch lebend gefangen wurden, gellten nächtelang über die zerstörten Siedlungen.«

Totenstille herrschte. Der Schrecken griff mit kalten Klauen nach Ayrins Herz. Sie sah lauter aschfahle Gesichter um sich herum. Entsetzen hatte die Mitglieder des Reichsrates befallen; das war mit Händen zu greifen. Einige Schwertlose schlugen die Hände vor die Augen. Lauka verfolgte Lorbans Schilderungen mit geweiteten Augen und geöffnetem Mund. Loryane saß mit geschlossenen Augen auf der Kante ihres Sessels und sah aus wie eine Statue aus weißem Marmor. Hildrun schluckte unentwegt, und Runja murmelte betend und schien es nicht einmal zu merken.

»Ein Dutzend der Braunen etwa kamen bereits bei diesen Kämpfen ums Leben oder starben bald danach an ihren Verletzungen. Die anderen zwanzig hörten von einem Jagdzug der Waldmänner und beschlossen, die Jäger in einen Hinterhalt zu locken. Ihrem Palaver entnahm ich, dass sie mindestens einen Gefangenen machen wollten, besser mehrere. Sie drangen also in den Flusswald ein. Mich nahmen sie mit, weil ich ein paar Brocken eines Dialektes der Waldleute beherrschte. Sie banden mich mit gefesselten Händen am Hüftgurt ihres Schiffsjungen fest. Die Ruderskiaven ließen sie auf der in der Mündung vor Anker liegenden Galeere zurück.«

»Ohne Bewacher?«, wunderte Loryane sich.

»Ich glaube, sie wollten auf keinen kampffähigen Mann verzichten, und meinten wohl auch, schnell wieder zurückkehren zu können. Und wirklich: Sie spürten die Waldmänner schon am ersten Tag auf und stellten ihnen eine Falle. Es war aber kein Jagdzug, sondern eine Schar aus sieben Spähern, und die waren auf Kämpfe gefasst. Und vor allem: Sie kämpften nicht mit den üblichen Waffen, sondern sie kämpften mit jenem blauen Licht, von dem Serpane berichtet hat.«

»Bist du ganz sicher?«, rief Ayrin. Der Grenzritter nickte. »Schildere uns den Kampf, Lorban, und bitte: Versuche, dich ganz genau zu erinnern.«

»Da gibt es nicht viel zu schildern, meine Königin. Der Schiffsjunge war auf einen großen Stein geklettert, wie sie im Waldland an vielen Stellen liegen. Mich hatte er geknebelt, damit ich die Waldmänner nicht warnen konnte. Er zwang mich, unter ihm und hinter dem Stein zu kauern. Ich sah zwar die sieben Waldmänner aus dem Dickicht auftauchen, doch den eigentlichen Kampf konnte nur der Schiffsjunge über mir beobachten. Plötzlich flutete grelles Licht den Wald; das allerdings sah ich genau. Licht in sämtlichen Blautönen – Himmelblau, Nachtblau, Türkis, Violett. Ich wusste gar nicht, was geschah. Der Schiffsjunge rutschte plötzlich vom Stein, schien geblendet. Ich nutzte die Gelegenheit, spähte zum Kampfplatz, und was sah ich? Einen Mann mit erhobener Faust, und an der Faust glühte ein Ring in tiefem Blau. Uralte Männer lagen oder knieten um ihn herum. Da riss mich der Schiffsjunge auch schon mit sich in den Wald hinein.«

»Der Stein hat dich vor dem blauen Licht gerettet«, sagte Serpane mit tonloser Stimme.

»Das wurde mir erst im Lauf der Jahre klar.«

»Ein Ring, sagst du?« Sigrun, die Herzogin von Violadum rieb sich nachdenklich das Kinn, und Lorban nickte. »Kannst du den Mann, der ihn trug, beschreiben?«

»Groß, breit gebaut, braunes Langhaar, bärtig, vernarbtes Gesicht. Kurz vor dem Kampf, als die Waldmänner die Braunen entdeckten, rief einer seiner Gefährten seinen Namen: ›Vogler‹. Ich entsinne mich genau, weil es das einzige Wort war, dass ich einen der Waldmänner rufen hörte.«

»Der Schiffsjunge war der einzige Überlebende der Braunen?«, fragte Petrona.

»Nur er und ich.«

»Und wie bist du ihm entkommen?«, wollte Loryane wissen.

»Die Angst saß uns beiden im Nacken. Wir versteckten uns im Unterholz. Ich merkte schnell, dass er sich krank und schwach fühlte. Auch entdeckte ich graue Strähnen in seinem Haar und Falten in seinem Gesicht, die ich vorher nie gesehen hatte. Ich konnte ihn zu Boden reißen und niederschlagen. Mit seinem Messer meine Fesseln durchtrennen.«

Ein Satz reichte, um Ayrin weit in die Vergangenheit zurückzukatapultieren: *Auch entdeckte ich graue Strähnen in seinem Haar und Falten in seinem Gesicht, die ich vorher nie gesehen hatte.* An Lorban vorbei starrte sie zum Fenster. Plötzlich war sie wieder ein kleines Mädchen, plötzlich saß sie wieder im Zuber – und sah zu ihrer Mutter hinauf, zu Belice, und zu jener weißen Strähne in ihrem Haar.

Petronas Stimme riss sie zurück in die Gegenwart. »Du hast ihm nicht die verdammte Kehle durchgeschnitten?«, wunderte die Freundin sich, und es klang beinahe vorwurfsvoll.

»Es erschien mir unehrenhaft, einen Kranken zu töten.«

»Wie bist du aus dem Waldland im fernen Osten zurück nach Garona gelangt?«, wollte Ayrin wissen.

»Der Wald war voller Früchte und voller Wasser sowieso. Nach ein paar Tagen traf ich einen Waldstamm an der Küste. Die Leute behandelten mich freundlich, schenkten mir saubere Kleider, neue Stiefel und einen Jagdbogen. Sie ließen mich in einem ihrer Baumhäuser schlafen, damit ich mich ausruhen konnte. Nach vielen Tagen wanderte ich nach Norden, immer an der Küste entlang, viele Monde lang, bis ich nach Baldor kam. Dort wartete ich auf ein Schiff aus Garona.«

Hildrun meldete sich zu Wort. »Du warst ein Schwertloser, du hast ferne Küsten erkundet und Landkarten gezeichnet. Warum bist du schließlich ein Ritter geworden?«

»Bevor die Galeere der Braunen meinen Lebensweg kreuzte, wusste ich nicht, zu welcher Grausamkeit Menschen fähig sind. Als ich die Braunen dann morden und schänden sehen musste, habe ich bereut, den Umgang mit Schwert und Armbrust nicht gelernt zu haben. Und als ich an der Küste entlang nach Baldor hinaufwanderte, befiel mich die Angst, diese kleinen braunen Krieger könnten eines Tages vor den Toren Garonas auftauchen. Darum habe ich mir einen Fechtlehrer gesucht, gleich nachdem ich wieder zu Hause war. Darum habe ich am Hofe meiner Herzogin das Schießen gelernt. Und darum bewache ich seit fünfzehn Wintern als Grenzritter den Ostpass des Reiches.«

Schweigen folgte. Keiner hatte noch Fragen. »Danke, Lorban«, sagte Ayrin schließlich. Der Grenzritter neigte den Kopf und nahm wieder neben ihr Platz.

»In drei oder vier Wintern werden sie kommen«, sagte Ayrin. »Verlieren wir also keine Zeit – ich will, dass ein Schiff mit fünfzig Rittern und Schwertdamen noch vor dem nächsten Vollmond in See sticht und über den Ozean in die Flusswälder am Mündungsdelta des Stomms segelt. Wir müssen den Mann finden, der diesen gefährlichen Ring trägt. Wir müssen in den Besitz dieser magischen Waffe gelangen, bevor die Galeeren der Tarkaner vor Trochaus Küste auftauchen.«

»Ein gewagtes Unternehmen«, gab Hildrun zu bedenken. »Wie willst du einen einzelnen Mann am Stomm finden? Die Wälder dort seien endlos, hört man.«

»Lorban hat ihn uns doch eben beschrieben«, blaffte Petrona in die Richtung der Burgmeisterin. »Sogar seinen Namen kennen wir.«

»Und von einem derart eindrücklichen Ereignis, wie Lorban es uns geschildert hat, wird man am Stomm noch in hundert Wintern sprechen«, sagte Mauritz. Sein schmales, kantiges Gesicht wirkte ungewöhnlich ernst, auf seiner hohen Stirn unter der gelben Perücke türmten sich unzählige Falten, und seine tief in den Höhlen liegenden Augen glitzerten wie in fiebriger Erregung. »Das blaue Licht, die Greise, die Überfälle auf Boote und Siedlungen zuvor – so etwas vergisst kein Volk, so etwas ist Stoff für Geschichten, die von Generation zu Generation weitererzählt werden. Es könnte wirklich gelingen, diesen Mann zu finden.« Der Harlekin schlug mit der flachen Hand auf die Ratstafel, und das gelbe Gefieder auf seinem schwarzen Hütchen erzitterte. »Lasst uns den Plan der Königin in die Tat umsetzen!«

Ayrin blickte in die Runde. Nur wenige Wortmeldungen folgten noch. Alle sahen ein, dass der Versuch, den magischen Ring zu finden, gewagt werden musste.

»Dann wollen wir jetzt beschließen, wen wir mit dieser schwierigen und für Garonas Zukunft so wichtigen Aufgabe betrauen.« Ihr Blick heftete sich an Lauka. »Ich will, dass Prinzessin Lauka die Reise zu den Herren der Wälder anführt.«

Ganz still wurde es plötzlich. Lauka starrte zu Ayrin herüber, als müsste sie eine böse Erscheinung anschauen, einen Dämon, einen Berggeist oder eine Seele aus dem Totenreich. Ihr schmales Gesicht wirkte schneeweiß zwischen den kastanienroten Locken, ihre Augen unnatürlich groß. Sie bewegte die Lippen, doch kein Wort wollte ihr gelingen.

»Eine großartige Idee.« Hildruns Stimme klirrte vor Kälte. »Es wird höchste Zeit, dass die Prinzessin sich um das Reich verdient macht. Ritter in ihrem Alter dienen bereits an der Grenze zum Reich der Eiswilden.«

»Lauka ist zu jung«, widersprach Mauritz.

»Dafür ist sie klug«, sagte Runja, »und zudem noch die beste Armbrustschützin von Garonada.«

»Sie ist viel zu unerfahren«, beharrte Mauritz.

»Wir werden ihr erfahrene Schwertdamen und Ritter an die Seite stellen«, entgegnete Ayrin.

»So eine gefährliche Reise ist nichts für eine junge Hochdame«, hielt Mauritz dagegen. »Und wie viele Schiffsreisen hat Lauka denn in ihrem kurzen Leben schon gemacht?«

»Zwei«, erklärte Lauka mit fester Stimme, und alle sahen sie verwundert an. Ayrin staunte, wie schnell ihre Halbschwester sich wieder gefasst hatte. »Eine auf dem Glacis und dem Troch zum Hafen von Trochau und eine zu den Vogelinseln. Die liegen zwei Tagesreisen vor seiner Mündung im Meer.«

»So gut wie gar keine also!« Mauritz winkte ab und schüttelte Kopf und Schwanengefieder.

»Ich nehme den Auftrag an«, erklärte Lauka mit trotziger Miene. Über die Ratstafel hinweg schaute sie Ayrin ins Gesicht. Den Hass im Blick der grünen Augen war die Königin gewohnt, der leise Spott in Laukas Stimme überraschte sie. »Ich werde in die Wälder an den Stomm segeln«, sagte die Prinzessin. »Ich werde den Ringträger suchen und finden.«

7

Drei Gespanne zu je zwölf Mustangs ließ der Schiffsbaumeister auf jeder Seite des Schiffes befestigen. Catolis sah den Stolz in seinen Zügen, wenn sein Blick über den frisch geteerten Neubau glitt, und sie sah ihn gern, diesen stolzen, selbstgewissen Ausdruck in den braunen Gesichtern ihrer Tarkaner.

Auf der anderen Seite des Werftkanals stiegen schon die Reiter in die Sättel der Leitstuten, doch auf der diesseitigen Werftseite bockte ein junger Hengst im vorderen Gespann; die zahllosen Schaulustigen im Hafen und auf der Mauer machten ihn scheu. Endlich konnte der Mustangführer ihn beruhigen und der letzte Reiter auf seine Leitstute steigen. Der Schiffsbaumeister – ein weißhaariger Mann namens Bartok – blickte zu Catolis und dem Tarbullo herauf.

Zlatan selbst gab das Zeichen: Er hob seine goldene Lanze und stieß den hölzernen Schaft auf die Dielen des Podestes, das man vor dem Werfttor für ihn und die Hohepriesterin errichtet hatte. Unter ihnen, zu beiden Seiten des Kanals, schlugen die Mustangführer nun mit Peitschen auf ihre Gespanne ein, und die Reiter hieben den Leitstuten die Sporen in die Flanken. Trommelwirbel setzte ein, Fanfarenstöße brüllten über Werft und Hafen, die Zugseile strafften sich, ein Ächzen ging durch das neue Schiff – und dann setzte es sich auch schon in Bewegung.

Die Menge auf der Stadtmauer, im Tor und im Hafen brach in Jubelgeschrei aus. Die Trommler und Fanfarenträger mussten mächtig blasen und trommeln, um die Stimmen aus den vielen tausend Kehlen zu übertönen. Erst träge, dann immer schneller glitt die Galeere über Holzstämme ins Wasser, bis sie der Kanalmündung in den Strom entgegentrieb und die Ruderer im Unterdeck die Ruderblätter ins Wasser tauchten.

Das fünfhundertste Schiff der neuen Kriegsflotte von Tarkatan, das letzte und größte: Auf seinem Bugkastell sollte einmal Catolis' Hohepriesterthron stehen.

Einige Dutzend Schiffe mussten noch betakelt werden, in vielen arbeiteten die Tischler und Zimmerer noch am Innenausbau, doch die Hauptarbeit war vollbracht. Mehr als zehn Sommersonnenwenden waren vergangen, seit das erste Schiff vom Stapel lief. Tagtäglich waren Frachtkähne voller Baumstämme im Hafen von Taruk vor Anker gegangen. Beinahe zwanzig unbewohnte Inseln hatte Catolis vollständig roden lassen, um das nötige Holz für den Flottenbau zu gewinnen.

Links und rechts des Thronpodestes strömten die Tarkaner nun zu den reich gedeckten Festtafeln und Weinfässern. Anlässlich des fünfhundertsten Stapellaufes und der Vollendung seiner Kriegsflotte lud der Tarbullo die Hauptstadt heute zum Essen und Trinken. An die tausend Goldstücke ließ Zlatan sich das Fest kosten. Bald prostete das Volk ihm zu, rief ihm Segenssprüche entgegen und ließ ihn hochleben.

Dem Gott hatte man bereits bei Sonnenaufgang gehuldigt. Jeder Stadtbewohner hatte unter Catolis' Augen seine Knie vor dem Bocksbildnis des Tarkatos' gebeugt. Sie selbst hatte ihm das Blut und die Herzen von zwanzig Gefangenen opfern lassen.

Sie nickte Zlatan zu, und der Tarbullo winkte den Schiffsbaumeister und seine Zimmermeister zum Podest. Nacheinander stiegen die zur Ehrung Gerufenen zu ihnen herauf.

»Tarkatos und ich sind sehr zufrieden mit eurer Arbeit«, sagte Catolis. »Und glaubt mir – der Gott und ich, wir haben noch Großes mit euch vor.« Sie erteilte ihnen den Segen, und Zlatan belohnte die Zimmermeister mit Mustangs und Ländereien und den Schiffsbaumeister mit einer Insel, die er nach seinem Namen benennen und deren Bullo er künftig sein durfte.

»Was glaubst du, Bartok«, sprach Catolis den Schiffsbaumeister an, »wie lange wird es noch dauern, bis das letzte Schiff so weit ist, dass es die Segel hissen und in See stechen kann?«

Bartok wiegte den grauen Schädel hin und her. »Bis zur nächsten Schneeschmelze müssen die Webereien auf allen Inseln wohl von Sonnenaufgang bis Sonnenuntergang arbeiten, um das Segeltuch für die Takelage der letzten fünfzig Schiffe herzustellen.« Catolis schätzte die Besonnenheit des erfahrenen Baumeisters; Beschönigungen und übertriebene Zuversicht waren diesem Mann fremd. »Auch etwa hundert Fässer Teer fehlen uns noch. Doch spätestens drei Monde nach der nächsten Schneeschmelze müsste die letzte Galeere seetüchtig sein, Herrin.« Bartok schloss seine Erklärung mit einer Verbeugung ab, und Catolis wusste, dass sie sich auf seine Worte verlassen konnte.

Sie überschlug seine Zeitangabe: Die Wintersonnenwende stand bevor, drei Monde nach der nächsten Schneeschmelze bedeutete also: in etwa sechs Monden. »Gut.« Sie musterte ihn streng. »Arbeitet so gründlich, wie es nötig ist, und so schnell, wie ihr könnt.«

»In sechs Monden wird die Regenzeit beginnen und der Südwind wehen«, sagte Zlatan. »Eine günstige Zeit, um nach Norden in See zu stechen.«

Sie entließen den Schiffsbauer und stiegen vom Thronpodest. Unten, zwischen ihren Sänften, verharrten sie ein paar Minuten und beobachteten das Volk an den Tischen und Weinfässern. Die Leute feierten ausgelassen. Vor manchen Schiffen spielten Musikanten zum Tanz auf. Da und dort traten junge Krieger zu Schaukämpfen an.

»Ich brenne darauf, endlich mit der Flotte nach Garona auszulaufen«, sagte Zlatan. »Hätten die Hunde aus dem Bergreich uns nicht so viele Schiffe zerstört, wäre längst die erste ihrer Städte in unserer Hand.«

»Mag sein«, sagte Catolis. »Andererseits wissen wir jetzt genauer, mit wem wir es zu tun haben.« Sie hatten den Mut und die Kampfkraft der Frauen und Männer aus Garona kennengelernt, und Zlatan konnte seine Krieger nun darauf einstimmen. »Und du hattest Gelegenheit, unsere schärfste Waffe im Kampf gegen die Garonesen zu erproben.«

»So wissen auch sie jetzt, mit wem sie es zu tun bekommen.« Ein Feixen ging über Zlatans Züge. »Der Königin von Garona und ihren Edlen werden die Zähne geklappert haben angesichts der vielen Greise unter Monas Befreiern.«

»Hoffen wir es«, sagte Catolis. Doch im Stillen gab sie ihm recht: Die verheerende Wirkung des ERSTEN MORGENLICHTS, wenn man es als Waffe einsetzte, machte bereits einen Teil seiner Kampfkraft aus. Wer die vergreisten Menschen sah, die das magische Licht zerstört hatte, dem musste erst einmal der Mut sinken.

Sie entließ den Tarbullo, damit er mit seinen Hauptleuten feiern konnte. Catolis selbst stieg in ihre Sänfte und ließ sich zum Tempel tragen. Sie dachte an die beiden Ringe und das ERSTE MORGENLICHT. Was sie Zlatan noch nicht verraten hatte: Auch die Garonesen verfügten über diese Waffe.

Er würde es rechtzeitig erfahren.

Demütig und mit zitternder Hand hatte der Tarbullo ihr den zweiten magischen Ring zurückgegeben, nachdem er die überlebenden Garonesen verjagt hatte. Er betrachtete es als Gnade des Gottes, ihn während eines Kampfes tragen und seine Kraft gebrauchen zu dürfen. Und Zlatan verstand es bereits erstaunlich gut, das ERSTE MORGENLICHT als Waffe zu nutzen.

Bereits vier Sonnenwenden zuvor hatte sie ihm den kalyptischen Segen erteilt und ihn den Ring tragen lassen, um einen Aufstand auf der drittgrößten Insel seines Tausend-Insel-Reiches niederzuschlagen. Catolis wollte ihn prüfen damals: Gehörte er zu den Menschen, die das ERSTE MORGENLICHT wecken konnten? Mit Genugtuung hatte sie ihn die Prüfung bestehen sehen. Zlatans Wille war stark genug.

Die vernichtende Wirkung der magischen Kraft allerdings hatte den Tarbullo derart tief erschüttert, dass er froh gewesen war, den Ring nach dem Kampf wieder loszuwerden.

Vor drei Sonnenwenden dann, als die tollkühnen Garonesen mitten in der Nacht den Hafen von Taruk angriffen, um in den Tempel zu gelangen und ihre Kriegerin Mona zu befreien, hatte Zlatan sich den Ring von Catolis anstecken lassen, ohne zu zögern.

»Verfolge sie«, hatte sie ihm geboten, »zwinge ihnen den Kampf auf und lass zu, dass dein Wille mit der Kraft dieses Ringes verschmilzt.«

Offenbar hatte er genau verstanden, was sie ihm sagen wollte, denn er setzte das ERSTE MORGENLICHT so wirksam als Waffe ein, dass es die Garonesen zwei Schiffe und an die hundert Kämpfer kostete. Nicht zu reden von denen, die als todgeweihte Greise nach Garona zurückkehren mussten.

Das Geschaukel hörte auf, die Sänfte hielt an. Catolis hörte die Scharniere des großen Tempelportals quietschen. Die Sänftenträger trugen sie in den Vorhof des Tempels hinein, hielten bald erneut an und setzten die Sänfte ab. Zwei Priester zogen den Vorhang auf, und Catolis ließ sich aus den Polstern helfen. Begleitet von den beiden Priestern, stieg sie die Stufen zur Pyramide hinauf.

In zwei Tagen war Wintersonnenwende. In der Nacht zuvor wollte sie den anderen drei Magiern im ERSTEN MORGENLICHT begegnen. Sie hatte beschlossen, sich bis dahin zurückzuziehen, zu fasten und ihren Geist im magischen Licht zu stärken und zu schärfen. Das schien ihr bitter nötig, denn die letzten beiden Begegnungen mit den Gefährten hatten eine gewisse Unruhe in ihr zurückgelassen. Etwas Ungreifbares hatte sie gespürt, etwas, das sie nicht benennen konnte.

Es ging nicht um Violis, die Meisterin des Lebens. Deren Schwierigkeiten, die Bewohner des Eislandes zu beeinflussen und zu bändigen, ängstigten Catolis nicht. Über den Eigensinn und die störrische Widerstandskraft der barbarischen Völker hatte man sich in Kalypto zu keiner Zeit irgendwelchen Illusionen hingegeben. Ein Volk auf seine Tauglichkeit als Dienstvolk zu testen, brauchte nun einmal Zeit und Geduld.

Viel mehr machte ihr der Meister des Lichts Sorgen. Wenn Catolis ihm glauben wollte, zog er im Reich der Königin von Garona heimlich die Fäden. Aber stimmte das auch? Ihr eigenes Misstrauen gegenüber seiner Wahrhaftigkeit erschütterte sie, denn ausgerechnet ihn hatte sie immer für den Stärksten der anderen drei gehalten.

Doch es war nicht allein der leise Zweifel an seiner Glaubwürdigkeit: Seit der letzten Begegnung mit dem Meister des Lichts wurde sie den Eindruck nicht los, dass er den Kampf, der seinem Volk bevorstand, zu ernst nahm. Gerade so, als ginge es mehr um seinen persönlichen Sieg als um das Wohl des Zweiten Reiches von Kalypto.

Sie blickte hinauf zur Pyramidenspitze. Ein Vorhang verhüllte ihren Thron. Davor warteten weiß gewandete Gestalten auf sie. Rauch stieg aus dem Rachen des Götterbildes, in den Priester am Morgen die Herzen der geopferten Gefangenen geworfen hatten. Der Gestank verbrannten Fleisches lag noch in der Luft, und Catolis schauderte, Ekel schüttelte sie. Plötzlich merkte sie, wie schnell sie die Treppe hinaufeilte – ihre beiden Begleiter waren schon um vier Stufen zurückgefallen. Sie konnte es kaum erwarten, sich in die Einsamkeit und ins ERSTE MORGENLICHT zurückzuziehen. Sie zwang sich, langsamer zu gehen. Ihre Gedanken kehrten zum Meister des Lichts zurück.

Beinahe hundertfünfzig Kriegerinnen und Krieger hatte die Königin von Garona nach Tarkatan geschickt. Unbemerkt waren sie ins Reich der Tausend Inseln eingedrungen, hatten eine kleine Insel erobert, standen schließlich vor den Toren Taruks; und einigen war es sogar gelungen, unter der Führung einer alten und klugen Kriegerin in den Tempel vorzustoßen. Catolis war erschrocken, als man ihr am Tag danach die erschlagenen Priester und den leeren Kerker gezeigt hatte.

Warum – so fragte sie sich seitdem –, warum hatte der Meister des Lichts nicht dafür gesorgt, dass jene alte Kriegerin seinen zweiten Ring trug? Wenn er wirklich Einfluss auf die Führung des Reiches Garona hatte, wie er behauptete, hätte er ihr doch die magische Waffe mit in den Kampf geben müssen. Mit dem ERSTEN MORGENLICHT in der Hand hätte diese mutige Frau unermesslichen Schaden anrichten, womöglich gar den Sieg ihres Volkes über Tarkatan vorbereiten können.

Warum hatte der Meister des Lichts auf diese Möglichkeit verzichtet? Bei der kommenden Begegnung mit ihm würde sie sorgfältig hinsehen und hinhören müssen, um eine Antwort auf diese Frage zu finden.

»Ein Bote, Herrin!«, rief hinter ihr einer der beiden Priester; sie war ihnen schon wieder etliche Stufen vorausgeeilt. Er deutete nach unten, und tatsächlich preschte ein Reiter durch das Tempelportal. Er winkte ihr zu, sprang vom Rücken seines Mustangs und hetzte die Pyramidenstufen herauf. Catolis blieb stehen und sah ihm entgegen.

»Ein Schiff!«, rief er. »Ein Schiff hat im Hafen festgemacht! Kaikan ist zurückgekehrt!«

*

Sie empfing ihn vor ihrem Thron. Den weißen Wolf, den er neuerdings an einer Kette mit sich führte, ließ er unten im Tempelhof zurück. Dafür brachte er einen Waldmann in Ketten mit zur Pyramide herauf. Dazu zwei seiner Hauptleute, Männer in schmutzigen Lederjacken und Narben in den Gesichtern. Kaikan wirkte zerknirscht und erschöpft.

Der Tarbullo – Catolis hatte sofort nach Zlatan geschickt – stieß wüste Flüche aus und beschimpfte ihn. »Mit drei Schiffen segelst du zu diesen Waldwilden und mit nur einem kehrst du zurück?«

Wie die aus Garona, dachte Catolis. Sie wünschte, Zlatan würde endlich Ruhe geben; Kaikan sollte berichten. Doch sie wollte dem Tarbullo nicht vor seinen Kriegern ins Wort fallen. Seine Autorität durfte öffentlich keinen Augenblick lang infrage gestellt werden, auch nicht von ihr.

»Ihr wagt es, uns so unter die Augen zu treten?« Zlatan, der Tornado, tobte. »Als Verlierer?« Es fehlte nicht viel, und er hätte Kaikan oder einen seiner Hauptleute geschlagen. »Mit hundertfünfzig Mann seid ihr aufgebrochen und mit kaum fünfzig kehrt ihr zurück!« Jetzt holte er doch aus, rammte seine Faust jedoch nicht Kaikan ins Gesicht, sondern dem Hauptmann zu dessen Rechten. Der stürzte den Priestern in die Arme. »Wie kann das sein?« Zlatan packte Kaikan am Kragen und schüttelte ihn. »Erklär mir das!«

Mit einem strengen Blick blitzte Catolis ihn an; der Tarbullo atmete zischend aus, ließ den Anführer der Kundschafter jedoch los und trat einen Schritt weg von ihm. Kaikan senkte den Kopf, sein Adamsapfel tanzte auf und ab. Die Angst vor der Strafe stand ihm ins Gesicht geschrieben. Der Gefangene vor dem Götterbild äugte ängstlich zu ihm und Zlatan herüber. Zwei gefangene Frauen seien auf dem Weg zurück nach Tarkatan gestorben, hatte man sie wissen lassen; Catolis hatte lieber nicht gefragt, woran.

»Ich … ich kann es … kaum erklären, Herrin«, stammelte Kaikan. »Unsere Mission … sie begann erfolgreich.« Catolis steckte die Hand mit dem Ring unter ihr Gewand. Während er berichtete, drang sie in seinen Geist ein. Sie wollte wissen, ob er die Wahrheit sagte.

Kaikan erzählte von Überfällen auf Siedlungen der Waldleute, berichtete von vielen getöteten Verteidigern, von gewonnenen Kämpfen und erfolgreichen Hinterhalten, in die er und seine Krieger die Waldleute gelockt, und von Gefangenen, die sie gemacht hatten.

»›Waldfürsten‹ nennen sie ihre Anführer«, berichtete er, »einer von ihnen ging uns mit seinen Jägern in die Falle. Sogar einen ihrer Hexer fingen wir.«

»Was meinst du mit einem Hexer?«, wollte Catolis wissen.

»Einen Waldmann, der einigen meiner Krieger Angst machte«, antwortete Kaikan. »Sie hätten ihn am liebsten gleich nach der Gefangennahme getötet, doch das habe ich verboten. Ich wollte ihn prüfen. Der Hexer war klein, alt und überaus hässlich. Wie ein gealtertes Kind sah er aus. Er schien keine Furcht zu empfinden, kam mir vor, als würde er sich in jedem Moment sicher fühlen. Etwas Gefährliches ging von ihm aus. Und dann dieser Blick, dieser stechende Blick …«

»Warum habt ihr ihn nicht zu den Schiffen geschleppt?«, brüllte Zlatan ihn an. »Warum steht er jetzt nicht hier vor dem Gott und der Herrin?!«

Wieder bändigte Catolis den Tarbullo mit einem einzigen Blick.

»Zusammen mit seinem Waldfürsten und einem jungen Jäger haben wir ihn einem wilden Schwein vorgeworfen.« Kaikans Stimme klang jetzt heiserer und geriet wieder ins Stocken. »Ich … ich wollte herausfinden, wer von den dreien der Stärkste war, und den hätte ich mitgebracht, das schwöre ich …«

»Und stehst jetzt mit leeren Händen hier?!« Zlatan ballte die Faust und holte zum Schlag aus. »Hohlkopf!«

Catolis hob nun doch die Rechte. »Lass ihn berichten, Tarbullo Zlatan!«, gebot sie. Zähneknirschend trat Zlatan zurück, und Kaikan fuhr fort mit seinem Bericht.

Der klang haarsträubend. Der Waldfürst sei zwar vom wilden Schwein getötet worden, dem jungen Jäger jedoch sei es gelungen, das Tier zu bändigen und auf dessen Rücken Kaikans Kriegsschar zu überrennen. Zahllose Krieger habe der Schweinereiter auf diese Weise ums Leben gebracht und andere in die Flucht geschlagen.

»Ich habe meine Axt nach ihm geschleudert«, schloss Kaikan, »traf ihn auch, doch dann musste ich selbst dem entfesselten Eber weichen.« Er zuckte mit den Schultern. »Bei unserem Rückzug gerieten wir einer großen Rotte von Waldmännern vor die Lanzen und Jagdbogen, und wieder verlor ich etliche Krieger. Ich bin froh, dass ich mich selbst und wenigstens ein Drittel meiner Krieger auf ein Schiff retten konnte, Herrin …«

»Froh bist du?« Zlatan entriss einem seiner Krieger das Krummschwert und machte Anstalten, sich mit blanker Klinge auf Kaikan zu stürzen. »Dann soll das der letzte frohe Augenblick in deinem Leben gewesen sein!«

»Nicht!« Catolis sprang auf. Missmutig wich Zlatan zurück. Catolis aber stieg vom Thronpodest und trat vor Kaikan. »Schau mich an, Tarkaner.« Kaikan hob den Blick. Seine entzündeten Augen waren feucht. »Beschreibe mir diesen Schweinereiter.«

»Groß, kräftig.« Er schluckte, wich ihrem Blick aus. »Braunes Haar, lang. Bärtiges Gesicht. Er ähnelte jenem Jäger, den ich viele Schneeschmelzen zuvor das magische Licht schleudern sah.«

»Kennst du seinen Namen?«

»Ich habe gehört, wie sein Hexer ein paarmal ›Lasnic‹ rief. Doch ich kann nicht sagen, ob das sein Name oder ein bestimmtes Wort aus der Sprache dieser Waldwilden war.«

»›Lasnic‹ – das klingt wie ein Name.« Catolis nickte. »Lasnic also.« Sie sah Kaikan ins Gesicht. »Vor wenigen Schneeschmelzen hast du uns hier, vor meinem Thron und dem Bildnis des Gottes, von deiner Treue und Tapferkeit überzeugt. Zum Dank dafür haben wir dir drei Schiffe anvertraut. Auch diesmal hast du tapfer und treu gekämpft. Aber eine Niederlage erlitten.«

Sie wandte sich nach Zlatan um und sagte laut: »Nur dem, der niemals kämpft, bleibt eine Niederlage erspart. Das gehört zum Wesen des Kampfes.« Und dann wieder an Kaikan gewandt: »Dieser Schweinereiter, dieser Lasnic, scheint mir ein Ausnahmekrieger zu sein. So wie du, der du dein halbes Leben lang gewandert bist, um mir Kundschaft aus dem Reich der Waldmänner zu bringen.« Über die Schulter blickte sie wieder zum Tarbullo. »Solche Krieger haben viele Leben. Sie sind, wie ihr beide, Zlatan und Kaikan. Man besiegt sie nicht im Vorübergehen.«

Zlatans Gestalt entspannte sich etwas, und in Kaikans Blick sah Catolis wieder eine Flamme des gewohnten Stolzes auflodern; offenbar hatte er ihr Lob verstanden. »Wenn jemand diesen Waldmann besiegen kann, dann ein Krieger wie du, Kaikan.«

»Ja, Herrin.« Seine Gestalt straffte sich, die vertraute Härte kehrte in seine Züge zurück: der Durst nach Rache und der unbedingte Wille zu siegen. »Ein zweites Mal wird er es nicht überleben, meinen Weg zu kreuzen.«

»So ist es, Kaikan.« Das zeichnete sie aus, diese Männer vom Schlage Zlatans und Kaikans: Sie hatten dem Tod ins Auge gesehen und waren noch am Leben; und sie würden dem Tod wieder ins Auge schauen, wenn sie es von ihnen forderte. »Nicht mehr lange, und wir werden auch das Reich dieser Waldleute erobern. Du wirst ihn suchen und du wirst ihn besiegen. Allerdings wirst du ihn mir lebend bringen.«

8

Zum dritten Mal in dieser Nacht schreckte Lasnic aus demselben Traum hoch: Ein Riese von Bräunling in schwarzem Ledermantel und mit rotem Stirntuch steht breitbeinig vor seiner Blutbuche. Kaikan als Hüne. Er schwingt eine gewaltige Axt und treibt die Klinge mit jedem Hieb tiefer in den Stamm. Lasnics Baumhaus erbebt unter seinen Schlägen, der ganze Baum erbebt, der ganze Wald und mit ihnen Lasnic, und zwar bis in die Knochen. Im nächsten Moment schon gellen ihm die Ohren von knirschendem, splitterndem Lärm – sein Hausbaum schwankt, kippt und stürzt. In diesem Augenblick hebt Kaikan den Blick, feixt von unten zu ihm herauf, und wie ein Pfeilhagel fährt es Lasnic in sämtliche Glieder: Kaikan ist der Wilde Axtmann, der Große Umhauer, der Tod.

Dreimal derselbe Traum, dreimal Kaikan, dreimal der Wilde Axtmann.

Lasnic saß auf seinem Lager, atmete schwer, triefte vor Schweiß – Fell, Hanfhemd, Lendenschurz: alles nass. Das Herz hämmerte ihm gegen das Brustbein, er lauschte. Eine Sturmböe heulte, pfiff durch die Wandritzen, rauschte durch die Laubkrone. Und wieder schwankte das Baumhaus, und wieder glaubte Lasnic, jemand stiege zu ihm herauf.

Raus aus dem Fell, her mit dem Kurzschwert! Und dann lautlos auf Knien und Fäusten zum Eingang gekrochen. Das Schwert in der Rechten zog er die nur schwach gespannte Lederplane vor dem Eingang ein wenig zur Seite. Stockfinstere Nacht lag noch über Stommfurt. Die nächste Sturmböe schüttelte die Baumkronen durch. Lasnic äugte die Stiege hinunter. Von oben stürzte ein morscher Ast an ihm vorbei, knallte auf die Sprossen und zerbrach. Sonst nichts. Niemand zu sehen.

Er kroch zurück zum Bett, ließ das Schwert fallen, zog das nasse

Hemd aus, wickelte sich in seinen Eulenfedermantel. Der Sturm rauschte nun unablässig durch die Buchenkrone und wollte gar nicht mehr aufhören, an Lasnics Baumhaus zu rütteln. Morsche Äste prasselten bei jedem zweiten Atemzug auf Dach, Veranda und Sprossen. Kamen denn die Herbststürme schon so früh nach diesem Sommer?

Er lag wach auf dem Rücken, atmete gegen den hämmernden Herzschlag an, dachte an den üblen Traum. Grauen kroch ihm über die Schultern unter die Nackenhaut und bis zum Scheitel hinauf. Kauzer war schuld, der Wetterschwätzer, der vorwitzige Freund des Schicksals – seine schwachsinnige Rede, die bescheuerte Wahl, die verdammte Abstimmung!

»Eulenscheiße!« Lasnic fluchte in die Dunkelheit hinein. »Großer Waldfürst, ich! Im Leben nicht!« Und dennoch: dreihundertzwölf Zapfen für ihn, und nur zweihundertdrei für Birk. Ulmer hatte darauf bestanden, dass ein zweites Mal ausgezählt wurde. Er wollte sogar ein drittes Mal auszählen lassen, doch dem alten Hirscher war der Geduldsfaden gerissen.

Lasnic erschrak bis ins Mark, wenn er an die Aufgabe dachte – an die Kriegszeit, an die vielen älteren und erfahreneren Jäger, die er in den Kampf führen sollte, an die Siedlungen, die zu befestigen waren. »Schwachsinn! Schwachsinn! Schwachsinn!« Zu groß die Aufgabe, und er zu jung. Zu jung, zu unerfahren, zu jähzornig, nicht besonnen genug, nicht klug genug. Ulmer hatte doch recht! Und überhaupt: Wie lange war es denn her, dass er bewusstlos lag, im Wundfieber, sterbend, jedenfalls gewaltig angeschlagen? Einen Mond? Zwei? Sein Kopf spielte noch nicht mit! Er war doch noch halb krank!

Lasnic warf sich auf die rechte Seite, dachte an die verdammte Wahl zurück.

Alle hatten ihm auf die Schulter geklopft. Die Mädchen hatten ihm zugejubelt und würden es sicher weiterhin tun. Schön und gut, doch was nützte Schulterklopfen und Mädchenschmachten, wenn einem ein Krummschwert zwischen den Rippen steckte? Nein, nein – es gab Reizvolleres als einen Haufen störrischer

Waldleute anzuführen, als sich mit Bräunlingen zu prügeln, als vorzeitig dem Wilden Axtmann in die allzeit offenen Arme zu fallen, oder etwa nicht? Sollten sie doch Birk zum Großen Waldfürsten machen, so scharf wie der auf den mörderischen Rang war, so scharf wie sein Weib darauf war, bald Witwe zu werden!

Lasnic warf sich auf die linke Seite. Wenn Vogler noch lebte, ja, dann würde er es wagen, vielleicht …

»Du hast mich verlassen, ganz allein war ich, ganz allein bin ich. Soll ich jetzt den Großen Waldfürsten spielen, nur weil ich auf einem wilden Schwein ein paar Bräunlinge und ihre Zahmwölfe niedergeritten habe? Schwachsinn, sag ich!« So redete er mit sich selbst, faselte wie ihm Fieber, wälzte sich hin und her.

Er dachte an Vogler, fragte sich, was der getan hätte in dieser Lage, schmiedete Fluchtpläne, und irgendwann fiel er in unruhigen Schlaf.

Und wieder der Traum, wieder stürzte sein Baum. Es splitterte und krachte, und der Wilde Axtmann feixte wie der Schartan selbst. Lasnic fuhr abermals aus dem Schlaf hoch, starrte zur Plane vor dem Eingang – eine Sturmböe hatte sie aufgerissen, das Leder peitschte gegen die Deckenhölzer. Es heulte durch die Siedlung, es rauschte in der Blutbuche, es pfiff durch die Ritzen, als würden tausend besoffene Waldgeister durch Stommfurt tanzen.

Plötzlich ein neues Geräusch. Lasnic stutzte. Was war das denn? Schritte. Oder zerbrach wieder morsches Geäst auf den Sprossen? Nein, die Stiege knarrte doch, Lasnic hörte es genau. Kerzengerade hockte er, kalte Schauer vereisten seine Haarwurzeln, er tastete nach dem Kurzschwert, starrte auf die flatternde Eingangsplane.

Eine Hand schob sie zur Seite, ein Kopf erschien im Eingang, Schultern, ein Kolk darauf, ein Oberkörper. Lasnic biss die Zähne aufeinander, packte das Griffkreuz, hielt die Klinge mit beiden Händen fest, streckte sie dem Eingang entgegen. In seinem Gesicht zuckte es schmerzhaft.

Jemand bückte sich zu ihm herein. Ein Mann. Bärtig, struppiges Langhaar, vernarbtes Gesicht. Jedes Härchen auf Lasnics Haut richtete sich auf. Die Luft blieb ihm weg, sein Gesicht zuckte unablässig, er ließ das Schwert sinken. Schrat saß auf der Schulter des Toten.

»Du?« Endlich gelang es Lasnic, tief durchzuatmen. »Holst du mich etwa ab?« Er legte das Schwert neben sich. »Geht's denn für mich auch schon ins Vorjahreslaub?«

Vogler schüttelte stumm den Kopf. Er roch komisch – modrig, schlammig, faulig. Schrat auf seiner Schulter spreizte die Schwingen, stieß Knacklaute aus.

Lasnic schluckte und schluckte. Zunge, Gaumen, Wangen, Kehle – alles trocken wie gebrannter Lehm. Das war kein Traum, nein, das war Wirklichkeit. Würde er sonst Schrats Knacken hören? Würde sonst sein Gesicht zucken? Würde er Voglers Gestank riechen können? »Was willst du denn? Sag's mir doch!«

Vogler stand still, sprach kein Wort. Nur in seinen Augen blitzte es auf wie von Wetterleuchten.

»Ich kann nicht den Großen Waldfürsten geben, das kapierst du doch?«

Vogler rührte sich nicht, guckte nur.

»Das schaffe ich nicht. Glaub mir: Ich dreh durch, wenn ich nur daran denke! Ich bin der Falsche.« Lasnic richtete sich auf den Knien auf, breitete wie flehend die Arme aus. »Das siehst du doch auch so, oder etwa nicht?«

Vogler blieb weiterhin vollkommen stumm.

»Willst du etwa sagen, dass ich's machen soll?« Lasnic starrte seinen Vater an. Eine Erscheinung, oder? Es konnte doch nur eine Erscheinung sein! »Wenn du es bist, dann sag mir jetzt, dass ich's machen oder dass ich's lassen und abhauen soll. Sag schon!«

Vogler hob die Rechte. Schrat, auf seiner Schulter, drehte sich, hüpfte in den Ausgang, flatterte ins Morgengrauen. Und Vogler wandte sich ab, winkte Lasnic hinter sich her. Schon bückte er sich durch den Eingang und verschwand auf der Stiege.

Lasnic kniff die Augen zu, riss sie wieder auf: Niemand stand da mehr. Die Lederplane flatterte im Sturm. Er sackte zusammen, legte den Oberkörper auf die Schenkel, atmete tief. War es endlich vorbei? Wie gebannt lauschte er. Kein Knarren, keine Schritte im Laub, nichts. Nur der Sturm. Eine Erscheinung also, weiter nichts.

»Kann passieren«, murmelte er und blies die Backen auf. »Kann schon mal passieren, wenn man durchdreht.«

Im Dunkeln tastete er nach Leder, Tüchern, Gurten und zog sich an. »Ich muss weg hier«, murmelte er. »Ganz weit weg.« Er stieg in seine Wäsche, seine Bärenlederhosen, seine Fellstiefel. Er zog sich das Hirschlederhemd an, schlüpfte in seine Dachsfellweste, gürtete Voglers Kurzschwert um Brust und Hüften. Draußen rauschte es wie unter einem Wasserfall. Die ganze Zeit schwankte sein Baumhaus unter dem Anprall der Sturmböen. Zum Schluss warf er sich den Eulenfedermantel um die Schultern, griff nach Rucksack, Lanze, Lederschlinge, Bogen und Köcher, beugte sich endlich aus seinem Baumhaus – und erstarrte.

Unten stand einer und sah zu ihm herauf.

Vogler.

Lasnic kniff die Lider zu, riss sie wieder auf.

Immer noch Vogler. Der Sturm zerwühlte seinem Vater das Haar. Die toten Augen leuchteten.

Lasnic zog den Kopf ins Baumhaus zurück, sank auf die Knie. Er zitterte. Macht nichts, kommt schon mal vor. Jetzt einfach auf die Stiege, einfach runterklettern, ganz egal. Entweder abhauen oder den Großen Waldfürsten spielen. Und bald dem Wilden Axtmann begegnen. Ein Toter stand da unten? Schon möglich. Eine Erscheinung, na und? Wird sich schon wieder verflüchtigen.

Er richtete sich auf, atmete durch, beugte sich zum zweiten Mal aus seinem Haus. Niemand stand mehr unten.

Schade!

Dem Wolkengott sei Dank!

Lasnic kletterte hinunter. Der Sturm pflügte ihm durch Bart und Haar, bauschte seinen Mantel auf. Er sprang ab. Weiter. Er dachte nicht nach, lief einfach los, schlich ins Unterholz. Immer weiter. Nicht ein einziges Mal sah er sich um.

»Ich muss abhauen, ich muss.« Murmelnd sprach er mit sich

selbst. »Wenn ich bleibe, muss ich ihr Großer Waldfürst sein, verdammte Marderscheiße! Wenn ich bleibe, bin ich erledigt. Verweigern ist nicht drin, Kauzer und Hirscher werden mich überreden.« So sprach er mit sich selbst, die ganze Zeit. Schwachsinnig kam er sich vor, richtig schwachsinnig. Doch der Drang zu flüchten war stärker als das beschämende Gefühl, jeden Moment durchzudrehen.

Je weiter er sich von Stommfurt entfernte, desto größer und schneller wurden seine Schritte. Schließlich rannte er leichtfüßig auf dem Pfad nach Westen, zum Meer, rannte durch das Morgengrauen. Bis er plötzlich wieder vor ihm auf dem Weg stand, Vogler.

Nichts zuckte diesmal in Lasnics Gesicht. Sein Herz schlug ganz normal weiter, der Atem strömte wie von selbst. Er ging langsamer, ja, wohl war ihm nicht. Doch diesmal überwog die Neugier seinen Schrecken. Schließlich blieb er stehen.

Vogler winkte, deutete auf einen Wildpfad, betrat ihn und folgte ihm ins Unterholz. Lasnic ging hinterher, wusste selbst nicht, warum. Er wehrte sich nicht mehr, spürte einfach, dass es so sein musste, dass es so stimmte.

Jetzt erst merkte er, dass der Sturm nachgelassen hatte. Dunst schwebte in den Büschen und im Farn, Tautropfen glitzerten auf Blättern und Grashalmen. Manchmal sah er ein Stück Himmel zwischen den noch immer schwankenden Baumkronen, hellgrau, fahlblau, rötlich. Wolken jagten durch die Lücken im Laub. Bald würde die Sonne aufgehen, Lasnic roch es schon.

Und dann fiel sein Blick auf Voglers Rücken.

Er riss den Mund auf, der Atem stockte ihm: Kein Leder bedeckte das verwesende Fleisch, kein Stoff, und der weiße Bogen da, das war doch nicht etwa eine Rippe? Und die weißlichen Fragmente dieses sich bei jedem Schritt biegenden Turms, das war doch nicht etwa Voglers Wirbelsäule?

Lasnic stand wie gelähmt, keinen Schritt konnte er mehr tun. Nach Luft ringend starrte er dem sich entfernenden Toten hinterher. Und dann sah er auch den Pfeil. Links neben der Wirbelsäule ragte er aus dem schwarzen stinkenden Fleisch. Lasnic presste die Hand auf den Mund, wandte sich ab.

Jemand hat ihn getötet, dachte er. Oder in den Tod getrieben? Er kämpfte gegen den Brechreiz. Vielleicht hatten die Bräunlinge ihm den Pfeil verpasst, als Vogler mit seinem Spähtrupp gegen sie antrat. Oder war es der verdammte Ring? Hatte der ihn in den Tod getrieben? »Oder der Drecksack, der mein Baumhaus nach dem Ring durchsucht hat«, murmelte er. »Ja, wer sonst?«

Er spuckte aus, ging weiter. Der Tote blieb verschwunden. Irgendwo krächzte ein Kolk. Schrat. Man konnte sein Krächzen gar nicht mit dem eines anderen Kolks verwechseln. Heute Morgen klang es unheimlich, und Lasnic zog die Schultern hoch, schüttelte sich, lief schneller.

Plötzlich stand er vor einem umgestürzten Baum. Die Erde im Geflecht des entblößten Wurzelwerks dampfte; Lehmbrocken brachen heraus, fielen in den Trichter, klatschen außerhalb von Lasnics Blickfeld in einen Tümpel; Wasser tropfte von den Wurzelfasern.

Lasnic betrachtete den Stamm. Ein großer Baum, uralt und mit rötlicher und hellbrauner Rinde. Konnte noch nicht lange her sein, dass der Sturm ihn entwurzelt hatte.

Mit rötlicher und hellbrauner Rinde? Er blickte hinter sich: Felsnadeln ragten neben einer Anhöhe auf. Er fuhr wieder herum, sein Blick flog zur Krone des entwurzelten Riesen. Eine Kiefer. Die alte Kiefer! Ein Kolk krähte. Er legte den Kopf in den Nacken, spähte hinauf in die Nachbarkiefer. Die oberen Äste strahlten schon im Licht der aufgehenden Sonne. Die Rinde glühte rötlich dort oben, die Nadeln schimmerten wie grüner Kristall. Und Tekla, mittendrin, schillerte wie schwarzes Blut. Sie äugte zur umgestürzten alten Kiefer herunter.

Heiß fuhr es Lasnic durch die Brust. Seine Schatztruhe! Er rannte los, umrundete die Kiefernkrone. Der Sturm hatte wieder an Kraft gewonnen, Böen pflügten durchs Nadelgeäst. Er versuchte sich zu orientieren: Wo endete der Hauptstamm? Wo gabelte er sich? Wo zweigten die Hauptäste ab? Wo lag die Stammmulde?

Ein heiseres Krächzen drang aus dem Wirrwarr aus Nadelgrün und rötlichem Gehölz. Schrat! Lasnic legte Bogen, Köcher und Lanze ab, warf Rucksack und Mantel von sich, zog Voglers Schwert. Er schlug eine Bresche in die gestürzte Kiefernkrone, dorthin, wo er das Gackern und Kollern des alten Kolks hörte. Endlich sah er weiße Flecken in schwarzem Gefieder. Er ging in die Knie, drückte das stachelige Gezweig zur Seite. Schrat hockte mit ausgebreiteten Schwingen auf der kleinen Schatztruhe.

»Braver Kolk, guter Schrat, kluger Kolk!« Lasnic schob ihn zur Seite, barg die Truhe, arbeitete sich aus der Krone. Der Sturm peitschte ihm das Langhaar ins Gesicht und ins Geäst. Manchmal verwickelten sich Strähnen seines Haars mit dem Nadelgehölz, als wollte es ihn festhalten, und er musste sich losreißen.

Zurück bei Mantel und Waffen, öffnete er das Kästchen. Alles noch da, all seine Schätze: seine Milchzähne, die Haarsträhnen von Arga, ihr Haartuch, der Mutterzopf, die Ohrringe der Mutter, Voglers Gürtelschnalle, sein Plan vom Mündungsdelta – und der Ring.

Lasnic nahm ihn heraus, hielt ihn in Augenhöhe, betrachtete ihn. Wie warm er sich anfühlte! Wie der blaue Stein von innen heraus leuchtete!

»Wo kommst du her? Wer hat dich gemacht? Hast du Vogler umgebracht?«

Um Lasnic herum heulte und rauschte der Sturm, schüttelte die Bäume, riss morsches Geäst aus den Kronen, zerrte an seinem Haar. Lasnic schob sich den Ring über den rechten Ringfinger. Zu eng. Er steckte ihn an den linken Ringfinger. Passte.

»Mich bringst du nicht um.«

*

Einmal noch glaubte er, Vogler zwischen den Büschen und Bäumen zu erkennen: einen Tag nach seinem Aufbruch aus Stommfurt, an der Stelle, wo der untere Küstenpfad vom oberen abzweigte. Wenn sie nicht gerade ans Meer wollten, benutzten die Jäger der Waldstämme den oberen Pfad, weil der nahe des Waldrandes durch Buschwerk und Bäume vor Blicken geschützt entlang führte. Der Wald war den Menschen dieser Weltgegend einfach vertrauter als das Meer.

Auch Vogler bog in diesen Weg ein; jedenfalls kam es Lasnic so vor. Allerdings fand er keine einzige Spur des Toten auf dem oberen Küstenpfad.

Er wanderte von Sonnenaufgang bis Sonnenuntergang. Zum Schlafen vergrub er sich im Unterholz. Der Sturm ließ auch am dritten Tag nicht nach. Im Gegenteil: Die wilde Kraft riss Blätter aus den Büschen, bog die Stämmchen junger Bäume tief ins Unterholz, und immer wieder musste Lasnic entwurzelten Bäumen ausweichen. Manchmal lichtete sich links, auf der Westseite des Pfades, der Wald, oder der Pfad führte ein Stück jenseits des Waldrandes an der Steilküste entlang. Immer dann konnte Lasnic das Meer sehen und die Brandung, die sich in gewaltigen Wellen an den Felsen oder Dünen brach und an manchen Stellen den gesamten Strand bis weit über den unteren Küstenpfad überrollte. Das Meer kam ihm vor wie ein gewaltiges Ungeheuer.

Einmal führte der Pfad so dicht an der Küste entlang, dass es neben Lasnic nur so rauschte und donnerte, weil die Wellen sich direkt unter ihm am Felshang brachen. Bis zu ihm herauf auf den Pfad sprühte die Gischt. Mulmig wurde es ihm dabei zumute; so mulmig, dass er im Stillen sogar den Wolkengott anrief, was sonst nicht zu seinen Gewohnheiten zählte. Als der Abend dämmerte, tobten Sturm und Brandung immer heftiger, und Lasnic zog sich tiefer in den Wald zurück. Lieber von herabstürzendem Geäst erschlagen, als von einer Woge ins Meer gerissen werden.

Im letzten Tageslicht entdeckte er Spuren vieler Tiere in Moos und Unterholz. Frische Spuren. Unter den Hufabdrücken von Elchen und Schweinen fand er auch die Fährten eines Sumpfbären und eines Flussparders. Lange konnte es noch nicht her sein, dass ein ganzes Rudel unterschiedlichster Vierbeiner zusammen über diesen Wildpfad nach Norden gezogen war, und nichts sprach dafür, dass Sumpfbär und Parder ihre Beute verfolgt hätten.

Grübelnd spähte Lasnic in den dämmrigen Wald. Die Spuren gefielen ihm nicht. Was beim Großen Waldgeist konnte Elche und Waldschweine dazu bringen, gemeinsam mit ihren Fressfeinden durch den Wald zu ziehen? Und welche Gefahr war groß genug, um Sumpfbär und Flussparder ihren Hunger und Jagdinstinkt vergessen zu lassen? Unruhe befiel ihn und das Gefühl einer drohenden Gefahr. Zum Schlafen kletterte er in eine Buche hinauf und band sich dort im Geäst fest.

Eine quälend lange Nacht folgte. Hin und wieder versank Lasnic in wilde Träume, doch an wirklichen Schlaf war kaum zu denken: Sturmböen rüttelten seinen Schlafbaum durch, Schatten huschten unter ihm vorbei, überall raschelte und knisterte das Unterholz; der ganze Wald schien in Aufruhr. Dazu drang das Donnern und Brausen der Brandung bis zu ihm in den Wald und herauf zu seiner Astgabel. Nein, das war nichts, was ein Waldmann gern hörte.

Im Morgengrauen kletterte er von seiner Buche, schulterte Waffen und Rucksack und nahm den Wildpfad Richtung Norden. Der Sturm peitschte ihm Gestrüpp um die Beine und Geäst ins Gesicht. Nach wenigen Dutzend Schritten bereits fiel ihm unter den Tierfährten im Moos eine Spur auf, die er am Abend nicht entdeckt hatte; wie der Abdruck eines menschlichen Fußes sah sie aus.

Er ging in die Hocke, um sie genauer zu betrachten. Der Fuß, der die Spur hinterlassen hatte, war größer und breiter als sein eigener. Eine Maserung, für die Lasnic keine Erklärung einfiel, zog sich vom Ferseneindruck über den Außenriss bis zum Fußballen und den Zehen. Als hätte der Hüne, der hier entlanggelaufen war, einen Fußsohlenschutz aus der Haut eines unbekannten Tieres getragen. Außerdem hatte sein Fuß nur vier Zehen, und vor jedem entdeckte Lasnic ein Loch wie von Vogelkrallen ins Moos gebohrt. Eisige Schauer krochen ihm über Schulter, Nacken und Kopfhaut.

Er stand auf, spähte in die Morgendämmerung über dem Wildpfad. Ein menschlicher Jäger mit großen klauenartigen Füßen?

Womöglich inmitten eines Rudels aus Raubzeug und Huftieren? Ein böser Verdacht beschlich ihn.

»Marderscheiße, verfluchte«, flüsterte er. Alles, was er da an Spuren im Moos sah, erinnerte ihn an üble Geschichten, die er von Vogler, Gundloch und Hirscher gehört hatte. An mörderische Geschichten, an Geschichten über die Waldfurie – einigen soll sie die Zunge herausgerissen, anderen bei lebendigem Leib die Haut abgezogen haben. Wieder andere habe sie geschlachtet und gefressen – und vorher gevögelt.

Er entschied, den Wildpfad zu verlassen und einen Weg am Waldrand zu suchen. Im Laufen nahm er den Jagdbogen von der Schulter und spannte einen Pfeil ein. Um ihn herum zerwühlten Sturmböen die Baumkronen und das Unterholz. Das Rauschen und Donnern der Brandung schwoll an. Nach allen Seiten blickte Lasnic sich um, während er zum Waldrand hetzte. Noch immer herrschte dämmriges Zwielicht im Wald. Wollte es denn gar nicht hell werden heute Morgen?

Er ließ die letzten Bäume hinter sich. Der Blick auf das Meer jagte ihm den nächsten Schrecken in die Glieder. Baumhaushoch türmten sich nur vier Lanzenwürfe entfernt die Wellen der Brandung auf. Und kaum zehn Schritte weiter umspielten ihre schaumigen Ausläufer nasses Geröll. Dazu wölbte sich ein rötlicher Himmel über Ozean und Wald. Düsteres Licht sickerte daraus hervor, fahl, wie von schmutziger Glut, als würde fern im Westen die Welt untergehen. Der Wind wehte unnatürlich warm vom Meer her und nicht weniger mörderisch als in der Nacht.

Lasnic kämpfte mit der Panik, hatte Mühe zu atmen, dachte ans Umkehren. Doch was dann? Also wandte er sich weiter nach Norden und nahm den oberen Küstenpfad, der hier – das wusste er – ein paar Wegstunden weit durch niedriges Buschwerk und Gestrüpp und irgendwann zur Pfahlsiedlung von Strömenholzer Fischern führte. Als kleiner Junge hatte er dort mit Vogler Verwandte besucht.

Gegen Mittag musste er über Dutzende umgeknickte Bäume steigen. Wie von einem Orkan weggesäbelt ragten sie aus dem

Waldrand, dabei hätten sie in die Windrichtung, also in den Wald hineinstürzen müssen. Ein Wirbelwind? Der Blick auf die Küste und das tobende Meer war frei. Das Heck eines Schiffswracks schaukelte zwischen den Felsen in der Brandung. Eine gewaltige Welle schleuderte Bretter und Balken auf den Strand. Und täuschte Lasnic sich oder wirbelten da auch menschliche Körper durch Wasser und Schaum? Er stieß einen Fluch aus.

Im Laufschritt hastete er durch das Gebüsch. Das Fischerdorf konnte nicht mehr fern sein. Dort würde er Zuflucht finden. Wieder entdeckte er ein zertrümmertes Wrack in der Brandung. Doch er schaute lieber nicht so genau hin. Der verdammte Sturm – wollte er denn niemals mehr Ruhe geben?

Endlich sah Lasnic das Fischerdorf – jedenfalls das, was Sturm und Wellen davon übrig gelassen hatten: aus dem Wasser ragende Pfähle, kreuz und quer dazwischenhängende Balken, Dachreste und Planken. Ein trauriger Anblick.

Lasnic schluckte die Tränen hinunter. Auf einmal kam es ihm aberwitzig vor, bei diesem Sturm auch nur einen Schritt weiter nach Norden zu wandern, nach Baldor, denn dort wollte er hin.

Er lief dennoch weiter, doch nur, um einen Felspfad zu suchen, über den er die Klippen hinunterklettern konnte. Er erinnerte sich an Höhlen in der Steilwand. Vielleicht fand er ja eine, in der er bis zum Ende des Sturmes Zuflucht suchen konnte; eine, die hoch genug lag, um selbst vor der Flut sicher zu sein. Dann blieb Lasnic so abrupt stehen, als wäre er in ein gespanntes Jagdnetz gelaufen. Ein Tier stand vor ihm auf dem Weg.

Hüfthoch, sehnig, ockerfarbenes, braun getüpfeltes Fell, Schwimmhäute zwischen den Krallen der großen Tatzen – ein Flussparder! Mächtige Reißzähne bogen sich wie kleine Krummschwerter aus schwarzen Lefzen. Kraftvolle Muskelstränge wölbten sich unter dem Rücken- und Flankenfell, der schöne Schweif pendelte hin und her, und die herrlichen Augen der Raubkatze leuchteten wie glühendes Fettholz.

Lasnic erkannte ihn sofort – es war genau der Parder, dem er vor vielen Sommern bei seiner verpatzten Jagdprüfung gegenübergestanden hatte. Um sich zu vergewissern, glitt sein Blick zur Flanke des Parders, und wirklich: Dort, wo der Pfeil eines der Jäger ihn erwischt hatte, wölbte sich eine große verquastete Narbe aus dem Ockerfell.

Tier und Mensch sahen einander in die Augen. Gespenstisch ruhig war es plötzlich. Hatte der Sturm nachgelassen? Beinahe windstill kam es Lasnic auf einmal vor. Er blickte in die leuchtenden Augen der Raubkatze und beglückwünschte sich erneut, sie damals nicht getötet zu haben. Diesmal machte er nicht einmal den Versuch, den Bogen zu heben, geschweige denn die Sehne mit dem eingelegten Pfeil zu spannen. Der Parder duckte sich nicht zum Sprung, knurrte auch nicht, fletschte nicht einmal die Zähne.

»Du erkennst mich wieder, nicht wahr?«, murmelte Lasnic. »Du und ich, wir lassen einander leben, stimmt doch?«

Schreie gellten aus dem Wald. Lasnic zuckte zusammen, starrte in die Wand aus Bäumen und Buschwerk. Wie geiferndes Gackern klang das Geschrei, wie Pfeifen, Zwitschern und Flöten eines mächtigen Vogels, wie das höhnische Gelächter eines Ungeheuers.

Jetzt hob Lasnic doch den Bogen, spannte nun doch den Pfeil. Er wich zurück, sein Blick fiel auf den Pfad: Der Flussparder war verschwunden. Das gellende Lachgeschrei riss nicht ab, tönte aus dem Wald, näherte sich sogar.

»Die Waldfurie«, murmelte Lasnic. »Verdammte Eulenscheiße, die Waldschlampe …«

Während er sich nach allen Seiten umsah, fiel sein Blick erneut auf das sturmgepeitschte Meer, und was er sah, ließ ihm den Atem stocken – eine baumhaushohe Wellenfront bäumte sich weit draußen auf! Der Himmel darüber glühte wie hinter einer Staubwolke. Und etwas tanzte zwischen dem schmutzigen Gluthimmel und dem aufgepeitschten Ozean: eine dunkle Säule, ein rasender Wirbel, ein zum Himmel hin zerfaserndes Schwert aus rotierender Luft, wirbelndem Wasser, kreisendem Dreck.

Ein Wirbelsturm!

Wo würde er auftreffen? Wo Strand und Wald umpflügen? Lasnic blickte nach links und rechts; wie ein gehetztes Tier kam er sich vor, wie Beute, kurz bevor sie in die Netzfalle ging.

Wieder starrte er aufs Meer: Der tödliche Wirbel raste heran. Er lauschte in den Wald. Das gellende Gelächter der Waldfurie klang näher als eben noch. Er fuhr herum, rannte nach Südosten in den Wald hinein. Er sprang über umgestürzte Bäume, hieb mit dem Schwert Breschen ins Buschwerk, suchte nach einem Fluchtpfad. Plötzlicher Schmerz in der Linken – stechend, brennend – ließ ihn aufschreien. Er zog seine Hand aus dem Buschwerk – eine Bisswunde im Daumenballen blutete aus zwei Einstichen wie von nadelspitzen Zähnen.

»Marderscheiße!«

Eine Giftschlange schoss aus dem Geäst, richtete sich züngelnd vor ihm auf. Lasnic hob das Schwert, schlug ihr den Kopf ab.

Weiter, weg von der verdammten Wirbelhölle!

Keuchend taumelte Lasnic voran. Links und rechts von ihm splitterte Gehölz, hinter ihm dröhnte und donnerte es. Warum wurde ihm auf einmal so übel? Verfluchtes Schlangenbiest!

Als er zurückblickte, sah er eine gewaltige Welle sich aufbäumen. Er knickte in den Knien ein, keinen Schritt konnte er mehr tun. Das gackernde Gelächter der Waldfurie gellte nicht mehr weit von ihm aus dem Wald. Baumstämme wirbelten durch die Luft, brachen durchs Laubdach und schlugen nicht weit hinter ihm ins Unterholz ein. Lasnic wurde es schwarz vor Augen.

9

Wintersonnenwende. Im Inneren des Tempels hockte Catolis in ihrem blauen Zelt auf ihrem Sitzkissen. Den dritten Tag schon. Das Fasten hatte ihren Körper geschwächt und ihren Geist geschärft. Jetzt tauchte sie zum dritten Mal ins ERSTE MORGENLICHT ein. Diesmal nicht, um ihren Geist zu stärken. Diesmal, um den Gefährten aus Kalypto zu begegnen.

So viel Licht! So viele Farben! Unzählige Blautöne umwogten Catolis, eine überwältigende Flut aus blauem Glühen und Schillern. Und alle Sinneseindrücke der vergangenen Tage verblassten darin: der Hunger, die körperliche Schwäche, der weiße Teppich aus unterwürfigen Priestern neben dem Bildnis des Tarkartos, Zlatans harte Züge, Kaikans um Gnade flehende Blicke, der Gestank nach verbranntem Fleisch und der Ekel, den er in ihr erregt hatte. Vergessen die wilden Insulaner, vergessen ihr blutrünstiges Opferfest, ihr unbändiges Fressen und Saufen, ihre Fanfaren, ihre Schiffsneubauten, die Kriegsvorbereitungen – alles vergessen, alles bedeutungslos. Nur noch Wärme, Stille, Bläue und Licht.

Manchmal kam es ihr vor, als würde ein nachtblauer Strudel die ganze Farbenpracht aufsaugen, würde sich aufblähen und all das Licht in düsteres Glimmen verwandeln und jeden Moment auslöschen; dann wieder schien es, als wollte das schöne Leuchten in einer Kaskade aus grellblauen und himmelblauen Blitzen explodieren. Die wogende Blauglut hüllte Catolis ein, drang in ihre Augen, ihren Schädel, ihr Blut, ihren Willen. Sie ließ sich fallen, nahm das Wabern und Strömen in sich auf, gab sich der pulsierenden und niemals versiegenden Kraft hin, die man in Kalypto beherrschen gelernt hatte und die man dort seit den Magiern der frühsten Generation das ERSTE MORGENLICHT nannte.

Der brennende Wunsch, für immer in diesem wogenden Meer aus Farbe und Licht zu treiben und nie mehr zurückkehren zu müssen in die Kälte der Welt und ihr wildes Menschengewimmel, drohte übermächtig zu werden. Catolis stemmte sich mit eiserner Willenskraft gegen diesen Wunsch. Wer ihm nachgab, ging unweigerlich verloren in Lichtwogen und Blauglut. Wer ihm nicht hartnäckig widerstand, verlor sein Bewusstsein an die Kraft des ERSTEN MORGENLICHTS; und es würde sein, als hätte er nie gelebt.

Nur Magier der höchsten Meistergrade vermochten es, sich der unbändigen Kraft des ERSTEN MORGENLICHTS hinzugeben, ohne sich selbst zu verlieren.

Catolis, Großmeisterin der Zeit, zog die Grenze, die zu ziehen sie gelernt hatte. Die sie ziehen musste, wenn sie zurückkehren und ihren Auftrag ausführen wollte. Und dazu war sie fest entschlossen.

Wie eine Kuppel aus violett, türkis und nachtblau schillerndem Licht wölbte das ERSTE MORGENLICHT sich über ihr und um sie herum, wogte zwar in ihr Bewusstsein, riss es aber nicht fort in den unendlichen Strudel von Werden und Vergehen. Catolis konzentrierte sich, rief nach den Gefährten und spürte sofort, dass etwas sich anders anfühlte als beim letzten Mal.

Eine Unruhe, die sie nicht erwartet hatte, schlug ihr entgegen. Eine Störung, die von einem der drei Wirbel in der Lichtwelt ausging. Langsam rückten sie näher und nahmen menschliche Konturen an. Oder ging die Unruhe von allen dreien aus?

»Hier bin ich, hier ist Violis!« So klang es aus dem rötlichen Lichtwirbel. Die Meisterin des Lebens wirkte kraftvoller heute als beim letzten Mal; der rötliche Lichthof um ihren Geist leuchtete intensiver. »Endlich, Catolis! Jetzt sind wir vollständig. Ich habe sehr gute Neuigkeiten.«

Auch die anderen beiden begrüßten sie. Zurückhaltend der Meister des Willens aus der ockerfarbenen Lichtgestalt; missmutig, ja beinahe zornig, der Meister des Lichts aus dem weißlich gleißendem Lichtwirbel. Aus dem tönte es unwillig: »Was sie ›gute Neuigkeiten‹ nennt, nenne ich bedrohlich für mich und mein Volk.«

»Wer könnte dich bedrohen außer du selbst?« Da war sie wieder, diese Parteilichkeit, die Catolis schon beim letzten Mal missfallen hatte; als würde es um den Meister des Lichts und seinen persönlichen Sieg gehen. »Zu prüfen, ob die Völker Bedrohungen standhalten, ist unsere Aufgabe. Es gefällt mir nicht, dich daran erinnern zu müssen.«

Die grelle Lichterscheinung zog sich zusammen, leuchtete schwächer. Es schien, als sei der Meister des Lichts beleidigt. Catolis kümmerte sich nicht weiter um ihn, richtete ihre Aufmerksamkeit ganz auf die Meisterin des Lebens. »Wird deine Arbeit endlich belohnt?«

»Ich bin einen großen Schritt weitergekommen«, kam es aus Violis' Geist. »Eine junge Eiswilde erweist sich mehr und mehr als würdig, den Ring zu tragen und das ERSTE MORGENLICHT zu gebrauchen. Sie ist die Tochter eines Mannes, den der Führer der Eiswilden töten ließ, und sie brennt auf Rache. Ich werde sie an die Spitze dieses störrischen Volkes bringen. Viele hier trachten längst danach, das Joch der Tyrannei ihres Führers abzuschütteln. Diese Eiswilden stehen hinter meiner Auserwählten. Es ist nur eine Frage der Zeit, bis der offene Kampf um die Macht ausbricht. Bis dahin werde ich meiner Auserwählten den Segen spenden, und sie wird lernen, mit dem ERSTEN MORGENLICHT zu kämpfen.«

»Gute Nachrichten sind das, doch lass dir Zeit, Violis.« Catolis spürte Erleichterung. Eine Sorge weniger. »Sei geduldig und setze diese Menschliche erst an die Spitze ihres Volkes, wenn du ihres Sieges sicher sein kannst.«

»Das habe ich ihr auch gesagt.« Der Geist des Meisters des Lichts leuchtete wieder greller auf. »Es kann nicht sein, das Garona von zwei Seiten angegriffen wird!«

»Davon kann keine Rede sein.« Catolis wandte sich nun an ihn. Fühlte seine Aura sich nicht ein wenig gereizt an? Und unruhig? »Jedes Volk erhält die gleichen Kampfbedingungen, nur so können wir das fähigste Dienstvolk für das Zweite Kalyptische Reich ermitteln.«

»Er gebärdet sich, als ginge es um seine persönliche Ehre«, tönte es aus dem ockerfarbenen Lichtwirbel des Meisters des Willens. »Selbstgefälliger, als es gut ist für Kalyptos Sache, erscheint mir der Meister des Lichts.«

»Wie kommst du mir vor?« Der weiße Lichtwirbel strahlte auf, die Grenzen seines grellen Lichthofes berührten den des ockerfarbenen. »Erwählst den falschen, verlierst einen deiner Ringe und maßt dir dennoch an, über Magier meines Schlages ein Urteil zu fällen? Hast du den zweiten Ring wenigstens wieder in deinen Besitz gebracht?«

»Ich arbeite daran.«

»Und du hast noch keinen neuen Ringträger erwählt?« Violis' Frage klang besorgt.

»So kann man es nicht sagen.« Der Meister des Willens wirkte verschlossen. »Ich habe einen Auserwählten ins Auge gefasst, und er scheint mir auf einem guten Weg zu sein.«

»Hört ihr, wie er ausweicht?« Wieder strahlte der weißliche Lichtwirbel grell auf. »Merkt ihr nicht, wie viel er vor uns zu verbergen hat?« Wollte der Magier aus dem Bergreich von sich ablenken?

»Wenn er die Zeit für reif hält, wird der Meister des Willens uns alles kundtun, was wir wissen müssen, um unsere Völker in einen gerechten Wettstreit schicken zu können.« Catolis gab sich streng. »Daran zweifle ich nicht. Vielmehr misstraue ich deiner Aufrichtigkeit, Meister des Lichtes, und ich frage mich, ob nicht du es bist, der uns etwas verschweigt.«

»Das kränkt mich, Meisterin der Zeit. Du solltest derartige Zweifel weit von dir weisen.«

»Das würde ich gern tun. Darum beantworte mir folgende Frage: Warum hast du die Kriegerin, die ihre Tochter aus dem Tempel der Tarkaner befreit hat, ohne das ERSTE MORGENLICHT in den Kampf ziehen lassen? Hätte sie den Ring getragen, hätte das den Sieg für dein Volk bedeuten können.«

»Serpane? Diese steinalte Rachegöttin?« Der grelle Lichtwirbel bebte; es wirkte, als würde der Meister des Lichts lachen. »Nein!

Sie erschien mir nicht geeignet, mit der Waffe des magischen Lichts zu kämpfen. Ganz und gar nicht geeignet.«

»Du hast eine andere erwählt?«

»Gewiss.«

»Wen?«

»Eine würdigere.«

»Jetzt hört ihr selbst, wer hier ausweicht«, tönte es aus dem ockergelben Lichtwirbel. »Der großartige Meister des Lichts ist es, der seine Geheimnisse nicht preisgeben will!«

»Schweig du«, gebot Catolis dem Meister des Willens. »Und von dir, Meister des Lichts, will ich wissen, wen du erwählt hast.«

Zuerst schwieg er und sein weißlicher Lichthof zog sich zusammen. »Eine Königin habe ich erwählt«, kam es schließlich aus seinem Lichtwirbel. »Zufrieden?«

Catolis lauschte und spürte zu ihm hin. Warum wirkte er so gereizt? Was konnte einem starken Magier wie ihm den inneren Frieden des Geistes rauben? Sie fand keine Antwort und beschloss, nicht weiter auf seine harsche Art einzugehen. »Dann bereite deine auserwählte Königin auf einen harten Kampf vor«, sagte sie nur. »Mein Volk wird deines angreifen.«

Der grelle Lichtwirbel zog sich wieder eine Zeit lang zusammen, strahlte dann aber umso heller auf. »Wann?«

»Um die Zeit der nächsten Sommersonnenwende.«

»Wir werden euch einen angemessenen Empfang bereiten.«

Wieder nannte er sich und das zu prüfende Volk in einem Atemzug. Catolis unterdrückte ihren Zorn. »Du bist also bereit?«, fragte sie nur.

»Verlass dich darauf.«

10

Jemand jauchzte und sang. Klang nicht schlecht, klang immerhin nach Leben, und mit dem hatte Lasnic eigentlich abgeschlossen. Er blinzelte in den Himmel: Hell war es, kaum Wolken, die Sonne schien. Der jubelnde Gesang um ihn herum hörte sich wild und rau an. Als würde ein Berauschter vergeblich versuchen, den richtigen Ton zu treffen. Machte nichts, klang trotzdem gut. Klang nach Freude.

Der Boden bebte unter seinem nackten Rücken, Gras und Laub raschelten, und Zweige splitterten wie unter schweren Schritten. Lasnic wandte den Kopf ein wenig in die Richtung, aus der es stampfte, splitterte, jauchzte und sang. Eine Frau? Er erkannte Brüste. Und was für welche! Also eine Frau. Sie tanzte. Auch nicht schlecht. Einmal ins Vorjahreslaub gestürzt, war es aus mit dem Tanzen, wenn er alles richtig verstanden hatte. Er lebte also wirklich noch. Sehr gut! Dem Wolkengott sei Dank!

Oder träumte er? Auch gut möglich. Wo sonst, wenn nicht in Träumen, tanzten nackte Frauen um einen herum? Außerdem lag er mit nacktem Rücken im nassen Gras. Konnte er sich erinnern, sich ausgezogen zu haben? Nein, konnte er nicht. Also stimmte es: Er träumte. Wieder gut. Nur wer am Leben war, konnte träumen.

Er spähte erneut zur Tänzerin – nackt, wahrhaftig. Und unfassbar groß und kräftig! Ihr Bauch, ihr langes Haar, ihre mächtigen Brüste, der Speckring um ihre Hüften – alles bebte, wenn sie sprang, alles pendelte, wackelte und flatterte, wenn sie sich drehte. Und was waren das für stammartige Beine! Wie Säulen die Schenkel, wie die schuppigen Klauen einer Mammutkröte die breiten Füße. Und die Arme erst – Eichenäste waren das, und die Hände von rötlicher Rinde bedeckt! Solche Weiber gab es im ganzen Waldland nicht, nirgends in der Welt, die er kannte, gab es Weiber wie diese Tänzerin da!

Was für ein Traum! Er schloss die Augen, um weiterzuschlafen, öffnete sie jedoch gleich wieder, weil er fror. Er blickte an sich herunter. Nackt war er, vollkommen nackt. Oder nein: nicht vollkommen – ein Stofffetzen hielt ein Bündel aus Laubblättern an seinem linken Daumenballen fest.

Schlagartig erinnerte er sich: das Schlangenbiest! Hatte ihn gebissen!

Eine Giftschlange hatte ihn erwischt, und er lebte und träumte noch? Lasnic schüttelte sich, versuchte das widerliche Bild der Schlange zu vertreiben. Doch neue Erinnerungen schossen ihm durchs Hirn wie gerade geschmolzenes Eiswasser: wirbelnde Baumstämme, tobende Wellen, der Wirbelsturm, das keifende Gelächter einer Waldfurie.

Er fuhr hoch, starrte das tanzende Weib an. Eine Waldfurie war das, eine verfluchte Dämonin! Sie sang, jauchzte und stöhnte, sie stampfte, sprang und drehte sich in der Luft. Bei jedem Sprung riss sie junge Bäume aus und schleuderte sie in den Wald oder auf die Lichtung. Manchmal trat sie nach Tieren, die zwischen den Büschen kauerten. Oder riss einen Menschen aus dem Gestrüpp, einen Mann, wirbelte ihn zweimal, dreimal herum und warf ihn zurück ins Buschwerk. Warum flohen sie nicht? Tiere und Männer? Lasnic begriff gar nichts.

Und diese Sprünge! So hoch sprang kein Weib aus Fleisch und Blut! So groß war keine normal Sterbliche! Niemand riss mit solcher Leichtigkeit junge Bäume aus! Und keine Frau hatte schuppige Waden und Füße wie eine Mammutkröte oder schuppige Unterarme und Hände wie Vogelklauen! Im Leben nicht!

Nur eine Waldfurie.

Nur von ihr hörte man solche Geschichten. Solche und schlimmere.

Eiswasser schien jetzt auch Lasnics Brust auszufüllen und durch seine Knochen zu strömen. Wie gelähmt hockte er im Gras und sah dem wilden Tanz der ungeheuerlichen Frau zu. Eben trat sie nach dem Flussparder zwischen den Büschen, sodass der aufjaulte und sich mit einem einzigen Sprung auf den nächsten Baum rettete. Und da, im Gras unter der Eiche: ein Sumpfbär! Sie packte ihn bei den Ohren, riss ihn empor und zwang ihn, auf den Hinterläufen zu stehen und ein paar Runden mit ihr zu tanzen. Wie ein fetter Käfer stürzte das Pelzbiest schließlich rücklings ins Gras, strampelte blökend, rappelte sich hoch, trollte sich ins Unterholz.

Mit dem nackten Hintern stieß sie erst gegen einen Elchbullen, dann gegen einen nackten Mann, dessen langes Haar über Scham und Hüften reichte. Sie packte ihn, riss ihn an ihre gewaltigen Brüste, ließ ihn wieder fallen.

Hasen, Füchse und Dachse huschten um ihre stampfenden Füße herum, Vögel umkreisten ihre wild flatternde Mähne. Ihr Gesicht war spitz und schmal wie das eines Seeadlers und ihre Nase krumm wie dessen Schnabel.

Der Schrecken in Lasnics Gliedern löste sich nach und nach. Bald spürte er nur noch Angst. Todesangst. Eine Waldfurie sah man nur einmal tanzen, hieß es, nämlich kurz bevor sie einen ins Vorjahreslaub stieß.

Andererseits – warum lebten dann die nackten und halb nackten Kerle noch, die er da und dort herumkriechen sah?

In den Bäumen entdeckte er Kleider: einen Lendenschurz, eine schwarze Hose aus Bärenleder, ein Hemd aus Hirschleder, eine Weste aus Dachsfell, einen Eulenfedermantel. Seine Kleider! Zum Trocknen aufgehängt. Auch Gurte, Köcher, Jagdbogen, Schwert und Lanze hingen im Geäst eines Baumes am Rand der Lichtung. Und plötzlich begriff Lasnic, warum er noch lebte. Sie hatte ihn gerettet! Sie musste es gewesen sein, die ihm das Gift aus der Bisswunde gesaugt und ihm die Hand verbunden hatte. Die Waldfurie hatte ihn auch vor Wirbelsturm und Sturmflut gerettet!

Eine Waldfurie, die einen rettete statt einen zu fressen? Die einem Schlangengift aus einer Wunde saugte? Er starrte den Verband an seiner Linken an. Und als Nächstes seinen Ringfinger – leer.

Der Ring! Weg!

Er hob den Blick, etwas flog auf ihn zu – eine Grasnarbe von der Größe eines Verandadaches. Sie traf ihn ins Gesicht, warf ihn zu Boden. Die Waldfurie lachte wiehernd. Lasnic spuckte Dreck und Gras aus, wischte sich Dreck und Gras aus Nase und Augen. Das dämonische Weib brüllte vor Lachen. Es hatte seinen Spaß, so wie es sich anhörte. Der Schartan sollte sie holen!

Er sprang auf, wollte zu der Birke laufen, in deren Geäst er seine Lanze und sein Schwert hängen gesehen hatte. Doch ein schwarzes Waldschwein galoppierte auf ihn zu, ein riesiges Biest, und auf seinem Rücken hockte sie – die Waldfurie. Sie lachte immer noch, war außer sich vor Freude, schnitt ihm den Weg ab und sprang ihn vom Rücken des Waldschweines aus an.

Der Aufprall ihres massigen Körpers schleuderte Lasnic abermals ins Gras. Die Luft blieb ihm weg, die Sinne wollten ihm schwinden. Sie begrub ihn unter ihren Brüsten, rutschte an ihm hinunter, und ehe Lasnic wieder nach Luft schnappen konnte, öffnete sie ihren großen Mund und schloss ihn um seine Lippen. Ihre Zunge fühlte sich an wie ein warmer Karpfen, wühlte sich unter seine Zunge, bohrte sich in seinen Schlund. Todesangst würgte Lasnic, er konnte sich kaum rühren unter ihr, und er war ganz sicher, dass sie ihn töten wollte. Erst nach und nach begriff er: Sie küsste ihn.

Irgendwann löste ihr Rachen sich endlich von seinen Lippen, und er sog keuchend die Luft ein. »Ich habe dir den Wirbelsturm getanzt, Waldmann Schätzchen, hat's dir gefallen?« Sie strahlte ihn mit einer Zärtlichkeit an, die Lasnic schon wieder die Fassung raubte. Einer Dämonin hätte er so ein Lächeln niemals zugetraut. »Der Große Waldgeist hat mich dir über den Weg geschickt, Kleiner, damit ich dich rette.« Sie roch nach Harz und feuchter Walderde, zärtlich fuhr sie ihm durchs Haar, küsste ihm schmatzend die Stirn. »Der Große Waldgeist hat dich mir über den Weg geschickt, damit du mich liebst.«

Sie saugte sich an seinem Hals fest, massierte ihm mit kreisenden Bewegungen Brust, Bauch und Schenkel. Ihre schuppigen Hände fühlten sich rau und kratzig an, und Lasnic wünschte, sie würde ihn in Ruhe lassen. Doch sie dachte gar nicht daran, im Gegenteil: Plötzlich griff sie ihm dorthin, wo bisher nur Arga und gewisse Mädchen ihn berührt hatten, und sie tat das auf eine Weise, die ihm weder rau noch kratzig vorkam, sondern wohltuend und aufregend. Er fasste ihr ins Haar, sah ihr in die Augen, und das waren schöne Augen in einem schönen, lachenden Gesicht.

Die Lust schoss ihm wie Feuer aus den Lenden, und ihr nächster Kuss erhitzte ihn bis in die Haarspitzen. Sie wälzten sich im Gras, er wühlte sein heißes Gesicht in ihre unglaublichen Brüste, und sie zeigte ihm, wohin er sie küssen sollte. Und endlich erlaubte sie ihm, zwischen den Säulen ihrer Schenkel zu knien und zu tanzen und ihr zu geben, wonach sie verlangte. Sie klemmte ihn zwischen ihre Knie, riss ihn ihm Rhythmus ihrer keuchenden Atemzüge an ihren Schoß, verschränkte ihre Waden hinter seinem Rücken, und Lasnic kam sich vor wie ein kleines Kind, das in der Umarmung einer riesenhaften Mutter ertrank.

Irgendwann brüllte sie auf, als würde man ihr einen Zahn herausreißen. Das Gebrüll hörte gar nicht mehr auf, gellte über die Lichtung und den Wald. Im Gebüsch am Rand der Lichtung sah Lasnic Männer mit weit aufgerissenen Augen, äugende Elche, Hasen und einen Flussparder, die ihre Ohren spitzten, und einen Sumpfbären, der sich auf den Hinterläufen aufrichtete und auf die Lichtung lugte. Lustgeschrei war das, endlich kapierte Lasnic, und er musste lachen.

»Dich hat der Große Waldgeist mir geschickt«, gurrte sie später und sehr nah an seinem Ohr. Sie schloss die Arme um ihn, drehte sich mit ihm auf die Seite. Und während sie sein Gesicht und seine Hände mit nassen Küssen bedeckte, ihn immer aufs Neue anlächelte, als wäre er ihr gerade gestillter Säugling, und ihm dabei allerhand unverständliches Zeug ins Ohr flüsterte, fühlte Lasnic die Erschöpfung durch seine Knochen kriechen. Eine wohltuende Erschöpfung – sie lullte ihn ein, wärmte ihn, machte ihm die Glieder schwer. Er versank im Schlaf.

*

Als er irgendwann die Augen wieder öffnete, stand ein ungewöhnlich großer Vollmond in einem dunstigen Himmel. Er sah aus wie in helles Blut getaucht, und der Himmel hatte die Farbe eines alten Buchenstamms. Der Morgen graute bereits. Lasnic setzte sich auf. Die Luft roch feucht und nach Rauch. Krächzte nicht ein Kolk irgendwo im Wald? Eine Kraft, die er lange nicht gespürt hatte, strömte ihm durch die Glieder. Nichts dagegen einzuwenden. Er stand auf.

Ein Fell bedeckte ihn. Es verströmte den bitter-süßlichen Duft einer Sumpfbärin. Ein Feuer brannte mitten auf der Lichtung, sein Rauch breitete sich mannshoch über dem Gras aus, statt dem Himmel entgegenzusteigen. Eine hünenhafte Gestalt hockte vor der Glut, hielt einen Speer drüber und briet irgendetwas. Etwas, das verdammt gut roch. Lasnics Magen knurrte. War es wirklich möglich, dass ein Mann sich derart ausgeruht und kräftig fühlte wie er heute Morgen?

Er ging zum Feuer, ließ seinen Blick gewohnheitsmäßig über dunkles Buschwerk und die Silhouetten der Baumkronen am Rand der Lichtung schweifen. Der Rücken eines großen Tieres wölbte sich zwischen Büschen aus dem Gras. Und da – noch eines, Elche wahrscheinlich. Lasnic ahnte das Schaufelgeweih des Bullen mehr, als dass er es wirklich sah. Ein Nachtvogel pfiff. Und dann ein Kolk, irgendwo im Wald. Tekla? Im Geäst einer Birke glühten zwei Augenpaare. Eulen? Das mandelförmige Leuchten in der Eichenkrone daneben kannte er gut: Es stammte von den Augen des Flussparders.

»Einen gesegneten Morgen, Waldmann, Schätzchen.« Die Waldfurie hob den Blick, als er neben ihr am Feuer stehen blieb. »Ich brate dir einen Bärenschinken und ein paar Pilze. Du musst dich stärken, hast einen weiten Weg vor dir.« Sie lächelte nicht, belauerte ihn eher aus schmalen Augen. Ihre tiefe und raue Stimme klang wie das Grollen eines Flusspferdes. Als er in ihren Armen und zwischen ihren Schenkeln tanzte, hatte sie reizvoller ausgesehen.

»Was du nicht sagst.« Er ließ sich neben ihr nieder. Zwei Hasen wichen ihm aus, eine kleine Waldkatze legte den Kopf auf seine Schenkel und schnurrte. Drei fellbedeckte Kerle hockten dösend am Feuer, einer struppiger und langhaariger als der andere; und keiner annähernd so groß wie das unheimliche Weib. »Und woher weißt du das so genau?«

»Ich weiß nichts, der Wald weiß alles.« Sie drehte den Spieß, Fett tropfte zischend in die Glut. Es roch elend lecker, und Lasnic lief das Wasser im Mund zusammen. »Man muss ihm nur gut zuhören. Und darauf verstehe ich mich nun einmal. Du nicht auch, Waldmann, Schätzchen?«

Lasnic zuckte mit den Schultern, sah hinüber zu den Kerlen. »Und wer seid ihr?« Sie antworteten nicht, guckten ihn nicht einmal an.

»Sie können nicht reden, habe ihnen die Zungen herausgeschnitten.«

Lasnic zuckte zusammen. »Was …?«

»Sie könnten mir verloren gehen und dann Gutes über mich erzählen. Schätze ich nicht so.« Sie griff nach einem von der Sonne gebleichten Schädelknochen neben sich, streifte den Braten und die Pilze darin vom Spieß und reichte ihn Lasnic. »Iss, Waldmann, Schätzchen, wirst's brauchen.« Die Haut ihrer klauenartigen Hände glänzte schuppig und rötlich im Feuerschein. Wie Kiefernrinde sah sie aus.

Lasnic hielt die Hirnschale mit dem dampfenden Mahl von sich weg. Der Schädel hatte einmal einem Menschen gehört, eindeutig. Man war nicht zimperlich in den Gauen der Waldleute, wahrhaftig nicht, aber aus einer solchen Schüssel zu essen kam selbst ihm irgendwie herzlos vor. Doch Fleisch und Pilze dufteten gar zu verführerisch. Das half ihm, seinen Abscheu zu überwinden. Er griff zu und riss sich ein Stück Fleisch vom Bärenschinken, ließ es aber gleich wieder los, weil es glühend heiß war.

»Außerdem sind diese Burschen wahnsinnig«, erklärte die Waldfurie. »Wahnsinnige dulde ich hin und wieder gern in meiner Nähe.«

»Und wenn dir einer über den Weg läuft, der zufällig nicht

wahnsinnig ist?« Er nahm einen Pilz aus der Schädeldecke und blies ihn an. »Was machst du mit dem?«

Sie bleckte die Zähne und feixte ihm ins Gesicht. »Das willst du nicht wissen, Waldmann, Schätzchen.« Ihre Augen glühten wie Eulenaugen, und ähnlich streng und gefährlich guckte sie auch. Lasnic betrachtete ihr spitzes Kinn und ihre wulstigen Lippen. Ihn grauste bei dem Gedanken, dass er diese Lippen gestern Abend geküsst hatte. Wie konnte er nur! Hatte das Schlangengift noch sein Hirn vernebelt? Oder hatte die Waldschlampe ihn womöglich verhext?

Er betrachtete sie misstrauisch. »Und ich?«, fragte er. »Darf ich Zunge und Leben behalten, obwohl ich nicht wahnsinnig bin?«

Sie nickte und steckte ein Stück rohes Fleisch auf den Spieß. »Natürlich wirst du niemandem auch nur ein Wort von unserer Begegnung erzählen, sonst gnade dir der Große Waldgeist.« Das Fleischstück war dreimal so groß wie jenes, das in Lasnics Knochenschüssel dampfte.

»Und warum überlebe ausgerechnet ich unser Zusammentreffen?« Er deutete auf die armen Kerle auf der anderen Seite des Feuers. »Und darf sogar meine Zunge behalten?«

»Du findest das lustig?« Sie griff in sein Haar und riss ihn zu sich. »Du bist noch am Leben, weil ich mich ungern mit dem Schicksal anlege. Aber vielleicht überlege ich es mir ja noch einmal.« Mit ihrem stechenden, lauernden Raubvogelblick sah sie ihm tief in die Augen. Drei Atemzüge lang verharrten sie so, dann drückte Lasnic ihre Hand weg, und sie hängte das Fleisch über die Glut. »Außerdem brauchte ich gerade einen Liebhaber«, fuhr sie im Plauderton fort. »Und dann hat der Parder dich verschont, das will schon etwas heißen. Und wer weiß, ob ich nicht irgendwann einmal deine Dienste nötig haben werde? Immerhin bist du ein Großer Waldfürst.«

»Wie kommst du auf so einen Schwachsinn?« Lasnic brauste auf. »Ich bin kein Großer Waldfürst!« Richtig laut wurde er.

»Du weißt nicht, wer du bist«, sagt sie, »dachte ich mir schon. Doch du wirst es erfahren. Wenn auch erst durch viele Schmerzen hindurch. Was du bisher erlebt hast, war nur der Anfang, weiter nichts als ein Vorgeschmack auf das Meer von Qualen, das dich noch erwartet.«

Lasnic ließ die Hirnschale mit dem dampfenden Fleisch und den Pilzen sinken. Sein Mund stand offen, seine Augen waren Schlitze, kein Wort wollte ihm über die Lippen, und sein Herz klopfte plötzlich schneller und lauter gegen sein Brustbein.

»Auch wenn du noch einen weiten Weg vor dir hast: Du bist der Große Waldfürst und du wirst der Große Waldfürst bleiben.« Sie zuckte mit den breiten Schultern. »Doch wer weiß, vielleicht hast du ja noch etwas Dringendes zu erledigen, bevor du tust, was du tun musst.«

»Du redest wie ein besoffener Grünspross«, flüsterte Lasnic. Seine Stimme zitterte, Gänsehaut überzog ihm Rücken und Schultern. »Was beim Schartan sollte ich denn tun müssen?«

Sie fletschte die großen Zähne – manche sahen fast so spitz aus, wie die eines Flussparders – und grinste vergnügt. »So manches, schätze ich doch.« Sie wandte sich ab und drehte den Spieß um. »Und so manches, was nicht jeder Narr tun kann.« Sie richtete sich auf, zog den Ledermantel über ihrem unglaublichen Busen auseinander und griff zwischen ihre Brüste. »Dafür jedenfalls spricht das hier.« Zwischen ihrem Daumen und ihrem Zeigefinger glänzte der Ring.

Lasnic griff zu, wollte ihn ihr aus der Hand reißen, doch sie war schneller und schloss die Faust um das geheimnisvolle Kleinod.

»Soll ich jetzt glauben, dass du diesen Ring kennst? Dass du irgendeine Ahnung hast?« Er tat gleichgültig, langte nach dem Fleisch aus der Hirnschale und biss hinein.

»Du kannst nicht damit umgehen, stimmt's?«

»Was weißt du schon?« Er sprach mit vollem Mund.

»Mehr, als du ahnst. Wenn du mit ihm umgehen könntest, hättest du seine Kraft gegen mich gewendet in deiner Angst, und ich wäre jetzt nur noch ein Häuflein Asche. Oder wenigstens verwelkt wäre ich, verwelkt und vertrocknet wie eine abgerissene Mohnblume im heißen Sommerwind.«

Lasnic kaute schmatzend und musste grinsen, weil dieses tierhafte Waldweib sich mit einem so zarten und schönen Lebewesen wie einer Mohnblume verglich. Das fand er witzig. »Seit wann kann man eine Dämonin töten?«

Sie lachte. »Du einfältiges Waldmännlein hältst mich für einen Dämonen?« Sie packte seine Hand. »Hast du meine Küsse nicht gespürt? Hast du nicht die Leidenschaft in meinen Schenkeln gefühlt?« Sie steckte ihm den Ring an den Finger. »Du spürst ihn so deutlich, wie du meine Küsse gespürt hast.« Sie tippte sich an die Stirn. »Hier drin. So deutlich, wie du die Hitze meines Schoßes gespürt hast.« Sie packte seine verbundene Hand, biss ihm in die Wunde. »Wie du diesen Schmerz hier spürst.«

Lasnic schrie auf, ließ den Schädelknochen mit Pilzen und Fleisch fallen. »Wer hat dir ins Hirn geschissen?« Die Katze fauchte, der Kolk im Gäst krächzte, die Kerle gegenüber am Feuer grienten.

»Ich will, dass du kapierst.« Die Waldfurie blitzte ihn an. »Weiter nichts. Und jetzt iss auf, mach schon.«

Er verscheuchte die kleine Waldkatze von seinem Braten und gehorchte. Obwohl ihr Fleisch allenfalls angegart war, zog ihn die Waldfurie mit bloßen Händen vom Spieß, riss ihn in zwei Hälften und warf eine über das Feuer hinweg den Kerlen zu. Die begannen sofort, sich darum zu prügeln. In die andere Hälfte schlug die ungeheuerliche Frau ihre spitzen Zähne. Blutiger Bratensaft floss ihr aus den Mundwinkeln über das Kinn und tropfte auf ihren Mantel. Es kümmerte sie nicht.

Sie aßen schweigend. Die Sonne ging auf. Das Feuer brannte herunter. Die Kerle rollten sich in ihre Felle und schnarchten bald. Auf der Lichtung paarten sich Hasen, weideten Elche. Ein kleines Rudel Waldschweine wühlte mit den Rüsseln zwischen den Bäumen im Boden. Vögel sangen in den Baumkronen. Lasnic erkannte die Silhouetten zweier Kolks. Der Sumpfbär hatte sich neben der Waldfurie im Gras niedergelassen und schien zu schlafen. Die Eulen und den Parder konnte Lasnic nirgends mehr entdecken.

»Was weißt du über diesen Ring?« Er deutete auf seinen Finger, ohne selbst hinzusehen. »Wer hat ihn gemacht?«

»Magier.« Sie lehnte sich gegen den Bären, ihr Mantel glitt wieder auseinander und gab ihre Brust frei. Lasnic starrte darauf. Noch nie hatte er derart monströse Frauenbrüste gesehen. Wie zwei bräunliche, von Schlammflecken gesprenkelte Strandkürbisse sahen sie aus. »Solltest du jemals einem von ihnen begegnen – und ich fürchte, das wird dir nicht erspart bleiben –, dann töte ihn, wenn du kannst. Wenn du es nicht kannst, schlage einen großen Bogen um ihn.«

»Magier?« Lasnic wischte sich die Hände am Fell ab. »Und du kennst sie?«

»Verwandtschaft.« Ihr Feixen hatte etwas Bitteres. »Ich stamme von ihnen ab. Mütterlicherseits.« Mit einer Kopfbewegung deutete sie auf ihre schuppigen, klauenartigen Hände und ihre schuppigen Fußkrallen. Vier Klauen zählte Lasnic. »Mein Vater stammt aus der Großen Wildnis.«

Lasnic belauerte sie, war sich nicht sicher, was er glauben konnte und was nicht. »Du stammst also von Magiern ab?« Seine eigenen Worte klangen ihm in den Ohren wie ein Ammenmärchen. »Was weißt du über sie?«

»Sie haben lange geschlafen. Jetzt sind sie wach und dabei, die Welt in ein Schlachthaus zu verwandeln.«

»Was macht sie so stark?«

»Sie beherrschen die Lebenskraft, heißt es.«

»Die Lebenskraft?« Lasnic begriff nicht. Die Waldfurie hob eine Eichel und deutete auf die größte Eiche am Rand der Lichtung.

»Weißt du, wie aus diesem kleinen Ding so ein mächtiger Baum werden kann?«

»Nein. Das wissen nur der Wolkengott und der Große Waldgeist.«

»Und sie.« Kantig und hart wirkte ihr langes Gesicht plötzlich. Hass sprühte aus ihren Greifenaugen. »Sie, die diesen Ring gemacht haben.« Die Waldfurie hielt ihm die Eichel unter die Nase. »Sie beherrschen die Kraft, die diesen lächerlichen, schmutzigen

Schweinefraß zwingt, sich in einen herrlichen Baum wie diese Eiche da zu verwandeln.«

»Wie?« Noch nie hatte er derart ungeheuerliches Zeug gehört. Er kam sich vor, als würde er einer Wahnsinnigen zuhören. »Erzähl weiter. Erzähle mir alles, was du weißt.«

»Das reicht für's Erste.« Sie raffte den Mantel über ihrem Busen zusammen und stand auf. »Ich hole deine Sachen.«

An der Glut vorbei stapfte sie über die Lichtung zu den Bäumen. Ihr mächtiger Hintern schwang hin und her wie der Hintern eines Waldelefanten. »Warum nicht?« Trotz ihrer erstaunlichen Größe und ihres großen Gewichts bewegte sie sich leichtfüßig wie ein Reh. »Warum erzählst du mir nicht mehr von diesen Magiern?«

»Weil du jetzt weitergehst.« Unter der Eiche streckte sie sich nach seinen Waffen aus.

»Wohin?«

»Weiter.« Sie pflückte seine Kleider aus der Birkenkrone und kam zurück. »Immer weiter nach Norden.« Schweigend sah sie ihm zu, wie er sich den Lendenschurz umband, machte ihm den Knoten an der Hüfte, half ihm in Hosen und Hemd. »Weiche niemandem und nichts aus, hörst du, Waldmann, Schätzchen? Nimm alles so, wie es kommt.« Sie breiteten den Eulenfedermantel aus, damit er hineinschlüpfen konnte. »Nimm mit, wer dir begegnet, und wenn du ein Schiff findest, gehe an Bord.«

»Du redest und redest ...« Er seufzte, schüttelte den Kopf, wusste nicht, was er von ihren Worten halten sollte. »Du redest wie ein Fieberkranker im Schlaf.«

»Vergiss es oder merke es dir.« Sie steckte die Lanze in die Rückenschlinge. »Tu einfach, was du willst; das tust du ja sowieso. Doch hüte dich vor diesem hier.« Sie griff nach seiner Hand, und beide starrten einen Atemzug lang auf Lasnics linken Ringfinger, an dem das Schmuckstück glänzte. »Du gehst sorgsam damit um oder er vernichtet dich.« Sie hob den Kopf, sah ihm in die Augen, und die Intensität ihres Blicks bohrte sich in sein Hirn. »Dein Vater konnte nicht damit umgehen.« Ganz leise sprach sie jetzt;

so leise, dass es Lasnic heiß und kalt wurde. »Deinen Vater hat er umgebracht, ich warne dich.«

Lasnic war sprachlos. So viele Bilder schossen ihm durch den Kopf. Im Geist war er wieder acht Sommer alt, beugte sich über Voglers aufgeschwemmte Leiche, holte den Ring aus ihrem verfaulende Mund. »Woher ...?« Lasnic schluckte das Entsetzen herunter. »Woher weißt du das?«

»Wer dem Wald richtig zuhört, weiß alles.«

»Wer hat Vogler getötet?« Er packte sie am Mantelsaum. »Weißt du das auch?«

»Finger weg!« Sie schlug seine Hände zur Seite. »Du vergisst, wen du vor dir hast!« Sie wandte sich ab, ging zur Feuerstelle und ließ sich wieder neben dem schlafenden Sumpfbären nieder. »Wer viel redet, weiß nicht viel. Finde selbst heraus, was du wissen willst. Dir selbst wirst du am ehesten glauben. Und jetzt komm her und küss mich zum Abschied.«

Lasnic gab es auf. Mehr würde er von ihr nicht erfahren. Er ging zu ihr, kniete vor ihr nieder und gab ihr einen Kuss auf die haarige Wange. Sie griff in sein Haar, riss seine Lippen an ihre und küsste ihn auf den Mund. Dann drückte sie ihre Schläfe an seine und flüsterte ihm ins Ohr: »Sei vorsichtig, Waldmann, Schätzchen. Du weißt nicht, mit wem du dich einlässt, wenn du den Ring trägst. Sei sehr vorsichtig, hörst du?«

»Und wenn ich ihn einfach ins Meer werfe?«

»Es ist zu spät«, flüsterte sie. »Sei einfach vorsichtig. Versprich es mir.«

*

Der Wirbelsturm hatte eine breite Schneise tief in den Wald gerissen. Zwei Tagesmärsche lang konnte Lasnic nur außerhalb des Waldes an den Klippen entlangwandern. Die Sturmflut hatte Waldpfade verschlammt, und zahllose umgestürzte Bäume lagen kreuz und quer über allen Wegen. Lasnic kam nur langsam voran. Weil er oberhalb der Klippen keinen Pfad fand und der

Strand überflutet war, musste er sich über weite Strecken seinen Weg durch Geröll bahnen und oft über Felsen klettern. Nichts für einen Waldmann.

Er fühlte sich kräftig und ausgeruht und bewegte sich dennoch wie in Trance. Selten nur brachte er einen klaren Gedanken zustande. Am Ende des ersten Tages erinnerte er sich kaum an den Weg, den er zurückgelegt hatte, und am zweiten Tag fragte er sich ernsthaft, ob er den Wirbelsturm, die Flut und die Begegnung mit der Waldfurie womöglich nur geträumt hatte.

Antworten fand er auf Schritt und Tritt: entwurzelte Bäume, Salzwassertümpel im Wald, Schiffswracks am Strand und zwischen den Felsen draußen im Meer, in der Brandung hin- und herrollende Leichen, ein weiteres zertrümmertes Fischerdorf und die abheilende Schnittwunde an seinem linken Daumenballen. Hatte man je davon gehört, dass ein geträumtes Weib einem die Hand aufschneidet, um Schlangengift aus dem Blut zu saugen? Nein.

Ein kleines Wrack lag unterhalb der Klippen auf Geröll. Lasnic stieg hinunter, fand nur Tote und Trümmer. Und ein paar brauchbare Sachen, die er einsteckte: Hanftaue, einige Nägel, ein Beil.

Am dritten Tag entdeckte er nur noch wenige Spuren der Sturmflut. Am Abend stieß er sogar auf einen halbwegs trockenen Schlafplatz auf einer felsigen Anhöhe. Lange lag er wach, blickte durch die Lücken in den Baumkronen in den Nachthimmel. Unendlich viele Sterne funkelten darin. Er dachte an die Waldfurie: an ihre Küsse, ihr Lustgebrüll und ihre kürbisartigen Brüste. Eine Mischung aus Beklemmung und Wollust perlte ihm durch die Glieder. So schlief er ein.

Bei Sonnenaufgang, als er aufbrechen wollte, vermisste er seine Lanze. Hatte er sie etwa bei einer der Kletterpartien an den Klippen verloren? Nein – er erinnerte sich genau, sie am Abend zuvor neben den Rucksack und das ausgebreitete Fell in Reichweite gelegt zu haben. Hatte ein Tier sie womöglich weggeschleppt? Unvorstellbar. Lasnic durchsuchte dennoch das Gestrüpp rund um seinen Schlafplatz, die gesamte Anhöhe suchte er ab. Nichts. Auch keine Spur eines Tieres.

Ein wenig ratlos machte er sich schließlich auf den Weg. Vielleicht hatte er sie ja doch in den Klippen verloren, vielleicht bildete er sich nur ein, sie in Griffweite neben sein Nachtlager gelegt zu haben. Der Wirbelsturm, die Giftschlange und vor allem die Waldfurie hatten seinen Kopf mächtig durcheinandergebracht, das musste er schon zugeben.

Eine Lanze verschwindet nicht einfach, dachte er, und als zum dritten Mal ein Waldtaubenschwarm irgendwo hinter ihm aufflatterte, fühlte er sich verfolgt. Er fing an, sich ständig umzublicken, wich vom Pfad ab und schlich durchs Unterholz. Eine Zeit lang watete er an diesem Tag sogar durch einen Bach, um seine Spuren zu verwischen. »Die verdammte Waldschlampe ist hinter mir her«, murmelte er, »kann nicht genug kriegen von mir.« Er lachte in sich hinein – der Gedanke schmeichelte ihm einerseits, verursachte ihm andererseits zugleich Bauchschmerzen. Dabei hatte sie ihn wie einen Waldfürsten behandelt. Er wusste selbst nicht, warum er diesem Gewittersturm von Weib lieber nicht mehr über den Weg laufen wollte.

Gegen Mittag ließ er die nördlichsten Jagdgebiete der Strömenholzer Jäger endgültig hinter sich. Bei Sonnenuntergang kletterte er in eine alte Eiche und band sich im Geäst fest. Besonders gut schlief er nicht, dabei war es so still im Wald wie auf dem Grund des Bärensees. Kein Vergleich mit der Nacht vor der Sturmflut.

Als er im ersten Morgengrauen aus der Eichenkrone klettern wollte, merkte er, dass sein Rucksack fehlte. Seine Flüche hallten durch den Wald wie durch einen großen Saal, und er fluchte nicht leiser, als er den Rucksack im Unterholz rund um den Eichenstamm vergeblich suchte.

Ein großer Vogel? Ein Affe? Wer sonst sollte lautlos und geschickt genug sein, um einem schlecht schlafenden Waldmann den Rucksack zu klauen? Lasnic kochte vor Wut – dass jemand, und sei es ein Tier, einem wie ihm unbemerkt Lanze und Rucksack wegzunehmen imstande war, kränkte ihn in seiner Jägerehre. So etwas durfte einfach nicht geschehen!

Er zwang sich zur Ruhe und zu kühlem Nachdenken. Sorgfältig durchsuchte er das Unterholz unter der Eichenkrone ein zweites Mal, stieg sogar noch einmal ins Geäst hinauf. Schließlich fand er ein langes schwarzes Haar.

Hatte die Waldfurie denn schwarze Haare gehabt? Lasnic versuchte sich zu erinnern. Es fiel ihm seltsam schwer, sich das Bild der dämonischen Frau ins Gedächtnis zu rufen, und als es ihm endlich gelang, sah er weiße, rote, braune, sogar grüne Strähnen in ihrer hüftlangen Mähne – aber keine schwarzen.

Er hielt Ausschau nach Fährten rund um den Baum, fand jedoch keine einzige. Fluchend machte er sich auf den Weg nach Norden. Am Abend schlug er sein Nachtlager in einem Farnfeld auf, wickelte einen morschen Stamm in sein Fell, stopfte ein paar Zweige dazu und rammte sein Kurzschwert zwei Schritte daneben in den Waldboden. Er selbst legte sich unter einen umgestürzten Baum auf die Lauer.

Neugier und Wut hielten ihn wach. In Gedanken malte er sich aus, wie er den unverschämten Dieb verprügeln und danach mit den Füßen zuoberst an den unteren Ast eines Baumes aufhängen würde. Er stellte sich vor, wie die Vögel an ihm picken oder die Baumratten ihn bei lebendigem Leib fressen würden.

Irgendwann langweilten ihn diese Fantasien, und gegen Morgen musste er gegen seine Müdigkeit ankämpfen. Lasnic wollte schon aufgeben, als er sich klarmachte, dass der Dieb genau diese letzten Nachtstunden besonders tiefen Schlafes ausgenutzt haben musste, um ihn zu berauben. Die Wut kam zurück und half ihm, den Drang nach Schlaf zu überwinden.

Und dann, kurz vor dem Morgengrauen, entdeckte er ihn: einen Schatten, der sich lautlos aus der nachtschwarzen Wand der Bäume und Büsche schälte und langsam dem Farnfeld entgegenschlich. Schmal und klein sah die Gestalt aus; das war niemals die Waldfurie! Der nächtliche Schleicher hielt etwas gegen seine Schulter gedrückt, das Lasnic für eine Waffe hielt. Wie ein

Storch im hohen Sumpfgras stelzte er durch das Farnfeld, näherte sich Schritt für Schritt Lasnics Schlafplatz; oder dem, was er dafür hielt.

Lasnic spähte durch die Dunkelheit und staunte: Nicht das geringste Geräusch verursachte der Schleicher. Er musste ein erfahrener Jäger sein. Und ein abgebrühter dazu: Wer sonst würde es wagen, einen schlafenden Waldmann zu bestehlen? Lasnic legte einen Pfeil in die Sehne und spannte den Bogen.

Genauso lautlos wie der Dieb, schlich nun auch er zum Farnfeld. Erst als der Mann den Arm nach Lasnics Schwert ausstreckte, zielte Lasnic, und er zielte sorgfältig. Sein Pfeil sirrte in die Dämmerung, und als der Schleicher aufschrie, hatte Lasnic schon den zweiten in die Sehne gespannt. Er rannte los. »Der nächste Pfeil erledigt dich!«, brüllte er. »Finger weg von meinem Schwert also! Und von deinem sowieso!«

Schon stand er vor dem Mann, zielte auf dessen Brust. Der Schleicher stöhnte, jammerte, hielt sich den getroffenen Hintern. In einem Dialekt der Wildaner Waldleute bettelte er um sein Leben. Lasnic ließ den Bogen sinken und trat zu. »Saftarsch, verfluchter!« Der Mann krümmte sich, Lasnic rammte ihm die Faust ins Gesicht. »Elende Kotzbeule, du!« Der Dieb stürzte in den Farn, wimmerte, versuchte, sich mit den Armen vor Lasnics Hieben zu schützen. Der trat ihn in die Rippen, ließ seinen Bogen fallen, um die Hände für eine Tracht Prügel frei zu bekommen. Doch nach ein paar halbherzigen Schlägen auf Nacken und Rücken verrauchte seine Wut. Es machte keinen Spaß, einen heulenden und um Gnade wimmernden Kerl zu verdreschen.

Lasnic fesselte dem Dieb die Hände auf dem Rücken und packte den Pfeil, der ihm aus dem Hintern ragte. Langsam drehte er ihn aus der Einschussstelle. Der Mann brüllte wie von Sinnen. Schmerzen auszuhalten gehörte offenbar nicht zu seinen Stärken.

»Und jetzt führst du mich zu meiner Lanze und meinem Rucksack! Sonst schneide ich dir dein edelstes Teil ab, das schwöre ich dir beim Zorn des Wolkengottes!« Lasnic riss den anderen auf die Füße und stieß ihn in die Richtung, aus der er angeschlichen gekommen war.

Wimmernd und stöhnend hinkte der Kerl vor ihm her in den noch düsteren Wald hinein. Er flehte um sein Leben, versprach, alles wiedergutzumachen, und er habe sich nur schützen wollen, denn sie hätten ihn ohne Waffen in den Wald gejagt.

Lasnics Lanze lag im Moos unter einem Baum, sein Rucksack lehnte daneben gegen dem Stamm. Er schnappte sich beides, stieß den Kerl zurück zum Farnfeld. Über dem Wald dämmerte das ERSTE MORGENLICHT herauf. »Wer hat dich in den Wald gejagt?«

»Unsere angebliche Freunde, lauta Räuba. Ihr müsst uns glaube, Lord. Habe uns ausgestoße, de Raubtiere preisgegäbbe! Was tätet Ihr denn an unsere Stell mache?«

Unter einer niedrigen Buche stieß Lasnic den Dieb ins Gras. »Was hast du ausgefressen, dass sie dich fortgejagt haben?« Er fesselte ihm die Knöchel aneinander, holte die Hanfseile aus dem Rucksack.

»Nichts! Überhaupt gar nichts!«

»Du lügst, wenn du das Maul aufmachst. Rotzknochen!« Lasnic knüpfte zwei Seile zu einem langen zusammen und warf es über einen starken Ast in der unteren Kronenhälfte der Buche.

»Mir schwörets Euch! Habet uns nua g'weigat, des gestrandet Schiff azugroife!«

»Erzähl's dem Schartan.« Am Seil zog Lasnic ihn hoch. »Wirst ihn bald kennenlernen, schätze ich.« Er band das Ende des Seils um den Buchenstamm. Morgenlicht sickerte inzwischen bis in den Wald hinunter.

»Was tut Ihr mit uns, o Lord!« Der Dieb pendelte schon kopfüber zwischen Buchenkrone und Waldboden. »Bitte nich!«

»Ich gebe dein Fleisch den Tieren zu fressen.« Lasnic packte Rucksack, Lanze und Jagdbogen zusammen. »So kriegt dein jämmerliches Leben doch noch einen Sinn.« Er ging zu seinem Nachtlager. Im Farn fand er die Waffe des Diebes – einen kleinen, auf einem merkwürdigen Gestell befestigten Bogen.

»Mir müsse doch ebbes esse, müsse doch ebbes jage! Was hätte mia denn tu solle?« Seelenruhig rollte Lasnic sein Bündel zusammen. »Habbet uns doch nua g'woigert, des Schiff auszuraube und die arme Leut' zu morde! Wollt koin Ärga mit de Garonesen!«

»Hättest mich ansprechen können, hättest mit mir gehen können.« Lasnic schlüpfte in seinen Mantel, hängte Bogen und Lanze über die Schultern und nahm auch die eigenartige Waffe des Diebes mit. »Jetzt brauchst du bald nichts mehr zu essen, jetzt frisst das Viehzeug dich!« Er ging los.

»O noi, o Lord, bloß des net!« Der Dieb jammerte und heulte, dass es Lasnic fast schon erbarmte. »Könnt Euch helfe, tät Euch diene! Findsch niemals a Dieb, oiner wie mich! Tät Euch des Glasaug von meine Hauptmann klaue, wenn's sei müsst! Tät Euch Eier unnerm brütende Adler wegnähme!«

Lasnic blieb stehen, sah zu ihm zurück. »Als Dieb taugst du was, das muss man dir schon lassen.« Er machte ein paar Schritte auf den zwischen Unterholz und Krone Hängenden zu. »Was ist das für ein Schiff, das deine Bande ausrauben will?«

»Schiff mit Ritta aus Garona. G'strandet. Mei Hauptmann wollt se aushungere. Edle Frau an Bord, un schön, so schön. Hauptmann wollt se habbe. Für sich. Ihr vasteht.«

»Woher weißt du, dass es ein Schiff aus Garona ist?«

»Schneegipfel mit rote Sonn uff de Flagg. Außadem garonesische Nam: *Königin Belice*. Hauptmann wollt die Fraue. Alle annere sollte sterbe.«

»Es sind mehrere Frauen an Bord?«

»Viele. Bei denne aus Garona läuft nix ohne Fraue.«

»Und warum wolltest du nicht mitmachen?« Lasnic stapfte noch näher zu ihm. »Bist doch selber ein verdammter Räuber!«

»Will koin Ärga mit Garona, wisst Ihr, o Lord? Mei Mama isch e Garonesin aus Rothern.«

»Rothern?«

»A Bergstadt in Garona. Und ich, o Lord, bin koi Räuba. Mei Vadder isch a baldorische Edelmann. Bin a Ausg'stoßana von Baldor, i schwör's Euch!«

»Ausgestoßen?« Nachdenklich betrachtete Lasnic den Mann. »Die in Baldor haben dich also auch weggejagt?« Ganz rot war dessen schmales Gesicht schon, das lange tiefschwarze Haar berührte das Blaubeerkraut im Unterholz. Die Nase des Baldoren war krumm und lang, das Kinn spitz, die Augen wasserblau. »Wie heißt du?«

»Lord Fridóllusac Rutten Ivúsan Xundóris. Und Ihr?«

Lasnic lachte. »Schwachsinnig, so ein langer Name! Ich bin Lasnic, der Sohn Voglers.«

»Lasst mich runna, Lord Lasnic. Zusamme könnte mir vielleicht schöne Frau und Ritta von Garona rette.« Lasnic schritt zu seinem Gefangenen und blieb vor ihm stehen. Der Kopf des Baldoren pendelte in Höhe seiner Hüften. Lasnic sah zu ihm hinunter und musterte ihn aufmerksam. Der Baldore verdrehte die Augäpfel und äugte treuherzig zu ihm herauf. »Garonese sin reich, woisch du des? Die werre uns belohne, richdich fett belohne! Und die Fraue sin so jung un so schön.«

»Wie viele Räuber gehören zu deiner Bande?«

»Jetzt noch höchschdens sechsedreißig oda so. Zwoi oda droi hat de schön Frau mit ire Armbruscht verschosse.«

»Mit was?«

»Armbruscht.« Die Augäpfel des Baldoren drehten sich zur Seite und fixierten die Waffe an Lasnics Schulter. »So nenne mir des do – Armbrust.«

»Armbrust, aha.« Lasnic nickte langsam. »Seit wann belagern die Drecksäcke das gestrandete Schiff?«

»Seit vier, fünf Tag.«

»Dann wird den Garonesen wohl längst das Trinkwasser ausgegangen sein.« Lasnic kaute auf seiner Unterlippe herum. Seine Wundnarbe zuckte. »Wie weit ist es von hier bis zu dem Wrack?«

»Man muss koi ganza Tag marschiere.« Hoffnung glomm in den großen Blauaugen auf. »Normaleweis.«

»Was heißt ›normalerweise‹?«

»Mit de Wund im Popo kann ich halt schlecht marschiere jetzat.«

»Dann wirst du deinen Arsch eben ein bisschen zusammenkneifen müssen.« Lasnic legte Waffen und Rucksack ab und löste das Seil vom Buchenstamm. »Und eines schwöre ich dir: Sollte das eine Falle sein, stirbst du. Und zwar so langsam, wie unter dieser Sonne noch nie jemand sterben musste. Ist das angekommen?«

»Ja, Lord.« Der Baldore nickte hastig. »Oh ja, o Lord. Angekomme.«

Lasnic ließ ihn vorsichtig herunter. Erst, als der Kopf des Räubers in den Blaubeersträuchern versank, gab er das Seil frei. Der Baldore schlug im Unterholz auf und brüllte vor Schmerzen.

»Reiß dich zusammen!«, zischte Lasnic und löste ihm die Fesseln. »Wie war noch mal dein verdammter Name?«

»Lord Fridóllusac Rutten Ivúsan Xundóris …«

»Hör schon auf!« Lasnic zog ihn auf die Beine. »Kein Waldmann kann sich das merken. Ich nenn dich Frix.«

»LORD Frix, o Lord Lasnic.«

»Lord Frix. Von mir aus.« Lasnic sah, dass der Baldore nach seiner Waffe schielte. »Nix da.« Er schnallte sich die Lederschlinge mit der Lanze vom Rücken und gab sie ihm. »Das reicht dir, um dich gegen Raubzeug zu wehren, falls du zurückbleibst.«

»Ihr traut mir nicht, o Lord.«

»Ich verteile ungern Komplimente, doch das hier kannst du mitnehmen: Ich würde eher einem Schlammwels trauen als dir.« Er wandte sich ab. »Die Handbrust bleibt bei mir …«

»Armbruscht, o Lord.«

»Vorerst jedenfalls. Und jetzt komm, o Lord Frix!«

Lasnic suchte einen Pfad, der in Küstennähe nach Norden führte. Anfangs nahm er Rücksicht auf den Baldoren, der hinter ihm herhinkte und bei jedem Schritt jammerte und stöhnte. »Kriegst du ein Kind, oder was?«, spottete er. »Kneif deinen Arsch zusammen, hab ich gesagt! O Lord Frix!«

Schnell merkte er, dass er Tage bis zum gestrandeten Schiff brauchen würde, wenn er sich dem humpelnden Schleppgang des Baldoren anpasste. Er beschleunigte seinen Schritt, und das Gejammer des Mannes drang aus immer größerer Ferne an sein Ohr.

Im Westen sank die Sonne schon dem Meer entgegen, als er zwischen einem Felshang und einer Dünenkette Schiffsmasten schräg aufragen sah. Lasnic lief schneller. Bald geriet das gesamte Schiff in sein Blickfeld, ein schlanker Segler mit hohem Heckkastell. Tatsächlich ein Schiff aus dem Königreich Garona – Lasnics Jägeraugen waren scharf genug, um den Schneegipfel und die rote Sonne auf der Flagge zu erkennen. Die Takelage hing in Fetzen, der Schiffsrumpf saß in Schräglage in der Brandung fest. Auf der Außenseite des Rumpfes reichte der Meeresspiegel bis knapp unter den Anker.

Lasnic huschte in den nahen Wald und schlich in der Deckung von Stämmen und Gestrüpp näher an den Strand, wo das Unterholz sich lichtete. Rauch stieg zwischen den Dünen auf. Männer schoben zwei Kähne und ein Floß in die Brandung. Sie trugen Äxte und Langschwerter auf dem Rücken. Manche hielten jenes seltsame Ding in den Fäusten, das Lord Frix »Armbrust« genannt hatte. Mehrere trugen Fackeln, und sechs hievten ein offensichtlich schweres Fass in einen der Kähne.

Lasnic zählte durch: siebenunddreißig. Er spähte zum Rauch hinter den Dünen. Demnach war keiner am Feuer zurückgeblieben. Gut so.

An der Seetang- und Schwemmgutlinie und der feuchten Fläche dahinter erkannte Lasnic, dass die Flut sich längst zurückzog. Der Plan der Räuberbande dort unten schien ihm ebenso durchsichtig wie grausam zu sein: Sie wollte den Tiefstand der Ebbe abwarten, um hinüber zum Wrack zu rudern oder zu staken und es dann anzuzünden und die Besatzung auszuräuchern. Wahrscheinlich steckte irgendetwas leicht Brennbares in dem Fass.

Lasnic schlich zu den Felsen hinunter und zwischen ihnen näher an die Wasserlinie und die Räuber heran. Eine Landzunge erstreckte sich weit ins Meer hinein. In der Deckung der Felsen darauf huschte er einen Lanzenwurf weit auf sie hinaus. Aufmerksam beobachtete er dabei jeden Schritt der Räuber, jede ihrer Gesten. Die meisten dieser Kerle bewegten sich wie Männer, die weder den Wilden Axtmann noch den Schartan selbst fürchteten. Von schiffbrüchigen garonesischen Rittern ganz zu schweigen.

Irgendwann stiegen die Männer in die Kähne und auf das Floß. Der Wasserspiegel auf der Außenseite des schräg stehenden Schiffes war schon unterhalb der Linie aus Muscheln und Tangspuren gesunken, die seine Kiellinie kennzeichneten. Bald würde man zum Wrack hinüberwaten können. Die siebenunddreißig Räuber ruderten und stakten ihm entgegen wie Männer, die alle Zeit der Welt hatten.

»Drecksäcke!«, zischte Lasnic und nahm den Jagdbogen von der Schulter. Er griff hinter sich und griff ins Leere – die Lanze hatte er ja dem Dieb überlassen. »Eulenscheiße.« Er huschte so weit auf die felsige Landzunge hinaus, bis er die kleine Räuberflotte überholt hatte und auf gleicher Höhe mit dem Wrack stand. Das Floß und die Kähne der Räuber schwammen jetzt auf ihn und auf das gestrandete Schiff zu. Kaum ein Lanzenwurf trennte sie noch von den Schiffbrüchigen. Und von ihm.

Lasnic beobachtete die Reling des Wracks, das Ruderhaus, das Heckkastell. Nirgendwo zeigte sich ein Mensch. Entweder war die Besatzung schon verdurstet oder wenigstens so geschwächt von Hunger und Wassermangel, dass ihnen schlicht die Kraft zur Gegenwehr fehlte. Oder den Garonesen waren im Laufe der Belagerung Wurflanzen und Pfeile ausgegangen. Oder beides.

Er fasste die Räuber ins Auge. Sie waren halb nackt unter zerschlissenen Felljacken und Lederwesten, ihre langen Mähnen und Bärte flatterten im Wind. Einen Atemzug lang ging ein Beben durch Lasnics Körper. Was beim Wolkengott hatte ihm so viel verrückte Zuversicht ins Hirn geblasen, dass er ganz allein siebenunddreißig wilden Drecksäcken gegenübertreten wollte?

Er spuckte aus und fluchte leise. »Verdammter Ring.«

Er ballte die Linke und betrachtete ihn. Wie warm sich das Schmuckstück plötzlich anfühlte, wie der blaue Stein leuchtete! Lasnic rief sich die Worte der Waldfurie in Erinnerung: *Du spürst ihn so deutlich, wie du meine Küsse gespürt hast.* Er tippte sich an die Stirn. »Hier drin.«

Auf einmal war ihm, als hätte er einen sechsten Finger an der linken Hand. Er richtete seine ganze Aufmerksamkeit auf diesen Phantomfinger, versuchte ihn zu bewegen. Und wahrhaftig: Der blaue Stein glühte hell auf und begann zu strahlen.

11

»Violadum ist und bleibt uneinnehmbar.« Joscun sprach diese fünf Worte nicht einfach nur aus, er verkündete sie. Aufrecht, mit erhobenem Kopf und breitbeinig ragte er neben der nachgebauten Gebirgslandschaft auf und verkündete die Uneinnehmbarkeit der größten Stadt des Reiches wie ein Mann, der seiner versammelten Sippe die Geburt seiner ersten Tochter bekannt gab. Dabei klang seine tiefe Stimme so entspannt, so vertrauenswürdig und fest, dass Ayrin nicht den leisesten Zweifel mehr hegte: Das Tor zum Reich war und blieb uneinnehmbar. Und in den plötzlich entspannten Mienen der Ritter und Hochdamen, die sich in der Eingangshalle versammelt hatten, las sie die gleiche Gewissheit: *uneinnehmbar*.

»Die beiden Hauptpässe sind viel zu gut gesichert und bewacht, als dass Angreifer über sie ins Reich eindringen könnten«, fuhr Joscun fort. Mit seinem langen Fichtenholzstab deutete er auf die Miniaturen der Außenburgen und Wehranlagen westlich und östlich von Violadum. »Nicht einmal einzelne Kundschafter eines möglichen Angreifers kämen hier an unseren Grenzrittern vorbei«, erklärte er.

Nach den Landkarten Lorbans hatten Gehilfen der Erzbaumeisterin das Bergreich naturgetreu auf einer quadratischen Plattform von zehn Fuß Kantenlänge errichtet. Zwei Winter lang hatten sie an dem Modell Garonas gearbeitet. Ayrin – sie stand zwischen Mauritz und ihrer Freundin und Kriegsmeisterin Loryane – versuchte, ihre Aufmerksamkeit ganz und gar auf die Berghänge aus versteiftem braunen oder weißen Leder zu richten und auf die Miniaturburgen aus Holz, doch immer wieder blieb ihr verstohlener Blick an Joscun hängen. Ein sehniger, stattlicher Mann mit hellwachen grauen Augen. Er trug eine hellblaue Toga über einem eng anliegenden dunkelbraunen Lederanzug. Seine Brustmuskulatur und seine Schenkel zeichneten sich überdeutlich unter dem Ziegenleder ab. Sein rasierter Schädel glänzte von Kiefernöl.

Der Schwertlose schritt um die Plattform herum, deutete von Südwesten aus auf den Wasserfall aus blau bemaltem Pergament und dann auf die beiden Modellstädte rechts und links des ebenfalls durch blaues Pergament dargestellten Stausees. Ayrin staunte, wie groß der Glacissee doch war im Vergleich zu den beiden Städten links und rechts seiner Staumauer.

»Die Wasserfälle des Glacis' und die Blutberge sind unpassierbar«, erklärte Joscun, »die Süd-Nordrouten zum See durch die Zitadellen von Rothern und Seebergen gesichert. Als unpassierbar galten bis vor ein paar Wintern auch die Pässe in den Löwenbergen, und dennoch haben die Kundschafter aus Tarkatan damals genau hier eine Route ins Reich hinein entdeckt.« Joscuns Stab zeigte jetzt auf die zerklüftete Felslandschaft zwischen den Löwenbergen und dem Hochplateau der Großen Brotebene.

Die Erzbaumeisterin hatte um seine Begnadigung gebeten. Joscun von Blauen sei unentbehrlich, hatte sie behauptet. Dass er jetzt in ihrem Auftrag Bericht über den Zustand der Wehranlagen im Reich erstattete, während sie schweigend und mit dem Schlaf kämpfend abseits in einem Sessel hockte, war ein kluger Schachzug: *Finger weg von diesem Schwertlosen*, hieß das, *er wird einmal mein Nachfolger sein.*

Zweimal hatte Ayrin den Baumeister aus Blauen zu sich rufen lassen. Offiziell, um ihn wegen seines Fluggeräts zur Rede zu stellen, in Wahrheit, um ihn zu verführen. Doch das hatte sie sich bald aus dem Kopf geschlagen – der Kahlkopf schien immun gegen weibliche Reize zu sein und hatte keinerlei Interesse an ihr als Frau gezeigt. »Starian ist sein Freund«, hielt Runja ihrer gekränkten Eitelkeit entgegen. »Aus Freundestreue macht er dir nicht den Hof.«

Kein Wort davon glaubte Ayrin. Starian hatte sich von Lauka verführen lassen und saß im Kerker. Warum also sollte Joscun kein Kind mit ihr zeugen wollen? Sie schwankte zwischen Bewunderung und Zorn, wenn sie ihn beobachtete.

Joscun erläuterte inzwischen die Route, auf der die Kundschafter aus Tarkatan seinerzeit über die Löwenberge ins Reich eingedrungen waren. Sein Zeigestab wanderte über Felsburgen und Wachtürme aus schwarz bemaltem Holz. Sogar die Fenster darin hatte man maßstabsgetreu nachgebaut. Ayrin hatte kaum ihren Augen getraut, als sie das Modell ihres Reiches wenige Tage zuvor zum ersten Mal gesehen hatte: Bergketten, Flusstäler, Städte, Außenburgen, Bergwerke, den Lauf des Glacis – alle wichtigen Orte und Landmarken des Reiches konnte sie darauf erkennen. Sogar das Mutterhaus und den Schädelfelsen oberhalb des Gletschers.

Sie hatte die Plattform mit dem Modell in die Eingangshalle der Burg bringen und aufbauen lassen. Alle Hochdamen, Ritter und Schwertlose, die Verantwortung trugen in Garona, waren gekommen, um sich vom wichtigsten Gehilfen der Erzbaumeisterin den Zustand der städtischen Wehranlagen und der Außenburgen und die Schwachstellen des Reiches erklären zu lassen. Knapp über hundert Frauen und Männer saßen auf Sesseln rund um das Modell, standen auf den beiden Treppenbögen, die ins erste Obergeschoss führten, oder lehnten über die Galeriegeländer der Oberschosse und blickten in die Eingangshalle und auf die künstliche Bergwelt herab.

»Von den Hängen der Löwenberge aus wird uns nie wieder ein Feind überraschen«, ergriff Loryane das Wort. Als Kriegsmeisterin von Garonada kannte sie jede Burg im Reich, jeden Wachposten. »Gleich nach der Schlacht an der Glacisbrücke haben wir die ersten Felsburgen und Wachtürme oberhalb dieser düsteren Schluchten errichtet. Und seit der Thronbesteigung unserer Königin Ayrin haben wir sie Winter um Winter ausgebaut. So ist es doch, verehrte Hochdame Loris?« Sie wandte sich an die alte Erzbaumeisterin, und weil die in ihrem Sessel nun doch eingeschlafen war, bejahte Joscun die Frage an ihrer Stelle.

»Zweihundert Grenzritter tun dort Dienst«, bestätigte er. »Alle drei Stunden reiten Boten mit Lageberichten nach Rothern, Blauen und Garonada oder kommen von dort, um Befehle und Nachrichten aus dem Reich zu bringen. Nein, von den Löwenbergen droht keine Gefahr mehr. Doch wir haben zwei andere Schwachstellen entdeckt.« Verstohlen lugte er zur Erzbaumeisterin, und weil die keine Anstalten machte, die Augen zu öffnen, fuhr er fort und richtete den Fichtenstab auf die Nordseite des Miniaturreiches. »Die erste liegt hier, in der schneebedeckten Hochebene nördlich von Blauen und Garonada.«

Lauka, dieses Biest, hatte gefordert, ihr neben Lorban und Romboc auch noch den Baumeister Joscun für die Expedition zu den Waldmännern an die Seite zu stellen. Zum Glück konnte Ayrin ihr das mit gutem Gewissen abschlagen: Zu viele Wehranlagen mussten erneuert werden, sodass Joscun unentbehrlich war bei den bevorstehenden Baumaßnahmen.

Zu Ayrins Verdruss jedoch hatte Mauritz darauf gedrängt, den erfahrenen Romboc mit Lauka an Bord gehen zu lassen. Der Grenzritter Lorban, der die Küste zwischen Baldor und der Stommmündung am besten kannte, war auf eigenen Wunsch mitgesegelt. Und Boras, der stolze Kahlkopf aus Violadum, hatte sich geradezu aufgedrängt. Seit seinem Sieg in der Arena, so munkelte man, verbrachte der Stadtritter mehr Zeit in Laukas Bett als bei seiner Garnison in Violadum. Und weil die Zukunft Garonas möglicherweise vom Gewinn jenes magischen Ringes abhing, musste Ayrin ihrer Halbschwester wohl oder übel auch zwanzig Ritter und Schwertdamen unter dem Befehl einer Obristdame mit auf die Reise geben. Die Wahrscheinlichkeit, dass Lauka die Expedition überlebte, erschien Ayrin unerfreulich hoch.

»Über diese Ebenen hier im Norden führt eine lange Route zu den Grenzen des Reiches der Eiswilden«, erklärte Joscun. »Die ist natürlich bewacht, aber nicht gegen große Heere gesichert.« Ayrin hörte die Zugbrücke und kurz darauf Hufschlag im Burghof. »Allerdings werden die Horden aus Tarkatan kaum diesen Weg nehmen – sie sind Sonne und hohe Temperaturen gewohnt, und dort oben taut der Schnee nur selten.«

»Dass wir uns da nur nicht täuschen«, warf Mauritz ein; der Harlekin hatte sich ungewohnt zurückhaltend gezeigt bisher. Abgesehen von einer gelben Lockenperücke war er heute ganz in

Schwarz gekleidet. »Aus dem Bericht der Kriegsmeisterin Serpane wissen wir, dass es auch auf einigen Inseln von Tarkatan Schneegipfel gibt. Die braunen Krieger könnten es durchaus gewohnt sein, sich im Hochgebirge zu bewegen. Die Steinböcke, die sie reiten, sprechen jedenfalls dafür.«

Ayrin hatte die erfahrene Serpane mit dem Amt der Kriegsmeisterin von Violadum belohnt. Ihre Vorgängerin war vor zwei Monden vom Esel gestürzt und an den Folgen gestorben.

»Das mag stimmen, verehrter Thronrat Mauritz.« Joscun verneigte sich höflich. »Allerdings gibt es nur zwei Wege zur Hochebene im Norden – einer führt durch Garona, der andere aus dem Reich der Eiswilden. Und nach Einschätzung der meisten Erzritter und Kriegsmeisterinnen ist es unwahrscheinlich, dass uns ein Heer aus Tarkatan vom Land der Eisschatten aus angreift.«

Das Portal öffnete sich, jemand schlüpfte in die Eingangshalle. Aus dem Augenwinkel erkannte Ayrin einen Weihritter aus dem Gefolge Runjas. Die Priesterin war seit Tagen krank und empfing keinen Besuch. »Nenne uns die zweite Schwachstelle, die ihr ausgemacht habt, Joscun von Blauen«, sagte sie kühl.

Der Kahlkopf deutete eine Verneigung an und schritt dann zur Ostseite der Modellplattform. »Unsere Ostgrenze gilt als sicher, und das mit Recht.« Er richtete den Fichtenstab auf die schroffen Felshänge. »Die Hänge unseres Gebirges fallen hier so steil ab, dass wohl einzelne geübte Kletterer sie überwinden können, jedoch niemals ein ganzes Heer. Und selbst einzelne Kletterer müssten erst einmal die vorgelagerte Seenplatte und die ausgedehnten und von Raubechsen verseuchten Sümpfe überwinden, bevor sie die Steilhänge ersteigen könnten. Allerdings werden Sümpfe und Seen von zahllosen Flussarmen gespeist, deren Hauptlauf hier aus einer Höhle tritt.« Er deutete auf eine Stelle unterhalb der Osthänge, die von Weihschroff und Schluchternburg etwa gleich weit entfernt war.

»Ein unterirdischer Fluss tritt an der Ostgrenze des Reiches aus dem Fels?« Ayrin hatte noch nie davon gehört.

»Nur die älteren unter uns kennen ihn.« Überraschend für alle erhob die Erzbaumeisterin plötzlich doch ihre Stimme. »Seine Quelle liegt vier Wegstunden von Schluchternburg am Grund eines großen Höhlensees.«

Ayrin sah viele erstaunte Gesichter um sich herum und entlang der Treppengeländer. Nur wenige Hochdamen und Ritter kannten See und Fluss und nickten wissend. Von rechts beugte sich Loryane zu ihr und drückte ihr ein Pergamentröllchen in die Finger. »Eine Botschaft der Priesterin«, flüsterte die Kriegsmeisterin.

Links von Ayrin zog Mauritz die Brauen hoch und äugte nach der kleinen Nachrichtenrolle in ihrer Hand; Ayrin merkte es kaum, konzentrierte sich ganz auf Joscuns Worte.

»Der See verengt sich unterirdisch nach Westen hin, und aus seiner westlichsten Bucht strömt ein schiffbarer Fluss bis in den Schluchtern hinein.« So hieß der Fluss, der durch die Schlucht floss, die Burg und Stadt von Schluchternburg trennte. »An seiner Mündung und seinem Austritt aus der Steilwand führt eine Felstreppe zur Stadt hinauf«, sagte Joscun. »Und ein unterirdischer Gang führt vom Schluchternufer gegenüber der Mündung aus bis in die Kellergewölbe der Burg hinauf.«

»Folglich könnte man über ihn auch das Labyrinth unter dem Mutterhaus und Garonada erreichen«, staunte Ayrin. Derart wichtige Orte und Wege ihres Reiches nicht zu kennen erschreckte sie ein wenig. So bald wie möglich musste sie das unterirdische Höhlensystem zwischen Garonada und Schluchternburg sehen. Noch bevor Joscun heute die Burg verließ, würde sie ihn bitten, es ihr zu zeigen. Ach was – befehlen würde sie es ihm.

»Dieser geheime Pfad ist viel zu unwegsam für einen möglichen Angreifer.« Loryane winkte ab. »Und außerdem leicht zu verteidigen. Ich würde ihn nicht als Schwachstelle bezeichnen.« Mauritz und die Erzbaumeisterin sahen das anders als die Kriegsmeisterin von Garonada, und eine Debatte entbrannte.

Ayrin nutzte die Gelegenheit, das Pergamentröllchen zu öffnen und zu lesen. *Komm gleich zu mir. Es ist dringend.* Runjas Handschrift wirkte verwaschen und gehetzt. *Bringe Hildrun mit. Außer deinen Gardisten soll dich sonst niemand begleiten.*

Sie wandte sich an Mauritz. »Man ruft mich«, sagte sie leise. »Berichte mir später.«

»Wer ruft? Ich begleite dich.« Ayrin winkte ab, bedeutete ihm zu bleiben und bat Loryane, sie zu vertreten. Suchend blickte sie sich nach der Burgmeisterin um. Doch nirgends konnte sie Hildrun entdecken. Nach allen Seiten nickend ging sie schließlich zum Durchgang, der in den Westflügel der Burg führte. Man machte ihr Platz. Unaufgefordert tauchten der bärtige Ekbar und drei seiner Thronritter an ihrer Seite auf. Einer öffnete ihr die Tür in den Westgang.

Die Burgmeisterin bewohnte das Obergeschoss des neuesten Burgflügels. Auch die Gästezimmer, Vorratsräume und Waffenkammer waren dort, über den neuen Stallungen, untergebracht. Über eine geschwungene Treppe stiegen Ayrin und die vier Thronritter ins oberste Stockwerk hinauf. Der untersetzte Graubart Ekbar geriet ins Schwitzen.

Ayrin grübelte. Ungewöhnlich, dass Hildrun eine Versammlung des erweiterten Reichsrates versäumte, ohne sich zu entschuldigen. Oder hatte sie sich bei Mauritz oder Runja abgemeldet? Schwer vorstellbar: Mauritz hätte darüber gesprochen, und Runja war krank. Und jetzt platzte die Priesterin mit dieser angeblich so dringenden Nachricht in die Versammlung hinein. Hing Runjas Botschaft etwa mit Hildruns Abwesenheit zusammen? Unruhe befiel Ayrin.

Zwei blutjunge Schwertdamen bewachten die Tür zur Zimmerflucht, die zu Hildruns Gemächern führte. Die Burgmeisterin duldete keine Männer in ihrer Nähe, ausschließlich Frauen durften ihr dienen. Also forderte Ayrin Ekbar und seine Gardisten auf, bei den Wächterinnen auf sie zu warten, und betrat die Zimmerflucht allein.

An Hildruns Kontor klopfte sie vergebens, auch in ihrem Empfangszimmer hielt sich niemand auf. Ayrin ging bis zum Ende des Ganges, wo die Schlafkammer der Burgmeisterin lag. Sie wollte klopfen, hörte Stimmen hinter der Tür, zögerte.

Zwei Frauen flüsterten und murmelten in der Schlafkammer.

Hildrun und Martai. Vertraulich klang das, wie das Tuscheln von Freundinnen, die ein Geheimnis teilten. So kannte Ayrin die Burgmeisterin nicht – so weich, so gefühlvoll, so zugewandt. Nein, da flüsterte nicht die strenge Hildrun, unter deren Fuchtel sie groß geworden war. Doch welche fremde Frau sollte schon hinter der Schlafkammertür der Burgmeisterin flüstern? Das war Hildruns Stimme. Eindeutig. Und jetzt flüsterte wieder Martai.

Verwirrung befiel Ayrin. *Weg hier*, sagte sie sich, *weg von der Tür, hinaus aus der Zimmerflucht!* Etwas, das sie nicht begriff, geschah hinter dieser Schlafkammertür, etwas, das sie nicht wissen wollte. Sie schluckte, nahm das Ohr von der Tür, stand zwei Atemzüge lang hin- und hergerissen zwischen Neugier, Verwirrung und Scham.

Sie tat den ersten Schritt weg von Hildruns Schlafkammertür, und eben in diesem Augenblick hörte sie es: Hildrun schrie auf wie unter Schmerzen. Ayrin stand wie erstarrt. Dann hörte sie die Burgmeisterin hecheln und stöhnen. Klangen so Schmerzen? Nein, die Lust klang so. Schließlich stieß Hildrun einen lang gezogenen Seufzer aus – und wieder begann Martai zu flüstern.

Genug! Ayrin schlich fort von der Tür. Schnell weg hier! Auf Zehenspitzen huschte sie dem Ende der Zimmerflucht und der Tür dort entgegen. Nicht lange her, dass sie Menschen ähnliche Töne hatte ausstoßen hören. Liebende. Bitterkeit und Wut schnürten ihr die Kehle zu.

Sie legte schon die Hand auf den Türgriff, da erinnerte sie sich an eine Majordame, die ihre Mutter regelmäßig besuchte und ihr, der kleinen Prinzessin, jedes Mal Süßigkeiten oder ein Schmuckstück mitbrachte. Und sie dachte an die vielen Bemerkungen, die sie im Laufe der Winter aufgeschnappt hatte – verstohlene, neidische oder anzügliche Bemerkungen von Hochdamen über andere Hochdamen –, Andeutungen, Mienenspiele und Gesten. Sie erinnerte sich auch eines Satzes von Wilmis, der Herzogin von Rothern: Man brauche nicht unbedingt einen Ritter, um das Vergnügen der Liebe zu genießen.

So war das also. Das gab es also wirklich, dass man sein Bett mit einer Frau teilte statt mit einem Ritter. Warum hatte nie jemand offen mit ihr darüber gesprochen? Andererseits: Waren Wilmis Worte noch an Offenheit zu überbieten?

Ayrin ließ den Türgriff los, machte kehrt und huschte zurück zu Hildruns Schlafkammertür. Diesmal zögerte sie nicht, versuchte, das Geflüster hinter der Tür nicht zu hören. Sie klopfte kräftig und rief laut: »Hildrun? Ich brauch dich! Die Priesterin ruft uns. Es ist dringend.«

Schweigen jenseits der Tür. Drei, vier Atemzüge lang. Dann Hildruns Stimme – fest, beherrscht, beinahe wieder streng: »Ich komme! Einen Moment noch.« Stoffe raschelten, Geflüster, das Knarren von Dielen, Schritte schließlich – die Geräusche jenseits der Tür klangen hektisch.

Ayrin wandte der Tür den Rücken zu, trat zum Fenster, sah auf den Burghof hinaus. Runjas Bote wanderte ruhelos neben seinem Esel auf und ab. Wolken verdeckten die Mittagssonne. Ein Schwarm Schneegänse flog über das Mutterhaus Richtung Süden. Die Tür hinter Ayrin wurde geöffnet. Sie fuhr herum, mühte sich um eine unbefangene Haltung, um einen gleichmütigen Gesichtsausdruck.

Hildrun zog die Schlafkammertür rasch hinter sich zu. »Bei der Großen Mutter – ich komme zu spät zur Versammlung des Reichsrates!« Sie trug ihren alten schwarzen Ledermantel, hatte sich sogar das schwere Schwert auf den Rücken geschnallt. Ihr Gesicht war rötlich, ihr Mienenspiel schwankte zwischen Scham und Schrecken. »Das ist mir noch nie passiert.« Vor Ayrin blieb sie stehen und sah ihr in die Augen. »Doch deswegen bist du nicht gekommen, nicht wahr?« Übergangslos wurde ihre Miene hart und kantig.

»Nein.« Ayrin schüttelte den Kopf, versuchte, sich ihre Erschütterung nicht anmerken zu lassen. Dass auf einmal die vertraute Hildrun wieder vor ihr stand – bleich, unerbittlich, streng –, half ihr dabei. »Es ist nur … Runjas Nachricht, sie liest sich eigenartig.«

»Was gibt es denn so Dringendes?«

»Ich weiß es nicht.« Ayrin wandte sich ab, rauschte Richtung Ausgang davon. »Sie will uns unbedingt sehen. Nur uns beide. Komm mit mir.«

*

Ayrin befahl Ekbar und seinen Thronrittern, am Altar zu warten. Runjas Gemächer lagen unter der Frauenkuppel des Mutterhauses am Hang. Sie waren sowohl von außen als auch über die Frauenkuppel zugänglich. Durch die Fenster konnte man auf die Glacisschlucht und den Weg zum Hohen Grat schauen. Runja empfing sie in ihrem kleinen Speisesaal.

Die massige Priesterin hing mehr in ihrem Sessel, als dass sie saß. Ihr blauer Mantel sah fleckig und zerknittert aus, ihr Haar verfilzt und zerzaust. Offenbar war sie gerade erst aus dem Bett gekrochen. Sie hatte sich nicht die Mühe gemacht, ihre Stiefel zu schnüren und das schwarze samtene Hemd unter ihrem Mantel vollständig zu schließen. Vielleicht ließ es sich ja auch nicht mehr zuknöpfen, denn Runja war noch fetter geworden in den letzten Monden, und in ihrem Blick flackerte etwas, das Ayrin schon lange nicht mehr darin gesehen hatte: Angst und Entsetzen.

Damals, als Belice im Mutterhaus herumschrie und sich wie eine Wahnsinnige gebärdete – hatte Ayrin damals nicht einen ähnlichen Ausdruck in Runjas Blick entdeckt?

»Du siehst miserabel aus«, sagte Hildrun schroff. Sie rümpfte die Nase und ließ sich auf einem der freien Sessel am Tisch sinken. »Was ist los?«

Statt zu antworten, bedeutete die Priesterin Ayrin mit einer Kopfbewegung, sich auf den Sessel neben ihr zu setzen. Dann griff sie zu einem Weinkrug und zog drei Becher zu sich heran. Dankbar registrierte Ayrin, dass Runja Wasser einschenkte. Auch roch es nicht wie sonst nach Wein in ihren Gemächern. Allerdings zitterten die Hände der Priesterin, während sie einschenkte und die Becher vor sich auf den Tisch stellte.

»Rede bitte, Runja«, sagte Ayrin. »Was ist so dringend, dass du uns aus dem Reichsrat rufen lässt?« Dankbarkeit entspannte Hildruns Miene für einen Moment – Ayrin merkte es und erfasste auch sofort den Grund: Sie hatte »uns« gesagt und so die Burgmeisterin mit eingeschlossen.

»Reichsrat? Heute?« Die Priesterin runzelte die Stirn. »Stimmt. Der Bericht über den Zustand der Wehranlagen.« Sie schüttelte den Kopf und legte die Hand auf die Augen; wie jemand, dem der viel zu schwere Schädel wehttat, sah sie aus. »Ihr müsst entschuldigen, ich bin ganz durcheinander seit drei Tagen.«

»Was ist geschehen?« Hildrun drängte. »Was war vor drei Tagen? Erzähle endlich!«

»Ein Weihritter stand plötzlich hier unten.« Mit müder Geste deutete die Priesterin auf eine niedrige Tür im hinteren Teil des Saals; Ayrin war sie noch nie aufgefallen. »Kommt aus den Höhlen und steht einfach da.«

»Aus dem Labyrinth, durch das man bis nach Schluchternburg gelangt?« Ayrin wusste ja, dass es sich bis unterhalb des Mutterhauses erstreckte. Einen Eingang hier in Runjas Gemächern zu finden, erstaunte sie aber doch.

Runja nickte. »Der Bursche wirkt aufgewühlt, ist leichenblass und kriegt kaum ein Wort raus. Ich solle ihm folgen, sagt er, sofort, man müsse mir etwas zeigen. Er klang nicht halb so überzeugend, wie er aussah. Aber weil ich den Schrecken in seiner Miene sehe, gehe ich mit ihm. Ein zweiter Weihritter wartet mit einer Fackel unten an der Treppe auf uns.« Sie deutete wieder auf die Tür. »Die Burschen führen mich durch das Höhlensystem, und nach nicht ganz einer halben Stunde kommen wir in eine größere Höhle. Fackeln brennen an den Wänden, ein dritter Weihritter kauert an einem der vielen Ausgänge der Höhle. Ich sehe die blutenden Schrammen auf seinem Schädel, in seinem Gesicht, an seinen Armen. Ich sehe, dass auch sein Harnisch von Blut verschmiert ist. Natürlich erschrecke ich, halte ihn für schwer verletzt, doch dann merke ich auf einmal, dass es gar nicht sein eigenes Blut ist.« Sie seufzte, suchte nach Worten. »Es stammt von einem vierten

Weihritter. Der liegt in einer Blutlache auf dem Rücken und rührt sich nicht.«

»Tot?«, fragte Ayrin. Runja nickte. »Der andere hat ihn getötet?«

»Ein Duell also«, warf Hildrun ein. Und jetzt begriff auch Ayrin: Sie hatten sich dort unten zu einem Kampf verabredet. Solche Duelle – meistens ging es dabei um Frauen – hatte schon Belices Mutter Selena verboten. Jeder im Reich wusste, dass sie dennoch ausgetragen wurden, und zwar unter der Stadt im Labyrinth. Niemand schritt ernsthaft dagegen ein, Ayrin nicht und der Thronrat auch nicht. Und Belice pflegte zu sagen: »Männer brauchen das, lasst uns also nicht zu genau hingucken.«

Ayrin und Hildrun wechselten einen ratlosen Blick. Um die Folgen eines verbotenen Duelles zu schildern, hatte die Priesterin sie rufen lassen?

»Erzähl weiter, Runja. Ein erschlagener Ritter wird dich kaum so erschreckt haben, dass du dich seit drei Tagen in deinen Räumen verkriechen musst.«

Runja atmete tief durch, leerte ihren Becher, schenkte sich Wasser nach. Wieder fiel Ayrin auf, wie stark ihre Hand zitterte. »Einer winkt mich an dem erschöpften Kämpfer vorbei in einen Gang hinein, der andere löscht sämtliche Fackeln. Entlang der Felswand tasten wir uns durch die Dunkelheit, immer tiefer in den Gang hinein, vielleicht zweihundert Schritte weit, und dann sehe ich es: Licht. Schillerndes Licht, türkisfarben, blau, violett.«

»Was?!«, entfuhr es Hildrun und Ayrin wie aus einem Mund.

»Ja. Ihr hört richtig.« Sie nickte, griff zum Becher, leerte ihn. »Das Licht erinnert auch mich natürlich sofort an die Berichte von Serpane und Lorban, wäre euch auch so gegangen. Nach dem ersten Schrecken schleiche ich mich also näher heran. Seine Quelle liegt hinter einer schweren Eichentür. Unter dem Türblatt hindurch und aus dem Schlüsselloch sickert es in den Höhlengang. Ich wage nicht, die Tür zu öffnen, trau mich nicht einmal, durch das Schlüsselloch zu spähen. Ich pack mir meinen Weihritter, ziehe ihn in eine Wandnische ganz in der Nähe, überlege, was nun zu tun ist. Plötzlich erlischt das Licht.«

Ayrin saß kerzengerade auf der Kante ihres Sessels. Sie fragte sich, wie viel Wein die Priesterin schon getrunken hatte, bevor die jungen Ritter sie ins Höhlensystem und zu dem rätselhaften Licht führten.

»Erzähl weiter«, forderte die Burgmeisterin. Runja hockte vornübergebeugt in ihrem Sessel, rang die Hände und starrte auf den Boden. »Du bist noch nicht fertig, ich spür's doch. Erzähl schon!«

»Wir drängen uns in die Wandnische, behalten aber die Tür im Auge. Wieder Licht, diesmal matter.« Die Priesterin flüsterte nur noch. »Nicht zu vergleichen mit jenem gespenstisch blauen Schillern. Jemand öffnet die Eichentür, ein Mann mit einer Fackel kommt heraus.« Runja schluckte, richtete sich auf, warf sich nach hinten gegen die Sessellehne. Aschfahl war sie jetzt.

»Hast du ihn gekannt?«, fragte Hildrun. Runja nickte. »Und wer war es?«

»Mauritz.«

Ayrin sprang auf. Ein Wirbel aus Bildern, Empfindungen und Fragen raste durch ihren Kopf. Doch kein Wort kam über ihre Lippen. Der Harlekin? Mauritz und das magische Licht? Was die Priesterin da erzählte, erschien ihr vollkommen sinnlos.

»Und dann?« Hildruns Stimme klang bedrohlich heiser. »Hat er euch entdeckt? Habt ihr gesprochen?«

»Er geht an uns vorbei. Für einen Moment gleitet der Schein seiner Fackel über uns. Ein paar Schritte weiter biegt er dann in einen Seitengang ab. Keine Ahnung, welchen Ausgang er benutzt hat.« Runja zitterte jetzt am ganzen Körper. »Ich war sicher, dass er uns nicht gesehen hat – bis heute Morgen …« Die Stimme brach der Priesterin.

Ayrin musterte sie. Runja sah sehr krank aus. Ob sie doch betrunken war? Auch wenn sie jetzt nur Wasser trank – wusste man denn, wie viel Wein sie in der Nacht und heute Morgen schon in sich hineingegossen hatte? Andererseits roch es hier nicht nach

Wein. Ayrin war hin und her gerissen. Konnte man Runja glauben? Zu ungeheuerlich klang, was sie da gerade erzählt hatte.

»Bis heute Morgen?« Hildrun belauerte die Priesterin aus harter, bitterer Miene. Ihre Augen hatten sich zu Schlitzaugen verengt, so sehr kniff sie die Lider zusammen. »Noch einmal: Was war heute Morgen? Erzähl es uns, Runja!«

»Zwei der drei Weihritter, mit denen ich da unten gewesen bin, sind noch am gleichen Tag verschwunden.« Die Priesterin seufzte schwer. Ayrin trat nahe an den Tisch, beugte sich vor und stützte die Fäuste auf die Tischplatte, um ja keines von Runjas geflüsterten Worten zu verpassen. Ihr Herzschlag pochte ihr auf einmal in den Ohren. »Heute Morgen …« Runja kämpfte mit den Tränen. »Heute Morgen hat man sie in der Schlucht unten gefunden. Tot.«

»Das ist …« Ayrin stieß sich vom Tisch ab, lief wie kopflos durch den Saal, rieb sich Lippen und Kinn. »Das ist ja …« Ihr fiel kein passendes Wort ein. Sie rannte zurück zu Runja, beugte sich wieder über den Tisch. »Und der dritte Weihritter?«

»Den habe ich vorhin ins Garnisonshaus geschickt. Habe ihm eingeschärft, es nicht mehr zu verlassen, bis ich ihn holen lasse.«

»Sehr gut.« Ayrin richtete sich auf, verschränkte die Arme vor der Brust. »Dann lassen wir ihn jetzt holen. Ich will die Geschichte noch einmal aus seinem Mund hören.«

»Du glaubst mir nicht, meine Königin?« Aus großen traurigen Augen staunte die Priesterin Ayrin an.

»Schon. Doch was du da erzählst, klingt so …« Sie unterbrach sich, schluckte. »Ich brauche die Bestätigung eines Zeugen, um es fassen zu können.« Ayrin nickte der Burgmeisterin zu. Die stand auf und verließ den kleinen Speisesaal, um einen von Ekbars Gardisten ins Garnisonshaus zu schicken.

Ayrin beugte sich wieder zur Priesterin herunter; diesmal, um ihren Atem zu riechen. Nein, er roch wirklich nicht nach Wein. Sie war nüchtern. »Warum erzählst du uns das erst jetzt, Runja?«, fragte sie. »Warum bist du nicht schon vor drei Tagen damit zu mir gekommen?«

»Ich weiß nicht, ich …« Die Priesterin stammelte, fuhr sich über die Augen, deutete zum Krug. »Du weißt ja, dass ich sonst kein Wasser trinke … Ich war voller Wein, zweifelte an meinen Sinnen. Doch als ich dann heute Morgen von den Toten in der Schlucht hörte …?« Sie hob den Blick, ihre feuchten Augen glänzten. »Ich habe Angst«, sagte Runja, »ich habe solche Angst.«

12

Lasnic legte die Hand auf die Faust, bedeckte den leuchtenden Ring. Warum fühlte das verdammte Ding sich bloß so warm an? Warum war er sich seiner Gegenwart auf einmal so bewusst? Ihm war, als würde ein unsichtbares fremdes Wesen neben ihm stehen, als würde etwas in seinem Hirn wachsen, das dort nicht hingehörte. Sein Herz klopfte wie verrückt.

Er richtete sich auf den Knien auf, spähte über den Rand eines Felsens erst zum garonesischen Schiff – noch immer zeigte sich keine Menschenseele an Deck –, dann zu der Räuberbande. Die Kerle hatten sich in drei gleich starken Gruppen auf den beiden Kähnen und dem Floß verteilt. Keiner von ihnen beachtete die schmale Landzunge und Lasnics Deckung. Strand und Brandung lagen längst hinter den Raubkerlen; weniger als ein Lanzenwurf noch, und sie würden die Bordwand des schräg aus dem Wasser ragenden Schiffes erreichen.

Lasnic wartete nicht länger: Er riss sich die Kleider vom Leib, glitt nackt ins Meer, schwamm einfach los. *Je länger du zögerst, desto mehr Macht gewinnt die Angst über dich.* Sein Vater hatte das manchmal gesagt, wenn er einem gefährlichen Wild aufgelauert hatte, einem Sumpfbären etwa oder einem Wasserbüffel.

Von der Landzunge aus schwamm Lasnic erst einmal quer zum Kurs der Räuberbande zum Schiff aus Garona hinüber. Die Reste der Segel hingen in Fetzen von Masten und Holmen, die Flagge bewegte sich in der leichten Brise schlaff hin und her. Die Sonne über den zerknautschten Schneegipfeln sah traurig aus, wie ein schmutzigroter Fleck.

Jetzt zeigten sich doch Menschen an Deck. Nicht viele, ein halbes Dutzend vielleicht. Sie bewegten sich schleppend, hielten sich an der Reling fest, um nicht abzugleiten auf den schrägen Planken, und die meisten gingen gebeugt.

Obwohl höchstens noch ein halber Lanzenwurf ihr Schiff von Floß und Kähnen der Räuber trennte, schoss keiner einen Pfeil auf sie ab, schleuderte niemand einen Speer. Auch an dem Katapult, den Lasnic auf dem Heckkastell entdeckt hatte, machte sich niemand zu schaffen.

Stimmte seine Vermutung also: Speere und Geschosse waren den Garonesen ausgegangen. Und krank schienen sie auch zu sein, so krumm und lahm, wie sie da oben an der Reling entlangschlichen. Oder geschwächt von Hunger und Durst. Mit Mühe nur schafften es die wenigen Frauen und Männer, Kisten und Säcke hinter sich herzuschleppen. Wahrscheinlich ahnten sie, dass die Räuber entschlossen waren, das Schiff anzuzünden, und wollten nun schwere Gegenstände auf sie herabwerfen, um sie von der Bordwand fernzuhalten. Wie verzweifelt musste man sein, um einen derart vergeblichen Plan auszuhecken?

Lasnic schwamm inzwischen nur noch zwei Lanzenlängen vom Schiff entfernt durch die Wogen. Noch hatten die Räuber ihn nicht entdeckt. »Weg von der Reling!«, rief er zu den traurigen Gestalten hinauf. »Verschwindet vom Außendeck!« Jetzt erst machte er sich klar, dass die Garonesen seine Sprache ja gar nicht verstanden. Also winkte er, statt zu rufen.

Sie starrten über die Reling zu ihm herunter. Ein weißbärtiger Hüne mit weißem Lockenkopf stand neben einem jungen Weib mit kastanienrotem Haar.

»Wer bist du?«, rief der Weißhaarige. »Was hast du vor?« Der Mann beherrschte wahrhaftig ein paar Brocken seines Strömenholzer Dialektes! Also musste er ihn auch verstehen können.

»Unter Deck mit euch!«, rief Lasnic und streckte die linke Faust mit dem leuchtenden Ring über den Kopf. »Ich greif sie an!«

Jetzt hatten die Räuber ihn entdeckt! Geschrei erhob sich in den Kähnen, auf dem Floß; einige Kerle zeigten auf ihn, andere zielten vom Floß aus mit den Armbrust-Gestellen nach ihm. Lasnic holte tief Luft und tauchte unter. Mit kräftigen Zügen schwamm er ein Stück vom garonesischen Schiff weg und dem Floß entgegen, das ihm und dem Schiff schon näher war als die beiden Kähne. Selbst durch geschlossene Lider hindurch konnte er den Ring leuchten sehen. Das Ding machte ihm plötzlich mehr Angst als die beinahe vierzig Räuber.

Er dachte an die Worte der Waldfurie: *Wenn du mit ihm umgehen könntest, hättest du seine Kraft gegen mich gewendet.* Seine Lunge fing an zu brennen, er musste bald auftauchen. Aber was dann? Die Kraft des Ringes gegen die Räuber wenden? Wie sollte er das anstellen? Was genau hatte die Waldfurie ihm sagen wollen? Lasnic verfluchte ihre Geheimniskrämerei. Er richtete seine Aufmerksamkeit auf die linke Hand, spürte den Ring, spürte dessen Wärme bis ins Hirn hinein und sah durch geschlossene Lider das verschwommene Leuchten mit jedem neuen Schwimmzug als Lichtstreifen durchs Wasser glimmen.

Und da war es wieder! Das Gefühl, als wäre der Ring ein Stück seines Körpers, als könnte er ihn wie jedes beliebige andere Glied allein mit der Kraft seines Geistes gebrauchen. Doch wie gebrauchen? Und wozu?

Der Durst nach Luft quälte ihn, in seinem Kopf brummte ein ganzes Hummelnest. *Wenn du mit ihm umgehen könntest, wäre ich jetzt nur noch ein Häuflein Asche*, hörte er die Waldfurie sagen. Ihm blieb keine Zeit zum Grübeln, er musste auftauchen, musste es einfach probieren, musste gebrauchen, was da plötzlich zu ihm zu gehören schien.

Lasnic streckte den Kopf aus dem Wasser, schnappte nach Luft – und sah das Floß keine vier Lanzenlängen vor sich. Und dahinter gleich den ersten Kahn. Das Räuberpack entdeckte ihn sofort, schrie auf, griff zu Schwertern und Äxten. Einige spannten ihre Armbrüste. Lasnic riss die Faust mit dem Ring aus dem Wasser, richtete sie auf Floß und Raubkerle. »Drecksäcke!« Er brüllte seine Angst und seine Wut hinaus, brüllte, was ihm gerade in den Sinn kam. »Der Schartan soll euch holen!« Blitze zuckten auf einmal – grellblau, violett, türkis –, Lasnic schloss geblendet die Augen, tauchte unter, ruderte panisch mit den Armen, strampelte mit den Beinen, tauchte wieder auf.

Auf dem Floß wälzten und krümmten sich knochige, weißhaarige Gestalten; keiner mehr, der eine Axt oder ein Schwert hielt. Armbrüste lagen unbenutzt neben dürren Armen und zitternden Händen, zu schwach, noch irgendeine Waffe zu führen. Kein Kampfgeschrei hörte Lasnic mehr, nur noch Wimmern, nur noch Röcheln, nur krächzendes Gejammer. Selbst in dem Kahn hinter dem Floß stand keiner mehr auf eigenen Beinen, hielt keiner mehr ein Schwert oder eine Axt. Alle lagen sie auf den Knien, ein Mann klammerte sich an den anderen, und aus dem Heck des Kahns waren einige Räuber schreiend ins Meer gesprungen.

Entsetzen packte Lasnic, schnürte ihm die Luft ab, wollte auch ihn in die Flucht treiben.

Doch nicht lange – denn nicht weit von ihm glitt nun der zweite Kahn durch die Wellen heran. Die Kerle darin brüllten auf, als sie sahen, was ihren Komplizen zugestoßen war. Die meisten sprangen ins Wasser, wateten oder schwammen in panischer Flucht zum Strand zurück. Einige aber behielten die Nerven, holten aus und schleuderten ihre Äxte nach Lasnic. Der tauchte ab und schwamm unter das Floß. Etwas traf ihn hart am Unterschenkel. Er tauchte unter dem Floß hindurch, tauchte wieder auf, hielt sich am äußeren Rundholz fest. Die wenigen Räuber, die noch im Kahn standen, blickten suchend über die Wogen.

»Drecksäcke!« Wieder brüllte Lasnic, wieder reckte er die Faust mit dem Ring aus dem Wasser und diesmal den Angreifern im Kahn entgegen. »Der Zorn des Wolkengotts soll euch treffen, ihr verfluchten Rotzlöcher!« Erneut schossen Lichtbalken in allen Blautönen aus dem Ring, explodierten zu einer Feuerwoge aus Blau, hüllten Boot und Raubkerle ein.

Diesmal bezwang Lasnic seine Panik, hielt den Anblick aus. Doch was er mit ansehen musste, spottete jeder Beschreibung: Das Boot selbst und die Ruderblätter verfärbten sich in dem gespenstischen Licht, wurden grau, rissig und morsch. Die Männer darin schienen zu schrumpfen, ihre Haut zu welken, ihre Gesichter einzufallen, ihr Haupt- und Barthaar zu verbleichen. Ein Albtraum, ja; Lasnic glaubte tatsächlich, in einen Albtraum gestürzt zu sein.

Zum dritten Mal schossen ihm Worte der Waldfurie durch den Sinn: *Verwelkt und vertrocknet wie eine abgerissene Mohnblume im heißen Sommerwind.* Jetzt konnte er nicht anders, jetzt begriff er, sah mit eigenen Augen, was sie gemeint hatte. Von einem Atemzug zum anderen verwandelten sich junge Kerle in morsche, brachen zusammen, stürzten ins Boot. Einer – er stand der Lichtwoge am nächsten und war ihr am längsten ausgesetzt –, einer zerfiel sogar zu Staub.

Lasnic schien es, als würde die Zeit plötzlich rasen im vom blauen Schillern und Gleißen eingehüllten Kahn; als würde den Männern darin ein halbes Lebensalter und mehr innerhalb weniger Wimpernschläge vergehen. Konnte das wahr sein? Heißer Schrecken fuhr ihm in alle Knochen. Er ließ das Floß los, tauchte ab, schwamm zurück zur Landzunge.

Als er dort auf die Felsen kletterte und zurückblickte, krochen am Strand sieben oder acht Männer durch die Brandung. Drei rannten schreiend auf die Dünen zu. Oberhalb der Felsböschung hinkte Lord Frix aus dem Wald. Lasnics Lanze erhoben, stellte er sich ihnen in den Weg. Floß und Kähne schaukelten führerlos in den Wellen. Die vergreisten Körper darauf regten sich längst nicht mehr. Lasnic nahm es nur beiläufig wahr. Er fühlte sich, als hätte ein Hagel von Fausthieben ihm den Schädel betrommelt. Sein Unterschenkel schmerzte; der Axttreffer hatte die Haut auf der rechten Wade blutig geschürft. Salzwasser brannte in der Wunde. Halb betäubt suchte er seine Sachen zusammen, zog sich an, blickte dabei zum havarierten Schiff hinüber. Mindestens zwei Dutzend Garonesen standen jetzt auf dem Außendeck. Alle hielten sich an der Reling fest, um nicht abzurutschen auf dem schräg stehenden Schiff. Viele stützten einander, und alle starrten sie zu Lasnic herüber.

»Da glotzt ihr, was?« Lasnic wusste kaum, was er vor sich hin murmelte. »Passt auf, dass euch nicht die Augen über Bord fallen.«

Irgendwann kam Bewegung in die Leute. Einige hatten noch Kraft genug, ein Boot zu Wasser zu lassen. Eine halbe Ewigkeit dauerte das. Vier kletterten schließlich hinein und ruderten zu ihm an die Landzunge herüber. Der Weißschopf, das junge Weib mit dem Kastanienhaar, ein bulliger Kerl mit hartem Blick und hundert Narben im Gesicht und ein stoppelhaariger, hochgewachsener Bursche in Lasnics Alter.

»Danke!« Der Hüne mit den weißen Locken winkte schon von Weitem. »Danke, danke! Vogler?« Er deutete auf Lasnic, und der glaubte nicht recht zu hören. »Du Vogler, ja?«

»Na klar«, knurrte Lasnic und winkte ab. »Und du bist die Leitkuh der Waldelefanten.« Seine Stimme gehorchte ihm nicht mehr recht, seine Gedanken sowieso nicht; der Schock seines eigenen Angriffs steckte ihm in den Gliedern. Das gespenstische Licht, die vergreisten Raubkerle, der Staub.

»Lorban von Seebergen.« Der Alte klopfte sich auf die Brust. Nacheinander deutete er auf die anderen. »Prinzessin Lauka von Garona, Romboc von Garonada, Boras von Violadum.«

»Soso.« Lasnic verstand kaum die Hälfte. »Elend lange Namen schon wieder. Ein mörderisches Feuer war das, verdammte Marderscheiße! So was will man kein zweites Mal erleben, was?«

Plötzlich spürte er, dass er am ganzen Körper zitterte. Er fluchte leise, denn das Weib starrte ihn an, und er schämte sich. Oder starrte es den Ring an? Jedenfalls schämte er sich für sein Zittern, jedenfalls war es ein ziemlich schönes Weib. Lasnic schlüpfte in seinen Eulenmantel, hängte sich die Waffen über die Schulter und gab sich Mühe, aufrecht und stolz wie ein Waldmann zu stehen.

Das Ruderboot schrammte durchs Flachwasser und über Geröll. Der Bulle und der Stoppelhaarige sprangen in die Brandung, zogen es an Land. »Viele von uns krank.« Der mit den weißen Locken deutete zum Schiff. »Und alle halb verdurstet. Hast du bisschen Wasser, Vogler?«

*

Aus einem Waldfluss schafften Lasnic und Lord Frix Wasser heran. Zu zweit und in Krügen, Lederschläuchen und Flaschen zunächst; die Garonesen hatten die Gefäße von Bord geworfen.

Später, als sie ein wenig Kraft geschöpft hatten, halfen auch der vernarbte Bulle und der große Stoppelschädel. Zu viert rollten sie Fässer den ganzen Weg zum Fluss und voll wieder zurück an den Strand.

Lasnic wunderte sich über die Zähigkeit des schmächtigen Baldoren – obwohl er hinkte und Schmerzen haben musste, ließ er sich dieses Mal nichts anmerken und arbeitete, ohne zu jammern. Vielleicht wollte er sich bei den Garonesen beliebt machten; immerhin hatten die ihn vor Tagen noch unter den Räubern gesehen.

Mit einem Flaschenzug hievten die Garonesen die Trinkwasserfässer an Bord. Der Bulle namens Romboc und der Weißbart teilten jedem nur eine streng bemessene Ration zu, um Krämpfe zu vermeiden, und sie vergaben Schläge, wenn Männer und Frauen die Beherrschung verloren und sich gierig über das Wasser hermachen wollten.

Lasnic und der baldorische Dieb beobachteten es vom Ruderboot aus. »Sind harte Bursche«, sagte Lord Frix.

Lasnic nickte. »Hart und klug.« Sein Respekt vor den beiden Männern wuchs mit jedem Atemzug, die er mit ihnen verbrachte. Besonders der Bulle mit dem Narbengesicht hatte es ihm angetan, dieser Romboc. Er war einen halben Kopf kleiner als Lasnic und gut und gern dreißig Sommer älter. Der Waldmann spürte sofort, dass er allen anderen überlegen war an Besonnenheit, Tatkraft und Mut. Ausgezehrt wie alle anderen, rollte er dennoch ein Wasserfass im Alleingang aus dem Wald. Und wenn er das Wort ergriff – was selten geschah –, hörten alle aufmerksam zu und keiner wagte, ihn zu unterbrechen.

Gemeinsam mit ihm und Lord Frix schlich Lasnic ins Lager der Räuber. Das Feuer war längst erloschen, kein Mensch hielt sich mehr in den Verschlägen dort auf. Sie sammelten getrocknetes Fleisch, Früchte und alte Getreidefladen für die entkräftete Schiffsbesatzung zusammen. Viel Proviant fanden sie nicht, doch für den ärgsten Hunger reichte es erst einmal.

Während die Garonesen sich über die gefundenen Speisen hermachten, fing Lord Frix ein paar Fische für sie, und Lasnic jagte eine Waldtornhenne, einen mannsgroßen Laufvogel, der in den Küstenwäldern nördlich des Stomms brütete. Beim Schlachten und Zubereiten half ihm der vernarbte Bulle namens Romboc. Der arbeitete schweigend und flink. Der Waldtorn lieferte so viel Fleisch, dass es noch über Tage für alle reichte.

Irgendwann gegen Mittag des übernächsten Tages fühlten sich die Garonesen kräftig genug, das Schiff zu verlassen und auf den Strand überzusetzen. Abgemagerte Gestalten waren das, eine hohlwangiger als die andere. Und obwohl sie schwach sein mussten wie verhungernde Morsche, schleppten selbst ihre Weiber noch schwere Schwerter hinter sich her.

Allein, dass sie bewaffnet waren, verwunderte Lasnic. Als er dann noch merkte, mit wie viel Hochachtung die Garonesen ihre Frauen behandelten, begann er an ihrem Verstand zu zweifeln. Vor der Kastanienroten etwa verneigten die Kerle sich ständig, dabei war sie die Jüngste von allen. Nach und nach erst begriff Lasnic, wer unter den Schiffbrüchigen das Sagen hatte.

Im Laufe des Nachmittags fällten sie Bäume im Wald und errichteten ein Lager zwischen den Dünen. Die misstrauischen Blicke, mit denen vor allem die Weiber Lord Frix belauerten, gefielen Lasnic nicht. Die Kastanienrote, die der Weißbart »Prinzessin Lauka« genannt hatte, redete auf ihn und den vernarbten Bullen ein.

»Ein Räuber«, sagte der Weißbart daraufhin und zeigte auf Lord Frix. Lasnic schätzte, dass er die Worte des Weibs übersetzte. »Muss in Ketten, muss bestraft werden.« Der Baldore wich zurück, duckte sich fluchtbereit.

Lasnic hielt ihn fest. »Schwachsinn, Weißbart.« Er zog den Rotz hoch und spuckte aus. »Dieser Mann ist ein Held.« Er zerrte Frix an seine Seite und legte den Arm um seine Schulter. »Hätte Lord Frix mich nicht überredet, euch zu helfen, hätte das Raubpack euer Schiff angezündet. Und ihr wärt jetzt alle tot.« Er zeigte mit dem Finger auf einen nach dem anderen. »*Fast* alle.« Die Frau namens Lauka glotzte schon wieder auf den Ring. Lasnic ging zu ihr und bohrte ihr den Finger zwischen die Brüste. »Ich brauche dir nicht zu erklären, was sie mit euch Weibern veranstaltet hätten.«

Die Kastanienrote wurde bleich. Vor Wut, wie Lasnic sofort begriff; sie schlug nämlich seine Hand beiseite. Der Weißbart übersetzte Lasnics Worte, so gut er konnte. Das Weib wandte sich ab, raffte den Mantelsaum hoch und stieg die Düne hinauf. Dahinter hatte man ihr schon die erste Hütte gedeckt. Der große Stoppelschädel nahm die Rechte vom Griffkreuz seines Schwertes, schoss einen giftigen Blick auf Lasnic ab und folgte ihr.

»Obacht, Lord Lasnic«, raunte der Baldore. »Du bisch hier nimma im Wald.«

»Wie meinst du das?«

»Rühr lieba koine mehr a.«

Gegen Abend bezog Lasnic mit Lord Frix den Unterstand, der dem Wald am nächsten lag. Er schlief sofort ein. Gleißendes Licht in sämtlichen Blautönen strahlte durch seine Träume, ein Heer von sterbenden Greisen bettelte ihn um Gnade an. Als der Baldore ihn weckte, war es längst dunkel.

»Komm scho raus, o Lord Lasnic, ich zeig dir ebbes.« Lord Frix winkte ihn zum Eingang.

Lasnic bückte sich in die Nacht hinaus. Am Strand brannte ein großes Feuer. Die Garonesen saßen und standen dort, wärmten sich, palaverten. Einige ihrer Kerle hatten Waldtornfleisch auf ihre Klingen gespießt und drehten es über der Glut. Lasnic sog die Luft ein. Sie duftete nach Salz, Tang und Braten. Eine frische Brise wehte vom Meer her. Das fühlte sich gut an auf seiner schweißnassen Haut. Irgendwo hinter ihm krächzte es. Er fuhr herum.

»Da.« Frix deutete auf einen schwarzen Vogel. »A Krabb. Ruft un ruft. Die ganze Zeit.«

Tekla breitete die Schwingen aus und hüpfte vom Dach des Unterstandes auf Lasnics Schulter. Sie schmiegte ihren Kopf an seine Wangen, und er hielt ganz still.

»Was sieht der Lord Fridóllusac Rutten Ivúsan Xundóris da? Lord Lasnic isch ja a Meista der Krabbe!«

»Ich bin kein Meister, Lordschwätzer.« Lasnic tat mürrisch. Hatte der Räuber geahnt, dass Tekla ihn suchte? »Und die hier nennen wir Kolk.« Als er dann noch Schrats unverwechselbares Krähen aus einem Baum am Waldrand hörte, stiegen ihm die Tränen in die Augen, und er wandte sich ab, damit der Baldore sie nicht sah.

Später hockten sie mit den Garonesen am Feuer und plauderten. Der Weißbart namens Lorban und eine Frau, die einige mit »Obristdame« ansprachen, erwiesen sich als besonders gesprächig. Sie erzählten, wie sie erst an Piraten, dann in schwere See und den Hurrikan – so nannten sie den Wirbelsturm – und nach der Strandung schließlich auch noch unter die Räuber geraten waren.

»Diese Männer hätten uns den Rest gegeben«, sagte die Frau. Sie hieß Tibora und hatte sich ein schwarzes Ledertuch um Stirn und Scheitel gebunden; Lasnic konnte nicht mit Sicherheit sagen, ob sie kurzes oder gar kein Haar hatte. »Der Kampf gegen die Piraten hat uns bereits den Großteil unserer Bolzen, Speere und Katapultgeschosse gekostet. Und dann der Durst und der Hunger.« Sie blickte auf seinen Ring – alle taten das, ständig – und schüttelte fassungslos den Kopf. »Wenn du uns nicht mit deinen magischen Blitzen zur Hilfe gekommen wärst, Vogler, dann wären unsere Ritter jetzt tot und die Prinzessin und meine Schwertdamen der wilden Gier dieser Kerle ausgeliefert.«

»Verlass dich drauf«, sagte Lasnic. »Übrigens heiße ich nicht Vogler, sondern Lasnic. Vogler hieß mein Vater.«

»Obacht, o Lord«, flüsterte Lord Frix ihm ins Ohr. »Ich an doinere Stell tät nicht so viel üba mich verrate.«

Lasnic ignorierte ihn. »Woher habt ihr den Namen?«, fragte er und musterte Tibora und vor allem Lorban, den Weißbart. »Wieso hast du mich gleich so angesprochen?« Er hatte die Frage kaum ausgesprochen, da raunte seine innere Stimme ihm schon eine Antwort ins Hirn: *Der Ring, es hat mit dem verdammten Ring zu tun.*

»Ein Seefahrer, der ein paar Winter lang bei uns in Garona

Handel trieb, hat uns einen Waldmann namens Vogler beschrieben«, antwortete der Weißbart, und Lasnic spürte sofort, dass er log, roch es geradezu. Und ehrlich: Es enttäuschte ihn, denn er mochte den Alten. »Seine Beschreibung trifft genau auf dich zu, deswegen habe ich dich mit diesem Namen angesprochen.« Lorban versuchte zu lächeln, was ihm nicht überzeugend gelingen wollte. »Ich werde dir die Geschichte gelegentlich erzählen.«

»Übrigens haben wir schon vor sieben Nächten, kurz nach der Strandung, ein Ruderboot mit zwei Schwertdamen und einem Ritter zu Wasser gelassen«, ergriff hastig Tibora das Wort. »Ich habe ihnen befohlen, sich bis nach Baldor durchzukämpfen und mit einem Schiff zurückzukehren. Baldor und Garona haben schon vor vielen Wintern ein Bündnis geschlossen.«

»Was du nicht sagst.« Lasnic hätte lieber das Ammenmärchen gehört, dass der Weißbart ihm über jenen Seefahrer und seinen Vater aufzutischen angekündigt hatte. Oder wenigstens erfahren, wie ein Weib dazu kam, einem Ritter etwas zu befehlen.

»Vielleicht können wir mit ihrer Hilfe das Schiff wieder flottmachen«, erklärte Lorban. »Und glaubt mir – es wäre uns eine Ehre, euch, unsere Retter, zu Hause unserer Königin vorstellen zu können.«

Lasnic nickte stumm, und die Worte der Waldfurie gingen ihm wieder durch den Kopf: *Weiche niemandem und nichts aus, und wenn du ein Schiff findest, gehe an Bord.*

Lord Frix übersetzte eifrig und selbst die längsten Passagen des Gesprächs; durch seine Mutter beherrschte er das Garonesische, was die Schiffbrüchigen mächtig beeindruckte. Sein einnehmendes Wesen tat ein Übriges, und im Lauf des Abend trafen den Dieb immer weniger misstrauische Blicke und dafür immer freundlichere. Vor allem die Weiber der Garonesen kamen Lasnic überaus angetan vor. Dafür fehlte ihm jedes Verständnis, denn der diebische Bursche war klein und schmächtig, und mit seinen Glubschaugen, seiner riesigen Nase und seinem blauschwarzen Haar erinnerte er mehr an ein Wasserhuhn als an einen Mann. Und dennoch: Je weiter der Abend fortschritt, desto mehr Weiber – »Schwertdamen« nannte man die meisten – mischten sich in die Plauderei mit ein.

Abweisend gab sich nur das Weib, das sich Prinzessin nennen ließ, die Kastanienrote. Jedenfalls während der ersten Zeit am Feuer. Irgendwann fing Lasnic einen abschätzigen Blick von ihr auf, den er seinerseits nicht weniger abschätzig beantwortete. So ging es ein paarmal hin und her, bis der Weißbart näher an Lord Frix und Lasnic heranrückte und sich zwischen sie beugte.

»Vielleicht sollte ich dich doch darauf hinweisen, Lasnic, dass es in Garona nicht üblich ist, eine Frau gegen ihren Willen zu berühren. Ich meine – überhaupt zu berühren …«

Lord Frix übersetzte, und Lasnic musste zu seinem Schrecken erfahren, dass im Königreich Garona die Weiber regierten. Er machte ein ungläubiges Gesicht. »Soll das heißen, dass sie …?« Er deutete auf die Prinzessin. »Dass dieses junge Weib unter euch allen die Erste ist? Sie sagt, wo es langgeht?«

Lord Frix übersetzte, und Lorban nickte und zog bedauernd die Brauen hoch, während Tibora und die Frauen um sie herum lächelten. Ein selbstsicheres und zufriedenes Lächeln war das. Es gefiel Lasnic nicht. »Das kann doch nicht sein!« Er wollte aufbrausen. »Ein erfahrener Mann wie du und ein ganzer Kerl wie Romboc …!«

Lord Frix stieß ihm den Ellenbogen in die Rippen. »Ruhig bleibe, o Lord Lasnic. Imma dra denke: Du bisch hier nimma im Wald.«

Lasnic schluckte es, was blieb ihm auch übrig? Irgendwann fand er es sogar komisch. Schließlich überwand er sich, dem jungen Prinzessinnen-Ding zuzulächeln und eine Geste des Bedauerns zu ihr auf die andere Seite des Feuers zu schicken. Währenddessen kamen ihm erste Zweifel an den Worten der Waldfurie. Hatte sie von diesem Schiff gesprochen? Sollte er wirklich an Bord eines Kahnes gehen, auf dem Weiber das Sagen hatten?

Und plötzlich – er traute seinen Augen kaum –, während er innerlich noch die Nase über das Weiberregiment in Garona rümpfte, lächelte die Kastanienrote ihm zu. Ein unglaublich schönes Lächeln war das, weich und verheißungsvoll und ganz von der Sorte, die einem wie Lasnic durch und durch ging.

Selbst viele hundert Atemzüge später noch, als er unter dem Laubdach seines Unterstandes lag und draußen Tekla und Schrat gurren hörte, dachte er an das Lächeln der Kastanienroten. Was für ein anziehendes Weib, ganz gleich wie jung und unerfahren es sein mochte. Sehr warm wurde Lasnic ums Herz, und er war nun sicher, dass die Waldfurie von dem Schiff aus Garona gesprochen hatte. Was gingen ihn die Sitten dieser Leute an? Sollten die garonesischen Kerle doch gehorchen, wem sie wollten.

»Tätsch du mich frage, o Lord Lasnic«, kam es neben ihm aus der Dunkelheit, »dann sollte mir die Oiladung von dene Garonese auf koinen Fall annehme.«

*

Es wurde nicht besser mit den Albträumen. In manchen Nächten wachte er regelmäßig auf, und der Mond war kaum weitergewandert. Manchmal musste er blinzeln, weil er noch geblendet war vom grellblauen Licht seines Traumes. Und einmal, als der Mond durch die Zweige des Unterstandes schien, richtete er sich auf und betrachtete das spitze Hühnergesicht des Baldoren. Und wieder musste er blinzeln. So lange, bis Lord Frix endlich nicht mehr wie ein verwelkter Greis aussah.

Die Baldoren kreuzten mit zwei Galeeren vor der Küste auf, setzten mit einem großen Ruderboot über. Die drei Boten, die Tibora nach Norden gesandt hatte, waren bei ihnen. Man fiel sich in die Arme, erzählte, was geschehen war, und fiel sich wieder in die Arme. Und weinte. Dankbare Blicke trafen Lasnic, bewundernde Blicke.

Die baldorischen Seeleute hatten Segeltuch, Rundhölzer und Flaschenzüge geladen. Und natürlich Proviant und Werkzeug. Die Arbeiten an der KÖNIGIN BELICE dauerten einen halben Mond. Lasnic nutzte die Zeit, um die wichtigsten garonesischen Worte und Sätze zu lernen. Lord Frix erwies sich als guter Lehrer, der nicht nur ihm das Nötigste beibrachte, sondern auch die wissbegierigen Garonesen in Lasnics Sprache unterrichtete, sodass man sich bald beiderseitig einigermaßen verständigen konnte.

Romboc und Tibora warteten Westwind und eine hohe Flut ab. Als beides nach beinahe einem Mond zusammenfiel, ließen sie die Segel setzen und die Galeeren durch starke Taue mit der KÖNIGIN BELICE verbinden. Lasnic und Lord Frix gingen an Bord. Wehmütig wurde dem Waldmann zumute, als er von der Reling aus zum Strand und zu den Kronen der Bäume zurückblickte. Zum ersten Mal in seinem Leben kehrte er dem geliebten Wald den Rücken. Würde er ihn jemals wiedersehen?

Baldoren und Garonesen wechselten sich auf den Ruderbänken ab. Die Sonne war ein gutes Stück weitergewandert, als endlich ein Ruck durch das Schiff ging – der Sand gab es frei, es nahm Fahrt auf. Mit geblähten Segeln ging es nun nach Nordwesten, und bald konnte Lasnic an keinem Horizont mehr Land entdecken. Nichts für einen Waldmann. Er verkroch sich in der Kajüte, die man ihm und Frix überlassen hatte.

Zu den Albträumen kam Übelkeit. Drei Tage lang hing Lasnic über der Reling und übergab sich. Das Gefühl, sterben zu müssen, machte sich in seiner Brust breit. Er bereute, den Garonesen geholfen zu haben, er bereute, an Bord ihres Schiffes gegangen zu sein, er bereute so ziemlich alles. Sogar, dass er vor seiner Berufung zum Großen Waldfürsten geflüchtet war, bereute er in diesen Tagen.

Lord Frix, der ihn wusch, mit Trinkwasser versorgte und stützte, wenn er wieder zur Reling musste, blieb munter und gut gelaunt. Die Fahrt auf dem schaukelnden Schiff schien ihm nichts auszumachen; rein gar nichts merkte Lasnic ihm an.

»Wieso musst du nicht kotzen?«, fragte er ihn, als der Brechreiz zwischendurch nachließ.

»Fahr nich zum erschde Mal übas Meer, o Lord Lasnic. I bin des g'wohnt, weisch?« Der Baldore deutete zum Heckkastell. »I nehm an, du hasch scho g'sehe, wer uns begleite tut.«

Lasnics Blick folgte seinem ausgestreckten Arm. Auf der Balustrade des Kastells schillerte Teklas schwarzes Gefieder in der Mittagssonne. Lasnic nickte. Gleich am zweiten Tag auf See hatte er sie und Schrat in der Takelage entdeckt. Ihre Nähe tröstete ihn. Es war, als würde ein Stück Stommfurt mit ihm über den verdammten Ozean segeln.

Die Seekrankheit ging vorüber, die Albträume nicht. Jede Nacht schwamm Lasnic in jenem mörderischen Licht, jede Nacht blendete es ihn, jede Nacht sah er in die verdorrten Gesichter der Vergreisten und hörte sie wimmern und stöhnen. In manchen Nächten zwei und drei Mal.

Oft lag er wach, lauschte Frix' Schnarchen, dem Ächzen des Schiffsrumpfes und dem knarrenden Flattern der Segel. Und dachte an Vogler. Nach und nach sah er den Tod seines Vaters in einem neuen Licht. Es musste ihm ähnlich ergangen sein wie ihm, Lasnic. Das grelle vielfarbige Blau, das unheimliche Leuchten und Blitzen, die plötzlich vergreisten Gesichter und das Entsetzen, das einen packte, wenn man so etwas erleben musste. Und die Albträume danach.

Lasnic rief sich jenen Tag in seinem achten Sommer in Erinnerung, als sie am Ostufer des Bärensees um Voglers Leiche herumstanden. Und Gundloch von Voglers Botschaft und seiner Angst berichtete. Und die Jäger sich stritten, weil einige nicht hören konnten, dass einer wie Vogler Angst gehabt haben sollte.

Natürlich hatte er Angst gehabt. Viehische Angst. Jeder, der einmal das Höllenlicht des Rings heraufbeschworen hatte, musste Angst haben. Es sei denn, er war aus Stein. Oder wahnsinnig.

Weg mit dem verdammten Ring, dachte Lasnic oft. Und eines Morgens – der erste Mond auf See lag hinter ihm – stand er auf, zog ihn ab und steckte ihn in die Westentasche. Er warf sich den Eulenfedermantel über und ging hinaus aufs Außendeck, schlenderte bis zur Bugreling. *Schmeiß das verdammte Ding endlich ins Meer.*

Doch noch bevor er sich tatsächlich zum Handeln entschließen konnte, trat die Kastanienrote neben ihn, die Prinzessin.

»Geht es dir besser?«, fragte sie ihn. Lasnic war so überrascht, sie plötzlich neben sich zu sehen, dass er nur nicken konnte. Sie lächelte. »Danke für deine Hilfe, Lasnic. Ohne dich wären wir alle tot.«

»Schon in Ordnung.« Seine Laune hob sich beträchtlich. Er blickte in ihre grünen Augen und vergaß den Ring. Seite an Seite lehnten sie über der Reling und plauderten. Mal versuchten sie es auf Garonesisch, mal in seiner Sprache. Lauka erzählte ihm von ihrer Heimat, von Garona. Sie beschrieb ihm die Bergwelt und die Städte an den Gipfelhängen in derart schönen Farben, dass Lasnic Lust bekam, sie mit eigenen Augen zu sehen. Er erfuhr, dass sie die beste Armbrustschützin des Reiches war, dass der Segler den Namen ihrer Mutter trug, dass Königin Belice kurz nach ihrer Geburt gestorben war und dass ihre Schwester, die Königin Ayrin, eine kühle und unnahbare Frau sei, der sie einmal auf dem Thron nachfolgen würde.

Irgendwann tastete sie nach seiner Hand und sah zu ihm herauf; sie war zierlich und mehr als einen Kopf kleiner als er. »Du gefällst mir, Lasnic«, sagte sie. »Unsere Männer sehen glatt und zart aus gegen dich. Fast ein wenig wie ewige Knaben.«

Lasnic fand das übertrieben, wusste jedoch nicht recht, was er ihr entgegnen sollte. Er trat von einem Bein aufs andere, zog eine verwegene Miene und blickte auf das verdammte Meer hinaus. Was wollte sie von ihm, beim Schartan?

Lauka schob sich an ihn heran. »Weißt du was?« Er glaubte, die Hitze ihres Körpers zu spüren. »Ich würde dich gern küssen.«

Lasnic sah sie an. »Hier?« Er war sich nicht sicher, ob er alles richtig verstanden hatte. Die vertrauten Worte seiner Sprache klangen in ihrer unbeholfenen Aussprache seltsam sperrig. »Jetzt?«

»Nicht vor aller Augen, nein. Morgen komme ich zu dir.« Sie drückte seine Hand, lächelte ihr herrliches Lächeln und ließ ihn stehen.

Erst am Abend fiel Lasnic der Ring in seiner Westentasche wieder ein. Er dachte daran, dass sein Vater ihn getragen hatte und beschloss, ihn doch zu behalten. Bevor er sich in seine Koje verkroch, steckte er das verdammte Schmuckstück zurück an seinen Ringfinger.

Sie klopfte am frühen Nachmittag des nächsten Tages. Lord Frix öffnete die Kajütentür. »Ich muss den Waldmann sprechen.« An dem Baldoren vorbei drängte sie sich herein. »Allein.« Lord Frix blickte zu Lasnic, und als der nur mit den Schultern zuckte, verließ er die Kajüte.

Die Prinzessin von Garona verriegelte die Tür hinter sich. Und wieder dieses Lächeln. Während sie mit wiegenden Hüften zu Lasnic schritt, löste sie die Brustbänder ihres Kleides. Lasnic stockte der Atem. Vor ihm blieb sie stehen, sah zu ihm hoch, und ein Schleier zog durch ihren Blick. Dann stellte sie sich auf die Zehenspitzen und küsste ihn. Das fühlte sich gut an, und dennoch: Etwas an ihrem Kuss störte ihn.

Lasnic spürte ihre Zunge um seine tanzen, spürte die Wölbungen ihres Körpers an seiner Brust, seinen Schenkeln. Sein Atem flog, und in seiner Hose spannte es schon. Er drückte sie fester an sich, ließ seine hungrigen Hände über ihren Körper gleiten. Es war schön, sie zu halten, es war schön, sie zu küssen, es war schön, ihren festen Hintern unter seinen Handflächen zu spüren. Und beim Wolkengott, ja, er hatte Lust auf sie. Eine unbändige, brennende Lust erhitzte sein Blut. Doch etwas stimmte einfach nicht.

Sie drückte ihn weg von sich, öffnete ihr Kleid bis zum Bauchnabel. Lasnic betrachtete ihre köstlichen Brüste, und sein Mund wurde trocken.

»Komm, Waldmann«, flüsterte die kastanienrote Frau. Sie zog seine Hände von ihrer Taille. »Nimm mich.« Sie legte seine Hände auf ihre Brüste. Ihm war, als würde er den Himmel berühren, und in seinen Lenden brannte es wie Feuer.

Und dennoch. Und dennoch schob er sie von sich – irgendetwas fühlte sich nicht richtig an, nicht so, wie es sich anfühlen sollte, wenn ein Weib einen Kerl begehrte. »Ich weiß selbst nicht, was los ist«, flüsterte er. »Es stimmt so nicht, weißt du? Vielleicht brauchen wir noch Zeit.«

Er bemerkte ihre Finger auf dem Ring, und plötzlich warnte

ihn seine innere Stimme. *Sie hat es auf den Ring abgesehen, und auf sonst gar nichts.* Lasnic schüttelte ihre Hände ab. »Geh jetzt lieber.« Er deutete zur Kajütentür.

Die Miene der Kastanienroten verwandelte sich von einem Wimpernschlag auf den anderen. Stand eben noch eine lächelnde, sehnsüchtig zu ihm aufschauende Frau vor ihm, sah er jetzt ein zorniges Weib mit eckigem Mund, kantigem Gesicht und Schlitzaugen. Die Prinzessin von Garona riss sich das Kleid bis hinunter zu den Schenkeln auf. Und begann zu schreien. Lasnic begriff gar nichts. Die zierliche Frau zerzauste sich das Haar, zerkratzte sich Arme und Hals, biss ihn erst in die Hand, dann in die Wange.

Er schrie auf vor Schmerzen, stieß sie zurück. »Drehst du jetzt durch?« Sie schlug auf dem Boden auf, schrie heftiger, zerriss ihr Kleid vom Saum aufwärts bis zu den Hüften hinauf.

Draußen pochte es an der Tür. Schreiend sprang die Prinzessin auf. »Hilfe!« Sie riss den Riegel zurück, stieß die Kajütentür auf. »So helft mir doch!« Sie kreischte wie von Sinnen, und schlagartig, als würde man ihm ein schwarzes Tuch von den Augen ziehen, sah Lasnic glasklar. Doch da war es schon zu spät.

»In Ketten mit ihm!«, kreischte sie. »Er wollte mich mit Gewalt nehmen! Legt ihn in Ketten!«

Er rannte zur Kajütentür, schubste das Weib nach draußen, knallte die Tür zu, stieß den Riegel in den Bügel. Fast dunkel war es jetzt. Er stürzte zur Koje, riss das Bordfenster auf. Das Meer rauschte, der Wind heulte, ein Kolk krächzte, die Segel knatterten, Flügelschlag schwirrte heran. Hinter ihm traten und schlugen sie gegen die Kajütentür, forderten ihn fluchend auf, zu öffnen. Lasnic zog sich den Ring vom Finger, schloss die Faust darum, starrte in die schäumenden Wogen.

Das Donnern und Krachen vor der Kajütentür ging ihm durch Mark und Bein. Sie bearbeiteten die Tür mit einem Rammbock. Lasnic zitterte am ganzen Körper. Seine Narbe zuckte, als wäre sie ein lebendiges Tier, das sich unter seiner Haut herauswühlte. Endlich drückte er das Fenster zu. »Ich komme!« Er rutschte von der Koje, strich sie glatt. Das Poltern und Krachen hörte auf. »Ich mach auf.«

Er bückte sich nach seinen Sachen, zog Voglers Kurzschwert und die Lanze heraus. Dann zur Kajütentür. Mit dem Schwertknauf hieb er den Riegel aus dem Sperrbügel, trat die Tür auf, sprang zurück.

Ritter und Schwertdamen stürzten in die Kajüte, an ihrer Spitze Tibora und Boras, der Stoppelkopf. Sie sahen die Waffen in Lasnics Hand und standen still, als wären sie gegen einen unsichtbaren Wall geprallt.

»Elender Hund!«, zischte Boras. Das Weiß seiner Augäpfel leuchtete im Tageslicht, das durch die Tür in die Kajüte fiel. »Wolltest sie vögeln. Mit Gewalt.« Kannte also auch der Stoppelkopf inzwischen ein paar Brocken des Strömenholzer Dialektes. Fast hätte Lasnic geschmunzelt.

»Dumm wie ein Wasserschwein bist du, wenn du ihr auch nur ein Wort glaubst.« Er hob Schwert und Lanze.

»Vorsicht!«, kreischte die Kastanienrote hinter ihnen. »Er hat noch den Ring! So tötet ihn doch! Er ist über mich hergefallen, dieser verfluchte Lüstling! Nieder mit ihm, macht schon!«

Boras blinzelte ins Halbdunkle, versuchte den Ring an Lasnics Linken zu erkennen, doch Lasnic hielt die Lanze so, dass man seinen Ringfinger von der Tür aus nicht erkennen konnte. Auch die anderen starrten auf seine Hände.

»Sie lügt, wenn sie den Mund aufmacht«, sagte er leise. »Merkst du das immer noch nicht, du Schwachkopf? Sie lügt, wenn sie lächelt, sie lügt sogar, wenn sie den kleinen Finger bewegt.«

»Halt's Maul, dreckiger Hund!« Boras machte Anstalten, sich auf ihn zu stürzen.

»Sehen wir nicht ihren blanken Busen unter ihren zerrissenen Kleidern?« Hinter ihm erhob Lorban von Seebergen die Stimme. »Sehen wir nicht die Kratzspuren deiner Nägel in ihrem Gesicht und auf ihren Schenkeln?«

Boras nickte, hob sein Schwert und zeigte mit der Spitze in Lasnics Gesicht. »Und Bisswunde von Lauka. In deiner Fratze.«

Der narbige Bulle drängte sich durch die Männer und Frauen, Romboc. Zwischen Boras und Tibora stand er still, ließ seine Pranken auf ihren Schultern ruhen. »Verdammt, Waldmann«, flüsterte er. »Musste das wirklich sein?« Seine Augen glänzten wie die eines Fieberkranken.

»Sie lügt«, sagte Lasnic.

»So schlag ihn doch endlich nieder!«, schrie hinter den Männern die Prinzessin. »Was redet ihr denn noch mit ihm? Wie ein Tier hat er mich angefallen! Soll er euch erst mit seinem Höllenlicht in Tattergreise verwandeln? Schlagt ihn tot!« Sie geriet allmählich außer sich da draußen auf dem Außendeck. »Ich befehle es euch! Ich, Prinzessin Lauka von Garona!«

»Sie macht den Mund auf und lügt«, sagte Lasnic. »Immer.« Die Obristdame Tibora tuschelte mit Romboc. Es ging um Laukas zerrissenes Kleid, um Kratzwunden und nackte Haut. Lasnic verstand kaum die Hälfte. Es war ihm egal. »Sie wollte mich verführen! Wahrscheinlich, um den Ring zu klauen. Auf den habt ihr es doch alle abgesehen, oder?« Er hatte keine Ahnung, worauf das alles hinauslaufen sollte, doch er war entschlossen, sein Leben so teuer wie möglich zu verkaufen. »Sie hat sich vor mir ausgezogen, und als ich nicht so wollte wie sie, fing sie an zu schreien. Sie hat sich selbst zerkratzt und ihr eigenes Kleid zerrissen.«

»Und warum blutest du im Gesicht?« Romboc belauerte ihn aus sehr schmalen Augen.

»Weil ich ein dummer Grünspross bin.« Lasnic lachte bitter. »Hab ihr Spiel erst durchschaut, als sie mir am Hals hing und zugebissen hat.«

»Kein Wort stimmt!«, zischte Boras. »Dreckiger Hund!« Er wollte sich auf Lasnic stürzen, doch Romboc hielt ihn fest, riss ihn zurück.

»Ist das wirklich wahr?«

Lasnic nickte.

»Ich schlag ihn tot!« Boras machte sich los, hob das Schwert. Doch Romboc griff ihm ins Haar und riss ihn abermals zurück. »Du wirst genau das tun, was dein Erzritter dir befiehlt!« Und wieder an Lasnic gewandt: »Noch einmal, Waldmann – was genau ist in dieser Kajüte vorgefallen?«

Boras schrie seinem Erzritter ins Gesicht, und Lasnic erahnte mehr, was Boras sagte, als dass er wirklich verstand: Romboc sollte sich doch die Prinzessin anschauen, dann bräuchte er keine dummen Fragen mehr zu stellen. Irgendetwas in der Art.

Romboc schlug dem Stoppelkopf mit dem Handrücken auf den Mund. Blitzschnell ging das, Lasnic nahm kaum die Bewegung wahr. Der Bulle packte den Ritter am Kragen, schlug ihm mit dem Schwertknauf die Klinge aus der Hand und stieß ihn gegen die Männer und Frauen hinter sich. »Sperrt ihn ein. Ich knöpfe ihn mir später vor.« Sie zerrten den Stoppelkopf aufs Außendeck und dort Richtung Heck, wo die Luken zu den Laderäumen lagen. Lasnic hörte die Kastanienrote mit schriller Stimme protestieren.

»Ich habe die Befehlsgewalt über die Ritter!«, rief Romboc, ohne sich umzudrehen. »Ich allein!« Wie Donnerschlag grollte seine tiefe Stimme durch die Kajüte. Die Gläser auf dem Tisch klirrten. Der vernarbte Bulle sah Lasnic in die Augen. »Ich höre, Waldmann.«

»Sie klopft, will unter vier Augen mit mir sprechen. Würdest du eine schöne Frau abweisen? Und dann noch eure Prinzessin? Also, ich lass sie rein, und schon hängt sie mir an den Lippen. Als sie dann ihr Kleid aufschnürt, wird mir mulmig. Erst will ich's nicht wahrhaben, denn verdammt, sie ist nun einmal schön. Doch mein Verstand tritt mir in den Arsch. ›Sie will den Ring‹, warnt er. Und ich sag zu ihr: ›Geh lieber wieder‹, und den Rest kennt ihr schon. Ich wiederhol mich nicht gern.«

Die Männer und Frauen schluckten und machten betretene Gesichter. Das überraschte Lasnic: Sie trauten ihrer Prinzessin also zu, was er gerade erzählt hatte? Er schöpfte Hoffnung, ließ aber weder Schwert noch Lanze sinken.

Tibora sah Romboc von der Seite an, flüsterte mit ihm; sie wirkte ziemlich ratlos. »Ein Mann, der eine Frau wie Lauka zurückweist?«, fragte sie leise.

»Ich bin zwar ein Mann, aber kein Idiot«, sagte Lasnic. »Sie wollte den Ring und nicht mich. Ich kenn mich aus mit Weibern. So was durchschau ich, und so was hass ich.«

Romboc nickte langsam. »Vielleicht sagt er die Wahrheit.«

»Einen wie dich, Romboc von Garonada, würde ich zuallerletzt belügen.«

»Eine Anschuldigung steht gegen die andere. Wir werden die Sache genau untersuchen.« Romboc zog Tibora zu sich und beugte sich an ihr Ohr. Trotzdem hörte Lasnic, was er flüsterte: »Schau dir ihre Kratzwunden genau an. Nimm einen spitzen Dolch, kratz ihr den Dreck unter den Fingernägeln heraus und bring ihn mir. Und ich schau mir seine Fingernägel an.« Tibora nickte, steckte das Schwert weg und huschte aus der Kajüte. In diesem Moment hätte Lasnic den Ritter umarmen können.

»Licht!«, rief der. Langsam kam Romboc auf Lasnic zu. Zwei Ritter besorgten glühenden Kienspan und zündeten die Tranlampen an. Lichtschein vertrieb das Halbdunkel aus der Kajüte. »Anklage steht gegen Anklage, Lasnic«, sagte Romboc, und dann sehr viel leiser: »Was mich betrifft: Ich glaube dir jedes Wort, und ich werde für eine faire Untersuchung sorgen.« Er streckte seine schwieligen Hände aus. »Reich mir deine Waffen, Waldmann.« Lasnic zögerte. »Du vertraust mir oder du lässt es bleiben, Mann aus Strömenholz.«

Lasnic stieß einen Fluch aus, ließ Lanze und Schwert jedoch sinken. »Ich vertrau dir, Romboc. Warum vertraue ich dir bloß?« Er schleuderte die Waffen hinter sich auf die Koje. Auf dem Außendeck draußen hörte er die Kastanienrote schimpfen.

»Und jetzt reich mir die Hände.« Lasnic tat, was der Erzritter verlangte. »Licht!«, rief Romboc. Ein Ritter und eine Schwertdame brachten zwei Talglampen mit hochgedrehten Dochten und hielten sie von beiden Seiten dicht über Lasnics Hände. Romboc hielt Lasnics Finger fest, musterte sie sorgfältig. Er drehte Lasnics Handflächen um, betrachtete sie aufmerksam, strich mit dem Zeigefinger über Lasnics Nagelkanten, fuhr mit dem Nagel unter Lasnics Nägel. Draußen schrie die Prinzessin und stampfte vor

Wut mit dem Fuß auf. Lasnic wunderte sich nicht, dass niemand sich darum kümmerte. Hatte er nicht gleich gedacht, dass sie zu jung war? Und dann auch noch ein Weib? Einer wie Romboc ließ sich doch nicht von so einer sagen, was er zu tun hatte!

»Sieht einer von euch Hautfetzen?«, fragte Romboc unterdessen. Die Schwertdame und der Ritter schüttelten den Kopf. »Ich auch nicht. Sieht einer von euch Blutspuren?« Wieder Kopfschütteln. »Ich auch nicht.« Romboc ließ Lasnics Rechte los, hielt aber die Linke noch fest. »Und noch etwas sehe ich nicht.« Er deutete auf Lasnics Ringfinger. »Den Ring.«

*

Nebelbänke lagen über dem Hügelland. Die Luft roch nach Winter. Ayrin sah hinauf zu dem verwaschenen Flecken im Grauhimmel: zur Vormittagssonne. Manchmal brach das Gestirn für Augenblicke durch den Hochnebel. Dann konnte Ayrin das Meer sehen, die Hügel von Trochau, die Mündung des Trochs.

Sie lehnte an den Zinnen der Dachterrasse jener kleinen Burg, die ihre Mutter Belice sich hier, im Zentrum der besetzten Hauptstadt von Trochau, hatte bauen lassen. Die Stadt hieß wie das Hügelland am Strom, das ihre Bewohner früher beherrschten: Trochau. »Und ihr seid ganz sicher?«, wandte sie sich an die beiden Boten aus der Stadt.

Die Stadtritter nickten. »Fischer haben das Schiff gleich bei Sonnenaufgang entdeckt«, sagte der Jüngere. »Sie sind sofort zurück in den Hafen gesegelt und haben die Nachricht verbreitet: Es ist die KÖNIGIN BELICE. Sie wird noch in dieser Stunde im Hafen vor Anker gehen.«

»Gut.« Sie holte tief Luft, atmete gegen die Erregung an, die sie plötzlich befiel. Romboc und Lauka kehrten zurück! Schon nach neun Monden! Ob das ein gutes Zeichen war? Obwohl Ayrin seit Wochen hier an der Küste auf die Rückkehr der Expedition wartete, hatte sie dennoch nicht zu hoffen gewagt, dass es vor dem Wintereinbruch geschehen würde. »Geht hinunter in den Rittersaal, lasst euch zu essen und zu trinken geben. Danach begleitet uns zum Hafen.«

Die Boten stiegen von der Dachterrasse in die Burg hinunter. Über die Zinnen gebeugt rief Ayrin nach Ekbar. Der Thronritter trat aus der Schmiede, wo er seit den frühen Morgenstunden arbeitete; trotz der Kälte war er bis auf einen Lederschurz nackt. Er hielt einen wuchtigen Hammer in den Fäusten, sein rundlicher Körper glänzte von Schweiß. »Lass Esel und Ziegen satteln!«, rief Ayrin. »Wir reiten zum Hafen! Die KÖNIGIN BELICE ist zurück!«

Eine halbe Stunde später trabten sie über die breite Hauptstraße von Trochau-Stadt zum Hafen hinunter. Ayrin saß im Sattel ihrer schwarzen Lieblingseselin. Sie trug einen Mantel aus braunem Ziegenpelz.

Die Sonne brach jetzt immer öfter durch den Hochnebel. Flache Häuser aus Lehm säumten die Straße. Die Trochauer bauten weitläufige Wohnhäuser mit Innenhöfen und tiefen Kellern. Keines hatte mehr als zwei Stockwerke, die meisten nur eines. Vom Frühling bis in den Herbst hinein spielte sich das Leben auf den Dächern und in den Höfen ab. Jetzt, zu dieser Jahreszeit, sah Ayrin kaum noch Menschen auf den Dachterrassen.

Etliche Trochauer, die sich vor ihren Haustüren oder hinter ihren Fenstern werkelten, verneigten sich, als Ayrins Tross vorüberritt; manche winkten ihr zu. Zahlreicher jedoch waren diejenigen, die sich abwandten oder in ihre Häuser huschten. Obwohl Land und Stadt seit annähernd zwei Generationen von garonesischen Hochdamen regiert wurden – und zwar gut regiert und zum Wohl der Bevölkerung –, schlug Ayrin und den Repräsentanten ihres Reiches immer noch der Hass von Trochauern entgegen, die sich unterdrückt und ihrer Freiheit beraubt wähnten. Ayrin schob das auf den verletzten Stolz der Menschen.

Ihr Tross näherte sich dem Hafen. Ekbar, der vor ihr auf einer massigen schwarz gescheckten Bergziege ritt, deutete über die Dächer. »Sie haben bereits angelegt!«

Ayrin schirmte die Augen gegen das Sonnenlicht ab, das den Hochnebel inzwischen endgültig besiegt hatte. Tatsächlich ragten hinter den Flachdächern Schiffsmasten am nahen Hafen auf, die sie gestern dort noch nicht gesehen hatte. Am mittleren Mast wehte die Flagge von Garona – Schneegipfel unter roter Sonne. Ayrin trieb ihre Eselin an und ritt an Ekbar und seinen Thronrittern vorbei.

Das Gesicht ihres ehemaligen Lehrers und Beraters drängte sich ungerufen in ihre Gedanken. Mauritz hatte sie gebeten, mit ihr nach Trochau reisen und auf die Rückkehr der KÖNIGIN BELICE warten zu dürfen, doch sie hatte es ihm rundweg abgeschlagen. Wie so vieles, was sie ihm hatte abschlagen müssen in den letzten Monden.

Die Vorfälle rund um das verbotene Duell im Labyrinth und das angebliche blaue Licht hatten den Ruf des Harlekins endgültig ruiniert. Auf Druck des kleinen Reichsrates hatte Ayrin ihn als Thronrat und Berater absetzen müssen. Insgeheim war sie dankbar für diesen Druck. Aus eigener Kraft hätte sie es nicht geschafft, sich von dem Harlekin zu trennen: Sie hing an dem Hüter ihrer Kindheit und Jugend, und etwas in ihr konnte nicht aufhören, ihn zu lieben. Wie schwer war es ihr gefallen, ihn seiner Stellung zu berauben.

Sogar sein Wohnrecht in der Burg hatte sie Mauritz nehmen müssen. Im Spätsommer hatte er ein Haus in Weihschroff bezogen. Seitdem reiste er von Stadt zu Stadt, bot seine Dienste an den Höfen der Herzoginnen an, trat auf den Märkten und in den Garnisonshäusern als Spaßmacher auf.

Dabei war Runjas Bericht noch immer nicht bewiesen. Mauritz hatte gelacht, als Ayrin und Hildrun ihn damit konfrontiert hatten. Jeder wisse doch, dass die Priesterin saufe, hatte er gesagt; so viel saufe, dass sie schon krank im Kopf sei. Und dass der Weihritter, den Runja ins Garnisonshaus geschickt haben wollte, von einer Stunde auf die andere verschwunden war, beweise nur, dass er die beiden anderen Ritter getötet habe. Um ein verbotenes Duell mit tödlichem Ausgang zu verschleiern.

Viel war es nicht, das Ayrin und die Burgmeisterin Mauritz' Verteidigung entgegenhalten konnten. Trotz aller Feindschaft, die ihm inzwischen aus dem Reichsrat entgegenschlug, wagte niemand, ihn offiziell anzuklagen. Und so hatte Ayrin einen Reichsritter und seine Garde beauftragt, den Harlekin nicht aus den Augen zu lassen.

Die letzten Häuser blieben hinter ihr zurück, Steinpflaster ging in Lehmboden über, der Hufschlag ihrer Eselin klang gedämpfter jetzt, der Hafen öffnete sich ihrem Blick. Vor der KÖNIGIN BELICE drängten sich Menschen. Ayrin trieb ihre Eselin zum Galopp. Ein großer schwarzer Vogel saß unter der garonesischen Flagge auf dem Hauptmast. Und zweiter, kleinerer, auf dem Heckkastell.

Die Ritter, Hochdamen und Schaulustigen vor dem Schiff erkannten sie, machten ihr Platz. Ayrin entdeckte Romboc in der Menge. Ein Stein fiel ihr vom Herzen – er lebte! Sie schwang sich aus dem Sattel, eilte ihm entgegen.

Zwei Männer, die sie nie zuvor gesehen hatte, schritten zwischen Rombocs Rittern. Einer hatte langes schwarzes Haar, war klein, schmächtig und hässlich mit seinem Schmollmund, seiner riesigen Nase und seinen Glotzaugen, die sich weit aus den Augenhöhlen wölbten. Der andere, jüngere, neben ihm, ein großer, kräftig gebauter Mann, sah verwildert und gefährlich aus. Und auf eine seltsame Art gut. Gefieder bedeckte seinen langen Mantel.

»Ich bin so froh, dich bei guter Gesundheit zu sehen, mein Erzritter!« Ayrin griff nach der Hand ihres ehemaligen Fechtlehrers und hielt sie mit beiden Händen fest. »Ich danke der Großen Mutter für eure Rückkehr.«

Romboc verneigte sich. »Und ich bin glücklich, dir die Besatzung vollständig und beinahe gesund zurück in die Heimat bringen zu können, meine Königin.« Trotz der munteren Worte las Ayrin in seiner Miene, dass etwas ihn bekümmerte.

Sie runzelte die Stirn, wollte nachfragen, doch über Rombocs Schulter hinweg traf sich ihr Blick mit dem des großen Fremden. Er hatte dichte, über die Ohren wuchernde braune Locken mit hellen Strähnen. Eine großflächige Narbe zerklüftete sein Gesicht unterhalb des linken Auges und verlieh ihm einen schroffen und zugleich verwegenen Zug. Sie musste an Starians verwüstetes Gesicht denken. Die Augen des Fremden waren ähnlich blau wie die Starians. Allerdings leuchteten die Augen dieses Mannes in einem intensiveren Blau, und ihr Glanz erschien Ayrin seltsam hart und durchdringend. Vor allem jedoch: Der Blick dieser Augen ging ihr unter die Haut, löste etwas in ihr aus, das ihr tief in die Brust perlte, bis in den Bauch hinab.

»Es gab Schwierigkeiten unterwegs.« Romboc räusperte sich. Ayrin atmete tief durch, riss sich los vom Blick des Fremden. »Ich sollte dir unter vier Augen davon berichten.« Ayrin nickte, ihr Blick kehrte zu dem des Fremden zurück, wich ihm erneut aus.

Plötzlich drängte sich Lauka an Romboc vorbei, hakte sich bei Ayrin unter, führte sie weg von den Rittern und den beiden Fremden und dann etwas abseits von der Menge. Sie wirkte aufgewühlt.

»Dieser Mann muss sterben«, sagte sie, und ihre Stimme zitterte.

»Wer?«

»Der Lockenkopf mit der Narbe und dem Eulenfedermantel. Auf der Rückfahrt ist er über mich hergefallen!«

»Wer ist das?«

»Ein Waldwilder von der Stommmündung. Es ist der Mann, den wir suchten, der mit dem Ring. Er hat ihn versteckt, bevor die Ritter ihn in Ketten legen konnten. Doch wenn man ihn richtig foltert, wird er das Versteck verraten. Und danach muss er sterben.«

»Aber warum denn?«

»Hörst du nicht zu?« Lauka ließ Ayrins Arm los, blitzte sie an. »Dieser wilde Waldmann hat mich gegen meinen Willen gefickt! Ich will, dass er stirbt!«

DRITTES BUCH

KEIN HINGANG OHNE WIEDERKEHR

I

Tiboras Stimme schien noch widerzuhallen von den Wänden des Ratssaals, dabei war die Obristdame längst verstummt. Die Stimme hatte ihr einfach versagt. Jetzt schluckte sie, starrte auf ihre schönen Hände, und es kam Ayrin vor, als würde sie mit den Tränen kämpfen. Entsetzen hatte die Obristdame während ihres Berichtes gepackt. Dasselbe Entsetzen, das sie drei Monde zuvor an jenem Strand fern im Osten angesprungen hatte. Und vor zehn Tagen wieder, als sie im Burgsaal von Trochau zum ersten Mal erzählte, was sie an jenem Abend von Bord der KÖNIGIN BELICE aus beobachtet hatte. Ayrin konnte an nichts anderes mehr denken seitdem.

Die Anwesenden schienen noch Tiboras längst verklungener Stimme zu lauschen; auf den Mienen aller spiegelte sich der gleiche Schrecken wie in den bleichen Zügen der Obristdame. Keiner konnte sich den Bildern entziehen, die ihre Worte heraufbeschworen hatten: gespenstische Lichtblitze, mörderisches Blauschillern, jäh vergreisende oder zu Staub zerfallende Menschen.

Einige Hochdamen hatten sich die Hände vors Gesicht geschlagen, manche Erz- und Reichsritter blickten kopfschüttelnd ins Schneetreiben hinaus. Romboc, stoppelbärtig und mit bebenden Kaumuskeln, starrte durch den Boden vor seinen Stiefelspitzen hindurch in irgendeine Tiefe. Loryane hatte die Augen geschlossen und ihre Stirn gegen Petronas Schulter gelehnt. Die blickte mit offenem Mund und einer Mischung aus Hass und Unglauben zu Tibora. Hildruns Gesicht war eine weiße eckige Maske. Runja kaute auf ihrer wulstigen Unterlippe herum.

Einzig Serpane, die neue Kriegsmeisterin von Violadum, verzog keine Miene. Völlig reglos und mit ausdruckslosem Gesicht hockte die alte Hochdame in ihrem Sessel; wie eine, die gar nichts mehr erschüttern konnte.

Tibora räusperte sich und sprach endlich weiter: »Nur wenige konnten fliehen, vielleicht sieben oder acht.« Scharf sog sie die Luft durch die Nase ein. »Diese Räuber waren wilde, grausame Männer – furchtlos und gewohnt zu kämpfen. Und trotzdem haben diejenigen, die entkamen, nicht einmal ihre Waffen mitgenommen. Sie ließen alles stehen und liegen, sind einfach nur schreiend ins Wasser gesprungen.«

Wieder Schweigen. Die weiße Winterstille, in der Garonada seit den frühen Morgenstunden versank, reichte bis in den kleinen Ratssaal herein. Nur das Knistern des Feuers im Kamin war zu hören. Die Stille lastete auf Ayrins Brust; das Atmen fiel ihr schwer. Aufrecht hockte sie auf der Kante ihres Sessels. Ihre gefalteten Hände lagen vor ihr auf der Ratstafel. Obwohl sie Tiboras Bericht schon zum zweiten Mal hörte, wühlte er sie wieder auf: die fliehenden Räuber, die wimmernden Greise auf dem Floß und auf den Kähnen, das böse Licht, der nackte Waldmann im Wasser, alles sah sie so deutlich vor sich, als wäre sie dabei gewesen. Sie blickte sich um unter den etwa zwanzig Männern und Frauen. In aller Eile hatte sie in die Burg rufen lassen, wer vom Reichsrat sich gerade in Garonada aufhielt. Allen ging es wie ihr, alle waren tief erschüttert.

Allerdings verweilte wohl kaum einer hier im Saal mit seinen Gedanken so lange bei diesem Waldmann wie Ayrin. Ihn sah sie am klarsten vor ihrem inneren Auge – wie er nackt durch die Wogen tauchte, wie er die Räuber mit dem magischen Licht angriff, wie er am Hafen von Trochau hinter Romboc stand und sie anschaute aus seinen blauen Augen.

Einerseits ließ sie ihre Gedanken gern bei ihm verweilen, andererseits tat es ihr weh: Sie hatte den Befehl gegeben – geben müssen –, ihn in Ketten zu legen und zu durchsuchen. Sie war die Königin, sie musste an das Reich denken, sie brauchte den magischen Ring. Um jeden Preis.

Natürlich hatte er sich gewehrt. Ein starker Mann und ein tapferer Kämpfer – doch was sollte selbst der Stärkste und Tapferste gegen vier Ritter ausrichten, die ihn aus dem Hinterhalt angriffen? Die Scham fühlte sich an wie ein Geschwür in der Brust. Jetzt war es Ayrin, die ins Schneetreiben draußen auf dem Burghof starrte. Sogar in dem weißen Gestöber glaubte sie, seine Gesichtszüge zu erkennen.

»Die Große Mutter sei uns gnädig!« Runjas Stimme riss Ayrin schließlich aus ihren verbotenen Gedanken. Die Priesterin seufzte mehr, als dass sie sprach. »Wenn ich mir vorstelle, dass die Streitscharen unserer Schwertdamen und Ritter mit diesem schlimmen Licht angegriffen werden …« Sie unterbrach sich, seufzte noch einmal und senkte ihren großen Kopf.

Vergeblich wehrte sich Ayrin gegen die Vorstellung von kopflos fliehenden Kämpfern des garonesischen Reichsheeres. Sie schüttelte sich, vertrieb die schmerzhaften Bilder und wandte sich an Tibora. »Und was geschah dann?« Sie wusste es ja, fragte für diejenigen, die in Trochau nicht dabei gewesen waren.

»Nichts weiter. Der Waldmann und der baldorische Räuber beschafften uns Trinkwasser und Nahrung.«

»Ist er denn inzwischen gefunden worden, dieser gerissene Baldore?«, wollte Romboc wissen.

Tibora schüttelte den Kopf. »Spurlos verschwunden. Ich halte ihn übrigens für einen guten Mann. Er und der Waldmann halfen uns, ein Lager zwischen den Dünen zu bauen. Lasnic hat es nicht verdient, im Kerker zu liegen.«

»Vielleicht, vielleicht auch nicht!« Kühl wie meist klang Hildruns Stimme. »Lauka behauptet, er habe sie geschändet. Wir können uns nicht ohne Weiteres über ihre Anklage hinwegsetzen. Vor allem aber: Wir brauchen den Ring. Es bleibt uns gar nichts anderes übrig, als den Willen des Waldwilden zu beugen.«

Ayrins Gestalt straffte sich. »Der verfluchte Ring!« Seit Tibora ihr in Trochau noch einmal die Wirkung der magischen Waffe beschrieben hatte, hielt die Eisklaue der Angst ihr Herz umklammert. Unablässig kreisten ihre Gedanken seitdem um die Schilderungen jener bösen blauen Lichterscheinung. Genauso um Runjas Erlebnis im Labyrinth. Und damit zwangsläufig auch um Mauritz. Und was sie noch keinem Menschen anvertraut hatte:

Ständig musste sie an ihre Mutter und deren letzte Lebenstage denken. »Wo mag er ihn versteckt haben, diesen gefährlichen Ring?«

»Meine Ritter haben den Waldmann niedergeschlagen und in Ketten gelegt«, sagte ein einarmiger Reichsritter namens Raban; unter der Kriegsmeisterin Loryane führte er den Oberfehl über die Garonadaer Stadtritterschaft. Er hatte schon unter Belices Mutter, Königin Selena, gedient. »Und wenn ich gründlich sage, meine ich gründlich!« Rabans graues Haar wallte ihm weit über den Rücken, und im Verhältnis zu seiner hünenhaften Gestalt klang seine Stimme geradezu lächerlich hoch und dünn. »An seinem Körper hat er ihn jedenfalls nicht versteckt. Und in seinem Körper auch nicht. Das ist sicher.«

Ein Stich ging Ayrin durch die Brust – selbst im Körper des Waldmanns hatten sie den Ring gesucht? Lebte er dann überhaupt noch? Sie verbat es sich, die Frage auszusprechen. Mit ausdrucksloser Miene blickte sie zu Romboc. Der zuckte nur mit den Schultern. »Ich habe seine Kajüte persönlich auseinandergenommen. Nichts.«

»Er behauptet, der Ring sei ihm unheimlich geworden.« Lorban ergriff das Wort. »Deswegen habe er ihn ins Meer geworfen.«

»Das könnte sogar stimmen«, sagte Tibora. »Denn als wir draußen die verriegelte Kajütentür aufbrechen wollten, hörte ich, wie er drinnen das Fenster in der Bordwand zudrückte.«

»Ich halte ihn für einen brauchbaren Burschen«, sagte der Erzritter. »Für einen ehrlichen Burschen sogar. Doch dass er den Ring ins Meer geworfen hat, glaube ich ihm nicht.« Romboc schüttelte den Kopf. »Er hat ihn irgendwo versteckt.«

»Aber wo?« In einer ratlosen Geste breitete Tibora die Arme aus.

»Ich komm schon noch drauf. Gebt mir ein bisschen Zeit.« Romboc suchte Ayrins Blick. »Doch was machen wir mit ihm? Lauka verlangt öffentlich seinen Kopf.«

»Eine Schande, dass er überhaupt noch lebt!« Die mädchenhafte Stimme des Reichsritters Raban gellte durch den Ratssaal.

»Wer sich erdreistet, die Tochter der Königin Belice anzurühren, muss selbstverständlich sterben!« Er schüttelte seine Unterarmprothese, einen Haken unter kurzer Lanzenklinge.

»Dann müssten mehr Ritter sterben, als wir entbehren können«, sagte Loryane trocken. Alle sahen einander an, doch niemand lachte.

»Lauka hat sich die Kratzer selbst beigebracht«, warf Tibora ein. »Unter ihren Nägeln steckten blutige Hautfetzen, und die Schürfwunden an ihren Armen verliefen von unten nach oben.«

Romboc nickte. »Er hat sie nicht angerührt. Jedenfalls nicht gegen ihren Willen.« Ayrin biss sich auf die Zähne. »Kann sein, sie hat versucht, ihm ...« Er wedelte mit der Rechten, suchte ein passendes Wort. »... auf ihre Weise den Ring abzunehmen, und er hat das Spiel durchschaut.«

»Vielleicht, vielleicht auch nicht.« Hildruns kühle Stimme zerschnitt das erneute Schweigen im Saal. »Wie tadelnswert die Prinzessin sich sonst auch benehmen mag – in diesem Fall muss man ihr ihren Willen geben. Wie stünde sie denn sonst vor dem Volk da? Wie eine Lügnerin! Als Prinzessin von Garona! Das geht nicht. Der Bursche ist nur ein Waldmann. Schuldig oder nicht.« Ihr strenger Blick richtete sich auf Ayrin. »Du musst den Befehl geben, ihn hinzurichten.« Raban nickte. Und etliche andere auch.

Ayrin aber sprang auf; ihr Sessel kippte polternd um. Die Wut stieg ihr in die Kehle. Ihr war zum Schreien zumute, doch schweigend hielt sie Hildruns Blick stand, bis die Burgmeisterin den Kopf senkte. »Einen Mann, der die Besatzung der KÖNIGIN BELICE gerettet hat?« Ayrin sprach gefährlich leise. »Einen Mann, der ganz allein vierzig Wegelagerern gegenübergetreten ist, um unsere geschwächten Schwertdamen und Ritter zu verteidigen? Den soll ich hinrichten lassen? Um einer unreifen Göre Genugtuung zu verschaffen? Hast du mir das gerade vorgeschlagen, Burgmeisterin, oder habe ich mich verhört?« Hildrun antwortete nicht. Ayrin blickte in die Runde. Jeden, der eben genickt hatte, musterte sie zornig. »Gibt es hier irgendjemanden, der mir das allen Ernstes vorschlagen will?«

Schweigen. Serpane schüttelte stumm den Kopf. Raban presste die Lippen zusammen und ballte die Faust. In Hildruns Miene arbeitete es. Noch nie hatte die Königin ihr so vehement widersprochen. Schon gar nicht in Gegenwart anderer. Jeder konnte der Burgmeisterin ansehen, dass sie am liebsten aus dem Saal geflüchtet wäre. Doch sie beherrschte sich und blieb sitzen.

»Niemand will diesen tapferen Waldwilden tot sehen, meine Königin.« Runja räusperte sich lange und umständlich. »Die Burgmeisterin hat nur laut über einen möglichen königlichen Befehl nachgedacht, der deine erzürnte Schwester …«

»Halbschwester!« Am umgestürzten Sessel vorbei ging Ayrin zum nächstbesten Fenster.

»… besänftigen könnte.«

»Es ist nicht meine Aufgabe, Lauka zu besänftigen! Und die des Reichsrates auch nicht.«

»Sicher, meine Königin, sicher doch.« Die Priesterin stemmte sich aus ihrem Sessel hoch, schaukelte zu Ayrin und blieb vor ihr stehen. »Nur ist es nun einmal leider so, dass noch immer Anschuldigung gegen Anschuldigung steht …«

»Haben Tibora und Romboc nicht gerade bewiesen, dass Lauka lügt?« Ayrin schlug einen noch schärferen Tonfall an.

»Das könnte man so sehen.« Unbeeindruckt lächelte Runja ihr ins Gesicht. »Man könnte es aber auch so sehen, dass sie versucht hat, ihre weiblichen Reize einzusetzen, um dem Waldmann den Ring abzuluchsen. Und da Lauka nun einmal einen gewissen Rückhalt in der Ritterschaft genießt, werden ihr viele Männer beipflichten.«

Ayrin betrachtete Runjas breites, großporiges Gesicht. Die Priesterin sah krank aus. Doch Ayrin hatte sie lange nicht mehr so klar und so deutlich reden gehört. Bei Hof und auf dem Markt erzählte man sich, dass sie seit dem Frühsommer keinen Wein mehr angerührt habe. Seit sie im Labyrinth jenes blaue Licht gesehen hatte. Und Mauritz. »Was willst du damit sagen, Runja?«

»Dass es Unruhe in der Ritterschaft geben wird, wenn wir Lauka nicht eine Möglichkeit eröffnen, ihr Gesicht zu wahren.

Uneinigkeit unter den Rittern ist das Letzte, was wir in einem Krieg brauchen können. Und wir stehen auf der Schwelle zu einem Krieg.«

»Du sprichst, als würdest du einen Weg sehen«, mischte Loryane sich ein. »Ist das so, Runja? Dann sag es einfach.«

»Vielleicht sehe ich einen.« Die Priesterin stierte Ayrin an, als würde sie versuchen, ihre Gedanken zu lesen.

»Dann raus damit!«, forderte Petrona.

»Ein Urteil der Großen Mutter. Das wäre vielleicht ein Weg.« Runja wandte sich von Ayrin ab, rieb sich das Kinn und schaukelte zu ihrem Platz zurück. »Das Gesetz der Großen Mutter bietet für einen solchen Fall ein legales Duell an: Eine garonesische Frau, die sich von einem Mann in ihrer Ehre gekränkt fühlt, kann einen Ritter oder eine Schwertdame erwählen, der oder die diesen Mann zum Kampf herausfordert. Gewinnt der Kämpfer der Gekränkten, bekommt sie recht und ihre Ehre ist wiederhergestellt.« Runja ließ sich in ihren Sessel fallen. Das Polster ächzte, der Holzrahmen knarrte. »Gewinnt der Herausgeforderte, bekommt er recht, und die Frau steht als Lügnerin da.«

»Ein gefährliches Spiel«, murmelte Romboc. Er stand auf und stellte den Sessel seiner Königin wieder auf die Beine. »Verdammt gefährlich.«

»Aber ein faires Spiel«, entgegnete Tibora. »In der Ritterschaft liebt man Duelle. Und was uns in diesem Fall zugute kommt: Die Männer sind es gewohnt, sich dem Ergebnis zu beugen.«

»Ein wirklich kluger Vorschlag.« Petrona schlug mit der Faust auf die Ratstafel. »Was sagst du, Ayrin?«

»Ich werde darüber nachdenken.« Ayrin gab sich knapp. Sie rauschte zur Ratstafel zurück und setzte sich. »Ihr vergesst, dass es noch eine zweite Angelegenheit gibt, in der noch immer Anschuldigung gegen Anschuldigung steht. Die scheint mir erheblich dringender zu sein: Mauritz und das seltsame Licht, das Runja im Labyrinth gesehen haben will.«

»›Gesehen haben will‹?« Die eben noch so gleichmütige Runja lief rot an und brauste auf. »Ich habe geschworen, dass ich es gesehen habe! Und dass ich den Harlekin aus der Tür kommen sah, hinter der es geleuchtet hat! Ich schwöre es noch hundert Mal, wenn du es von mir verlangst! Ein unheimliches Licht, ein Licht in vielen Blautönen, ein Licht, wie Tibora es uns geschildert hat! Dasselbe Licht, von dem auch Serpane und Lorban berichtet haben!«

»Eben«, sagte Ayrin, »ein Licht, wie etliche von uns es inzwischen gesehen und beschrieben haben.« Sie lehnte sich zurück, legte die gefalteten Hände an die Lippen und schloss die Augen. »Ein böses Licht, das Menschen, auf die es fällt, zu Greisen macht.« Sie flüsterte fast. »Einige von uns waren Zeugen, viele von uns haben die Zeugenaussagen gehört. Und keiner von euch denkt an das, woran ich denken muss, seit ich Tibora in der Burg von Trochau zugehört habe?«

Fragende Blicke flogen hin und her. Etliche runzelten die Stirn.

»Und woran denkst du, Ayrin?«, fragte Loryane. »Sag es uns.«

»Sie denkt an die Königin Belice.« Zum ersten Mal ergriff Serpane das Wort. Die alte Ärztin und Kriegsmeisterin beugte sich vor und musterte Ayrin mit plötzlich hellwachem Blick. »Unsere Königin denkt an den Tod ihrer armen Mutter.«

»So ist es«, sagte Ayrin leise. »An meine arme Mutter denke ich und an die weiße Strähne, die ich eines Tages in ihrem Haar entdecken musste. Und wie schnell sie alterte damals, kurz bevor sie starb.«

»Du meinst …?« Romboc war aschfahl geworden.

»Aber sie vergreiste nicht von einem Augenblick auf den anderen«, warf Runja ein.

»Jedoch innerhalb weniger Wochen.«

»Das ergibt doch keinen Sinn.« Romboc sprach nun ebenfalls sehr leise, gerade so, als würde er nur laut denken. »Wir sollten Mauritz zur Rede stellen, um jeden Verdacht aus der Welt zu schaffen.«

»Das sollten wir.« Ayrin öffnete die Augen. »Und das werden wir tun.«

»Er ist seit gestern in der Stadt«, sagte die Burgmeisterin.

»Dann schicke zu ihm, Hildrun. Und lass ihm ausrichten, dass ich ihn morgen im Thronsaal zu sprechen wünsche.«

*

Es stank nach Schimmel, Pisse und verrottendem Vorjahreslaub. Das Stroh unter dem Fenster faulte. Die Ketten an Handgelenken und Knöcheln drückten ins Fleisch und engten seinen Bewegungsspielraum ein. Wenigstens konnte er aufstehen, wenn auch nur in eine leicht gebückte Haltung. Die Wand war kalt und feucht. Der Boden sowieso. Wenn Lasnic sich anlehnte oder hinlegte, krochen ihm Kälte und Feuchtigkeit erst unter die Haut, dann in die Knochen.

Aber gut, es gab Schlimmeres.

In der Nachbarzelle summte einer. Das hörte Lasnic öfter. Manchmal sang der Häftling nebenan auch. Meistens am frühen Morgen oder abends, kurz bevor es dunkel wurde. Die Stimme klang tief und rau. Wie das Brummen eines Sumpfbären, wenn er zufrieden von seiner Bärin steigt. Schleierhaft, wie einer sich so zufrieden anhören konnte in diesem feuchten, dreckigen Loch. Dennoch: Lasnic musste jedes Mal grinsen, wenn er den Kerl nebenan summen oder singen hörte.

Das schmutzige Licht, das tagsüber durch das schmale Gitterfenster knapp unter der Zellendecke sickerte, hätte ihn wahrscheinlich nicht einmal im Hochsommer geblendet. Selbst wenn er keine Ketten tragen würde, hätte er nicht zu ihm hinauflangen können, auch nicht mit einem kraftvollen Sprung. Immerhin war es hell genug, um bis zur Zellentür gucken zu können. Könnte ja sein, dass mal jemand vorbeischaute, oder?

Ein Spinnennetz bedeckte fast die Hälfte des Zellenfensters. Ein gelb schimmerndes Prachtexemplar von Spinne lauerte an seinem Rand in der rechten oberen Fensterecke. So groß wie seine große Zehe war sie, mindestens. Er mochte Spinnen, so wie er Hummeln mochte, vielleicht ein bisschen weniger. Die da oben vertrieb ihm jedenfalls die Zeit, wenn das Grübeln ihn ermüdet hatte. Ein- oder zweimal am Tag nämlich, wenn ein Insekt sich im Netz verfangen hatte, schoss sie heran und wickelte es rasend schnell in ihre klebrigen Fäden ein. Hin und wieder verließ sie ihre Ecke auch, um einen ihrer verschnürten Leckerbissen auszusaugen. Die Reste fielen dann auf Lasnic herab oder auf sein faulendes Strohlager. Beine, Flügel, Köpfe, ausgesaugte Körper.

Manchmal huschten Ratten durch seine Zelle. Sie störten ihn nicht, waren sowieso nur auf der Durchreise. Was hätten sie denn fressen sollen in diesem kahlen, stinkenden Loch? Drüben, in einem Spalt zwischen dem Boden und der Zellenwand, die Lasnics Loch von dem des Sängers trennte, tauchten sie auf, huschten durchs Stroh, und krochen in eine Lücke zwischen den alten Steinen der gegenüberliegenden Wand. Besonders vorwitzige Tiere hielten sich eine Zeit lang in seiner Nähe auf, beschnüffelten seine Stiefel oder seinen Eulenfedermantel. Nein, die Ratten störten ihn nicht. Nur wenn eine anfing, an seinem Mantel zu knabbern, fluchte er und trat nach ihr. Dann huschte sie in die Wandlücke zwischen den Steinen.

Es gab Schlimmeres, wie gesagt.

Sich niederschlagen und in Ketten legen lassen zum Beispiel. Oder dumm genug sein, Leuten die Haut zu retten, die einen dafür in so ein Loch warfen. Das war schlimm, das machte Lasnic fertig. Und wütend.

Ja, er war wütend auf sich selbst. Und wie. Weil er sich derart hatte einlullen und in Sicherheit wiegen lassen, weil er diesen hinterhältigen Feiglingen die Räuber vom Hals geschafft hatte, weil er an Bord ihres Schiffes gegangen war. Auch auf die Waldfurie war er wütend. *Weiche niemandem und nichts aus, und wenn du ein Schiff findest, gehe an Bord.* Dummschwätzerin! Und auf die verfluchten Garonesen natürlich. Undankbares Pack! Vor allem auf diese kastanienrote Schlampe war er wütend. Zum Schartan mit ihr! Er hätte sie ficken und ihr den verdammten Ring in den Arsch stecken sollen. Miststück! Bloß nicht daran denken.

Und jetzt? Lasnic hatte keinen Plan. Man würde sehen. Frieren, hungern, sterben, sich durchbeißen. Irgendwas in der Art, man würde sehen.

Das Licht wurde schummriger, er spähte zum Spinnennetz hinauf. Die Spinne wickelte ein großes Insekt ein. Schon zum zweiten Mal heute. Hoffentlich keine Hummel.

»Eingewickelt haben sie mich.« Lasnic lachte bitter auf. »Wie eine Spinne ihre Beute.« Vielleicht wäre er längst tot, wenn er den Ring nicht abgezogen hätte. Vielleicht lebte er nur deswegen noch, weil dieses hinterhältige Pack noch hoffte, er könnte ihnen das Schmuckstück besorgen. Auf den waren sie scharf. Alle. Nicht nur das rothaarige Miststück.

Der nebenan fing wieder an zu summen. Lasnic lauschte. Nein, sein linker Zellennachbar sang sogar. Wurde es denn schon wieder Abend? Der Kerl sang in einer Sprache, die Lasnic noch nie gehört hatte. Er summte die Melodie mit, versuchte Laute, die er aufschnappte, singend nachzubilden.

Es raschelte im Stroh. Schon wieder die Ratten. Diesmal kamen sie aus der Wand, wo die Lücke zwischen den Steinen klaffte, und schlüpften in den Spalt unter der Wand des Sängers. Vielleicht zog dessen Gesang sie an. Lasnic pfiff leise durch die Zähne. Eine von der vorwitzigen Sorte verließ den üblichen Weg durch das Stroh, kam zu ihm und richtete sich vor ihm auf. Sie war nur wenig größer, als Lasnics Hand lang war. Ihr schwarzes Fell glänzte. Ihr langes Schnurrhaar zitterte. Das letzte Tageslicht glitzerte in ihren Knopfaugen. Schönes Tier eigentlich.

Etwas ragte rechts und links aus seiner Schnauze. Ein Kohlblatt, ein Stofffetzen, ein Stück Holz. Oder ein schneebedecktes Laubblatt? Draußen schneite es ja, wenn Lasnic den Kerkermeister richtig verstanden hatte, der ihm am Morgen Wasser und einen vertrockneten Getreidefladen gebracht hatte. Die Ratte ließ, was immer sie mit sich trug, fallen, sprang ins Stroh, verschwand unter der Wand des Sängers.

Lasnic machte sich nicht die Mühe, das Mitbrinsel der Ratte näher zu untersuchen; er langte nach dem Blechkrug, den man ihm hereingestellt hatte, nahm einen Schluck Wasser. Eiskalt; die

Zähne taten ihm weh. Einige wackelten von den Prügeln dieser sogenannten Ritter. Irgendwann würde er sie in die Finger kriegen. Dann gnade ihnen der Wolkengott.

Er schloss die Augen, lauschte dem Gesang seines Zellennachbarn, summte mit, bewegte wieder Lippen und Zunge, um die fremden Worte zu formen. Darüber schlief er irgendwann ein. Blaugrelles Licht strahlte durch seine Träume, und zahnlose Greise umzingelten ihn. Im Traum wollte er schreien, doch die Angst schnürte ihm die Kehle zu.

Plötzlich tauchte auch die Kastanienrote auf, zerriss ihr Kleid, entblößte ihren Busen. Im Traum richtete Lasnic den Ring auf sie, und in einer grellen Fontäne Hunderter Blautöne verwandelte sie sich vor seinen Augen in ein weißhaariges Skelett, an dem runzlige Haut und welke Brüste schlaff herunterhingen.

Er fuhr aus dem Schlaf, versuchte das Traumbild festzuhalten. Es befriedigte ihn, erfüllte ihn sogar mit grimmiger Freude. Und mit ihm war auch seine Wut wieder erwacht. »Lauka, du verdammte Schlampe!«

Es roch eigenartig. Und irgendwie vertraut. Etwas raschelte im Stroh. Ratten? Nein. Seine Augen versuchten die Dunkelheit zu durchdringen. Vergeblich. Woher bloß kannte er diesen Geruch? Wieder raschelte es, lauter und länger diesmal. Doch nicht wie von Stroh, sondern wie von – er traute seinen Ohren kaum – Gefieder?

Etwas raunzte neben ihm, klackte, gurgelte, flötete, krächzte. »Schrat!« Wie ein Hitzeschwall durchzuckte Lasnic die Freude. »Du?« Tastend streckte er die Hände in die Dunkelheit, die Ketten rasselten. Er berührte ausgebreitete Schwingen, berührte Schädel und Schnabel eines Kolks. »Du hast mich gesucht, du treues Vieh! Und hast mich gefunden! Ich freu mich so …« Er lachte, und als ihm die Freudentränen in den Bart sickerten, merkte er erst, wie gewaltig die Anspannung war, unter der er stand, wie groß der innere Druck.

Schrat krächzte, gurgelte und flötete munter weiter. Der Vogel schien sich genauso freuen wie er. Flötende, pfeifende Töne gab der alte Kolk sonst nur selten von sich, doch wenn Schrat erst einmal ins Singen geriet, dann hörte er so schnell nicht mehr auf. Lasnic schloss die Augen, spitzte die Ohren – was sang der Vogel denn da? Und wieder zweifelte er an seinen Sinnen, denn er glaubte, die Melodie zu erkennen, die der Sänger von nebenan am Tag zuvor gesungen hatte. Sogar einzelne Lautfolgen des Gesanges erkannte Lasnic wieder. Hatte Schrat also die ganze Zeit in der Nähe der Zellenfenster gesessen und gelauscht! Und auf die Dunkelheit gewartet, damit niemand ihn entdeckte, wenn er durch die Gitter schlüpfte.

»Gut so, mein Alter.« Lasnic streichelte ihn. »Du wärst aufgefallen. Sie haben hier nämlich keine echten Kolks. Nur Schneekrähen und Dohlen. Gut gemacht.« Ob sich auch Tekla in der Nähe aufhielt? Dass bloß keiner auf sie aufmerksam wurde! Und am Ende noch abschoss! »Hast du Tekla gesehen? Und Lord Frix?«

Nebenan begann nun auch sein Zellennachbar zu singen. Früher als sonst – wahrscheinlich hatten Schrats Geflöte und Gekrächze ihn geweckt. Und lauter als sonst sang er auch; offensichtlich reichten seine Ketten bis zum Zellgitter, und er sang in den Gang hinaus. Irgendwann unterbrach er sich, begann zu reden. In irgendeiner fremden Sprache; Lasnic verstand kein Wort.

»Nein, das bin nicht ich, der hier singt!« Er antwortete auf halb fantasierte, halb geahnte Fragen. »Das ist mein alter Freund Schrat!«, rief er. »Ein Kolk, weißt du? Rabe, schwarz, *krächz* – das hörst du doch, verdammt noch mal!«

Der andere lachte, imitierte Schrats Krächzen und Flöten, plapperte weiter. Lauter unverständliches Zeug. Lasnic versuchte, sich einen Reim darauf zu machen, und antwortete, was ihm passend erschien.

Unterdessen drang immer helleres Tageslicht von oben, vom schmalen Fenster in die Düsternis seiner Kerkerzelle. Draußen ging die Sonne auf. Licht fiel auf Schrat, auf das Stroh, auf den Zellenboden, auf den Fetzen, den die Ratte hatte fallen lassen. Lasnic wollte ihn zur Seite wischen – und stutzte: Er fühlte sich weicher und dicker an, als er ausgesehen hatte.

Neugierig geworden hob er ihn auf. Die Ketten klirrten. Der Fetzen ließ sich auseinander rollen und entfalten; schließlich hielt Lasnic ein hellgraues Viereck von der doppelten Größe eines Eichenblattes in der Hand. Es war aus einem dünnem Stoff, den er nicht kannte. Er hielt ihn ins Licht.

Zeichen reihten sich an seiner Unterseite aneinander, bildeten vier Gruppen. Lasnic betrachtete sie aufmerksam. War es nicht das, was die Baldoren »Schrift« nannten? Doch Lasnic beherrschte nicht, was die Baldoren als »lesen« bezeichneten. Kaum ein Jäger der Waldgaue am Stomm beherrschte diese Kunst. Abgesehen von Kauzer und Ulmer. »Hättst's mir ja beibringen können, Wetterschwätzer«, murmelte Lasnic. Hirscher konnte auch ein wenig lesen; der hatte es von Ulmer gelernt. Und Birk, richtig. Lasnic erinnerte sich, den Weißschopf einmal das tun gesehen zu haben, was die Leute von Baldor »schreiben« nannten.

Über den Zeichengruppen, auf den oberen zwei Dritteln des Fetzens erkannte er einzelne Striche und Formen, die in einem Zusammenhang angeordnet waren, den Lasnic nicht gleich durchschaute, zu einer Art Bild. Mit welchem Werkzeug und Farbstoff hatte der Schreiber sie wohl auf diesen Fetzen aufgetragen? Lasnic äugte auf die Wand zu seiner Rechten. Er konnte doch eigentlich nur hinter dieser Zellenwand leben? Von dort jedenfalls war die Ratte gekommen, die die Botschaft im Maul getragen hatte.

Lasnic betrachtete die Striche und Formen genauer: ganz oben ein Rechteck, ausgefüllt mit einem weiten Gitter; darunter kleinere Rechtecke auf einer großen Fläche; ganz unten ein Pfeil in einem Kreis, der auf ein rundliches Gebilde zeigte. »Was beim großen Waldgeist soll das bedeuten?« Lasnic legte den Zeichenfetzen zwischen sich und Schrat ins Licht, drehte ihn mal nach links, mal nach rechts, starrte schließlich zum Spinnennetz und zum Fenster hinauf. Und dann begriff er: ein Plan seiner Zelle! Der nebenan hatte seine Zelle gezeichnet! Und der Pfeil zeigte auf die Mauerlücke!

Lasnic spähte zu ihr, schob Schrat ein Stück zur Seite, legte sich auf den Bauch, äugte hinein. Sie reichte durch die Wand bis zur Nachbarzelle. Natürlich, sonst könnten die Ratten ja nicht hindurch kriechen!

»Da bist du ja endlich«, schnarrte jemand auf der anderen Seite. »Ich ruf dich schon die ganze Zeit. Hab das Loch jetzt ein bisschen erweitert.«

Lasnic zuckte zusammen, so unerwartet krächzte die Stimme aus der Mauerspalte. »Stammen die Zeichen von dir?«

»Dachtest du, die Ratten wollen Kontakt mit dir aufnehmen?« Auf der anderen Seite der Wandlücke bewegte sich ein weißhaariges Gesicht. »Meine Zelle liegt ein Stück versetzt um die Ecke, im Seitengang hinter der Treppe. Nur zwei Fuß breit grenzt deine Seitenwand an meine Rückwand. Ich hab dich trotzdem mit diesem Wahnsinnigen, diesem Kerl, der immer singt, herumschreien hören. Du sprichst wie die Leute in den Flusswäldern am Stomm.«

»Da komm ich her.« Jetzt erst fiel Lasnic auf, dass der Häftling in der Nachbarzelle ihn in einem Blutbucher Dialekt ansprach. »Was steht auf dem Fetzen? Ich kann nicht lesen.«

»Dass du an die Mauerlücke kommen sollst, Einfaltspinsel!«, tönte es von der anderen Seite. »Hab mir schon gedacht, dass so ein Wilder nicht lesen kann. Deswegen habe ich dir meine Botschaft vorsichtshalber aufgezeichnet. Hast's ja erstaunlich schnell kapiert. Wie heißt du, Waldmann?«

»Lasnic.« Lasnic hatte keine Ahnung, was ein »Einfaltspinsel« war. Nach Schmeichelei klang das Wort jedenfalls nicht. »Und du? Wie heißt du und wer bist du?«

»Junosch. Merk dir den Namen, Waldmann, verstanden? Ich bin der Harlekin von Garona …«

»Der was?«

»Bei der Göttin! Wie ahnungslos bist du denn? Ein Harlekin am Hof der Königin von Garona ist ein sehr wichtiger Mann! Der wichtigste, möchte ich sagen. Mehr musst dir nicht merken. Nur so viel: Junosch ist ein sehr wichtiger Mann. Wird das gehen, Waldmann?«

»Was treibst du dann hier unten im Kerker, wenn du so ein wichtiger Mann bist?«

Durch die Mauerlücke drang jetzt etwas aus der Nachbarzelle, das wie ein Stöhnen klang. »Du musst noch elend viel lernen, Waldmann! Hat dein Vater dir nicht beigebracht, dass wirklich wichtige Männer es schwer haben im Leben? Dass sie viel zu oft verkannt und schlecht behandelt werden?« Lasnic wusste nicht, was er antworten sollte, der Bursche da drüben schien ein bisschen verrückt zu sein. »Na also!«, fuhr der Häftling fort, der sich Junosch nannte. »Ich war der Berater der Königin Selena. Nie gehört, was, Waldmann? Hör zu, damit du was lernst: Selena hieß die Mutter der amtierenden Königin Belice.«

»Ich bin zwar fremd hier, doch eines habe ich auf der Seefahrt nach Trochau gelernt: Die Königin von Garona heißt Ayrin. Ein sehr schönes Weib übrigens.« Lasnic hatte gern an sie gedacht, ziemlich gern sogar – doch nur bis zu jenem Augenblick, als ihr hinterhältiges Pack über ihn hergefallen war.

»Ayrin?«, kam es von drüben. »Nie gehört. Ist auch völlig gleichgültig! Ich jedenfalls …«

»Wie lange sitzt du denn schon hier im Kerker?«

»Ich sitze nicht. Davon rate ich dir dringend ab. Ich stehe oder laufe. Ich mache Kniebeugen und Liegestützen. Moment mal.« Drüben rasselten Ketten, am Ende der Mauerlücke wurde es hell. Es hörte sich an, als würde dieser Junosch aufstehen. Dann murmelte er, als würde er etwas zählen. Wieder klirrten Ketten. »Achtunddreißig Winter. Im Monat der Schneeschmelze mache ich den neununddreißigsten Strich. Doch unterbrich mich nicht ständig!«

»Neununddreißig …?« Lasnic stockte der Atem. So lange konnte man ein Dasein in Ketten überleben? Unvorstellbar! Dafür hörte der Häftling nebenan sich erstaunlich großmäulig an. Oder war er einfach nur vollkommen übergeschnappt während seiner langen Gefangenschaft? »Und du hast dich nicht verzählt?«

»Ich verzähle mich nie. Warum wundert dich die lange Zeit? Hast du schon wieder vergessen, was ich dir eben über wichtige Männer beigebracht habe? Und jetzt halt die Klappe! Hör einfach mal zu, ja? Bis in den dreiundzwanzigsten Regierungswinter der ehrwürdigen Königin Selena war ich der wichtigste Mann am Hofe von Garona. Das hast du dir doch gemerkt, Waldmann, ja? Ich war der Berater und Harlekin der ehrwürdigen Königin Selena! Verstanden? Und dann tauchte dieser Mauritz auf und verbreitete Lügen über mich …!«

»Mauritz? Wer zum Schartan ist Mauritz?«

»Still!«, zischte es auf der anderen Seite der Mauerlücke. »Habe ich dir nicht gesagt, dass du mich nicht unterbrechen sollst? Mauritz ist ein verdammter Klugscheißer, spuck ihm ins Gesicht, wenn er dir über den Weg läuft! Ein Betrüger ist er, ein Lügner! Einer, der sich nur als Harlekin ausgibt, in Wahrheit ist er ein widerlicher, elender, verdammter Hexer! Kannst du dir das merken, Waldmann?«

2

Es wurde still, und die Männer erhoben sich, als Catolis den Raum betrat – Zlatan, Kaikan, der Schiffsbaumeister Bartok, der alte Dolmetscher und die drei Fremden; mehr als drei hatte Kaikan nicht von Bord gehen lassen. Gut so.

Die Bewaffneten links und rechts der Tür verneigten sich, ebenso Zlatan, Kaikan und Bartok. Kienholzspäne brannten in Wandhaltern, ein siebenarmiger Kerzenleuchter auf dem runden Tisch. Vor dem einzigen Fenster des Raumes regnete es in Strömen.

»Catolis, unsere Hohepriesterin.« Zlatan wies auf sie. »Die Erste in Tarkatan, dem Reich der Tausend Inseln.«

Die drei Fremden drängten sich umständlich zwischen Stühlen und Gastgebern von der Tafel weg, kamen auf sie zu und warfen sich vor ihr auf die rötlichen Steinfliesen. »Deine Diener vom anderen Ende der Welt, Herrin«, sagte einer von ihnen.

Die fremden Männer machten ihre Sache perfekt; Catolis vermutete, dass der Tarbullo sie hatte üben lassen. Sie waren hellhäutiger als Catolis' Tarkaner, aber nicht viel größer; dafür ähnlich drahtig und schwarzhaarig. Sie trugen kniehohe Stiefel und lange Jacken aus blau und grün gefärbtem Leinen, darunter weiße Hemden; aus Seide, wie es aussah. Allen wuchsen sorgfältig gestutzte Spitz- und Schnurrbärte in den schmalen Gesichtern. Das sah für Catolis' Augen ungewöhnlich aus; fast ein wenig komisch.

Auf einem schnellen Dreimaster waren sie ins Inselreich gesegelt und hatten eine weiße Flagge geschwenkt; so Zlatans Bericht. Sie kämen in Frieden, hätten sie dem alten Dolmetscher erklärt, und sie müssten mit dem Herrscher von Tarkatan sprechen.

Jetzt lagen sie der Herrscherin von Tarkatan zu Füßen.

»Friede euch und eurer Mission«, sagte Catolis, »erhebt euch.« Der Dolmetscher übersetzte, ein nahezu blinder Stoffhändler von einer Nachbarinsel, der in jüngeren Jahren Handel im Land dieser Fremden getrieben hatte. Die drei Männer standen auf und zogen sich unter Verneigungen an die Tafel zurück. Auch das machten sie gut.

Die Wächter schlossen die Tür, die vier in Weiß Gekleideten der Priestergarde geleiteten Catolis zur Tafel, einer zog ihren Sessel ein Stück vom Tisch weg. Catolis setzte sich. Sie hatte es vorgezogen, die Delegation der Fremden hier, in der Festung, zu empfangen. Nach ihr nahmen alle anderen Platz, der alte Dolmetscher zwischen den fremden Botschaftern. Sklavinnen servierten Tee, Nüsse und Gebäck.

»Erklärt der Herrin, woher ihr kommt«, forderte Zlatan die Fremden auf.

Ihr Sprecher wandte sich erst an den Dolmetscher, dann, auf eine knappe Geste Zlatans hin, direkt an Catolis. Die silbergrauen Koteletten und die weißen Strähnen in seinem Spitzbart und dem langen Schwarzhaar wiesen ihn als den ältesten von den dreien aus. »Kapitän Borlini, Gesandter der Rebellenregierung von Trochau«, übersetzte der Dolmetscher seine ersten Worte. Der Kapitän stellte seine beiden Begleiter vor, die Namen klangen zum Verwechseln ähnlich.

Borlini fuhr fort zu reden, und seine Sprache klang angenehm melodiös und weich. »Unser Land liegt jenseits des Großen Ozeans an einer Küste weit im Norden«, übersetzte der Dolmetscher seine Worte. »Am Strome Troch. Der fließt vier Tagesritte weiter nordwestlich entlang eines Hochgebirges, in dem das Königreich Garona liegt. Wir wissen, Herrin, dass deine Kundschafter dieses Reich vor zehn Sommern ausgespäht und Gefangene von dort verschleppt haben.«

Catolis nickte, und Zlatan sagte an den Sprecher der Delegation gewandt: »Ganz richtig, Kapitän Borlini. Wir beide sprachen schon darüber. Und jetzt erklär der Herrin, warum ihr die weite Reise auf euch genommen habt.« Er blickte zu Catolis. »Sie sind in die ersten Winterstürme geraten, hatten schwere See und waren zwei Monde unterwegs.«

Der Dolmetscher übersetzte für die Fremden, und der Kapitän fuhr fort: »Seit mehr als dreißig Wintern halten die von Garona unser Land besetzt.« Der Dolmetscher übersetzte flüssig und mit einer sehr kräftigen und klaren Stimme, die Catolis von einem Greis wie ihm nicht erwartet hätte. »Sie schalten und walten nach Gutdünken über uns, und wir müssen zusehen, wie sie unsere Felder, unsere Gewässer und unsere Mienen ausbeuten.«

»Das ist sehr bedauerlich«, sagte Catolis. »Warum wehrt ihr euch nicht?«

Der Dolmetscher übersetzte, der Kapitän antwortete und Catolis erfuhr, dass die Trochauer ein friedliches Volk seien, Blutvergießen verabscheuten und ihr kleines Heer nur unterhielten, um sich gegen Schafdiebe und Seeräuber wehren zu können. Catolis nickte. Sie begriff, dass sie Männern gegenübersaß, deren Tatendrang und Mut sich in engen Grenzen hielt, und die als Dienstvolk für Kalypto niemals infrage gekommen wären. Am Ende seiner langen Rede erklärte Kapitän Borlini, dass die geheime Rebellenregierung von Trochau ihn gesandt habe, um Tarkatan ein Bündnis anzubieten.

Mitleidiges Lächeln huschte über die Mienen von Zlatan, Kaikan und Bartok, doch Catolis blieb ernst. »Welche Vorteile hätten wir von einem Bündnis mit euch?«, erkundigte sie sich.

Er sei befugt, ihr drei natürliche Häfen zu beschreiben, in denen ihre Flotte unentdeckt vor Anker gehen könne, falls das Bündnis zustande käme. Auch wolle man der Flotte von Tarkatan in diesem Fall Lotsenschiffe entgegenschicken, die sie von noch festzulegenden Inseln aus zu jenen Häfen und sogar den Troch hinauf bis an die Glacismündung führen würden, der Grenze zum eigentlichen Reich Garona. Vor allem aber kenne man Stellen an der Grenze von Garona, die schlecht oder gar nicht bewacht seien und über die man ohne größeres Risiko ins Königreich eindringen könne.

Mit einer Kopfbewegung bedeutete Catolis dem Tarbullo, Borlini zu antworten.

»Ich habe die Garonesen als tapfere und kluge Kämpfer kennengelernt«, erklärte Zlatan. »Niemals würden sie eine gut passierbare Stelle ihrer Grenze unbefestigt oder gar unbewacht lassen.« Er schüttelte den Kopf. »Das ist völlig ausgeschlossen.«

»Das Gebiet, von dem ich spreche, ist keineswegs gut passierbar«, übersetzte der Dolmetscher die Antwort des Kapitäns. »Ganz im Gegenteil – es ist derart unwegsam, dass die Garonesen ihre Grenze an diesen Stellen für sicher und uneinnehmbar halten. Einzelne Rebellen von Trochau jedoch sind darüber schon oft und sogar ziemlich tief ins Reich eingedrungen. Allerdings waren sie allesamt gute Bergsteiger.«

»Gute Bergsteiger haben wir auch«, sagte Zlatan und warf Catolis einen fragenden Blick zu. »Wir sollten uns seine Forderungen anhören.«

Catolis nickte. Der Plan für den Angriff auf Garona war Zlatans Sache. Gegen ein Bündnis mit den Trochauer Rebellen hatte sie nichts einzuwenden. Sie hatte nur darauf zu achten, dass jedes Volk unter ähnlichen Voraussetzungen zum Kampf antrat. Der Stärkere und Klügere sollte gewinnen, denn den Stärksten und Klügsten brauchten die Magier von Kalypto, um das Zweite Reich aufzubauen.

Der Kapitän verlangte, dass Zlatan schriftlich erklärte, die Trochauer Dörfer und Schafshöfe im Hügelland und entlang des Stroms vor Gewalttaten seines Heeres zu schützen. Außerdem sollte es den einfachen Kriegern von Tarkatan verboten sein, das Gebiet der Hauptstadt zu betreten. Als Gegenleistung bot er an, Lagerplätze und – gegen Bezahlung – Schafe, Lämmer, Früchte, Getreide und Reittiere zur Verfügung zu stellen. Und weit wichtiger noch: Die Rebellen von Trochau würden eine Truppe von Kundschaftern und Bergführern abkommandieren, um Zlatans Krieger dorthinzuführen, wo sie die Grenze nach Garona unbemerkt überwinden konnten.

»Zeige Interesse«, befahl Catolis, »und lass dir dann genau erklären, wie das Grenzgebiet aussieht, von dem er spricht.«

Der Tarbullo wandte sich an den Trochauer, der Dolmetscher übersetzte. Zur Überraschung aller zog einer der Gesandten eine

Landkarte aus der Jackentasche und breitete sie vor Zlatan, Kaikan und Bartok auf dem Tisch aus. Anhand des Plans zeigte der Kapitän den Männern, wo die Ostgrenze nach Garona seiner Einschätzung nach angreifbar war. Sie brüteten lange über der Karte, das Gespräch ging hin und her, und der Dolmetscher hatte alle Hände voll zu tun.

Catolis steckte die Faust mit dem Mondsteinring unter ihr Priestergewand, richtete ihre Aufmerksamkeit auf den jüngsten der drei Trochauer und drang in seinen Geist ein. Sie berührte ein klares, geradliniges Wesen mit stark ausgeprägtem Willen. Doch nicht stark genug, um ihr lange Widerstand leisten zu können. Der Mann fuhr sich mit den Fingerspitzen an die Schläfen, senkte auch einmal den Blick – sonst ließ er sich den Druck nicht anmerken, den er jetzt im Kopf spüren musste.

»Das klingt machbar«, sagte der Tarbullo irgendwann. »Das klingt sogar gut.«

Kaikan nickte entschlossen. »Wir müssten eine größere Kampfrotte aus geschickten Männern zusammenstellen, die mit leichter Ausrüstung Steilwände durchsteigen können«, sagte Kaikan an Catolis gewandt. »Zeit genug zum Üben hätten sie noch. Außerdem brauchen wir eine Menge Werkzeug, um an Ort und Stelle Flöße und Brücken zu bauen – Äxte, Sägen, Seile, Nägel, Hämmer und so weiter. Und etliche Flaschenzüge natürlich – wir müssten Waffen und Material über steile Routen befördern. Vielleicht sogar Zugtiere.«

Zlatan fuhr sich über seine hundert Zöpfe; in seinen schmalen Augen glitzerte die Kriegslust. »Wenn es stimmt, was Borlini behauptet, dann könnten wir Garona an einer ungeschützten Flanke treffen und den Sieg schneller herbeiführen, als ich es zu hoffen gewagt habe.«

Catolis nickte. »Die drei Botschafter aus dem Norden sagen die Wahrheit«, beantwortete sie die fragenden Blicke der Männer. »Tut, was ihr für richtig haltet. Ich vertraue euch. Tarkartos wird euch und eure Pläne segnen.« Obwohl die Gesandten aus Trochau ihn stirnrunzelnd ansahen, schwieg der Dolmetscher, lächelte nur breit. Catolis bedeutete ihren Priestergardisten, dass sie zu gehen wünschte.

Zlatan bot den Gesandten einen Bündnisvertrag an. In ihren dankbaren Mienen las Catolis, wie erleichtert sie waren. Bartok ließ Schreiber rufen, die den Schriftsatz entwerfen sollten. Catolis verabschiedete sich und ließ die Männer allein.

In Begleitung ihrer Priestergarde stieg sie den Festungsturm hinauf. Aus dem Raum unterhalb des Leuchtfeuers blickte sie hinaus. Dunkle Wolken hingen tief über Land, Strom und Meer. Regenschleier hüllten Gehöfte, Baracken, Koppeln und den nahen Kiefernwald ein. Die Strommündung war kaum zu erkennen. Vor einem Mond war auf Tarka die Regenzeit angebrochen.

Unter Catolis, im Hafen und in beide Richtungen des Stroms, breitete sich ein Wald aus Schiffsmasten aus. 500 Galeeren lagen dort vor Anker; Dunst und Regenschleier verhüllten die Hälfte. Nicht mehr lange, dann würde diese gewaltige Flotte auslaufen. Zur Mitte der Regenzeit etwa, wenn im Norden des Großen Ozeans die Winterstürme abflauten. Zlatan und die Tarkaner hatten gute Arbeit geleistet. Zufriedenheit erfüllte Catolis.

Allerdings auch eine gewisse Bangigkeit. Ihre Gedanken kreisten um ihren Magiergefährten im Nordwesten, in Garona; viel zu oft taten sie das. Der Meister des Lichts hatte ihre Zweifel an seiner Zuverlässigkeit bei der letzten Begegnung nicht ausräumen können. Hatte sie die falsche Wahl getroffen, als sie ihn wecken ließ? Die Frage raubte ihr manchmal den Schlaf. Die Zukunft des Zweiten kalyptischen Reiches hing davon ab, dass sie, die Großmeisterin der Zeit, keinen Fehler machte.

Sie wandte sich ab, stieg den Turm hinunter. Die Priestergardisten folgten ihr schweigend. Der Festungshof war ein einziger großer See. Die Priester spannten Regenschirme auf. Barfuß lief Catolis zu ihrer Sänfte und stieg ein. Durch Pfützen und Starkregen trug man sie in die Stadt hinein und zurück zum Tempel.

Zwei ihrer Priestergardisten hielten Schirme über sie gespannt, während sie zwischen ihnen die Pyramide hinaufstieg. Die nassen weißen Gewänder klebten den Männern an den drahtigen

Körpern. Am Bild des Gottes angekommen, fasste Catolis den Eingang zum Tempelinneren ins Auge. »Stellt eine Wache aus zwanzig Priestern vor das Portal des Allerheiligsten. Sie sollen noch diesen Tag und die ganz kommende Nacht bis zum Sonnenaufgang dort wachen. Ich will nicht gestört werden, solange ich mit Tarkartos Zwiesprache halte.« Zwei der Weißgekleideten verneigten sich und huschten davon, um die Wächter zu holen.

Die anderen vier begleiteten sie bis zum Portal. Diesen Tag und diese Nacht hatte sie mit den Magiern für eine Begegnung festgelegt: Sie musste erfahren, wie es um Violis im Land der Eiswilden stand; und ob der Meister des Lichts die Garonesen auf den Angriff vorbereitet hatte. Zum letzten Mal, bevor Tarkatans Kriegsflotte in See stach, wollte Catolis ihre Gefährten im ERSTEN MORGENLICHT treffen.

*

Und wieder flossen Zeit und Raum ineinander, weiteten sich zu einer Kuppel aus schillernden Farbfontänen, verdichteten sich zu gleißendem Leuchten und zogen sich zusammen wie ein gigantisches Herz vor dem nächsten Ausstoß heißen, niemals endenden Lebens. Wieder schien alles ohne Gewicht, fühlte alles sich so mühelos an, so viel größer und weiter als Catolis' flüchtige Gedanken und Gefühle – blaue, violette und türkisfarbene Lichtwogen trugen ihren Geist ins ERSTE MORGENLICHT hinein.

»Die Großmeisterin der Zeit ruft euch!« Sie stemmte sich gegen den Sog, der ihren Verstand hinabziehen wollte in den Strudel des Vergessens, in die Vernichtung aller Bedeutung, in die immerwährende Nacht des Nichtseins. »Catolis ruft euch!« Sie erhob sich über die Kraft des Werdens und Vergehens, behauptete ihren Namen, ihr Bewusstsein, ihren Geist gegen die an ihr zerrenden Kräfte des Todes. »Seid ihr hier?«

Zwei Lichtwirbel leuchteten auf, ein ockerfarbener und ein grellweißer. Sie schwebten heran, pulsierten kraftvoller, nahmen Umrisse menschlicher Körperformen an. »Hier bin ich«, klang es zweimal in ihre Lichtaura hinein; einmal aus der Lichtgestalt des Meisters des Willens, einmal aus der Aura des Meisters des Lichts.

Sie betasteten sich, flossen umeinander, pulsierten aneinander, und Catolis spürte die Kraft, die sie aus dem ockerfarbenen Lichtwirbel anströmte: Der Meister des Willens, der Magier in den Wäldern des fernen Ostens, wusste genau, was er plante und tat; und warum er es plante und tat. Sein Auserwählter war auf einem guten Weg, sein Volk, die Waldstämme, würde bald bereit sein zur großen Prüfung. Der Meister des Willens strebte nach einem Dienstvolk für das Zweite Reich von Kalypto und nach sonst gar nichts.

So hatte Catolis ihn von Anfang an eingeschätzt, genau wie die Meisterin des Lebens, wie Violis. Und in beiden hatte sie sich nicht getäuscht. Was für eine Erleichterung!

Doch warum konnte sie hier in der schillernden Blaukuppel der Ewigkeit nirgendwo den rötlichen Lichtwirbel der Magierin aus dem Norden entdecken?

»Du bist noch nicht aufgebrochen?«, kam es scharf aus dem grellweißen Lichtwirbel. »Ich warte auf dich!«

Der Meister des Lichts log, diesmal spürte sie es genau. »Dein Volk ist noch nicht bereit, habe ich recht?«, fragte sie.

»Ich bin schon lange bereit«, antwortete er aufbrausend. Weiße Lichtblitze und nachtblaue Schwaden schossen aus seiner Aura; die fühlte sich düster und schroff an. »Alles in Garona erwartet deine wilden Insulaner – meine Königin, meine Kämpferinnen, meine Ritter, das Wetter, die Schluchten des Hochgebirges. Wann endlich kommst du?«

Catolis spürte aufmerksam in seine Aura hinein. Hatte sie jemals angedeutet, dass sie mit Zlatans Kriegsflotte nach Nordwesten segeln würde? Ursprünglich wollte sie hier, in der tarkanischen Hauptstadt Taruk, auf den Siegesboten warten. Oder eben auf die Nachricht vom Untergang des tarkanischen Heers. Doch gleich nach ihren ersten Zweifeln an der Aufrichtigkeit des Magiergefährten hatte sie beschlossen, ihm von Angesicht zu Angesicht zu begegnen. Ahnte er es? Vielleicht sollte sie es ihm sagen.

»Ich hatte die Ankunft der Tarkaner für die Zeit um die Sommersonnenwende angekündigt«, sagte sie. »Was macht dich so ungeduldig, Meister des Lichts?«

»Ungeduldig? Ich? Überhaupt nicht. Dann bleibt es also dabei? Erst zur nächsten Sommersonnenwende?«

»Er steht mit dem Rücken zur Wand«, tönte es aus dem ockerfarbenen Lichtwirbel. »Spürst du es nicht, Catolis? Der Meister des Lichts sieht selbst kein Licht mehr, keinen Weg.«

»Was erlaubst du dir, Willensmeisterlein?« Zorn sprühte aus dem grellen Lichtwirbel. »Hast noch nicht einmal deinen Ringträger erwählt und giftest gegen größere Magier, als du einer bist?«

»Wenn du wüsstest, was und wen ich erwählt habe!« Der Meister des Willens wirkte erheitert. »Wenn du wüsstest, was deinem Volk bevorsteht, sollte es das Heer von den Tausend Inseln besiegen! Ich freue mich auf den Tag, an dem ich dir den Kampf ankündigen kann, doch ich fürchte, der wird nie kommen, weil dein Bergreich bald untergeht.«

»Erst kommt der Hochmut und dann der Absturz«, tönte es aus dem grellen Licht. Und wieder an Catolis gewandt: »Um die nächste Sommersonnenwende? Es bleibt also dabei?«

»Habe ich je etwas anderes angekündigt?« Catolis verbarg ihren Schrecken: Der Meister des Lichts war nicht wiederzuerkennen. Doch um ihn nicht noch tiefer in Verwirrung und Täuschung zu treiben, verzichtete sie darauf, weiter in ihn zu dringen. »Und ich habe mich entschlossen, mein Volk nach Nordwesten zu begleiten.«

»Warum?«

»Weil ich dich nach dem Kampf von Angesicht zu Angesicht sehen und sprechen will.«

»Das ist nicht nötig.« Der Lichtwirbel des Magiers von Garona zog sich zusammen, verdunkelte sich. »Und es entspricht auch nicht den Regeln.«

»Ich bin die Großmeisterin der Zeit. Ich lege die Regeln fest. Und ich will dich sehen nach dem Kampf.« Der Meister des Lichts blieb stumm.

Catolis' überließ ihn seinem düsteren Brüten und spürte nach allen Seiten hin durch die blau schillernde Lichtkuppel. Nirgends tastete sie den rötlichen Lichtwirbel der Meisterin des Lebens. »Wo ist Violis?«

»Noch nicht im ERSTEN MORGENLICHT angekommen«, tönte es aus der ockerfarbenen Aura des Meisters des Willen. »Warten wir also gemeinsam auf sie.«

»Ich muss mich zurückziehen.« Der grelle Lichtwirbel des Meisters des Lichts verblasste und erlosch nach und nach.

Catolis und der Meister des Willens blieben allein zurück. Sie warteten Stunde um Stunde, aber die rötliche Aura ging nirgendwo auf, die Magierin aus dem Norden erschien nicht. Nicht an diesem Tag. Und auch an keinem anderen, an dem Catolis in den Monden vor der Sommersonnenwende ins ERSTE MORGENLICHT eintauchte.

3

Irgendwo rasselten Schlüssel und quietschten Scharniere. Schritte und Stimmen näherten sich. Lasnic erkannte die des Kerkermeisters. Er deutete zum Fenster hinauf; irgendwie spürte er, dass sie zu ihm wollten. Schrat breitete die Schwingen aus und flatterte dem spärlichen Licht entgegen. Das halbe Spinnennetz zerriss der Kolk, als er durch die Gitterstäbe schlüpfte. Sein Flügelschlag entfernte sich rasch.

Die Schritte verhallten, die Stimmen auch. Zu fünft standen sie vor Lasnics Zellengitter, glotzten zu ihm herein und schwiegen. Einer hielt eine Fackel. Die krumme Gestalt und der lange Bart des Kerkermeisters zeichneten sich im Halbdunklen ab. Die anderen vier kannte Lasnic nicht. Oder doch? Ein Duft wehte ihn an. Irgendeine Blüte, die er nicht kannte. Eine Frau. »Besuch, oder was?« Keiner antwortete.

Schlüssel klirrten, ein Riegel rumpelte, das Schloss schnappte auf, Schwerter fuhren schabend aus Scheiden. Lasnic zog die Beine an, bekam es mit der Angst. Der Kerkermeister riss die Tür auf, die anderen vier drängten sich an ihm vorbei in die Zelle, vornweg ein kleiner rundlicher Mann mit geflochtenem Bart und Haarzopf. Der blieb vor ihm stehen und richtete seine Schwertklinge auf Lasnic. »Mach Zicken, und du bist tot.«

»Schon in Ordnung.« Lasnic hob die Arme, seine Ketten rasselten. »Entspann dich, Kleiner.« Auf der langen Schiffsfahrt hatte er schnell gelernt, ihre Sprache zu verstehen. Sogar einigermaßen sprechen konnte er ihr Garonesisch inzwischen. Am Zopfbart vorbei blickte er hinauf in ein Frauengesicht. Die Königin!

»Der verdammte Ring, was?« Lasnic musste lachen. »Er lässt euch keine Ruhe, schon klar. Doch ich habe ihn nicht.« Er streckte Arme und Hände aus, spreizte die Finger. »Einen Kuss kriege ich jetzt nicht dafür, schätze ich.«

»Ich werd dir gleich!« Der runde Zopfbart hob die Klinge.

Die Königin schob sich zwischen ihn und Lasnic. »Es würde tatsächlich manches leichter machen, wenn du uns verrätst, wo du ihn versteckt hast, Waldmann. Vielleicht könnte ich dich dann sogar vor dem Duell bewahren.«

»Duell?« Lasnic runzelte die Stirn.

»Lauka ist meine Halbschwester und Prinzessin von Garona, sie fordert deinen Kopf, und wir ....«

»Sie ist eine charakterlose Schlampe!«

»Sie behauptet, du habest ihr Gewalt angetan.«

»Gewalt angetan?« Lasnic lachte bitter. »Frag deine Ritter, wer hier wem Gewalt antut! Von hinten haben sie mich angefallen, ich war ahnungslos. Diesen einarmigen Grauschopf werde ich ins Vorjahreslaub schicken, wenn er mir das nächste Mal über den Weg läuft, das kannst du ihm ausrichten!«

Sie musterte ihn schweigend, wusste wohl nicht recht, was er meinte. Ihre Kaumuskeln bebten. Schade, dass heute nur so ein armseliges Licht durch das Gitterfenster fiel – Lasnic hätte ihr Gesicht gern genauer gesehen.

»Und die Prinzessin hast du nicht angerührt?«, fragte sie leise, und etwas bebte in ihrer Stimme, das Lasnic aufhorchen ließ, etwas Weiches, Verletzliches.

»Leider nicht. Und glaub mir, ich bereue es.« Er zog den Rotz hoch und spuckte ins Stroh. »Verdammte Schlampe!«

»So redest du nicht von der Prinzessin!« Der kugelige mit dem Bartzopf ballte die Faust und machte Anstalten, sich an der Königin vorbeizudrängen, um Lasnic zu schlagen. Doch die wies ihn mit einer herrischen Geste zurück.

»Prinzessin oder Schlampe!«, zischte Lasnic. »Wenn dieses Miststück sich mir das nächste Mal an die Brust schmeißt, dann ...«

»Du musst kämpfen!«, fiel die Königin ihm ins Wort. »Einige von uns glauben dir, andere halten es mit der Prinzessin. Und die bleibt bei ihrer Anklage. Jetzt muss die Große Mutter entscheiden. Lauka hat einen Ritter bestimmt, der ihre Ehre verteidigen wird ...«

»Da bekommt er nicht viel zu tun.« Zornig klang Lasnics Lachen jetzt. »Da gibt's nämlich nichts zu verteidigen.«

»Kannst du klettern?«, fragte die Königin ungerührt.

»Verlass dich drauf. Warum?«

»Du wirst es beweisen müssen.« Sie wandte sich nach dem Zopfbart und seinen Schwertkerlen um und bedeutete ihnen, sich aus dem Kerker zurückzuziehen.

»Aber meine Königin!« Der Zopfbart starrte sie an, als hätte sie von ihm verlangt, Lasnic den Hintern zu küssen. »Dieser Wilde wird …«

»Raus hier, Ekbar!«, herrschte sie ihn an. »Ich will es so!« Der kleine Ritter zuckte zusammen, drehte sich um und schaukelte zur Zellentür; seine bewaffneten Kerle trieb er vor sich her. Lasnic wusste nicht, was das werden sollte, doch es gefiel ihm.

Die Königin ging vor ihm in die Hocke. »Dieser Ring.« Das spärliche Licht aus dem Fenster fiel auf sie, und Lasnic beobachtete, wie ihre Augen forschend über sein Gesicht wanderten. »Du kennst seine magische Kraft, kannst sie sogar gebrauchen. Sie hat schon viele meiner Ritter und Schwertdamen zu Greisen gemacht und getötet. Und bald steht ein feindliches Heer vor den Toren meines Reiches, das wird uns mit ebendieser entsetzlichen Waffe angreifen.«

Lasnic sah ihr in die Augen. Dunkelblau, zum Niederknien schön, grundehrlich. Aber welche Frau beherrschte diese Kunst nicht? Ehrlich und bezaubernd zu gucken, wenn es darauf ankam? Arga hatte gucken können wie das unschuldigste Grünsprossmädchen, wenn sie etwas von ihm wollte, wie ein hilfloses Rehkitz. Und sie hatte gekriegt, was sie wollte. Immer.

»Deswegen brauche ich den Ring von dir. Um mein Reich zu retten.«

Es fiel Lasnic schwer, der Königin aufmerksam zuzuhören. Er konnte gar nicht mehr aufhören, sie anzuschauen. Beim Wolkengott – hatte er je ein Weib mit solchen Augen gesehen? Mit so einer köstlichen Schneehaut? Mit so einem herrlichen Waldbeerenmund? Ein Weib wie ein Sommermorgen im Gehölz am Stromufer.

»Verrätst du mir, wo du ihn versteckt hast? Dann könnte ich es dem Reichsrat und der Prinzessin gegenüber durchsetzen, dich ohne dieses Duell freizulassen.«

Und diese Stimme! Ein wenig dunkel, ein wenig rau – sie ging ihm durch und durch. Bis in die Brust hinein klang ihm diese Weiberstimme, bis in die Lenden hinunter. Er atmete tief durch, versuchte sich zu erinnern, was sie gerade gesagt hatte. »Was ist das für ein feindliches Heer, von dem du da sprichst?«

»Männer aus dem Reich der Tausend Inseln, aus Tarkatan, wie sie selbst es nennen. Kleine drahtige Krieger mit bräunlicher Haut. Sie kennen keine Achtung vor dem Leben, sie kennen kein Erbarmen.«

»Was erzählst du mir denn da?« Eine Flut von Bildern schoss Lasnic durch den Schädel. Jäger, die flüsternd und zitternd von braunhäutigen Fremden an der Strommündung erzählten, sah er vor sich; Gundloch am Bärensee, wie er von toten, weißhaarigen Morschen erzählte, von vergreisten Bräunlingen; Gundloch, wie ihn Bräunlinge im Jagdnetz durchs Unterholz schleiften; Bräunlinge auf dem Palisadentor vor dem Felskessel; Bräunlinge unter dem Palisadentor, und der Wettermann, wie er ihnen die Köpfe zerschlug. »Ich kenne sie, verfluchte Marderscheiße! Ich habe gegen die verdammten Bräunlinge gekämpft! Noch gar nicht lange her.« Er zeigte auf die Narbe in seiner linken Gesichtshälfte. »Ein Andenken an einen ihrer Hauptkerle. Kaikan hieß die Kotzbeule.«

»Auch zu uns sind sie zuerst mit einer kleinen Kampfrotte gekommen«, sagte die Königin. »Im Winter meiner Thronbesteigung. Sie verschleppten Gefangene. Ich habe drei Schiffe mit hundertfünfzig Schwertdamen und Rittern als Kundschafter in ihr Reich geschickt. Nur ein Schiff kehrte zurück, mit nicht einmal fünfzig Frauen und Männern. Und dreißig davon habe ich nicht wiedererkannt, so steinalt waren sie geworden.«

»Ist das wirklich wahr?«, flüsterte er. Sie nickte. Hart wirkten ihre Züge jetzt, hart und unerbittlich. Doch um ihre schönen Augen herum, da entdeckte Lasnic dennoch die Angst und den

Schrecken. Er hob die Linke, seine Kette rasselte. Er konnte nicht anders, er musste ihre Wange berühren, er musste sie streicheln. Verdammte Ketten, rasselten bei jeder Bewegung!

Zwei oder drei Atemzüge lang ließ sie es zu. Sah ihm in die Augen und ließ zu, dass er ihr die Wange streichelte. Eine Woge warmer Zärtlichkeit stieg Lasnic aus der Brust und flutete sein Hirn, strömte durch seinen ganzen Körper. Verdammte Ketten! Um ihren Mund zuckte es, als wollte sie lächeln; eine Sanftheit, die er ihr niemals zugetraut hätte, glitt plötzlich durch ihre Züge, und Lasnic kam es vor, als würde es plötzlich heller werden in seiner Zelle, als würde die Sonne hier unten aufgehen.

»Schade, dass ich nicht einer deiner Ritter bin«, flüsterte er.

»Ich könnte dich zu meinem Ritter machen.« Sie fasste nach seiner streichelnden Hand, und drückte sie nach unten. Nicht hastig und erschrocken, sondern ohne Eile, beinahe behutsam. Sie hielt seine Hand sogar einen Augenblick neben ihrem Mund fest, sodass er schon glaubte, sie würde seinen Handrücken küssen.

»Dann müsste ich dir ja gehorchen.« Er versuchte zu feixen. »Nichts für einen Waldmann, weißt du?«

»Irgendwann werden sie auch wieder an der Mündung des Stomms auftauchen.« Übergangslos beherrschten erneut Kälte und Unerbittlichkeit ihre Miene. »Mit deinem Ring könnten wir sie vielleicht hier schon besiegen. Wenn du an unserer Seite kämpftest, würdest du zugleich für dein Volk kämpfen.«

Lasnic betrachtete ihre auf einmal so kantige Miene. War es möglich, dass ein Weib so viele Gesichter besaß? War es möglich, dass ein Weib Königin eines Reiches sein und über Männer herrschen konnte?

Sein Misstrauen regte sich wieder. Er dachte an Lauka und wie sie ihm ihre Brüste entblößt hatte, um ihn zu bezirzen und an den Ring zu gelangen. Vielleicht entblößte diese hier ihr Herz, um ihn zu bezirzen und den Ring an sich zu bringen? Vielleicht spielte sie ihm nur etwas vor? Auch darin brachten Weiber es ja manchmal zur Meisterschaft. Selbst seine geliebte Arga war so eine gewesen.

Was hatte sie ihm nicht alles abgeschwatzt mit ihren Weiberspielchen!

»Ich befehle Ekbar jetzt, dir die Ketten abzunehmen, und dann führst du uns zum Versteck deines Ring. Ja?« Fragend und zugleich flehend sah die Königin ihn an.

»Diese Ringe hat der Schartan gemacht«, sagte Lasnic. »Und irgendein Schwachkopf hat sie aus seinem Feuerlabyrinth herauf zur Erde gebracht. Ich will nichts mehr damit zu tun haben. Deswegen habe ich meinen Ring ins Meer geworfen. Glaub es oder lass es bleiben.«

Sie richtete sich auf den Knien auf. »Schade«, seufzte sie. »Schade.« Einen Augenblick verharrte sie so, schien mit sich zu ringen, ob sie ihm glauben sollte. Schließlich beugte sie sich wieder näher zu ihm und flüsterte: »Der Ritter, den Lauka auserwählt hat, ist durch eine alte Verletzung geschwächt.« Im spärlichen Licht glänzten ihre langen Locken wie Teklas Gefieder und ihre dunkelblauen Augen wie der Abendhimmel kurz nach Sonnenuntergang. »Wochenlang hat er seinen rechten Arm überhaupt nicht gebrauchen können. Seit einiger Zeit trainiert er ihn wieder. Wenn du ihn dort triffst, wirst du siegen.«

»Wann?«

»In drei Tagen. Wenn du siegst, gilt das als Richtspruch der Großen Mutter. Lauka wird als Lügnerin dastehen, und du bist ein freier Mann. Viel Glück.« Sie stand auf und schritt aus der Zelle. Der Kerkermeister schloss ab.

»Wer zum Schartan ist die Große Mutter?«, rief Lasnic ihr hinterher. Doch keiner antwortete ihm. Fackelschein, Stimmen und Schritte entfernten sich. In der Kerkerzelle nebenan begann der Sänger ein Lied zu schmettern. Wahrscheinlich wollte er die schöne Königin auf sich aufmerksam machen.

»Junosch!« Lasnic warf sich auf den Bauch, kroch zur Mauerlücke. »Hörst du mich, Junosch?«

»Ich bin nicht taub, Waldmann!«, kam es dumpf von der anderen Seite. »Nimm es als gutes Zeichen, dass die Königin persönlich bei dir erscheint. Sie ist mir übrigens völlig unbekannt.

Und wegen des Duells mach dir keine Sorgen. Man muss nur als Erster eine Trophäe vom Felsen holen, ein Kinderspiel. Ich habe das selbst ein paarmal gewonnen. Hör gut zu …«

»Wer ist die Große Mutter?«

»Ein alter Aberglaube der Weiber hier in Garona. Sie bilden sich ein, ihre Kinder, Feldfrüchte und Siege aus der Hand einer Göttin zu empfangen. Und jetzt hör zu: Ich werde heute und an den beiden Tagen vor dem Duell ein Zauberritual durchführen und den Schartan anrufen, damit er dir den Sieg schenkt. Dazu brauche ich ein Büschel Haare von dir …«

»Du betest zum Schartan?« Der Wettermann zu Hause in Stommfurt veranstaltete auch allerhand Hokuspokus, um Waldgeister und Wolkengötter zu beschwören – und Lasnic hätte wahrhaftig nichts gegen einen Spruch Kauzers oder einen Schluck von dessen Heiligem Trank einzuwenden gehabt vor diesem Duell –, doch dass einer den Schartan anrief, hatte er noch nie gehört. Es erschreckte ihn, kam ihm unheimlich vor.

Junosch, auf der anderen Seite der Mauerlücke, stöhnte laut auf. »Wie oft muss ich dir noch sagen, dass man einen wie mich nicht unterbricht? Ich rufe jeden nützlichen Idioten an, wenn es sein muss. Doch eines schwöre ich dir! Wenn du nach deinem Sieg nicht sofort hier herunterkommst und Junosch, den Harlekin, befreist, dann wird der Schartan dich noch in derselben Nacht in seine Feuerhölle herabholen! Geht das in deinen Waldmannschädel? Sag schon!«

In der anderen Nachbarzelle hatte der Sänger aufgehört zu singen, Lasnic glaubte ein heiseres Lachen zu hören. »Du bist übergeschnappt, Junosch«, sagte Lasnic, »ich hab's gleich geahnt: vollkommen übergeschnappt.«

»Ich habe nicht erwartet, dass ein Waldwilder einen Mann wie mich verstehen könnte!« Der Alte nebenan zischte feindselig. »Doch ich warne dich, Lasnic von Strömenholz: Noch eine Entgleisung dieser Art, und dann kannst du sehen, wie du allein zurechtkommst, wenn du dem Ritter der Prinzessin gegenübertrittst! Und jetzt schieb mir ein Haarbüschel, ein bisschen Spucke und die Nagelränder deiner großen Zehen herüber. Los, mach schon!«

*

Geruch von Wein wehte Ayrin von rechts an. Dort saß die Priesterin in ihrem übergroßen Sessel. Ihr Gesicht war rot, ihre Augen wässrig. Runja hatte wieder getrunken; schon bei der Begrüßung war es Ayrin aufgefallen. Die Angst vor der Begegnung mit dem Harlekin? Wahrscheinlich. Runja so zu sehen – so aufgeschwemmt, so rot, so unruhig –, bestürzte Ayrin.

Hildruns Dienerinnen zogen die Flügel des Portals auseinander, eine Kampfschar von Rittern strömte in den Thronsaal. Neun Schwertträger zählte Ayrin, und in ihrer Mitte einen zehnten Mann in gelblichem Hirschlederanzug und langem schwarzen Pelzmantel. Mauritz.

Ihr Herz geriet ins Stolpern, Angst kroch ihr in die Kehle. Nicht vor einem magischen Licht oder Ähnlichem – noch konnte Ayrin nicht glauben, dass der Harlekin damit zu tun hatte –, sondern weil sie ihren ehemaligen Lehrer und Berater zur Rede stellen, vielleicht sogar Anklage gegen ihn erheben musste. In der schlaflosen Nacht zuvor hatte sie versucht, sich das vorzustellen. Vergeblich.

»Mauritz von Garonada!«, rief Ekbar, löste sich aus der Schar seiner Ritter und eilte zu Ayrin an den Thron. Er kam ihr verschlossener vor als sonst, seit er sie am Morgen ins Kerkergewölbe geleitet hatte. »Wir haben ihn an der Brücke über die Glacisschlucht gestellt«, flüsterte er. »Er kam aus einer der Höhlen, die ins Labyrinth führen.«

»Und da bist du ganz sicher?«, fragte Romboc. Ekbar nickte, und Blicke flogen hin und her zwischen Tibora, Ayrin und Runja. Petrona gab die Neuigkeit flüsternd an Loryane, die Obristdamen und Erzritter weiter, die hinter ihr standen. So verbreitete sie sich in Windeseile unter allen im Thronsaal Versammelten.

»Bringt ihn vor die Königin!«, befahl Hildrun; sie saß auf

Ayrins linker Seite. Ekbar winkte, sechs Ritter führten Mauritz zum Thron. Ayrins Gestalt straffte sich. Am Morgen noch, in der Gegenwart dieses gefangenen Waldmanns, hatte sie sich schutzbedürftig und seltsam weich gefühlt, nun schüttelte sie die letzten Reste der Erinnerung an die aufwühlende Begegnung im Halbdunkeln des Kerkergewölbes ab. Sie musste jetzt stark sein. Ihre Miene wurde kantig und undurchdringlich.

Mauritz trug eine gelbe, mit schwarzem Pelz besetzte Lederkappe. Die Ohrenklappen hatte er unter dem spitzen Kinn zusammengebunden. Er verschränkte die Arme vor der Brust und sah zu ihr herauf. »So also lässt du deinen Erzieher und Vertrauten vor dich schleppen, Ayrin?«

Ayrin hatte ihn seit Monden nicht gesehen. Sein Gesicht kam ihr noch knochiger und hohlwangiger vor als früher. Seine bernsteinfarbenen Augen mit den rötlichen Rändern glühten noch tiefer in den Höhlen.

»Von Bewaffneten abgeführt wie ein Verbrecher? Schämst du dich denn gar nicht?«

Ein peinliches Schweigen entstand. Viele Ritter und Hochdamen rund um den Thron blickten betreten zu Boden. Vor allem diejenigen, die Mauritz schon seit Längerem vom Königshof jagen wollten. Ayrin aber hielt seinem Blick stand.

Einen halben Kopf kleiner als die bewaffneten Ritter um ihn herum und viel schmächtiger als sie, schien er doch alle zu überragen. Und täuschte Ayrin sich oder mühten Ekbars Ritter sich, Abstand von ihm zu halten? Nein, Ayrin täuschte sich nicht: Wie einer, dessen Berührung man scheute – ein Schwerkranker, ein König, ein Dämon – und dem man doch nicht ausweichen konnte, so stach der Harlekin aus der Schar der Ritter heraus.

»Es tut mir leid, Mauritz«, begann sie mit fester Stimme. »Es bedrückt mich selbst, doch ich bin es dem Reich schuldig, dich noch einmal wegen der Vorkommnisse im Labyrinth zu befragen.«

»Dem Reich bist du allenfalls schuldig, einen wie mich zurate zu ziehen in diesen bedrohlichen Zeiten.« Noch nie war Ayrin aufgefallen, wie kalt sein durchdringender Blick sein konnte. »Stattdessen willst du mir Vorwürfe machen, weil ich dir das Duell dieser jungen Burschen nicht gemeldet habe?«

Ein Raunen ging durch die Menge der Versammelten, und für einen Moment stockte Ayrin der Atem.

»Du weißt genau, von welchem Vorkommnis die Rede ist, Mauritz!«, sagte Hildrun neben ihr streng.

»Von jenem blau schillerndem Licht, das unsere Priesterin und ein Weihritter unten im Labyrinth gesehen haben«, sagte Ayrin. Sie hatte sich wieder gefangen. »Hinter der Tür desselben Raumes, in dem du dich zur selben Zeit aufgehalten hast. Dieses unheimliche Licht ähnelt auf bedrückende Weise den Lichterscheinungen, von denen Serpane und Lorban berichtet haben. Und jetzt auch die Besatzung der KÖNIGIN BELICE.«

»Ich weiß nicht, was jener Weihritter gesehen hat, Ayrin. Hast du ihn denn verhören können inzwischen?« Mauritz schlug einen vertraulichen Tonfall an; doch der verstärkte nur Ayrins Misstrauen. »Was jedoch unsere gute alte Runja gesehen hat, scheint mir allerdings auf der Hand zu liegen.« Mauritz richtete seinen stechenden Blick auf die Priesterin. »Eine Erscheinung, wie jeder Berauschte sie irgendwann einmal sieht, wenn er nur lange genug zu viel Wein in sich hineingekippt hat.«

Ayrin glaubte zu spüren, wie alle im Saal den Atem anhielten. Runja aber sprang auf. »Du Schandmaul, du!« Hochrot war ihr Gesicht. »Giftzwerg, du! Geifermeister, verfluchter!« Sie kreischte. Ayrin sah, dass die Priesterin schwankte und zur Sessellehne griff, um sich festzuhalten. Wäre sie nüchtern gewesen, hätte sie sich vermutlich auf den Harlekin gestürzt.

»Du stehst vor Königin und Thronrat!«, wies Loryane den Harlekin scharf zurecht. »Und vor der Priesterin der Großen Mutter!«

»Hüte also deine Zunge, Mauritz!«, befahl ihm die Burgmeisterin.

Verächtlich funkelte der Harlekin sie an. Als wollte er seine Geringschätzung für Thron und Thronrat unterstreichen, steckte er die Hände in die Manteltaschen. »Stimmt es etwa nicht, meine liebe Runja?«, wandte er sich mit gefährlich freundlichem Zungenschlag an die Priesterin. »Hast du etwa keinen Wein getrunken, bevor du ins Labyrinth hinabgestiegen bist an jenem Tag?«

»Was geht's dich an, Geifermeister!«

»Du hast also Wein getrunken, das sei dir gegönnt, verehrte Priesterin.« Ayrin sah ihn zu Runja hinauflächeln, doch sein brennender Blick kam ihr noch kälter vor, noch stechender. »Und du gibst auch zu, dass du im Rausch manchmal Dinge siehst und hörst, die du sonst nicht siehst und hörst?« Runja sperrte den Mund auf, doch kein Wort kam über ihre Lippen.

»Woher weißt du denn, dass Runja im Labyrinth war?«, fragte die Burgmeisterin herrisch. »Warst du also doch dort unten an jenem Tag?« Keine sehr scharfsinnige Frage, fand Ayrin, von Hildruns Schlussfolgerung ganz zu schweigen.

Zur Bestätigung lachte der Harlekin meckernd und höhnisch auf. »Weil Runja es wieder und wieder erzählt, gnädigste Hildrun! Woher weißt du es denn, oder warst du mit ihr unten im Labyrinth und hast dieselbe Erscheinung gesehen wie sie?« Laute Stimmen erhoben sich aus der Menge. Jemand verlangte, Mauritz in Ketten zu legen. Hildrun sank aschfahl in sich zusammen, hielt sich krampfhaft an ihrem Sessel fest.

Mauritz aber trieb es auf die Spitze: Er sprang auf die erste Stufe des Thronpodestes, beugte sich vor und blickte Runja in die Augen. »Ich habe dich etwas gefragt, Priesterin der Großen Mutter!« Runja zuckte zurück, verlor den Halt und ließ sich in den Sessel fallen. »Gibst du zu, im Rausch manchmal Dinge zu sehen und zu hören, die du sonst nicht siehst und hörst?« Runjas wulstiger Mund stand weit offen, aus großen Augen starrte sie den Harlekin an; wie ein Mensch, dem ein Toter erschien, sah sie aus in diesem Moment. »Du warst doch berauscht, nicht wahr?« Er wedelte sich die Luft zwischen Runja und sich selbst an die Nase. »So wie du auch jetzt berauscht bist, nicht wahr?«

Loryane sprang auf. »Es reicht, Mauritz!«

»Respektlos!« Hildrun schlug die Handflächen auf die Armlehnen ihres Sessels. »Würdelos und respektlos ist das! Das müssen wir uns nicht anhören!« Sie sprang auf, blickte in die Runde der Versammelten und streckte Arm und Finger nach Mauritz aus. »Wie kommt dieser Mann dazu, der Priesterin von Garona derartige Ungeheuerlichkeiten zu unterstellen!?«

»Wie kommen die Spatzen dazu, derartige Ungeheuerlichkeiten von den Dächern zu pfeifen?«, rief der Harlekin. »Woher wissen die kleinen Mädchen auf dem Markt, dass die Burgmeisterin von Garonada ihr Liebeslager mit jungen Weibern teilt?« Das Raunen im Saal nahm zu, und Hildrun stand wie festgefroren. Mauritz richtete seinen brennenden Blick wieder auf Runja. »Gibst du also zu, dass du berauscht warst?« Die Priesterin nickte. »Gibst du zu, dass du manchmal Erscheinungen siehst?«

»Ja doch, ja!« Runja stöhnte auf und verbarg die Augen hinter ihrer fleischigen Pranke.

»Und diese Tür unten im Labyrinth, und das Licht, und der Harlekin, der mir angeblich ähnelte – war es eine Erscheinung, die du im Suff gesehen hast oder nicht?«

»Ich weiß es doch nicht!« Runja presste das Kinn auf die Brust, raufte sich das Haar. »Möglich, ja, ich hab nichts gesehen, ich hab doch nichts gesehen!« Sie heulte auf, streckte die Arme erst nach Ayrin, dann nach Mauritz aus. »Gar nichts hab ich gesehen, nur einen toten Weihritter!« Schluchzend sackte sie in ihrem Sessel zusammen. Ayrin wandte sich erschüttert ab. Zweifel an Runjas Glaubwürdigkeit befielen sie.

»Was für ein Theater!« Mauritz stieg vom Thronpodest. »Was für eine lächerliche Gesellschaft!« Kopfschüttelnd sah er sich um.

»Loryane hat recht!«, rief Ayrin. »Du vergisst, wo du bist, Mauritz! Du vergisst, wen du vor dir hast!«

»Dann wäre ich nicht der Einzige!«, zischte der Harlekin. »Die haltlosen Vorwürfe sind hiermit wohl endgültig vom Tisch!« Er fuhr herum, raffte den Saum seines Pelzmantels zusammen und lief zur Tür. »Wenn du noch Fragen hast, lass mich rufen, meine Königin!«, sagte er im Fortgehen. »Oder wenn du einen Berater brauchst, der bei klarem Verstand ist!«

Ayrin dachte an die Stunde, als eine völlig aufgelöste Runja ihr und der Burgmeisterin von ihrem Erlebnis im Labyrinth berichtet hatte. »Ich habe in der Tat noch eine Frage, Mauritz!« Sie erhob sich aus ihrem Thronsessel. »Du erinnerst dich an Belices Tod?«

Mauritz blieb stehen. Langsam drehte er sich zum Thron um. »Wie könnte ich ihn jemals vergessen?«

»Serpane und Lorban haben uns die verheerende Wirkung jenes magischen Lichtes geschildert. Inzwischen auch Tibora, Lauka und Romboc.«

»Haben sie den Ring der Waldleute also gefunden?«, fragte Mauritz leise und mit lauernder Miene.

»Wie erklärst du dir, dass die Wirkung dieses Zaubers so schmerzhaft an Belices auf einmal weißes Haar erinnert? Wie erklärst du dir die Ähnlichkeit des raschen Alterungsprozesses meiner Mutter mit der Vergreisung der bedauernswerten Schwertdamen und Ritter, die der Tarkaner mit dem Licht aus seinem Ring traf?«

»Ich habe keine Erklärung dafür, Ayrin.« Die Augen des Harlekins waren jetzt Schlitze, seine Kaumuskeln wölbten sich unter der bleichen Haut wie harte Geschwüre. »Wie kommst du darauf, ich könnte eine haben?«

Ayrin schluckte. Unter seinem stechenden Blick verlor sie plötzlich den Faden. In diesem Moment trat der Erzritter Romboc aus der Menge. »Besitzt du so einen Ring, Mauritz?«, fragte er. »Antworte!«

Totenstille folgte. Die Miene des Harlekins hatte sich in eine feindselige Grimasse verwandelt. »Natürlich nicht!« Er fuhr herum und wollte seinen Weg zur Tür fortsetzen.

»Ich bin erleichtert über deine Antwort«, sagte Romboc im Tonfall eines Mannes, der einen Vorschlag zur Güte macht. »Und jetzt gestatte Ekbars Rittern noch, dich zu durchsuchen. Danach ist jeder Zweifel ausgeräumt.«

»Wagt es, mich anzurühren!« Mauritz lauernder Blick flog über die Gesichter der Hochdamen und Ritter. »Wagt es, und ich werde …«

»Durchsucht ihn!«, rief Ayrin.

Ekbars Ritter sahen sich an, zögerten einen Moment – bis Ekbar auf Mauritz deutete. »Habt ihr nicht gehört, was eure Königin befiehlt?«

Die sechs Ritter am Thron und die zwei am Portal setzten sich in Bewegung. Die vom Portal kamen, hatten den kürzeren Weg. Sie legten ihre Hände auf Mauritz' Schultern. »Zieh deinen Mantel aus, Harlekin«, sagte der ältere der beiden. »Und gib ihn mir.«

Mauritz wirbelte auf den Absätzen herum, riss die Hände aus den Taschen und streckte die Rechte nach den Rittern aus. Blitze zuckten, blau, grell und türkisfarben; violettes Licht hüllte die beiden Männer ein.

Wie der Schrei aus einer einzigen Kehle gellte es durch den Saal, fast alle warfen sich auf den Boden, hinter Tische, hinter das Thronpodest, fast alle bargen ihre Köpfe unter verschränkten Armen. Nur Ayrin und Hildrun standen noch. Und unterhalb des Thronpodestes Romboc und Petrona.

Ayrin sah den Ring an Mauritz' Rechter und glaubte es nicht. Sie sah zwei sabbernde Greise sich hinter ihm am Boden krümmen, und glaubte es immer noch nicht. Mauritz streckte die Faust mit dem Ring jetzt nach Romboc aus. Der Stein in der Ringfassung glühte in kaltem Blau.

»Bitte nicht, Mauritz!«, sagte Ayrin leise und mit zitternder Stimme. Sie fühlte sich, als wäre sie in einen Albtraum gestürzt.

Mauritz äugte zur Decke – Staub und Geröll rieselten herab, der Kronleuchter löste sich und krachte herunter auf die Ritter, die unter ihm am Boden lagen. *Nur ein Albtraum*, dachte Ayrin, *gleich werde ich aufwachen.* Mauritz blickte nach rechts – Flammen schlugen plötzlich aus dem Wandregal mit den Schriftrollen. Der Albtraum hörte nicht auf. Mauritz wandte sich nach links, sein Blick bekam etwas Stechendes – Feuer fauchte jäh aus Haaren und Kleidern der Hochdamen und Ritter, die dort lagen. Die schrien auf, wälzten sich in den Flammen. Andere schlugen mit Jacken und Mänteln auf die Brennenden, um die Flammen zu löschen. Und Ayrin wachte immer noch nicht aus ihrem Albtraum auf.

»Ihr Narren!«, zischte Mauritz und richtete die Faust mit dem glühenden Ring auf Ayrin. »Wie wollt ihr bestehen?« Romboc und Petrona wichen zurück, stiegen rückwärts zum Thron herauf, um die Königin mit ihren Körpern zu decken. »Wie wollt ihr denn ohne mich gegen ein Volk wie das aus Tarkatan bestehen?«

4

Strahlend blauer Himmel, sonst alles weiß und jede Menge Volk – das war Lasnics erster Eindruck, als er aus dem Kerker ins Freie trat. Und der zweite: eisige Kälte. Sie kroch ihm unter den Mantel in die Beine, stach auf sein Gesicht und seine unbedeckten Hände ein wie ein Bienenschwarm, dem man den Honig aus dem Stock raubte.

Lasnic raffte seinen Eulenmantel zusammen, schloss ihn, blinzelte nach links und rechts. Ein großer runder Platz voller Menschen, terrassenartig angeordnete Sitzreihen hinter einer Mauerbrüstung, ein hohes Tor. »Arena« hatte Junosch das zum Himmel geöffnete Gebäude genannt, in das der Hauptausgang des Kerkers führte.

Die Leute hier schienen auf Lasnic gewartet zu haben und musterten ihn misstrauisch oder feindselig oder beides. Männer umringten ihn, trieben ihn vorwärts. Junge Schwertkerle, alle mit blank gezogenen Klingen. Der ihm die Ketten abgenommen hatte, beäugte ihn von der rechten Seite. Zu seiner Linken schaukelte der kleine Rundliche mit dem Bartzopf. Die Männer wirkten angespannt, sprachen von Verlusten, die sie in jüngster Zeit hatten hinnehmen müssen, raunten von einem Mann, der im ganzen Reich gesucht wurde, einem Harlekin.

»Guckt in die Gesichter«, sagte der kleine Bartzopf. »Solange Mauritz frei herumläuft, haben die Leute Angst.«

»Ist doch klar«, erwiderte einer der anderen und spuckte aus.

Sie führten Lasnic durch das Tor. Auch draußen eine Menge Volk. Über eine Brücke ging es auf einen breiten Weg, der am Stadtrand und bald an einer Schlucht entlangführte. Schaulustige ohne Ende säumten ihn. Manche fluchten, andere schüttelten die Fäuste. Die Feindseligkeit, die ihm von allen Seiten entgegenschlug, überraschte Lasnic. War denn keiner unter all den Leuten, der hinter der schönen Maske das verlogene Gesicht der Prinzessin erkannte?

Die Ritter um ihn herum sprachen weiter über jenen Mauritz. Lasnic dachte an Junosch, und was der über seinen Nachfolger als Harlekin erzählt hatte. Nichts Gutes. Sei in Junoschs Kindheit eines Tages in einer Stadt namens Violadum aufgetaucht. Habe als Lehrer seine Mahlzeiten verdient, erst für Knaben, dann für Mädchen. Später habe er die Herzogin von Violadum beraten und noch später seinen Wohnsitz nach Garonada verlegt, um die Prinzessin Belice zu unterrichten. Eigentlich Junoschs Aufgabe, wie sein Zellennachbar ihm versicherte. Da sei er, blutjung damals, nämlich schon Berater und Harlekin in der Königinnenburg gewesen. »Vertrauter der Großen Königin Selena«, wie Junosch immer wieder betonte. Und dann seien kurz nacheinander drei junge Schwertdamen verschwunden, deren nackte Leichen man in der Schlucht des Glacis fand.

Lasnic blickte nach rechts zur Schlucht. Wasser rauschte in der Tiefe. Wahrscheinlich der Fluss, von dem Junosch gesprochen hatte. Dieser Mauritz habe es verstanden, den Verdacht auf ihn, Junosch, zu lenken. Dass man ihn nicht dem Henker übergeben, sondern in den Kerker geworfen hatte, habe er allein der Großen Königin Selena zu verdanken.

Angeblich hatte er was mit ihr gehabt. Lasnic wusste nicht recht, was er glauben sollte. Besonders der letzte Teil der Geschichte kam ihm merkwürdig vor. Dieser Mauritz musste ja uralt sein, wenn er schon in Junoschs Kinderjahren als Lehrer gearbeitet hatte. Längst tot müsste er sein. Stattdessen machte er die Leute von Garonada scheu; die ganze Stadt schien nach ihm zu suchen.

Sie näherten sich einer Hängebrücke über den Glacis. Hunderte Leute standen dort zu beiden Seiten der Schlucht. Links des Weges, den sie ihn führten, stieg ein schneebedeckter Hang an. Ganz oben, am Fuß eines Bergrückens, ragte ein eingeschneites Gebäude auf. Es bestand aus zwei Kuppeln, die durch einen Zwischenbau mit spitz zulaufendem, ovalem Portal verbunden waren. Je ein Türmchen ragte von den Kuppeln auf.

»Was ist das?«, fragte Lasnic und musste grinsen.

»Unser Mutterhaus«, sagte der Bartzopf; Lasnic erinnerte sich, dass die Königin ihn Ekbar genannt hatte. »Was gibt's da zu feixen?« Ekbar trug abgeschabtes graues Lederzeug und eine lange helle Felljacke drüber. Bei jedem Schaukelschritt pendelten ihm Bart- und Haarzopf hin und her.

»Sieht gut aus«, sagte Lasnic und konnte gar nicht mehr aufhören zu grinsen. »Sieht aus wie ein Paar besonders schöner Weiberbrüste, und dieses Portal dazwischen erinnert mich an den Eingang zum Schoß eines Weibes. Ist dir das noch nie in den Sinn gekommen?«

»Halt bloß das Maul, Waldmann!«, zischte Ekbar. »Dir wird das Zotenreißen schon noch vergehen!« Die jungen Schwertkerle drehten sich um und feixten, auch der rechts neben Lasnic grinste.

Sie führten ihn zur Brücke, wo sich noch mehr Leute drängten, fluchten, schimpften und ihm ihre Fäuste entgegenschüttelten. Er versuchte zu verstehen, was sie ihm zuriefen.

»Heute kriegst du deinen verdienten Lohn, Waldmann!«, schrie eine Frau. »Zum Henker mit dir!« eine andere. Ein graubärtiger Mann versuchte, mit seinem Krückstock nach ihm zu schlagen. »Starian wird dich lehren, was wir mit Wilden machen, die unsere Frauen entehren!« Und dem hässlichen, tief in Fell gehüllten Weib neben ihm gelang es sogar, sich an Lasnics Eskorte vorbei auf ihn zu stürzen und ihn mit Fäusten zu bearbeiten. Sie hatte eine große krumme Nase, blauschwarzes Haar und verfluchte ihn so wüst, dass es Lasnic ganz anders wurde.

»Weg von ihm, Weib!«, befahl Ekbar, und seine Ritter stießen die Frau zurück an den Wegrand.

So viel Zorn erschreckte Lasnic nun doch. Er blickte zurück und sah in wasserblaue Augen. Die glitzerten schelmisch, und in einem Wildaner Dialekt rief die Frau ihm mit seltsam heiserer Stimme hinterher: »Du bisch hier nimma im Wald!«

Wie ein von der Lanze getroffener Sumpfbär taumelte Lasnic auf die Brücke. Lord Frix! Er lebte und war frei! Doch was hatte sein wilder Auftritt zu bedeuten? Vergebens grübelte er darüber nach; er bekam kaum mit, wie es über die Brücke und über die breite Schlucht ging, in der tief unter ihm der Glacis schäumte.

Hinter der Brücke weitete sich ein Felsplateau unterhalb der Steilwand. In der Menge dort entdeckte er Tibora, das schöne Weib, das sich Obristdame nannte. Und hinter ihr Romboc, das breitschultrige Narbengesicht. Beide nickten ihm zu. Die meisten anderen jedoch beäugten ihn hämisch, drohten ihm mit Fäusten oder Schwertern, beschimpften ihn.

Gleich von der anderen Seite der Brücke aus führten in den Fels gehauene Stufen in den Steilhang hinein. Männer stiegen hinauf, Lasnic erkannte Boras, den großen Stoppelkopf, der ihn auf der KÖNIGIN BELICE so gern getötet hätte. Lasnic war sich ziemlich sicher, dass er zu der Mannschaft gehörte, mit der Lauka ihr Bett teilte.

Einer der Ritter auf der Felstreppe trug eine weiße Fahne, auf der in blutroter Farbe ein nackter Frauenkörper abgebildet war.

»Das Bildnis der Großen Mutter«, klärte ein hochgewachsenes, bleiches Weib ihn auf, das plötzlich neben ihm auftauchte. Es hatte mindestens sechzig Sommer auf dem Buckel und guckte, als hätte gerade eben jemand es beleidigt. »Ich bin die Burgmeisterin von Garonada«, erklärte sie. »Du holst die Fahne als erster von dort hoben herunter oder giltst als schuldig und wirst sterben.« Sie zeigte zur Steilwand hinauf, und Lasnic wurde es schwindlig: Die Wand wies kaum Neigung auf, hing an manchen Stellen sogar über. Ihre Höhe war schwer zu schätzen, vielleicht achtzig Lanzenlängen, vielleicht sogar zwei Lanzenwürfe.

»Keine Sorge«, sagte neben der mit der beleidigten Miene eine schöne Weißblonde, viel jünger als die Burgmeisterin, ebenfalls ziemlich groß. »Ihr könnt Kletterseile benutzen. Die werden gerade oben festgemacht.«

»Woran?«, entfuhr es Lasnic.

»An tief in den Fels getriebenen Erzhaken«, sagte die Weißblonde. »Joscun selbst, unser Baumeister, prüft die Knoten.«

»Wie beruhigend.«

Joscun – Lasnic hatte den Namen noch nie gehört. Auf der ersten Stufe der Felstreppe jedoch stand einer, den er schon kannte: der Einarmige mit der Weiberstimme. »Wie heißt der einarmige Kerl dort?« Er deutete auf ihn, und der Mann mit dem wallenden grauen Langhaar wurde auf ihn aufmerksam.

»Das ist kein ›Kerl‹«, schnarrte die Burgmeisterin. »Das ist der mächtige Reichsritter Raban.« Sie ging weiter, winkte ihn hinter sich her. Wie jemand, der eine Lanze verschluckt hatte, bewegte sie sich.

»Hey, Raban!«, schrie Lasnic. Um ihn herum verstummten alle Gespräche. »Du stehst ganz oben auf meiner Beuteliste! Wenn ich hier fertig und ein freier Mann bin, komme ich zu dir, und du wirst mir ins Gesicht gucken. Mal sehen, was du für eine Figur machst, wenn du mir nicht in den Rücken fallen kannst! Dreck-sack!«

Die Leute zischten und flüsterten, dem Angesprochenen schien es die Sprache verschlagen zu haben.

»Es reicht!« Die Beleidigte und ihre Begleiterin packten ihn bei den Armen, zerrten ihn fort. Ein halbes Dutzend junger Weiber umzingelten sie plötzlich, lange Schwerter lagen in ihren Fäusten. Lasnic spürte eine Klingenspitze zwischen den Schulterblättern. Von fern hörte er den Einarmigen schimpfen, verstand aber nicht, was der sagte. Eine hünenhafte Gestalt in dunkelblauem Kapuzenmantel kam ihnen entgegen, wie ein wandelndes Zelt sah sie aus. Die Klinge zwischen seinen Schulterblättern tat ihm weh.

Weil Jähzorn und Panik ihn packten, fuhr er herum, schlug die Schwertklinge mit dem Unterarm weg. »Hast du Angst vor einem Unbewaffneten?!«, brüllte er das geharnischte Weib hinter sich an. »Ich weiß schon, wo ich hinzugehen habe!«

Klingen hoben sich links und rechts, überall fahle und von Wut verzerrte Weibergesichter. Die Leute hinter ihnen beschimpften ihn schon wieder. Jemand zerrte an ihm. Lasnic fühlte sich eingekesselt, ein roter Schleier stieg ihm in die Augen, ins Hirn. Er riss sich los, wollte auf das nächstbeste Schwertweib losgehen. Ein Schatten von rechts hielt ihn auf, ein Mann sprang zwischen ihn und die Bewaffneten.

»Es ist gut!«, sagte eine dunkle Stimme sehr ruhig. »Er ist gereizt, würde euch auch so gehen.« Romboc. Lasnic blickte auf dessen breiten Rücken, auf die schwarzen Zöpfe über dem bulligen Nacken – und sah wieder klarer. Romboc drehte sich um, legte den Arm um Lasnics Schulter, führte ihn an der Beleidigten und ihrer schönen Begleiterin vorbei zu dem blauen Zelt. »Du schaffst das«, raunte er ihm zu. »Viel Glück.« Er wies auf den Hünen in Dunkelblau. »Das ist Runja, die Priesterin der Großen Mutter. Sie wird dich zu deinem Gegner führen.«

Eine Frau also. Lasnic erkannte es auch auf den zweiten Blick noch nicht. Ihr Gesicht sah aus wie ein roter Vollmond, und ihr Körper unter dem dunkelblauen Zelt war so fett, dass er sie ungläubig anstarrte.

»Komm schon, Bursche.« Sie packte ihn am Arm, zog ihn mit sich. »Da vorn bei der Prinzessin steht Starian von Garonada.« Ihre Stimme hörte sich derart dunkel und verwüstet an, als hätte der Fels selbst angefangen zu reden. »Gegen den wirst du kämpfen.«

Lasnic entdeckte die verhasste Lauka bei einem blonden Mann in enger heller Lederkluft. Sie selbst trug weiß – Pelzmantel, Mütze, Kleid, Wollhosen, Stiefel – alles weiß. Lächerlich! Eine Armbrust hing auf ihrem Rücken, und sie hielt den Blonden fest, blickte schmachtend zu ihm hinauf, redete auf ihn ein. Der Blonde – ein schöner, gut gebauter Bursche, das sah auch Lasnic sofort – schaute hinunter in ihre Augen und nickte ständig.

»Verfluchte Schlampe«, murmelte er. Die dicke Priesterin rammte ihm den Ellenbogen in die Rippen und zischte irgendetwas.

Als die Prinzessin ihn entdeckte, verwandelte sich ihr hübsches Gesicht in einen Gifttümpel, ihre grünen Augen sprühten Blitze. Auch der Blonde wandte den Kopf, und Lasnic erschrak: Der Ansatz seines Blondhaares begann auf seiner rechten Seite nur drei Fingerbreit neben dem Scheitel. Von dort abwärts war seine rechte Schädelseite eine einzige zerklüftete Narbe. Kein Jochbein, kein Ohr, kein Bartwuchs, nur verquastete, narbige Haut.

»Beim Wolkengott!« Lasnic machte seinem Schrecken Luft. »Hat dich auch eine Axt erwischt?« Er deutete auf seine linke Gesichtshälfte, obwohl die nicht annähernd so entstellt aussah wie die alte Wunde des Blonden. Der reagierte überhaupt nicht, blickte durch Lasnic hindurch, als wäre der Luft.

Die Priesterin packte Lasnics Handgelenk, packte das des Blonden, zog sie beide ein Stück weg von der Felswand und heran an die Brüstung, die den Pfad von der Schlucht trennte. Dort stand ein Podest, das gefährlich knarrte, als die Priesterin die drei Stufen hinaufstieg. Ihr harter Griff zwang Lasnic und den Blonden, ihr zu folgen. Lasnic konnte sich nicht erinnern, jemals von einer Frau derart hart angefasst worden zu sein. Oder doch – die Waldfurie fiel ihm ein.

Auf der Plattform angekommen, hob die Priesterin den Arm des Blonden. »Ritter Starian von Garonada für die Ehre der Prinzessin Lauka!«, brüllte sie. Hochrufe wurden laut, überall klatschten Weiber und Kerle in die Hände, jubelten dem Blonden zu, skandierten seinen Namen. Auch von jenseits des Glacis', auf der Stadtseite der Schlucht, tönte es begeistert.

»Der Waldmann Lasnic von Strömenholz!« Die Priesterin hob nun seinen Arm hoch. »Für seine eigene Ehre.« Es blieb still. Bis einige Pfiffe und erneute Flüche laut wurden. Doch die verstummten nach und nach, als vereinzeltes, doch sehr lautes Klatschen zu hören war. Lasnic blickte sich um. Romboc und Tibora waren es, die applaudierten. Er spähte über die Köpfe der Menge. Warum sah er die Königin nirgends?

»Die Große Mutter selbst möge entscheiden!«, brüllte die Priesterin. »Ihr Urteil soll gelten!« Wieder Gejubel und Geklatsche. Die Priesterin drehte sich zur Steilwand und deutete nach rechts. »Das ist dein Seil, Starian.« Sie deutete nach links. »Und dort hängt deins, Waldmann.« Sie deutete abermals nach rechts. »Meine Weihritter werden euch eure Schwerter und die Gurte mit den Sicherungshaken geben. Wenn vom Mutterhaus her der Gong ertönt, geht es los. Wer der Königin die Fahne der Großen Mutter von dort oben herunterbringt, ist Sieger und gilt als schuldlos.« Sie schlug beiden auf den Rücken. »Und jetzt runter hier und hinauf in die Wand!«

Sieben Schritte etwa trennten die beiden von der Wand mit den Seilen. Auf dem Weg zur Steilwand würdigte der blonde Ritter Lasnic keines Blickes mehr. Nur die Prinzessin belauerte ihn feindselig. Er machte sich nichts vor: Dieses Weib wollte ihn tot sehen. »Ist es, weil ich dich zurückgewiesen hab?«, rief er ihr zu. »Hasst du mich, weil ich dich nicht ficken wollte?«

»Wirst du wohl Ruhe geben, bis die Große Mutter ihr Urteil gesprochen hat?«, donnerte die Priesterin. Blitzschnell hatte Lauka sich gebückt, und schon flog ein Stein in Lasnics Richtung. Ein paar Schritte vor ihm knallte er gegen die Wand, fiel zu Boden und kullerte durchs Geröll. Der Blonde hinderte seine Prinzessin, sich nach dem nächsten Stein zu bücken.

Sein Schritt war zielstrebig, seine Haltung die eines entschlossenen Mannes, und weil er an der Wand die Jacke abstreifte und darunter nur eine Lederweste auf nacktem Oberkörper trug, konnte Lasnic sich davon überzeugen, dass er es mit einem muskulösen Gegner zu tun hatte. Auch was sich unter dem Leder der engen Hosenbeine wölbte, sprach für einen ausdauernden Läufer und Kletterer. Außer einer Narbe an der Schulter und dem verkrümmten Schlüsselbein konnte Lasnic keine Spuren einer Verletzung am rechten Arm des Blonden entdecken; im Gegenteil, der schien ihm sogar muskulöser als der linke. Ein junger Schwertkerl reichte seinem Gegner einen Gurt mit einem Haken und ein kurzes Schwert.

Lasnic nahm das Schwert entgegen, das ein Ritter neben seinem Seil ihm hinhielt. Er stutzte, als er das baldorische Kurzschwert seines Vater erkannte. »Wem habe ich das zu verdanken?«

»Der Königin«, murmelte der Mann an dem Seil und äugte zur Schlucht. Lasnic öffnete den Eulenfedermantel, während er dem Blick des Ritters folgte. Die Priesterin hatte auf einem Sessel neben dem Podest Platz genommen, auf der anderen Seite des Podiums stellte man eben einen Stuhl für die Beleidigte mit der strengen Stimme hin. Auf die Plattform selbst hievten zwei Männern einen Lehnsessel mit dunkelblauem Polster. Und die drei Stufen hinauf stieg – sie.

Sie trug einen schlichten grauen Fellmantel, der ihr bis zu den schwarzen Stiefeln hinunterreichte. Eine schwarze Pelzmütze hüllte ihr Gesicht ein und ließ nur Augen, Wangen und den Mund frei. Sie setzte sich und sah erst zu Starian und dann zu ihm, Lasnic, herüber.

»Bei allen Flusspardern und Waldgeistern«, murmelte Lasnic. »Was für ein schönes Weib.«

»Willst du erst noch eine Runde schlafen?«, rief sein Gegner ihm zu.

Lasnic wandte sich nach ihm um – Starian band sich gerade den Gurt um die Hüften und befestigte das Seil am Haken daran. Das Schwert hatte er sich schon auf den Rücken geschnallt.

Lasnic ließ seinen Eulenfellmantel ins Geröll fallen und streifte die lange Dachsfellweste ab. Aus ihrer Tasche ragte etwas, das zuvor noch nicht darin gesteckt hatte. Lasnic runzelte die Stirn, zog es heraus – und hielt den Atem an: die Lederkapsel mit dem Ring! Er hatte sie Tekla am offenen Kajütenfenster um die Klaue geschnürt, während Laukas Ritter draußen versuchten, die Kajütentür aufzubrechen. Lord Frix! Deswegen also der Angriff vorhin auf dem Weg. Lasnic steckte die Kapsel in die Hosentasche, der Ritter neben ihm hatte nichts bemerkt.

Er schnallte sich das Schwert auf den Rücken »Bist du sicher, dass du weißt, was du tust, Ritter Starian?«, rief Lasnic und löste die Lederbänder seiner Fellstiefel. »Überleg es dir lieber noch einmal! Es wäre ein Jammer um dich.« Er trat sich die Stiefel von den Füßen. »Diese Frau an deiner Seite mag heute das Weiß der Unschuld tragen, doch sie hat keine Ehre im Leib, die du verteidigen müsstest!« Er riss sich die Fußlappen von den Sohlen. Jetzt trug er außer seinem Kurzschwert nur noch das Hirschlederhemd und die grobe Hose aus schwarzem Bärenleder. »Sie ist eine verlogene Schlampe! Glaub mir das.«

»Ruhe!« Von hinten schon wieder das donnernde Gebrüll der

fetten Priesterin. »Sofort gibst du Ruhe, Waldmann! Sonst lasse ich dich auspeitschen, bevor du überhaupt am Seil hängst!«

Lasnic betrachtete den Gurt, den der Ritter ihm reichte, und den metallenen Haken daran, ein in der Mitte verengtes Oval aus Erz. Der Weihritter merkte, dass Lasnic einen Sicherungshaken dieser Art nicht kannte, und wollte ihm zeigen, wie man damit das Seil am Hüftgurt befestigte und es nachzog, sobald man ein wenig Höhe zurückgelegt hatte. Doch Lasnic winkte ab, packte das Seil und stemmte die linke Fußsohle in den Fels. Eiskalt war der. Aus dem Augenwinkel sah er, wie die Priesterin sich aus dem Sessel stemmte und über die Schlucht zu dem Haus hinaufwinkte, das wie eine Weiberbrust aussah. Noch einmal spähte er zu seinem Gegner hinüber. »Du gefällst mir, Starian!«, rief er. »Es wäre verdammt schade um dich, wenn ich dich so anschaue! Überlege es dir lieber noch einmal!«

Seine letzten Worten gingen in einem tiefen, metallenen Dröhnen unter, einem Geräusch, wie Lasnic es nie zuvor gehört hatte. Es hallte über die winterliche Stadt, über Schlucht und Weg und fuhr Lasnic in alle Knochen. Er zuckte zusammen. Erst als er sah, dass Starian schon ins Seil gestemmt und fast waagrecht nach hinten geneigt die Wand hochstieg, begriff er: der Gong, von dem die Priesterin gesprochen hatte. Der Kampf war eröffnet.

Er griff nach dem Seil, zog sich hoch, ließ sich nach hinten fallen, bis es sich um Hüfte und Handgelenk straffte, setzte einen Fuß vor den anderen, kletterte los.

Der Vorsprung Starians schmolz schnell dahin. Immer wieder spähte der Ritter zu ihm herunter. Bald merkte er, dass Lasnic ohne Sicherungshaken kletterte. Sofort verzichtete er darauf, von Zeit zu Zeit Halt zu suchen, das Seil im Doppelhaken nachzuziehen und zu straffen. Den Gurt aber behielt er an. Von unten riefen die Leute seinen Namen, fielen nach und nach in einen gemeinsamen Rhythmus, klatschten irgendwann sogar rhythmisch.

Lasnic hörte es kaum; er hatte sich damit abgefunden, dass die Zuschauer es mit Starian hielten, ihm aber den Tod wünschten. Alle seine Sinne richtete er darauf, mit seinen Zehen und Fußballen jeden noch so kleinen Vorsprung, jede Vertiefung zu ertasten. Immer schneller kam er voran. Er fand Halt in einem Kiefernspross, der sich in der Wand festkrallte, in vereisten Kuhlen, in schroffen Felsvorsprüngen, in kleinen Rinnen, die das Schmelzwasser im Laufe der Zeit in die Steilwand gegraben hatte. Bald kletterte er auf gleicher Höhe wie Starian. Er zwang sich, nicht nach unten zu sehen, spähte niemals höher als zu derjenigen seiner Fäuste, die über die Halt gebende Faust hinweg nach oben ans Seil griff. Plötzlich merkte er, dass sein Gegner sieben Schritte rechts von ihm in der Wand verharrte.

Starian zog die Seillänge, die er inzwischen zurückgelegt hatte, durch seinen Sicherungshaken und das Seil straff. Lasnic dachte sich zunächst nichts dabei, kletterte weiter, nahm mit Genugtuung wahr, dass er Starian um eine halbe Körperlänge voraus war. *Keine Zeit mit vorschneller Siegesfreude verschwenden, Sohn Voglers,* rief er sich selbst zur Ordnung. *Weiter, immer weiter.*

Ein neues Geräusch ließ ihn stutzen, Metall scharrte kurz und gefährlich über Metall. Er äugte nach rechts, sah, dass Starian sein Schwert aus der Scheide gerissen hatte. Die Klinge in der Rechten, die Linke am Seil, stieß er sich ab – mal mit dem linken Bein, mal mit dem rechten. Statt weiter den geraden Weg nach oben zu nehmen, brachte er sich selbst zum Pendeln, sprang mal nach rechts über die Wand, pendelte mal nach links. Erst, als er ganz nach rechts oben in den Fels hineinsprang und sich kräftig abstieß, erkannte Lasnic, was der Blonde vorhatte. Zu spät.

Starian schwang herüber zu ihm und über ihn hinweg. Als er zurückschwang, hob er das Schwert zum Hieb. Lasnic schaffte es gerade noch, seine eigene Klinge aus der Rückenscheide zu reißen und nach dem Gegner zu zielen. Der hieb nach seinem Schädel, doch Lasnic konnte parieren. Klingen klirrten, Funken sprühten, und schon schwang Starian abermals über ihn hinweg und zurück zu seinem Ausgangspunkt.

Durch den Schlag verlor Lasnic den Halt mit dem linken Fußballen, rutschte ein wenig ab, fand wieder Halt – da schwang der Blonde zum dritten Mal über ihn hinweg. Diesmal zielte er nach

Lasnics Seil und schlug zu. Metall knallte gegen Stein. Aus der Tiefe hörte Lasnic die Garonesen kreischen und brüllen. Er dachte an den Ring in seiner Westentasche. Mit flatterndem Blondhaar schwang Starian zurück, holte aus, hieb erneut nach Lasnics Seil.

Dem schnürte Panik Kehle und Brust zu, blindlings schlug er nach Starians Beinen. Er traf, und Starian schrie auf, doch es blieb Lasnic kein Wimpernschlag lang Zeit zu triumphieren, denn plötzlich gab sein Seil nach. Er krallte die Linke in Eis und Stein, rutschte ab, trat die Ferse in eine eisige Vertiefung, erwischte mit der großen Zehe einen vorspringenden Stein und rammte den Schwertknauf in das Wurzelgeflecht des Kiefernsprosses, den er doch längst hinter sich wähnte. So hielt er sich fest, schnappte nach Luft, versuchte zu begreifen, was geschah. Das Seil fiel ihm auf den Kopf, rutschte ab, schlingerte in die Tiefe. Lasnic schielte ihm hinterher.

Knapp zwanzig Lanzenlängen tiefer landete es vor dem Ritter, der ihm das Schwert gegeben hatte. Lasnic äugte zur Schlucht. Alle dort starrten zu ihm herauf. Still war es, so still, dass Lasnic seinen Herzschlag in seinen Schläfen wummern hörte. Sein Blick suchte die Königin. Sie stand vor ihrem Sessel auf dem Podest, hatte beide Hände vor den Mund geschlagen, spähte zu ihm herauf.

Lasnic blickte nach oben. Zwei Lanzenlängen über ihm schwankte das halb durchtrennte, halb zerfaserte Seil hin und her. Er lugte nach rechts. Starian hatte aufgehört zu pendeln, kletterte weiter, doch langsamer als zuvor. Blut sickerte aus seiner über der linken Wade zerfetzten Lederhose. Rote Tropfen fielen nach unten, dorthin, von wo die Prinzessin seinen Namen heraufschrie.

»Starian! Weiter, Starian! Du schaffst es, Starian!« Auch die anderen fuhren fort, ihren Ritter anzufeuern, und bald hallte das rhythmische Klatschen und Rufen wieder über die Schlucht und bis zu Lasnic herauf.

Er fluchte, fasste das abgetrennte Seilende ins Auge. Nach unten führte nur der freie Fall – was blieb ihm also übrig? Er hebelte den Schwertknauf ins spärliche Wurzelgeflecht, langte mit der Linken nach oben, ertastete einen Vorsprung, drückte das rechte Knie durch, zog das linke Bein nach, fand Halt mit dem Fußballen. Mit dem Unterarm hielt er sich am Kiefernstämmchen fest, schnappte mit den Zähnen nach der Klinge, ließ das Schwert los, schickte seine jetzt freie Rechte hinauf in den Fels. Auf diese Weise kletterte er eine halbe Lanzenlänge um die andere nach oben.

So eine Felswand war keine alte Kiefer, Lasnic konnte keinen Stamm umarmen oder zwischen Knien und Schenkeln einklemmen, um zu verschnaufen. Dafür fanden Fußsohlen und Finger mehr und größere Vertiefungen und Vorsprünge, die Halt gaben. Das Seilende rückte näher und näher. Starian allerdings war ihm inzwischen schon um mindestens drei Lanzenlängen voraus.

Gleichgültig. Lasnic knurrte. Erst einmal das Seil erwischen, erst einmal das Schwert aus dem Mund bekommen, dann würde ihm schon etwas einfallen. Den Ring zu benutzen kam nicht infrage. Verfluchter Höllenring! Was hatte Lord Frix sich eigentlich dabei gedacht, als er ihm die Kapsel zusteckte? Zähne und Kiefer taten ihm weh, Geschmack nach Blut und Rost erfüllte seine Mundhöhle. Und endlich, endlich erwischte er mit der Linken das zerfaserte Seil, drückte das Bein durch, wickelte das Seil um sein Handgelenk, konnte die Rechte aus dem Fels ziehen und mit ihr das Schwert aus dem Mund nehmen.

Unten war es schon wieder still geworden. »Hättet ihr nicht gedacht, was?« Lasnic spuckte aus. »Ich auch nicht.« Statt in die Rückenscheide steckte er das Schwert in den Hüftgurt. Bloß nicht fallen lassen. Als es festsaß, schüttelte er den linken Arm und die linke Hand aus. Seine Muskeln brannten. Er griff mit der Linken ins Seil, schüttelte auch die Rechte aus, und weiter ging es.

Über sich konnte er den Blonden keuchen hören. Lasnic schielte zu ihm hinauf: Jedes Mal, wenn der blonde Ritter sein linkes Bein in den Fels stemmte und sich auf ihm hochdrückte, verzerrte sich sein Gesicht vor Schmerzen, und er stöhnte auf. Er zog bereits eine Blutspur von fünf oder sechs Lanzenlängen hinter sich her.

»Ich habe dich gewarnt!«, brüllte Lasnic, hielt sich am Seil fest, stemmte die nackten Füße in den Fels. »Sie ist es nicht wert, die verfluchte Schlampe!« Er brüllte sich in Rage, brüllte, um dem anderen zu zeigen, wie viel Kraft er noch hatte, wollte Starian entmutigen.

Doch der kämpfte Schmerz und Erschöpfung nieder, stieg Schritt für Schritt dem Ende der Steilwand entgegen. Von unten feuerten sie ihn an. Lasnic verharrte, blickte in die Tiefe. Tausende klatschten und schrien zu beiden Seiten der Schlucht, auf der Brücke, auf dem Weg in die Stadt, auf einer breiten Treppe, die zum Brüstehaus hinaufführte, und selbst dort oben drängte sich die Menge und feuerte ihren blonden Ritter an.

Lasnic kämpfte die aufsteigende Einsamkeit nieder, das Gefühl grenzenloser Ohnmacht und Verlorenheit; stattdessen spürte er nach seiner Wut. Er schrie wie ein ins Netz gegangener Wasserbüffel, brüllte nach unten. Sein Blick fand erst die klatschende und breit in ihrem Sessel hängende Priesterin und dann die über ihr stehende Königin. Die verharrte reglos, hatte den Kopf in den Nacken gelegt und presste die Hände noch immer gegen ihre Wangen. Lasnic hörte auf zu brüllen. Die Königin klatschte nicht. Die Königin rief nicht den Namen des Blonden. *Vielleicht ruft sie in Gedanken deinen Namen*, dachte er.

Diese Vorstellung spornte ihn noch weit mehr an als die Wut. Er kletterte weiter. Schon konnte er oben die Stellen an der Steilwand erkennen, über welche die Seile nach unten führten und über die man große Lederkissen genagelt hatte, damit die Kletterseile nicht an der Felskante durchscheuerten. Seine rechte Faust griff über die linke, der rechte Fußballen zog nach, fand Halt, die linke Faust griff über die rechte ins Seil.

Kaum noch drei Lanzenlängen trennten seinen Gegner vom Ende der Steilwand, Lasnic noch etwa fünf. Doch kam er deutlich schneller voran als der Blonde. »Ich komme, Starian!«, brüllte er, »Ich komme zu dir!« Die linke Faust griff über die rechte ins Seil, der linke Fußballen stemmte sich in Hüfthöhe gegen die Wand, der rechte fand Halt im vertrockneten Gestrüpp irgendeiner Kletterpflanze, die rechte Faust griff über die linke, und bald sah Lasnic die weiße Fahne mit dem roten Frauenleib wehen. Er brüllte seinen Triumph hinaus. »Ich komme!«

Plötzlich stutzte er. Starian griff schon nach der Felskante, zog sich hoch. Wie konnte das sein? Eben noch halb erschlafft und wie betäubt von Schmerzen und jetzt schon oben? Das ging nicht mit rechten Dingen zu! Lasnic brüllte seine Wut heraus. Was sollte er tun? Der Ring? Nein, kam nicht infrage.

Er hielt das Seil nur mit der Linken, ließ sich zur Seite pendeln, riss das Schwert aus dem Gurt. Im Zurückpendeln holte er aus, stieß einen langgezogenen Schrei aus und schleuderte zugleich sein Schwert zu Starian hinauf.

Die Klinge traf den blonden Ritter mit dem Knauf in den Rippen. Der Blonde schrie auf, ruschte ab und verlor den Halt. Vier Lanzenlängen tief stürzte er nach unten, bis das Seil sich straffte und ihn festhielt. Lasnics Schwert wirbelte an ihm vorbei, prallte ein paarmal klirrend gegen die Wand, schlug schließlich unten im Geröll auf. Starian scheuerte ein Stück über die Felswand, suchte Halt, packte das Seil, und unter ihm kreischten und schrien sie, als hätte die ganze Stadt zur selben Zeit derselbe Zahnschmerz befallen.

Lasnic kümmerte sich nicht um das kreischende Volk, nicht um Starian, nicht um seine schon beinahe tauben Hände und Füße – er kletterte weiter, Griff um Griff, Schritt für Schritt, stur immer weiter nach oben.

Ein Ruck ging auf einmal durch das Seil, und gleich noch einer. Lasnic drückte sich an die Steilwand, krallte sich mit Fußballen, Zehen und Fingern im Gestein fest. Das Seil war gerissen, irgendwo dort oben jenseits der Felskannte. Den Kopf in den Nacken gelegt, sah er es auf sich zu stürzen. Er schloss die Augen.

*

Das Volk jubelte, Ayrin stand wie betäubt. Der Waldmann hing schon wieder ungesichert im Fels, die zweite Hälfte seines Seiles schlängelte sich an ihm vorbei, fiel entlang der Steilwand nach unten. Lauka jubelte am lautesten. Sie warf die Arme in die Luft, sprang an der Brüstung auf und ab wie ein kleines Mädchen und kreischte Starians Namen. »Wir siegen, Starian! Der Sieg gehört uns!«

»Das nenne ich ein Urteil der Großen Mutter!«, rief Runja unterhalb von Ayrin neben dem Podest. »Zweimal reißt das Seil des Waldwilden! Deutlicher geht es doch gar nicht!«

Ayrin ließ sich zurück in ihren Sessel fallen. Sie konnte kaum fassen, mit welcher Inbrunst man um sie herum dieses Duell verfolgte. War sie denn die Einzige, der Mauritz' Auftritt im Thronsaal den Schlaf raubte? Der Ring an seiner Faust, das magische Licht, die beiden Vergreisten, die Verwüstung, die er angerichtet hatte – ließ das Runja, Lauka, Hildrun und die anderen denn völlig kalt?

Wenn es nach ihr gegangen wäre, hätte es diesen Kampf in der Steilwand heute nicht gegeben. Doch vielleicht brauchten die anderen, brauchte das Volk dieses unwürdige Spektakel. Um wenigstens für ein paar Stunden zu vergessen, in welcher Gefahr das Reich schwebte.

Schweigend starrte sie zur Wand hinauf. Dort kletterte Starian inzwischen wieder nach oben, war schon fast auf gleicher Höhe mit dem Waldmann. Der tastete nur mit Händen und Füßen in der Wand herum – ungesichert! –, drückte sich dicht an den kalten Fels. Wie lange konnte er das durchhalten?

Ayrins Blick fiel auf den Weihritter, der dem Waldmann Seil und Schwert gegeben hatte. Die erste Hälfte des gerissenen Seils hatte der bereits auf ein Rundholz gewickelt, jetzt bückte er sich nach dem zweiten längeren Teil. In Dutzenden Schlingen hing es neben ihm in Gestrüpp und Geröll. Zwei Ritter liefen zu ihm, halfen ihm. Ayrin erkannte Gardisten des Reichsritters Raban.

»Das Seil!« Einer Eingebung folgend, deutete Ayrin zu ihnen. »Ich will das Seil haben, Hildrun!«, forderte sie. »Schick deine Dienerinnen zu ihnen, damit sie es nicht heimlich fortschaffen. Ich will es mir ansehen!«

Hildrun blickte missmutig zu ihr hoch, nickte dann aber und

befahl ihre Schwertdamen zur Steilwand. Dort nahmen sie den widerstrebenden Rittern das Seil ab. Seit Mauritz die Burgmeisterin vor den Hochdamen und Rittern im Thronsaal bloßgestellt hatte, sprach sie nur noch das Nötigste.

Ayrin spähte wieder nach oben – und hielt den Atem an. Ohne Seil kletterte der Waldmann die Wand hinauf, mit bloßen Füßen und Händen. Er kam jetzt schneller voran als der völlig erschöpfte und von Schmerzen gequälte Starian. Erst als der Waldmann die letzten drei Fuß der Wand über sich hatte, konnte er nicht weiter: Der Fels hing über an dieser Stelle. Hatte jemand bewusst diesen Teil der Wand gewählt, um über sie das Seil für den Waldmann herabzulassen? Heißer Zorn packte Ayrin, sie sprang wieder auf.

Der Waldmann streckte Arm und Bein nun nach rechts aus, suchte Halt im Fels, kletterte seitlich unter der überhängenden Wand entlang und auf Starian zu. Dieser griff bereits wieder über die Kante zum Plateau hinauf, schien aber nicht mehr genug Kraft in den Armen zu haben, um sich hochzuziehen. Die Menge hielt den Atem an, still wurde es rund um Ayrin. Nur Lauka wimmerte Starians Namen.

Knapp vier Fuß trennten den Waldmann jetzt noch von Starians Kletterseil. Handbreite um Handbreite bewegte er sich darauf zu. Starian wandte ihm den Kopf zu, man konnte sehen, wie schwer der blonde Ritter atmete. Er bewegte das verletzte Bein, wollte nach dem Gegner treten – Ayrin bedeckte die Augen mit den Händen.

»Du hältst es mit dem Waldwilden, wie mir scheint«, tönte neben ihr die Priesterin.

»Er wird abstürzen!«, zischte Lauka. »Starian wird deinen dreckigen Waldmann aus der Wand treten!«

Plötzlich ein Schrei – Ayrin riss die Hände vom Gesicht: Starian hatte sich über die Felskante gestemmt, unter ihm pendelte das leere Seil hin und her. Wahrscheinlich hatte er im Aufbäumen seiner letzten Kräfte den Schrei ausgestoßen; jetzt kippte er bäuchlings nach vorn, seine Unterschenkel und Füße hingen über dem Abgrund. Die Menge jubelte, Lauka tanzte schon wieder.

Unglaublich! Irgendwo im Reich versteckte sich Mauritz mit seinem magischen Licht, und hier tanzten und jubelten sie.

Der Waldmann sprang ab, griff nach dem schwankenden Seil und hielt sich fest. Ayrin stöhnte auf, biss sich in die Faust. Starians Beine verschwanden aus ihrem Blickfeld, der Waldmann kletterte nach oben. Dort richtete Starian sich auf, stürzte zur Fahne der Großen Mutter und riss sie aus der Halterung. Die Menge tobte. Jetzt zog auch der Waldmann sich über die Felskante. Ayrin atmete auf. Er rollte sich ab, sprang auf, fiel Starian an und riss ihn zu Boden.

»Wir haben gewonnen!«, kreischte Lauka. »Was tut er da? Wir haben doch längst gewonnen!«

»Gewonnen habt ihr erst, wenn Starian sich mit der Fahne der Großen Mutter abseilt und sie der Königin übergibt. So lautet die Regel, und beiden habe ich sie genannt.«

Ayrin stand auf den Zehenspitzen, reckte den Hals. Alle reckten die Hälse, doch niemand konnte wirklich erkennen, was dort oben geschah, auch Ayrin nicht. Sie wälzten sich im Gras, mehr sah man nicht. Schließlich rollten sie so weit aufs Plateau hinaus, dass man nicht einmal ihre strampelnden Beine und schlagenden Fäuste sehen konnte. Lauka biss sich die Nägel ab, Runja betete, Ayrins Atem flog, und selbst Hildrun stand vor ihrem Sessel, stemmte die Fäuste in die Hüften und lauerte zur Steilwand hinauf.

Geschrei erhob sich oben über der Wand. Doch nicht dort, wo die Fahne gesteckt hatte, sondern weiter westlich – dort wo die Felstreppe begann. Alle Köpfe flogen herum, alle spähten jetzt zu dieser Stelle. Unter den Männern auf den Stufen gab es einen Tumult. Ayrin hörte Befehle, sah fuchtelnde Arme, sah sogar blank gezogene Klingen in der Sonne funkeln – und dann, für einen Augenblick sah sie auch eine wehende weiße Fahne. Ein Mann trug sie die Felstreppe herunter.

»Starian!«, schrie Lauka. »Er hat es geschafft!«

»Er muss die Fahne über die Wand zur Königin bringen!«, rief Runja. »So verlangt es die Regel!«

Auf der Felstreppe drückten sie sich an die Wand, um den Fahnenträger vorbeizulassen. Von der Brücke her, wo man einen besseren Blick auf die Felstreppe hatte, verstummte der Jubel. Von den letzten Stufen sprangen Raban und seine Gardisten von der Treppe. Ayrin glaubte Flüche zu hören. Und dann nahm der Fahnenträger die letzten Stufen mit einem einzigen weiten Sprung. Lauka schrie auf.

Die wehende Fahne in der Rechten, lief der Waldmann durch die Menge und Ayrins Podest entgegen. Einzelne Zuschauer jubelten ihm zu, je näher er dem Podest kam, desto mehr wurden es. Ayrin bebte innerlich, sie presste Zähne und Lippen zusammen, wendete alle Kraft auf, um ihre Miene hart zu machen und ihre Erleichterung nicht zu zeigen.

Der Waldmann stieg zu ihr auf das Podest hinauf, reichte ihr wortlos die Fahne. Sie nahm sie an, schaute ihm ins Gesicht. Er blutete aus Schürfwunden, rang nach Luft; seine Narbe zuckte, sein Blick war der eines Siegers, und als sie ihm in die hell leuchtenden Blauaugen sah, brach der harte Glanz darin für einen Moment auf und machte einem weichen Schleier Platz. Einen Atemzug lang glaubte Ayrin zu spüren, dass ein Mann vor ihr stand, den das Schicksal schon hart geprüft und der dem Leben schon tiefer in die Augen geschaut hatte als die meisten Menschen, die sie kannte.

»Wo ist Starian?«, herrschte Lauka ihn an.

»Bin ich sein Hüter?« Der Waldmann bedachte die Prinzessin mit dem verächtlichsten Blick, den Ayrin jemals in eines Menschen Miene gesehen hatte. »Er lebt. Wahrscheinlich traut er sich aber nicht, dir unter die Augen zu treten nach seiner Niederlage.«

»Der Sieg gilt nicht!«, erklärte Runja polternd. »Du hättest dich mit der Fahne über die Wand abseilen müssen!«

»So ist es!«, schrie Lauka. »Bringt ihn zum Henker!«

»Damit ich mir noch mal das Seil kappen lasse?« Der Waldmann blitzte die Priesterin an. »Zweimal reicht.« Er verneigte sich vor Ayrin und stieg vom Podest. »Wo ist mein Schwert gelandet?« Ohne sich um Runjas Protest und Laukas Gezeter zu kümmern, lief er zur Steilwand und machte sich auf die Suche nach seiner herabgestürzten Waffe.

Romboc tauchte plötzlich vor dem Podest auf, brachte selbst das gerissene Seil. Er deutete auf die Schnittstelle. »Jemand hat es oben mit einem Schwert durchtrennt«, sagte er. »Zwei Ritter behaupten, Boras bei der Fahne gesehen zu haben.«

Lauka spannte ihre Armbrust. »Er ist ein wildes Tier, Schwester, man muss ihn töten.«

Ayrin hasste es, von Lauka »Schwester« genannt zu werden.

»Ich musste diesem Tier in die Augen sehen, es war nicht schön, glaub mir das!« Sie legte einen Bolzenpfeil in die Armbrust. Böses, kaltes Lachen verzerrte ihren Mund, sprühte aus ihren schmalen Augen.

»Weg mit der Waffe!«, rief Ayrin.

»Er hat es gewagt, mich zu ficken! Gegen meinen Willen – das weißt du genau! Wenn du ihm seinen verdammten Schädel nicht abschlagen lässt, werde ich ihn töten.« Lauka fuhr herum und lief ein paar Schritte Richtung Waldmann. Der suchte in Gestrüpp und Geröll nach seinem Schwert und bekam von alldem nichts mit. Lauka hob die Armbrust und zielte.

Ayrin sprang zu ihr, packte sie am Arm und hielt sie fest. »Weg mit der Armbrust, habe ich befohlen!«

»Du hast mir nichts zu befehlen!« Lauka stieß sie zur Seite, legte die Waffe erneut an. Inzwischen war der Waldmann aufmerksam geworden, tastete nach seiner Weste.

Ayrin griff in Laukas kastanienrotes Haar und riss sie zu Boden. Der Bolzen zischte in die Luft, prallte hoch über dem Waldmann in den Fels. »Du hast deiner Königin zu gehorchen! Ohne Todesurteil keine Hinrichtung!« Ayrin riss die Schwertklinge aus der Rückenscheide, drückte die Spitze gegen Laukas Brust.

»Ein Prozess für ein wildes Tier?« Lauka schrie. »Mach dich nicht lächerlich, Schwester!« Sie sprang auf, versuchte, Ayrin das Schwert zu entwinden. »Ich schlage ihm den Kopf ab.«

»Du verweigerst deiner Königin den Gehorsam?« Sie rangen um das Schwert, stierten einander in die Augen. Ihre ganze Feindschaft brannte darin, der ganze Hass. Ayrin stieß die flache Klinge gegen Laukas Brust und ließ sie im gleichen Augenblick los. Lauka taumelte nach hinten, stolperte, schlug rücklings auf dem Weg auf. »In den Kerker mit ihr!«, befahl Ayrin. Rombocs Gardisten und Ekbars Thronritter beugten sich über die zeternde Prinzessin, rissen sie hoch, führten sie ab.

Die Menge tuschelte, murrte, schimpfte. Einige forderten offen Lasnics Kopf.

»Und er?« Runja deutete auf den Waldmann. »Sein Sieg ist ungültig!«

Das war einer dieser Augenblicke, in denen Ayrin den Harlekin herbeisehnte – seine Scharfsicht, seinen klugen Rat, seine weisen Entscheidungen. Doch Mauritz hatte sich selbst zum Feind des Reiches gemacht, war verschwunden. Sie musste ganz allein entscheiden, was nun zu tun war.

»Man hat ihm das Seil gekappt, begreifst du das nicht?« Sie deutete zum Waldmann. Er stand mit dem Rücken zur Steilwand, blickte zu Ayrin herüber, versenkte die Rechte in der Tasche seiner Fellweste.

»Nach dem Gesetz der Großen Mutter hätte er die Fahne über die Wand zu dir bringen müssen«, beharrte die Priesterin; um sie herum stimmten viele Ritter und Schwertdamen ihr zu. »Er muss sterben.«

5

Tausende hatten sich unten im Hafengelände versammelt, die ganze Stadt schien auf den Beinen zu sein. Rund um Kran und Götterbild hatte Bartok Holzbarrikaden errichten lassen. Alle sechs Schritte standen Bewaffnete davor und sorgten dafür, dass niemand über die Absperrung kletterte. Dahinter, neben dem gewaltigen Kran, peitschten Mustangführer auf ihre Tiere ein. Acht Zweiergespanne trieben das mächtige Zahnrad an, das mit dem Zahnradsockel des Krans verbunden war. Von Catolis' Flaggschiff, der KALYPTO, weg, wo er eben ihren Hohepriesterthron auf dem Bugkastell abgesetzt hatte, schwenkte der Kranarm nun wieder zum Hafen herum. Seine Haken pendelten an geflochtenen Ledertauen hin und her und schwebten dem Bildnis des Tarkartos entgegen.

Catolis beobachtete die Verladung ihrer wichtigsten Machtinsignien von der Mauer des Hafentors aus. Ihre Träger und die Gardisten ihrer Priestergarde tuschelten aufgeregt. Eine Maschine – so nannten sie Catolis' Konstruktion: *Maschine* –, eine Maschine wie diesen Kran dort unten hatte keiner von ihnen je zuvor gesehen. Unter dem Wehrgang, vor dem Tor, standen Bocksgespanne und Wagen mit Catolis' Gepäck. Und die Sänfte, die sie später zu ihrem Schiff bringen würde.

Catolis trug das neue dunkelblaue Gewand einer Großmeisterin der Zeit – das Kleid einer Hohepriesterin, wie die Tarkaner sagten; der beste Schneider der Hauptinsel hatte es ihr genäht. Die silbernen Säume, Knöpfe und Rüschen waren mit kunstvollen Stickereien verziert. Der blaue Stoff selbst von silbernen Fäden durchwirkt; wenn das Licht in einem bestimmten Winkel auf ihn fiel, sah es aus, als leuchtete er von innen heraus.

Das alte Gewand war fadenscheinig geworden im Laufe der Sonnenwenden und vor allem zu groß; Catolis' Gestalt wirkte noch dünner heute als zu der Zeit, als sie die erste der Tausend Inseln betreten hatte. Sie trug Fingerhandschuhe aus feinem schwarzen Bocksleder, die ihr bis über die Ellenbogen reichten. Eine Stola aus schwarzer Seide bedeckte ihr dunkelrotes Haar und ihre Schultern.

Der Himmel war leicht bewölkt. Seit einem halben Mond regnete es nur noch stundenweise. Seit zwei Tagen wehte milde Luft von Südosten. Die Winterstürme in der Nordhälfte des Großen Ozeans legten sich bereits in diesen Tagen, wenn man den Vorhersagen der Wetterweisen von Tarka glauben konnte. Catolis blieb nichts anderes übrig. Sie hatte selbst zur Eile gedrängt, wollte so schnell wie möglich nach Garona segeln, so schnell wie möglich dem Meister des Lichts gegenübertreten. Und nach Violis suchen. Unten am Hafen befestigten sie die Taue und Haken des Krans am Tarkartos-Standbild. Teppiche und Mustangdecken hüllten es zu großen Teilen ein, um es vor Schmutz und Kratzern zu schützen.

Drei weitere Versuche, mit dem Meister des Lichts und der Meisterin des Lebens Kontakt aufzunehmen, hatte Catolis inzwischen unternommen. Dreimal war sie allein dem Meister des Willens im ERSTEN MORGENLICHT begegnet.

Über ihren Mondsteinring vermochte sie, jeden Gefährten mental anzusprechen; ein magischer Kraftakt, der Notfällen vorbehalten war, weil er selbst erfahrene Magier maßlos erschöpfte. Wenn jemand dreimal nicht im ERSTEN MORGENLICHT erschien – im Falle von Violis sogar viermal –, lag eindeutig ein Notfall vor. Doch weder die Gefährtin im Reich der Eiswilden noch der Magier in Garona hatte auf Catolis' Rufe reagiert.

Sie hatte Ausrüstung für eine Expedition ins ewige Eis verladen lassen. Sobald sie in Garona mit dem Meister des Lichts gesprochen und sich ein Bild von seinem Zustand gemacht hatte, wollte sie weiter nach Norden ziehen. Und Violis suchen.

Immer mehr Menschen strömten inzwischen auf das Hafengelände. Ganze Pulks von Ruderbooten und Einmastern näherten sich von der Strommündung her der bewachten Hafeneinfahrt. Trotz der Absperrungen war es etlichen Ruderern und Seglern gelungen, an den Wachen vorbeizufahren und ihre Boote in die Nähe von Catolis' Flaggschiff zu steuern. Auf den Inseln hatte sich natürlich herumgesprochen, dass Tarkatans Kriegsflotte heute in See stechen würde, und nun kamen sie von überall her angewuselt, um dem Spektakel beizuwohnen.

Unten beim Kran hielten die Mustangführer ihre Tiere an und winkten den Mustangführern, die mit ihren Gespannen am Zahnrad auf der anderen Kranseite auf ihren Einsatz warteten. Bartoks Männer prüften die Befestigung der Taue und Haken am Bildnis des Gottes, danach rief Bartok selbst den Befehl, und wieder knallten Peitschen und klapperten Hufe. Die Mustangs zogen das nächste Zahnrad an. Dessen Zähne griffen in ein senkrecht stehendes Rad, dessen Kraft sich wiederum auf eine Anordnung kleinerer Räder in der Mitte der wuchtigen Kransäule übertrug – die Taue strafften sich, das Bild des Gottes neigte sich erst und schwebte dann, von den Tauen gezogen, nach oben. Das Volk jubelte.

Bis herauf zur Tormauer hörte Catolis das Ächzen und Knarren des wuchtigen Holzkrans, das Quietschen der Zahnräder und die Peitschenhiebe der Mustangführer. Das Bildnis des Gottes wog ungleich schwerer als Catolis' Bernsteinthron. Bis zu den Schultern bestand es aus gegossenem und vergoldetem Erz. Bocksschädel und das lange Gehörn waren aus purem Gold.

Ehrfürchtig bestaunten die Priester an Catolis' Seite und die Menge im Hafengelände, wie der Tarkartos höher und höher schwebte. Catolis' Zahnradmechanik galt dem Volk als weiterer Beweis ihrer Göttlichkeit. Obwohl die Magierin den Kran schon vor mehr als fünfzig Sommersonnenwenden hatte bauen lassen, hatte sich diese Technik noch immer nicht auf allen bewohnten Inseln durchgesetzt. Manche Bullos hatten sie als heilig erklärt und verboten, sie nachzubauen. Ein neuer Erlass des Tarbullos Zlatan hob dieses Verbot inzwischen auf.

Die Mustangführer auf der anderen Kranseite übernahmen, und ihre Tiere trieben erneut das Zahnrad an, das die Basis des Krans bewegte. Bald schwenkte der Kranarm zur KALYPTO zurück. Dreißig Männer hielten die Seile, die man am Fuß des Standbildes befestig hatte. Sie strafften sie, so gut es ging, damit die schwere Statue nicht hin und her schwankte und womöglich noch den Kran aus der Balance brachte. Als das Götterbildnis über Wasser und Reling schwebte, warf man sie Männern an Bord der KALYPTO zu, die die weitere Sicherung übernahmen.

Der Schwenkarm hielt über der Außendecköffnung an, in die das untere Drittel des Tarkartos versenkt werden sollte. Befehle gellten hin und her. Catolis konnte die Rufe des Schiffsbaumeisters heraushören. Bartok war schon seit Tagen ein Nervenbündel. Tarkatans Kriegsflotte betrachtete er als das größte und wichtigste Werk seines Lebens. Dass es nun die Anker lichten und seine Seetauglichkeit beweisen musste, versetzte ihn in helle Aufregung und raubte ihm seit Langem den Schlaf. Dabei hatte jeder einzelne der Schiffsneubauten seinen Probelauf längst hinter sich.

Catolis hoffte, Bartok würde durchhalten und gesund bleiben. Während ihrer und Zlatans Abwesenheit sollte er den Tarbullo nämlich vertreten.

Am Kran unten rief der Schiffsbaumeister wieder Befehle – ein Zahnrad stand still, die Mustangs trieben das nächste an. Unterhalb des breiten Schwenkarms schwebte das Götterbild von der Mitte bis fast an die Spitze des Auslegers. Erneut tönten Befehle, erneut stand ein Zahrad still, und ein anderes begann sich zu drehen. Holz und Räder quietschten, knarrten und ächzten, und der Tarkartos senkte sich seinem vorgesehenen Standort an Deck entgegen. Bartok brüllte, die Männer zu beiden Seiten der Reling zerrten an den Zugseilen, das Schiff schwankte. Ein letzter, lang gezogener Ruf des Baumeisters und der untere Teil des Bocksbildnisses glitt in die Öffnung zwischen Heckkastell und hinterem Mast.

Jubelgeschrei toste über das Hafengelände; neben Catolis klatschten die Priester in die Hände und lachten so laut, wie Catolis es selten von ihnen hörte. In den Booten, an den Anlegestellen, auf der Stadtmauer – überall machten die Tarkaner ihrer Erleichterung und Begeisterung Luft.

Catolis jubelte nicht. Sie lächelte nicht einmal. Keine Regung zeigte sich in ihrer Miene; die war noch kantiger geworden im Laufe der Sonnenwenden. Aus ihren kupferfarbenen Augen spähte sie zur KALYPTO hinab. Es widerstrebte ihr, an Bord dieses Schiffes zu gehen und Tarkatan für so lange Zeit hinter sich lassen zu müssen. Lieber wäre sie hiergeblieben, auf Tarka. Lieber wäre sie den unausweichlichen Kämpfen fern geblieben. Lieber hätte sie hier in Taruk auf das Schiff mit dem Boten gewartet, der eines Tages dort unten, wo sie jetzt Weinfässer anstachen, von Bord gehen würde, um die Nachricht von Zlatans Sieg in die Stadt zu bringen. Oder die Nachricht von Zlatans Niederlage und Tod.

Catolis hatte das Volk des Tarbullos vorbereitet, so gut es ging, und dabei alle seine Fähigkeiten ausgeschöpft. Ihre Aufgabe war erfüllt. Ob die Tarkaner als Dienstvolk für das Zweite Reich von Kalypto taugten, mussten sie jetzt im Kampf mit denjenigen Völkern ausmachen, die Catolis' Gefährten ausgewählt und vorbereitet hatten.

Allein die Sorge trieb sie nach Norden. Die Sorge um die Gefährten. So viel stand auf dem Spiel, und von den drei Erwählten mochte sie Violis am liebsten – eine Zuneigung, die sie vor den anderen niemals zugegeben hätte. Als Großmeisterin der Zeit war es jedoch ihre Pflicht, nach der Gefährtin zu suchen; genau, wie sie es als ihre Pflicht empfand, die Machenschaften des Magiers in Garona zu prüfen. Sie durfte nichts dem Zufall überlassen. Die höchsten Magier ihrer Vorfahren hatten nicht irgendjemanden erwählt, sondern sie, Catolis. Der Wächter des Schlafes vertraute nicht irgendjemandem, sondern ihr. Die Zukunft des Zweiten Reiches von Kalypto hing davon ab, dass sie keinen Fehler machte.

Scheiterte sie, müssten der Wächter des Schlafes oder seine Nachfolger eine neue Großmeisterin bestimmen, ein neues Magierquartett wecken und in die Welt hinaus senden. Hunderte, womöglich tausende Sonnenwenden würden vergehen, bis das Zweite Reich von Kalypto errichtet werden und ein Wächter des Schlafs die Mondsteinsarkophage öffnen konnte. Hunderte

Schläfer würden bis dahin womöglich zu Staub zerfallen, weil das ERSTE MORGENLICHT ihren Schlaf nicht mehr schützte.

»Gehen wir.« Sie wandte sich ab, lief zum östlichen Torturm und stieg die Wendeltreppe hinab. Das Gefühl der Einsamkeit beschlich sie, als sie den Vorhang ihrer Sänfte zuzog. Eine Empfindung, die sie erst kannte, seit sie Violis zum ersten Mal im ERSTEN MORGENLICHT vermisst hatte. Die Angst, die Gefährtin könnte ins Nichts gestürzt sein, stand ihr seitdem vor Augen. Und mit ihr der entsetzlichste Feind allen Lebens: die Sterblichkeit. Sie mit ihrer magischen Kunst zu bekämpfen war das höchste Ziel aller Magier von Kalypto.

Die Träger hoben die Sänfte auf ihre Schultern und trugen sie durch das Hafentor zur KALYPTO. An der Anlegestelle hatte eine große Arbeitskolonne damit begonnen, den Kran in seine Einzelteile zu zerlegen und sie auf einen großen Frachtsegler zu verladen. Den Kran mit auf die lange Reise zu nehmen, schien Catolis unverzichtbar zu sein. Wer wusste denn, wo sie bald ihren Thron und das Standbild des Tarkartos aufstellen musste?

Die Tarkaner jubelten ihr zu, als sie aus der Sänfte stieg und über den Landungssteg an Bord der KALYPTO ging. Catolis zog den schwarzen Seidenschleier über ihr Gesicht und winkte verhalten in die Menge.

Später ließ sie sich von Bartok die Vertauung des Götterbildes zeigen. Sorgfältig befestigt ragte Tarkartos zwischen Heckkastell und Achtermast aus dem Unterdeck. Der gehörnte Gott schaute in Fahrtrichtung. Bartok hatte in vielen Arbeitsstunden berechnet, wie tief die schwere Statue in den Schiffsrumpf versenkt werden musste, um die KALYPTO auch bei schwerster See nicht zum Kentern zu bringen. Catolis selbst hatte seine Berechnungen überprüft.

Beim Abschied begehrte der Schiffsbaumeister ihren Segen. Den erteilte sie ihm vor ihrem Priesterthron auf dem Bugkastell und unter den neugierigen Blicken des Volkes im Hafen und auf den Mauern. Jeder sollte sehen, wem sie während ihrer und Zlatans Abwesenheit die Führung des Reiches anvertraute.

Nach dem Abschied von Bartok richtete sie sich ihre Kajüte ein und überwachte die Verladung ihres persönlichen Gepäcks. Viel war es nicht, was sie auf die lange Reise nach Nordwesten mitnahm. Kleider in erster Linie. Dazu Schreibfedern, Tintenfässer und Pergamentrollen. Und einen leichten Kriegsbogen.

Den hatte Kaikan ihr nicht nur gebaut, an ihm hatte er sie auch das Bogenschießen gelehrt. Da Catolis sich nun einmal entschlossen hatte, mitten hineinzureisen in das Kampfgeschehen, schien es ihr ratsam, eine der üblichen Waffen zu beherrschen; nicht jeder Kampf ließ sich mit Magie entscheiden.

Außerdem nahm sie einen Krummdolch, Stiefel und Sattelzeug für ihren weißen Steinbock mit. Das Tier selbst brachten ihre Priestergardisten erst kurz vor der Abreise an Bord und unter Deck.

Am Nachmittag ertönten die Fanfaren auf den Mauern von Taruk und vom Festungsturm. Auf allen Schiffen wurden die Anker eingeholt. Die Segel waren längst gesetzt, die Ruderer nahmen ihre Plätze ein. Zlatans und Kaikans Schiffe und der Segler aus Trochau verließen den Hafen als erstes. In einer langen Kolonne folgte die Kriegsflotte. Eine Galeere nach der anderen fuhr aus dem Hafen. 500 Schiffe. Wie viele würden zurückkehren?

Das fragte Catolis sich, als sie auf dem Bugkastell der KALYPTO in ihrem Bernsteinthron saß und der Menge im Hafen und auf den Kaimauern rechts und links der Hafenausfahrt zuwinkte. Der Hafen blieb zurück, die Stadtmauern, der Festungsturm, der Pyramidentempel. Wann würde sie selbst zurückkehren?

Wehmut beschlich sie, und sie spürte, wie sesshaft sie im Laufe der Sonnenwenden hier in Taruk geworden war. Beinahe zu Hause fühlte sie sich an dieser Küste, an diesem Strom, zwischen diesen Türmen und Mauern, die jetzt kleiner und kleiner wurden. Ihre Empfindungen erschreckten sie – sie ziemten sich nicht für eine Magierin von Kalypto.

Als eine solche hatte sie nur ein Zuhause zu kennen und zu lieben: das Zweite Reich von Kalypto. Und das lag noch in ferner Zukunft.

Auf offener See formierten sich die fünfhundert Schiffe zu zwei lang gezogenen Keilen. Einen führte Zlatans Flaggschiff an, die TARBULLO, den zweiten Kaikans Flaggschiff, die TARUK. Die dreißig Frachtschiffe mit Katapulten, Reittieren, Wölfen, Proviant und den vielen Tausend Wasserfässern fuhren hinter der TARUK. Die KALYPTO segelte von zwanzig Schiffen eskortiert im rechten Flügel von Zlatans Formation.

Von ihm und Kaikan hatte Catolis sich bereits am Morgen verabschiedet. Alles, was zu sagen war, war gesagt. Bevor Zlatan an Bord der TARBULLO gegangen war, hatte sie ihm den zweiten Ring anvertraut.

»Trage ihn, bis der Krieg gewonnen ist«, hatte sie ihm befohlen. »Ich und Tarkartos vertrauen dir.« Seine Hand hatte gezittert, als sie ihm den Ring an den Finger steckte.

6

Das Spinnennetz glitzerte im Licht der Vormittagssonne. Lasnic lehnte gegen die Wand und schaute hinauf zum Zellenfenster. Ein Falter hing im klebrigen Gespinst. Es machte ihn verrückt, den armen Kerl in den silbrigen Fäden zappeln zu sehen. Es machte ihn verrückt, schon den zweiten Mond Ketten tragen und in diesem stinkenden Loch sitzen zu müssen. Wenn er den Ring benutzt hätte, gleich nach dem Kampf in der Steilwand – oder besser noch davor –, dann wäre er jetzt ein freier Mann. Doch er hatte es nicht über sich gebracht.

Vor dem Zellengitter, auf dem Gang, schrien sie herum. Von links brüllte der Pirol – so nannte Lasnic den Sänger in der Nachbarzelle, obwohl er inzwischen dessen Namen kannte: Gumpen. Von rechts rief Junosch. Dessen Stimme klang leiser, weil sie dünner war und weil seine Zelle um die Ecke in einem Seitengang lag. Manchmal brüllte auch einer der anderen Häftlinge und verlangte Ruhe. Doch darum kümmerten sich Junosch und der Pirol nicht. Sie schrien einfach immer weiter.

Es ging um das Rätsel, mit dem der alte Harlekin ihnen die Zeit vertrieb. Der Pirol behauptete, einen ersten Teil gelöst zu haben. Junosch glaubte ihm nicht und ließ sich die Lösung lang und breit schildern. Immer wieder. Und als ob das der Schikane nicht schon genug wäre, verlangte er auch noch, dass Gumpen dabei die Sprache der Waldleute benutzte, damit Lasnic auch wirklich jedes Wort mithören konnte. Vielleicht auch, um Gumpen zu schikanieren und mit seinen eigenen Sprachkünsten zu prahlen. Der Alte hatte es sich zur Gewohnheit gemacht, alle Menschen für Schwachköpfe und sich selbst für ein Genie zu halten.

Die Spinne raste zur Mitte ihres Netzes und wickelte den Falter in klebrige Fäden. Der arme Kerl schlug mit den Flügeln, wehrte sich nach Kräften, doch es nützte ihm nichts. Bei jedem seiner

Flügelschläge ging ein Beben durch das Spinnennetz; das wurde nach und nach schwächer, mit jeder Drehung des Falters unter den flinken Spinnenbeinen immer ein wenig schwächer.

»Hältst du mich für blöd, dass du mir so ein leichtes Rätsel stellst?«, brüllte von links der Pirol und setzte zum dritten Mal an, seine Lösung zu erklären. Weil er das Garonesische überraschend gut beherrschte, war es Lasnic und Junosch gemeinsam gelungen, ihm die Grundzüge des Strömenholzer Dialektes beizubringen. »Kann schon fünf Scheiben umsetzen!«

Im Spinnennetz hauchte der Falter sein Leben aus. Er tat Lasnic leid. Gern wäre er zum Fenster hochgesprungen, um ihn aus dem Netz zu erlösen und durch das Gitter ins Freie flattern zu lassen. Doch vermutlich hätte er dazu das Spinnennetz zerstören müssen. Und das kam nicht infrage: Er mochte Spinnen fast so sehr wie Hummeln, wie gesagt. Außerdem war es bereits das fünfte Netz, das die Spinne gewebt hatte, seit Ekbars Ritter ihn zurück in den Kerker geschleppt hatten. Immer wenn Schrat durch die Gitterstäbe schlüpfte, um ihm ein Stück Fleisch, eine Nachricht von Lord Frix oder sonst irgendetwas zu bringen, zerriss der Kolk das kunstvolle Gespinnst.

»Fünf Scheiben?«, brüllte Junosch von rechts. »Das glaubt dir nicht einmal der Kerkermeister, und der Idiot hat das Wort ›Mathematik‹ noch nie gehört! Hast du das gehört, Waldmann? Hast du gehört, wie er sich aufbläst? Fünf Scheiben will er umgesetzt haben! Los, Eismann! Erkläre mir, wie du das gemacht haben willst!«

Lasnic antwortete lieber nicht. Wahrscheinlich hätte Junosch ihm nicht geglaubt, dass er selbst es schon seit Tagen mit sechs Scheiben versuchte.

Er blickte auf die drei dicken Lederstücke zwischen sich und dem Stroh, Teile einer alten Stiefelsohle. Aus jedem Sohlenteil ragte eine Kolkfeder. Über die Kolkfeder auf dem ersten Sohlenfetzen gestülpt – Lasnic nannte ihn *Blutbuch* – saß eine Pyramide aus sechs Lederscheiben unterschiedlicher Größe. Durch ein Loch in ihrer Mitte konnte man sie über die Feder stecken.

Ganz zuunterst lag die größte, die Spitze der Pyramide bildete die kleinste Scheibe. Seine Aufgabe bestand darin, die sechs Scheiben der Pyramide auf den zweiten leeren Sohlenfetzen – Lasnic nannte ihn *Strömenholz* – umzuschichten, und zwar nach zwei strengen Regeln: Er durfte immer nur eine Scheibe bewegen, und niemals durfte er eine größere auf eine kleinere Scheibe legen. Allerdings konnte er dabei das dritte Sohlenstück als Ablagefläche benutzen, das Lasnic *Wildan* nannte.

Pyramidensockel und Lederscheiben stammten von einem alten Stiefelpaar, das Gumpen in seiner Zelle gefunden hatte. Ein Überbleibsel des vorherigen Bewohners, das dem Pirol zu klein war. Schrat hatte Lederstücke und Sohle in Lasnics Zelle gebracht. Genau wie das kleine Messer, das Lord Frix dem Vogel an die Klaue gebunden hatte. Mit ihm konnte Lasnic das Leder zurecht schneiden und die Löcher hineinbohren.

Das Rätsel hatte der ehemalige Harlekin angeblich selbst ersonnen. Junosch nannte es »Turm von Garonada«. Er selbst arbeitete mit Scheiben aus Holz und Stäben aus Erz. Beides hatte er im Lauf der Zeit einigen Generationen von Kerkermeistern abgebettelt. Bevor man ihm Holz und Erzstäbe in die Zelle brachte, so behauptete der Alte, habe er sich Scheiben und Pyramiden einfach nur vorgestellt. Und zwar bis in den vierten Winter seiner Gefangenschaft hinein. Damals wollte er es gerade geschafft haben, sieben Scheiben nach den Regeln umzusetzen. Inzwischen sei er bei zwölf Scheiben angelangt. Lasnic glaubte ihm kein Wort.

Er hatte sich an jenem Abend auf den »Turm von Garonada« eingelassen, als sie ihn von dem gewonnenen Duell zurück in den Kerker brachten. Seitdem zermarterte er sich das Hirn über seinen drei Sohlenstücken und der Pyramide. Damit konnte man prächtig die Zeit totschlagen; vor allem lenkte es ihn von den seelischen Qualen ab, die ihm seine Gefangenschaft bereitete.

»Hätte ich nach dem beschissenen Kampf den Schartanring aufleuchten lassen, hätte ich den ›Turm von Garonada‹ nicht kennengelernt«, murmelte er, hob die oberste Scheibe von *Blutbuch* und streifte sie über den Federkiel von *Wildan*. »Allerdings wäre dann die halbe Stadt tot oder vergreist. Vielleicht sogar ich selbst.«

»Was sagst du da, Waldmann?«, tönte Junoschs Stimme aus dem Halbdunkeln des Kerkerganges. Hatte er schon wieder an der Mauerlücke gelauscht?

»Nichts. Gar nichts.« Fast hätte Lasnic den Ring benutzt. Vor zwei Monden unter der Steilwand, als er Lauka, dieses Miststück, mit der Armbrust auf ihn zielen sah. Lieber das ganze Pack in Staub oder Greise verwandeln als sterben, hatte er sich gesagt. Lieber noch ein letztes Mal das blaue Höllenfeuer entfachen, als zurück in dieses stinkende Loch gehen müssen.

Und wirklich: Er hätte dieses verfluchte Licht aufblitzen lassen – wenn die Königin nicht gewesen wäre. Sie in eine Greisin zu verwandeln, sie zu töten, sie auch nur zu verletzen, das hatte er nicht über sich gebracht.

Warum? Lasnic wusste es selbst nicht. Es hatte es einfach nicht tun können. Also hatte er die Kapsel mit dem Ring in der Hose gelassen und sich abführen lassen. Zum Dank wollten sie ihn jetzt töten, er hatte gut zugehört. Und auf dem Weg zur Brücke und zurück in den Kerker hatte er es in ihren hasserfüllten Gesichter gesehen.

Aus dem Gang drang Junoschs höhnisches Gelächter. Seine Antwort auf Gumpens Behauptung, fünf Scheiben nach den Regeln gestapelt zu haben. Gumpen drohte dem Alten Prügel an – im Strömenholzer Dialekt. Das gelang ihm einigermaßen verständlich, und Junosch lachte noch höhnischer.

Lasnic nahm die zweite Lederscheibe von *Blutbuch*, setzte sie auf *Strömenholz*. Erst einmal musste er an die unterste Scheibe kommen, an die größte, so viel war klar.

Über ihm krächzte es. Er legte den Kopf in den Nacken. Die Spinne hatte sich an den Rand des Netzes zurückgezogen, vor dem Zellenfenster saß Schrat.

»Möge der Frühling bald kommen, alter Freund«, begrüßte Lasnic den Kolk. »Schön, dich zu sehen.« Irgendetwas klemmte im Schnabel des alten Vogels. »Schickt der Lordschwätzer dich?«

Schrat steckte den Kopf durch die Gitterstäbe. »Vorsicht!« Zu spät – der Kolk durchbohrte einmal mehr das Spinnennetz, schlüpfte durchs Fenster und flatterte zu Lasnic herab. Der blickte traurig zu den zerrissenen Fäden hinauf. Die Spinne sah er nirgends; hatte sich wohl aus dem Fenster oder in eine Nische zwischen den Steinen geflüchtet.

Zu seinen Knien schnalzte Schrat, gab scheppernde Klopfgeräusche von sich und fing schließlich an zu flöten. Gumpens Melodie. Dabei ließ er ein Stück Pergament aus seinem Schnabel fallen. Lasnic erkannte sofort eines der Stücke, auf die Junosch manchmal Botschaften schrieb oder zeichnete, und die mittlerweile – dutzendfach gebraucht und von Ratten und Schrat transportiert – von Zelle zu Zelle wanderten.

Er entrollte die Botschaft und entdeckte verblasste Spuren seiner Zeichnung eines Flussparders, die er dem Pirol vor ein paar Tagen geschickt hatte; da, wo Pirol Gumpen herkam, schien es keine Raubkatzen zu geben. Im Hintergrund entdeckte er Überbleibsel einiger Worte, die Junosch Anfang letzten Mondes für den Eiswilden aufgeschrieben hatte. Lesen konnte Lasnic sie nicht, doch er erinnerte sich an einige Strömenholzer Dialektworte, die Gumpen nach Empfang der Botschaft durchs Kerkergewölbe gerufen hatte: *Tausend, Insel, Krieg*. Links hatten die Schriftzeichen für die garonesischen Entsprechungen gestanden. Pirol Gumpen war nicht nur ein schlauer Bursche, sondern konnte zu allem Überfluss auch noch schreiben und lesen. Dafür beneidete Lasnic ihn.

Über die alten Botschaften hinweg hatte der Pirol sechs einfache Zeichnungen gekritzelt; sie benutzten zugespitzte und angekohlte Knochenstückchen eines Rattenskeletts, das Gumpen in seiner Zelle gefunden hatte. Die sechs Zeichnungen stellten sechs »Türme von Garonada« auf dem Weg zur richtigen Lösung dar. Es stimmte: Der Pirol hatte es geschafft, fünf Pyramidenscheiben nach den Regeln umzuschichten.

Lasnic rollte die Botschaft zusammen, beugte sich zur Mauerlücke hinunter und rief: »Der Pirol kann es wirklich mit fünfen!«

Er steckte das Pergamentröllchen in die Lücke, stocherte mit einer Kolkfeder hinterher. »Hier ist der Beweis!«

Das Ohr an die Lücke gedrückt, lauschte er. Und hörte wie Junosch in seinen weißen Bart murmelte und fluchte. »Das geht nicht mit rechten Dingen zu. Ein Eiswilder mit fünfen? So schnell? Das müssen ihm die Ratten geflüstert haben.«

Lasnic grinste in sich hinein – der Alte konnte es einfach nicht haben, wenn er nicht in jeder Hinsicht als Meister dastand, und zu seinem Verdruss hatte er selbst Lasnic und dem Pirol verraten, dass er fast einen Mond gebraucht hatte, bis er das Rätsel mit fünf Pyramidenscheiben gelöst hatte. Den Turm nach den beiden Grundregeln mit drei Scheiben zu bauen, war ein Spiel für Grünsprösslinge; ein paar Atemzüge lang gründlich nachdenken und fertig. Auch mit vieren war es noch kein Kunststück. Mit fünf Scheiben allerdings musste man schon sehr scharf nachdenken und es längere Zeit probieren. Pirol Gumpen hatte nur sechs Tage gebraucht. Genauso lang wie Lasnic.

»Das kann nicht sein!«, kam es jetzt zischend von der anderen Seite der Lücke. »Du hast ihm die Lösung verraten!«

»Schwachsinn, Alter. Warum sollte ich das tun?«

»Ihr habt euch gegen mich verschworen!«

Lasnic versicherte Junosch, dass der sich täuschte, doch das konnte er beteuern, so oft er wollte: Der alte Harlekin blieb überzeugt davon, dass Lasnic und der Pirol Scherze mit ihm trieben, ja, ihn in den Wahnsinn treiben wollten.

»Zur Strafe sollte ich den Schartan anrufen, damit er dir die Krätze an den Hals schickt!«, zischte er. »Ich habe ja noch Haare und einen Zehennagel von dir! Glaub mir, Waldmann: Ich mach's nur deswegen nicht, weil du sowieso bald sterben musst.«

Auch das eine Überzeugung, von der Junosch nicht mehr lassen wollte: In seinen Augen war Lasnic schon so gut wie tot. »Wer das Duell verliert, stirbt«, erklärte er fast jeden Tag aufs Neue. »Dass du es eigentlich gewonnen hast, spielt keine Rolle. Maßgeblich ist das Urteil der Priesterin. Selbst wenn sie nach Wein gestunken hat, wie du behauptest.«

Schwerer noch als das Urteil der Priesterin wog für den alten Gefangenen, dass Lasnic als Verlierer in den Kerker zurückgekehrt war und nun auf seine Hinrichtung wartete, obwohl er, Junosch, den Schartan beschworen hatte, Lasnic den Sieg zu schenken. »Wen der Schartan nicht retten kann, dessen Haut ist das Schwarze unter meinen Nägeln nicht wert«, pflegte er zu sagen. Lasnic lachte dann zwar immer, aber die Sprüche des Alten gingen ihm dennoch unter die Haut.

Er merkte es an seinen Träumen: Einmal hatte Erzritter Romboc ihn in Ketten an einen runden Schacht geführt, aus dem Flammen schlugen, und ihn hineingestürzt. Lasnic war schreiend aufgewacht.

Ein anderes Mal hatte eine Riesin, die er zunächst für die Waldfurie hielt, ihm ein Bein abgehackt. Als sie es fraß, merkte er, dass er nicht die Waldfurie, sondern den Schartan selbst vor sich hatte. Und in einem dritten Traum hing er an seine Füße gekettet kopfüber von der Zellendecke, und der Schartan schälte ihm mit Voglers Schwert die Haut ab. Das Wesen aus der Hölle glich Lauka aufs Haar.

Junosch war auch überzeugt davon, dass es bald Krieg geben würde. »Immer, wenn sich der Kerkermeister und die Wächter in den letzten dreißig Wintern besonders wortkarg gegeben haben, ist kurz darauf Krieg ausgebrochen«, behauptete er.

Lasnic dachte dann an den Besuch der Königin, gleich in den ersten Tagen, nachdem man ihn niedergeschlagen und in Ketten gelegt hatte. *Bald steht ein feindliches Heer vor den Toren meines Reiches*, hatte sie gesagt. Deswegen brauche sie den Ring. Vielleicht hatte der Alte ja dieses Gespräch belauscht.

Mochte schon sein, dass die Bräunlinge hier einfielen. Lasnic traute ihnen alles zu. Sogar, dass sie in ein Hochgebirge kletterten, um zu töten, zu schänden und zu brennen. Doch dass er bald sterben musste, konnte er sich nicht vorstellen. Da war er zuversichtlicher als Junosch, nicht nur, weil die Lederkapsel mit dem mörderischen Ring in seiner Hosentasche steckte.

Den wollte er sowieso nie wieder als Waffe benutzen. Das

jedenfalls hatte er sich geschworen. Schon bald nach dem Kampf gegen die Räuber in der Brandung, als ihn zum ersten Mal die Ahnung beschlichen hatte, dass sein Vater ähnliche Erfahrungen mit diesem Höllenlicht gemacht haben musste; dass es vielleicht sogar dieses Höllenlicht gewesen war, das Vogler in den Tod getrieben hatte.

Er richtete seine Aufmerksamkeit ganz auf die Sohlenstücke und die Lederscheiben darauf. Er zog die kleinste Scheibe von der Kolkfeder, die aus *Wildan* ragte, und setzte sie über die etwas größere Scheibe auf *Strömenholz*. Dann griff er nach *Blutbuch* und streifte die dritte Scheibe über die Feder auf *Wildan*. Das Tageslicht verblasste, die Zelle wurde dunkler. Schrat flatterte zum Fenster hinauf und schlüpfte durch die Gitterstäbe hinaus. Als der Pirol zu singen begann, kam Lasnic der Lösung allmählich näher.

Irgendwann hallte das Rasseln von Schlüsseln durch das Halbdunkle. Zweimal schnappte das Schloss einer Tür. Ein Riegel scharrte, Scharniere quietschten, Schritte näherten sich, ein Lichtschein und die Stimme des Kerkermeisters. »Ihr habt ihn immer noch nicht gefunden? Was ein Jammer«, hörte Lasnic ihn plappern. »Mauritz ist kein Harlekin, glaub mir das, er ist ein verdammter Hexer. Und kommt bloß nicht auf die Idee, ihn hier bei mir einzukerkern …«

»Jetzt holen sie dich ab, Waldmann!«, rief Junosch in Strömenholzer Dialekt aus der Dunkelheit. »Hab ich's dir nicht gesagt?« Wie Messerstiche fuhren seine Worte Lasnic in die Eingeweide. Er lauschte atemlos. »Schade, schade, Waldmann. War eine gute Zeit mit dir.« Junosch' Stimme verhallte, der Pirol hörte auf zu singen. Vor Lasnics Zelle flackerte eine Fackel, und der Schrittlärm verstummte.

Die Stimme des Kerkermeisters hörte er noch. »… ich kann keinen Hexer hier unten brauchen. Schon gar keinen mit einem magischen Ring. Und einen Harlekin hab ich hier schon irgendwo herumsitzen.« Er streckte die Fackel durch die Gitterstäbe; der Lichtschein fiel auf Lasnic. »Meinst du den?«

Der Mann neben ihm nickte. Lasnic konnte dessen Gesicht

nicht erkennen. Der Griff eines Langschwertes ragte über seine Schulter. In den Fäusten hielt er ein zweites kürzeres Schwert. »Aufschließen!«, befahl er heiser.

»Und du bist sicher, dass du es tun willst, Ritter?« Der Kerkermeister sprach auf einmal mit gesenkter Stimme. Kerzengerade hockte Lasnic vor seiner kalten Wand. Die Angst fiel ihn an wie ein hungriger Wildwolf. Er tastete nach dem kleinen Messer, riss an seinen Ketten und zog die Beine an.

»Sonst wäre ich nicht hier, Kerkermeister. Schließ auf!«

*

Schneeschmelze. Der Glacis stürzte zu Tal. Er führte doppelt so viel Wasser wie sonst. Schneekrusten lagen noch an den Rändern der Stufen, die zum Aquädukt hinaufführten. Auf ihm überquerten sie den Gebirgsbach. Auch der führte Hochwasser. Donnernd ergoss er sich ein paar Schritte hinter dem Aquädukt in die Glacisschlucht. Eine dünne Eisdecke lag über dem langsam fließenden Wasser in der Leitungsrinne. Ayrin erinnerte sich an jeden Schritt damals.

Sie erreichten die Stelle, an der es geschehen war. Ayrin hielt sich an Ekbar fest, beugte sich über den Rand der Schlucht, äugte in die schäumenden Wildfluten vierhundert Fuß unter sich. Die zerbrochene Eisdecke ragte von den Wänden der Schlucht in die Wogen hinein, an manchen Stellen bis zu den umtosten Felsbrocken in der Mitte des Flussbettes. Auch an den Steilwänden bis hinauf zum Weg – überall Eiszapfen. Ayrins Blicke suchten die diesseitige Wand nach dem Geäst des verkrüppelten Erlbusches ab, der Lauka damals das Leben gerettet hatte. Sie entdeckte ihn nirgends.

»Lass uns weitergehen, meine Königin«, bat Ekbar. »Der Weg ist noch weit.« Ayrin trat vom Abgrund zurück und nickte. Die beiden wartenden Thronritter drehten sich um, stiegen weiter bergauf. Ayrin, Ekbar und die vier Ritter der Nachhut folgten. Sie hatten weder Esel noch Bergziegen mitgenommen; zu groß die Gefahr, dass die Tiere auf den vereisten Pfaden abrutschten. Links über ihnen im Fels verlief die Wasserleitung. Der Aquädukt blieb zurück.

War es wirklich schon zwölf Winter her? Es kam Ayrin vor, als wäre es gestern gewesen. Was wäre anders gekommen, wenn Lauka damals abgestürzt wäre? Wenn der reißende Glacis ihren Mädchenkörper für immer zwischen den Felsen zermalmt hätte?

Es ging steil bergauf. Das Brausen, Rauschen und Donnern des Wasserfalls rückte näher und näher und übertönte bald Ekbars keuchende Atemzüge. Sie kamen nicht halb so schnell voran, wie Ayrin gehofft hatte. Eng an die Steilwand gedrückt, stiegen sie am Wasserfall vorbei und atmeten auf, als der Weg wieder breiter und flacher wurde. Über ihnen hingen Eiszapfen von den geteerten Eichenrinnen der Wasserleitungen herab. Manchmal brach einer ab und zerschellte auf dem Weg.

Starian wäre jetzt ihr Thronritter, besäße noch sein rechtes Ohr. Wahrscheinlich hätte er sie längst zur Mutter gemacht. Und sie ihn zum Reichsritter. Vielleicht hätte er die Expedition auf der KÖNIGIN BELICE an die Küste des fernen Ostens geführt. Und ein Duell wie das vor zwei Monden hätte es niemals gegeben. Das Volk von Garona wäre nicht gespalten, die Ritterschaft würde geschlossen hinter ihr stehen in dieser schweren Zeit.

Und Mauritz? Hätte sich dieselbe Kälte und Sprachlosigkeit in die Beziehung zu ihrem geliebten Lehrer und Berater einschleichen können, wenn Lauka damals zu Tode gestürzt wäre?

Müßige Fragen. Sinnlos, über ihnen zu grübeln. Im Stillen schimpfte Ayrin mit sich selbst. Die Wirklichkeit forderte jetzt alle ihre Kräfte.

Die Wirklichkeit: Starian hielt sich irgendwo versteckt; Lauka saß seit zwei Monden von Loryanes Schwertdamen bewacht im Kerker. Wie der Waldmann aus dem fernen Osten. Nicht wenige im Reichsrat forderten die Freilassung der Prinzessin. Und die Hinrichtung des Waldmanns. Auch in der Ritterschaft und im Volk rumorte es. Die einen verlangten Laukas Bestrafung, die anderen den Kopf des Waldmanns. Hildrun, Runja und Ritter vom

Schlage Rabans ließen bei jeder sich bietenden Gelegenheit verlauten, dass nur ein einiges Volk und eine einige Ritterschaft dem Angriff der braunen Krieger von den Tausend Inseln die Stirn bieten konnten.

Das war die Wirklichkeit. Ayrin musste eine Entscheidung über Laukas Schicksal treffen. So wie sie bereits eine Entscheidung über das Schicksal des Waldmanns getroffen hatte.

Erst spät am Nachmittag erreichten sie die kleine Wachburg am unteren Gletscherweg. Ayrin ließ sich von Ekbar überreden, in ihren Gemäuern zu übernachten. Sie schlief lange nicht ein, lauschte dem Lärm der stürzenden Wasser, dachte an Mauritz, an Lauka, an den bevorstehenden Krieg, an Joscuns Bericht über den Stand der Arbeiten an den Wehranlagen. Und an den Waldmann. An die Wirklichkeit; ihr musste sie standhalten.

Früh am Morgen brachen sie auf. Die Stufen der in den Fels gehauenen Serpentinen waren glatt von Eis und Raureif. Sie mussten Nagelsohlen unter ihre Stiefel schnallen. Ekbar fluchte leise vor sich hin. Ayrin wusste, dass er diesen Aufstieg bei Tauwetter für Unsinn, ja für gefährlich hielt. Alle am Burghof hatten versucht, sie davon abzuhalten. Doch Ayrin zog es mit Macht zur Schädelwand. Und zum Hohen Grat. Wer wusste denn, ob sie jemals wieder hier herauf in den Garonit steigen würde? Ab dem frühen Vormittag breiteten sich Schneefelder rechts und links aus. Am Gletscherrand entlang stiegen sie den Grabstätten entgegen.

Zum Glück blieb das Wetter trocken. Meistens schien sogar die Sonne zwischen den Wolken. Die Westflanke des Garonits lag in hellem Mittagslicht. Der Anblick des weißen Gipfels entschädigte Ayrin für die Mühen des langen Aufstieges. Dann erreichten sie die Holzbrüstung und das Felsplateau mit den Grabstätten.

Eine Zeit lang verharrten sie zu acht vor der Schädelwand und schwiegen. Jeder von ihnen hatte hier schon die Asche seiner Toten auf den Gletscher herabrieseln sehen, jeder von ihnen kannte einen Mann oder eine Frau oder ein Kind, deren Schädel jetzt in einer der Nischen hinter der vereisten Wand ruhte.

Irgendwann bat Ayrin die Ritter, die Schädelstätten ihrer Mutter und ihrer Großmutter von Eis und Schnee zu befreien. Die Männer packten Pickel, Spachtel und Beile aus und machten sich an die Arbeit. Als die beiden Nischen und die Kupfertafeln darunter frei lagen, ließen sie ihre Königin allein und zogen sich an den Gletscherpfad zurück.

Die Nische mit dem Schädel von Ayrins Großmutter lag ein Stück über den Schädelnischen ihrer Mutter Belice und ihres Bruders Lukar, zu weit oben, als dass Ayrin den Knochen sehen konnte. Sie trat unter die Kupferplatte mit dem Namen ihrer Großmutter. *Selena*, las sie, *angekommen am 5. Tag des 1. Mondes 935, Königin von Garona seit 951, heimgekehrt zur Großen Mutter am 26. Tag des neunten Mondes 991.*

»So lange warst du Königin von Garona?« Ayrin betrachtete die Kupfertafel, als hätte sie die Ziffern nie zuvor gelesen. »Vierzig Winter lang? Und so spät bist du noch einmal Mutter geworden?« Sie schloss die Augen, rief sich in Erinnerung, was ihre Mutter ihr über die Großmutter erzählt hatte. Streng sei sie gewesen, klein, zierlich, blauäugig und wie Belice und Lauka kastanienrot. Und den jungen Rittern zugetan. Das nun konnte man von ihr nicht sagen.

Sie öffnete die Augen, blickte von der Kupfertafel ihrer Großmutter zu der ihrer Mutter. Wie unterschiedlich die Ziffern sich lasen: Vierzig Winter lang hatte Selena als Königin geherrscht, Belice nur dreizehn Winter lang. Beinahe vierzig Winter älter als ihre Mutter war ihre Großmutter geworden.

Welche Ziffern würde man einmal auf ihre Grabtafel eingravieren?

»Mauritz ist weg«, sagte sie. »Ich vermisse ihn. Ohne ihn fehlt dem Reich das Rückgrat, das Hirn. So will es mir manchmal scheinen. Wir suchen ihn seit Monden. Ich vermisse ihn so. Wer ist dieser Mann? Was wisst ihr über ihn? Er besitzt ein magisches Licht. Als ich ihn zuletzt sah, entfachte er im Thronsaal damit Feuer und verwandelte zwei Ritter in Greise. Ich habe ihm vertraut. Und ihr auch, nicht wahr? Warum? Wie kam es, dass du ihn zu deinem Vertrauten gemacht hast, Großmutter? Wenn ich zurückblicke, kommt es mir vor, als hätte sein Äußeres sich kaum verändert, seit ich ein kleines Mädchen war. Kann das möglich sein?« Eine Laune der Natur, hatte es immer geheißen, ein Günstling der Großen Mutter. »Wer ist dieser Mann? Über drei Generationen hat er uns treu gedient, und jetzt das. Ich vermisse ihn. Und ich habe Angst vor ihm. Was soll ich tun?«

Sie verharrte vor der Felswand und hörte in sich hinein. Von den Schädeln hinter dem Eis war keine Antwort zu erwarten. Was sagte ihr Herz? Sehnsucht, Angst und Verwirrung – mehr war ihm nicht abzulauschen.

»Hast du je geliebt?« Ayrin richtete den Blick auf die Kupfertafel unter der Schädelnische ihrer Mutter. »Meinen Vater nicht, das hast du mir selbst einmal gesagt. Und Laukas Vater? Ich kenne nicht einmal seinen Namen. Niemand kennt ihn. Hast du ihn geliebt? Warum hast du nie über ihn gesprochen?«

Ihre Halbschwester stand ihr plötzlich vor Augen, Lauka mit ihrer zierlichen Gestalt, ihrem schmalen Gesicht, ihrem charmanten Lächeln, das von einem Augenblick zum anderen so kalt und verschlagen werden konnte. Das kastanienrote Haar hatte sie von Belice, ihrer gemeinsamen Mutter, und von der Großmutter. Auch die zierliche Gestalt war wohl die der Großmutter. Doch das schmale, ein wenig kantige Gesicht und die mandelförmigen grünen Augen – woher stammten die? Ayrin kannte niemanden, der so oder ähnlich aussah. Zum ersten Mal machte sie sich klar, wie einzigartig die äußere Erscheinung ihrer ungeliebten Halbschwester war.

Sie biss sich auf die Unterlippe, atmete tief durch. Der Schmerz und die eisige Luft vertrieben die Gedanken an die Prinzessin. »Ich glaube, ich liebe, Mutter«, flüsterte sie. »Da gibt es einen, und ich muss immer an ihn denken. Ich wäre gern an seiner Seite, den ganzen Tag, die ganze Nacht. Ist das Liebe?«

Irgendwo in einem Seitental ging eine Lawine nieder. Es rauschte und donnerte, und der Boden unter Ayrins Sohlen bebte.

»Nein, nicht Starian«, murmelte sie. »Das war eher Neugier als

Liebe. Vielleicht Eitelkeit. Und Lust. Er hat sich verkrochen, der Feigling. Nein, nicht ihn liebe ich.«

Wen dann?, hörte sie Belice fragen, doch der Name wollte ihr nicht über die Lippen. Sie stand stumm und mit zusammengebissenen Zähnen in der Kälte und starrte durch die Kupfertafel unter der Schädelnische ihrer Mutter hindurch. Und dachte an ihn. Schämte sich für ihre Gefühle, für ihre Sehnsucht.

»Was mache ich mit Lauka?«, rief sie in den eisigen Wind hinein. »Lasse ich sie töten, werden viele Ritter mich hassen! Lasse ich sie nicht töten, wird *sie* mich weiterhin hassen! Wird mir und dem Reich das Leben schwer machen! Und irgendwann muss einer von uns beiden doch das Feld räumen. Was mache ich mit ihr, Mutter? Was hättest du an meiner Stelle mit ihr getan, Großmutter?«

Irgendwo schrie ein Schneeadler. Der Wind pfiff durch Felsnischen und Eisformationen.

Später schritt sie zwischen Ekbar und den Thronrittern über den Pfad am oberen Gletscherrand. Ihr Ziel, der Hohe Grat, war nicht mehr weit. Keine Antwort hatten die Toten ihr gegönnt. Ein Selbstgespräch vor bedeutungslosen Schädelknochen hatte sie geführt; und ihre Zerrissenheit war nur noch größer geworden. Dennoch musste sie eine Entscheidung treffen.

Am Nachmittag stand sie an Ekbars Seite auf dem Hohen Grat. Der kleine rundliche Ritter war rot im Gesicht und schnappte nach Luft wie ein Karpfen, den ein Seeadler ins Geröll fallen gelassen hatte. Ihr Erster Thronritter war nicht geschaffen für Gewaltmärsche wie diesen. Umso größer die Dankbarkeit, die Ayrin ihm gegenüber empfand.

»Heute kann man das Meer sehen, schaut nur!« Sie deutete nach Süden und wurde ganz aufgeregt. »Zwischen dem Violant und den Blutbergen, seht ihr?« Ekbar und die Ritter schirmten ihre Augen gegen die schon tief im Westen stehende Sonne ab. Alle nickten. »Stimmt es also doch!« Ayrin dachte an Starians Zweifel damals, an sein spöttisches Grinsen und musste lachen. Sie würde ihm verzeihen; sie würde ihn sogar unter Ekbars Thronritter aufnehmen, falls er sie darum bat.

»Dort liegt das Tor zum Reich!«, rief sie. »Niemand überquert die beiden Pässe nach Garona hinein, ohne von Violadums Festungstürmen aus gesehen zu werden. Das wisst ihr doch auch, oder?«

»Das weiß jeder«, keuchte Ekbar. »Ans Tor ins Reich klopft keiner, dem unsere Leute in Violadum nicht tief in die Augen schauen, bevor sie öffnen«, und seine jungen Ritter sagten: »So ist es«, und strahlten.

»Und dort zwischen Sattelberg und Rothonit liegt der Glacissee!« Ayrin deutete ein Stück nach Westen. »Mit Rothern, unserer Waffenschmiede, und Seebergen, von wo aus sie Glas, Fisch und Bergziegen ins ganze Reich liefern.« Ihr Herz fühlte sich leicht an auf einmal. »Beinahe fünfzig Winter haben unsere Mütter und Väter am Damm des Stausees gebaut. Wisst ihr das auch?« Die jungen Ritter nickten, und Ayrin erzählte alles, was sie von Joscun über die Baugeschichte des Dammes gehört hatte.

Sie deutete auf die Löwenberge, erzählte von den Burgen dort, beschrieb die Brotebene, pries die reichen Ernten, die in den Sommern eingebracht wurden und das Reich ernährten. Sie erzählte von Blauen, nannte Joscuns Heimatstadt sogar die »Perle des Reiches«, beschrieb deren Terrassengärten und Bewässerungsanlagen.

Ayrin erzählte und erzählte – von der Gründung des Reiches vor 1030 Wintern, von der Geschichte Garonadas, von Schluchternburg und wie sie als Kind in Weihschroff ihren Vater besucht hatte. Vermutlich erzählte sie Ekbar und den Rittern Dinge, welche die Männer längst wussten, doch das machte Ayrin nichts aus, denn vor allem erzählte sie sich selbst von der Schönheit und Pracht ihres Bergreiches Garona.

Und als sie später zwischen den Rittern in die Dämmerung hinabstieg, wusste sie, dass Belice sie geboren hatte, um dieses Reich zu führen und zu verteidigen. Um jeden Preis.

Auch um den einer Versöhnung mit Lauka.

*

Der Kerkermeister stieß die Zellentür auf, der Schwertträger kam herein. Es war Erzritter Romboc. Lasnic sah, dass er seinen Jagdbogen und seine Lanze auf dem Rücken trug; und das Schwert in seiner Hand war Voglers baldorisches Kurzschwert.

»Hier sind deine Waffen«, sagte Romboc, »du bist frei.«

»Was?« Lasnic stierte zu ihm hinauf, konnte es nicht glauben.

»Du bist frei, sag ich.« Romboc legte Bogen, Lanze und Schwert vor ihm ab. Sogar Lasnics Rucksack hatte er mitgebracht. »Die Königin bietet dir an, ihr Ritter zu werden.«

Der Kerkermeister nahm ihm die Ketten ab. Lasnic rieb sich Knöchel und Handgelenke; wie betäubt fühlte er sich. Fassungslos gürtete er sich seine Waffen um Hüfte und Schulter. Frei? Konnte das wahr sein?

»Was ist das?« Romboc deutete auf die Sohlenstücke, Kolkfedern und Lederscheiben.

»Der Turm von Garonada.« Lasnic packte die Sachen in seinen Rucksack. »Ein Rätsel.«

»Was ist los, Waldmann?«, brüllte Junosch von rechts, und der Kerkermeister verdrehte die Augen. »Haben sie dich schon einen Kopf kürzer gemacht oder bettelst du noch um Gnade?«

»Ich bin frei!«, schrie Lasnic. Von links begann Pirol Gumpen zu singen. Romboc führte ihn aus der Zelle. Noch einmal drehte Lasnic sich um und schaute zum Zellenfenster hinauf. Die Spinne arbeitete an ihrem sechsten Netz. »Du gibst wohl nie auf«, seufzte er. »Leb wohl!«

»Folge mir.« Romboc nahm dem Kerkermeister die Fackel ab und wandte sich nach rechts.

»Erzähl keine Ammenmärchen, Waldmann!«, rief Junosch.

»Ich bin frei!« Gleich nach seiner Kerkerzelle bog Lasnic nach rechts in einen Seitengang ab, und lief an einer schmalen Wendeltreppe vorbei zur Zelle des Alten. Eine große dürre Gestalt mit langem Bart und langem weißen Haar stand unter einem Zellenfenster. »Ich kann Ritter der Königin werden, wenn ich will!«

»Du bist ja vollkommen übergeschnappt«, sagte der alte Harlekin mit tonloser Stimme.

Lasnic wandte sich ab, bog wieder in den Hauptgang ein und lief Romboc hinterher ins Halbdunkel des Kerkergewölbes. Seine Knie waren weich, aus seiner plötzlich weiten Brust gluckste ein Lachen. Der Gesang des Pirols wurde leiser und leiser.

»Du musst mich hier rausholen!«, brüllte Junosch von fern. »So hat es das Schicksal beschlossen! Der Schartan soll dich holen, wenn du mich hier nicht rausholst, Waldmann!«

Romboc führte ihn lange Gänge entlang und über Wendeltreppen in tiefere Geschosse. Überall lungerten Häftlinge an rostigen Zellengittern und feuchten Wänden und manchmal auch unter Zellenfenstern, durch die der matte Schein des Abendlichtes auf faules Stroh und Ratten fiel. Das Kerkergewölbe schien kein Ende zu nehmen.

Nach der letzten Wendeltreppe, gleich nach der letzten Stufe, liefen sie an vier Schwertweibern vorbei. Die saßen rechts und links einer Zelle und bewachten offenbar jemanden. Eine hörte Lasnic fluchen und fuhr herum. Die Schwertweiber musterten ihn gleichmütig. Doch zwischen ihnen drückte eine zierliche Frauengestalt sich gegen das Zellengitter und umklammerte die Stäbe mit bleichen Fäusten. War es die, die geflucht hatte?

»Ich werde dich töten!«, zischte ihre Stimme aus dem Halbdunkel. Lasnic glaubte, Laukas grüne Augen und ihr kastanienrotes Haar leuchten zu sehen. »Ich werde dich töten, das schwöre ich dir!«

»Weiter.« Romboc zog ihn weg von Treppe und Kerkerzelle. Lasnic taumelte hinter ihm her. Und dieses Miststück hatte er vor den Räubern gerettet? Welcher Dämon mochte ihn da nur geritten haben? Er fluchte leise.

Über eine kleine Luke gelangten sie in die Glacisschlucht. Eine Hängebrücke führte auf die andere Seite. Der Gletscherfluss überspülte sie zur Hälfte, sie mussten durch Wasser waten, um sie zu überqueren. Drüben öffnete Romboc die Tür zum Kellergewölbe einer Burg und winkte ihn dahinter an leeren Kerkerzellen vorbei. Über eine Wendeltreppe stiegen sie in die Burg hinauf.

»Die Königin ist noch nicht aus dem Garonit zurückgekehrt«,

erklärte der Erzritter. »Sie will dich morgen Abend empfangen. Und deine Antwort hören.«

Sie durchquerten eine große Halle, stiegen eine breite Treppe zu einer Galerie hinauf. Nie zuvor hatte Lasnic ein derart prachtvolles Gebäude gesehen. Es roch nach Kerzenwachs und edlen Harzen. »Meine Antwort?«

»Hörst du nicht zu, Waldmann?« Oben bog Romboc in eine Zimmerflucht ein. »Meine Königin bietet dir an, ihr Ritter zu werden. Morgen Abend erwartet sie deine Antwort.«

»Und wenn ich's nicht will?«

»Dann gehst du, wohin du gehen willst.« Romboc klopfte an eine Tür. Von drinnen rief ein Mann sie herein. Romboc öffnete. Mit einer Kopfbewegung winkte er Lasnic an sich vorbei.

Ein Mann in dunkelgrauer Lederkluft saß an einem runden Tisch – groß, alt und kräftig gebaut. Sein weißer Bart war kurz geschoren, dichte weiße Locken bedeckten seinen Schädel. Der Mann aß. Ein zweites Gedeck stand unberührt neben ihm.

»Lorban von Seebergen«, sagte Romboc. »Ihr kennt euch von der KÖNIGIN BELICE.«

»Kann man so sagen.« Lasnic begrüßte Lorban, der sich erhoben hatte, mit Handschlag.

»Setz dich und iss.« Lorban wies auf den Stuhl vor dem unberührten Gedeck. »Ich muss dir etwas über deinen Vater erzählen.«

7

»Vogelinseln« nannten Borlini und seine Seeleute die Inselgruppe. Sie lag zwei Tagesreisen vor der Küste von Trochau. Neun Inseln, nur die größte besiedelt; eine diente den Trochauer Rebellen als Unterschlupf. In Sichtweite der südlichsten Insel ging die gewaltige Kriegsflotte von Tarkatan vor Anker. Eine Abordnung der Rebellen segelte der TARBULLO und Borlinis Schiff mit einer kleinen Karavelle entgegen.

Vom Bugkastell der KALYPTO aus beobachtete Catolis, wie die Rebellen an Bord von Zlatans Flaggschiff gingen. Was bewegte diese Männer, fragte sie sich. Was trieb Irdische an, sich fern der Heimat auf solch einsamen Inseln zu verstecken und Kriegspläne auszuhecken? Was, eine fremde Kriegsflotte zu Küsten und Städten zu lotsen, wo das eigene Volk lebte, das eigene Elternhaus und die eigene Wiege standen?

Nicht einmal zwei Monde hatte die Kriegsflotte für die weite Strecke über den Großen Ozean gebraucht. Kein Seesturm hatte sie aufgehalten, kein Schiff war verloren gegangen, nur wenige Mustangs und Steinböcke waren verendet, nur wenige Krieger hatten Krankheit, Strafen, Prügeleien oder Unglücksfälle dahingerafft. Catolis war dankbar dafür. Zlatan wertete es als göttliches Vorzeichen.

»Tarkartos wird uns die Tore nach Garona öffnen«, ließ er Catolis durch einen Boten ausrichten, als die Vogelinseln in Sicht kamen. »Tarkartos hat uns die Garonesen schon in unsere Hand gegeben.«

So waren sie, die Irdischen – deuteten jeden Zufall als Wink des Schicksals oder als Wirken eines Gottes. Catolis glaubte, dass es mit der tief verwurzelten Angst zusammenhing, die alle Kreaturen beseelte, und die man so vielen anmerkte, wenn man seine Augen und Ohren zu gebrauchen verstand. Nur Männern vom Schlage

Zlatans gelang es erfolgreich, ihre ureigenste Furcht vor der Welt und vor sich selbst zu verbergen.

Mit Kaikan, Borlini und vier Männern von der Karavelle kam der Tarbullo gegen Abend an Bord der KALYPTO. Zlatan trug einen langen Mantel aus hellem Robbenfell; ein weißes Seidentuch hielt ihm die verfilzten Zöpfe aus der Stirn. Wie meist in letzter Zeit hielt er seine goldene Lanze in der Rechten.

Kaikan trug ein blutrotes Stirntuch und einen neuen Mantel aus mattem schwarzen Mustangleder. Seinen weißen Wolf, von dem er sich sonst niemals trennte, hatte er zum Glück auf der TARUK zurückgelassen.

Schon während seines Aufenthalts auf Tarka hatte Borlini angefangen, die Hauptsprache der Tarkaner zu lernen. Die Schiffsreise hatte er genutzt, um seine Kenntnisse zu vertiefen. Catolis, Zlatan und Kaikan ihrerseits hatten Trochauisch gelernt, einen Dialekt des Garonesischen. Sie wollten sich ohne Hilfe mit den Eingeborenen verständigen können. Der halb blinde Dolmetscher hatte sich als zu alt und viel zu gebrechlich erwiesen, um ihm eine derart beschwerliche Reise zuzumuten.

Catolis empfing die Männer in ihrer großen Kajüte unterhalb des Bugkastells. Die vier Seeleute von der Karavelle beugten ihre Knie nicht ganz so willig vor ihr wie vor ein paar Monden Borlini und seine Gefährten. Jedenfalls kam es ihr so vor. Auch waren sie jünger als er. Ihre bunten Leinenjacken sahen verblichen und abgewetzt aus, ihre ehemals weißen Hemden fleckig. Ihre dunklen Augen wirkten feurig, ihre Mienen hart und entschlossen. Schwarze Stoppelbärte bedeckten ihre schmalen Gesichter, und bis auf einen untersetzten Lockenkopf trugen sie ihr langes schwarzes Haar zu Zöpfen geflochten. Sie gestikulierten bei jedem Satz, sie redeten mit einem Nachdruck und einer Leidenschaft, als würde nach ihnen nie mehr jemand Worte von gleichem Gewicht von sich geben können. Catolis gewann den Eindruck, dass sie sich selbst überaus wichtig nahmen und zu unüberlegten Handlungen neigten.

Nur der älteste unter ihnen, der stämmige Lockenkopf, unterschied sich von seinen Kumpanen. Er schwieg die meiste Zeit, saß reglos und mit geradem Rücken auf seinem Hocker und beobachtete aufmerksam jeden, der das Wort ergriff. Catolis erkannte, dass sie einen Mann vor sich hatte, dem nichts entging und der alles, was er wahrnahm, sorgfältig bedachte und abwog.

Der Wortführer der Rebellen, der Kapitän der Karavelle, hieß Cartera, ein großer Mann mit feinen Gesichtszügen. Nach der Begrüßung forderte Borlini ihn auf, die Verhältnisse auf Robbau, dem Hauptteiland der Vogelinseln, zu schildern.

»Ziegenhirten und Obstbauern aus Trochau leben dort«, erklärte Cartera. »Lauter friedliche Menschen, nicht mehr als ein paar Hundert.« Er sprach langsam und deutlich, so dass Catolis und ihre beiden Feldherren jedes Wort der fremden Sprache verstehen konnten. »Dann gibt es in Robbau noch Eingeborene. Fischer und Vogeljäger vor allem. Vielleicht fünftausend, vielleicht siebentausend. Und schließlich eine Garnison aus Garona. Etwa siebzig Schwertdamen und Ritter unter der Führung einer Majordame. Die Garnison besitzt vier wendige und schnelle Kriegsschiffe, etliche Katapulte, ein Dutzend Wagen und hundert Reit- und Zugtiere. Die Ritter und Schwertfrauen leben an der Nordküste Robbaus, der größten Insel, eine knappe Wegstunde vom Hafen entfernt, hinter einer hohen Palisade in Häusern aus Kiefernstämmen.«

Catolis und ihre beiden militärischen Führer erfuhren, dass die garonesische Garnison die Beutezüge der Fischer und Jäger überwachte, genauso wie die Ernte auf den Feldern und in den Obstplantagen. Alle drei Monde musste ein festgesetzter Teil der Erträge abgeführt und auf Schiffen nach Garona gebracht werden. Weder die Trochauer noch die Eingeborenen waren darüber besonders glücklich.

»Sie betrachten die Garonesen als Feinde und uns als Verbündete«, erklärte Cartera. »So versorgten sie uns von Anfang an mit Nahrung und Material, und nicht wenige ihrer jungen Männer sind Rebellen geworden.« Die zweite Aufgabe der Garnison, fuhr er fort, sei die Kontrolle der Meeresroute zum Festland und zur

Mündung des Trochs. Schiffe mit Kurs auf die Küste würden abgefangen und gründlich durchsucht. »Handelsschiffe aus Baldor lassen sie passieren«, sagte Cartera, »von Kapitänen kleinerer Küstenreiche nehmen sie Wegzoll, und wenn sie ein Schiff erwischen, dessen Besatzung sie für Seeräuber halten, versenken sie es mit Mann und Maus.«

»Du wirst morgen mit dem Hauptteil der Flotte alle denkbaren Fluchtrouten abriegeln«, wandte Zlatan sich an Kaikan. Wie es seine Art war, dachte er nicht lange nach, sondern schmiedete seine Pläne schon beim Sprechen. »Die Frachtschiffe sollen frisches Trinkwasser und Viehfutter laden. Ich werde mit zwanzig Galeeren zur Hauptinsel Robbau segeln und den garonesischen Stützpunkt vernichten.« Kaikan nickte, und damit war alles Nötige gesagt.

Lodernde Blicke flogen hin und her zwischen den Trochauern, grimmig und zufrieden, und über das breite Gesicht des Lockenkopfes huschte ein Lächeln.

»Das ist der Mann, der euch mit sechs Gefährten an die Ostgrenze des Reiches führen wird«, sagte Borlini und wies auf die gedrungene Gestalt des Lockenkopfes. »Pradoscos Fuhrwerke und Lastkähne transportieren Waren und Menschen zwischen Trochau und den garonesischen Städten hin und her, schon seit vielen Wintern. Außerdem hat er jeden Gipfel des Reiches bestiegen.«

Zlatan und Kaikan musterten den Lockenkopf aufmerksam. Der nickte stumm, hielt ihren Blicken stand und sagte kein Wort.

»Pradosco also.« Der Tarbullo stützte sich auf seine Lanze und beugte sich vor. »Alle Gipfel des Reiches?« Seine lauernde Miene verdüsterte sich. Offensichtlich vermisste er an den Trochauer Rebellen – und vor allem an Pradosco – die Gesten und das Mienenspiel der Ehrfurcht und der Unterwerfung, an die er sich in Tarkatan so gewöhnt hatte. Catolis vermutete außerdem, dass er sich unwohl fühlte unter so vielen Männern, die ähnlich groß oder größer waren als er; Cartera überragte ihn sogar um eine ganze Handbreite. »Ein Bergsteiger und ein Fuhrmann?«, fragte er gefährlich leise. Wenigstens nickte der Lockenkopf wieder.

»Wann warst du zuletzt in Garona, Pradosco?«, erkundigte sich Catolis, um Zlatan von seinem Ärger abzulenken.

»Vor einem halben Mond.« Pradoscos Stimme klang dunkel und rau, als wäre er stark erkältet.

»Erwartet man unseren Angriff dort?«, wollte Kaikan wissen.

»Ja. Um die Zeit der Sommersonnenwende.«

»Zum Ende des nächsten Mondes also.« Zlatan trommelte mit den Fingern auf dem Kajütentisch herum. »Und wie bereiten die in Garona sich darauf vor?«

»Sie erneuern ihre Wehranlagen im ganzen Reich. Und verstärken ihre Kampfscharen an den Grenzen im Süden und Südwesten.«

»Und die Grenzen im Osten?« Zlatan belauerte den Lockenkopf.

»Unüberwindlich«, antwortete der. »Glauben sie.«

»Und was glaubst du?«

»Ich würde euch nicht zur Ostgrenze von Garona führen, wenn ich sie für unüberwindlich hielte. Doch es braucht mutige Krieger und erfahrene Bergsteiger dazu.«

»Und wofür hältst du uns?«

»Wer Garona angreift, muss entweder sehr stark und mutig sein oder sehr einfältig«, entgegnete Pradosco ungerührt, und Catolis glaubte zu sehen, wie der Tarbullo zusammenzuckte. »Und wer ein Heer in die Steilhänge an Garonas Ostgrenze schickt, muss über gute Bergsteiger verfügen. Es sei denn, er kann fliegen.«

Zlatans Kaumuskeln bebten, und sein lauernder Blick blieb so lange an dem Trochauer Rebellen haften, dass Catolis schon fürchtete, Zlatan würde dem Lockenkopf an die Gurgel gehen. Endlich riss der Tarbullo seinen Blick von Pradosco los und wandte sich ruckartig an Kaikan. Der sollte die Kampfrotten anführen, die Garona aus dem Osten angreifen würden. »Was meinst du?«

Kaikan nickte langsam. Sein zerfurchtes Sandsteingesicht verzog sich sogar zu einer Art Lächeln. »Ich glaube, Pradosco und ich passen gut zusammen.«

»Sind sie zuversichtlich in Garona?«, fragte Catolis. »Glauben sie an ihren Sieg?«

»Sie sind es gewohnt zu siegen, also sind sie es auch gewohnt, an den Sieg zu glauben.« Der Lockenkopf zuckte mit den Schultern. »Doch was heißt das schon? Seit einiger Zeit haben sie Sorgen, die man nicht haben sollte, wenn man Krieg führen muss.«

Zlatan runzelte die Stirn. »Wie meinst du das? Rede schon, Pradosco, und lass dir die Worte nicht wie Rotzfäden aus der Nase ziehen!« Der Tarbullo lief rot an, und Catolis sah, dass er kurz vor einem Wutanfall stand. »Was für Sorgen sind das genau? Sag schon!«

»Die Königin von Garona und ihre Schwester streiten. Die Königin hat die Prinzessin eingekerkert, heißt es.« Der Lockenkopf betrachtete seine breiten Nägel, schien seine Worte abzuwägen. »Ich hab von Rittern gehört, die es mit der Eingekerkerten halten, genauso wie von solchen, die es mit der Königin halten. Kurz: Uneinigkeit herrscht im Königreich. Eine günstige Zeit, es anzugreifen.«

»Und sein Joch abzuschütteln, nicht wahr?« Zlatan schlug einen zynischen Unterton an. Catolis wünschte, er würde das bleiben lassen. Noch hatten die Trochauer ihre angebotene Hilfe nicht in die Tat umgesetzt.

»Alles hat seine Zeit«, sagte Pradosco. »Und in Garona scheint gerade eine Epoche zu Ende zu gehen. Der Reichsrat hat den wichtigsten königlichen Berater entmachtet.« Catolis horchte auf. »Er sei auf der Flucht, heißt es«, fuhr der Lockenkopf auf ihren fragenden Blick hin fort. »Viele nennen ihn einen Hexer, weil er, so erzählt man sich, mit magischen Blitzen töten kann.«

»Einen Hexer?« Catolis spürte ihr Herz plötzlich in der Kehle pochen. »Wie ist sein Name?«

»Mauritz«, antwortete Pradosco.

Catolis verzog keine Miene. Sie senkte den Kopf und starrte auf ihre Fäuste. Ihre Knöchel waren blutleer, ihre Nägel gruben sich in die Handballen.

*

Bei Sonnenaufgang ließ Zlatan die Anker lichten. Hinter Carteras und Pradoscos Karavelle her segelte seine TARBULLO zwischen die Inseln. Zwanzig Schiffe bildeten hinter ihm eine Kolonne und nahmen denselben Kurs. 1200 Krieger standen an der Reling der Galeeren und fieberten dem Augenblick entgegen, in dem sie nach so langer Zeit endlich wieder festen Boden unter den Stiefeln spüren würden.

Unterdessen führte Kaikans Flaggschiff die tarkanische Hauptflotte um die Vogelinseln herum, bis sie einen halbkreisförmigen Riegel aus weit über 400 Schiffen bildete, der die Nordwestrouten absperrte.

Bei Sonnenuntergang erreichten Zlatans Schiffe die Nordküste der Hauptinsel. Sie blockierten den Hafen, und 200 Tarkaner enterten bei Einbruch der Dunkelheit die vier garonesischen Schiffe, die dort vor Anker lagen.

Im Morgengrauen des nächsten Tages ließ Zlatan seine Krieger von Bord gehen, darunter zwanzig Wolfsführer. Er marschierte mit etwa 1000 Mann gegen den Stützpunkt der Garonesen. Zlatan hielt sich nicht lange mit Übergabeverhandlungen auf, sondern ließ Brandgeschosse hinter die Palisade schießen und die Festung schon nach kurzer Zeit stürmen. Da standen die Stallungen und Blockhäuser der Ritter und Schwertdamen bereits in hellen Flammen.

Die überlebenden Ritter ließ Zlatan enthaupten. Unter den überlebenden Schwertdamen suchte er sich die schönste aus, die anderen überließ er der Willkür seiner Krieger.

Eine grausame Willkür, wie Catolis, die gegen Abend mit der KALYPTO im Hafen vor Anker ging, schnell merkte. Bisher kannte sie die kriegerischen Gepflogenheiten ihrer Tarkaner nur aus Zlatans und Kaikans knappen Berichten. Jetzt hörte sie die

Schreie der gequälten und geschändeten Frauen bis in ihre Kajüte. Zlatans Kampfrotten hatten die Bedauernswerten auf ihre Schiffe geschleppt, um ungestört ihren Mutwillen an ihnen austoben zu können.

Das Jammern und Brüllen der Frauen gellte durch die Nacht. Auf der KALYPTO gab es davor kein Entkommen. Selbst wenn Catolis sich in ihrer Koje die Felle über den Kopf zog, hörte sie es; auch dann noch, wenn sie sich in Öl getränkte Wolle in die Ohren steckte. Sie ertrug es nicht – ihr Herz krampfte sich zusammen, schlimmste Bilder blitzten in ihrem Hirn auf, sie zitterte.

Einzugreifen kam für sie trotzdem nicht infrage. Die Völker hatten selbst zu entscheiden, auf welche Weise sie kämpfen wollten, um zu siegen. Erst wenn die Magier dereinst das Dienstvolk von Kalypto ausgewählt haben würden und die Welt endlich den Frieden des Zweiten kalyptischen Reiches genoss, erst dann konnte auch das Gesetz der Magier von Kalypto in Kraft treten. Und erst dann würden Gewalttaten und Leiden wie diese der Vergangenheit angehören.

Catolis befahl, die Anker zu lichten und aus dem Hafen zu rudern. Die KALYPTO segelte zu einem kleinen Fischerhafen weiter südlich und machte dort für den Rest der Nacht fest. Obwohl hier niemand Frauen quälte, fand Catolis dennoch keinen Schlaf. In ihrem Kopf schrien die gefangenen Garonesinnen immer weiter; und dort schrien sie noch, als längst die Sonne aufging.

Drei Tage später umringten zahlreiche Ruderboote die KALYPTO: die Hauptmänner und Kapitäne jener Schiffe, mit denen Kaikan auf Nordkurs gehen würde, um östlich von Trochau in eine verborgene Bucht und die Mündung eines Stromes namens Schluchtern hineinzusegeln. Von dort aus wollten Pradosco und seine kleine Rebellenschar Kaikan und seine Kampfrotten stromaufwärts und durch ein ausgedehntes Sumpf- und Seengebiet an die Ostgrenze des Gebirges führen, zwischen dessen Gipfeln das Reich von Garona sich so sicher fühlte.

Mit sechs Trochauer Rebellen und etwa hundert Kapitänen und Hauptleuten waren Zlatan und Kaikan an Bord der KA-

LYPTO gekommen. Noch einmal so viele Tarkaner standen in den Ruderbooten um Catolis' Flaggschiff herum und lauschten mit gesenkten Köpfen und vor der Brust gefalteten Händen den Worten, mit denen ihre Hohepriesterin den Gott anrief und Tarkartos' Beistand und Segen für Kaikans Feldzug erflehte.

Nach der Abschiedszeremonie stieg Catolis von ihrem Bernsteinthron, um Kaikan noch ein persönliches Wort mit auf den Weg zu geben. Pradosco und der Tarbullo standen an seiner Seite.

»Von deinem Kriegsgeschick hängt die Zukunft der Welt ab, Kaikan«, sagte Catolis leise und dachte: *die Zukunft des Zweiten Reiches von Kalypto.* »Wenn ihr, Zlatan und du, siegt, wird sich die Nachricht von Garonas Untergang schnell von Insel zu Insel verbreiten, von Küste zu Küste. Und die Völker werden Zlatan und dir in den Schoß fallen wie reife Früchte. Ich und Tarkartos vertrauen dir.«

Kaikan verneigte sich, die meisten Kapitäne und Hauptleute ruderten zu ihren Schiffen zurück. Zlatan aber nahm Kaikan zur Seite, um letzte Absprachen mit ihm zu treffen.

Pradosco fiel zum Abschied vor Catolis auf die Knie. »Dieser Hexer, von dem du berichtet hast, kennst du ihn persönlich?«, fragte sie, als er sich wieder erhob.

»Mauritz. Ich habe ihn einmal im Hof der Königinnenburg in Garonada gesehen. Dort diente er bereits der dritten Königin von Garona. Seltsamer Mann. Er sei nicht gealtert, seit er vor mehr als sechzig Wintern im Bergreich auftauchte. Das behaupten Greise, die der Großmutter der heutigen Königin dienten.«

»Die Burg in Garonada war also sein gewöhnlicher Aufenthaltsort?«

»Ja. Wenn er nicht gerade auf Kriegszug war.«

Catolis erschrak. »Ein Berater der Königin greift selbst zum Schwert?« Nicht das war es, was sie erschreckte, natürlich nicht – doch was bewegte den Meister des Lichts, dass er mit den Garonesen in den Kampf zog?

»Er gilt als gefürchteter Kämpfer.«

Sogar das! Hatte der Magier von Garona etwa Gefallen an der

kriegerischen Art der Irdischen gefunden? Welche ihrer Gewohnheiten mochte er wohl noch angenommen haben? Catolis schob die Fragen zur Seite, beschränkte sich auf die wesentlichen. »Dass er diese Blitze schleuderte, hast du aber nicht mit eigenen Augen gesehen.«

»Nein. Doch ich habe mit einem Weib gesprochen, das es mit eigenen Augen sah, einer Dienerin der Burgmeisterin von Garonada. Eine ganze Anzahl von Rittern soll nach ihren Worten von diesem Hexenlicht in Greise verwandelt und getötet worden sein. Ihre Stimme zitterte, als sie mir das erzählte, und sie schnitt eine Grimasse, als fürchtete sie sich jeden Tag davor, selbst von einem solchen Blaublitz getroffen zu werden.«

Catolis nickte langsam und versuchte, sich ihre Erschütterung nicht anmerken zu lassen. Unter ihrem Gewand leuchtete ihr Ring, ihr Geist drang in die Gedanken des Rebellen ein. »Weißt du, wo sie nach diesem Hexer suchen?«

»Im Garonitmassiv und in einem Höhlenlabyrinth, das sich unter der Stadt erstreckt. Die meisten glauben, dass er sich dort verborgen hält und auf seine Stunde wartet. Dorthin, so heißt es, habe er sich auch früher schon zurückgezogen.«

Catolis hatte Kaikans Bergführer richtig eingeschätzt: Geist und Wille Pradoscos fühlten sich hart und kraftvoll an. Und aufrichtig. Die kurze Zeit, in der sie seinen Geist berührte, reichte ihr zur Bestätigung. Und dafür, einige Bilder in seinen Gedanken aufzuspüren. Sie entließ ihn und wandte sich ihren beiden Feldherren zu.

»Zur Zeit der Sommersonnenwende werde ich Violadum angreifen«, hörte sie Zlatan sagen. »Und du, Kaikan, schicke Boten an die Südhänge des Reiches, sobald die erste Stadt im Osten in deiner Hand ist. Viel Glück!«

An der Spitze seiner Kriegsflotte segelte Kaikans TARUK am späten Vormittag nach Norden. Catolis sah sein blutrotes Stirntuch in der Sonne leuchten. Sein schwarzer Mantel und sein weißgraues Haar flatterten im Wind.

Seine siebzig Galeeren und zehn Frachtschiffe bildeten eine

Keilformation hinter seinem Flaggschiff. 7000 Krieger trug diese Flotte zu einer unbekannten Küste und in fremdes Land. Etwa 6000 dieser Männer waren in den Hochgebirgen von Tarkatan groß geworden. Lauter schwindelfreie Männer, die von Kindesbeinen an gewohnt waren, durch Steilwände und Felskamine zu steigen. Mit ihnen wollte Kaikan versuchen, die unwegsame Ostgrenze Garonas zu überwinden.

Zlatan brach mit der Hauptflotte erst nach zehn Tagen Richtung Nordwesten auf. So spät wie möglich sollten die Garonesen auf das feindliche Heer vor ihren Toren aufmerksam werden. Zwei Tage später sammelte sich die Flotte aus dem Reich der Tausend Inseln in den Buchten, in die Borlini und Cartera sie lotsten. Nach Trochau-Stadt marschierte man von hier aus in zehn Stunden, zu der Hochebene unterhalb der garonesischen Südhänge in sieben Tagen. Wieder versammelten sich die Hauptleute und Kapitäne auf der KALYPTO und in Ruderbooten rund um Catolis' Flaggschiff. Und wieder erflehte sie den Segen und den Beistand des Gottes Tarkartos für den Krieg gegen das Königreich Garona.

So sind sie, die Irdischen, dachte Catolis. *Brauchen die Gewissheit, dass ein Gott oder ein guter Stern ihre Schritte lenkt, damit sie ihr Bestes geben können.*

Am Tag danach ließ Zlatan 20000 Mann von Bord gehen. Wagen, Katapulte, Steinböcke, Mustangs und Kisten voller Waffen, Zeltplanen und Ähnlichem wurden ausgeschifft. Der Tarbullo schickte das Heer nach Norden in das Trochauer Hügelland hinein. Dort, wo der Glacis in den Troch mündete, sollte es ein Kriegslager errichten und befestigen.

Zlatan selbst segelte in einer nebligen Nacht mit sechzig Schiffen und 4000 Kriegern an der Küste entlang zur Mündung des Trochs. Dort bestand die erste Kriegshandlung des Tarbullos in einem ersten Vertragsbruch: Im Morgengrauen fiel er mit seinen Kriegern über Trochau-Stadt her und griff die garonesische Garnison an.

Noch versuchte er, die Trochauer zu schonen. Übergriffe auf die Bevölkerung der Stadt bestrafte er hart. Die Garonesen jedoch erfuhren die ganze Härte und Grausamkeit der Insulaner: Wer die Kämpfe überlebte, verlor seinen Kopf, wenn er ein Ritter war – und musste gefesselt an Bord eines tarkanischen Schiffes, wenn er eine Frau war.

Als Catolis am Tag darauf in die Trochmündung und den Hafen von Trochau-Stadt segelte, empfingen sie schon wieder Schreie von Geschändeten und Gefolterten. Wie erstarrt stand sie auf dem Bugkastell und hielt sich die Ohren zu. Rauchsäulen standen über einzelnen Häusern und vermischten sich mit dem Nebel, der über der Stadt, dem Hafen und der Strommündung lag.

Stunden später bereits führte der Tarbullo 50 Galeeren stromaufwärts. Catolis auf der KALYPTO schloss sich der Flotte an. Ihr Ziel: die Mündung des Glacis'.

8

Wärme und Wonne strömten ihm durch die Knochen, Wohlbehagen und Frieden. Ganz ruhig wurde er, ganz entspannt. Die Badehausknechte hatten den Zuber bis zum Rand mit heißem Wasser gefüllt. Lasnic sog die Luft ein, wieder und wieder, konnte nicht genug von diesem holzigen Duft bekommen – irgendein Harz hatte die Bademeisterin ihm ins Badewasser gemischt. Manchmal roch der Dampf nach Birkensaft, dann wieder nach den Nadeln jener niedrigen Strandkiefern, die am Stommdelta und an der Südküste wuchsen, und manchmal auch nach dem Harz der Blutbuche. Ein Gefühl von Heimat breitete sich in seiner Brust aus.

Und schon stand er ihm vor dem inneren Auge, der geliebte Wald – die Eichen, die Flussauen, das Stromufer, das Schilf am Bärensee, die mächtige Blutbuche seiner Sippe, die Hausbäume der Nachbarn. Lasnic schloss die Augen, dämmerte hinweg in Wärme und aufsteigendem Duft, und einer nach dem anderen tauchte vor ihm auf: Kauzer, der drollige Wettermann; der immer mürrische Uschom, der Eichgraf seiner Heimatsiedlung Stommfurt; das süße Waldmädchen, von dessen Schenkeln weg er die Flucht angetreten hatte; Hirscher, der alte Waldfürst von Blutbuch, dieser hinkende, graubärtige Riese, der wahrscheinlich auch in hundert Sommern noch nicht zum Vorjahreslaub gefallen sein würde; und natürlich der unvermeidliche Birk, der Weißschopf, den sie jetzt wahrscheinlich an seiner Stelle zum Großen Waldfürsten gemacht hatten.

Das Heimweh packte Lasnic. Er seufzte, kniff die Lider zu, holte tief Luft, tauchte unter.

Die Toten standen in seiner Erinnerung auf und reihten sich unter die ein, deren Gesichter er schon heraufbeschworen hatte: die geliebte Arga, der unersetzliche Gundloch, der arme Farner, die jungen Jagdbrüder, die von den verdammten Bräunlingen erschlagen worden waren, und schließlich Vogler, sein geliebter Vater.

Lasnic schob den Kopf aus der nassen Hitze, öffnete die Augen. Vogler.

Dieser Lorban hatte von ihm erzählt. Während Lasnics erstem Nachtmahl als freier Mann, in jenem Burgzimmer auf der anderen Seite der Stadt. Und das zwei Stunden lang, obwohl der alte Ritter seinen Vater nur kurz gesehen hatte. Von Weitem. Neunzehn Sommer her oder so.

Hinter seinem Zuber quorkte, quiekte und wetzte es. Lasnic stemmte sich aus dem Wasser, drehte den Kopf. Schrat hockte hinter dem geschlossenen Fenster und schimpfte. »Ich brauche ein Weilchen, alter Freund! Gib schon Ruhe.« Die Bademeisterin hatte den Kolk nicht mit ins Badehaus hereinlassen wollen.

»Der scheißt mir hier nur alles voll«, hatte sie gezetert.

Einer der halb nackten Knechte kam an seinen Zuber, auf der Schulter einen Kübel, aus dem heißes Wasser dampfte. »Mach einfach«, sagte Lasnic und zog die Beine an, als der Badeknecht ihn fragend anschaute. »Gieß es rein.« Der Badeknecht leerte das heiße Wasser zu Lasnic in den Zuber. Der ließ sich bis zum Kinn hineingleiten und streckte die Glieder.

Es war noch früher Vormittag. Gleich bei Sonnenaufgang hatte er die Burg verlassen. Nichts für einen Waldmann, in so einem dunklen Gemäuer unter so vielen Balkendecken und einem schweren Dach zu liegen und zu sitzen. Einen Brief mit dem Siegel der Königin hatte ihm dieses Weib mitgegeben, das er schon vom Duell kannte und das guckte und redete wie frisch beleidigt. »Burgmeisterin« hatte Erzritter Romboc sie genannt. Mit diesem Brief würden sich ihm alle Türen in der Stadt öffnen, hatte das Narbengesicht ihm versichert, im ganzen Reich. Kaum zu glauben; doch gleich beim Badehaus hatte es geklappt.

Lasnics Gedanken kehrten zu dem alten Grenzritter Lorban zurück. Als Forscher sei er über den Großen Ozean gereist, und das nicht nur einmal. Als Kartenzeichner. Und eines Tages schnappten ihn die verdammten Bräunlinge, nahmen ihn mit ins Stommdelta. Dort sei er Zeuge gewesen, wie Vogler und seine Späher aufeinandertrafen.

Tief erschüttert hatte Lasnic gehört, was damals geschehen war – grellblaues Lichtgewitter, der Ring, geschwächte Männer, vergreiste Männer, Männer, die zu Staub zerfielen. Grässlich! Dreimal hatte Lasnic sich die Szene schildern lassen.

Nichts anderes hatte er doch selbst erlebt, als er vor ein paar Monden an der Küste irgendwo südlich von Baldor den verdammten Ring auf die Räuberbande richtete! Genau dasselbe, oder etwa nicht?

Grübelnd versank Lasnic noch tiefer im Zuber. Bis zur Nasenspitze schwappte ihm das Wasser. Ausgerechnet ein junger Drecksack namens Kaikan habe ihn, Lorban, bewacht, hatte der alte Ritter erzählt. Ob es derselbe Kaikan gewesen war, der Farner und die Jagdbrüder ermorden ließ? Und den unersetzlichen Gundloch? Ob es dieser Schwarzledermantel mit dem roten Haartuch gewesen war? Gut möglich. Vielleicht war »Kaikan« aber auch einfach ein häufiger Name unter den verdammten Bräunlingen.

»Hände hoch!« Die Bademeisterin stand auf einmal vor seinem Zuber. In der linken einen Schwamm, in der Rechten eine langstielige Bürste. Eine rotbackige Frau mit mächtigen Brüsten unter der Schürze und mit riesigem Hintern; sie war ungefähr so breit wie hoch. »Bei allen Gipfeln von Garona!«, brüllte sie. »Dein Badewasser sieht ja aus, als hätte vor dir eine Herde Ziegenböcke darin gebadet!« In allen Zubern fuhren die Köpfe herum, alle Blicke unter der Badehauskuppel richteten sich auf ihn. Lasnic scherte sich nicht drum.

Ohne ihn um Erlaubnis zu fragen, begann die Bademeisterin, seine Arme, sein Gesicht und seinen Hals mit Schwamm und Bürste zu bearbeiten. Lasnic ließ es sich gefallen. Wahrscheinlich war das so Sitte hier in diesem merkwürdigen Bergreich, wo die Weiber sämtliche Zepter in den Händen hielten.

Lorban hatte ihm Badehaus und Bademeisterin empfohlen. Gute Empfehlung. Guter Mann, der Alte. Lasnic hätte jedes

Wort seiner Erzählung wiederholen können. Und in Gedanken tat er das auch. Ständig. So, wie Lorban Vogler beschrieben hatte, musste der wohl in Panik getürmt sein, als er begriff, was er angerichtet hatte; was der verdammte Höllenring angerichtet hatte. Die Bademeisterin scheuerte inzwischen Lasnics Schultern und Brust.

Wahrscheinlich wäre es ihm ähnlich gegangen wie seinem Vater, wenn er den Ring zum ersten Mal an Land benutzt hätte. Gerannt wäre er, und wie schnell! Er hatte den Ring jedoch in der Meeresbrandung eingesetzt, konnte also nur abtauchen. Und wenn er sein mörderisches Licht nicht zum zweiten Mal gegen die Raubkerle gerichtet hätte, läge er jetzt nicht hier in diesem warmen Wasser unter dem Kuppeldach dieses Badehauses. Dann wäre er schneller ins Vorjahreslaub gestürzt, als er gucken konnte.

»Umdrehen!«, herrschte die Bademeisterin ihn an. Lasnic drehte sich auf den Bauch, das Wasser schwappte aus dem Zuber. Er legte das Kinn auf den Zuberrand, ließ die Arme links und rechts aus dem Wasser hängen. Das resolute Weib bürstete ihm den Rücken.

Seine Gedanken kreisten nun um jenen Tag in seinem achten Sommer, als die Jäger Voglers Leiche aus dem Bärensee fischten. Eine Gänsehaut rieselte ihm über Schultern und Nacken.

»Was ist los mit dir?«, grölte die schrubbende Bademeisterin. »Ist dir kalt, oder lange ich zu kräftig zu?« Wieder guckten die Männer in den anderen Zubern.

»Alles bestens«, sagte Lasnic. »Mach einfach weiter.«

Vogler war also in panischer Flucht in den Wald gerannt. Und einen halben Mond später am Bärensee aufgetaucht, von wo aus er Schrat mit seinem letzten Lebenszeichen zu Gundloch schickte: eine Botschaft mit der Bitte, zu ihm an den Felsen zu kommen, wo der Bärenfluss aus dem Bärensee austritt. So war es doch gewesen! Warum war Vogler damals nicht auf geradem Weg zu Gundlochs Siedlung gewandert? Warum hatte er sich am Bärensee versteckt?

Eines von so vielen Rätseln. Der »Turm von Garonada« war ein Grünspross-Spiel dagegen.

»Tut's gut?«, krähte das Badeweib. Sie bürstete seinen Hintern nach allen Regeln der Kunst.

»Ja, tut gut«, sagte Lasnic geistesabwesend. »Mach weiter.«

Er erinnerte sich an alles, was Gundloch damals neben Voglers stinkender Leiche gesagt hatte: dass Vogler ihn über Schrat aufgefordert hatte, niemandem etwas von seiner Botschaft zu erzählen. Und dass Gundloch ein paar Jäger mitgenommen und drei Tage vergeblich gewartet hatte.

Im Geist sah Lasnic sich selbst allein zurück nach Stommfurt laufen. Mit dem warmen Höllenring in der Hand, den er in Voglers faulendem Mund gefunden hatte. Er hörte sich schreien, sah sich von Kauzers Hausbaum auf den Wilden Axtmann stürzen, sah sich mit der großen Axt auf die Blutbuche einschlagen. Er schüttelte sich.

»Was ist los?«, rief das Badeweib. »Soll ich doch schon aufhören?«

»Nein, nein.« Jetzt erst wurde Lasnic bewusst, wie lange sie schon seinen Hintern scheuerte. »Bürste mir noch die Beine, komm schon.« Sie lachte gackernd und tat, was er verlangte.

Lasnic starrte über den Zuberrand hinweg zum Fenster, wo Schrat sich das Gefieder putzte. Drei Fragen blieben: Warum hatte Vogler den Waldfürsten aufgefordert, niemandem etwas von seiner Botschaft zu sagen? Wer hatte Vogler getötet oder in den Tod getrieben? Und: Woher hatte Vogler den verdammten Ring?

»So!«, krähte die Bademeisterin. »Fertig, Thronritter.« Sie warf ihm Schwamm und Bürste ins Wasser. »Deine wertvollsten Stücke wäscht du dir besser selbst, was?« Sie feixte und sah plötzlich ziemlich lüstern aus. »Und danach steige in den Bach und rufe mich, damit ich dir das Dreckwasser abspülen kann.«

Hatte sie ihn gerade »Thronritter« genannt? Lasnic hatte nicht richtig zugehört. Während er sich wusch, schaukelte die Bademeisterin zu einem Blechgestell, an dem Bürsten und Schwämme hingen. Mit neuem Werkzeug versehen machte sie sich über den Mann im Nachbarzuber her.

»Hat irgendjemand was über den Hexer erzählt?«, fragte der, während er die Arme in die Luft streckte. »Du weißt doch immer alles.«

»Mauritz?« Sie bürstete ihm die Arme und wusch sie mit dem Schwamm ab. »Nichts Neues. Im Garonitmassiv haben sie ihn nicht gefunden. Im Höhlenlabyrinth unten suchen sie noch.«

»Hoffentlich taucht er nicht eines Tages hier auf, während du mir gerade den Dreck aus dem Fell bürstest.«

»Sei's drum.« Das Badeweib bearbeitete jetzt die Brust des Mannes. »Kriegt ein Bad wie jeder andere.«

»Und wenn er seinen Zauberring rausholt?« Der Mann kicherte weibisch.

»Warum nicht?«, krähte sie. »Man nimmt gewaltig ab, wenn dieses blaue Licht einen trifft.« Sie klatschte sich auf ihren Hüftspeck und ihren fetten Hintern. »Hätt nichts dagegen, weißt du?« Die Männer in den Zubern brüllten vor Lachen.

Das klang unnatürlich in Lasnics Ohren, viel zu laut. Auf einmal war es mit Händen zu greifen, wie viel Angst dieser Hexer mit seinem Ring verbreitete. Wahrscheinlich klapperten sämtliche Leute von Garonada vor Angst mit den Zähnen, wenn gerade niemand zusah und hinhörte. Und ging es ihm nicht ähnlich, wenn er an den verdammten Ring dachte?

Später stand er nackt und bis zu den Knien im kalten Wasser der breiten, steinernen Rinne, über die man einen Gebirgsbach durch das Badehaus leitete. Ein Badeknecht und die Bademeisterin leerten abwechselnd einen Kübel Wasser nach dem anderen über ihm aus. Das tat gut; sein Geist war so klar wie lange nicht mehr. Für einen Moment stand ihm sogar die Lösung der nächsten Stufe des Rätsels vor Augen: wie man den »Turm von Garonada« mit sechs Pyramidenscheiben zu bauen hatte, ohne eine der beiden Grundregeln zu verletzen. Doch noch bevor er sich darüber freuen konnte, drängte der magische Ring sich wieder in sein Bewusstsein, und irgendwo um ihn herum fiel erneut der Name Mauritz.

Ein Hexer lief irgendwo in Garonada herum? Ein Hexer, der

diesen Ring des Schartans bei sich trug? Es schien doch mehr zu sein als nur ein Gerücht, was er da aufgeschnappt hatte. Zu oft und zu viele hatte er inzwischen davon reden gehört.

Gab es auch in den Flusswäldern am Stomm einen Hexer? Ulmer vielleicht. Nannten manche ihn nicht sogar so: *Hexer*? Hatte er Vogler etwa diesen Ring gegeben? Unvorstellbar eigentlich. Und aus welchem Grund überhaupt?

»So, Thronritter, das war es dann.« Die Bademeisterin warf ihm ein großes Badetuch über Kopf und Rücken. »Untertänigste Grüße an unsere Königin, und sie möge um der Großen Mutter willen ihre Schwester aus dem Kerker holen. Wie soll das Reich bestehen, wenn die Töchter von Belice sich nicht einig sind? Und beehre uns bald wieder.«

»Wieso nennt du mich so?« Lasnic trocknete sich ab. »›Thronritter‹ – willst du mich verspotten?«

Sie legte ihm seine Kleider auf eine Bank und den Brief obendrauf, den Romboc ihm in die Hand gedrückt hatte. »Ist das denn ein Spottbrief?«, fragte sie. »Er las sich eher wie eine Empfehlung.«

Lasnic schämte sich einzugestehen, dass er nicht lesen konnte. Er überwand sich aber und fragte: »Was steht da drin?«

»Aha, er kann nicht lesen, der künftige Thronritter unserer Königin.« Sie nahm den Brief, wedelte mit ihm über ihrem Kopf herum, und wieder richteten sich die Blicke aller auf sie und Lasnic. Diesmal machte es ihm etwas aus.

»Da steht dein Name drin, Lasnic von Strömenholz!«, rief sie. »Nie gehört übrigens.« Sie schlug mit ihrer roten fleischigen Hand auf den Brief. »Da steht drin, dass der künftige Thronritter Lasnic von Strömenholz demnächst unter dem Ersten Thronritter Ekbar von Schluchternburg in der Königinnenburg am Thron der Königin dienen wird. Dass man ihn zuvorkommend und gastfrei zu behandeln habe und etwaige Unkosten, die er verursacht, als Rechnung bei der Burgmeisterin einreichen kann.«

Die Männer in den Zubern klatschten Beifall, von allen Seiten wurden Lasnic Glückwünsche zugerufen. Er stieg schweigend in seine Kleider. Die rochen schlecht, er brauchte dringend neue.

»Waffen und Mantel händigen dir die Diener in meiner Empfangshalle aus.« Die Bademeisterin zog eine dunkle Lederkapsel aus ihrem Busen und streckte sie ihm entgegen. »Und das hier empfängst du von mir zurück.«

Er bedankte sich, tastete den Ring unter dem warmen Leder und steckte die Kapsel in die Dachsfellweste. Zwischen den Brüsten des drallen Weibes, das hier das Sagen hatte, schien ihm der Ring am besten gegen Diebstahl gesichert gewesen zu sein.

Die Bademeisterin warf ihm eine Kusshand hinterher, als er die Treppe aus dem Baderaum hinaufstieg; die Männer in den Zubern riefen ihm Abschiedsgrüße zu. Lasnic winkte, ohne sich noch einmal umzudrehen. Er hatte es eilig, aus diesem Haus zu kommen.

In der Empfangshalle halfen ihm Diener in den Eulenfedermantel – auch der roch nicht mehr frisch – und schnallten ihm die Lanze und den Schwertgurt um. Lasnic dachte an die Königin, die ihn gegen Abend in der Burg erwartete.

»Thronritter der Königin«, murmelte er, als er auf der Vortreppe des Badehauses stand. »Und mich womöglich noch mit den Bräunlingen prügeln. Kommt nicht infrage.«

Er blinzelte ins Vormittagslicht. Die Schneegipfel im Westen funkelten, als züngelten Millionen Flämmchen in ihren Hängen und auf ihren Spitzen. Gleich hinter den Dächern ragte der Garonit in den blassblauen Himmel – eine Pyramidensäule aus Kristall, eine furchterregende Mahnung des Wolkengottes, ja nicht übermütig zu werden. Lasnic konnte die steilen Hänge kaum anschauen, so grell leuchtete ihr Weiß. Die Bergketten im Osten dagegen sahen noch schattig und grau aus; wie traurige Titanen, die bald irgendeine jetzt noch rätselhafte Drohung wahrmachen würden.

Nichts für einen Waldmann, so ein Hochgebirge. Am frühen Morgen, als Lasnic im ersten Dämmerlicht durch Garonadas Straßen zum Badehaus gelaufen war, waren ihm die Umrisse all der Gipfel schon unheimlich vorgekommen, jetzt fühlte er sich schier erdrückt von ihrer Majestät.

Auf der Straße unter ihm ging es laut zu, richtig laut: Leute standen in kleinen und großen Gruppen zusammen und palaverten aufgeregt. Bergziegengespanne zogen Wagen voller bewaffneter Weiber vorbei. Eine Kolonne aus geharnischten Rittern marschierte über einen Platz, und an den Fenstern hingen Frauen und Männer und hatten ihren Nachbarn auf der gegenüberliegenden Straßenseite allerhand zu erzählen.

»Thronritter der Königin – ausgerechnet ich, der ich vor meiner Berufung zum Großen Waldfürsten abgehauen bin!« Kopfschüttelnd stieg er die Treppe zur Straße hinunter. »Kommt überhaupt nicht infrage!« Er nahm sich vor, genau das der Königin heute Abend zu sagen. »Hör mir zu, meine Königin«, würde er sagen. »Ich schätze, dass ich allerhand für dich tun würde. Dir den Nacken kraulen etwa oder dich küssen. Aber dein Thronritter werden – das kommt überhaupt nicht infrage.«

Er musste grinsen, als er sich das vorstellte. Wie sie wohl reagieren würde, wenn er ihr einen Kuss anbot? Oder einen forderte, als Entschädigung für die Zeit im Kerker. Oder gleich mehrere. Er musste laut lachen bei dem Gedanken, und eine Gruppe von Männern, die mit sehr ernsten Mienen beieinanderstanden und tuschelten, bedachten ihn mit tadelnden Blicken.

Lasnic kümmerte sich nicht darum, mischte sich unter die vielen Menschen und schlug die Richtung zur Königinnenburg ein. Er wusste genau, wo er hinwollte. Nein, nicht zur Burg. Bevor er gegen Abend dorthin zurückkehrte, hatte er etwas anderes zu erledigen. Etwas, das ihm weitaus dringender erschien als der Besuch bei der Königin.

*

Weiber in grellroten Kleidern und Jacken lehnten gegen Kiefern am Straßenrand und neben Hauseingängen, Huren, in einer Seitengasse keine hundert Schritte vom Badehaus entfernt. Von Junosch wusste Lasnic so ziemlich alles über Garonada, was man wissen musste; auch dass Huren ganz in Rot gekleidet waren.

Zu Hause in Strömenholz und den anderen Waldgauen gab es ebenfalls Weiber, die einen für eine Gans, ein paar Fische oder einen fetten Hasen mit hinauf in ihr Baumhaus nahmen. Die trugen Kleider wie alle anderen Waldweiber auch; allerdings flochten sich viele von ihnen rotgelbe Fasanenfedern ins Haar.

Eine der Huren hatte sich aus der Gasse heraus und bis an den Rand der breiten Straße zum Südtor gewagt, auf dessen Vorplatz sich die Buden des Wochenmarktes drängten. Hockte wie selbstverständlich auf der Vortreppe eines Ladens, aus dem es nach frischen Getreidefladen roch. Wahrscheinlich hatte sie es auf die Ritter abgesehen, die schon wieder in Kampfscharstärke zum Platz und Richtung Südtor marschierten.

Auf den zweiten Blick entdeckte Lasnic den Vogel, den sie mit dem gleichen Brot fütterte, das sie sich selbst in den Mund stopfte. Ein Kolk. Gefieder wie schillernder Teer.

Auf den dritten Blick – da war er schon fast vorübergegangen – wurde Lasnic klar, dass er beide kannte. Den Kolk und die Hure. Tekla und Lord Frix.

Der Baldore im roten Gewand hatte ihn längst entdeckt; er stand auf und warf sich sein Bündel über die Schulter. Tekla flatterte auf seine Schulter. »Hab auf dich g'wartet, o Lord.« Seine Lippen waren schwarzrot geschminkt, seine Lider himmelblau. Über der glatt rasierten Haut lag eine weißliche Schicht irgendeiner Creme.

»Du wusstest, dass ich im Badehaus bin?«

»Viele wusste des. Den von de Königin begnadigte Waldwilde kenne se all in de Stadt. Die meischte hen dich ja am Fels kämpfe g'sehe.« Frix riss ein Stück von seinem Brot ab und reichte es Lasnic. Seine Fingernägel waren schwarz angemalt. »Hab in de Burg nach dia g'fragt. Und dann uff de Straß'. Wie geht's? Du riechsch gut.«

»Wie soll's mir schon gehen?« Das helle Brot schmeckte zum Niederknien. Eine Ewigkeit her, dass Lasnic duftendes, warmes Brot gegessen hatte. »Ich bin ein freier Mann. Ich könnte die ganze Welt umarmen.«

»Se munkle, du wirsch bald a Ritter von de Königin?« Tekla,

auf Frix' Schulter, breitete die Schwingen aus. Sie und Frix schienen inzwischen aufeinander eingeschworen zu sein. Lasnic beobachtete es mit einer Mischung aus Bedauern und Eifersucht. Das Kolkweibchen flog zu einem Dachfirst hinauf, wo es Schrat entdeckt hatte. »Isch des wahr?«

»Schwachsinn!« Lasnic winkte ab. Wusste denn die ganze Stadt Bescheid? Er sah sich um. All das Geschrei, all das Menschengewimmel – es machte ihn unruhig. »Was ist hier eigentlich los?« Schon wieder zog eine Marschkolonne von Rittern vorbei. »Warum so viele Schwertkerle so früh am Tag? Und was palavern all die Leute so aufgeregt?«

»Es isch Krieg.«

»Was?« Lasnic erschrak.

»Vorgeschtern sin Fraue aus Trochau in Violadum uffgetaucht – nackig, zerschlage, verheult. Und ebber will a Heerlaga unne an de Glacismündung g'sehe habbe.«

Wie ein Fausthieb traf Lasnic die Neuigkeit. Er konnte sie kaum glauben. Aufgeregt setzte er sich in Bewegung, am Rande des Marktplatzes blieb er am Stand eines Händlers stehen, der gelbe und orangefarbene Früchte verkaufte, die Lasnic nicht kannte. Leute steckten dort die Köpfe zusammen und tratschten.

»Zitronen und Apfelsinen von den Vogelinseln!«, rief der Händler. Lord Frix, der Lasnic gefolgt war, tat interessiert; Lasnic drängte sich zwischen die Leute, fragte nach den Kriegsgerüchten. Sie machten ihm Platz, ließen ihn in ihre Mitte, musterten ihn, wie man einen Mann mustert, den man zu respektieren hat, ob man wollte oder nicht. Nur drei schnitten empörte, beinahe verächtliche Mienen und wandten sich brüsk ab. Die anderen beantworteten bereitwillig seine Fragen.

Lasnic erfuhr, dass braunhäutige Krieger Trochau-Stadt überfallen hätten. Das garonesische Garnisonsgebäude sei niedergebrannt, die Häuser der königlichen Verwaltung und sogar die neue Burg der Königin stünden in Flammen. Die Leute erzählten das im Flüsterton; ihre Gesichter waren bleich, ihre Augen groß und feucht.

»Bestien sind das!«, zischte ein altes Weib. »Den Rittern von Garona haben sie die Köpfe abschlagen, den Schwertdamen viehische Qualen zugefügt.« Sie blickte in das Gedränge zwischen den Marktständen. »Stellt euch vor, die kommen in unsere Städte. Stellt euch vor, die kommen bis nach Garonada. Nicht auszudenken!«

»Das schaffen die niemals!« Ein Fischer aus Seebergen winkte ab. Allerdings wusste er von vielen fremden Schiffen, die den Troch herauf bis zur Glacismündung gesegelt waren; und von Galeeren, an deren Hauptmasten Flaggen mit einem Bocksschädel vor gekreuztem Schlachtbeil und Krummschwert wehten. Ein Minenarbeiter aus Rothern wollte von einem riesigen Heer braunhäutiger Krieger gehört haben, das aus dem Trochauer Hügelland gegen die Südhänge des Gebirges marschierte.

Lasnic kriegte weiche Knie; seine Narbe zuckte plötzlich. Er murmelte einen Gruß und löste sich aus der Gruppe. Den Baldoren winkte er hinter sich her. Die Leute begafften die vermeintliche Frau in Rot und rümpften die Nase.

Sie gingen weiter. »Sag nix.« Lord Frix schälte sich eine der orangefarbenen Früchte. »Hab g'lauscht. Es isch net nur oifach Krieg – der Krieg isch au no uffem Weg zu uns.«

Lasnic antwortete nicht. Er wich dem Gedränge aus, trat wieder auf die breite Straße, die zur Burg führte. Die Sonne stieg in den Mittagshimmel hinauf. Im Osten leuchteten die Berggipfel auf. Frix reichte ihm eine weitere der orangefarbenen Früchte.

»Krieg isch nix füa mich. Mir sollte fortgehe von do.«

»So weit fort wie möglich.« Lasnic riss die Schale von der Frucht, wie er es bei Frix beobachtet hatte. »Im Kerker gab's kein Obst. Gut, dass du welches gekauft hast.« Er hielt inne und sah den geschminkten Burschen in den Hurenkleidern an. »Du hast sie doch gekauft?«

»Frag net. Wohin gehet ma also?«

»Erst zu dir. Du brauchst unauffällige Kleider. Und irgendwo muss ich meinen Jagdbogen lassen. Danach gehen wir in den Kerker.« Die Frucht zerfiel in Lasnics Händen in einzelne Schnitze, die saftig und süßer schmeckten als die größten Brombeeren vom Bärensee. »Wo wohnst du?«

»Innem Hurehaus.« Lasnic starrte ihn an; Verblüffung verschlug ihm für einen Moment die Sprache. Lord Frix klopfte auf sein Bündel. »Ich b'sorg de Weiba zu esse, Stoffe, Schmuck und so weita. Und die Weiba lasset mich bei ihne wohne. Muss halt aussehe wie a Hur'. Die Huremutta tät's sonst merke un mich uff'd Straß' setze.«

»Du kaufst den Huren Essen und Kleider?« Lasnic staunte ihn an. »Arbeitest du denn?«

»Von ›kaufe‹ schwätzt hier keina. Ich b'sorg die Sache, hab ich g'sagt.« Frix grinste zu ihm herauf. »Kennsch mich doch – im B'sorge bin ich net ganz ung'schickt.«

»Verdammter Räuber!« Lasnic beugte sich zu einer Viehtränke hinunter, schob eine Ziege zur Seite und wusch sich die vom Fruchtsaft klebrigen Hände. »Solange du an meiner Seite gehst, hörst du auf damit! Ist das klar? Ich war hundertzwölf Tage im Kerker – hundertzwölf Tage zu viel.«

»Isch scho recht, o Lord. Aba hasch du grad net g'sagt, mir gehe in de Keaka?«

»Nicht so laut, o Lord Meisterdieb.« Lasnic blickte sich um im Gedränge. Die Leute gafften ihnen hinterher. »Erst einmal brauchst du andere Kleider.«

*

Ein schmächtiger, schwarzhaariger Ritter mit viel zu großer Nase verließ das Hurenhaus. Tekla landete auf seiner Schulter. Der hässliche Bursche trug einen schwarzen Helm, ein Kettenhemd unter einem kupferfarbenen Harnisch, ein Schwert, einen schwarzen Umhang und eine Armbrust auf dem Rücken.

Alles zusammengeraubt, vermutete Lasnic. Er fragte lieber nicht nach.

Seite an Seite stiegen sie die Straße zur Burg hinauf. Bogen, Köcher, Rucksack und Lanze hatte er Frix gegeben, bevor der im

Hurenhaus zu seiner Kammer hinaufgegangen war. Was sollte er damit im Kerkergewölbe? Das Kurzschwert schien ihm Bewaffnung genug.

Die Wächter an der Zugbrücke warfen nur einen kurzen Blick auf Lasnics Brief. Wahrscheinlich konnten sie genauso wenig lesen wie er; das Siegel der Königin erkannten sie jedoch sofort. Die Brücke wurde heruntergelassen, das äußere Burgtor geöffnet. Ungehindert gelangten Lasnic und Lord Frix bis über die zweite Zugbrücke in den Innenhof und dort an die breite Treppe vor der Eingangshalle.

Das hochgewachsene,weißblonde Schwertweib, das Lasnic bereits von jenem bösen Tag des Duells kannte, öffnete ihnen das Portal. Sie trug einen dunkelroten Wollmantel über Kettenhemd und schwarzem Harnisch. Das klobige Griffkreuz eines Langschwertes ragte hinter ihrer linken Schulter auf. Breitbeinig und die großen knochigen Hände in den Hüftgurt gehakt, stand sie da und musterte Lasnic und Lord Frix aus hellen Augen. Der Baldore hatte sich nicht richtig abgeschminkt – jetzt erst fiel es Lasnic auf. Hoffentlich machte sie das nicht misstrauisch.

Lasnic verlangte, die Burgmeisterin zu sprechen. Die Schöne zögerte einen Atemzug lang, bevor sie zur Seite trat und sie hereinwinkte. Sie bedeutete ihnen zu warten, bis sie gerufen wurden, und stieg dann die Treppe zum Obergeschoss hinauf. Mittlerweile kannte Lasnic ihren Namen: Martai. Er sah ihrer sehnigen Gestalt hinterher, und fragte sich, warum sie hier, in der Burg, ihr schweres Schwert nicht ablegte. Waren denn die verdammten Bräunlinge schon so nahe?

Er wartete, bis ihre Schritte verklangen, dann winkte er Lord Frix in einen Seitengang. Fackeln brannten dort an den Wänden. Lasnic zog eine aus der Halterung, öffnete die schwere Tür ins Kellergewölbe und deutete die Treppe hinunter. An ihm vorbei huschte der Baldore in die Dunkelheit hinab. Dabei zischte er einen Fluch in seiner Muttersprache. Lasnic wusste, dass Frix Dunkelheit hasste. Er verriegelte die Tür und folgte dem Meisterdieb.

Unten angekommen glitt der Fackelschein über Gitter und Spinnennetze vor leeren Kerkerzellen. »Wo sin se, die Freunde, die du befreie wolltsch?«, wunderte sich Lord Frix.

»Das ist noch lange nicht der Kerker von Garonada.« Mit der Fackel deutete Lasnic auf die kleine Außentür zur Schlucht, damit Frix sie öffnete. »Du hast ja keine Ahnung, o Lord Räuber.«

Die Tür sprang auf, der Baldore wich erschrocken zurück, doch Lasnic schob ihn auf die Brücke hinaus und zog die Tür hinter sich zu. Der Gletscherfluss überspülte sie nicht mehr ganz so hoch wie noch am Vortag. Frix zog die Stiefel aus und watete barfuß über die Hängebrücke. Lasnic hingegen hatte sich noch nie an nassen Stiefeln gestört.

Durch die niedrige Tür auf der anderen Schluchtseite bückten sie sich in das Kerkergewölbe. Lasnic versuchte, sich Junoschs Gesicht vorzustellen, wenn er plötzlich vor dessen Zelle stand und hineinleuchtete. Und Pirol Gumpen erst! Lasnic hatte ihn noch nie von Angesicht zu Angesicht gesehen.

Schritt für Schritt pirschten sie sich an Abzweigungen, Wendeltreppen, rostigen Türen und vergitterten Zellen vorbei. Der Baldore blieb ungewöhnlich stumm; die feuchten und dunklen Gänge und das verwinkelte Kerkergewölbe schienen ihn mit Grauen zu erfüllen – im Schein der Fackel las Lasnic es in seiner angespannten und von Ekel erfüllten Miene.

Der Waldmann hatte sich den Weg gut eingeprägt; sie kamen schnell voran. Aus keiner Zelle sprach einer sie an, alle waren leer. Offenbar waren hier unten alle Häftlinge gestorben. Lasnic grübelte über einer Geschichte, mit der sie ungeschoren an den vier Schwertweibern vor Laukas Zelle vorbeikommen würden. Ob der Brief ihm hier unten etwas nützen würde?

Kurz vor der Wendeltreppe, an deren Aufgang die Kerkerzelle der Prinzessin lag, hörten sie Stimmen. Die Schwertweiber? Lasnic hob die Rechte, ging in die Hocke. Der Baldore kauerte hinter ihm. Lasnic lauschte – und erkannte Laukas Stimme. Und die eines Mannes. Bewachten jetzt Ritter die Prinzessin? Oder ließ man sie etwa frei?

»Miststück«, flüsterte Lasnic. »Nehmen sie dir nun doch die Ketten ab?« Das hieße ja, dass der Kerkermeister in der Nähe sein musste; und wohl mehr als nur ein Ritter. Vermutlich alles Kerle, die es mit der Prinzessin hielten. Und genau wie sie scharf auf Lasnics Kopf waren. Der Weg über die Treppe nach oben und zu den Zellen der ehemaligen Leidensgenossen war also versperrt. Lasnic fluchte leise. Er stand auf und gab Lord Frix das Zeichen zum Umkehren.

»Da isch ebbes«, flüsterte der und deutete an Lasnic vorbei zur nächsten Abzweigung. Flirrendes Licht fiel aus dem Gang, der zu Laukas Zelle führte; blaues, violettes und türkisfarbenes Geflimmer lag plötzlich auf den Wänden. Lasnic stand wie festgefroren. »Was isch des, o Lord?«

Lasnic winkte ab und drückte Lord Frix die Fackel in die Hand. »Warte hier auf mich.« Er schlich dem Gang und dem schwachen Lichtschein entgegen. An der Abzweigung verharrte er. Die Stimmen waren nun deutlicher zu hören.

»Keine Sorge«, hörte er die Männerstimme sagen, »es liegt einzig in meinem Willen, mit dem ERSTEN MORGENLICHT zu vernichten und zu töten oder zu erschaffen und Leben einzuhauchen.« Ein Schloss schnappte auf, Scharniere quietschten. »Und du sollst stark sein und leben!«

»Ich habe Angst, Mauritz! Tu das nicht!« Laukas Stimme hallte durch das Kerkergewölbe. »Weg mit dem Licht! Ich bin doch noch so jung!« Ihre Stimme überschlug sich und brach.

Lasnic wich zurück, legte sich flach auf den Boden, schob sich Handbreite um Handbreite voran, spähte schließlich um die Ecke und in den Gang hinein.

Nicht einmal dreißig Schritte entfernt stand einer in der offenen Zellentür, kleinwüchsig und schmal und mit schwarzem Kapuzenmantel über gelblichen Hosen. Im Lichtschein des an seiner Faust glühenden Ringes erkannte Lasnic Konturen eines knochigen Gesichts. Da, wo die Augen sein sollten, sah er nur dunkle Schatten. Den Ring und das bläuliche Licht richtete der Mann auf eine zierliche Frauengestalt hinter dem Zellengitter – Lauka.

In einen hellen Pelzmantel gehüllt kauerte sie im Stroh und hielt schützend ihre angeketteten Arme vors Gesicht.

»Und das sollst du bleiben!«, rief der Mann. »Für immer jung! Für immer stark und schön!«

Lasnic war längst klar, dass dort jener stand und seinen Höllenring benutzte, den alle Welt suchte in Garona – Mauritz, den sie Hexer nannten. Doch was trieb er ausgerechnet hier, im Kerker? Und was beabsichtigte er, mit Lauka zu tun? Sie in eine Greisin verwandeln? Etwas tief in Lasnics Herzen gönnte es ihr.

Ketten klirrten, sie nahm die Arme herunter. Lasnic kniff die Augen zusammen, spähte zu Laukas Zelle. Ihr Haar strahlte tiefrot im gespenstischen Geflimmer aus dem Ring des Hexers. Ihre Miene war bleich, doch keine Furchen konnte Lasnic darin entdecken, keine schlaffe Pergamenthaut, keine Spur von Vergreisung. Was, beim Großen Waldgeist, geschah dort?

»Was … was ist das, Mauritz?« Laukas Stimme zitterte. »Wie … wie fühle ich mich denn?« Lasnics Blick fiel auf einen Durchgang zwischen zwei Zellen, etwa zehn Schritte entfernt. Von dort aus würde er besser sehen, noch besser lauschen können. Doch das Licht aus dem Ring – sie würden ihn entdecken, wenn er es wagte.

»Was … was ist denn … was ist mit mir?« Schon ihre Stimme hören zu müssen, verbitterte Lasnic. Nur noch Gestammel brachte das Miststück zustande. »So stark plötzlich, so gesund. Gar keinen Hunger mehr, gar keine Schmerzen. Was hast du mit mir getan?«

»Das ERSTE MORGENLICHT hat das getan, mein Kind. Es steckt in diesem Ring. Nimm ihn. Ich werde auch dich lehren, es zu gebrauchen. Bald. Als tödliche Waffe und als segensreiche Kraft. Sehr bald schon. Und jetzt knie nieder.«

Lasnic sah die Frauengestalt in die Knie sinken und den Hexer seine Hände auf ihren Scheitel legen. Gemurmel wurde laut, Gemurmel in einer Sprache, die Lasnic nicht kannte. Er tastete nach der Lederkapsel in seiner Tasche. Auf diesen Vermummten da würde er den Ring richten, ohne zu zögern; das wusste er.

»Hast du mich gesegnet?«, hörte er Lauka mit bebender Stimme fragen. Ihre Haltung und ihre Stimme waren die einer Frau, die nicht wusste, wie ihr geschah.

»Ich habe dir den Segen erteilt, der dich befähigen wird, den Ring und seine Kraft zu gebrauchen.« Lasnic sah den Kerl sich aus der Zelle bücken. Knallgelb war seine Kleidung unter dem schwarzen Kapuzenmantel. Er langte nach einem der Körper, die reglos in der offenen Zellentür und vor dem Zellengitter lagen und die Lasnic bisher nicht wahrgenommen hatte. Das flirrende Leuchten aus der Faust der schmächtigen Männergestalt erlosch, das bläuliche Lichtgeflimmer auf dem schwarz-feuchten Mauerwerk verschwand wie eine Erscheinung, die es nie gegeben hatte. Schlüssel klirrten in der Dunkelheit, Atemzüge keuchten.

»Was ist mit den Schwertdamen?« Laukas zitternde Stimme. »Was mit dem Kerkermeister?« Sie wirkte vollkommen aufgewühlt, schien erschüttert bis ins Mark. »Tot?« Lasnic sprang auf, huschte zur Mauernische, schlüpfte hinein, stolperte beinahe eine schmale Wendeltreppe hinauf.

»Sagte ich dir nicht, dass es einzig in meiner Willenskraft liegt, mit dem ERSTEN MORGENLICHT zu töten oder zu erschaffen?« Schritte scharrten über den Zellenboden, ein Schlüsselbund klimperte, Ketten rasselten. »Sagte ich nicht, dass ich auch dich lehren werde, es zu gebrauchen, mein Kind?«

Wieder leuchtete gespenstisches Licht auf, hellblau und matt diesmal. Sie standen einander gegenüber, die Prinzessin und der Hexer. Ihr hingen rötliche Locken ins bleiche Gesicht, und ihm war die Kapuze heruntergerutscht. Gelbliches Kunsthaar umhüllte sein knochiges Gesicht. Beide blickten sie auf einen Ring zwischen den Fingern seiner Linken hinunter.

»Du besitzt zwei magische Ringe, Mauritz?«

»Nur noch einen. Den zweiten trägst jetzt du, meine Königin. Sobald wir das Kerkergewölbe hinter uns haben, werde ich dich lehren, ihn zu gebrauchen, geliebtes Kind.«

Lasnic sah sie zurückweichen. »Bei der Großen Mutter, Mauritz – wer bist du?« Sie presste die Hände gegen die Wangen. Lasnic hielt den Atem an. »Und warum nennst du mich so?«

»Ich bin Mauritz, der Meister des Lichts. Ich gehöre einem Volk von Magiern an. Und du bist meine geliebte Tochter. Glaube mir, Lauka. Ich werde dich lehren, das Gleiche zu tun, das meinesgleichen zu tun vermag. Und Größeres.«

»Du bist mein Vater?« Sie flüsterte nur noch, und Lasnic musste den Kopf aus der Nische stecken, damit ihm ja kein Wort entging. »Ist das wahr? Du warst der geheime Geliebte der Königin Belice …?« Ihre Stimme versagte, Lasnic hörte sie schluchzen. Der Magier nahm sie in die Arme, hielt sie fest, flüsterte ihr ins Ohr. Das Licht erlosch.

Lasnic versuchte, seine schwirrenden Gedanken zu beruhigen, versuchte zu verstehen, was er da sah und hörte. Von Junosch wusste er, dass dieser Magier in Laukas Zelle der großen Königin Selena und ihrer Tochter Belice als Berater und Harlekin gedient hatte. Und dass diese Belice sehr früh und unter merkwürdigen Umständen gestorben war, hatte die Obristdame Tibora während der langen Reise über den Großen Ozean erzählt.

Lasnic fühlte, dass er unfreiwillig Zeuge einer schwerwiegenden Begegnung geworden war, eines folgenreichen Ereignisses; doch wirklich ermessen konnte er dessen Bedeutung nicht, das spürte er auch.

»Du, mein Vater? Ich kann es nicht fassen.« Wieder hörte er die Prinzessin flüstern. »Ich liege in den Armen meines Vaters!«

»Du spürst es, nicht wahr?«, sagte der Magier. »Du spürst, dass ein liebendes Vaterherz in meiner Brust schlägt.«

»Und Mutter?«, fragte sie. »Was geschah mit ihr?«

»Das ist schwer zu verstehen, mein Kind«, raunte die Stimme des Magiers aus der Dunkelheit. »Und schwer zu erklären. Ich bin stolz und glücklich, all die Jahre in deiner Nähe gewesen zu sein, all die Jahre auf dich achtgegeben und an deiner Erziehung mitgewirkt zu haben. Seien wir dankbar dafür.«

»Aber Mutter?« Lauka blieb hartnäckig. »Warum wurde die Königin krank? Warum starb sie schon kurz nach meiner Geburt?«

»Glaub mir, geliebtes Kind, sie hatte dich nicht verdient. Belice wollte nicht, dass du das Licht dieser Welt siehst, sie wollte dich noch im Mutterleib töten.«

»Was ...?!«

»Ich wollte deine Mutter groß und mächtig machen, wollte sie zur Herrin der Welt aufsteigen lassen. Doch sie hat uns abgelehnt, dich und mich und den magischen Ring. Ich musste handeln, um dich zu retten. Eines Tages wirst du es verstehen.«

»Und nun soll ich diesen Ring tragen?« Laukas Stimme klang jetzt wieder fester.

»Dazu habe ich dich erwählt und gezeugt. Damit du ihn gebrauchst. Damit du Königin von Garona und Herrin der Welt wirst.«

»Und Ayrin? Sie wird den Thron niemals freiwillig räumen!«

»Sie muss. Nicht sie, sondern du wirst den Angriff der Insulaner zurückschlagen.«

»Die braunen Blutsäufer?« Erschrocken schlug Lauka wieder die Hände auf die Wangen. »Sie greifen Garona an? Schon?«

»In diesen Stunden marschieren sie bereits den Glacis herauf. Die ersten werden bald schon die Hochebene erreichen. In zwei Tagen könnten sie bereits vor Violadum stehen. Doch fürchte dich nicht, meine geliebte Tochter: Ich habe den Thronrat lange genug beherrscht, glaube mir – ich habe dafür gesorgt, dass Garona die uneinnehmbare Festung wurde, die es heute ist. Dein Reich ist nicht in Gefahr.«

Kleider raschelten. Es klang, als würde sie ihm um den Hals fallen. »Ich vertraue dir, mein Vater.« Schluchzen schon wieder. »Ich bin so froh. Aber – was wird Ayrin sagen?«

»Ayrin?« Höhnisches Gelächter hallte jetzt durch das Gewölbe, kalte Schauer rieselten Lasnic über den Nacken. »Gar nichts wird sie sagen. Du wirst sie töten.« Eisige Kälte breitete sich in Lasnics Brust aus. Er wagte nicht zu atmen.

»Sie ist meine Schwester«, entgegnete Lauka unsicher.

»Vergiss eines niemals.« Mattes Licht flammte auf. »Du lebst nur, weil du meine Tochter bist.« Lasnic spähte um die Ecke. Der Hexer hielt das Miststück bei den Schultern fest, Blauschimmer umgab beide. »Beinahe wäre es Ayrin gelungen, woran ich ihre Mutter hindern konnte. Beinahe hätte sie dich getötet. Erinnerst du dich an deinen Sturz in die Glacisschlucht am Tag vor ihrer Thronbesteigung?«

»Ein Stein.« Laukas Stimme bebte schon wieder. »Er traf mich ganz unerwartet. Oder was willst du mir sagen?«

»Sie hat ihn nach dir getreten. Ayrin. Sie wollte, dass du erschrickst auf dem schmalen Pfad, dass du zur Seite springst, abstürzt und stirbst.«

Eine Zeit lang schwiegen sie. Schlimme Geschichten waren das, die Lasnic da hören musste. Ganz trocken war sein Mund auf einmal. Er hätte lieber nichts von all dem erfahren.

»Ich ahnte es immer«, flüsterte die Prinzessin. »Ayrins Blicke, ihre Strenge, ihr Hass. Ich spürte immer, dass sie mich am liebsten aus dem Weg räumen würde. Ein Wunder, dass ich damals nicht in die reißenden Fluten des Glacis gestürzt bin.«

»Kein Wunder, geliebtes Kind. Ich habe dich gehalten, ich, dein Vater. Genau wie ich später auch Starian mit meiner magischen Kraft vor dem Absturz in die Schlucht bewahrte. Du erinnerst dich doch an seinen tollkühnen Flug? Ich habe ihn gerettet! Ich habe ihn erwählt, dein Erster Thronritter zu sein.« Er nahm die Hände von ihren Schultern, führte sie aus der Zelle. Lasnic zog den Kopf zurück in den engen Seitengang.

»Wieso kannst du das alles tun, mein Vater?«

»Habe ich dir nicht gesagt, dass ich zu einem uralten Volk von Magiern gehöre?« Der Schlüsselbund schlug klirrend auf etwas Weichem auf. »Habe ich dir nicht gesagt, dass ich dich meine Künste lehren werde?« Licht, Stimme und Schritte entfernten sich, offenbar stiegen sie die Wendeltreppe hinauf.

»Wohin gehen wir jetzt?«

»Du bist verwirrt, mein Kind. Das verstehe ich. Als Erstes gehen wir in deine Königinnenburg und suchen Ayrin.«

Nach und nach verklangen Stimmen und Schritte in Dunkelheit und Ferne.

Lasnic kauerte am Boden, beugte den Oberkörper über die

Schenkel. Seine Narbe zuckte, er zitterte. Jetzt erst merkte er es. Seine Hand war nass von kaltem Schweiß, als er sich über die Stirn strich. Ein Kloß war ihm im Hals geschwollen, sein Gedärm rumorte. Er musste pissen.

»Und was jetzt, Waldmann?«, flüsterte er. »Was machst du jetzt?«

9

Das Haus lag unterhalb der Festung von Violadum, mitten in der Stadt. Ein quadratischer Bau aus braunen Sandsteinblöcken von zweihundert Fuß Seitenlänge, mit Flachdach, drei Stockwerken und einem ausgedehnten Hinterhof, den zahlreiche Nebengebäude säumten. Im Winter von Ayrins Mutterweihe und Thronbesteigung residierten in diesem Gebäude noch ein Erzritter und die große Garnison der Stadtritterschaft von Violadum. Nachdem vor neun Wintern jedoch ein Großbrand in der Nordstadt das alte Hospital zerstört hatte, hatte Herzogin Sigrun die Garnison in die erweiterten Außenburgen verlegt, um hier Platz für ein neues zu schaffen.

Flammen schlugen aus Feuerkörben und warfen flackernden Lichtschein auf den Vorplatz. Zwölf Schwertdamen wachten vor dem Eingang. Hunderte Einwohner Violadums hatten sich mit Fackeln und Talglampen vor dem Gebäude auf der nächtlichen Straße versammelt, um ihre Königin zu sehen. Während Loryane ihnen zuwinkte, wunderte sich Ayrin, dass ihre Ankunft sich trotz der späten Stunde so schnell herumgesprochen hatte.

Aus den erleuchteten Fenstern hörte sie die Rufe von Fiebernden und die Schmerzensschreie von Verletzten. Romboc und Ekbar gingen voraus. Rombocs Tochter, die Herzogin Sigrun, hielt Ayrin am Arm fest. »Kein schöner Anblick«, raunte sie ihr zu. »Ich wünschte, ich hätte ihn dir erspart.«

Ayrin machte sich los, nickte ihrer Kriegsmeisterin Loryane zu und trat durch das Portal, dessen Flügel Ekbar und eine Majordame ihr aufhielten. Zwei von Ekbars Thronrittern tauchten mit Fackeln neben ihnen auf. Die bullige Gestalt Rombocs war schon im Halbdunkel des Treppenhauses verschwunden. Sie folgten dem Erzritter und stiegen die Treppe hinauf, auf der seine schweren Schritte sich rasch entfernten. Die Herzogin ging voran.

Mit schweren Beinen nahm Ayrin Stufe um Stufe. Sie fühlte sich müde. Kaum aus dem Garonitmassiv in die Burg zurückgekehrt, hatten die schlechten Nachrichten sie überfallen. Sie lag in einem Zuber mit heißem Wasser und träumte mit offenen Augen von der bevorstehenden Begegnung mit dem Waldmann, als Loryane sie ihr gegen Mittag in den Badesaal brachte: Trochau-Stadt überfallen, Feuer in der neuen Burg, dutzende Galeeren aus Tarkatan auf dem Troch, ein großes Kriegsheer im Trochauer Hügelland auf dem Marsch nach Norden.

Wirklich fassen konnte Ayrin es noch immer nicht.

Trotz der fortgeschrittenen Tageszeit hatte sie gleich die Tiere satteln lassen. Erzritter Romboc, ihre Freundin und Kriegsmeisterin Loryane und der alte Grenzritter Lorban hatten sie in die südlichste und zugleich größte Stadt des Reiches begleitet. An der Spitze einer großen Kampfschar aus tausend Schwertdamen und Rittern. Zehn Stunden später, kurz nach Mitternacht, waren sie auf Bergziegen und Eseln durch Violadums Festungstor geritten.

Die verwundeten Schwertdamen aus Trochau-Stadt wollte sie zuerst sehen; neun Frauen hatten sich aus der Gefangenschaft der tarkanischen Horden befreien und fliehen können.

Im ersten Obergeschoss bog Sigrun in eine breite Zimmerflucht ein. Aus drei offenen Türen hörte Ayrin das Flehen und Stöhnen der Verwundeten; neben einer lehnte Romboc mit der Schulter gegen die Wand und bedeckte seine Augen mit der Hand. »Fast alle liegen im Wundfieber«, flüsterte er, als Ayrin ihn ansprach. »Die meisten werden sterben.« Er nahm die Hand vom Gesicht und schüttelte den Kopf. »Lasst es bleiben.« Tränen standen ihm in den Augen.

Schweigend sahen Ayrin und Loryane einander an. Loryanes ernster Blick glitt über Ekbars Thronritter und die teils blutjungen Schwertdamen aus dem Gefolge der Königin und der Herzogin. Ayrin verstand und zog den stämmigen Zopfbart zu sich. »Niemand geht mit uns in die Krankenräume.« Ekbar nickte und wandte sich flüsternd an die Bewaffneten.

Nur von Herzogin Sigrun begleitet, traten Ayrin und Loryane in den ersten Raum. Talglampen brannten über den Betten an den Wänden. Obwohl das Fenster offen stand, roch es nach Schweiß, Eiter und Harn. Die Hitze und die Feuchtigkeit der Verwundeten sättigte die Luft. In drei hüfthohen Holzbetten lagen fiebernde Frauen. Sie stöhnten und jammerten.

Die erste, an deren Bett sie traten, zuckte erschrocken zusammen. Ihr Unterkiefer bebte. Die Verbände, die man ihr zwischen Mund und Augen und um das Kinn und den kahl geschorenen Scheitel gewickelt hatte, waren durchgeblutet. Ayrin stockte der Atem, als sie merkte, dass sich weder Nase noch Ohren unter den Binden wölbten. Sie nahm die Hand der Geschundenen und küsste sie auf die heiße Stirn.

Der jungen Schwertdame im zweiten Bett hatten zwei Hochdamen gerade die rechte Hand in frische Binden gewickelt und auf einer Schiene befestigt. Wie ein zugeschneiter Aststumpf ohne Zweige sah der frisch verbundene Unterarm aus. Die Fiebernde bewegte stumm die Lippen, starrte mit leerem Blick durch Ayrin und Loryane hindurch. Ayrin konnte nicht anders, sie musste den Blick abwenden, als die Ärztinnen die blutige Binde von der fingerlosen Linken schälten.

Eiternde Schnittwunden bedeckten Gesicht, Hals und Schultern der Frau im dritten Bett. In einem Dämmerzustand zwischen Bewusstsein und Ohnmacht murmelte sie vor sich hin. Von Zeit zu Zeit stieß sie Schreie aus. Ayrin und Loryane traten zu ihr.

»Töte mich, meine Königin!« Die Verwundete bäumte sich auf und packte Ayrin am Mantel. »Ich flehe dich an, meine Königin – töte mich!« Ayrin schlang die Arme um sie, flüsterte ihr ins Ohr. Sie sei in guten Händen, sie sei gerettet, alles würde gut werden und solches Zeug. Sie merkte kaum, was sie sagte.

Wie im Innersten gefroren, stelzte sie kurze Zeit später aus dem Raum. Sie biss die Zähne aufeinander, starrte aus schmalen Augen in den Gang hinaus. Loryane neben ihr wankte. Ayrin tastete nach ihrer Hand, hielt sie fest. Die Thronritter und jungen Schwertdamen warteten ein paar Schritte abseits am Eingang der

Zimmerflucht. Im Fackelschein sah Ayrin ihre schneeweißen Gesichter glänzen.

»Es wird nicht besser«, flüsterte Sigrun, als sie sich anschickte, den nächsten Krankenraum zu betreten.

»Ich bin ihre Königin«, flüsterte Ayrin. »Jagt mich von Garonas Thron, wenn ich jemals einem Ritter oder einer Schwertdame ausweiche, die im Kampf für das Reich verstümmelt wurden.« Sigruns hartes und kantiges Gesicht wurde noch härter und kantiger. Sie zuckte mit den Schultern und winkte Ayrin und Loryane mit einer Kopfbewegung hinter sich her.

Loryane versteifte, schüttelte sich, entzog Ayrin die Hand und lehnte mit dem Rücken gegen die Wand neben der Tür. Sie schloss die Augen und machte keine Anstalten, ihre Königin ins Zimmer zu begleiten. Ayrin wandte sich mit bittendem Blick nach Romboc um; der nickte und betrat neben ihr und seiner Tochter Sigrun den zweiten Krankenraum.

Vier verletzte Frauen lagen hier in ihren Betten. Der metallene und schon leicht faulige Gestank nach geronnenem Blut überlagerte alle anderen Gerüche. Gleich am Bett neben der Tür wusch eine Greisin eine fiebernde Schwertdame mit Eiswasser ab. Die Verwundete lag auf einer Lederdecke und schwamm in Blut. Die Greisin hatte ihre Scham mit Tüchern zugedeckt, durch die ebenfalls bereits das Blut sickerte.

Als die alte Ärztin den Blick hob, sah Ayrin in ihr Gesicht. Eine tiefe Narbe zwischen Hals und Ohrläppchen, und Furchen der Bitterkeit und des Hasses durchzogen das Gesicht wie Risse eine dunkle Felswand. Serpane. Ihre schweren Lider zuckten kurz, dann wandte sie sich wieder der Verblutenden zu.

Im Bett daneben riss der Schüttelfrost an einer Fiebernden. Sie war kaum zugedeckt, und Ayrin konnte sehen, dass ihre Haut hochrot und von Striemen und blauen Flecken übersät war. Ihre Zähne schlugen klappernd aufeinander, ihr Bett bebte.

Auf der anderen Seite des Zimmers verband eine Schwertlose – wie Serpane war sie Ärztin – die Glieder einer Kriegerin, der die Tarkaner ähnlich schwere Verstümmelungen beigebracht hatten wie den Frauen im ersten Zimmer. Die Ärmste brüllte vor Schmerzen.

Serpane eilte herbei und breitete zwei Felle über die Schüttelnde aus, flößte ihr Wasser ein. Eigentlich war Serpanes Platz oben in der Festung, seit sie als Kriegsmeisterin von Violadum dort die Befehlsgewalt innehatte. Doch Ayrin wunderte sich nicht, sie hier zu finden. Die greise Ärztin deutete hinüber zu der vierten Kranken; die lag vollkommen reglos auf dem Rücken.

»Wir haben sie betäubt«, sagte Serpane laut, um die Schmerzensschreie zu übertönen. »Sie wird sterben. Das war auch ihr letzter Wunsch, bevor ich ihr Laudanum einflößte.«

Die bedauernswerte Frau war ganz und gar in durchgeblutete Verbände gehüllt. Ayrin atmete tief durch und trat ans Kopfende des Bettes. Flach und eng lagen die Binden an dem verbundenen Gesicht und den Schädelseiten an. Genau wie die über ihrem Brustkorb; die waren schwarz-rot von Blut.

»Es tut mir so leid«, flüsterte sie und legte die Hand auf die Stirn der Bewusstlosen. Eitergestank stieg von ihr auf und würgte Ayrin. Sie beugte sich zur ihr hinab, dorthin, wo unter der blutigen Binde einmal ihr rechtes Ohr gewesen war. »Es tut mir so unendlich leid.«

»Die das getan haben, sind keine Menschen«, sagte Serpane so laut, dass man es auch draußen auf dem Gang hören musste. Sie deutete auf den blutigen Verband über den verstümmelten Brüsten der Frau. »Das sind wilde Bestien ohne Herz im Leib.«

»Wo liegt der Unterschied?«, fragte Romboc in die plötzliche Stille hinein. »Ich bin an die Enden der Welt gereist und habe noch immer keine Antwort auf diese Frage gefunden.«

»Habt ihr Boten zu ihren Sippen geschickt?«, fragte Ayrin. Sigrun nickte. Ayrin verschränkte ihre Arme vor der Brust. Und zwang sich so, das Zimmer nicht mit den Händen im Gesicht zu verlassen. *Du bist die Königin*, sagte sie sich im Stillen, *du musst Stärke zeigen*. Sie fror.

Im dritten Krankenzimmer lag eine Tote auf dem einzigen Bett, und neben ihrem Kopf eine Armbrust. Die blutige Decke hatte man ihr bis unter das Kinn gezogen. Das Gesicht der Toten war unversehrt. Sie schien zu lächeln.

Auf ihr Langschwert gestützt, hockte eine Schwertdame neben ihr und hielt Totenwache. Ihr linkes Auge war zugeschwollen, grün und blau sah die Geschwulst aus. Eine genähte Schnittwunde zog sich quer über ihre Wange.

»Wie geht es dir?«, fragte Ayrin.

»Besser als ihr.« Die Schwertdame nickte zur Toten hin. »Und besser als denen in den anderen Zimmern.« Mit einer Kopfbewegung deutete sie zur Wand. »Sie haben mich im Schlaf überrascht, meine Königin. Hatte kein Schwert bei mir, keinen Dolch, nichts. Hab getan, als sei ich zu allem breit. Und als der erste dann auf mir lag, habe ich dorthin gegriffen, wo Kerle besonders empfindlich sind. Man kennt sich aus mit der Zeit, weißt du?« Ihre Miene verzog sich zu einem bitteren Feixen – doch nach einem Wimpernschlag nur fiel es ihr schon wieder aus dem Gesicht. »Und dann habe ich kräftig zugedrückt. Sein Schwertgurt lag abgeschnallt neben uns, also war er einen Atemzug später tot. Und drei von denen, die Schlange standen, auch.«

Ayrin, die erst nach und nach begriff, schluckte. »Und wie bist du entkommen?«

»Ich konnte einen ihrer Anführer niederschlagen und als Schutzschild benutzen. Scheißkerl! In den Stallungen habe ich ihn aufgeschlitzt. Auf einem Ziegenwagen bin ich auf und davon.« Sie deutete abermals auf die Tote. »Sie und zwei von nebenan konnte ich retten und mitnehmen. Am Glacis hat uns ein Frachtkahn an Bord genommen. Vor dem Wasserfall drei Fuhrwerke.« Ayrin legte ihr die Hand auf die Schulter, blieb aber stumm. »Was sie mit unseren Frauen gemacht haben, hast du ja gesehen, oder?« Ayrin nickte. »Hat man dir auch erzählt, was sie unseren Rittern antun?« Wieder nickte Ayrin. »Ich habe nie so viel Köpfe in so viel Blut liegen sehen wie an diesem Vormittag.« Die Frau amtete tief durch. »Ich habe unsere Schwertdamen schreien gehört, meine Königin.« Ihre Stimme zitterte. »Aus dem Garnisonshaus und im Hafen von den Schiffen der Scheißkerle. Ich bete zur Großen Mutter, dass ich so etwas nie wieder hören muss. Und ich wünsche dir, dass du so etwas niemals wirst hören müssen, meine Königin.«

Sie legte die Stirn auf den Schwertknauf. Ayrin sah, dass ihre Tränen auf den Boden tropften. »Es wird ein Albtraum, sollten sie auch nur eine unserer Städte erobern«, flüsterte die Schwertdame. »Dennoch – ich werde hinreiten und kämpfen.« Sie richtete sich auf und klopfte auf ihre Armbrust neben der Toten. »Ich werde kämpfen und so viele wie möglich von ihnen erschießen.«

Ayrin drückte ihr die Schulter und ließ sie allein. Kerzengerade und mit erhobenem Kopf verließ sie den Raum. So schritt sie auch an den offenen Türen der beiden anderen Krankenzimmer vorbei. Gejammer, Schmerzensschreie und Gestöhne verursachten ihr einen kalten Schauer nach dem anderen. Doch ihre harte Miene blieb undurchdringlich, ihre Schritte zielstrebig, ihr Gang aufrecht.

Die jungen Thronritter und Schwertdamen warteten an der Treppe auf sie. Lauter fragende Blicke aus lauter großen Augenpaaren.

»Ihr braucht ein tapferes Herz«, sagte Ayrin, »wir haben es mit einem schrecklichen Feind zu tun.« Sie drehte sich nach Romboc und Sigrun um, die ihr gefolgt waren. »Ich will sie sehen.«

»Wen willst du sehen?« Die Herzogin stellte sich dumm.

»Das Heer derer, die so etwas tun.« Mit einer Kopfbewegung deutete Ayrin zurück in die Zimmerflucht. Dort lehnte Loryane noch immer an der Wand. Sie schien nur noch körperlich anwesend zu sein.

»Du wirst bald hier gebraucht, meine Königin.« Sigrun berührte Ayrin am Arm.

»Bald. Und vorher will ich sie sehen.«

»Die Nacht wird kurz«, sagte Romboc. »Du warst lange im Berg unterwegs und danach zehn Stunden im Sattel. Du solltest unbedingt noch ein paar Stunden schlafen.«

»Ja, das sollte ich vielleicht.« An ihm vorbei starrte sie zurück in die Zimmerflucht und zu Loryane, deren Schultern und Kopf zuckten. Sie weinte. »Nur kann ich nicht schlafen.« Ayrin schaute in die Runde. »Wer schlafen kann, möge schlafen gehen. Wer wie ich nicht einmal an Schlaf zu denken imstande ist, möge mich begleiten. Wir reiten nach Süden.« Sie wandte sich ab und stieg die Treppe hinunter.

»Und wann willst du losreiten, meine Königin?«, rief ihr die Herzogin hinterher.

»Jetzt!«

*

Violadums ringförmige Festung war ein Teil seiner äußeren Wehranlagen. Zur Hälfte ragte sie nach Süden aus der Stadt heraus, sodass deren doppelte Wehrmauer sie halbkreisförmig umschloss. Die Nordseite der Festung reichte fast bis ins Stadtzentrum. Das äußere Festungstor war somit zugleich das Südtor der Stadtmauer. Die Herzogin und die Kriegsmeisterin von Violadum residierten hier. Und in den Außenbereichen der Festung lebten die Schwertdamen, die in Violadum zurzeit unter Waffen standen.

Als sich schon die Zugbrücke hinter ihnen hob, hörten Ayrin und ihre Eskorte Hufschlag. Ein Reiter jagte von Westen her auf einem großen Bergziegenbock den nächtlichen Hang herauf. Ayrin straffte den Zügel ihres Esels und gab ein Handzeichen; die Kolonne hinter ihr hielt an.

Die Torwächter hatten den Reiter ebenfalls bemerkt und ließen die Brücke zurück auf den Stadtgraben sinken. Auf halbem Weg dorthin zügelte der nächtliche Reiter den Galopp seines schwarzen Ziegenbocks und blickte sich um. Auf den Mauern standen Fackelträger zwischen den Zinnen, und der Fackelschein fiel auf das weißblonde Haar des Reiters. Er hielt sein Tier an, machte kehrt und trieb es den Südweg herab und an der Kolonne von Ayrins Rittern und Schwertdamen vorbei bis zu ihrer Spitze, wo Ayrin, Romboc und Loryane warteten.

Kein Reiter, sondern eine Reiterin riss an den Zügeln, als der schwarze Ziegenbock neben Ayrins Esel haltmachte.

»Du?«, staunte Ayrin. »Martai?« Garonadas Burgmeisterin trennte sich nur von Martai, wenn es gar nicht anders ging. Irgendein Notfall musste eingetreten, irgendetwas Schwerwiegendes geschehen sein. »Was um alles in der Welt ist denn passiert?«

»Schlechte Nachrichten aus Garonada, meine Königin, leider.« Martai sprach atemlos. »Drei Gefangene sind ausgebrochen.«

»Deswegen schickt Hildrun dich mitten in der Nacht nach Violadum?« Auch wenn zu Ayrins Regierungszeit noch nie einem Gefangenen die Flucht aus dem Kerkergewölbe gelungen war, schien ihr die Nachricht weder die edle Botin noch den langen Weg von Garonada nach Violadum wert zu sein. Ein böser Verdacht beschlich Ayrin. »Kenn ich die Namen der Entflohenen?«, fragte sie heiser.

»Lauka und der Eisschatten«, sagte Martai. »Den Namen des dritten kennt niemand. Hildrun hat ihn in keiner Chronik gefunden. Den Kerkermeister und die Schwertdamen, die Lauka bewachten, konnten wir nicht mehr befragen. Sie lagen tot vor der Zelle der Prinzessin.«

»Starian!«, entfuhr es Ayrin. »Vielleicht zusammen mit Boras.« Von beiden fehlte seit dem Duell mit dem Waldmann jede Spur. »Für den neuen Tag wollte ich den kleinen Reichsrat einberufen und über die Freilassung der Prinzessin beraten.«

Zu spät. Das Herz wurde ihr schwer. Die Unruhe, die seit Tagen hinter ihrem Brustbein wühlte, verstärkte sich schlagartig. Eine Befreiung Laukas aus dem Kerker würde den schwelenden Streit zwischen ihr und Teilen des Reichsrates neu befeuern. Die Spaltung, die im Volk gärte, könnte sich in Protesten gegen sie, die Königin, entladen. Und das jetzt, wo der Krieg bereits ins Reich eindrang, so viel früher als gedacht!

»Hat jemand etwas beobachtet?« Ayrin blickte ins angespannte Gesicht der Botin. »Gibt es irgendwelche Hinweise?«

Martai nickte. Sie wandte sich nach den Schwertdamen und Rittern um, räusperte sich und trieb ihren Bock näher an Ayrins Esel heran. »Der Kerkermeister war zwar ein alter Mann«, sagte sie leise. »Doch seine sterblichen Überreste sahen aus wie ein mit brüchiger Haut bespanntes Skelett. Die Schwertdamen waren junge Frauen gewesen – ihre Leichen unterschieden sich kaum von seiner.«

»Du meinst …?« Ayrin fehlten die Worte.

Martai nickte. »Hildrun und Runja sind sich sicher.«

»Danke …« Irgendein Verhängnis bahnte sich an, irgendetwas, gegen das nichts auszurichten war. Ayrin schob die bösen Ahnungen zur Seite und befahl Martai, in die Stadt zu reiten und erst nach Sonnenaufgang nach Garonada zurückzukehren. »Richte Hildrun aus, sie möge jeden verfügbaren Ritter auf die Suche nach den Entflohenen schicken, jede Schwertdame, die sie auf den Mauern und in den Außenburgen entbehren kann. Den Eiswilden tötet, sobald ihr ihn aufspürt.«

»Und Prinzessin Lauka?«

Ayrin zögerte. »Wenn sie keinen Widerstand leistet, schont sie«, sagte sie schließlich. »Und sperrt sie nicht ins Kerkergewölbe, sondern in das Verlies unter der Burg. Dort soll Hildrun sie gut bewachen lassen, bis ich zurück bin. Und jetzt geh und ruhe dich aus.«

Martai lenkte ihren Bock herum und trabte Richtung Festungstor in die Nacht hinein. Romboc gab ein Handzeichen, die Kolonne der Reiter setzte sich wieder in Bewegung. 260 Schwertdamen und Ritter auf Eseln und Bergziegen hatten sich Ayrin angeschlossen, die meisten gehörten zur Festung und Garnison von Violadum. Lorban, der die Pfade, Wege und Straße im Reich kannte wie sonst kaum einer, übernahm die Führung. Weihritter mit Fackeln ritten an seiner Seite.

»Was sagt ihr dazu?«, wollte Ayrin von Romboc und Loryane wissen.

»Der Waldmann«, sagte Loryane. »Das jedenfalls war mein erster Gedanke. Vielleicht hat Lauka ihn doch noch um den Finger gewickelt. Und jetzt versucht sie, an seinen Ring heranzukommen. Die Große Mutter sei uns gnädig!«

»Die vergreiste Leiche spricht zwar dafür«, sagte Romboc.

»Doch er hasst Lauka nach allem, was sie ihm eingebrockt hat. Nein, er war es nicht. Wir können ja nicht einmal sicher sein, dass er den Ring noch besitzt. Von Mauritz hingegen wissen wir das genau.«

»Mauritz?« Rombocs Verdacht überraschte Ayrin. »Warum sollte der Harlekin Lauka aus dem Kerker holen? Und was will er mit dem Eiswilden?«

Am Westhang des Violants ritten sie über die vielfach gewundene Straße unterhalb der Stadtmauer entlang und zur Westburg hinauf. Der Erzritter blieb Ayrin eine Antwort schuldig, und sie versuchte vergeblich, die Beklommenheit abzuschütteln, die sie befallen hatte.

Zwischen den Gemäuern der neuen Außenburg überquerten sie zwei Stunden nach Mitternacht den westlichen der beiden Pässe, ließen bald darauf die Straßenabzweigung nach Seebergen und Rothern hinter sich und ritten aus dem Reich hinaus nach Süden. Der Weg wurde schmaler, verengte sich zum Pfad, und über steile Serpentinen lotsten Lorban und die beiden Fackelträger die lang gezogene Kolonne schließlich hinunter ins Tal und auf den Reitweg, der in die Blutberge führte.

Die Nacht war sternenklar, die Sichel des zunehmenden Mondes strahlte am Himmel, und selbst ohne die Fackeln in der Kolonne und an ihrer Spitze hätte Ayrin weit genug gesehen, um ihren Esel sicher durch das Bergland lenken zu können.

Sie dachte an den Waldmann. Seit dem Duell suchte sie nach Wegen, ihn freizulassen, ohne das Volk zu erzürnen und die wichtigen Hochdamen des Reichsrates gegen sich aufzubringen. Im Angesicht des Krieges musste sie die gärende Spaltung im Volk und im Reichsrat unbedingt aufhalten. Als Romboc ihr und dem Reichsrat schließlich vorgeschlagen hatte, den Eingekerkerten zum Thronritter zu machen und auf diese Weise an seinen magischen Ring heranzukommen, hatte sie sofort zugestimmt.

Er könne sich keinen Mann vorstellen, der eine magische Wunderwaffe einfach ins Meer warf, hatte Romboc erklärt, und der Reichsrat – vor allem die Priesterin – hatten ihm beigepflichtet.

Ayrin nutzte die Gelegenheit und verfügte die Begnadigung des Waldmannes. So vernünftig Rombocs Plan sich anhörte – für sie war er nicht mehr als ein Vorwand gewesen.

Sie bedauerte, so schnell zum Aufbruch gezwungen gewesen zu sein und den Waldmann nicht mehr getroffen zu haben. Hildrun hatte ihn vertrösten müssen. Wie wohl seine Antwort lautete? Ayrin zweifelte nicht daran, dass er seine Berufung in die Thronritterschar angenommen hatte.

Wenn er allerdings hinter Laukas Befreiung steckte ...

Eine seltsame Empfindung regte sich in Ayrins Brust und verdrängte die Bangigkeit. Eifersucht? Sie kannte diese Empfindung viel zu gut – aus den Tagen, als Lauka ihr Starian weggenommen hatte. Tatsächlich: So fühlte sich auch an, was jetzt in ihrer Brust brannte. Eifersucht! Ayrin verstand sich selbst nicht. Oder wollte sich nicht verstehen.

Vier Stunden nach Mitternacht folgten sie bereits dem Weg durch die östlichste Kette der Blutberge. Die Hochebene im Süden rückte näher. Im Osten zeigte sich ein milchiger Streifen am Horizont. Die Sommersonnenwende stand kurz bevor, ein langer Tag dämmerte herauf, und kurz bevor sie die Waldhänge erreichten, über die man zur Hochebene hinuntergelangte, ging die kurze Nacht zu Ende. Der Sonnenball schob sich leuchtend rot über den Osthorizont. Die Fackelträger löschten ihre Fackeln.

Auf einem steil abfallenden Waldweg trieb Romboc seinen Bock an Ayrins Seite. »Wir wissen nicht, wie weit die ersten Rotten der feindlichen Späher schon vorgedrungen sind«, sagte er. »Nicht, dass wir ihnen noch in die Arme reiten. Wir müssen Kundschafter vorausschicken.«

»Fast dreihundert Bewaffnete eskortieren uns.« Loryane winkte ab. »Das sollte reichen, um mit ein paar Spähern der Blutsäufer fertig zu werden.« Romboc erwiderte kein Wort.

Auf halbem Weg hinab in die Ebene lichtete sich der Wald nach und nach. Felstürme ragten hier auf, Felsrücken wölbten sich aus Ginster und Farn; Weiden, Ulmen und Birken lösten die Nadelbäume ab. Die Luft roch nach Wasser, und Dunstschwaden hingen zwischen den Büschen und über hohem Gras. Zum ersten Mal hörte Ayrin das Rauschen eines der vielen Sturzbäche und Wasserfälle, über die der Glacis sich in die Hochebene ergoss.

Die wabernde Scheibe der Morgensonne hatte sich längst vom Horizont gelöst. Ihr Licht lag warm und rötlich auf den Laubwipfeln über ihnen und auf der Ebene unter ihnen. Über dem dichten Dunst strahlten in der Ferne die Konturen der Silberfelsen auf. Da und dort sah Ayrin einen der acht Flussarme glitzern, in denen der Glacis den Silberfelsen und den Wasserfällen zwischen ihnen entgegenströmte.

»Da!«, rief plötzlich einer der jungen Weihritter an Lorbans Seite. »Was ist das?!«

Romboc hob die Rechte, die Kolonne hielt an. Ayrin und Loryane ritten an ihre Spitze, wo Lorban und die beiden Weihritter ihre Augen vor der Morgensonne abschirmten und nach Süden spähten. Wie von einer riesigen Ziegenherde wimmelte es in der Osthälfte der Hochebene, lauter dunkle Punkte, zu größeren und kleineren Pulken zusammengeballt.

»Das sind sie«, sagte Ayrin mit tonloser Stimme. »Das sind die Kampfrotten der Tarkaner.«

Wie sehr hätte sie sich gewünscht, dass jemand ihr widersprach. Doch nichts als Schweigen folgte. Alle starrten in die von der Morgensonne beschienene Hochebene, und alle sahen es mit eigenen Augen: Ein kaum zu überblickendes Heer rückte langsam, aber stetig dem Südhang des Gebirges entgegen.

»Ihre Reiterei ist viele Tausend Mann stark.« Beide Hände über ihren zu Schlitzen verengten Augen beobachtete Loryane das feindliche Heer. »Wie schafft man so viele Tiere über den Großen Ozean?« Die blonde Kriegsmeisterin von Garonada schien fassungslos. »Wie füttert und tränkt man sie über so viele Wochen hinweg?«

Längst erkannte es auch Ayrin: An den Flanken und an der Spitze des Kriegsheeres bewegten die Pulke sich schneller; das waren Reiter. »Ganz vorn sieht es aus, als trieben sie eine Herde von Tieren vor sich her.«

»Mustangs.« Rombocs Stimme klang rau und sorgenschwer. »Ich schätze, dass sie mit denen nicht allzu viel anfangen können im Hochgebirge. Hoffentlich haben sie keine Steinböcke mitgebracht. Die Biester brauchen keine Wege und Pfade, um bis in die Gipfellagen hinaufzugelangen.«

»Immerhin werden ihnen die Gespanne ihrer Mustangs die Wagen und Katapulte bis in den Südhang des Violants hinaufziehen.« Lorban deutete zur Ostflanke des Heeres, wo er Fuhrwerke entdeckt hatte. Und etwas, das an Kriegsgerät erinnerte.

Auch Ayrin glaubte jetzt, Wagen und sperrige Holzgestelle auf großen Rädern zu erkennen. »Bis in den Südhang des Violants?«, fragte sie ungläubig.

»Sie haben sie ja auch aus dem Trochauer Hügelland auf die Flussebene heraufgeschafft«, beharrte Lorban. »Sieh doch die Herden von Zugtieren, die sie mit sich führen, meine Königin!«

»Bis in den Südhang des Violants!«, zischte Loryane. »Und keine Meile weiter. An den Mauern Violadums wird dieses Heer scheitern!«

»Die Große Mutter möge es so geschehen lassen.« Lorban deutete jetzt in die Waldhaine zwischen der Spitze des Heeres und dem Abhang. »Dort, zwischen den Birkenwäldern! Seht ihr die Reiter?«

»Eine Vorhut«, murmelte Loryane. Sie klang schroff und missmutig. »Späher und Pfadfinder auf Mustangs. Gut fünfhundert, schätze ich. Die werden in drei Stunden hier oben sein. Das Hauptheer in frühestens sechs.«

»Dann stehen sie heute Abend vor Violadum«, sagte Romboc mit heiserer und dunkler Stimme.

»Und werden spätestens morgen begreifen, wen sie angegriffen haben!« Ayrin betrachtete den Erzritter von der Seite. Warum klang er so niedergeschlagen? Selten hatte sie ihn derart düster erlebt. Das ärgerte sie. Sie deutete in die Ebene hinunter, wo das feindliche Heer heranrückte. »Das Königreich Garona soll das Grab dieser Blutsäufer werden!« Sie lenkte ihren Esel herum und trieb ihn an. »Zurück nach Violadum!«

Für den Rückweg brauchten sie länger als für den Ritt bergab. Die Sonne stieg schon ihrem Zenit entgegen, als sie immer noch durch die Blutberge ritten. Am frühen Nachmittag erst rückte der Gipfel des Violants in Ayrins Blickfeld. Auf den Ziegenböcken neben ihrem Esel schmiedeten Loryane und Romboc bereits Kriegspläne. Ayrin war erleichtert, wieder die vertraute Entschlossenheit in der Miene des Erzritters zu sehen und den gewohnten Nachdruck in seiner Stimme zu hören.

Romboc schlug vor, kräftige Ritter in die Steilwände und Gipfellagen des Violants zu schicken, um dort Geröll anzuhäufen und große Felsbrocken zu lösen und mit Balkenhebeln zu untergraben. »Wir werden sie mit einem Steinschlaghagel empfangen«, sagte er grimmig. »Und vielleicht gelingt es uns, den Gebirgsfluss im Osthang umzuleiten und die Wege hinauf zur Festung zu überspülen. Dann bleiben sie mit ihren Fuhrwerken und Katapulten schon am Fuß des Südhanges stecken.«

»Das müsste gehen.« Loryane fing Feuer für Rombocs Pläne. »Sigrun hat gute Ingenieure in der Stadt.«

Ayrin fasste Mut, ließ sich zurückfallen und berichtete der Majordame, die an der Spitze der Kolonne ritt, von Rombocs Plänen. »Schicke deine beiden besten Reiter mit einer Botschaft an Sigrun voraus. Die Herzogin soll alles für die Arbeiten am Fluss und im Gipfel vorbereiten.«

Die Majordame wählte zwei junge, zierliche Frauen auf zähen und schnellen Bergziegen aus. Romboc trug ihnen Wort für Wort auf, was sie seiner Tochter auszurichten hatten. Danach lösten sich die Reiterinnen aus der Kolonne und ritten voraus. Rasch verschwanden sie zwischen Bäumen und Bergrücken.

Am späten Nachmittag lag endlich der Südhang des Violants vor ihnen. Und bald konnte Ayrin die neue Außenburg westlich von Violadum erkennen. Sie trieben ihre Tiere in die Serpentinen hinein und bergan. Am frühen Abend überquerten sie den Westpass ins Reich hinein, ritten durch die Außenburg und schließlich entlang der Stadtmauer dem Festungstor entgegen. Die Zugbrücke lag bereits über dem Stadtgraben.

Ayrin wunderte sich, denn nicht nur Ritter und Schwertdamen standen oben auf der Wehrmauer, sondern auch Hunderte Bewohner von Violadum. Es blieb seltsam still, kaum jemand winkte.

»Etwas stimmt nicht in der Stadt«, sagte Loryane, als sie über die Zugbrücke ritten. Auch sie spürte die merkwürdige Stimmung der Menschen zwischen den Zinnen. »Etwas muss geschehen sein, etwas Schwerwiegendes.«

Hinter ihnen hob sich rasselnd die Zugbrücke, der Festungshof war voller Ritter und Schwerdamen. Reiterinnen auf schweren Bergziegen versperrten die gepflasterte Straße zum Innentor und zur Stadt. Alle Müdigkeit und Erschöpfung fiel schlagartig von Ayrin ab, hellwach war sie plötzlich. Romboc gab ein Zeichen, die Kolonne hielt an.

Ayrins Blick fiel nach links auf eine Reiterschar vor der breiten Treppe, die hinauf ins Quartier der Kriegsmeisterin führte. Was hatte der Einarmige hier zu suchen, der Reichsritter Raban? Serpane stand hinter ihm auf der Treppe – breitbeinig, auf ihr Schwert gestützt und mit harter, düsterer Miene. Unter ihr, in der ersten Reihe der Reiter, entdeckte Ayrin einen blonden Ritter. Er saß im Sattel eines weißen Ziegenbocks. An seiner vernarbten rechten Schädelhälfte fehlte das Ohr.

Starian! Er trug Waffen! Auch seine Haltung war die eines freien Mannes!

Und der Ritter auf dem Bock neben ihm, war das nicht Boras? Warum spannte er einen Pfeilbolzen in seine Armbrust?

Sie wollte Befehl geben, beide zu ergreifen, doch die Worte blieben ihr im Hals stecken: Ein massiger Steinbock mit braunem Fell tänzelte neben Starians Ziegenbock. Das Tier, das der Harlekin elf Winter zuvor von den Kundschaftern der Tarkaner erbeutet hatte. Sein Sattel war leer.

»Ritter Braun«, sagte Romboc. »Mauritz ist hier.«

»Her zu mir, wer es mit der Königin von Garona hält!« Laukas Stimme gellte auf einmal über den Festungshof. Ayrin fuhr herum. Ihre Halbschwester stand auf einem Balkon in der Fassade des Schwertdamenhauses rechts des Festungshofes. In der Linken hielt sie ihre Armbrust. Die rechte Faust reckte sie über den Kopf. Ein Ring leuchtete an ihrem Ringfinger.

Mauritz, neben ihr, stützte sich auf die Balustrade. Der stechende Blick seiner tief liegenden Augen ruhte auf Ayrin. An seiner Rechten glühte ebenfalls der Stein eines Ringes. Ayrin erschrak bis ins Mark.

Jetzt trat Mauritz von der Balustrade zurück und wies auf Lauka. »Seht her!«, rief er, und seine Stimme ging Ayrin durch und durch. »Das ist eure neue Königin. Seht den magischen Ring an ihrer Rechten! Das ist Lauka, die königliche Tochter Belices! Sie wird herrschen! Sie wird Garona retten! Sie wird euch in den Kampf gegen die Tarkaner führen und vollbringen, wozu Ayrin der Mut fehlt!« Er deutete auf Ayrin herunter. »Seht sie an, die Verräterin! Statt den wilden Waldmann zu foltern, damit er den magischen Ring herausrückt, lässt sie ihn laufen! Menschen wie mich oder ihre Schwester hingegen, die für das Wohl des Reiches kämpfen wollen, die jagt sie aus der Burg oder sperrt sie in den Kerker.«

Zwei Atemzüge lang herrschte Totenstille über dem Festungshof. Das Ende, Ayrin spürte es – das war das Ende. Wie eine plötzliche Lähmung befiehl bleierne Ohnmacht sie. Sie blickte sich um. Niemand rührte sich, niemand sprach ein Wort, niemand griff zu den Waffen. Noch nicht. Ihr Blick traf sich mit dem Starians – mit dem Blick eines erbitterten Feindes.

»Wer für mich ist, muss gegen die Verräterin sein!« Laukas Geschrei brach das Schweigen. »Nehmt sie gefangen!« Sie beugte sich über die Balkonbrüstung und zeigte auf Ayrin herunter. »Sie und alle, die es mit ihr halten!«

10

Armbrüste lagen zwischen den Mauerzinnen bereit, Helme und Speerspitzen glitzerten in der Nachmittagssonne, Männer äugten von den Vierkanttürmen rechts und links des Burgtores auf die Reiterin und auf Lasnics Gespann herab. Lasnic wünschte, das Geschnarche auf der Ladefläche hätte endlich ein Ende. Er tastete nach dem Brief in der Tasche seiner Dachsfellweste. Der Ostpass lag hinter ihnen, und gleich würde sich zeigen, was ihre Tarnung taugte – die Straße führte mitten durch den Hof der Wachburg. Und danach zur Königin. Hoffentlich. Und hoffentlich nicht zu spät.

Das Burgtor stand offen, zwei Ritter traten aus dem Gemäuer unter den Torbogen. Der eine verschränkte die Arme vor der Brust, der andere stützte sich auf sein Schwert. So sahen sie der Reiterin und Lasnic entgegen. Mit dem Brief in der Tasche hatte er eigentlich nichts zu befürchten, dennoch wuchs seine Anspannung mit jeder Lanzenlänge, die sie sich dem Burgtor und den Wächtern näherten. Die erste Schwachstelle war die Ziegenreiterin vor ihm, alle weiteren lagen hinter ihm auf dem Wagen. Verdammte Schnarcherei! Sein einziger Trost im Moment: nur noch eine Wegstunde bis nach Violadum, nur noch eine Stunde auf diesem holpernden Karren über diese schier endlose Straße fahren.

Gerodete Schneisen durch Wiesen und Wald, wenn möglich lanzengerade und mit Feldsteinen gepflastert – das war es, was man in Garona unter einer guten Straße verstand. Lasnic sah nicht ein, was an diesen holprigen Großwegen besser sein sollte als an einem Waldpfad. Außer vielleicht dass sie breiter waren und man einen Wagen mit einem Haufen Zeugs darüberschieben oder -ziehen konnte, ohne gleich in jeder größeren Pfütze stecken zu bleiben. Doch wozu brauchte man Wagen mit einem Haufen

Zeugs darin? Die Waldstämme jedenfalls kamen ohne diese Radgestelle aus.

Seit zwölf Stunden, seit sie mitten in der Nacht in Garonada aufgebrochen waren, hockte er auf dem Kutschbock eines vierrädrigen Gestells, lenkte ein Gespann aus vier Eseln durchs Gebirge, und der Hintern tat ihm mächtig weh von all dem Geholper. »Nichts für einen Waldmann«, knurrte er.

Das Schwertweib vor dem Gespann drehte sich im Sattel ihrer fetten Ziege herum und krähte: »Was hasch g'sagt?«

»Nichts.«

»Dann halt doch's Maul, o Lord.«

»Wenn hier einer jetzt das Maul zu halten hat, dann du!«, zischte Lasnic. Noch einen halben Lanzenwurf bis zum Burgtor. »Wie ein Weib zu reden, musst du nämlich noch ein bisschen üben. Still jetzt also!«

Der Ritter mit den verschränkten Armen setzte sich in Bewegung und kam ihnen entgegen. Mit schief gelegtem Kopf musterte er die schwarz und braun gescheckte Ziege. Er hatte es nicht eilig, und seine Armbrust ließ er, wo sie war: auf dem Rücken. Dem Wolkengott sei Dank! Lasnic atmete tief durch.

Lord Frix wollte würfeln um den Vorzug, auf der Riesenziege reiten zu dürfen. Spaßeshalber hatte Lasnic mitgemacht und gewonnen. Und war dann doch auf den Kutschbock des Wagens geklettert. Es gefiel ihm nicht, die Esel den schweren Wagen ziehen zu lassen. Noch verabscheuungswürdiger jedoch fand er es, auf einem Tier zu reiten. Ohne Not jedenfalls; in Todesgefahr auf einen Mammutkeiler zu springen war etwas ganz anderes.

»Schönes Tier!« Der Ritter klatschte Lord Frix' Ziege auf die Flanke, schielte nach der Armbrust des Meisterdiebs, die der auf dem Rücken trug. »Oha! Baldorische Wertarbeit!« Der Ritter mimte den Neidischen. »Eine Schwertdame müsste man sein!«

»Gehört eigentlich mir, hab ich ihr beim Würfeln abgenommen.« Man würde ihn sowieso als Fremden erkennen, also redete Lasnic lieber gleich drauflos. Als der Karren auf gleicher Höhe mit dem Grenzritter war, setzte er eine Leidensmiene auf und flüsterte: »Aber du weißt ja, wie die Weiber bei euch sind – müssen immer das letzte Wort haben. Behauptet, ich hätte beschissen, und rückt das gute Stück einfach nicht raus.«

»Ausländer also.« Der Ritter sah ihm neugierig ins Gesicht, während er den Karren Richtung Torbogen winkte. »Was ist das für ein Akzent? Woher kommst du, Mann?«

»Übersee, südlichstes Baldor, schon fast in den weiten Wäldern!« An der Plane vorbei schielte Lasnic zurück zu ihm und strahlte ihn an. »Vorgestern habe ich mit euerm Kommandanten geplaudert, mit dem alten Lorban. Der war schon in meiner Heimat, hat sogar Karten von ihr gezeichnet. Ist er inzwischen zurück aus Garonada?«

»Ist mit der Königin nach Süden geritten, kommt heute Abend oder morgen in die Burg zurück.« Der Ritter warf nur einen flüchtigen Blick auf die Ladefläche. »Da hat aber einer einen guten Schlaf.« Er winkte seinem Gefährten unter dem Torbogen zu.

Endlich hatte Lasnic die Gewissheit: Die Königin war wirklich nach Violadum geritten! Sie und nur sie suchte er. Der Schwertkerl unter dem Torbogen trat zur Seite und nickte ihm und seiner vermeintlichen Schwertdame zu. »Keine ungefährliche Richtung, die ihr euch da ausgesucht habt!«, rief er. »Die Blutsäufer aus Tarkatan marschieren angeblich schon den Glacis herauf. In Violadum werden sie wohl zuerst ans Tor klopfen.«

Lasnic winkte nur, sagte lieber nichts. Sein Mund war ganz trocken vor lauter Lügen und heiterem Getue. Der verdammte Karren holperte über das verdammte Pflaster an den dunklen Gemäuern der Ostburg vorbei, und endlich, endlich lag sie hinter ihnen. Rechts stieg der spärlich bewaldete Hang des Violants an; die Schneegrenze war gut zu erkennen von der Straße aus. Links erstreckte sich ein gerodeter Streifen von einem halben Lanzenwurf Breite, dahinter erhob sich etwa drei Lanzenlängen hoch die breite Wehrmauer, die von der Burg aus bis an die Stadtmauer führte. Auf ihrer Vorderseite sei sie doppelt so hoch, hatte ihm Junosch erklärt.

Die Sonne schob sich hinter den Gipfel des Berges, um dessen Ostseite herum die Straße nun führte. Es wurde schattig. Die letzte Wegstunde nach Violadum, was für ein Glück! Lasnic hob den schmerzenden Hintern vom Kutschbock und rieb ihn sich. Er wusste nicht, wann und wo sie zuschlagen würden, das Miststück und dieser Hexer. Er wusste nur, dass sie zuschlagen würden. Je früher die Königin von ihren giftigen Plänen erfuhr, desto besser.

Lord Frix zog sich die Kapuze seines braunen Ledermantels von Kopf und Helm. »Heut isch's Mittanacht, bisses donkel wird.« Nicht die Spur von Anspannung hörte Lasnic seiner Stimme an. »De längschde Tag vom Jahr hamma heut.« Irgendwo in der Burg hatte er die Lederkluft samt Helm und Harnisch gefunden. Vor einem Saal mit schlafenden Weibern angeblich. Der Helm hing ihm tief in die Stirn, und auch der Mantel war etwas zu groß. Doch das fiel erst auf den zweiten Blick auf. Das geklaute Schwert hatte er hinten auf dem Wagen unter die Ladung geschoben.

»Der Violant!«, tönte es hinter Lasnic auf der Ladefläche. »Sind wir tatsächlich schon am Violant? Ja, warum weckt mich denn keiner?!« Die Plane glitt zur Seite, der Alte kletterte auf den Kutschbock; er ächzte, und seine Gelenke knackten. »Treib die Tiere an, mach schon, Waldmann!« Er ließ sich auf die Sitzfläche fallen und blinzelte zum Gipfel hinauf. »Wir müssen Violadum unbedingt noch vor Einbruch der Dunkelheit erreichen!« Er stank nach hundert Sommern Kerker und Dreck und trug einen Mantel aus hellem Lammfell, den Lord Frix der Hurenmutter gestohlen hatte.

»Keine Sorge, Alter.« Lasnic dachte nicht daran, die armen Esel anzutreiben. »Heute bleibt es fast bis Mitternacht hell.« Das Schnarchen hinten auf der Ladefläche verstummte nicht.

»Was für einen Unsinn redest du denn da schon wieder, Waldmann! Und nenn mich nicht ›Alter‹!«

Lasnic schürzte die Lippen, zog die Brauen hoch und schwieg. Schade, dass Junosch aufgewacht war. Sein Genörgel ging ihm auf die Nerven. Und nicht erst seit eben – die ersten vier Stunden der holprigen Fahrt hatte der Harlekin praktisch ununterbrochen geredet, Lasnic zurechtgewiesen, Lord Frix beschimpft und sich gebärdet, als wäre er der einzige Mann weit und breit, der die

Welt durchschaute. Bis er endlich eingeschlafen war. Manchmal wünschte Lasnic schon, er hätte Junoschs Kerker niemals aufgeschlossen. Andererseits kannte der Alte Garona besser als manch ein Waldmann den Weg von der Gemeinschaftshütte in sein Baumhaus.

Die Nachmittagssonne schob sich nun wieder an der südöstlichen Bergflanke heraus. Ihr gleißendes Licht lag auf Waldhängen, Serpentinen und den Bergketten eines Vorgebirges.

»Die Blutberge!« Junosch deutete aufgeregt über die Wehrmauer hinweg nach Südwesten. »Dass ich einmal noch in meinem Leben die Blutberge sehen würde!« Er kriegte feuchte Augen. Nicht weit über der Straßentrasse wurden Turmspitzen sichtbar. »Was ist das?« Junosch sprang auf, hielt sich an der Plane und an Lasnics Schulter fest. »Sind das denn schon die Türme der Außenburg?«

Ihn und den Pirol aus ihren Kerkern zu holen war kein Kunststück gewesen: Der kleine Hexer hatte den Schlüsselbund mit den Kerkerschlüsseln ja einfach fallen lassen, bevor er mit Lauka die Wendeltreppe hinauf geflüchtet war. Wie er den allezeit mürrischen Kerkermeister dazu gebracht hatte, ihn zur Zelle der Prinzessin zu führen, würde wohl für immer sein Geheimnis bleiben. Lasnic und Lord Frix fanden die Schlüssel neben dem Toten, und nur wenig später waren Junosch und Pirol Gumpen freie Männer.

Schwieriger war es schon gewesen, unentdeckt aus dem Kerkergewölbe zu gelangen. Gegen Abend, zu der Zeit, als die Königin ihn erwartete, war Lasnic erst einmal allein zurück in die Burg gegangen, denn was viel wichtiger war als die Flucht von Junosch und dem Pirol: Er musste sie vor dem geplanten Mordanschlag des Hexers und der Prinzessin warnen.

Die Burgmeisterin hatte ihn empfangen und ihm erklärt, dass Königin Ayrin überstürzt hatte abreisen müssen. Wohin, wollte sie nicht sagen. Das verriet ihnen der betrunkene Stallknecht, bei dem sie spät in der Nacht Esel, Ziege und Karren aus dem Stall holten. Obwohl der Knecht die Kunst des Lesens genauso wenig beherrschte wie Lasnic, ließ er sie mitnehmen, was sie brauchten. Das Siegel auf Lasnics Brief wahrscheinlich, oder der Rausch.

Wie auch immer: Lasnic hatte beschlossen, mit seinen inzwischen drei Gefährten nach Süden zu fahren. Zur Königin. Sie waren kaum aufgefallen unter all den Kolonnen von Rittern und Schwertweibern, die nach Süden und Westen zu den Grenzbefestigungen hin unterwegs waren. Von Osten her war kein Angriff zu befürchten, hieß es. Und von Norden her sowieso nicht.

»Das sind ja schon die Festungstürme von Violadum!« Junosch schlug sich mit der flachen Hand an die Stirn und blickte an der Plane vorbei zurück. »Der Ostpass und die Ostburg liegen ja schon hinter uns! Warum sagt mir das denn keiner!« Er ließ sich wieder neben Lasnic auf den Kutschbock fallen. »Warum sagt mir denn keiner, dass wir schon fast in Violadum sind!« Er rieb sich die Hände, wirkte plötzlich aufgeregt. »Nach so vielen Wintern doch noch einmal nach Violadum! Wer hätte das gedacht?«

»Vergiss nicht, wem du das zu verdanken hast, Alter«, sagte Lasnic und erntete einen zornigen Blick. Vor sechs Monden hatte er in Violadum übernachtet. Auf dem Weg nach Garonada. Drei Tage, bevor sie über ihn herfielen. Drei Tage, bevor er in dem verdammten Kerker landete. Böse Erinnerung. Er presste die Lippen zusammen.

Eigentlich hatte die Königin es nicht verdient, dass er sie vor dem Miststück und dem Hexer warnte; eigentlich müsste er auf schnellstem Wege zur Küste fliehen. Möglichst, bevor hier oben der Ärger mit den verdammten Bräunlingen losging. Doch er musste ständig an sie denken. An ihre nachtblauen Augen, an ihren ernsten Blick, an ihre schöne Gestalt. Und jedes Mal wurde ihm ganz warm ums Herz dabei. Was konnte er denn dafür?

»Die Dächer und Türme von Violadum!« Junosch klatschte in die Hände. »Und da! Man kann schon das Osttor erkennen!« Er fasste Lasnic am Arm und beugte sich näher zu ihm. Eine Woge von Gestank schwappte dem Waldmann entgegen; Ekel schüttelte ihn. »Hör gut zu, Waldmann, damit du etwas lernst! Violadum ist die größte Stadt des Reiches und zugleich die südlichste. Die ehrwürdige Königin Selena pflegte immer zu sagen: ›Violadum ist das Tor in mein Reich‹.«

Lord Frix wandte sich im Sattel um und verdrehte die Augen. Lasnic hörte nicht zu, behielt das Osttor im Auge. Ob sie sein Gespann da auch einfach nur durchwinken würden? Während Junosch fortfuhr, Lasnic die Welt zu erklären, rückte es näher und näher. Lord Frix zog sich die Kapuze des gestohlenen Mantels über den Helm.

»Besser, du verhüllst dir jetzt auch deinen Schädel, Alter.«

Junosch funkelte Lasnic zornig an. »Wenn du mich noch einmal ›Alter‹ nennst, kannst du sehen, wie du allein zurechtkommst. Und sein Haupt muss einer wie ich mitnichten verhüllen.« Er deutete auf die Türme und Dächer Violadums. »Vor vielen Wintern war ich mit der blutjungen Königin Selena in dieser Stadt auf Brautschau! In dieser Stadt habe ich vor vielen Wintern als noch sehr junger …!«

»Und sieh zu, dass du den Torwächtern nicht zu nahe kommst«, unterbrach Lasnic ihn ungerührt. »Sonst riechen sie, dass du dich seit vierzig Sommern nicht gewaschen hast.«

Aus schmalen Augen blitzte der Harlekin ihn an. Seine Kaumuskeln bebten, seine Pergamentmiene war so weiß wie der Schnee jenseits des lichten Waldes über ihnen auf dem Violant. »Neununddreißig«, sagte er gefährlich leise. »Neununddreißig Winter.«

Zwischen den Planen hindurch langte Lasnic nach hinten und klopfte auf die Bündel aus Decken und Mänteln. »Es wird ernst, Pirol. Hör auf zu schnarchen.« Jemand röchelte und räusperte sich, dann verstummte das Schnarchen endlich. Ein Außenflügel des Osttors öffnete sich, zwei Ritter standen breitbeinig auf der Schwelle.

»Sie haben uns gesehen«, sagte Lasnic. »Keiner redet außer mir. Jetzt führt kein Weg mehr zurück. Hoffen wir, dass sich eure Flucht noch nicht bis hierher herumgesprochen hat. Viel Glück allerseits.« Von hinten, aus den Stoffbündeln, drang ein dumpfes Gemurmel. Wahrscheinlich ein Glückwunsch Pirol Gumpens in seiner Heimatsprache.

Lasnic war erschrocken, als am Nachmittag zuvor der Hüne aus seiner Kerkerzelle getreten war und ihn in die Arme geschlossen hatte. Woher hätte er denn wissen sollen, dass fern im Eis des Nordens derartige Riesen hausten?

Zwar fanden sich Helm und Mantel, die dem Pirol leidlich passten, aber nichts, was seine hünenhafte Gestalt ausreichend bedeckte. Vor allem sein rundes, knolliges und bartloses Gesicht hätte ihn sofort als Eiswilden verraten. Wie ein geschorener Sumpfbär sah er aus, wie ein missratener Abkömmling eines Waldelefanten! In Strömenholz hätten die Mädchen schreiend die Flucht ergriffen, wenn so einer plötzlich aus dem Stomm oder dem Bärensee gestiegen wäre.

Allein ins Garonitmassiv und von dort nach Norden aufzubrechen hatte Pirol Gumpen nicht gewagt. Er wollte sich mit Lasnic und Lord Frix zum Troch hinunter durchschlagen. Eine vernünftige Entscheidung, fand Lasnic – sogar bei finsterster Nacht wäre ein Koloss wie Gumpen den Burgwächtern aufgefallen. Also hatte Lasnic ihn dazu gebracht, sich unter den Mänteln und Decken hinten auf dem Wagen zu verbergen, die sie in der Königinnenburg aus einem Lager geraubt hatten.

Einer der Ritter unter dem Tor winkte Lord Frix vorbei, danach hob er den rechten Arm. Unter der Tormauer hielt Lasnic das Eselsgespann an. »Wohin des Weges?«, fragte der Ritter und schritt um den Karren herum.

»Einmal wieder das schöne Violadum sehen!«, rief Junosch. »Was denn sonst?« Lasnic hätte ihm gern den Ellenbogen in die alten Rippen gerammt.

»Mitten im Krieg?« Auf der linken Seite des Karrens blieb der Ritter stehen und äugte zu Junosch herauf. »Wisst ihr denn nicht, dass bereits in wenigen Stunden das Kriegsheer aus Tarkatan gegen unsere Mauern anrennen wird?«

»Na und?«, raunzte Junosch ihn an. »Wird da jeder Mann gebraucht oder nicht?«

Der Ritter musterte schweigend den weißen Bart des Harlekins, dessen schütteres weißes Haar, das hohlwangige Gesicht und die Hände, die es nicht mehr weit hatten auf dem Weg zu den

Handknochen eines Skeletts. »Na also!« Junosch warf die Arme in die Luft. »Und jetzt lasst uns durch!«

Der Stadtritter nickte dem unter dem Außentor zu. Der öffnete auch den zweiten Flügel und winkte Lasnic heran. Dem fiel ein Stein vom Herzen. Er trieb die Esel an; so leicht an den Wachen vorbeizukommen hatte er nicht erwartet.

Das Innentor stand bereits offen, und dahinter, schon einen halben Lanzenwurf weit in der Stadt, wartete Lord Frix auf seiner Ziege. Doch gleich vier Ritter in braunem Lederzeug unter grauen Mänteln traten nun rechts und links aus den Wachräumen des Torbogens und bedeuteten Lasnic anzuhalten.

»Frechheit!«, nörgelte Junosch.

Zwei gingen nach hinten und öffneten die Heckklappe des Karrens, einer blieb neben dem Kutschbock stehen und musterte Lasnic. »Was wollt ihr hier in Violadum? Wirklich nichts von den anrückenden Blutsäufern gehört?«

Lasnic zog den Brief heraus und reichte ihn schweigend hinunter; dabei schielte er schon nach dem Griffkreuz seines Kurzschwertes. Um jeden Preis musste er die Königin warnen.

»Hat's dir die Sprache verschlagen?«, sagte der Ritter, während er den Brief überflog.

»Nun, wir …«

»Nichts Besonderes«, tönte es von den beiden Rittern an der Rückseite des Karrens. »Decken, Felle und Mäntel für Schwertdamen.«

»Was habt ihr vor mit all dem Zeug?« Der Ritter neben dem Kutschbock faltete den Brief zusammen.

»Nun, die Burgmeisterin von Garonada hörte, dass Verwundete aus Trochau bei euch in der Stadt sind. Da hat sie die Schwertdame mit dem Zeug losgeschickt.« Lasnic deutete auf Lord Frix. »Wir sind nur die Fuhrleute.«

»Die Burgmeisterin Hildrun?« Der Ritter runzelte unwillig die Stirn. »Wie kommt sie darauf, dass wir nicht selbst genug Felle und Mäntel hätten?« Er schüttelte den Kopf, wandte sich ab, ging zurück ins Wachhaus. Den Brief nahm er mit. Hinten schlossen sie die Heckklappe. Lasnic atmete auf, Junosch fluchte leise vor sich hin.

Mit einem zweiten, älteren Ritter in schwarzem Pelzmantel kam der misstrauische zurück. »Der Brief stammt von dir?« Der Schwarzpelz hob das Schreiben der Königin, und Lasnic nickte. »Ich bin Reichsritter Zakiran.« Der Schwarzpelz blickte nach links und rechts und befahl seinen Stadtrittern mit knappen Gesten, in die Wachräume und zum Außentor zurückzukehren. Lasnic fragte sich, was das werden sollte.

Allein mit dem Waldmann und Junosch, trat Reichsritter Zakiran näher an den Kutschbock heran. »Ich weiß nicht, wer ihr seid und was ich euch glauben kann. Ich weiß auch nicht, wie lange dieser Brief mit dem königlichen Siegel dir noch etwas nützen wird, Fremder.« Er blickte hinter sich und sprach dann leiser weiter. »Ich weiß aber, dass ich unsere Königin liebe und für sie sterben würde. Doch es gibt solche und solche, wenn ihr versteht, was ich meine.« Wieder spähte er nach allen Seiten. »Und etliche solcher sind um die Mittagszeit in die Stadt gekommen.« Er reichte Lasnic den Brief, trat einen Schritt zurück und winkte mit dem Kopf Richtung Stadt. »Passt also gut auf euch auf.«

Lasnic verstand kein Wort, doch er wagte es und fragte: »Wo finde ich die Köngin?«

»Außerhalb der Wehrmauer, irgendwo zwischen Westburg und Festung.« Der Reichsritter zuckte mit den Schultern. »Sie ist in der Nacht mit einer Kampfschar zur Hochebene aufgebrochen und kehrt gerade von dort zurück. Wie man hört, hat sie das Heer der Tarkaner gesichtet. Die Blutsäufer werden noch heute Abend vor den Toren unserer Stadt auftauchen. Falls ihr also geplant habt, in Violadum zu übernachten – kann ich nicht empfehlen.«

Lasnic bedankte sich und trieb das Gespann an. Hinter Lord Frix her folgte er der breiten Ost-Westroute. Fuhrwerke überholten sie, Kolonnen bewaffneter Reiter auf Ziegenböcken preschten an ihnen vorbei; Schwertdamen auf Eseln galoppierten über eine Kreuzung; wer zu Fuß unterwegs war, lief, als wäre er auf der Flucht.

»Der Krieg«, sagte Lasnic. »Hier ist er schon angekommen.«

»Was dachtest du denn, Waldmann?« Junosch verschlang die Fassaden und Türme mit Blicken. Überall schien er nach Kleinigkeiten zu suchen, die die Stadt in seiner Erinnerung ausmachten. Er redete schon wieder ununterbrochen. Lord Frix drehte sich im Sattel um und zog fragend die Brauen hoch.

»Nach links!«, rief Junosch. Und leiser an Lasnic gewandt: »Wenn die Königin von der Westburg her kommt, wird sie durch das Festungstor in die Stadt zurückkehren.«

Lord Frix trieb seine Ziege nach links auf eine breite Nord-Südroute, Lasnic lenkte das Gespann hinter ihm her. Über den Dächern im Süden ragten die Festungstürme auf. Bald rückte auch die Mauer der Festung und ihr Innentor in Lasnics Blickfeld.

»Was rennen die Leute dort so aufgeregt durcheinander?« Junosch schüttelte ungläubig den Kopf. Und tatsächlich: Männer hasteten aus der Festung heraus, Weiber zerrten Grünsprösslinge hinter sich her. Auf der Straße sprachen sie Reiter und Fußgänger an und deuteten zurück zur Festung, als gäbe es dort etwas, das ihnen Angst machte. Lasnic trieb das Gespann an. Noch vor dem Festungsinnentor überholte er Lord Frix. Die Esel zogen den Karren durch den Torbogen.

»Ich bin nicht sicher, ob das wirklich unser Weg sein sollte.« In der Stimme des Alten schwang plötzlich Angst. Drinnen in der Festung schrie eine Frau etwas, das Lasnic nicht verstand. Links und rechts liefen Menschen dicht ans Gemäuer gepresst vorbei. Die meisten wollten nach draußen. Junosch hatte recht: Alles hier roch nach Ärger. Dennoch hielt Lasnic das Gespann nicht an.

Der Karren holperte in den großen Festungshof hinein. Lasnic blickte in die Rücken vieler Schwertweiber und auf die wedelnden und pendelnden Schwänze zahlloser Ziegen und Esel. Und wieder schrie jemand, diesmal ein Mann. »… die königliche Tochter Belices! Sie wird herrschen! Sie wird Garona retten!«

Lasnic hörte nur mit halbem Ohr zu, denn mitten im Festungshof, an der Spitze einer langen Reiterkolonne, hatte er die Königin entdeckt. Neben einem blonden Schwertweib und dem bulligen Romboc hockte sie im Sattel eines Esels; Schrecken lag auf ihrem Gesicht. Schwebte sie schon in Gefahr?

Hinter den Schwertweibern und ihren Reittieren brachte Lasnic den Karren zum Stehen. Neben ihm hielt Lord Frix seine massige Ziege an.

»Was isch hier los?«

Lasnic zuckte mit den Schultern.

»Da!«, rief Junosch plötzlich mit krächzender Stimme. »Da auf dem Balkon!« Der Alte deutete nach links in den Festungshof hinein. Hinter einer Brüstung in der Fassade eines großen Gebäudes stand der Hexer. Und neben ihm das kastanienrote Miststück!

»Wer für mich ist, muss gegen die Verräterin sein!«, brüllte die Prinzessin. »Nehmt sie gefangen!« Sie deutete auf die Königin hinunter. »Sie und alle, die es mit ihr halten!«

Lasnic sah den Ring an ihrer Hand leuchten, und schlagartig begriff er, was hier geschah.

Junosch sprang auf. »Bei der Großen Mutter! Ist das nicht die ehrwürdige Königin Selena!« Er deutete zum Balkon hinauf. »So hat sie doch ausgesehen als junge Frau!« Etliche Schwertweiber drehten sich nach ihm um. »Königin Selena!«, rief er. »Und neben ihr, das ist doch der verdammte Hexer! Ist denn die Zeit stehen geblieben?« Er schien überzuschnappen, schrie jedenfalls wie ein Verrückter. Jetzt machte er auch noch Anstalten, vom Kutschbock zu klettern. »Wir müssen sie retten!« Lasnic versuchte ihn festzuhalten, vergeblich. Schon drängte er sich zwischen den Schwertweibern und ihren Tieren hindurch.

Auf dem ausgedehnten Festungsinnenhof bildete sich ein Ring aus Menschen um die Königin. Die Blonde, der Dicke mit dem Bartzopf, Romboc und andere.

»Greift sie!«, schrie wieder das Miststück auf dem Balkon in der linken Festungsfassade. »Ergreift alle, die es mit ihr halten! Ich bin die Königin! Ich habe die Waffe, die das Reich retten wird!«

Die Schwertweiber versuchten, den rufenden Junosch festzuhalten, doch der schlug um sich, entriss einer sogar ihre Armbrust.

»Wir müssen eingreifen«, sagte Lasnic.

»Ich reit da net nei.« Lord Frix schüttelte den Kopf.

»Aber ich.«

»Du spinnsch ja! Viel zu g'fährlich.«

»Aber einen schlafenden Waldmann beklauen, das ist nicht zu gefährlich für einen verdammten Räuber wie dich, was?«

»Werd net u'verschämt. Da ging's ums Überlebe.« Lord Frix schnitt eine beleidigte Miene.

Ein paar Schritte vor dem Eselsgespann riss Junosch sich von zwei Schwertdamen los und drängte sich mitsamt der erbeuteten Armbrust weiter voran.

»Hier geht's jetzt auch ums Überleben«, flüsterte Lasnic.

»Aba net für mich.«

In diesem Moment entdeckte Lasnic den Ritter, mit dem er sich in der Felswand geschlagen hatte, den blonden Starian. Der saß auf einem weißen Bock und hatte sein Schwert gezogen. »Marderscheiße!«, entfuhr es dem Waldmann.

Und der neben Starian, war das nicht der Stoppelkopf? Dieser Boras? Er zielte mit einer Armbrust auf die Ritter und Schwertweiber, die sich jetzt immer zahlreicher um die Königin scharten.

»Mach doch, was du willst, verdammter Räuber!«, zischte Lasnic. Er langte nach hinten, klopfte auf die Fellbündel und rief: »He, Pirol Gumpen! Solltest du je mit dem Gedanken gespielt haben, dich bei mir für deine Befreiung zu bedanken, wäre jetzt eine gute Gelegenheit!« Wieder fuhren einige Schwertweiber herum. Eine lenkte ihren Esel zum Karren.

»Weg von der Verräterin!«, schrie die Prinzessin. Sie richtete die Faust mit dem glühenden Ring auf die Königin und ihre Beschützer. »Wer nicht zurückweicht, muss mit ihr zu Staub zerfallen!« Lasnic erschrak – sie drohte doch hoffentlich nur?

»Vorsicht, meine Königin!« Junosch stand nun mitten im Hof. »Der Hexer neben dir! Er hat es auf dein Leben abgesehen!« Der Alte zielte mit der Armbrust zum Balkon hinauf. »Weg von ihm, damit ich ihn töten kann!«

Einen Atemzug lang richteten sich die Blicke aller auf Junosch.

Verwirrung herrschte. Der Alte aber zielte auf diesen Mauritz. »Weg von ihm, meine Königin!« Schwertweiber stürzten zu ihm, um ihn zu entwaffnen. Lasnic trieb das Gespann an.

Auf dem Balkon neben dem Miststück streckte Mauritz die Faust mit dem Ring aus. Der strahlte auf – Blitze zuckten über den Festungshof, gleißendes Licht legte sich auf die Fassaden, auf das Pflaster, auf die Menschen. Geschrei erhob sich, die Esel blökten in heller Panik und rissen den Karren mitten unter die Schwertweiber. Junosch lag längst auf dem Boden, ein verkrümmtes Knochengestell, weiter nichts mehr.

Hoch über der panischen Menge packte das Miststück die Ringhand des Hexers und drückte sie herunter. »Ergreift die Verräterin!«, schrie sie. »Ich will sie lebend!« Um die Königin herum gingen Ritter und Schwertweiber von Pfeilbolzen getroffen zu Boden. Von rechts trieben Starian und der Stoppelkopf ihre Tiere an. Dutzende Bewaffnete folgten ihnen und drangen auf die Königin und ihre letzten Getreuen ein.

Lasnic lenkte sein Gespann aus der Menge der Schwertweiber und mitten hinein in die Reiterschar, die der Königin an Leben und Freiheit wollten. Mit den Zügeln peitschte er auf die rasenden Esel ein; das magische Licht hatte sie völlig scheu gemacht. Der Waldmann stand auf dem Kutschbock, schlug mit seinem Kurzschwert nach rechts und links. Auf dem Balkon oben rang der verdammte Hexer mit dem Miststück. Die Prinzessin hatte wohl Skrupel bekommen, ihre eigenen Leute mit dem Höllenlicht zu treffen. Oder ging es ihr nur darum, ihre Schwester lebend in die Hände zu bekommen, um ihren Hass an ihr auslassen zu können? Dem Hexer schien es gleichgültig, der wollte offensichtlich nur eines: Schluss machen mit seinen Feinden, siegen.

Wie eine Brandung des Schreckens ging es durch die Kämpfer, als auf einmal Gumpen unter sie sprang. Sein Gebrüll klang nach einem ganzen Rudel Sumpfbären. In der Linken seine schwere Kerkerkette, in der Rechten eine gewaltige Axt peitschte und hieb er auf die Reihen derer ein, die Königin Ayrin angriffen.

Lasnic blickte sich nach ihr um: Sie wehrte sich nach Kräften mit ihrem Schwert, doch der Blonde und seine Ritter drangen mächtig auf sie ein. Und oben auf dem Balkon entwand der Hexer der Prinzessin die Hand mit dem Ring.

Lasnic steckte sein Schwert in die Scheide und kramte die Lederkapsel mit seinem eigenen Ring aus der Hosentasche.

*

Ayrin fand sich auf dem Boden wieder, und jemand warf sich über sie. Eine Schwertdame! Blitze zuckten – blau, türkisfarben und violett. Von überall her sirrten Pfeilbolzen, überall schrien Menschen, klirrten Klingen, blökten Esel, meckerten Ziegen. Vollkommene Verwirrung ergriff Ayrin, sie wusste nicht mehr, was geschah.

Nicht weit von ihr bohrte ein gleißender Strahl sich in den Alten mit der Armbrust, magisches Licht hüllte ihn ein. Der Weißhaarige – Ayrin hatte ihn nie zuvor gesehen – vergreiste von einem Moment auf den anderen. Er sackte zusammen, wie eine der Puppen, die man in Blauen in den Obstplantagen aufstellte, um Vögel fernzuhalten.

Ayrin wandte den Kopf, kniff die Augen zu. Mauritz! Hatte er das magische Licht aufstrahlen lassen? Entsetzen packte sie. Oder etwa Lauka? Das magische Licht in der Hand ihrer Halbschwester erschien Ayrin in diesem Moment die größte aller denkbaren Katastrophen zu sein.

Sie riss die Augen wieder auf. Und starrte zu Ekbar – der Bedauernswerte wälzte sich röchelnd neben ihr. Eben noch hatte er versucht, sie mit seinem kugeligen Körper zu decken, jetzt tränkte Blut seinen Bartzopf. Ein Pfeilbolzen ragte aus seiner Kehle.

»Weg hier, meine Königin!« Die Schwertdame, die sich auf sie geworfen hatte, half ihr auf die Beine. »In den Palast der Kriegsmeisterin!« Die Kriegerin wollte sie mit sich zur Treppe ziehen, doch ein Pfeilbolzen fuhr knirschend in ihre Stirn und sie brach lautlos zusammen.

»Wir kämpfen uns zu Serpane durch!« Plötzlich stand Romboc neben ihr. »Halte dich dicht hinter mir und Loryane, meine Königin!« Ayrin riss ihr Schwert aus der Rückenscheide, parierte den Hieb eines blonden Ritters. Starian! Boras! Ihre eigenen Ritter drangen auf sie ein, ihre eigenen Schwertdamen! Sie erkannte Frauen, die eben noch mit ihr nach Violadum hineingeritten waren. Ayrin wehrte sich nach Kräften, schonte niemanden, der sich gegen sie gestellt hatte.

Jetzt erst fiel ihr der Karren auf, den vier Esel durch die Kämpfenden rissen. Auf dem Kutschbock stand einer und schwang sein Schwert.

Der Waldmann!

Konnte das denn wahr sein? Und kämpfte er tatsächlich für sie? Hinter dem Karren – sie traute ihren Augen nicht – hieb der Eiswilde auf die ein, die ihre Waffen gegen sie und ihre Getreuen richteten. Wo kam der Gefangene auf einmal her? Der angestaute Zorn aus so vielen Wintern Gefangenschaft entlud sich mit tödlicher Gewalt, sodass es Ayrin angst und bange wurde.

Schwerter klirrten, Klingen schlugen Funken, Verletzte schrien auf, Sterbende stöhnten irgendwo zu ihren Füßen. Was geschah denn hier? Vor den Toren der Stadt rückten die Tarkaner heran, und hier im Festungshof zerfleischten die besten Krieger Garonas sich gegenseitig? Wie hatte es nur dazu kommen können?

Lauka. Elendes Biest!

Hinter den Kämpfenden, auf der Treppe, stand noch immer Serpane mit vor der Brust verschränkten Armen. Ihr vom Schicksal verwüstetes Gesicht war voller Härte und Bitterkeit. Warum griff sie denn nicht ein? Hatte sie sich etwa für Lauka und Mauritz entschieden?

Die alte Ärztin blickte über das Getümmel hinweg zum Balkon auf der anderen Seite des Festungshofes. Dort stieß Mauritz in ebendiesem Moment Lauka zur Seite und richtete seinen bläulich glühenden Ring über die Balustrade – und auf sie. Ayrin erstarrte.

»Nicht! Mein Lehrer, Freund meiner Jugend – bitte nicht!« Wieder erfüllte das böse Licht den Festungshof, strahlte von dunklen Fassaden wider, tauchte Menschen, Tiere, Waffen, Gemäuer in gespenstisches Leuchten, blau, türkis und violett. Wer konnte, warf sich zu Boden.

Nichts geschah. Kein mörderisches Gleißen hüllte sie ein, keine jähe Schwäche ließ ihren Körper zusammenbrechen. Sie stand fest, sie blieb jung, sie war nicht getroffen worden. Und jetzt erst erkannt sie den Grund: Nicht Mauritz war es, der die bösen Blitze verschoss, sondern der Waldmann. Die Zügel des Eselsgespannes um die Linke gewickelt, stand er auf dem Kutschbock und lenkte den Karren direkt auf Ayrin zu. Die rechte Faust streckte er in die Luft – und magisches Licht aus seinem Ring schoss in den Himmel, erleuchtete Festungsfenster, -fassaden und -türme.

Ayrin spähte hinauf zum Balkon: Mauritz wirkte verstört und erschrocken. Ein Pfeilbolzen schlug über ihm ins Mauerwerk ein, ein zweiter traf ihn sogar irgendwo zwischen Brust und Schulter. Lauka riss den Stürzenden in den Saal hinter sich. Ayrin hörte beide schreien. Aus dem Augenwinkel sah sie eine Schwertdame, die sie nicht kannte. Unter dem Torbogen zielte die Fremde von einer gescheckten Ziege aus erneut mit ihrer Armbrust auf den Balkon. Tapfere Kriegerin!

Dicht an Ayrins Seite galoppierten auf einmal die Esel vorbei. Der Schaum auf ihren Lefzen berührte ihre Hand. Jemand packte sie unter den Armen, riss sie auf den Kutschbock hinauf. »Zur Treppe!«, hörte sie Romboc dicht neben dem Karren brüllen. »Lenk die Esel zur Treppe, Waldmann!«

Der riss sie an sich, und einen Wimpernschlag lang sah sie ihm in die Augen: Keine Härte strahlte aus dem hellen Meerblau, keine Unerbittlichkeit, kein Hass – nur zärtliche Sorge, nur Angst und Erleichterung. Er stieß sie zwischen Planen hindurch in irgendein Halbdunkel, sie stürzte auf Stoffballen. *Er liebt mich,* schoss es ihr durch den Sinn, *dieser Waldwilde liebt mich …*

Sie hob den Kopf – zwischen der flatternden Plane über der Heckklappe sah sie den breiten Rücken des Eiswilden. Er wirbelte durch den Hof, seine Kette und seine Axt fuhren entsetzlich unter Laukas Gefolgsleute. Ritter gingen zu Boden, Blut spritzte, Glieder flogen durch die Luft. Ayrin bohrte das Gesicht in ein Fell, stöhnte auf, biss hinein.

Draußen knallte Hufschlag, blökten Esel in höchsten Tönen. Ein Ruck ging durch den Karren, Ayrin wurde nach vorn gerissen, stürzte hinaus auf den Kutschbock. Romboc packte sie, zog sie vom Karren. Die Esel lagen oder knieten schreiend auf der Treppe, die Vorderräder des Karrens saßen auf der zweiten Stufe fest, der Waldmann lag vor dem Eingang zum Palast der Kriegsmeisterin und stemmte sich hoch. Neben ihm Loryane mit blutigem Kopf.

»Hinein!«, brüllte Romboc und wollte Ayrin an Serpane vorbeischieben. Sie packte die alte Ärztin am Arm. »Komm mit!«, schrie sie ihr ins verwitterte Gesicht. »Ich brauch dich! Und hier werden sie dich töten!«

»Ich bin Kriegsmeisterin von Violadum«, sagte Serpane. »Ich werde diese Stadt verteidigen bis zu meinem letzten Atemzug. Und so viele dieser Bestien mit in den Tod reißen, wie ich irgend kann!«

Ihre Worte schnitten Ayrin tief ins Herz. Fiel denn der Kreis ihrer engsten Vertrauten so schnell auseinander? Oder wollte die alte Hochdame einfach nur ihre Pflicht tun? Sie ließ Serpane los, taumelte hinter Romboc und Loryane her in die Eingangshalle des Festungspalastes. Der Waldmann lief neben ihr, packte ihre Hand, wich nicht mehr von ihrer Seite. Wer sonst noch mit ihr ins Kellergewölbe hinuntersprang, konnte sie nicht erkennen.

Stiefel knallten auf Treppenstufen, Riegel scharrten, eine Falltür hob sich, der Waldmann drückte sie in einen finsteren Schacht hinunter. Sprossen knarrten unter ihren Sohlen. Fackelschein rückte von oben nach, Ayrin sah Gesichter von Schwertdamen und Rittern, erkannte zwei junge Thronritter Ekbars. Leichenblass und mit weit aufgerissenen Augen sahen sie aus, als hätten sie gerade in die Hölle geblickt.

»Weg da unten!«, dröhnte eine Stimme von oben. Ayrin und die Thronritter sprangen zur Seite, eine Axt wirbelte aus dem

Schacht herab, schlug auf dem Stollenboden auf. Klirrend landete eine blutige Kette daneben. Oben schlug die Falltür zu, ein Riegel knallte in ein Schloss. Der Eiswilde stieg die Leiter herunter.

»Ich bin der Letzte«, sagte er. Niemand hatte Ayrin erzählt, dass er des Garonesischen mächtig war. Alle starrten ihn an.

»Er gehört zu mir!« Der Waldmann baute sich vor dem viel Größeren und viel Breiteren auf. Angriffslustig blickte er in die Runde. »Ohne ihn wären wir jetzt nicht hier unten! Also gehört er auch zu euch.« Über ihnen hieben sie mit Äxten auf die Falltür ein. Staub rieselte herab.

Loryane und Ayrin nickten, genauso wie die meisten Ritter und Schwertdamen; nicht mehr als neun zählte Ayrin. Wo war Lorban? Wo Ekbar? Trauer würgte sie.

Romboc wies mit der Fackel in einen Stollen. »Da lang. Schnell!« Ayrin begriff: Sie waren in das Höhlen- und Stollensystem unter Festung und Stadt geflüchtet, von dem Joscun einst berichtet hatte. Zum ersten Mal sah sie es mit eigenen Augen. Lieber hätte sie darauf verzichtet.

An Romboc vorbei huschte sie in die Dunkelheit. Der Waldmann entzündete eine zweite Fackel.

»Weiter!«, drängte Romboc. »Weg von mir!« Sie gehorchten. Als schon fünfzig Schritte sie von Romboc trennten, griff der Erzritter in eine Wandnische, legte einen Hebel um und rannte los. Es rumorte und krachte – die Decke hinter ihm brach ein. Angefangen von der Schachtöffnung bis zwanzig Schritte und mehr in den Gang hinein brach der Stollen zusammen. Hinter dem rennenden Erzritter polterten Steine und Mörtel auf den Boden. Eine Staubwolke hüllte ihn ein.

*

Irgendwann verstummten über ihnen Schritte und Rufe. Lasnic lauschte zur Decke hinauf. Bis in die Nacht hinein hatten Mauritz und Lauka nach ihnen suchen lassen. Um niemanden durch Lärm oder Lichtschein auf ihre Spuren zu locken, kauerten die

Flüchtlinge seit Stunden in einer dunklen Kammer unterhalb der inneren Wehrmauer. Durch eine breite Schießscharte für Armbrustschützen konnte man hinaus in die sternklare Nacht sehen. Eben ging der Mond über dem Südhang des Violants auf. Lärm und Geschrei erfüllten den Berg.

»Sie geben tatsächlich auf?« Lasnic wunderte sich. Irgendwo in der Dunkelheit summte der Pirol ein Lied.

»Nur für den Moment.« Romboc deutete zur Schießscharte. »Hörst du nicht den Kampflärm? Sie haben erst einmal Wichtigeres zu tun – die Tarkaner sind da.«

Alle drängten sich nun vor der Schießscharte, jeder wollte hinaussehen. Wie schwarze Wogen fluteten die Angriffswellen der Bräunlinge gegen die äußere Wehrmauer. Ihr Kriegsgeschrei gellte durch die Nacht. Pfeilhagel gingen auf die Wehrgänge nieder, Lasnic konnte hören, wenn Sturmleitern gegen die Mauer fielen, Widerhaken sich in den Zinnen verfingen und ein wachsamer Stadtritter andere Verteidiger zusammenrief, um Kletterseile zu kappen, Leitern von der Mauer wegzustoßen oder heißes Öl und Wasser herabzugießen. Es krachte und polterte, Einschläge von Katapultgeschossen erschütterte das Gemäuer.

»Sie greifen mitten in der Nacht an?« Die Stimme der Kriegsmeisterin von Garonada klang ungläubig.

Lasnic wusste, dass sie Loryane hieß und eine enge Vertraute der Königin war.

»Unser Glück«, sagte er. »Wie kommen wir hier raus? Und wo?«

»Ich kann Violadum keine Niederlage wünschen, nur damit wir entkommen«, hörte Lasnic die Königin sagen.

»Keiner wünscht der Stadt den Untergang«, sagte er. »Aber ich will leben.«

»Ich auch«, kam es dumpf und dröhnend aus der dunklen Ecke, in der Pirol Gumpen hockte.

»Fassen wir uns an den Händen«, sagte Romboc. »Wir müssen uns von Schießscharte zu Schießscharte nach Osten tasten. Irgendwo führt ein Gang direkt zu einer östlichen Außenburg.«

Lasnic griff nach der Hand der Königin. Sie ließ es geschehen.

»Ich lass dich nicht mehr los«, flüsterte er. Sie drückte seine Hand, der warme Hauch ihres Atems wehte ihn aus der Dunkelheit an.

»Warum bist du gekommen?«, flüsterte sie. »Um mein Thronritter zu sein?«

»Um dich zu warnen.«

»Vor Lauka?«

»Und vor ihrem Vater. Ich habe beobachtet, wie er sie aus dem Kerker befreite. Gemeinsam beschlossen sie deinen Tod.«

»Laukas Vater?« Obwohl sie flüsterte, spürte er ihr Befremden, ja ihre Belustigung.

»Dieser Hexer«, sagte er. »Mauritz.«

Sie ließ seine Hand los und lachte leise und auf eine Art, dass Lasnic sich vorkam, als hätte er Schwachsinn geredet. Wusste sie denn nicht, dass Lauka die Tochter des Hexers war? Oder drehte sie durch vor lauter Anspannung?

»Mauritz ist nicht Laukas Vater. Da musst du etwas falsch verstanden haben.« Sie griff wieder nach seiner Hand und zog ihn den anderen hinterher in die Dunkelheit des Stollens.

Falsch verstanden? Lasnic wankte hinter ihr her. Jedes Wort, das zwischen Lauka und dem Hexer gefallen war, hatte er verstanden. Ayrin aber wollte offenbar nicht begreifen. Oder konnte nicht. Was er da im Kerker beobachtet und gehört hatte, war wohl schwerwiegender, als er bisher ahnte. Ihre Hand fühlte sich heiß und feucht an.

Hinter ihm tastete die Pranke von Pirol Gumpen nach seiner Linken. Die anderen scheuten die Nähe des Eiswilden, zu sehr fürchteten sie das Fremde und Unheimliche, das von ihm ausging. Die Menschenkette bewegte sich in kleinen Schritten durch den Stollen nach Osten. Von draußen drang der Kampflärm zu ihnen herein, wieder und wieder erschütterten Einschläge von Katapultgeschossen den Boden.

Manchmal stieß Romboc an der Spitze gegen Wände und musste lange suchen, bis er einen Durchgang fand. Manchmal nahm er eine falsche Abzweigung, und sie mussten umkehren, und bald waren sie gezwungen, erste Pausen einzulegen, weil einer von ihnen nicht mehr konnte. Der Kampflärm ebbte ab, schwoll an, ebbte wieder ab. Doch er hörte niemals auf, all die Stunden nicht.

Der Morgen graute vor einem vergitterten Fenster, als sie an eine Wendeltreppe gelangten.

»Wir sind unter irgendeiner Burg«, flüsterte Loryane.

»Unter der Ostburg«, sagte Romboc.

»Ich gehe voran.« Die Königin ließ Lasnics Hand los, drängte sich an Romboc vorbei, stieg die Stufen hinauf. »Sind sie für mich, lassen sie uns raus. Sind sie gegen mich, müssen wir kämpfen.«

Lasnic riss das Schwert aus der Scheide, schob sich an allen anderen vorbei, hielt sich dicht hinter der Königin. Er wollte bei ihr sein, wenn es zum Kampf kam. Seine Kraft und Wut reichten noch für hundert Kämpfe.

Oben klopfte Ayrin gegen die Falltür, zweimal, dreimal. Bald hörte Lasnic Schritte und Stimmen. Ein Riegel scharrte, quietschend hob sich die Tür. Fackelschein fiel auf Treppe und Schacht, Ritter beugten sich über die Öffnung. Lasnic erkannte einen von denen, die ihn am Nachmittag durch das Tor gewunken hatten.

»Meine Königin!«, rief der Ritter. Und dann laut in den Raum hinein: »Unsere Königin ist hier!«

Hände streckten sich der Königin entgegen, halfen ihr aus dem Schacht. Nacheinander stiegen Ritter und Schwertdamen die enge Treppe herauf in einen Burgsaal herein. Eine Fackel nach der anderen flammte auf, ein Ritter nach dem anderen hastete in den Saal. Alle wollten die Königin sehen.

»Er ist ein Freund«, sagte Romboc, als die Grenzritter erschrocken vor dem Eiswilden zurückwichen. »Ohne seinen Mut wären wir nicht hier. Keiner. Auch die Königin nicht.«

»Ist Lorban bei euch?«, hörte Lasnic Ayrin fragen. Die Ritter der Wachburg schüttelten die Köpfe. »Ihr wisst, was heute in Violadum geschehen ist?«

Einer sah den anderen an. Lauter betretene Gesichter umgaben Lasnic plötzlich. »Lauka hat die Macht an sich gerissen«, sagte der

Älteste der Grenzritter. »Mithilfe von Mauritz und seiner magischen Ringe.«

»So ist es.«

Lasnic beobachtete, wie die Königin die Ritter musterte, einen nach dem anderen. »Tut alles, was in euren Kräften steht, um Violadum und den Ostpass zu halten.« Die Männer nickten.

»Wie stehen die Kämpfe?«, fragte Romboc.

»Die Krieger aus Tarkatan ziehen sich zurück«, antwortete der älteste der Burgritter.

»Was?« Loryane trat vor ihn. »Sie ziehen sich zurück?«

»Ja, Kriegsmeisterin. Wir haben uns auch gewundert.«

Die Blonde fuhr herum. Aus schmalen Augen blickte sie zur Königin. »Eine Kriegslist?«

»Es gibt schlechte Nachrichten aus dem Osten, meine Königin.« Der älteste Burgritter räusperte sich. Lasnic spürte, wie Ayrin nach seiner Hand tastete. »Schluchternburg ist gefallen. Und Weihschroff von Blutsäufern eingekesselt.«

11

In der letzten Nachtstunde trugen Catolis' Priestergardisten sie in den Berghang hinein. Eine Kampfrotte von hundert Kriegern eskortierte ihre Sänfte. Schon von Weitem hörte sie Waffenlärm, Kampfgeschrei und die Einschläge von Katapultgeschossen. An ihrem Tross vorbei trug man Verwundete den Hang hinunter, wo jenseits des Waldes in einer Talmulde das Hauptlager der Tarkaner lag.

Geschrei näherte sich. Catolis schob den Sänftenvorhang zur Seite: Fackelträger huschten vorbei, in einer Lederdecke schleppten zwei Tarkaner einen Krieger mit schweren Verbrühungen vorbei. Die Verteidiger hatten seine Sturmreihe mit heißem Öl übergossen. Andere stiegen an der Sänfte vorüber den Hang hinunter, die hatten sich verletzte Kampfgefährten über die Schulter geworfen, dürre, verschrumpelte Greise, nicht viel schwerer als Kinder.

Catolis blickte zur Stadtmauer hinauf. Ein Schwarm von Brandpfeilen stieg oben am Hang in den Nachthimmel und senkte sich in die Stadt hinein. Konturen von Festungstürmen, Zinnen und Dächern wurden ein paar Atemzüge lang sichtbar. Tausende Fackeln und etliche Brandherde verrieten Catolis den Verlauf der garonesischen Verteidigungsanlangen. Wieder krachte ein Felsbrocken in die Wehrmauern. Der Hang bebte. Am Westrand der Stadt loderten Flammen eines größeren Feuers. Und im mittleren Abschnitt der Wehrmauer, dort wo die Festung lag, leuchtete eine Blitzfontäne des ERSTEN MORGENLICHTS auf.

Zlatan ließ die Stadt stürmen; seit Stunden schon, wie Catolis bald erfuhr. Sie hatte nichts anderes von ihm erwartet. Wahrscheinlich hatte der Tarbullo alle 20 000 Mann auf einmal gegen Violadums Mauern geworfen. Geduld war noch nie seine Sache gewesen.

Sie traf ihn im Westen der Bergflanke unter einer überhängenden Felswand vor einer Höhle. Hier, nicht einmal tausend Fuß unterhalb der Stadt, hatte er sein vorläufiges Hauptquartier errichtet. Nur wenige Bäume wuchsen ringsherum. Zahme Wölfe dösten vor der Höhle. Boten auf Steinböcken ritten ein und aus, brachten die neuesten Nachrichten aus den einzelnen Kampfabschnitten an der Stadtmauer zu ihm und trugen Zlatans neuste Befehle zu seinen Hauptleuten hinauf.

Der Tarbullo hockte auf einem Fels, stützte sich auf seine goldene Lanze und beugte sich über eine Ansammlung von Steinen, Hölzern und Kiefernzapfen zu seinen Füßen. Boten knieten vor ihm, deuteten auf Steine und Hölzer, schienen ihm die militärische Lage vor den einzelnen Abschnitten der Stadtmauer zu erklären.

»Herrin!« Kaum sah er ihre Sänfte, da rief er schon nach Catolis. »Geliebte Herrin!« Die Träger setzten die Sänfte ab, Catolis stieg aus. Er und seine Krieger warfen sich in Gras und Geröll. »Sie schießen und treffen neunhundert Fuß weit mit Bolzenpfeilen! Viel zu gefährlich für dich, hier heraufzukommen, Herrin!«

»Steht schon auf!« Sie winkte ab. »Tarkartos hält seine Hand über mir!« So selbstgewiss das klang, so schnell huschte sie unter die überhängende Felswand. »Und schafft mir die Wölfe aus den Augen!« Verwundete lagen da auf Fellen und Planen. Zwei zitternde Weißhaarige entdeckte Catolis, die sahen aus wie an Altersschwäche sterbende Greise. Sie winkte ihre Träger und Gardisten in die Deckung. »Berichte, Tarbullo.«

»Weckt den Boten!« Zlatan fuchtelte aufgeregt, irgendetwas Entscheidendes schien sich getan zu haben. Jemand nahm die Wölfe an die Kette und führte sie in die Dunkelheit. Catolis betrachtete die Steine, Kiefernzapfen und Aststücke vor dem Felsbrocken, auf dem der Tarbullo gesessen hatte – eine Darstellung der Stadtmauer mit den Gebäuden dahinter und den stürmenden Kampfrotten davor.

Krieger zogen einen schmächtigen Burschen aus der Höhle, verschlafen, ängstlich und kaum 17 Sommersonnenwenden alt.

Zlatan schob ihn zu ihr, hielt ihn fest, ließ nicht einmal zu, dass er sich vor ihr ins Geröll warf. »Berichte der Herrin! Los! Alles.«

»Ich überbringe die Worte Kaikans, deines Dieners.« Der dürre Bursche verneigte sich tief, wieder und wieder, konnte es wohl nicht fassen, der Hohepriesterin selbst gegenüberzustehen. »Die Stadt am Fluss Schluchtern ist gefallen.« Er wirkte ausgelaugt.

»Es ist gut!« Zlatan gab ihm einen Klaps auf den Hinterkopf, weil er immer noch nicht aufhören wollte, sich zu verbeugen. »Es reicht jetzt. Lass jedes Wort hören, das Kaikan dir eingeschärft hat.«

»Gute und sichere Wege hat Pradosco, der Rebell aus Trochau, uns geführt, meine Herrin.« Der Bursche fing sich, wagte sogar, sie anzuschauen. »Nur elf Mann gingen auf dem Wasser verloren und sieben in den Sümpfen, als Echsen und Riesenkröten uns angriffen. Nach zehn Tagen standen wir bereits vor den Steilwänden an der Ostgrenze Garonas.«

Der Bote sprach schnell, beinahe hechelnd. »Mach langsamer, Bursche, lass dir Zeit.« Zlatan tätschelte ihm den Hinterkopf, hob den Blick. »Kaikan hat drei Boten losgeschickt. Nur er konnte sich durchschlagen. War zwei Tage und eine Nacht unterwegs.«

»Alles so, wie die Trochauer es beschrieben haben: verborgene Felskamine in den Wänden, verborgene Felskamine in ausgedehnten Höhlensystemen.« Der junge Bote aus dem Osten sprach nun langsamer und deutlicher. »Gut zu besteigen, gefährlicher jedoch als das Raubzeug in Seen und Sümpfen. Einundachtzig Mann habe ich durch Steinschlag und Absturz verloren. Dreitausend schickte ich gegen die Stadt Weihschroff, mit dreitausend habe ich die Stadt Schluchternburg angegriffen. Die schlafenden Bewohner waren vollkommen überrascht. Die Stadt ist jetzt in unserer Hand, Herrin, die Bewohner tot oder gefangen. Nicht einmal fünfzig Mann eigene Verluste. Ein Hauptweib, dass sich ›Herzogin‹ nennt, hat sich mit wenigen Dutzend Getreuen auf der anderen Seite des Flusses Schluchtern in ihrer Burg verbarrikadiert. Mit tausend Kriegern belagert ein Hauptmann sie bis zur Stunde. Mit tausend Kriegern habe ich Schluchternburg besetzt, mit beinahe viertausend einen Kessel um Weihschroff gezogen. Von hier schicke ich dir Nachricht, Herrin. Wenn du sie hörst, ist die Stadt bereits in meiner Hand. So spricht Kaikan, dein ergebener Diener.«

Zlatan strahlte sie an. »Danke«, sagte Catolis und verbat sich jedes Triumphgefühl, denn dafür war es noch zu früh. »Und diese Stadt dort oben?« Sie deutete zu der Lichterkette aus Fackeln und Brandherden hinauf.

»Violadum verteidigt sich hartnäckig.« Zlatan schickte den Boten zurück zu dessen Schlafplatz in der Höhle. Die harte Miene des Tarbullos bekam einen bitterbösen Zug. »Manchmal blitzt das blaue Licht beinahe gleichzeitig an zwei verschiedenen Stellen der Mauern auf.«

»Ist das wirklich wahr?«

»Ja, Herrin.« Er sprach leise plötzlich, wirkte betreten. »Ich war auf einen Ring gefasst, nicht auf zwei. Schon über fünfhundert Tote und Verwundete auf unserer Seite, die Hälfte durch das magische Feuer.« Er hob die rechte Faust. Catolis sah, dass sein Ring nicht leuchtete. »Bis jetzt habe ich ihn noch nicht eingesetzt. Mögen sie glauben, wir besäßen ihn nicht mehr. Doch siehst du die brennende Burg an der Westseite?« Er deutete zu dem großen Brandherd hinauf. Catolis nickte. »Dort werde ich bei Sonnenaufgang angreifen.« Er tippte auf den Ring. »Damit. Dort oben nämlich liegt ein Zugang zu jenem Höhlensystem, das sich unter den Wehranlagen bis weit nach Osten hindurchzieht.«

Catolis erinnerte sich: Im Geist der gefangenen Kriegerin Mona hatte sie die Bilder der Schächte und Stollen gefunden und ihm aufgezeichnet. Wer ihren Zugang kontrollierte, besaß die Stadt.

»Bald ist es so weit.« Grimmig und siegesgewiss erschien er Catolis jetzt wieder. »Fünfhundert Mann verstecken sich bereits dort oben, fünfhundert Bogenschützen schleichen sich gerade hinauf. Und mit tausend werde ich stürmen. Doch erst einmal habe ich den Befehl zum Rückzug gegeben. Sie sollen sich sicher fühlen, die Garonesen. Vielleicht können wir sie sogar täuschen und aus der Stadt locken.«

Catolis hielt sich zurück mit Lob und Tadel, gab nicht einmal eine Einschätzung der Lage ab. Die Insulaner hatten allein zu kämpfen und zu siegen. Oder zu verlieren. In diesem Fall hätten sich eben die Frauen und Männer aus Garona als das bessere Dienstvolk für das Zweite Reich von Kalypto erwiesen.

»Und du bist sicher, an zwei Stellen zugleich das magische Licht gesehen zu haben?« Zlatan nickte, und Catolis hatte Mühe, es zu glauben.

Geschrei drang aus der Dunkelheit, rückte näher. Keine Kampfrufe, keine Schmerzensschreie. Die Krieger vor der Höhle sprangen auf, spähten dem Lärm entgegen. Ihre Mienen glätteten sich, ihre Augen begannen zu leuchten, irgendetwas stimmte sie heiter.

Eine Rotte Tarkaner tauchte vor dem Hauptquartier auf. Sie schleppten Gefangene mit sich, und Catolis begriff: vier Frauen. Sie waren im Kampf von der Mauer gestürzt oder gerissen worden. Zlatan eilte zu ihnen hin, lachte, schlug nach den Frauen, zerrte eine in grauen und braunen Kleidern heraus.

»Wartet!« Catolis trat zu den Gefangenen. Die Frauen starrten sie aus großen Augen an. Erschrocken erst, dann hoffnungsvoll. Offenbar hatten sie nicht erwartet, eine Frau unter den Angreifern zu finden.

Eine der vier fiel Catolis wegen ihrer stolzen Gesichtszüge und ihrer Kleidung auf. Sie war strohblond, trug einen schwarzen Lederanzug und darüber einen langen Mantel aus Lammfell.

»Fesselt sie und bringt sie in die Höhle«, verlangte Catolis. »Auch ihre Waffen. Alle.« Zlatans Männer packten die Gefangenen, zerrten die Frauen zur Höhle. Der Tarbullo sah Catolis fragend an, hielt die Gefangene, die er für sich ausgesucht hatte, im langen Haar fest. Sie war die kleinste und zierlichste Kriegerin unter den Frauen, ein junges Mädchen noch. Ihr rechter Arm hing schlaff herunter, gebrochen wahrscheinlich, ihre rechte Gesichtshälfte blutete aus Schürfwunden. In ihrem flehenden Blick las Catolis, was sie dachte.

»Ich brauche ihre Kleider«, sagte sie leise. »Und ihre Waffen.«

Die Magierin wandte sich ab, zog sich in die Sänfte zurück,

dachte nach. Draußen entfernte sich Gejammer und Geschrei. Nur das Wimmern und Heulen des Mädchens wurde immer lauter.

Wenn es stimmte, was Zlatan berichtete, dann hatte der Meister des Lichts in den Kampf eingegriffen. Das Gesetz von Kalypto verbot dergleichen. Was war nur in ihn gefahren? Catolis musste ihn suchen. Sie musste ihn zur Rede stellen. Unbedingt.

Zlatan hatte einen Boten zu einem umkämpften Mauerabschnitt hinaufgeschickt, um einen Hauptmann zu sich und Catolis zu befehlen. »Er war einer der ersten vor der Wehrmauer«, erklärte Zlatan, als er den Mann vor Catolis' Sänfte brachte. Da hatte der Rückzug zum Fuß des Hanges und in den Wald längst begonnen. »Und er hat etwas beobachtet, das du dir aus seinem eigenen Mund anhören solltest.«

Der Hauptmann fiel vor ihr nieder. »Steh auf, berichte«, verlangte sie.

»Ich sah magisches Licht, lange bevor wir die Mauer stürmten.« Er deutete zu den Umrissen der Stadt hinauf, über denen Mond und Sterne leuchteten. Die meisten Fackeln waren erloschen. Kein Kampfgeschrei mehr, keine Einschläge von Katapultgeschossen, keine Brandpfeilschwärme.

»Wo?«, wollte Catolis wissen.

»Innerhalb der Festung«, sagte der Hauptmann. »Mehrere Male. Das letzte Mal leuchtete es so grell und schoss so hoch in den Himmel hinein, dass sogar die Sonne in seinem grellen Schein verblasste.«

Catolis betrachtete ihn aufmerksam. Wahrscheinlich übertrieb er. Doch seine Schilderungen spiegelten immerhin wider, wie tief die Lichterscheinung ihn beeindruckt haben musste. Mit vielen Worten berichtete er auch von blauen, türkisfarbenen und violetten Blitzen, die von der Mauer herab auf seine Kampfrotte blitzten; später, als der Kampf bereits tobte. Er habe gesehen, so erzählte er, wie ein kleiner Mann sich zwischen die Zinnen gebeugt habe, um das tödliche Licht auf die Tarkaner herabzuschleudern.

Catolis bedankte sich, und Zlatan schickte ihn zurück zu seiner

Kampfrotte. »Das kann nur eines bedeuten«, sagte der Tarbullo, als sie unter vier Augen sprechen konnten. »Es gab Streit innerhalb der Stadt. Die Garonesen haben sich gegenseitig bekämpft.«

»Vielleicht.« Catolis lehnte sich in ihrer Sänfte zurück. »Wie lange noch, bis du die brennende Burg stürmst, Tarbullo?«

»Bald.« Er spähte zum Osthimmel. Dort zeigte sich bereits der erste Lichtschimmer des neuen Morgens. »Wenn der obere Rand der Sonnenscheibe sich zeigt.«

»Wecke mich. Ich werde ein wenig ruhen. Und bring mir die Kleider und die Waffen des Mädchens mit.«

»Dich wecken, Herrin?« Zlatan riss die Augen auf, ahnte wohl schon, was Catolis vorhatte. »Die Kleider?«

»Ich gehe mit dir.« Sie zog den Vorhang vor und schloss die Augen.

*

Kaum hatten die Garonesen begriffen, dass die Angreifer sich zurückgezogen hatten, da öffneten sie das Festungstor und stürmten ihnen hinterher. An die zweitausend zu Fuß und Hunderte von Reiterinnen und Reitern auf Ziegen preschten den morgendlichen Hang hinunter und setzten Zlatans Truppen nach. An der Spitze ritt eine uralte Kriegerin.

Catolis beobachtete den Ausfall aus dem Hang einer Bergschneise, die ungefähr zweitausend Fuß westlich der brennenden Burg und jenes Passes lag, über den die Straße aus der Hochebene nach Garona hineinführte. Zwischen den Büschen und Felsbrocken unter ihr lagen Zlatan und an die tausend Krieger in Deckung.

Sie suchte nach einer Erklärung für den strategischen Leichtsinn der Verteidiger. Trübte die Wut über ihre Verluste ihren Verstand? Hatten Zlatans Krieger so viele Gefangene gemacht, dass der Gegner sie keine Stunde zu lange in den Händen der grausamen Tarkaner wissen wollte? Oder rechneten die Garonesen sich tatsächlich Vorteile davon aus, ihre Feinde vom Hang aus im Rücken anzugreifen? Vielleicht glaubten sie auch, den viel kleineren und leichteren Tarkanern im Zweikampf Mann gegen Mann überlegen zu sein.

Die Sonne ging schon auf. Zlatan zögerte immer noch mit dem Sturm auf die brennende Burg. Vom Fuß des Hanges, aus dem Wald, tönte Kampflärm herauf. Fünftausend Krieger hatten sich auf Zlatans Befehl dort unten im Unterholz verkrochen, um mögliche Verfolger der sich zurückziehenden Truppen anzugreifen. Genau das geschah in diesen Augenblicken.

Catolis hatte sich in den grauen Wollmantel des gefangenen Mädchens gehüllt. Darunter trug sie Jacke und Hose aus braunem Leder. Und auf dem Rücken eine Armbrust, die sie niemals gebrauchen würde. Die ehemalige Besitzerin der Waffe und der Kleider lag in Decken gefesselt in der Höhle bei Zlatans Hauptquartier. Das Schlimmste stand ihr noch bevor.

Neben Catolis kauerte die blonde Gefangene, deren Kleidung ihr aufgefallen war. In der Miene der Frau spiegelte sich nicht mehr halb so viel Stolz wie vor zwei Stunden noch. Sie trug ihr Langschwert in der Rückenscheide und stierte in den Sonnenaufgang. Ihr Blick war leer. Catolis hatte ihren Geist vollkommen beschlagnahmt.

Der Kampflärm aus dem Wald nahm zu. Immer mehr Schreie, die nach Verzweiflung klangen, hörte man. Dazwischen das Gekläff der Wölfe. Auf den Wehrmauern und Türmen von Violadum glänzten Helme, Speerspitzen, Harnische und Schwertklingen im Licht der aufsteigenden Sonne. Zahllose Menschen standen zwischen den Zinnen, beobachteten den Wald am Fuß des Hanges, lauschten dem Kampflärm dort. Die Flammen in der nahen Außenburg vor dem Pass erloschen nach und nach. Schwarzer Rauch stieg aus dem Gemäuer und Dampf vom Löschwasser. Zlatan zögerte noch immer, das Zeichen zum Angriff zu geben.

Catolis staunte über seine Geduld; er mochte ein Hitzkopf sein, doch wenn es darauf ankam, wusste er genau, wann er abzuwarten und wann er zuzuschlagen hatte. Und schließlich geschah, worauf er hoffte: Das Festungstor wurde aufgestoßen, Kampfrotten zu Fuß quollen heraus, Frauen und Männer, der Strom riss nicht ab. Auch aus der gelöschten Außenburg galoppierten Reiter in den Hang hinein, um ihre in Bedrängnis geratenen Kämpfer im Wald unten aus der Falle zu befreien, in die sie getappt waren.

Weiter östlich entdeckte Catolis noch mehr Reiterei: Auf Eseln und schweren Ziegen – größer als die Mustangs von Tarka – galoppierten die Ritter aus der Stadt hangabwärts und deckten bald die Flanken der Fußtruppen. Mindestens zweitausend garonesische Kriegerinnen und Krieger stürmten nach unten und in den Wald.

Catolis staunte – sie hätte nicht erwartet, dass die Garonesen so viele Kämpfer in Violadum zusammenziehen würden. Kein Wunder, dass im Osten des Reiches bereits zwei Städte gefallen waren. Aber wie viele Ritter und Schwertfrauen mochten noch die Verteidigungsanlagen dieser großen Stadt dort drüben bevölkern?

Nicht weit unter ihr sprangen jetzt endlich Zlatans Kampfrotten aus ihren Deckungen. Von drei Seiten schlichen, kletterten und rannten sie der Westburg entgegen. Das geschah beinahe lautlos, denn der Tarbullo hatte jegliches Kampfgeschrei untersagt. Catolis entdeckte ihn inmitten seiner Krieger – in der Rechten die goldene Lanze und die Linke mit dem Ring zur Faust geballt und über den Kopf gereckt.

An die Tausend seiner Krieger stürmten hinter seiner Kampfrotte über die Straße zur Burg hinweg nach Osten oder ein Stück hinunter nach Süden, zumeist Bogenschützen. Dort verschanzten sie sich hinter Felsen und Büschen oder gruben sich in Erdlöchern und Gräben ein. Sie bildeten seinen Schutzwall um Zlatans etwa fünfhundert Tarkaner, die nun die Straße zur Burg und zum dahinterliegenden Pass hinaufstürmten.

Catolis befahl der Gefangenen, ihr voraus aus dem Hang zu steigen. Der Kampflärm aus der Burg überlagerte bald Geschrei und Waffengetöse aus dem Wald unten. Zweimal sah Catolis das ERSTE MORGENLICHT über dem Gemäuer aufleuchten. Jetzt erst benutzte der Tarbullo den Ring. Die Wirkung schien verheerend zu sein, denn Angstschreie drangen plötzlich aus der Festung.

Kaum hundert Fuß vom erstürmten Burgtor entfernt versteckten Catolis und die blonde Garonesin sich im Buschwerk auf der Westseite der Straße. Catolis sah Bewegung auf den Wehrmauern. In der Stadt sprach sich der Angriff auf die Brandruine herum, und natürlich versuchte man, Kampfscharen aus anderen Teilen der Verteidigungsanlagen dorthin zu verlegen. Catolis spähte zum vorderen Torturm hinauf – von dort würde man ihr ein Zeichen geben, sobald der Weg in die Burg frei war.

Inzwischen hatten die Garonesen unten im Wald ihren Fehler erkannt und fürchteten wohl auch, dass ihre westliche Außenburg kurz vor dem Fall stand. Hunderte Reiter preschten aus dem Gehölz und ritten wieder hangaufwärts. Die Bogenschützen empfingen sie mit einem tödlichen Hagel aus Pfeilen.

Eine Bewegung oben auf dem Torturm ließ Catolis aufblicken: Jemand schwang die Fahne mit dem Bocksschädel. Das vereinbarte Zeichen! Sie kletterte zur Straße hinauf, stieß die willenlose Kriegerin vor sich her. »Du gehst voran! Beeil dich!«

Burgtor und Innenhof waren übersät mit Leichen und stöhnenden Verwundeten. Überall krümmten sich vergreiste Frauen und Männer. In einer Stallung hatte Zlatan gefangene Kriegerinnen einsperren lassen. Dutzende seiner Männer bewachten das Gebäude. Er selbst wartete in einem Tor, das in den Ostflügel der Burg führte, und winkte Catolis herein.

An Toten und Verwundeten vorbei, an Vergreisten und von Entsetzen Gelähmten folgte ihm Catolis mit der Gefangenen. Sie wateten durch Blut. In einem kleinen Saal hatten Zlatans Krieger einen Tisch zur Seite gerückt und einen Teppich zusammengerollt. Die Klappe einer Falltür ragte auf. Ein Krieger nach dem anderen kletterte hinunter.

»Zwei Hauptleute mit vierzig Kriegern sind bereits unten«, sagte Zlatan, während er Catolis den Schacht mit der Wendeltreppe ausleuchtete. »Ich habe Boten zu den Bogenschützen und in den Wald hinuntergeschickt. So viele wie möglich sollen in das

Labyrinth unter die Stadt gehen.« Er reichte ihr die Fackel. »Und ich werde den Pass besetzen und befestigen. Sobald das gelungen ist und Verstärkung aus dem Wald die Burg erreicht, lasse ich das Westtor stürmen.«

Catolis nickte und kletterte nach unten. Die Blonde wartete schon am Fuß des Schachtes. Catolis drückte ihr die Fackel in die Hand und bedeutete ihr, voranzugehen. Zwischen Dutzenden Kriegern schlichen sie durch die Stollen stadteinwärts.

Gegen Mittag etwa blieb die Gefangene unter einem Schacht stehen und äugte nach oben. Eine Holzstiege führte hinauf zu einer Falltür. Dort lagen die Stallungen der Festung, wie Catolis dem Geist der gefangenen Kriegerin abgelauscht hatte. Sie ließ sich in einer Wandnische unter der Leiter nieder und befahl der Garonesin, sich neben sie zu legen und zu schlafen.

Über hundert Tarkaner zählte Catolis, die an ihr vorbei den Hauptstollen stadteinwärts stürmten. Kampflärm drang aus den Gängen. Die Verteidiger hatten die Eindringlinge bemerkt und angegriffen. Würden sie Zlatans Krieger davon abhalten können, hinauf in die Straßen und Wehranlagen Violadums zu steigen? Wenn nicht, würde Zlatan leichtes Spiel haben: Nur wenige Bogenschützen brauchte es, um das Südtor der eroberten Außenburg und den Pass zu verteidigen – dann jedenfalls, wenn man mit dem ERSTEN MORGENLICHT kämpfte.

Stunden vergingen. Der Kampflärm in den Stollen ebbte ab. Die Tage währten lange so kurz nach der Sommersonnenwende. Von Zeit zu Zeit hörte Catolis Schritte und Hufschlag über sich. Die Verteidiger holten ihre letzten Reittiere aus dem Stall. Kannten sie diesen Einstieg ins Labyrinth nicht oder herrschte schon derart großes Durcheinander in der Stadt, dass eine geordnete Gegenwehr nicht mehr möglich war? Von fern drangen jetzt wieder Schreie und das Klirren von Klingen in ihr Versteck. Die blonde Kriegerin schlief tief.

Bei Anbruch der Dunkelheit weckte Catolis ihre Gefangene. Sie bekleidete einen hohen Rang, wie Catolis ihr abgelauscht hatte. »Majordame« nannte sie sich. Und eine wie die, deren Kleidung die Magierin trug, hieß man »Schwertdame«. Catolis schickte die Garonesin die Leiter hinauf und ließ sie die Falltür öffnen. Nach ihrem Handzeichen kletterte Catolis hinterher.

Der Stall war leer, keinen einzigen Esel fanden sie mehr, keine Reitziege. Im Festungshof herrschte helle Aufregung – Menschen rannten hin und her, vor allem Frauen mit Schwertern auf dem Rücken. Auf einem Wagen brachte man Tote und Verwundete herein. An der Seite ihrer Gefangenen mischte Catolis sich unter die Kriegerinnen. Wehklagende Frauen schoben einen Karren mit einer Toten vorbei, deren Kleidung sie als ranghohe Kriegerin auswies. Pfeile ragten aus der Brust der Leiche, ihre fahles Gesicht erinnerte Catolis an zerklüfteten Sandstein. Eine Narbe zog sich vom Hals der Toten bis zu ihrem Ohr hinauf. Die Magierin überraschte das offensichtlich hohe Alter der Frau.

»Wer ist das?«

»Die Kriegsmeisterin von Violadum.«

Catolis befahl ihrer Majordame, die Kriegerinnen im abendlichen Festungshof zu befragen, und erfuhr so, dass Zlatan die Burg gehalten, ja, sogar das Westtor der Stadt gestürmt hatte. Hunderte Blutsäufer stürmten schon durch die Straßen der Stadt, hieß es sogar.

Blutsäufer – so nannten sie also Tarkatans Krieger.

Die Nacht schritt voran, Catolis ließ sich von ihrer Gefangenen in den Palast führen, in den man die tote Greisin hineingetragen hatte. »Ich will mit jemandem sprechen, der mich zur Königin von Garona führen kann«, forderte sie. »Und zu jenem ihrer Vertrauten, der das magische Licht beherrscht. Sein Name ist Mauritz.«

Die Majordame brachte sie zu einem Verwundeten. Er lag auf einem Bett, das mit Fellen und Seidendecken ausgelegt war. Die Schlafkammer der Herzogin von Violadum, erfuhr Catolis. Ein tarkanischer Pfeil hatte dem weißhaarigen Mann die Bauchdecke zerrissen. Er war bleich, sein Atem flog.

»Ein Grenzritter«, erklärte die Gefangene, »man sah ihn in den letzten Monden häufig im Gefolge der Königin Ayrin.« Auf Catolis' Geheiß beugte die Frau sich über ihn und flüsterte ihm die Fragen ins Ohr, auf die Catolis Antwort suchte.

»Die Königin von Garona heißt jetzt Lauka«, sagte die Majordame, als sie sich wieder aufrichtete. »Sie ist die Halbschwester der entmachteten Königin Ayrin.« Sie deutete auf den Sterbenden. »Der Grenzritter Lorban weiß, dass Lauka vor einer Stunde aus der Stadt geflohen ist. Ihr Berater, der Harlekin Mauritz, hat sie begleitet. Sie sind nach Garonada geritten.«

Catolis winkte die Gefangene hinter sich her aus der Festung und auf die Straße. Sie befahl ihr, Reittiere und Proviant zu beschaffen.

Zwei Stunden nach Mitternacht gingen neue Schreckensnachrichten für die Garonesen durch Violadum: Tarkanische Krieger hatten die Festung besetzt; vom Westtor her eroberten sie nun Haus um Haus, Straßenzug um Straßenzug.

Es war vorbei. Violadum war gefallen.

Gegen Morgen ritt Catolis an der Seite ihrer Gefangenen und in einem Pulk aus Hunderten von Flüchtlingen durch das Osttor der Stadt. Die Sonne ging über einer zum größten Teil eroberten Stadt auf, aus der an vielen Stellen Rauch aufstieg. Das Geschrei Geschändeter und Gefolterter hallte durch ihr Gemäuer. Tausende drängten sich durch die Wachburg im Osten und hinter ihr über den Pass Richtung Norden, Tausende wollten in die Hauptstadt. Niemand achtete auf Catolis.

*

Fünf Tage und sechs Nächte brauchten sie bis nach Garonada. Von manchen Pässen aus sah Catolis Straßen, über die sich von einem Bergkamm bis ins Tal hinunter und wieder hinauf zum nächsten Kamm eine ununterbrochene Schlange von Menschen wälzte. Von überall her flüchteten sie. Catolis und ihre Gefangene blieben in Talsenken stecken, in denen sich Wege aus Süden, Osten und Westen kreuzten und die regelrecht verstopft waren von Menschenmassen. Oft warteten sie halbe Tage und ganze

Nächte, bis sie endlich den nächsten Bergrücken hinaufsteigen konnten.

In den Schluchten sah Catolis Leichen liegen, Menschen, die im Gedränge abgestürzt waren, Menschen, die sich aus Verzweiflung hinabgestürzt hatten – wer konnte das wissen? Am Wegrand kämpften Alte und Halbwüchsige um Früchte, um ein totes Tier oder um ein Bienennest voller Honig, das zu normalen Zeiten keiner wahrgenommen hätte. Da und dort entdeckte Catolis Verhungerte an den Wegrändern.

Fünf Tage und sechs Nächte lang bekam sie keinen einzigen tarkanischen Krieger zu Gesicht, sah keine Kampfrotten aus Tarkatan gegen Mauern stürmen, hörte weder Kriegsgeschrei noch Waffenlärm – und wurde dennoch auf Schritt und Tritt Zeugin von Tarkatans Sieg über das Königreich Garona.

Am sechsten Tag nach ihrem Aufbruch aus Violadum ritt sie in einem Strom aus Flüchtlingen nach Garonada hinein. Zehntausende versuchten, sich hinter den Mauern der Hauptstadt in Sicherheit zu bringen. Gerüchte, die den fliehenden Garonesen neue Schrecken bereiteten, machten die Runde: Seebergen sei gefallen, vor Rothern habe sich eine Kriegsschar von fünftausend Tarkanern – »Blutsäufern« – gesammelt, um die Stadtmauern zu stürmen. Und weitere siebentausend seien längst unterwegs nach Garonada.

Nur beiläufig nahm Catolis all die Nachrichten zur Kenntnis. Ganz andere Sorgen plagten sie als die lächerlichen Todesängste der Irdischen.

Mauritz, der Meister des Lichts.

Was trieb den Magier an? Warum fielen die Städte seines Volkes so viel leichter, als Catolis es erwartet hatte? Hatte er die Garonesen nicht ausreichend vorbereitet? In diesem Fall hätte er zu jeder Stunde gelogen, in der sie sich im ERSTEN MORGENLICHT begegnet waren. Sollte sie sich so getäuscht haben in ihm? Catolis mochte es nicht glauben.

Ihre Gefangene führte sie zur Königinnenburg. Auch dort herrschte Aufruhr. Hunderte Kriegerinnen und Krieger machten sich im Burghof bereit, dem Feind entgegenzureiten. Catolis kümmerte sich nicht um sie, befahl der Majordame, Einlass in die Burg zu begehren.

Eine große Schwertfrau mit verhärmten und harten Gesichtszügen öffnete ihnen. Eine sogenannte Burgmeisterin, Hildrun mit Namen. Die Bewaffnete an ihrer Seite schien ihre Dienerin zu sein. Eine weißblonde Schönheit. Königin Lauka sei nicht mehr in der Burg, beschied ihnen die Burgmeisterin knapp, wahrscheinlich nicht einmal mehr in der Stadt. Der Harlekin Mauritz habe den Oberbefehl in der Burg und auf den Wehrmauern übernommen, und die Majordame möge sich mit ihrer Dienerin an die Stadtmauer begeben, um sie gegen den heranrückenden Feind zu verteidigen.

Die Gefangene erklärte, was Catolis ihr eingeschärft hatte für diesen Fall. Sie habe brisante Nachrichten aus Violadum, hochgeheime Nachrichten sogar, und eine Botschaft des Feldherrn von Tarkatan. Einzig und allein der Königin oder ihrem engsten Vertrauten dürfe sie davon Kenntnis geben.

Daraufhin schickte die Burgmeisterin ihre schöne Dienerin ins Obergeschoss und winkte Catolis und ihre Gefangene in die Empfangshalle. »Wie steht es in Violadum und den Außenburgen?«, wollte sie wissen. »Was hört man auf den Bergstraßen zwischen Violadum nach Garonada? Besteht noch Hoffnung?«

Die Majordame antwortete ihr wahrheitsgetreu und in knappen Sätzen, und mit jeder Antwort wurde die Burgmeisterin bleicher und ihre Miene kantiger.

Irgendwann erschien ihre weißblonde Dienerin auf der Treppe und wies in eine Zimmerflucht des ersten Obergeschosses. »Der Vater der Königin empfängt euch im Thronsaal.«

Eiszapfen bohrten sich durch Catolis' Brustkorb – *der Vater der Königin!* Sie sprach doch nicht etwa vom Meister des Lichts? Hinter ihr und der Majordame her stelzte sie Stufe um Stufe hinauf, versuchte, die Beherrschung über ihre aufgescheuchten Gedanken und Gefühle wieder zu erlangen.

Der Vater der Königin!

Oben angekommen bogen sie in eine Zimmerflucht ab. Zwei Flügel eines Saales standen darin offen. »Gehe zurück zu deiner Herrin«, befahl Catolis der Weißblonden. »Ich will allein mit ihm sprechen.« Und an ihre Gefangene gewandt: »Du bewachst die Tür und lässt niemanden zu uns hinein.«

Der fahrige Blick der Weißblonden flog zwischen Catolis und ihrer Gefangenen hin und her. Vollkommen verwirrt wirkte sie auf einmal. Der Ring an Catolis Faust leuchtete auf, und jetzt verlor das Gesicht der Garonesin jede Farbe. »Vergiss, was du gehört und gesehen hast«, befahl sie ihr. »Geh jetzt.« Mit kleinen, unsicheren Schritte zog die Dienerin der Burgmeisterin sich zurück. Auf der Treppe hörte Catolis sie stolpern und einen Schrei ausstoßen.

Die Magierin betrat den Thronsaal, die Majordame schloss die Türflügel hinter ihr. Schwertartige Blätter großer Pflanzen ragten rechts und links der Tür aus zwei Kübeln. Agaven. Eine blühte rot und gelb. Mauritz stand am Fenster und sah zu ihr herüber.

»Der Vater der Königin«, murmelte sie und konnte es noch immer nicht fassen. »Bist du das wirklich?«

»Ich habe dich erwartet.« Mauritz trug einen schwarzen abgewetzten Anzug. Sein Blick brannte. Sein Schädel war kahl.

»Du hast also wirklich eine Tochter?« Catolis ging auf ihn zu, zog einen Stuhl mit sich, setzte sich neben ihn unter das Fenster. Er sah auf sie herab, schwieg. »Ist es tatsächlich die neue Königin? Diese Lauka, von der sie überall sprechen?« Er nickte stumm. »Wie konntest du nur!«

Er riss sich los von ihrem Blick, wandte sich ab, ging zu dem größten Sessel an der runden Tafel in der Mitte des Saals, ließ sich hineinfallen. »Du weißt ja nicht, wie das ist«, sagte er leise.

»Wie was ist?«

»Wenn man einer Irdischen nahe kommt, wenn man sie erwählt, um das ERSTE MORGENLICHT zu tragen und ihr Volk zu führen, und wenn man dann anfängt, sie zu lieben.«

»Von wem sprichst du, Meister des Lichts?«

»Von Königin Belice. Ich habe sie erzogen und später beraten.

Ich habe ihr das Geheimnis des ERSTEN MORGENLICHTS offenbart und die Macht, die es ihr hätte schenken können.«

»Und sie hat nicht gewollt.«

Er nickte langsam. »Und sie hat nicht gewollt, ja …« Seine Stimme brach.

»Hast du sie schon geliebt, bevor du sie zur Ringträgerin erwählt hattest? Ich meine, als Irdische geliebt, als Menschenfrau begehrt?« Er bedeckte seine Augenhöhlen mit der Rechten und schwieg. »Hast du also deine magische Kraft benutzt, damit sie deine Liebe erwidert?« Er rieb sich die Stirn. »Du hast sie behext. Behext und geschändet.«

»Du weißt ja nicht, wie das ist«, wiederholte er und sprang auf, blitzte sie an, ballte die Fäuste. »Wie das ist, wenn man liebt!« Er schrie.

»Lieben und besitzen wollen, Mauritz – wer sollte den Unterschied kennen, wenn nicht wir von Kalypto?« Er duckte sich, belauerte sie, zitterte plötzlich am ganzen Körper. »Und jetzt hast du die Frucht deiner Übertretung zur Königin gemacht?« Catolis dachte daran, dass kalyptisches Blut in den Adern seiner Tochter floss, dass magische Kräfte in ihrem Geist lebten. Sie erschauerte. »Und wahrscheinlich willst du sie sogar zu einer Magierin machen. Oder hast du es längst getan?«

»Du bedenkst nichts und weißt nichts!« Er stampfte zu ihr, blieb einen Schritt vor ihr stehen, hieb sich die Fäuste erst gegen die Stirn, dann gegen die Brust. »Du weißt nicht, was hier drin geschieht, wenn du liebst!«

»Aber du weißt, was das Gesetz von Kalypto für denjenigen vorsieht, der die Gier nicht beherrscht, der um jeden Preis besitzen will.«

»Du …!« Er wollte nach ihr greifen, doch seine zu Klauen verkrampften Hände stießen gegen ein unsichtbares Hindernis. Catolis hatte eine magische Kuppel um sich herum errichtet. »Lass sie zu uns gehören!«, rief er. »Lass sie eine von uns werden! Bitte! Lauka ist stark, so schön und stark!« Er ging in die Knie, faltete die Hände, streckte sie ihr flehend entgegen. »Bitte! Sie wird uns nützen! Wir brauchen sie, um das Zweite Reich von Kalypto erstehen zu lassen!« Die rötlichen Augen quollen ihm schier aus den Höhlen, seine Kiefergelenke traten hervor wie Messerspitzen, seine Unterlippe bebte, Schaum troff im Rhythmus seiner schnellen Atemzüge aus seinen Mundwinkeln. »Wir können nicht auf eine wie sie verzichten.«

Sie musterte das zitternde Bündel zu ihren Füßen. Erbarmen packte sie. Und Ekel. »Kalypto kann sogar auf einen erfahrenen Magier verzichten, wenn er das Gesetz der Erzmagier mit Füßen tritt. Sogar auf einen Meister des Lichts.«

»Nein.« Er schüttelte den Kopf, Tränen rannen über sein knochiges Gesicht. »Auf mich kann Kalypto nicht verzichten.«

»Du hast deine Meisterschaft verleugnet, Mauritz. Du, von dem ich es zuallerletzt erwartet hätte. Du bist gescheitert.« Catolis streckte die Rechte aus. »Gib mir das ERSTE MORGENLICHT, und sag mir, wo ich deine Tochter finde.«

Er sprang auf. »Was willst du von ihr?« Er keuchte, blickte gehetzt nach allen Seiten, spuckte bei jedem Wort.

»Das weißt du doch, Mauritz. Sie muss sterben. Genau wie du. Gib mir den Mondsteinring. Er gehört jetzt wieder dem Wächter des Schlafes.«

»Niemals.« Er taumelte rückwärts von ihr weg. »Und niemals wirst du irgendjemandem sagen, was ich getan habe!« Die runde Tafel schwebte plötzlich über den Fliesen, Kerzenleuchter und Vasen rutschten von ihr, prallten auf den Steinboden, zerschellten. »Niemals!« Mauritz warf sich zur Seite, die Tafel raste über ihn hinweg auf Catolis zu, riss den Kronleuchter von der Decke, prallte gegen die Fensterwand, zerbrach in hundert Trümmer. Glas zerklirrte, der Saal bebte, draußen im Hof schrien Menschen.

»Gib mir den Ring, Mauritz.«

»Wo bist du?« Er stemmte sich vom Boden hoch, sprang auf, drehte sich um sich selbst, suchte sie, sah sie nirgends.

»Zieh ihn vom Finger, leg ihn vor dich auf die Fliesen und dann tritt mit dem Rücken zur Wand.«

Schreiend wirbelte er noch immer herum, warf Blicke nach allen Seiten, nach oben und unten. »Ich reiß dich in das Nichts!« Flammen schossen aus seinen Augen und Fingern. »Ich stoß dich zur Hölle! Werde sichtbar, verfluchte Hexe!« Flammenwirbel umkreisten ihn, schützten ihn, rissen ihm Fugen in die Andere Welt auf – und endlich sah er sie: Catolis kauerte mitten in der rotgelben Blütenstaude der Agave, zehnmal kleiner, als er sie eben noch gesehen hatte.

»Du bist verloren, Hexe!« Sein Ring glühte, der Flammenwirbel um ihn herum verwandelte sich in ein Meer aus blauem, violettem und türkisfarbenem Feuer. Das brodelnde, züngelnde Flammenmeer schwappte auf die Pflanze zu, überwogte ihre Blüte und ihre schwertförmigen Blätter, setzte sie in Brand.

»Zieh den Ring vom Finger«, hallte Catolis' Stimme aus irgendeiner Ferne. »Leg ihn vor dich auf die Fliesen!« Ganz nah klang sie jetzt wieder. »Und dann tritt mit dem Rücken zur Wand.« Sie stand am Fenster, mitten in den Trümmern der Ratstafel.

Mauritz schrak zusammen, brüllte, verdichtete das Feuer über der Pflanze zu einem Speer aus tödlichem Licht, den er auf Catolis zurasen ließ. Kurz vor ihr beschrieb die Waffe jedoch eine enge Schleife, rasend schnell, und nur einen Wimperschlag später traf sie Mauritz selbst und hüllte ihn in blauviolettes Höllenfeuer ein. Der Magier stand in Flammen, schrie in Todesnot, wälzte sich auf dem Boden, um das Feuer zu ersticken. Jegliche magische Kraft war ihm entglitten. Am ganzen Körper brennend sprang er auf, rannte zur Wand, warf sich dagegen.

Eine Luke öffnete sich, der brennende Magier drängte hindurch. Catolis sprang zur Seite – die Trümmer der Tafel erhoben sich von den Fliesen, ein mannshohes, halbrundes Eichholzstück stob auf die Wandluke zu, prallte dagegen und klemmte die brennende Hand des Magiers ein. Dumpf und verzweifelt klang sein Gebrüll jenseits der Wand. Die brennende Gliedmaße krümmte sich, rauchte, verkohlte mehr und mehr; der Ring daran leuchtete längst nicht mehr.

Die Portalflügel wurden aufgestoßen, Catolis' Majordame sprang in den Saal. Mit einer müden Geste deutete Catolis auf die schwarze Hand in der Wandlücke. Drei große Schritte, und die Gefangene stand davor, riss ihr Schwert aus der Scheide und schlug das verbrannte Körperglied ab. Hinter der Wand entfernten sich Schritte und das Gebrüll des gescheiterten Magiers. Die halbe Tischplatte kippte zur Seite, prallte auf dem Boden auf. Die Wandluke öffnete sich ein paar Finger breit. Die Gefangene steckte das Schwert weg.

Catolis wankte zu ihr. Sie war maßlos erschöpft. Nichts kostete mehr Kraft als ein magischer Kampf.

Sie lehnte gegen die Wand, schob die Luke auf, lauschte ins Halbdunkle. Ein Geheimgang. Gestank nach verbranntem Fleisch strömte ihr entgegen. Catolis rümpfte die Nase. Wahrscheinlich durchzogen viele solcher Gänge die gesamte Burg.

Gleichgültig.

Sie trat auf die verkohlte Hand, bückte sich und zog den Ring vom verkohlten Ringfinger. Die Gefangene sah gleichmütig zu. Catolis wischte den Ring an ihrem grauen Wollmantel ab, polierte ihn gründlich und steckte ihn schließlich in eine Tasche unter der Lederjacke.

Plötzlich stutzte sie, schloss die Augen, lauschte. Jemand war ganz in der Nähe; nicht der Meister des Lichts, der flüchtete längst ins Kellergeschoss der Burg. Zwei Irdische spürte sie, zwei Willenskräfte. Ganz in der Nähe. Stark und hart fühlten sie sich an. Konnte das wahr sein? Oder gaukelten ihre erschöpften Sinne ihr etwas vor, das es nicht gab?

Sie öffnete die Augen, stützte sich an der Wand ab, blickte sich um. Zwei junge Burschen standen auf der Türschwelle, starrten auf das Trümmerfeld im Saal.

»Was … was ist hier geschehen?«, stammelte der ältere.

»Selbst hier in der Königinnenburg sind sie schon?«, flüsterte der jüngere.

»Wer?«, fragte Catolis leise. »Wer soll schon hier sein?«

»Die Blutsäufer aus Tarkatan«, keuchte wieder der ältere. »Sie stürmen das Südtor. Das Mutterhaus brennt.«

12

Seit Tagen lebten sie unter der Erde. Im Höhlenlabyrinth unter der Schluchternburg. Wie die Ratten. Und heute einmal zur Abwechslung fünf Wegstunden weiter westlich, ein paar Stockwerke höher und hinter einer Wand. Auch wie die Ratten. Lasnic kämpfte mit Panik. Enge, stickige Luft, Dunkelheit – alles nichts für einen Waldmann.

Dicht an seinem Ohr hörte er die flachen, viel zu schnellen Atemzüge der Königin und jenseits der Wand das Gerede der beiden Wahnsinnigen.

»Du hast sie also behext«, sagte die samtene Frauenstimme mit geradezu überirdischer Ruhe. »Behext und geschändet.« Und der andere Wahnsinnige, dieser Hexer, fing an herumzuschreien.

Die düstere Enge hier würde Lasnic bald genauso wahnsinnig machen. Seine linke Schulter drückte gegen eine Holzwand, die rechte gegen kalten Stein. In engen, stickigen Räumen ausharren, sich nicht einmal rühren dürfen – beim Wolkengott, wie er das hasste! Lauter böse Bilder schwirrten ihm durch den Schädel: Gundloch, wie er ihn unter der Blutbuche ins Jagdnetz schnürte; die Bräunlinge, wie sie ihn gefesselt in diesen Verschlag sperrten; die Schwertkerle des Einarmigen, wie sie ihn in den Kerker warfen. Er zwang sich zu tiefen Atemzügen. Nebenan redete wieder das Weib.

»Und jetzt hast du die Frucht deiner Übertretung zur Königin gemacht?« Eine Bestimmtheit und eine Schärfe, die keinen Widerspruch duldeten, lagen in der samtenen Frauenstimme. Hatte Lasnic ein Weib schon einmal so sprechen hören? Die Waldfurie vielleicht. »Und wahrscheinlich willst du sie sogar zu einer Magierin machen.« Vielleicht war sie gar nicht wahnsinnig, die da nebenan den strengen Ton anschlug, vielleicht war sie einfach nur gefährlich. »Oder hast du es längst getan?«

Ayrins Arm berührte ihn, und plötzlich spürte er, dass die Königin zitterte. Er zog sie an sich, hielt sie fest; wahrhaftig – sie zitterte am ganzen Leib. Er flüsterte ihr ins Ohr. »Alles ist gut, ich bin bei dir« und solches Zeug. Nicht, dass sie noch durchdrehte.

Dabei war sie es gewesen, die unbedingt hierherwollte – »Ich muss in meine Burg!« – und um jeden Preis mit diesem Mauritz sprechen. Gelacht hatte sie, als Lasnic ihr sagte, dass der Hexer der Vater ihrer Halbschwester sei, hatte es einfach nicht glauben wollen, konnte es vielleicht nicht glauben. Doch mächtig genagt hatte es in ihr. Bis sie diesen Baumeister bekniet hatte, diesen Joscun; den hatte seine Mutter, die Herzogin Tanjassin von Blauen, nach Schluchternburg geschickt, um die Herzogin Petrona in ihrer belagerten Burg zu unterstützen. »Führe mich durchs Labyrinth nach Garonada«, hatte Ayrin ihn angebettelt. »Ich muss es genau wissen! Führe mich in die Burg, ich befehle es dir!«

Lasnic wollte sie nicht allein gehen lassen, und jetzt steckten sie in einem dieser engen Geheimgänge, die anscheinend die gesamte Burg durchzogen, waren hineingeplatzt mitten in das Gerede der beiden Wahnsinnigen.

Der Hexer jedenfalls war ganz bestimmt wahnsinnig – nebenan stampfte er auf dem Boden auf, wie ein trotziges Weib, schrie und rannte durch den Raum. Sie dagegen, die Gestrenge, blieb gelassen. Lasnic hätte gern ihr Gesicht gesehen; gab es denn nicht irgendeinen Sehschlitz in dieser verdammten Holzwand?

»Ich will sie sehen«, flüsterte er der zitternden Königin ins Ohr.

»Still.«

Er spürte, wie sie den Kopf schüttelte.

»Bitte!« Wieder die Stimme des Hexers. »Sie wird uns nützen!« Jetzt hatte er sich aufs Jammern und Betteln verlegt. »Wir brauchen sie, um das Zweite Reich von Kalypto erstehen zu lassen!« So redeten doch nur Wahnsinnige, oder? Lasnic hatte genug. Die Enge, die Dunkelheit, die stickige Luft. Es reichte.

»Lass uns gehen, du hast gehört, was du hören wolltest.« Ihr Haar flog ihm ins Gesicht – beim Großen Waldgeist, wie es duftete –, sie schüttelte schon wieder den Kopf. »Du weißt doch jetzt alles.« So schnell gab er nicht auf. Doch sie zischte nur leise in der Dunkelheit, schob ihn sogar ein Stück weg von sich.

»Kalypto kann sogar auf einen erfahrenen Magier verzichten, wenn er das Gesetz der Erzmagier mit Füßen tritt«, sagte nebenan die unerbittliche Frauenstimme. »Sogar auf einen Meister des Lichts.«

Meister des Lichts? Kalypto? Wovon sprachen die beiden bloß? Etwa von jenem Volk aus Magiern? Lasnic erinnerte sich dunkel, dass der Hexer es erwähnt hatte, als er sein kastanienrotes Miststück aus dem Kerker holte.

»Du bist gescheitert«, sagte das gestrenge Weib nebenan, und Lasnic zuckte zusammen, war froh, dass diese Stimme nicht zu ihm sprach. »Gib mir das ERSTE MORGENLICHT und sag mir, wo ich deine Tochter finde.« Und dann wurde es laut nebenan, richtig laut.

»Wir gehen«, flüsterte er und schob Ayrin in die Richtung, aus der sie gekommen waren. Doch sie versteifte sich, wollte immer noch lauschen. Jenseits der Holzwand zerbrach Glas auf dem Boden, und dann krachte und polterte es, als hätte ein Titan hundert Bretter mit einem einzigen Axthieb zertrümmert. Lasnic hielt den Atem an. Der Boden zitterte, Holz splitterte, Glas zerklirrte, irgendwo schrie einer.

Drinnen verlangte sie den Ring, und der Hexer brüllte, wie nur Wahnsinnige brüllen. Lasnic packte die Königin, drückte sie vor sich her. Und endlich gab sie ihren Widerstand auf. Ihr Schwertknauf schabte gegen die Wand. Sie huschten den Geheimgang entlang, durch eine Luke, auf eine schmale Wendeltreppe. Ein Lichtschein schimmerte zu Lasnics Füßen. Er riss eine Fackel aus einem Krug – sie glühte auf, wurde heller, spendete Licht.

Irgendwo über ihnen fauchte und krachte es, und dann schrie der Hexer wie unter großen Schmerzen, wollte gar nicht mehr aufhören zu schreien. Lasnic schob Ayrin durch die nächste Luke, wieder auf eine viel zu enge Wendeltreppe und wieder durch eine Tür. Sie huschten durchs alte Kerkergewölbe unterhalb der Königinnenburg und in die Folterkammer neben der Treppe. Dort stand die Falltür offen, durch sie gekommen waren. Hineingestiegen, über eine Leiter, in einen dunklen Schacht. Lasnic zog die Falltür über sich herunter, tastete vergeblich nach einem Riegel. Unter ihm kletterte die Königin bereits in die Tiefe.

Unten stand Joscun mit einer Armbrust auf dem Rücken, leuchtete mit einer Fackel in den Schacht hinauf. »Was ist passiert?«

Lasnic winkte ab, schob ihn in einen Stollen. Gemeinsam liefen sie ein paar Schritte, bis die Königin sich in einen türlosen Raum bückte. Sie folgten ihr. Ehe Lasnic sich versah, hing sie an ihm, klammerte sich an ihm fest, weinte in seine Fellweste hinein. Ihr Körper bebte.

»Was ist passiert?«, drängte Joscun. »Stimmt es also?«

Lasnic nickte und bedeutete ihm mit einer Geste, sich zu gedulden. Wie eine Ertrinkende an Treibgut, so klammerte die Königin sich an ihm fest. Weinkrämpfe schüttelten sie, sie zitterte und schluchzte. Lasnic reichte Joscun die Fackel, umarmte sie, hielt sie fest.

Er rief sich in Erinnerung, was der verdammte Magier dort oben alles von sich gegeben hatte, versuchte sich vorzustellen, er selbst hätte eben erfahren, dass ein Hexer seinen Vater getötet hatte, und er versuchte zu fühlen, was er dann fühlen würde. Er konnte es nicht, drückte die weinende Frau an sich, streichelte sie, wiegte sie, wie man ein verzweifeltes Kind wiegt. Sie tat ihm leid.

Joscun hielt beide Fackeln und beobachtete ihn. Vielleicht beneidete er ihn, weil die Königin sich einem Waldmann und nicht ihm, dem Garonesen, an die Brust geworfen hatte. Gleichgültig, sollte er doch. Lasnic beneidete sich nicht; viel lieber hielte er jetzt eine lachende statt eine weinende Frau in den Armen.

Das Geschrei im Obergeschoss riss nicht ab. Im Gegenteil: Es wurde lauter. »Er kommt«, flüstert Joscun, und tatsächlich hörte Lasnic Schritte auf der Wendeltreppe. Das Geschrei rückte näher und immer näher. Es quietschte, als sei jemand in ein Mäusenest getreten. Die Falltür!

»Weg mit den Fackeln!«, zischte Lasnic. Joscun guckte sich

nach einem Sandkrug um, auf der Leiter im Schacht jammerte und winselte der verdammte Hexer. Holzsprossen knarrten.

Die Königin löste sich von Lasnics Brust, lauschte. Joscun irrte an der Rückwand des Raumes herum, fand keinen Sandkrug, steckte die Fackeln in eine Mauerlücke; doch das reichte nicht – ihr Schein war zwar schwächer jetzt, doch noch immer konnte Lasnic seinen Schatten in den Stollen hinaus fallen sehen. Er zog Ayrin mit sich und drückte sich mit dem Rücken neben der Türöffnung an die feuchte Wand.

Ganz nahe klangen Schritte und Gejammer jetzt. Ayrin schob Lasnics Arme weg. Und dann eilte im Schein einer Fackel der Hexer vorbei. Er bemerkte den Lichtschein aus der Grotte nicht, wohl, weil er selbst eine Fackel trug; er lief einfach weiter, jammerte und fluchte. Gestank nach verbranntem Fleisch und versengtem Haar drang in Lasnics Nase. Brechreiz würgte ihn. Die Königin huschte aus dem Halbdunkel des höhlenartigen Raumes in den Stollen hinaus, rannte dem Hexer hinterher.

»Marderscheiße!« Lasnic sprang durch die Türöffnung, tastete sich durch die Dunkelheit, wollte Ayrin folgen. Er stolperte über irgendein Hindernis, schlug lang hin, fluchte. Fackelschein tauchte hinter ihm auf. Er stemmte sich hoch, rannte weiter. An einer Kreuzung blieb er stehen, lauschte ratlos.

Der Fackelschein wurde heller, näherte sich. »Welchen Weg hat sie genommen?«, flüsterte Joscun.

Lasnic zuckte mit den Schultern. »Weiß doch ich nicht.« Joscun verschwand im Stollen, der nach rechts abzweigte; Lasnic tastete sich ein paar Schritte geradeaus, durch den Hauptstollen voran. Blieb schließlich stehen und versuchte, die Dunkelheit mit allen Sinnen zu durchdringen.

»Stimmen«, flüsterte irgendwo hinter ihm Joscun. »Ich glaube, ich höre Stimmen.«

Lasnic machte kehrt, wollte sich zu dem Baumeister tasten, doch auf einmal bebte der Stollen. Und dann erhob sich Lärm, als würde eine Geröllawine gegen eine Wand prasseln. Schließlich der lang gezogene Schrei einer Frau.

»Die Königin!« Joscuns Stimme hallte durch die Dunkelheit. »Das ist die Stimme der Königin!«

*

An der Stollenkreuzung blieb Ayrin stehen, sog kurz die Luft ein, folgte dem Brandgeruch, der aus dem rechten Stollen drang. Sie rannte, achtete nicht auf ihren Schrittlärm, nicht auf Schutt oder Geröll, über das sie hätte stolpern können. Erst als sie den Fackelschein in der Ferne sah, wurde sie langsamer, mühte sich um leisere Schritte.

Wie ein Fieberschock war es gewesen, dem Gespräch zwischen Mauritz und jener Fremden zu lauschen. Alles in ihr bebte, kein klarer Gedanke gelang ihr mehr. Sie hätte es ja wissen können, wenn sie gewollt hätte, der Waldmann hatte es ihr ja schon gesagt: Mauritz war Laukas Vater.

Was für ein ungeheuerlicher Satz: *Mauritz war Laukas Vater.*

Doch das Unfassbare mit den Ohren zu hören war etwas ganz anderes, als es in Hirn und Herz hineinzulassen. Sie hatte den Satz gehört und beiseitegeschoben – bis er ihre Träume heimsuchte. Sie fand keine Ruhe mehr; wieder und wieder hatte Lasnic ihr schildern müssen, was er im Kerker gesehen und gehört hatte. Jedes Wort, das zwischen Lauka und Mauritz gefallen war, jede Einzelheit.

Und jetzt hatte sie es aus Mauritz' Mund ein zweites Mal gehört. Jetzt war es angekommen in Hirn und Herz.

Und nun? Was wollte sie noch von ihm? Ayrin fühlte sich wie mit Peitschen verprügelt, wie mit Klingen durchbohrt. Nicht allein, dass er Laukas Vater war – er hatte auch ihre gemeinsame Mutter getötet. Warum lief sie ihm hinterher?

Der Fackelschein vor ihr im Stollen bewegte sich nicht mehr, Ayrin schlich nun vorwärts. Bis sie die Fackel an der nächsten Stollenkreuzung in einer Wandhalterung stecken sah. Unter der flackernden Flamme erkannte sie die Umrisse seines Körpers. Und seinen Schatten. Der zitterte.

Sie wusste genau, warum sie ihm hinterhergelaufen war. Ihrem väterlichen Erzieher. Dem Vertrauten ihrer Jugend. Dem Berater ihrer ersten Jahre als Königin. Ihrem Thronrat. Sie wusste genau, was sie zu tun hatte, wenn sie Ruhe finden wollte. Wenn sie sich selbst jemals wieder mit Würde in die Augen schauen wollte.

Schritt für Schritt näherte Ayrin sich ihm, und all die Worte, die sie hatte mit anhören müssen, schwirrten ihr durch den Kopf: *behext und geschändet, jetzt hast du die Frucht deiner Übertretung zur Königin gemacht.* Eine Woge des Hasses flutete durch ihre Brust, sie lief wieder schneller. *Wahrscheinlich willst du sie sogar zu einer Magierin machen.* Wie sein Schatten zitterte! Wie er nach verbranntem Fleisch und Haar stank! *Behext und geschändet …*

Sie dachte an das mörderische Licht und blieb stehen. Wenn er nun die tödlichen Blitze auf sie feuerte? Vor ihren Augen flimmerte es blau, türkis und violett. Ayrin atmete schwer. Wenn er sie nun in eine sterbende Greisin verwandelte?

Gleichgültig. Ihr Leben war sowieso zu Ende. Sie ging weiter. Alles zerbrochen, was sie geliebt hatte, alles vorbei. Sie beschleunigte ihre Schritte. Zerbrochen sogar die geliebte Erinnerung: Mauritz, der Spaßvogel, ein Mörder! Mauritz, ihr geliebter Erzieher und Berater, ein Mörder und Vergewaltiger!

Und dann war sie bei ihm. Der ganze Mann bebte. Drei Schritte vor ihm blieb sie stehen. Rußschwarz sein Schädel, verkohlt das wenige Haar. Schwarz auch Arme und Gesicht. Und die linke Hand. Die Rechte fehlte, um den Armstumpf presste er die Faust. Schwarz-rot sickerte es zwischen seinen Fingern und seinem Handballen heraus. *Gib mir den Ring, Mauritz.* Die Fremde hatte ihn sich genommen.

Wer war diese Frau? Gleichgültig. Ayrin holte Luft, trat noch einen Schritt näher zu ihm.

Mauritz hob den Kopf. In seinen schwarzen Augenhöhlen glühten seine Augen wie noch einmal aufstrahlende Kohlenglut kurz vor dem Erlöschen. »Ayrin«, flüsterte er. »Meine geliebte Ayrin …« Er stützte sich an die Wand, kam taumelnd auf die Beine, hob seinen Armstumpf. »Du musst mir helfen, Ayrin.«

Sie riss das Schwert aus der Rückenscheide.

»Du musst mir helfen …«

»Behext und geschändet«, murmelte sie und holte aus.

Er stand wie erstarrt, ließ den Armstumpf los, richtete ihn auf die Decke – in seinen Augen brannte noch einmal das alte, das böse Feuer. Blut pulsierte aus dem schwarzen Stumpf, Geröll löste sich aus der Stollendecke, Ayrin schlug zu.

Sein Schädel prallte gegen die Wand, Blut pulsierte hellrot aus seinem kopflosen Hals. Ayrin wich zurück. Steine prasselten vor ihr auf den Boden. Die Decke!

Sie stolperte rückwärts in den Stollen hinein, eine Staubwolke stieg auf, verhüllte Mauritz' enthaupteten Leib. Ayrin ließ das Schwert sinken, ging Schritt für Schritt rückwärts. Die Decke über der Kreuzung brach ein, überall prasselten Steine herab. Aus dem Staub lösten sich die Umrisse eines Körpers. Wie gelähmt stand Ayrin. Der Torso stürzte sich auf sie, griff in ihr Haar, riss ihren Kopf zu sich. Sie schrie.

*

Eine Staubwolke quoll Lasnic entgegen. Wie ein Schwert hielt er die Fackel und bohrte sie durch den schwebenden Staub. Nicht weit hinter ihm keuchte Joscun. Lasnic hustete, versuchte, den Staub mit Fackel und Hand zur Seite zu wedeln. Völliger Schwachsinn – er hustete, dass die Tränen nur so strömten.

Dann ein Schatten, kaum zehn Schritte vor ihm. Er zog sein Schwert, während er sich die Lunge aus dem Leib hustete. Die Umrisse einer Gestalt schälten sich aus dem Staub, sie lehnte gegen die Stollenwand, stützte sich auf ein Schwert, hustete ebenfalls.

Ayrin!

Etwas lag vor ihm im Stollen, fast wäre er drübergestolpert. Er blieb stehen, hob die Fackel. Ihr Lichtschein spiegelte sich in einer Blutlache. Ein Torso lag darin – versengte Haut, nur noch eine Hand, angekohlte Kleider.

Joscun machte neben ihm halt. »Mauritz?«

Lasnic nickte nur, starrte den enthaupteten Leichnam an. Der von seinem Blut aufsteigende Dampf vermischte sich mit dem Staub. Lasnic äugte zur Königin. Die Klinge ihres Schwertes war blutig. Sie zitterte.

Viele Atemzüge lang geschah gar nichts. Alle drei schwiegen, starrten vor sich hin. Irgendwann richtete Ayrin sich auf, stieß sich von der Stollenwand ab und wuchtete ihr Schwert auf die Schulter.

Sie sahen einander in die Augen, Lasnic und sie.

»Es ist vorbei«, sagte sie. »Gehen wir.« Sie wankte an ihnen vorüber, tauchte in die Staubwolke ein. Lasnic und Joscun machten kehrt und folgten den Geräuschen ihrer Schritte.

Der Staub und der Leichnam des Hexers blieben zurück. Irgendwo auch sein Schädel, gewiss. Lasnic hatte nicht die geringste Lust, ihn zu sehen. Er wunderte sich, weil Ayrins Schritte immer schneller wurden, immer kraftvoller wirkten. Dabei trug sie nicht einmal eine Fackel, nur ihr Schwert.

Sie rückten zu ihr auf, Joscun an ihre rechte, Lasnic an ihre linke Seite. Er betrachtete sie von der Seite. Ihre Augen waren sehr schmal, ihre Züge kantig und hart. Ruß befleckte ihr bleiches Gesicht. Geronnenes Blut klebte in ihrem schwarzen Haar.

Ich liebe sie, schoss es ihm plötzlich durch den Kopf, er konnte gar nichts dagegen tun und schüttelte sich, als wollte er sich wehren. Doch wieder tönte es irgendwo tief aus seinem Hirn: *Ich liebe sie. Verdammt noch mal, bin ich denn übergeschnappt? Ich liebe dieses Weib.*

In einer weitläufigen Höhle blieb Joscun stehen. Mit der Fackel deutete er auf einen Stolleneingang in der westlichen Höhlenwand. »Ich muss dort lang.« Seine Stimme hallte durch die Höhle.

»Gehe doch mit uns«, sagte Ayrin. »Ich brauche Köpfe wie dich an meiner Seite.« Zu Lasnics Freude sagte sie »Köpfe« und nicht »Männer«.

»Ich muss nach Hause«, erwiderte Joscun. »Ich werde in Blauen gebraucht, meine Königin. Du weißt, wie sehr ich meine Stadt liebe. Ich will meiner Mutter helfen, sie zu halten.« Er verneigte sich vor ihr, blickte Lasnic noch einmal in die Augen und ging dann auf den Stolleneingang zu.

»Die Große Mutter behüte dich!«, rief Ayrin ihm hinterher. Sie sahen ihm nach, bis die Dunkelheit seine Gestalt und den Schein seiner Fackel verschluckte.

»Da entlang.« Ayrin wandte sich nach Osten. Lasnic hob die Fackel und bückte sich hinter der Königin in einen Stollen. In der nächsten Höhle hörten sie Lärm über sich. Ayrin blieb stehen, blickte zur Decke hinauf. Geschrei und Waffengeklirre tönten von dort oben. »Wir stehen unter den Häusern nahe des Südosttores«, sagte sie. »Hörst du die Blutsäufer?«

Das Triumphgeschrei drang bis ins Stollensystem herab. »Die Bräunlinge.« Lasnic spuckte aus. »Sie sind in der Stadt.« Jemand brüllte Befehle, Frauen schrien und kreischten. Ayrin steckte ihr Schwert in die Rückenscheide und hielt sich die Ohren zu. Lasnic schob sie in den nächsten Stollen. »Weg hier.«

Im Schein der Fackel rannten sie durch Höhlen und Gänge. Stundenlang, immer weiter nach Osten. Bis sie das Stadtgebiet Schluchternburgs erreichten. Tief unter der Burg warteten die anderen. Seit Tagen hatten sie sich dort eingenistet.

*

Der letzte Bote aus dem Reich tauchte zwei Monde nach dem Fall Violadums in den Höhlen unter der Schluchternburg auf. Lasnic fand den halb Verhungerten in einer Grotte hoch über dem Fluss. Er trug den jungen Burschen in die Höhle unter der Schluchternburg, wo er mit den anderen hauste. Alle versammelten sich um ihn, drei Dutzend Frauen und Männer, die dem Kriegsgrauen entkommen waren; alle wollten hören, wie es um das Reich stand.

Nichts als Schreckensnachrichten brachte der Bote mit: Tausende erschlagene Männer, tausende Weihritter und Halbwüchsige auf Galeeren verschleppt, unzählige geschändete Frauen, die Städte des Reiches voller Tränen, Blut und Geschrei.

Drei Zugänge ins Labyrinth hatten die Tarkaner bereits entdeckt, Kampfrotten brauner Krieger waren in das Stollensystem eingedrungen. Nur eine der sieben Bergstädte hielt sich noch immer: Blauen.

Doch wie lange?

Alle weinten, alle schwiegen. Und dann rückte der Bursche zögernd mit der einzig wirklich neuen Nachricht heraus. »Hildrun ist gefallen. Mit Martai und zwölf Schwertdamen versuchte sie, über den Garonit nach Blauen zu fliehen. Doch Lauka hat sie an die Blutsäufer verraten. Vor drei Tagen stellten die Bestien sie in der Wachburg am Südhang. Eine einzige Schwertdame ist entkommen. Hildrun und Martai kämpften Rücken an Rücken, berichtet sie. Sie starben gemeinsam noch während der Schlacht. Niemand musste leiden, auch die anderen Schwertdamen nicht.«

»Lauka hat sie verraten?« Loryanes Stimme brach, sie schlug die Hände vor den Mund und schien fassungslos; und in welches Gesicht Lasnic auch blickte: Alle guckten sie, als hätten sie gerade fürchterliche Prügel bezogen.

»Sie verfolgt alle, die dir gedient haben, meine Königin«, wandte der junge Bote sich an Ayrin. »Keiner, der sich öffentlich zu dir bekannt hat, ist seines Lebens sicher. Auch die Obristdame Tibora und den Reichsritter Zakiran haben Boras und Starian im Auftrag deiner Schwester ermordet.«

Alle Köpfe senkten sich, wieder folgte langes Schweigen. Da und dort schnäuzte sich jemand. Lasnics Schrecken hielt sich in Grenzen. Genau so hatte er das Miststück eingeschätzt: eiskalt, berechnend, nur ihren eigensüchtigen Zielen verpflichtet.

Der Bote, ein Weihritter namens Wigard, wollte nicht mehr ins besetzte Reich zurückkehren, und bat seine Königin – so sprach er sie an: »Meine Königin!« –, bei ihr bleiben zu dürfen. Sie gestattete es, schickte ihn aber mit Romboc nach Westen, um einen Stollen zu zerstören, der nach Schluchternburg führte.

Drei Tage später gab Petrona ihre Burg auf. Mitten in der Nacht trugen die Herzogin von Schluchternburg und die wenigen, die sich mit ihr in die Burg hatten flüchten können, Möbel, Holz und Stroh in der Eingangshalle zusammen und legten Feuer. Während die Flammen den letzten garoneischen Widerstand von Schluchternburg verschlangen, schlossen sich Petrona und ihr Gefolge den Versteckten im Labyrinth an. Die Herzogin wirkte verbittert, sprach mit niemandem ein Wort.

Lasnic zog sich seinen Eulenfedermantel an, gürtete Voglers baldorisches Kurzschwert um die Taille und schnallte sich Lanze, Jagdbogen und Köcher auf den Rücken. Sie alle packten ihre Bündel.

Es fiel den Garonesen schwer, sich von ihrer Heimat zu trennen; Lasnic spürte es schon die ganze Zeit. Auch, wie ängstlich sie vermieden, über die Zukunft zu sprechen, hatte er all die Wochen gemerkt. Jetzt schienen sie sich ohne viele Wort einig zu sein, dass es Zeit war zu gehen. Und beim Wolkengott: Was gab es denn noch, das einen von ihnen hier hätte halten können? Gegen Morgen nahmen sie den Stollen Richtung Fluss. Wie eine Horde abgerissener Vagabunden sahen sie aus.

Erzritter Romboc übernahm die Spitze, hinter ihm ging Loryane, die Kriegsmeisterin einer Stadt, die den Krieg verloren hatte. Lasnic lief neben der Königin unter den Schwertweibern Petronas. Er suchte Ayrins Nähe, wann immer er konnte.

Irgendwo am Schluss der Kolonne sang Pirol Gumpen. Inzwischen konnte er den »Turm von Garonada« schon mit acht Scheiben versetzen, ohne die Regeln zu brechen. Lasnic grübelte noch über der Lösung mit sieben Scheiben. Schon seit Wochen hatte niemand mehr den Hünen aus dem Norden einen »Eiswilden« genannt. Oder »Eisschatten«.

Und seit Wochen hatte niemand Lasnic nach dem magischen Ring gefragt; im Grunde seit dem verlorenen Kampf um Violadum nicht mehr. Gut so. Eingepackt in die Lederkapsel trug er ihn zwar am Körper, dachte jedoch selten an ihn. Von Zeit zu Zeit beschloss er, das Schmuckstück bei nächster Gelegenheit loszuwerden.

Vielleicht war die richtige Gelegenheit noch ausgeblieben, vielleicht konnte er sich auch einfach nicht von ihm trennen. Gut möglich. Immerhin hatte er ihn im Mund seines toten Vaters gefunden. Immerhin hätte er nie im Leben die Königin von Garona getroffen ohne Voglers verdammten Ring.

Dass die Bräunlinge ebenfalls so ein Höllending besaßen, hatte er inzwischen mit eigenen Augen sehen müssen. Oft fragte er sich, woher sie den Ring wohl haben mochten. Lebte unter ihnen etwa auch ein Magier, wie dieser Mauritz einer gewesen war? War vielleicht sogar dieses strenge Weib mit der unerbittlichen Samtstimme eine Magierin? Wie sonst hätte es ihr gelingen können, dem Hexer die magische Waffe abzunehmen?

Zwangsläufig und wie von selbst ergab sich aus solchen Fragen immer die eine, wirklich entscheidende: Gab es womöglich in Strömenholz oder Blutbuch gleichfalls jemanden aus diesem alten Magiergeschlecht, von dem der Hexer gesprochen hatte? Oft musste Lasnic an das denken, was die Waldfurie über die Magier gesagt hatte, von denen sie angeblich abstammte: *Sie haben lange geschlafen.* Und: *Sie beherrschen die Lebenskraft.*

Der Morgen dämmerte bereits herauf, als der Stollen in eine Höhle hoch über dem Schluchtern mündete. Ein Weg führte von ihr hinab ins Tal. Romboc befahl, die Fackeln zu löschen. Von der Hängebrücke aus, die über die Schlucht führte, konnte man auf den Pfad in der Steilwand herabblicken. Sogar von einigen Türmen der eroberten Stadt aus. Romboc und Loryane wollten kein Risiko eingehen.

»Noch eine halbe Stunde bis Sonnenaufgang«, sagte der Erzritter. »Wir können es schaffen, bis es richtig hell wird.« Er blickte in die Runde. Entschlossenheit las Lasnic in seiner vernarbten Miene, Entschlossenheit und den unbedingten Willen zu überleben. »Gehen wir also.« Romboc bückte sich aus der Höhle, trat auf den schmalen Felspfad.

Die Mündung des Höhlenflusses, der unterhalb der Stadt in den Schluchtern floss, war ihr Ziel. Um das Gewässer zu überqueren, würde einer von ihnen mit einem Seil durch die reißenden Fluten zum Höhleneingang schwimmen müssen. Lasnic hatte sich bereits angeboten. Schwimmen zählte nicht zu den Stärken dieser Bergmenschen.

In einer langen Marschkolonne tasteten sie sich an der Steilwand entlang den leicht abschüssigen Pfad hinunter. Er brachte sie zu einer Höhle, über der die Felswand leicht überhing und der Pfad ein kleines Plateau bildete. Von dort aus führten in den Stein gehauene Stufen etwa zwei Lanzenwürfe zum Flussufer hinab. Trotz des düsteren Dämmerlichtes und der Dunstschwaden über den schäumenden Wogen konnte Lasnic am gegenüberliegenden Ufer bereits die Felsöffnung erkennen, aus welcher der Höhlenfluss in den Schluchtern mündete. Über ihnen wurden Rufe laut. Die Tarkaner, die oberhalb der Schlucht seit Wochen die Burg belagerten, hatten wohl jetzt erst den Brand in der Festung entdeckt.

An der Spitze der Kolonne riss Romboc plötzlich den Arm hoch und ging blitzschnell in die Hocke. Alle duckten sich, keiner rührte sich, keiner sprach ein Wort. An der Königin und Petronas Schwertweibern vorbei kroch Lasnic zu ihm und Loryane an die Spitze. Die deuteten nach unten zum Fluss. Ein kleines Lagerfeuer brannte unterhalb der Felstreppe und nur ein paar Schritte vom Ufer entfernt. Männer saßen oder standen um Flammen und Glut, brieten Fisch.

Bräunlinge. Vierzehn Krieger zählte Lasnic. Und drei Zahmwölfe.

Von der anderen Seite, von Osten her, führte ein steiniger Pfad aus dem Steilhang zum Feuer herab. Ein Reiter trieb einen Steinbock hangabwärts über die Serpentinen. Er trug die graue Lederjacke und die Pluderhose eines Hauptkerls der Bräunlinge, ein ehemals weißes Tuch hielt ihm das geflochtene Haar aus dem Gesicht. Eine Armbrust hing auf seinem Rücken.

»Fünfzehn verdammte Bräunlinge«, flüsterte Lasnic.

»Hoffentlich hat uns niemand gesehen«, murmelte hinter ihm Loryane.

Romboc deutete stumm auf den Schluchtern hinunter. Vom Uferpfad aus, zwei Lanzenwürfe hinter dem Feuer, überspannte ein starkes Seil den Fluss. Die Eroberer hatten es im Fels am anderen Ufer neben der Höhlenmündung verankert. Unterhalb des Seiles verlief ein Steg aus Baumstämmen durch die Wogen. Die Stämme schienen auf Felsbrocken zu ruhen. Eine Sorge weniger. Doch fünfzehn Bräunlinge mussten erst einmal geschlagen werden.

Loryane drehte sich um, gab die Neuigkeit flüsternd an die Schwertdame hinter ihr weiter; schnell sprach es sich bis zu Gumpen am Ende der Kolonne durch, dass Feinde den Weg in die Freiheit versperrten. Lasnic sah, wie der Hüne sich den Dreizack aus der Rückenschlaufe zog. Ganz allein hatte der Nordmann sich eines Nachts seine vertraute Waffe aus den Kammern der Arena geholt.

»Jetzt sind deine Schießkünste gefragt, Waldmann«, flüsterte Romboc, und über die Schulter zu Loryane: »Alle Armbrustschützen nach vorn. Wir müssen uns den Weg freikämpfen. Lasnic und Wigard übernehmen die verdammten Wölfe.«

Lasnic zog den Bogen von der Schulter, spannte den ersten Pfeil ein, klemmte den zweiten zwischen die Zähne. Bewegung kam in die Kolonne. Schwertdamen und Ritter mit Armbrüsten sammelten sich auf dem Plateau vor der Höhle. Auch Pirol Gumpen schob sich nach vorn.

Unten am Feuer blickten sie inzwischen dem Steinbockreiter entgegen. Sie sprachen ihn an, gestikulierten. Der Reiter winkte ab, deutete zur Steilwand hinauf und sagte irgendetwas; wahrscheinlich machte er sie auf den Brand in der Burg aufmerksam. Während die meisten nach oben starrten, trieb er seinen braunen Bock zum Feuer und griff hinter sich nach einem großen schwarzen Sack. Den warf er den Männern vor die Füße. Sofort machten die Bräunlinge sich über ihn her, rissen ihn auf, kramten darin herum. Der Reiter aber lenkte seinen Steinbock auf den Uferweg und dem Seil entgegen.

»Den hat die Große Mutter geschickt«, flüsterte Romboc. Mit ein paar Gesten teilte er die Schützen und ihre Positionen für den Angriff ein. Ein Ritter und zwei Weiber mit Armbrüsten drückten sich an Lasnic vorbei, gingen auf drei Stufen dicht an den Fels gedrückt in die Hocke.

Unten am Feuer erhob sich Palaver. Dort hatten die Krieger tote Ratten aus dem Sack gezogen. Die Wölfe stürzten sich darauf. Die Bräunlinge hatte eindeutig appetitlichere Bissen erwartet, denn einige von ihnen sprangen auf, fluchten dem Steinbockreiter hinterher, drohten mit den Fäusten. Einer hetzte ihm einen Wolf hinterher, ein anderer nahm sogar seine Wurflanze vom Rücken, zwei zogen ihre Krummschwerter.

Lasnic spannte den Bogen und zielte.

»Jetzt!«, zischte Romboc.

Lasnic ließ den Pfeil aus der Sehne schnellen, am Feuer brach der mit der Lanze zusammen. »Drecksack!«, zischte der Waldmann. Andere Bräunlinge schrien von Pfeilbolzen getroffen auf. Lasnic zielte und schoss erneut. »Verfluchte Drecksäcke!« Er griff in den Köcher und schoss, griff in den Köcher und schoss wieder und traf einen Zahmwolf. Sehr gut!

Am Feuer spannten sie jetzt erst ihre Kriegsbogen, doch plötzlich trafen Pfeilbolzen sie auch vom Uferweg aus. Lasnic traute seinen Augen nicht, als er sah, dass der Steinbockreiter auf seine eigenen Leute schoss. Auch der Zahmwolf, den sie auf ihn gehetzt hatten, lag schon tödlich getroffen auf dem Uferweg. Was geschah hier, beim Wolkengott?

Was auch immer da vor sich ging – nach kurzer Zeit war es vorbei. Keiner der Bräunlinge spannte noch den Bogen oder führte Schwert und Lanze. Loryane, Romboc, Gumpen und Petrona sprangen die Stufen hinunter, Ayrin und die Schwertweiber folgten ihnen. Wer unten am Feuer nicht schon im Pfeilhagel gestorben war, hauchte sein Leben jetzt unter Schwerthieben aus.

Aus schmalen Augen und mit bebenden Kaumuskeln beobachtete Lasnic die Schlächterei unten am Lagerfeuer. Er dachte an den armen Gundloch. Er dachte an seine jungen Jagdgefährten, an Farner, an Uschoms Neffen und dessen Familie und an alle, denen die verfluchten Bräunlinge das Leben geraubt hatten. Er stieg die Felstreppe hinunter. Grimmige Zufriedenheit erfüllte ihn.

Irgendwann richteten sich die Blicke aller auf den Steinbockreiter. Der hängte seine Waffe auf den Rücken, winkte und griff dann nach dem Seil, das den Fluss überspannte. Seelenruhig zog er sein Tier hinter sich her die Böschung hinunter und dann auf die zusammengebundenen Baumstämme.

»Wer ist das?«, fragte Romboc misstrauisch.

»Sein Steinbock erinnert mich an Mauritz' Tier«, sagte Ayrin. »An Ritter Braun.«

Lasnic wusste nicht, wer »Ritter Braun« war, doch er kannte den schwarzen Kolk, der sich jetzt aus der Luft herabschraubte und auf dem Sattel des Steinbocks landete. Tekla! Lasnic grinste und fluchte und schüttelte ungläubig den Kopf. »Lord Frix«, sagte er. »Das Schwertweib, das im Festungshof von Violadum auf den Hexer geschossen hat.«

»Du hast eigenartige Freunde, Waldmann.« Romboc schielte zu Pirol Gumpen hinauf. »Wirklich eigenartige Freunde hast du.« Er winkte den anderen, zeigte auf den Uferweg. Die Kolonne setzte sich in Bewegung. Am Seil und auf den Baumstämmen überquerte einer nach dem anderen den Schluchtern.

Lasnic merkte, wie die Königin ihn von der Seite musterte, während sie nebeneinander am Ufer warteten, bis sie an der Reihe waren. Er sah sie an. Eine scheue Freude lag in ihrem forschenden Blick, und wieder flammte es auf, was da für sie glühte in seiner Brust. Er hätte sie gern geküsst.

»Wo wirst du hingehen, wenn uns die Flucht gelingt?«, fragte Ayrin.

»Nach Hause.« Er hielt inne, blickte ihr in die Augen. »Gehst du mit mir?«

Sie antwortete nicht, stieg die Böschung hinunter und griff nach dem Seil. Hinter ihr überquerte Lasnic den Schluchtern. Im Stillen schimpfte er mit sich, weil ihm diese Frage herausgerutscht war. Pirol Gumpen folgte als Letzter. Wie so oft summte er ein Lied.

In der Flusshöhle flammten die Fackeln auf. Petrona und ihre Schwertweiber standen an der Mündung des Höhlenflusses und starrten zur brennenden Schluchternburg hinauf. Sie weinten. Selbst Ayrins Freundin, die raubeinige Petrona, heulte Rotz und Wasser.

Lasnic kümmerte sich nicht darum, riss stattdessen den Baldoren in seine Arme. Tekla flatterte von dessen Schulter auf, landete auf dem Gehörn des Steinbocks. »Ich dachte, du bist tot.«

»Da kannsch noch lang denke.«

»Wie hast du mich gefunden?« Lasnic schob ihn von sich, betrachtete Lord Frix' mit braunem Lehm verschmiertes Gesicht.

»A Indschenieur in Blauen wusst, wo man dich suchen musst.«

»Joscun? Du hast ihn getroffen?«

»Weiß net, ob er noch lebt. Die neue Königin isch hinner ihm her g'wese.« Um sie herum wurde es still. Schwertdamen und Ritter senkten die Köpfe.

»Und dann hast du dich als Blutsäufer durchgeschlagen?«

»Sieht man's?« Lord Frix deutete auf sein dreckiges Gesicht und auf seine graue Lederkluft. »Frag net, woher. Der Bock stand herrenlos vor der Burg in Garonada.«

Romboc unterbrach das Gespräch und trieb zur Eile an. Gemeinsam mit Lasnic, Pirol Gumpen und dem jungen Wigard übernahm er die Führung. Der Weihritter hatte sich als treffsicherer Schütze erwiesen. Alle anderen Armbrustschützen reihten sich hinter ihnen ein. Jeder rechnete mit Bräunlingen, die die Höhlen und den Durchgang zur Seenplatte erkundeten. Doch niemand griff sie an.

Vier Stunden später standen sie am Ufer des großen Höhlensees. Petrona und ihre Schluchternburger Schwertweiber kannten Buchten, an denen Kähne und halb verrottete Flöße verborgen lagen. In sechs Booten und auf zwei Flößen ruderten und stakten sie schließlich über das Gewässer.

»Wir schaffen es«, sagte Loryane. Sie saß mit Ayrin und Lasnic im gleichen Boot. »Wohin werden wir gehen, wenn Garonas Berge hinter uns liegen?« Ihre Frage hallte durch die Dunkelheit der schier endlosen Höhle. Lasnic kam sich vor, als würden sie durchs Weltall rudern. Fehlten nur noch Mond und Sterne.

»Ich mag nicht daran denken«, sagte Ayrin und äugte verstohlen zu Lasnic.

»Erst einmal müssen wir schauen, dass wir unsere Haut einigermaßen heil über die Seen und durch die Sümpfe bringen!«, rief Romboc. Er ruderte das Boot an der Spitze der kleinen Flotte.

»Wir sollten nach Baldor gehen«, sagte Loryane. »Es gibt einen Bündnisvertrag zwischen Garona und dem König von Baldor. Es kann nur in seinem Interesse liegen, an unserer Seite gegen die Blutsäufer aus Tarkatan zu kämpfen. Tut er es nicht, werden sie irgendwann vor seiner Hauptstadt Eldora stehen.«

»So stelle ich mir eine Kriegsmeisterin vor.« Lasnic staunte die blonde Loryane an. »Noch nicht einmal dem einen entronnen, plant sie schon den nächsten Krieg.«

»Und du, Waldmann?«, rief Romboc vom vorderen Boot aus. »Wirst du mit uns nach Baldor ziehen?«

»Und danach weiter in die Wälder.« Lasnic ruderte und ließ dabei die Königin nicht aus den Augen. »Nach Hause. Ich fürchte, auch dort treibt irgendein Mauritz sein Unwesen, irgendein Hexer. Der Gedanke daran raubt mir den Schlaf.«

Eine Zeit lang ruderten und stakten sie schweigend. Licht schimmerte in der Ferne. Der östliche Höhlenausgang rückte näher.

»Was ist mit dir, Pirol Gumpen?« Zum ersten Mal hörte Lasnic, dass die Königin den Hünen so ansprach. »Wohin wirst du gehen?«

»Kein Hingang ohne Wiederkehr«, sagte Gumpen. »Also auch nach Hause, ins Eis. Irgendwann.« Er lachte. »Wir werden sehen.«

Gegen Abend verließen sie die Höhle. Die Sonne stand hinter ihnen über dem Gebirge. Der See verengte sich zu einem Flusslauf, und der Fluss versickerte in einem Sumpf. Sie zogen die Kähne und Flöße ins Gras, fanden einigermaßen festen Boden und errichteten ein Nachtlager, in dem sie leidlich trocken schlafen konnten. Romboc teilte Wachen ein.

Lasnic und der junge Wigard bestritten die letzte Wachschicht dieser Nacht. Für den Weihritter – er mochte 16 oder 17 Sommer gesehen haben – war es die erste Nacht seines Lebens, die er außerhalb Garonas verbrachte. Ständig schniefte er, und ständig wischte er sich die Augen aus.

Bei Sonnenaufgang sah Lasnic die Königin aufstehen und das Lager Richtung Westen verlassen. Weil sie lange nicht zurückkam, machte er sich auf die Suche nach ihr. War es als Wächter nicht seine Aufgabe, auf jeden aufzupassen? Sicher war es das.

Er fand Ayrin im hohen Ufergras eines Teiches. Dort stand sie wie festgewachsen und blickte zurück nach Westen. Der rote Schein der Morgensonne lag auf den Felshängen des Garona-Gebirges. Schön sah das aus, fand Lasnic, aber auch ein wenig unheimlich. Der Waldmann war froh, dieses schroffe Hochgebirge mit seinen Schneegipfeln hinter sich zu haben. Er wandte sich nach Ayrin um, wollte einen Scherz machen, doch die Worte blieben ihm im Halse stecken – sie weinte.

»Ihr könnt nach Hause gehen«, schluchzte sie und deutete auf die rot glühenden Steilhänge. »Mein Zuhause liegt dort, und ich muss es hinter mir lassen. Meine Heimat, mein Reich – werde ich jemals zurückkehren können?« Sie schlug sich auf den Kopf, raufte sich die Haare, weinte so laut, dass es Lasnic das Herz zusammenschnürte.

Er ging zu ihr, nahm sie in die Arme und hielt sie fest. Sie drückte sich an ihn, weinte immer weiter, weinte und weinte. Die Nässe ihrer Tränen drang durch sein Lederhemd bis auf seine Haut. Er streichelte sie, küsste ihr die Tränen aus dem Gesicht, flüsterte ihr ins Ohr, dass sie doch noch lebte, dass sie noch atmen, weinen und lachen könne, dass Freundinnen mit ihr überlebt hatten, Menschen, die sie liebten, und solche Sachen.

Die Königin hing in seinen Armen, schluchzte noch ein Weilchen, wurde nach und nach ruhiger. Sie drängte sich an ihn, schlang die Arme um seine Taille und hielt ihn fest, als wollte sie ihn nie mehr loslassen. Das fühlte sich gut an. Weit und warm wurde es hinter Lasnics Brustbein. Komisch – jede andere hätte er längst auf den Mund geküsst, jede andere hätte er längst, nun ja. Eine seltsame Scheu hielt ihn zurück, die Furcht, irgendetwas zu zerbrechen.

»Wohin willst du gehen?«, fragte Ayrin plötzlich in seine Dachsfellweste hinein.

»Nach Hause.« Er wunderte sich über ihre Frage. »Habe ich doch schon gesagt.«

»Als mein Thronritter kannst du nicht einfach hingehen, wohin du willst.«

Machte sie Witze? »Wie gut, dass ich nicht dein Thronritter bin.« Er drückte sie von sich weg, sah ihr ins verheulte Gesicht.

»Erinnerst du dich, wie wir vor zwei Monden unter Violadum durch die dunklen Stollen schlichen?« Lasnic nickte. »Da hast du meine Hand genommen, Waldmann.« Sie tastete nach einer trockenen Stelle an seiner Dachsfellweste und wischte sich das Gesicht damit ab. »Und du hast gesagt, du würdest mich nie wieder loslassen.«

»Stimmt.« Natürlich erinnerte sich Lasnic. So gut, dass er sie gleich wieder in die Arme schloss und an sich drückte. »Nie wieder.«

»Gut, dass du dich erinnerst.« Dieses Mal war sie es, die ihn von sich wegdrückte. Mit ausgestrecktem Arm deutete sie nach Westen auf das Gebirge. »Ich bin die Königin von Garona. Ich kann nicht einfach in irgendeinen Wald verschwinden. Überlege dir also genau, was du wirklich willst und was du mir versprichst.« Sie griff nach seiner Hand und zog ihn mit sich. »Gehen wir zu den anderen.«

Geblendet von der Morgensonne, kniff Lasnic die Augen zu. Sein Herz schien mit den Flügeln zu schlagen wie ein junger Kormoran vor seinem ersten Flug. Was hatte dieses Weib da gerade gesagt? In seinem Schädel summte es wie in einem Hummelnest. Wie, beim Großen Waldgeist, war es möglich, dass ein Weib ihn dermaßen in Verwirrung stürzte?

Ein warmer Spätsommertag brach an. Sie folgten uralten Pfaden vorbei an Tümpeln, Teichen und Sümpfen. Lasnic hielt einen Pfeil im Bogen bereit, alle Armbrustschützen hatten ihre Waffen gespannt – sie wanderten längst durch eine Gegend, in denen gefräßige Echsen hausten.

Romboc suchte einen bestimmten Arm des Schluchterns, der weiter südlich in einen großen See mündete und aus dessen Südufer heraus zur Küste floss. Dort, so glaubte der Erzritter sich zu erinnern, kreuzte der Schluchtern die Alte Karawanenstraße nach Baldor.

Obwohl die Sonne schien, von allen Seiten Vögel in Schilf und Ufergras zwitscherten und die Luft mild war, lag eine bleierne Schwere über den Wanderern. Lasnic kam sich vor, als wäre er mit einem Trauerzug unterwegs, um einen Waldfürsten dem Vorjahreslaub zu übergeben. Die Einzigen, die er lächeln sah, waren Lord Frix und Pirol Gumpen. Der Nordmann sang die ganze Zeit, und der Baldore lief neben seinem Bock her und erzählte Loryane, die darauf ritt, eine verrückte Geschichte nach der anderen. Lasnic betrachtete Ayrins Gestalt und spürte Kraft für zehn. Nur die Verwirrung in seinem Schädel wollte sich gar nicht mehr legen.

Irgendwann deutete Gumpen in den Himmel, und bald standen alle still und legten den Kopf in den Nacken.

»Ein Geier«, sagte Petrona.

»Ein Kolk und ein Geier.« Lasnic stieß einen Pfiff aus. Der Kolk drehte ein paar Schleifen am Himmel, wurde größer und größer, landete schließlich auf seiner Schulter. »Guter alter Freund.« Tränen der Rührung stiegen Lasnic in die Augen. Tekla flatterte vom Gehörn des Steinbocks auf und stieß auf Schrat herab. Der breitete die Schwingen aus und folgte ihr in die Lüfte. In wildem Flug feierten sie ihr Wiedersehen.

Der Geier schwebte immer noch hoch im Himmel und drehte Runde um Runde. Alle beobachteten ihn, alle fragten sich, wo seine Beute lag, wo er landen würde zwischen all den Tümpeln, Teichen und Flussläufen.

»Das ist kein Geier«, sagte Romboc, als der vermeintliche Aasfresser sich ein Stück weiter der Sumpflandschaft entgegengeschraubt hatte. »Das ist ein Mensch.«

Lasnic, Gumpen und Frix waren die Einzigen, die den Erzritter mit Blicken bedachten, die sie sonst vielleicht einem Berauschten oder einem Verrückten zugeworfen hätten.

»Stimmt«, sagte Petrona. »Er fliegt mit einem Fluggerät, wie Starian es für seinen Flug über der Glacisschlucht benutzt hat.«

Lasnic wusste nicht, wovon die Rede war. Er starrte in den Himmel und traute seinen Augen nicht – tatsächlich hing da einer in einem Gestell, das den Schwingen eines gigantischen Greifen verdammt ähnlich sah. Noch nie hatte er einen Menschen fliegen sehen!

Wie gebannt spähten alle zu dem Fliegenden hinauf. Mit jeder Schleife, die der drehte, näherte er sich der Wasseroberfläche eines ausgedehnten Sees; dessen Schilfufer lag nur einen knappen Lanzenwurf entfernt hinter einer sumpfigen Wiese, einem Tümpel und hohem Sumpfgras.

»Das ist Joscun«, sagte Ayrin, und zum ersten Mal seit Langem sah Lasnic wieder etwas wie ein Lächeln über ihr Gesicht huschen. »Ist er Lauka also entkommen!«

»Er sucht einen Landeplatz«, rief Petrona.

Alle blickten suchend nach rechts und links und dann wieder über Sumpfgras und Schilf hinweg auf den See hinaus. Höchstens siebzig Lanzenlängen trennten den Flieger noch von der Wasseroberfläche. »Armer Joscun.« Loryane seufzte. »Da kann er lange suchen.«

»Er wird in den See stürzen!« Erschrocken schlug Ayrin die Hände gegen die Wangen. »Jemand muss ihn da rausholen! Bei der Großen Mutter: Jemand muss ihn aus dem Schwingengestell befreien, sonst geht er samt seinem Fluggerät unter!«

Lasnic warf seine Waffen weg und riss sich den Eulenfedermantel von den Schultern. Hastig schälte er sich aus Dachsfellweste und Bärenlederhose und rannte nackt durch die Sumpfwiese und den seichten Tümpel. Am anderen Ufer sprang er über das Sumpfgras und ins Schilf. Über dem See glitt der fliegende Mann aus Blauen immer schneller der Wasseroberfläche entgegen.

Mochten sie auch schlechte Schwimmer sein, die Bergweiber

und Bergkerle, immerhin konnten sie fliegen. Dafür schwamm Lasnic wie ein Otter. Er sprang in den See und tauchte einen halben Lanzenwurf weit durch die noch sommerwarmen Fluten. *Warm wie im Mutterbauch*, blitzte es ihm durch den Schädel. Wilde Freude durchströmte ihn. War es nicht im Wasser gewesen, als er zum ersten Mal dem Wilden Axtmann entkam? Hatte seine Mutter ihn nicht sogar im Wasser geboren? Er tauchte auf und schwamm mit kräftigen Zügen auf den See hinaus.

EPİLOG

Die Hitze aus dem Ring strömte durch ihren Körper. Das blaue Leuchten des Mondsteines erfüllte den Raum, brachte selbst die stickige Luft zum Strahlen. Es drang in jeden Stein des alten Gemäuers ein, sättigte jede Fuge mit schillernden Blautönen, jeden Riss in der Decke, jede Fliese des schmutzigen Bodens.

Bläue und Licht sickerten in Catolis' Kleider und Haut, durchdrangen jede Faser ihres Körpers. Ihr Bewusstsein verschmolz mit dem allgegenwärtigen Schillern und Leuchten. Tiefer und tiefer tauchte sie in das ERSTE MORGENLICHT ein. Seine Kraft pulsierte in jeder ihrer Zellen, hob Catolis aus dieser Welt und trug sie weg in jene andere.

Sie gab sich der vertrauten Kraft hin, überließ sich dem immerwährenden Licht, dem Atem des Universums. Wie ein Raum und eine Zeit, die niemals endet, öffnete sich ihr das große Hier und Jetzt. Sie stürzte hinein und fiel und schwebte.

»Seid ihr da?«, tönte es aus ihrer Aura in die wabernden Leuchtschlieren und schillernden Lichtwirbel hinein. »Catolis ruft euch! Seid ihr hier?«

»Nur ich bin hier.« Ein Schatten verdichtete sich, verwandelte sich in einen Wirbel aus ockerfarbenem Licht, nahm annähernd menschliche Gestalt an. Der Meister des Willens, der Magier aus den Wäldern des fernen Ostens. »Violis bleibt verschollen. Und was weißt du von Mauritz?«

»Er ist gescheitert.«

»Sein Bergvolk hat den Kampf verloren?«

»Auch das. Doch wirklich schwer wiegt nur eines: Mauritz ist gescheitert.«

»Werde deutlicher, Großmeisterin der Zeit«, forderte der Meister des Willens sie auf.

»Erinnere dich an die Worte, die der Wächter des Schlafes uns mit auf den Weg gab: ›Hütet euch, den Irdischen zu nahe zu kommen. Wer immer sich den Menschlichen in Freundschaft oder gar in Liebe verbindet, verleugnet seinen Meistergrad und muss scheitern‹.«

Der ockerfarbene Lichtwirbel strahlte auf, verdichtete sich zu einer rötlich rotierenden Kugel. Wie aufflammendes Farbfeuer blähte die Lichtkugel sich auf und zerfaserte in Hunderte grellgelber Lichtbalken.

»Mauritz existiert nicht mehr?«, gellte es aus der Explosion. »Mauritz ist ins Nichts gestürzt?«

»Unsagbar traurig.« Catolis strahlte violette und hellblaue Lichtstrahlen in seine Aura hinein, versuchte, den Meister des Willens zu beruhigen. »Frage nicht nach. Und vergiss nie die Mahnung des Wächters des Schlafes.«

Eine Zeit lang trieben sie stumm durch violette Farbschleier, durch rötliche Leuchtschlieren, durch hellblauen Nebel, durch türkisfarbene Lichtbrandung. Schließlich glühte der Lichtwirbel des Magiers aus den Wäldern wieder ruhig und kraftvoll aus seiner Mitte heraus. Catolis spürte in ihn hinein, fühlte seine Stärke und Zuversicht. Das tröstete sie. Wenigstens einer noch außer ihr.

»Du bist also bereit?«, fragte sie ihn.

»Die Herren der Wälder sind bereit. Doch sollten wir nicht zuerst die Meisterin des Lebens suchen?«

Wich er aus? Sie wollte nicht schon wieder zweifeln. »Nach Violis forschen wir nach der Entscheidung zwischen meinem und deinem Volk«, erwiderte sie. »Zuerst sollen sie sich messen. Meine Tarkaner von den Tausend Inseln werden bald nach der Wintersonnenwende in die Wälder am Mündungsdelta des Stomms aufbrechen.«

»Dann beginnt das große Spiel also von Neuem.«

»Kein Spiel, Meister des Willens – eine Prüfung. Und das Volk, das siegreich daraus hervorgeht, erwirbt die Ehre, dem Zweiten Reich von Kalypto dienen zu dürfen.«

Die Geschichte geht weiter in:

KALYPTO – Die Magierin der Tausend Inseln

Erscheinungstermin Januar 2016

Werde Teil der Bastei Lübbe Welt
You Tube
www.lesejury.de
Lesen, rezensieren, Bücher gewinnen
Lerne Autoren, Verlagsmitarbeiter und andere Leser kennen
BASTEI LÜBBE
www.luebbe.de